Henri Lœvenbruck
DIE STIMME DER WÖLFE

GALLICA

Henri Lœvenbruck

DIE STIMME DER WÖLFE

Roman

Aus dem Französischen
von Maike Claußnitzer

blanvalet

Die französische Originalausgabe erschien unter
dem Titel »Gallica 01. Le Louvetier« bei
Editions Bragelonne

FSC
Mix
Produktgruppe aus vorbildlich
bewirtschafteten Wäldern und
anderen kontrollierten Herkünften
Zert.-Nr. SGS-COC-1940
www.fsc.org
© 1996 Forest Stewardship Council

Verlagsgruppe Random House FSC-DEU-0100
Das für dieses Buch verwendete FSC-zertifizierte Papier *Munken Premium*
liefert Arctic Paper Munkedals AB, Schweden.

1. Auflage
Copyright © der Originalausgabe 2004 by Henri Lœvenbruck
Copyright © der deutschsprachigen Ausgabe 2008 by Blanvalet Verlag
in der Verlagsgruppe Random House GmbH, München
Umschlaggestaltung: HildenDesign München
Umschlagfoto: © Maximilian Meinzold, HildenDesign
Redaktion: text in form / Gerhard Seidl
HK · Herstellung: René Fink
Satz: Uhl + Massopust, Aalen
Druck und Einband: GGP Media GmbH, Pößneck
Printed in Germany
ISBN: 978-3-442-26600-5

www.blanvalet.de

Dieses Buch ist den Kämpfern von
Ta'ayoush, Elliott und den »Artisans
du bonheur« gewidmet.

»[…]Ihr lieben Onkel, eines müsst ihr leider seh'n,
Teutonenkumpel, Tommyfreund, ihr müsst versteh'n:
Ob's euch um Wahrheit oder Gegenwahrheit ging,
das schert jetzt keinen auch nur einen Pfifferling.

Sei es nun Säuberung, sei's Kollaboration,
Verzweiflung oder Gräueltat, wen schert das schon?
Ob es um tea-time oder Sauerkraut euch ging,
das schert jetzt keinen auch nur einen Pfifferling.

Trotz des Gedenkens, das man gar so wichtig nennt,
trotz jedes Ehrenmals, an dem ein Feuer brennt…
Verlierer, Sieger, ihr, ein andr'es altes Heer?
Das kümmert heute wirklich keinen Menschen mehr!

Es muss das Leben schließlich einmal weitergeh'n,
man kann die Schatten eurer Kreuze kaum noch seh'n.
So ist nun, da half euch auch keine große Tat,
ein jeder von euch nur noch irgendein Soldat.

So wär's doch, meine armen Onkel, sicherlich,
Teutonenkumpel, Tommyfreund, das glaube ich:
Wärt ihr am Leben und noch heute mit uns hier,
dann würd nicht ich das Lied hier singen, sondern ihr!

Ihr würdet singen – eure Gläser wären voll –,
dass man nicht einfach für Gedanken sterben soll,
für die Ideen, die gefährlich schnell entsteh'n,
doch dann nach ein paar Toten auch schnell wieder geh'n.

Denn kein Gedanke ist das Sterben dafür wert!
Nur, wer nicht denken kann, macht das doch so verkehrt.
Kämpft man so einfach mit dem Feind und gibt nicht acht,
dann hat man wirklich etwas gründlich falsch gemacht.

Macht man dem Feind nicht ohne Gnade den Garaus,
wird vielleicht mit der Zeit ein guter Freund daraus!
Und greift man doch zur Waffe, zög're man genug.
Verschiebt man dann das Schießen, ist man wirklich klug[...].«

Georges Brassens, *Die zwei Onkel*

PROLOG
DIE FEUER DER JOHANNISNACHT

Das Gedächtnis des Landes ist dem der Menschen fremd. Wir glauben zwar, alles über die Geschichte und die Welt zu wissen, doch gab es einmal alte Zeiten, in denen noch tausend Wunderdinge lebendig waren, die heute verschwunden sind. Nur die Bäume erinnern sich noch daran, der Himmel und der Wind ... So kann man noch heute die Geschichte von Bohem und den Nebeln lesen, in den Stein eines legendären Landes gegraben, das einmal Gallica hieß.

Der Sage nach begann diese Geschichte in der Johannisnacht des Jahres 1150 im *castrum* Passhausen.

Passhausen war eine kleine befestigte Siedlung im Süden der Grafschaft Tolosa, einige Meilen vom Meer und von Nabomar, der Stadt der Ketzer, entfernt. Man führte dort ein friedliches Leben inmitten der unwandelbaren Schönheit der südlichen Hügel. Die meisten Dorfbewohner waren seit Anbeginn der Zeiten Bauern, kleine Händler oder natürlich Winzer. Der

Herr, der die Burg besaß, Malgard von Hausen, war ein zurückhaltender Mann, den man selten zu Gesicht bekam. Er begnügte sich damit, einen Wegzoll von den Fremden einzufordern, die das *castrum* durchqueren mussten, das man auf dem Weg nach Nabomar hinauf nicht umgehen konnte. Die wahre Macht innerhalb der Befestigungsmauern des Dorfs lag jedoch in den Händen des Priesters, der ein Schützling des Erzbischofs von Tolosa war.

Der Juni würde bald vorüber sein, und wie jedes Jahr hatte Pater Grimoald vom Wolfsjäger verlangt, einen Nebel zu jagen, damit er am Abend auf dem Scheiterhaufen von Passhausen geopfert werden konnte.

Die Kirche fand sich nur schlecht mit den Fabelwesen ab, diesen wunderbaren Geschöpfen aus vergangenen Zeiten, den Chimären, Lindwürmern, Zauberpferden, Tarannen, Wölfen, Piternen und dem Einhorn.

Obwohl sie in immer geringerer Zahl auftraten, war allein schon ihr Vorhandensein ein Ärgernis, stand die Wirklichkeit ihrer Existenz doch in Gegensatz zum christlichen Glauben. Denn sie waren keine Geschöpfe Gottes: Sie waren die Überreste eines Mythos, den die Kirche lieber vergessen wollte. Also nannte man sie »Geschöpfe des Teufels« und machte im ganzen Land Jagd auf sie. Der König, dem es darauf ankam, die wechselnden Päpste zufriedenzustellen, bezahlte sogar Männer dafür, sich dieser traurigen Aufgabe zu widmen – die Wolfsjäger.

So kam es, dass Martial, der Wolfsjäger von Passhausen, schon seit mindestens zehn Tagen die Heide durchkämmte, durch die Ockerhalden streifte und seinen Blick vorbei an den überquellenden sommerlichen Weinstöcken und den letzten grünen Blüten der kleinen Olivenbäume über die Landschaft schweifen ließ. Er schwitzte in seinem Waffenrock aus grünem Leder – Grün war die Farbe der Wolfsjäger – und unter seinem Hundsgugelhelm, doch er trug seine schwere Ausrüstung, ohne mit der Wimper zu zucken, und wanderte umsichtig durch Feld und Flur.

Er war ein kräftiger Mann mit breiten Schultern. Seine Bewegungen waren langsam und sicher. Seine riesenhaften Hände zeugten von großer Kraft, und er wirkte, als sei er fest im Boden verankert, wie eine Statue, die kein Sturm umreißen konnte. Er hatte ein strenges Gesicht mit eckigem Kinn und kleinen schwarzen Augen, die keine Gefühlsregung erkennen ließen. Die wenigen grauen Haare, die in den letzten Monaten an seinen Schläfen erschienen waren, konnten seiner Ausstrahlung nichts anhaben, im Gegenteil. Sie verliehen dem Bild von Stärke, das er vermittelte, einen Hauch von Weisheit.

Die Tage wurden immer länger und heißer. Bald würde das Jahr das große Tor des Sommers durchschreiten, und das machte Martials Aufgabe nicht leichter, denn die Nebel verbargen sich vor der Sonne und kamen bevorzugt nachts hervor. Aber er war ein hervorragender Wolfsjäger, der in ganz Tolosa bekannt war, und ließ sich nicht entmutigen. Jeden Abend verließ er vor Einbruch der Nacht sein Haus, sein Netz und seine Seile auf den Schultern, seinen Wolfsjägerhelm unter dem Arm, und ließ mit ernster Miene und sicherem Schritt seine Kinder hinter sich zurück. Er zweifelte nicht daran, dass er früher oder später einen Nebel finden würde. Er hatte noch nie versagt.

Und tatsächlich sah man am Morgen vor dem Johannisfeuer, als die Sonne gerade eben am roten Horizont jenseits des Hügels von Prade aufstieg, Martial mit einem Wolf auf dem Rücken ins *castrum* Passhausen zurückkehren.

Das Tier zappelte mit zusammengeschnürten Tatzen und verbundener Schnauze heftig, um sich loszumachen, aber Martial hatte noch nie eine Beute entkommen lassen. Er trug seine Trophäe stolz auf den Schultern und begab sich geradewegs zur Kirche, um seinen Fang dem Priester des Dorfs zu zeigen.

Als Pater Grimoald die Jubelschreie der Dorfbewohner gehört hatte, war ihm sofort klar geworden, was vorging, und er war bereits auf die Stufen vor der kleinen Kirche hinausgetreten.

Der Priester von Passhausen war ein hochgewachsener, magerer Mann mit faltigen Wangen, eingefallenen Augenhöhlen und vorspringenden Jochbeinen, über denen sich die Haut spannte. Obwohl er einer der ältesten Einwohner des Dorfs war, war er noch immer lebhaft, scharfsinnig und befehlsgewohnt. Die wenigen Haare, die seinen Schädel umgaben, ließen ihn wie einen Kaiser oder Weisen aussehen, und seine tiefblauen Augen hatten früher einmal mehr als eine Gallicerin betört.

Er rieb sich die Stirn, um einige Schweißtropfen abzuwischen, und empfing dann den Wolfsjäger mit offenen Armen.

»Danke, Martial«, sagte der Priester mit recht lauter Stimme, damit ihn all die vor der Kirche versammelten Schaulustigen gut hören konnten.

Der Wolfsjäger legte den Nebel am Fuß der Treppe ab und küsste dann mit einer Verneigung die Hand des Priesters. Pater Grimoald winkte ihm, sich zu erheben.

»Du kannst stolz sein, Martial. Wie immer.«

»Der Sommer lässt die Nebel zurückkehren«, erklärte der Wolfsjäger. »Natürlich ist ihnen heiß, und sie verstecken sich. Aber sie sind etwas zahlreicher als in diesem Winter und von der Hitze geschwächt. Das ist nicht mein Verdienst, Pater.«

»Na, nun sei nicht so bescheiden! Die Nebel sind immer schwieriger zu finden, das weiß ich doch. Aber sie sind der Geist des Bösen, Martial, und bedrohen die Fruchtbarkeit des Bodens und den Reichtum der Flüsse. Das ganze Dorf ist dir dankbar. Wir können die Johannisnacht wie geplant feiern. Wir werden diesen Wolf heute Nacht verbrennen.«

Der Wolfsjäger nickte. Er bückte sich, um das Tier wieder auf seinen Rücken zu heben, und wandte sich dann der Menge zu, die ihnen lauschte.

»Lasst uns den Scheiterhaufen rund um den Maibaum aufschichten!«, rief er und lachte.

Die Gaffer klatschten Beifall, und die Kinder liefen zum Platz in der Mitte des Dorfs. Innerhalb weniger Stunden errichtete man den Scheiterhaufen. Jeder brachte irgendetwas Brennbares dorthin, ein Erinnerungsstück, das er opfern wollte. Dann legte jede Frau des Dorfs einen Blumenkranz nieder, der später dazu dienen würde, ihr Heim vor Blitzeinschlägen zu schützen.

Die Aufregung im Blick der Kinder wuchs, während in den Augen der Erwachsenen so etwas wie Erleichterung zu lesen war. Der Priester hatte die ganze Woche lang daran erinnert, dass die Feier der Johannisnacht bevorstand. Wie jedes Jahr hatte er erläutert, wer der heilige Johannes war und wie er Christus, das Lamm Gottes, getauft hatte. Er hatte noch einmal erklärt, dass das Feuer für das Licht stand, das Christus in die Welt gebracht hatte, und dass dieses Licht den Teufel vertrieb, so wie das Feuer den Nebel verbrennen würde, den der Wolfsjäger gefangen hatte.

Aber das war nicht der eigentliche Grund dafür, dass die Dorfbewohner beruhigt waren.

Nein. Insgeheim hatten die Einwohner von Passhausen – wie alle Leute in Tolosa – den alten Glauben nicht vergessen, der zu Mittsommer ihre Vorfahren erfüllt hatte, lange bevor die ersten Priester die rote Erde der Grafschaft betreten hatten. Und wie jedes Jahr fürchteten sich alle, ohne dass sie gewagt hätten, es auszusprechen, an diesem Sonnwendtag vor der Ankunft des Wilden Mannes, der zugleich Mensch und Tier, Greis und Kind und dabei vielleicht noch schlimmer als der Teufel selbst war. Er war in die Säulen der Kirchen gemeißelt, wurde von den Troubadouren besungen und von den Geschichtenerzählern in ihren Schauermärchen als Bedrohung geschildert. So war er für die Gallicer sehr fassbar, und wenn man seinen Namen kannte, sprach man ihn niemals aus, um ihn nicht herbeizurufen.

Aber Martial hatte einen Nebel gefunden, das war ein gutes Omen. Dieses Jahr würde der Wilde Mann bestimmt nicht kommen.

Als die Nacht hereingebrochen war, folgten alle Einwohner von Passhausen dem Priester und Herrn Malgard, der sich, so wenig Interesse er solchen Veranstaltungen auch entgegenbrachte, verpflichtet fühlte, an der Zeremonie teilzunehmen. Sie bildeten eine große Prozession, die von der Kirche aus aufbrach.

Zu diesem Anlass hatten die Dorfbewohner ihre buntesten Tuniken angelegt, sodass sich nun eine rote, grüne und blaue Menge zwischen den Häusern entlangschob. Lachend, singend und tanzend bewegte sie sich auf den großen Maibaum zu. Das Feuer war schon allgegenwärtig, in den kleinen Fackeln, die die Dorfbewohner trugen, ebenso wie in den großen, die man in die Erde gerammt hatte, um den Weg abzustecken.

Die steinernen Mauern wurden beim Vorüberkommen des Festzugs gelb erleuchtet. Aufgeregte Hunde umsprangen bellend die Prozession. Der Legende nach fielen in der Johannisnacht alle Tiere auf die Knie; aber es war leichtsinnig, dieses märchenhafte Geschehen in den Ställen beobachten zu wollen, lief man doch Gefahr, angegriffen zu werden.

Bald waren alle auf dem Dorfplatz eingetroffen und bildeten ganz selbstverständlich einen Halbkreis um den Scheiterhaufen.

Martial war schon da und wartete schweigend auf die Prozession. Er stand aufrecht und stolz vor einer Leiter, die gegen die Spitze des Maibaums gelehnt war. Zu seinen Füßen lagen ein Seil, ein Sack und, zitternd und fest angebunden, der große graue Wolf, den Martial erst an diesem Morgen gefangen hatte.

Man brachte einen Stuhl für den Herrn von Passhausen, der gegenüber vom Scheiterhaufen Platz nahm. Der Priester trat auf Martial zu, lächelte ihn an und drehte sich dann zur Menge um, der er zu schweigen bedeutete. Die Stille trat augenblicklich ein. Bis auf das Knistern der Fackeln, das anhaltende Zirpen der Grillen und den Lärm der Hunde, die sich auf dem großen Platz noch immer nicht beruhigt hatten, hörte man nichts mehr.

Der Priester hob die Hände den Dorfbewohnern entgegen und sprach dann mit kräftiger, ernster Stimme sein Gebet.

»Sankt Johannes der Täufer,
der du die Ankunft des Messias verkündet hast,
du hast durch dein Leben in Askese und Buße
den Weg für die Herrschaft des erlösenden Lammes
bereiten können!
Wir bitten dich,
dass du uns die Gnade erwerben mögest,
auf deinen ruhmreichen Spuren zu wandeln,
mit Eifer die Belange
der heiligen Kirche zu verteidigen
und die Pläne in die Tat umzusetzen,
die die göttliche Vorsehung für jeden von uns bereithält.

Möge das Feuer den Geist des Bösen verschlingen
und den Teufel verjagen,
während wir das Lob singen
des Ewigen Königs aller Völker.
Amen.«

Herr Malgard von Hausen und alle Dorfbewohner schlossen die Augen, bekreuzigten sich und blieben für einen Augenblick stumm. Gesenkten Kopfes warfen einige Leute ungeduldige Blicke um sich. Besonders die Kinder hatten Schwierigkeiten, ihre Aufregung im Zaum zu halten.

Pater Grimoald beendete ihr Warten. Mit einer Handbewegung segnete er den Scheiterhaufen, dann wandte er sich wieder der Versammlung zu. »Zündet den Maibaum an!«

Die Menge geriet sofort in Bewegung. Die Kinder liefen die langen Fackeln holen, die an der Seite des Platzes aufgereiht waren. Die Erwachsenen zogen sich ein wenig zurück, um das Schauspiel, das sich ankündigte, besser beobachten zu können. Pater Grimoald setzte sich neben Herrn Malgard. Martial seinerseits hatte gerade den Wolf in den großen Leinensack befördert und stieg nun die Leiter hinauf, um den Strick oberhalb des Scheiterhaufens zu befestigen. Er führte ihn über den höchsten Ast des Baums und hielt, während er die Leiter wieder hinabstieg, beide Enden in der Hand. Dann knotete er ein Ende des Seils fest an den Sack, richtete sich wieder auf und hielt sich bereit.

Der Priester gab den Kindern ein Zeichen. Sofort schleuderten sie ihre Fackeln in den Scheiterhaufen und kreischten dabei vor Freude. Das Feuer breitete sich rasend schnell aus. Zuerst bestand es nur aus vereinzelten kleinen Flammen im unteren Bereich der Schichtung aus Stroh und Holz, doch dann wurden die Flammen größer und vereinigten sich auf mittlerer

Höhe. Die Feuerstelle wurde fast völlig rot und das Knistern immer lauter. Die starke Hitze erreichte die Gesichter der Zuschauer, die die hoch emporzüngelnden Flammen bestaunten. Einigen Funken stoben rings um den Scheiterhaufen wie Sternschuppen am Augusthimmel. Der Rauch begann sich über den Platz auszubreiten und wurde vom Wind hierhin und dorthin getrieben.

»Martial!«, rief der Priester. »Zieh den Nebel hoch!«

Alle Blicke richteten sich auf den Wolfsjäger. Die Stunde des Opfers war gekommen. Die jüngsten Kinder flüchteten zu ihren Müttern; sie waren sicher beunruhigt. Sie waren noch zu klein, um an dieses gewalttätige Schauspiel gewöhnt zu sein. Die Nebel wurden immer seltener und deshalb auch immer geheimnisvoller. Was würde geschehen? Und was, wenn es dem Wolf gelang, sich zu befreien? Würde er heulen, wenn die Flammen ihn erreichten? Würde er sofort sterben oder einen langen Todeskampf aushalten müssen?

Der Wolfsjäger packte das Seil mit beiden Händen. Er stemmte einen Fuß gegen die erste Sprosse der Leiter und zog mit aller Kraft. Dann setzte er seine Hände höher am Strick an und begann von Neuem, wieder und wieder. Der große weiße Sack begann seinen langsamen Aufstieg über den Scheiterhaufen, schwang nach rechts und nach links und taumelte im Dunst der Flammen. Der Wolf lebte noch. Mit zugebundener Schnauze konnte er nicht heulen, doch man sah, wie er sich wild im Innern des Sacks wand. Sicher begann die Hitze schon, ihn durch die Leinwand hindurch zu verbrennen.

Martial hatte Mühe, das Tier bis ganz nach oben zu ziehen. Der große Wolf war schwer und im besten Alter, sodass er die Kraft hatte, sich immer heftiger zu wehren. Der Strick rieb am Ast und rutschte beinahe ab. Die Hitze des Scheiterhaufens wurde immer stärker. Der Wolfsjäger machte eine kurze Pause, um sich die Schweißtropfen abzuwischen, die ihm über Gesicht und Nacken rannen. Danach zerrte er aufs Neue am Seil. Der Sack stieg noch ein wenig weiter nach oben.

Plötzlich zerriss ein durchdringendes Heulen die Luft. Viele Dorfbewohner zuckten zusammen. Einige Kinder begannen erschrocken zu weinen. Das Tier musste das Stück Schnur, mit dem ihm das Maul zugebunden war, abgestreift haben. Es heulte in Todesqual, kläffte und bellte zugleich. Martial verzog das Gesicht. Er sah zu Pater Grimoald hinüber.

Der Priester saß noch immer unbewegt da. Er lächelte. Martial machte eine fragende Kopfbewegung. Der Priester breitete die Arme aus. »Nun zieh schon diesen Nebel hoch!«, rief er. »Er soll brennen!«

Die Dorfbewohner starrten den Priester an. Er war aufgestanden.

»Brenne!«, rief er erneut und hob den Blick zu dem Wolf.

Die Menge tat es ihm nach. Alle begannen, dieses eine Wort zu wiederholen, lauter und lauter, als wollten sie den Wolfsjäger anfeuern oder vielleicht das Heulen des Tiers verdrängen. »Brenne!« Ihre Schreie wurden hysterisch.

Martial wiegte den Kopf. Er holte tief Atem und zog dann aufs Neue am Seil, stärker als zuvor, und in zwei Zügen kam der Sack unterhalb des Asts am Gipfel des Scheiterhaufens an.

Was dann geschah, sollte die Geschichte des kleinen *castrum* Passhausen für immer verändern.

In der Menschenmenge, nur einige Schritte von dem Priester entfernt, standen die beiden Kinder des Wolfsjägers und beobachteten aneinandergeschmiegt das Schauspiel.

Bohem, der Erstgeborene, war dreizehn Jahre alt. Seine halblangen Haare waren schwarz wie ein mondloses Meer. Zerzaust und widerspenstig hingen sie ihm über Stirn und Wangen. Die schönen Augen des Jungen, die von einem ins Türkisfarbene spielenden Blau waren, gaben seinem fein geschnittenen Gesicht eine geheimnisvolle Tiefe. Er war schon groß und stark und hielt seine Schwester an sich gezogen; er hatte ihr seine breiten Hände auf die blonden Locken gelegt.

Seit dem Tod ihrer Mutter vor fünf Jahren wichen sie einander nicht von der Seite und hatten eine enge Vertrautheit zueinander entwickelt, um die sie die anderen Kinder des Dorfs beneideten. Dagegen war ihr Verhältnis zu ihrem Vater schwierig geworden. Die Pflichten des Wolfsjägers hielten ihn oft von seinen Kindern fern, und sein kaltes, herrisches Wesen machte die Sache nicht leichter. Die kleine Catriona hatte deshalb nur Augen für ihren großen Bruder, und er schenkte ihr all seine Aufmerksamkeit.

Doch auf einmal, als ihr Vater gerade den Strick am Fuß eines Baumstumpfs festgezurrt hatte, damit der Sack, in dem der Wolf heulte, sich nicht wieder senken konnte, stieß Bohem seine kleine Schwester von sich. Ohne ihr auch nur einen Blick zuzuwerfen, ließ er sie stehen und ging geradewegs auf den Scheiterhaufen zu.

Als er die Hälfte der Strecke, die ihn vom Feuer trennte, zurückgelegt hatte, begannen die Dorfbewohner, vor ihm zur Seite zu weichen. Er ging sicheren Schritts voran, mit dem gleichen Schritt wie Martial, und hielt den Blick auf die Spitze des Scheiterhaufens gerichtet. Die Flammen spiegelten sich in seinen glänzenden Augen wider und verliehen ihm ein bedrohliches Aussehen.

Die Menge, die sich fragte, was vorging, begann zu murmeln. Der Priester seinerseits schien verstanden zu haben. Pater Grimoald stand abrupt auf, aber es war zu spät. Nichts konnte den Sohn des Wolfsjägers mehr aufhalten.

Als er am Fuß der Flammen ankam, erklangen Schreie in der Versammlung. Die Hitze hätte den Jungen schon längst zum Stehenbleiben zwingen müssen. Dennoch warf er sich auf den Scheiterhaufen und packte kräftig die brennenden Äste.

Malgard von Hausen warf dem Priester einen beunruhigten Blick zu. Pater Grimoald schüttelte den Kopf. Er murmelte irgendeinen Fluch, den der Burgherr nicht verstehen konnte.

In diesem Augenblick löste sich Martial aus seiner Starre. Erst hatte er seinen Augen nicht getraut und war bewegungslos am Fuß der Leiter stehen geblieben, um zu beobachten, wie sein Sohn sich den Flammen näherte, überzeugt, dass Bohem einige Schritte vom Feuer entfernt anhalten und sich wieder umwenden würde. Aber Bohem war nicht stehen geblieben. Jetzt zog er sich sogar inmitten der gigantischen Flammen empor. Martial musste seinen Sohn retten! Er stürzte auf den Scheiterhaufen zu und versuchte selbst, auf den brennenden Holzstoß zu klettern, aber er konnte die fürchterliche Hitze, die davon ausging, nicht länger ertragen. Er warf sich mit einem Sprung nach hinten und wälzte sich dann vor Schmerz und Angst schreiend auf dem Boden.

Bohem kletterte weiter. Er war schon in der Mitte des Scheiterhaufens, und sein Körper verschwand immer wieder hinter dem Rauch der hohen Flammen.

Als Martial mit tränenden Augen wieder den Kopf hob, sah er, dass sein Sohn auf dem Gipfel des Scheiterhaufens inmitten der Flammen stand und sich wie durch Zauberei aufrecht hielt, ohne die hohe, glühende Aufschichtung aus dem gefährdeten Gleichgewicht zu bringen. Seine Kleider brannten, und man konnte Brandwunden erkennen, die sich auf seiner Haut bildeten. Doch er schien nichts zu spüren. Mit beherrschten, sicheren Bewegungen machte er den großen Leinwandsack los und nahm ihn in die Arme.

»Was tut er da?«, rief Herr Malgard und erhob sich.

»Er ist verrückt geworden!«, stammelte der Priester.

»Wie kann er nur…«, murmelte Malgard zur Antwort, als ob er es Pater Grimoald zum Vorwurf machte, dass er nicht erklären konnte, was geschah.

Hinter ihnen beobachtete die kleine Catriona ihren Bruder mit weit aufgerissenen Augen. Tränen liefen ihr über die Wangen.

Schließlich stieg Bohem inmitten der Glut langsam wieder herab und achtete auf jeden Schritt, um nicht das Gleichgewicht zu verlieren. Er hielt den schweren und mittlerweile regungslosen Leib des großen, grauen Wolfs an sich gepresst, wie eine Mutter ihr Kind trägt. Seine zerfetzten Kleider klebten an seiner scharlachroten Haut, und seine Haare waren nur noch eine schwärzliche Masse, die seinen Schädel überzog. Er kam bald am Rand des Scheiterhaufens an, sprang zu Boden und schritt zwischen den fassungslosen Dorfbewohnern hindurch.

Sein Vater warf sich ihm in den Weg, blieb aber stehen, sobald sich ihre Blicke kreuzten. Bohems Augen ließen kein Leid erkennen. Nur eines brannte in seinem Blick: Herausforderung.

»Lass mich durch!«, knurrte der junge Mann.

Martial machte ihm den Weg frei, entsetzt von diesem albtraumhaften Anblick. Der Körper seines Sohnes war von Kopf bis Fuß verbrannt, und sein Fleisch war, halb rötlich, halb schwarz, nur noch eine einzige Wunde. Und dennoch schritt er mit dem bewusstlosen Körper des Wolfs in den Armen weiter vorwärts und hielt gleichmütig auf den Ausgang des Dorfs zu.

Bohem ging an seinem Vater vorüber, dann an dem Priester und an Herrn Malgard, ohne stehen zu bleiben. Er würdigte sie keines Blickes, und sie wagten es nicht einzuschreiten.

So ging der Sohn des Wolfsjägers bis zu den Toren in den Mauern, ohne langsamer zu werden oder sich umzusehen. Es war, als ob er die Welt um sich herum vergessen hatte und nur noch darauf Wert legte, die Siedlung zu verlassen.

Die beiden Torwachen, die das Geschehen beobachtet hatten, öffneten den Durchgang, ohne nachzudenken. Einige Dorfbewohner folgten Bohem von fern. Die anderen waren benommen und wie von den Flammen versteinert auf dem Dorfplatz zurückgeblieben. Der entsetzte Martial war zu seiner Tochter geeilt und hatte sie in die Arme genommen. Sie folgten Bohem nun ihrerseits, ohne es zu wagen, ihn aufzuhalten oder auch nur zu berühren, ohne zu verstehen, was er tat und wohin er ging – oder warum.

Bohem durchquerte das große Tor und schritt auf die Heide hinaus. Er ging geradeaus und blieb dann, als er weit genug vom Weg entfernt war, stehen. Die Dorfbewohner hielten ebenfalls an, stumm, erstaunt und dabei fast ungeduldig. Sie wollten *verstehen*.

Langsam setzte Bohem ein Knie auf die Erde, legte das Tier sanft auf den Boden und strich ihm mit seiner verletzten Hand durchs Fell. Der Bauch des Wolfs hob und senkte sich, wenn auch mühsam. Er lebte noch. Bohem schloss die Augen. Er kauerte lange Zeit neben dem Nebel, und sein Körper begann zu zittern. Plötzlich richtete der Wolf sich auf und flüchtete humpelnd, wie von den Toten wiederauferstanden.

Bohem brach ohnmächtig auf dem Boden zusammen.

In der Ferne, auf dem Hügel von Prade, zeichnete sich im Licht des Mondes eine Silhouette ab, der Umriss eines in Tierfelle gekleideten Reiters, der wie eine fleischgewordene Statue über das Tal wachte. So wurde die Legende von Bohem geboren, dem Kind, das einen Nebel aus den Flammen der Johannisnacht rettete.

KAPITEL 1
SCHWARZE SÄULEN

»Majestät, Euer Königreich zerfällt!«

Der Satz war wie das Fallgatter eines Gefängnisses niedergerasselt. Er klang lange zwischen den vier Steinmauern des königlichen Arbeitszimmers nach.

Pieter der Ehrwürdige sah zum König empor, um festzustellen, ob die Formulierung irgendeine Wirkung hervorgerufen hatte. Aber Livain reagierte nicht. Den Kopf in die rechte Hand und den Ellenbogen auf die Lehne seines breiten Sessels gestützt, dachte er nach, den Blick ins Leere gerichtet.

Der König war jung, doch er wirkte bereits würdevoll. Er war fromm, sehr fromm, und man erzählte sogar, dass er sein Leben lieber in den Dienst der Kirche als in den des Staates gestellt hätte. Doch er war früh – vielleicht zu früh – gekrönt worden, schon vor dem Tod seines Vaters, da dieser krank gewesen war. Er war ein schöner Mann mit mandelförmigen Augen, langgestreckten feinen Augenbrauen, sauber geschnittenem Bart und langem, kastanienbraunem Haar, das glatt über das glänzende Metall seiner Rüstung fiel.

Pieter der Ehrwürdige, der seinerseits schon über sechzig Jahre alt war, hatte ihn aufwachsen sehen. Er war schon Abt von Cerly gewesen, als der junge Mann gekrönt worden war. Obwohl er ihn gut kannte, war er ihm doch nie wirklich nahe gekommen.

Am Morgen hatte man Pieter, der für einige Tage in einem Haus seines Ordens in der Hauptstadt weilte, aufgesucht und ihm mitgeteilt, dass der König ihn so schnell wie möglich im Palast auf der Stadtinsel zu sehen verlangte. Der Abt hatte sofort erraten, was der König wünschte. Er suchte Rat und Ermutigung. Der Kaplan des Königs war kein kluger Politiker, und Livain wusste nicht, von wem sonst er ein scharfsinniges Urteil einholen konnte. Das bot Pieter dem Ehrwürdigen eine noch nie dagewesene Gelegenheit. Er würde dem König beweisen können, dass er ein geschickter Diplomat war. Endlich!

Seit dem Tode Muths von Clartal, der die letzten dreißig Jahre über eine der bedeutendsten Persönlichkeiten des Königreichs gewesen war, hoffte Pieter der Ehrwürdige darauf, seinerseits Ratgeber des Königs von Gallica werden zu können.

Er war zum Abt von Cerly gewählt worden, nachdem Muth einige Jahre zuvor Clartal für den Orden von Cistel gegründet hatte. Diesen hatte Pieter schon immer um sein hohes Ansehen beneidet. Nun hoffte er darauf, den Orden von Cerly wieder in den Mittelpunkt des Interesses rücken und zugleich die rechte Hand des Königs werden zu können. Das war der letzte Sieg, der dem alten Mann noch fehlte, denn Cerly hatte ihm schon bisher einen Glanz ohnegleichen geboten. Die Abtei war unbestritten die größte, bedeutendste und einflussreichste der Christenheit. Seit sie vor über zweihundert Jahren im Herzen des Herzogtums Burgon gegründet worden war, hatte sie sich, stets unter genauer Beachtung der Regel des heiligen Benedikt, immer weiter ausgedehnt und umfasste heute mehrere Tausend Ordenshäuser, nicht allein in Gallica, sondern in den meisten Königreichen des Abendlands. Die wechselnden Päpste hatten dem Orden zahlreiche Privilegien verliehen. Deshalb unterstand Cerly einzig und allein der Befehlsgewalt Seiner Heiligkeit, und sein Abt hatte das Recht erhalten, die *pontificalia* zu tragen, diejenigen Insignien, die gewöhnlich den Bischöfen vorbehalten waren, wie etwa die Mitra, die Dalmatik und die Sandalen...

Als ob Pieters Aussage erst jetzt zu ihm durchgedrungen sei, hob Livain plötzlich den Kopf und schlug mit der Faust auf seine Armlehne.

»Die Frau, die ich verstoßen habe, hat diesen arroganten Ginsterhaupt geheiratet, der auf dem besten Weg ist, zum König von Brittia gekrönt zu werden! Meine treuesten Ratgeber, Abt Segur und Muth von Clartal, sind tot! Der Kreuzzug, den ich im Orient geführt habe, hat in einer Katastrophe geendet! Noch nie war mein Ansehen in Gallica so schlecht! Und alles, was Ihr dazu zu sagen habt, Pieter, ist, dass mein Königreich zerfällt?«

Der Abt hielt dem Blick des Königs stand. »Wäre es Euch lieber, wenn ich Euch belügen würde, Euch erzählen würde, dass die Krondomäne blüht und gedeiht? Ich habe der Schmeichelei stets die Ehrlichkeit vorgezogen, Majestät, und deshalb hat Euer Vater auf mich gehört. Euer Königreich zerfällt, und Ihr täuscht Euch, wenn Ihr von mir irgendeinen Trost erwartet. Denn wenn wir uns heute in dieser Lage befinden, so ist das Euer Fehler, und Ihr könnt nur den schlechten Entscheidungen die Schuld geben, die Ihr getroffen habt.«

Meine Dreistigkeit ist zu einem erdrückenden Berg angewachsen, dass ich es wage, so mit dem König zu sprechen! Aber das einzige Mittel, sein Vertrauen zu gewinnen, besteht ohne Zweifel darin, mich ihm gegenüber hart und aufrichtig zu zeigen. Das ist die Vorgehensweise, derer sich Muth von Clartal jahrelang bedient hat, und sie hat sich als richtig erwiesen.

»Das müsst Ihr mir alles nicht erzählen«, erwiderte der König in gemessenerem Tonfall. »Ich kenne die Fehler, die ich begangen habe.«

»Umso besser! Dann habt Ihr es vielleicht stattdessen nötig, dass man Euch ins Gedächtnis ruft, sie nicht zu wiederholen. Andere Entscheidungen könnten heute das Königreich wieder auf den rechten Weg zurückführen.«

Der König stand auf und ging zur Wand hinter seinem Sessel hinüber. Dort hing ein Bildnis seines Vaters, Livains VI., das er mit hinter dem Rücken gekreuzten Händen betrachtete.

»Welche anderen Entscheidungen?«, fragte er, ohne sich umzuwenden. »Eines versichere ich Euch, ich habe nicht die Absicht, noch einmal auf einen Kreuzzug aufzubrechen!«

Gewonnen! Nun will er meine Meinung hören. Das muss ich jetzt ausnutzen – ich muss ihm nicht nur Ratschläge geben, die meinen Plänen dienlich sind, sondern auch solche, die er zu schätzen wissen wird und die ihn dazu bringen werden, mir Vertrauen zu schenken.

»Dennoch müsst Ihr Euch Gott annähern, Majestät.«

»Ich habe mich nie von Ihm entfernt. Ich habe jeden Tag gebetet, und Ihr wisst, dass ich ein guter Christ bin. Gott ist es doch, der jede meiner Entscheidungen leitet …«

»Daran zweifle ich keinen Augenblick, Majestät, und ich kenne Euren Glauben. Ich weiß, dass Gott in Eurem Leben einen Platz einnimmt. Aber steht Ihr auch auf gutem Fuß mit Seinem Stellvertreter auf Erden?«

»Mit dem Papst?«, fragte Livain erstaunt.

Pieter nickte. Ein Lächeln trat auf sein kleines, faltiges Gesicht. »Nikolaus IV. stammt aus Brittia... Wie Emmer Ginsterhaupt. Und die größten Schwierigkeiten machen uns doch heute Emmer und Eure frühere Ehefrau. Durch ihre Heirat sind sie zu einem bedeutenderen Feind geworden als selbst die größten Feinde, denen Euer Vater sich entgegenstellen musste. Helena hat ihm Quitenien, Steinlanden und Arvert mit in die Ehe gebracht, und er besitzt selbst schon Northia, Andesien und Turan. Auf diese Weise wird, wenn er erst gekrönt worden ist, über die Hälfte Gallicas vom Königreich Brittia abhängig sein. Was Ihr braucht, sind Verbündete, die dem gewachsen sind. Der Papst wäre in dem Konflikt, in dem Emmer Euer Gegner ist, ein bedeutender Trumpf: Sie stammen aus dem gleichen Land, und Ihr dürft es unter keinen Umständen darauf ankommen lassen, dass die beiden sich gegen Euch verbünden.«

»Was soll ich tun? Ich habe schon einen Kreuzzug ausgerichtet, um das Wohlwollen seines Vorgängers zu gewinnen... Ihr seht doch, wohin das geführt hat.«

»Heiratet wieder. Heiratet eine mächtige Frau, und bittet den Papst, diese Verbindung zu segnen.«

Der König zögerte einen Augenblick. »Wieder heiraten...«

Er hat schon darüber nachgedacht. Perfekt! Das ist der Rat, den er hören wollte. Ich muss ihm die Überlegungen bestätigen, die ihn daran haben denken lassen.

»Helena hat Euch keinen Sohn geschenkt. Ihr seid vierunddreißig Jahre alt, und es ist Zeit, dass Ihr Euch über Eure Nachfolge Gedanken macht.«

Der König kehrte wieder zu seinem Sessel zurück und sah den Abt an.

»Eine mächtige Frau, sagt Ihr?«

»Selbstverständlich. Eine Frau, die Eure Herrschaft festigen wird...«

»Das habe ich schon gehofft, als ich Helena von Quitenien geheiratet habe«, spottete Livain.

»Sie ist nur die Tochter eines Herzogs, Majestät, und noch dazu eine Heidin, die ihre Zeit damit verbringt, mit ihren sittenlosen Troubadouren zu feiern! Nein... Ich dachte an eine weitaus bedeutendere Verbindung.«

»An die Tochter eines Königs?« Livain hob erstaunt die Augenbrauen.

»An Camilla von Kastel, die Erbin des Königreichs von Kastel. Heiratet sie, Livain, und bittet den Papst, Eure Hochzeit zu feiern. Ihr werdet auf einen Schlag zwei Verbündete gewinnen, die mächtiger sind als der Feind, der uns Sorgen macht.«

Der König nickte lächelnd. Zweifelsohne war dies der beste Vorschlag, den man ihm seit sehr langer Zeit unterbreitet hatte – vielleicht sogar seit dem Tod Muths von Clartal.

»Und das ist noch nicht alles«, fuhr Pieter fort. »Ihr müsst Euer eigenes Königreich stabilisieren.«

»Das habe ich doch unablässig getan!«, fuhr Livain auf.

»Wirklich? Tolosa mag ja eines Eurer Lehen sein, aber ich bin nicht überzeugt, dass die Treue des Grafen Redhan Euch völlig sicher ist. Er wäre dennoch ein wertvoller Verbündeter.«

»Redhan ist ein Dickkopf, und die Grafschaft Tolosa war schon immer sehr eigenständig, ein Lehen, das man nur schwer beherrschen kann.«

»Das ist wahr«, stimmte Pieter zu. »Dort unten weht ein Wind, der nach Unabhängigkeit strebt und der Krone noch nie sehr gewogen war, ganz zu schweigen von den Ketzern, die eine wahre Beleidigung für die Christenheit darstellen... Aber gerade deshalb müsst Ihr den Grafen von Tolosa enger an Euch binden. Das sollte dem König, der Ihr sein wollt, nicht unmöglich sein.«

»Gebt acht auf das, was Ihr sagt, Pieter. Ich will gern Eure Ratschläge anhören, aber verschont mich mit Euren Spötteleien. Ich habe großen Respekt vor Eurem Alter und Eurer Laufbahn, aber ich bin nichtsdestotrotz Euer König.«

»Ich kenne ein Mittel, Euch mit dem Grafen von Tolosa auszusöhnen«, gab der Abt zurück, als hätte er die Ermahnung Livains nicht gehört.

»Und wie sollte das gehen?«

»Na, auf die gleiche Weise, Majestät!«

»Eine Heirat?«

»Eure Schwester Constanze sucht doch einen Ehemann?«

Der König runzelte die Stirn; dann rieb er sich den Bart und lehnte sich tiefer in seinen Sessel. Eine ganze Weile blieb er still; er blickte zwar in die Richtung des Abts, sah ihn aber nicht mehr. Er war mit den Gedanken anderswo. Schließlich lächelte er.

»Ihr könnt uns für den Augenblick verlassen«, sagte der König einfach und stand auf. »Ich danke Euch für Euren Besuch, mein lieber Abt. Wir werden uns wieder sprechen.«

Pieter der Ehrwürdige grüßte den König und ging ohne ein weiteres Wort. Als er die Tür durchschritten hatte, ballte er in seiner Dalmatik die Hände zu Fäusten. Diese erste Partie hatte er gewonnen.

»Ich würde lieber sterben, als deinen Platz einzunehmen!«, rief der junge Mann aus und sprang vom Tisch auf.

Es war wieder Juni. Vier Jahre waren seit jener denkwürdigen Johannisnacht vergangen. Bohem war nun siebzehn Jahre alt, und nur der gute Ruf seines Vaters hatte ihn vor der Schande bewahrt.

Martial hatte den Bischof von Nabomar angefleht, seinen Sohn nicht zu exkommunizieren; die Angelegenheit hatte sich ein ganzes Jahr hingezogen, bevor man endlich Milde bewiesen hatte. Aber seitdem hatte niemand mehr Bohem mit den gleichen Augen wie früher gesehen. Die Leute des Dorfs wagten nicht mehr, mit ihm zu sprechen. Pater Grimoald weigerte sich, das Wort an ihn zu richten, und hatte ihm derart argwöhnische Blicke zugeworfen, wenn er zur Kommunion in die Kirche gekommen war, dass er am Ende nicht mehr dorthin gegangen war und sich gewissermaßen selbst exkommuniziert hatte. Lange Zeit hatte Bohem die Wundmale seiner Verbrennungen getragen. Seine Haare hatten zwei Jahre gebraucht, um wieder zu wachsen, und er hatte noch heute Narben im Gesicht und auf den Händen. Niemand konnte vergessen, was geschehen war. Er, dessen hübsches Gesicht früher mehr als ein Mädchen des Dorfs verzaubert hatte, wirkte nun furchteinflößend, und man ging ihm lieber aus dem Weg. Nicht dass er seine Anziehungskraft verloren gehabt hätte! Bohem war noch immer ein gut aussehender Junge, und seine Narben verliehen seinem Gesicht sogar eine Art verborgener Kraft, eine rätselhafte Härte. Aber was er getan hatte, war unnatürlich, und in gewisser Weise war er dadurch zu einem Fremden geworden.

Allein Catriona, die mittlerweile fünfzehn Jahre alt war, hatte sich all ihre Liebe zu ihrem großen Bruder bewahrt. Doch auch für sie hatte sich etwas geändert. Obwohl sie Bohem innig liebte, konnte sie sich ihm nicht mehr so anvertrauen wie früher. Er war verschlossen geworden. Natürlich schenkte er ihr noch immer ein liebevolles Lächeln, und sie sah an seinem Blick, dass er mit der gleichen Inbrunst wie früher an ihr hing, aber er verbrachte nicht mehr so viel Zeit mit ihr. Sobald Catriona sich einmal etwas ernsthafter mit ihm unterhalten wollte, floh er. Sie sprachen nie von der Johannisnacht.

»Das ist der einzige Weg, auf dem du deine Verfehlung wiedergutmachen kannst, Bohem, und überhaupt... Was könntest du denn sonst tun?«, rief Martial und stand seinerseits auf.

Bohem blieb stehen und fuhr herum. »Ich muss meine Verfehlung nicht wiedergutmachen. Ich bereue nichts!«

Martial warf sich auf seinen Sohn und verpasste ihm eine kräftige Ohrfeige.

Bohem verlor das Gleichgewicht und stürzte mitten ins Zimmer, sodass er im Fallen einen Stuhl umriss.

Catriona stieß einen spitzen Schrei aus, lief in die Speisekammer und schlug die Tür hinter sich zu. Sie konnte die Auseinandersetzungen zwischen Bohem und ihrem Vater nicht mehr ertragen. Seit vier Jahren war ihr Leben viel zu kompliziert und angespannt für sie geworden. Und sie fühlte sich einsam, viel zu einsam...

Sie wohnten alle drei in einem kleinen Haus am Ende einer steil abfallenden Straße im westlichen Teil von Passhausen. Es war eine bescheidene Bleibe, in der sie immer ärmlicher lebten, da die Nebel immer seltener wurden und Martial immer weniger Prämien einstreichen konnte. Ein großer Kamin mit einem eisernen Kesselhaken, großen, abgenutzten Feuerböcken und einem alten Kochtopf nahm die gesamte Nordwand des Hauptraums ein. Ein Brotkasten, ein Tisch, eine Bank, zwei Stühle, einige Körbe, eine kleine Handmühle und die Jagdausrüstung des Wolfsjägers... Auf diese wenigen Dinge beschränkte sich heute ihr ganzer Besitz, und damit ließ sich nicht viel anfangen.

»Weißt du, was mich deine Geschichte gekostet hat?«

Bohem stand mühsam auf; er hielt sich die Wange. »Das hast du mir schon tausendmal erzählt. Und du kannst mir auch tausend weitere Ohrfeige geben – das wird nichts daran ändern. Ich bereue nicht.«

Martial schüttelte den Kopf und setzte sich zurück an den großen Tisch. Er begann wieder zu essen, als ob nichts geschehen wäre, aber man konnte seinem Blick ansehen, dass er sich nur bemühte, seine Wut im Zaum zu halten. »Warum bist du so stolz, Bohem?«

Der junge Mann hob den Stuhl auf, der neben ihn gefallen war, aber er setzte sich nicht; seine Hände krampften sich um die Rückenlehne.

»Seit ich ganz klein bin, sehe ich dich Nebel jagen, blind, einen nach dem anderen. Jedes Jahr zahlt dir der König ein wenig mehr dafür, dass du die letzten Wölfe und Chimären ausrottest. Bald wird es keinen einzigen Nebel mehr in Gallica geben. Und warum?«

»Das ist mein Beruf, Bohem.«

»Ja, aber warum? Nie hat dich auch nur ein einziger Nebel angegriffen! Nie ist ein Nebel ins Dorf eingedrungen…«

»Die Nebel töten ganze Herden unserer Schafe.«

»Das erzählen sich die Leute, aber hast du das jemals selbst gesehen?«

»Sie tun das niemals in Anwesenheit von Menschen…«

»Wie kannst du dir also derart sicher sein?«

»Wie auch immer, es steht dir nicht zu, darüber zu richten, Bohem! Es ist der Wille des Königs, und er hat seine Gründe, genau wie die Kirche. Die Nebel sind die Verkörperung des Bösen, das weißt du sehr gut. Sie sind keine Geschöpfe Gottes. Wenn du doch nur in die Kirche zurückkehren wolltest, würdest du das vielleicht verstehen ...«

Bohem schüttelte den Kopf. »Das glaube ich keinen Augenblick lang.«

»In jedem Fall hast du keine Wahl. Wenn ich zu alt bin, um zu arbeiten, musst du einen Weg finden, dich und deine Schwester zu ernähren.«

»Ich werde kein Wolfsjäger werden.«

Martial schlug mit der Faust auf den Tisch. »Und was wirst du stattdessen werden? Du verstehst dich doch nur darauf, oben auf einem Scheiterhaufen den Hanswurst zu spielen – und deinen Vater zu demütigen! Was stört dich so sehr an der Nebeljagd? Schämst du dich für meinen Beruf? Hast du mir etwas vorzuwerfen? Was glaubst du denn, wie ich uns genug zum Leben kaufen kann, du Dummkopf?«

»Du hast deine Wahl getroffen, ich mache dir keine Vorwürfe. Aber ich ... ich werde kein Wolfsjäger werden.«

Martial richtete sich mit einem Ruck auf. Diesmal war sein Gesicht hasserfüllt. Seine Augen waren blutunterlaufen.

»Dann verschwinde gefälligst von hier!«, schrie er und zeigte mit dem Finger auf die Tür ihres kleinen Hauses. »Geh! Und sieh selbst zu, wie du zurechtkommst!«

Bohem biss sich auf die Lippen. Er war zu weit gegangen. Jetzt machte sein Vater ihm wirklich Angst.

»Geh!«, wiederholte der Wolfsjäger und versetzte dem Tisch einen Fußtritt. »Verzieh dich!«

Dem jungen Mann stiegen Tränen in die Augen. Der Blick seines Vaters war so bedrohlich, dass er sich nicht zu rühren wagte. Da hörte er, wie die Tür des Zimmers hinter ihm sich öffnete. Er spürte Catrionas Blick. Auch sie weinte.

»Zum letzten Mal«, schrie Martial, »geh!«

Martials Augen röteten sich immer mehr; die Wut stieg ihm in alle Adern, bereit, hervorzubrechen. Der Wolfsjäger packte den Stuhl, der hinter ihm stand, und schleuderte ihn mit Gewalt gegen die Wand. Er zerbrach unter ohrenbetäubendem Lärm genau hinter Bohem.

»Raus!«

Der junge Mann zuckte zusammen. Nun hatte er keine Wahl mehr; er musste gehen. Er warf seiner Schwester einen letzten Blick zu und hastete dann aus dem Haus. Einige Dorfbewohner, die Martials Schreie gehört hatten und gekommen waren, um zu sehen, was sich abspielte, drückten sich in der kleinen Gasse herum, als der junge Mann herauskam. Bohem bemerkte sie, kümmerte sich aber nicht um sie. Mit tränenfeuchten Augen und zugeschnürtem Hals hatte er nur noch einen Gedanken: Weglaufen. Nur weglaufen.

Es war nicht das erste Mal, dass Bohem sich mitten in der Nacht allein in der gebüschreichen Heide des Tolosaner Landes aufhielt. Der leichte Wind aus westlicher Richtung trug den Geruch von trockenem Gras und Rosmarin heran.

Bohem war so lange gelaufen, dass die Lichter von Passhausen hinter den Hügeln verschwunden waren. Das war auch besser so.

Er blieb stehen, setzte sich auf einen kleinen Kalkfelsen und stieß einen tiefen Seufzer aus. Bis wohin würde er diesmal gehen? Würde er morgen ins Haus seines Vaters zurückkehren? Und würde sein Vater ihn, wenn er es denn tat, noch einmal willkommen heißen? Oder würde Bohem endlich den Mut aufbringen, für immer zu gehen? Er hatte es schon so oft versucht! Er wollte seit so langer Zeit fort, seit der Johannisnacht, oder vielleicht sogar schon länger ... Aber er hatte nie das Herz gehabt, seine kleine Schwester zu verlassen. Auch heute Abend fehlte ihm Catriona schon, trotz des Zorns und der Demütigung, die er empfand. Ihr blondes, lockiges Haar, ihre großen, traurigen Augen und ihr zärtliches Lächeln ... Sie war wie eine lebendige Erinnerung an ihre Mutter. Er sah die Tränen auf ihren Wangen im Türspalt jetzt immer noch vor sich.

Wie konnte er dieses Leben hinter sich lassen, ohne Catriona zurückzulassen? Sollte er sie mitnehmen? Nein. Das Recht dazu hatte er nicht. Sie liebte ihren Vater und brauchte ihn.

Er hob die Augen zum Himmel und suchte eine Antwort in den Sternen, doch dort oben war nur ein stilles Meer voll silbriger Schaumkronen, das ihm keine Antwort gab.

Als er eben von einer Woge des Kummers überwältigt zu werden drohte, sah er plötzlich, wie sich die Zweige eines Feuerdorns zu seiner Rechten bewegten. Bohem wandte langsam den Kopf und kniff die Augen zusammen, um in der Dunkelheit besser sehen zu können. Der Wind hatte kein Geräusch gemacht, dafür blies er nicht stark genug; da war etwas anderes. War ihm jemand gefolgt?

Er stand leise auf, damit ihn niemand hörte. Aber es war sicher zu spät; er fühlte sich beobachtet. Er war die Beute ... Er begann zu spüren, wie Angstschauer an seiner Wirbelsäule entlangzulaufen begannen. Kaum, dass er aufgestanden war, sah er erneut eine Regung hinter dem Busch. Er zuckte zusammen. Etwas hatte sich bewegt, etwas, das sich hinter den Zweigen versteckte. Er begriff, dass es kein Mensch sein konnte. Nein. Es musste sich um ein Tier handeln.

Bohem biss die Zähne zusammen. Er hatte nichts, womit er

sich verteidigen konnte. Aber er durfte nicht fliehen. Das Tier würde ihn zwangsläufig anspringen.

Er raffte in seinem Innersten ein wenig Mut zusammen und trat einen Schritt zur Seite. Da sah er ihn im bläulichen Licht des Sommermonds, zuerst seine Augen, zwei gelbe, von einem feinen schwarzen Strich umrandete Augen, die vom Licht der Nacht durchdrungen zu sein schienen und ihn anstarrten. Seinen Pelz, der vom Weißen ins Graue spielte und auf seinen Rücken und seinen Schwanz Schatten malte. Die helleren Flächen auf seiner Schnauze und seinen abgerundeten Ohren umrahmten einen unbeweglichen Blick, der eine uralte Weisheit auszustrahlen schien. Ein Wolf. Ein großer, grauer Wolf.

Bohem war wie gelähmt und trotz der Junihitze wie zu Eis erstarrt. Der Schrecken, der ihn plötzlich überkommen hatte, wich Stück für Stück sprachlosem Erstaunen. Ein Nebel, vor ihm, lebendig, frei, wie er ihn noch nie gesehen hatte.

Sie blieben eine ganze Weile so stehen, Auge in Auge, starr. Jeder andere Bewohner des Dorfs wäre schon längst geflohen, und ein außenstehender Beobachter hätte diesen Blickwechsel für eine Herausforderung halten können. Doch es war etwas ganz anderes, das spürte Bohem in seinem Innersten. Sie zähmten einander gegenseitig, mit etwas Furcht oder vielleicht mit Respekt.

Auf einmal öffnete der Wolf ein wenig sein Maul und begann, mit hängender Zunge zu hecheln. Die Sonne war schon lange verschwunden, aber es war noch heiß. Sein Schädel hob sich im Takt seines lauten Atems, und sein Blick wurde milder.

Bohem atmete ebenfalls aus und machte einen Schritt auf den Wolf zu, ohne ihn aus den Augen zu lassen. Das Tier schloss sofort sein Maul und spannte sich etwas an, wich aber nicht zurück.

Der junge Mann zögerte. Was wollte dieser Nebel? War es derselbe, den er vier Jahre zuvor aus den Flammen gerettet hatte? Er hätte es nicht zu sagen vermocht. Die Farbe seines Fells war zwar recht ähnlich, aber es war so lange her – wie konnte er sich da erinnern? Wurde ein Wolf überhaupt so alt? In jedem Fall war es seltsam. Der Wolf war nicht geflohen, und Bohem wusste, dass Wölfe immer flohen. Das hatte sein Vater ihm oft erzählt; man fand sich nie von Angesicht zu Angesicht mit einem Wolf wieder. Dieser hier war geblieben. Warum? Worauf wartete er? Würde er angreifen? Nein, dessen war sich Bohem so gut wie sicher. Der Wolf hatte nichts Angriffslustiges an sich. Da war so etwas in seiner Haltung …

Bohem machte noch einen Schritt nach vorn; der Wolf sah ihn noch immer an. Noch einen Schritt und noch einen. Diesmal zuckte das Tier zurück.

Bohem blieb stehen. Er wollte den Wolf nicht in die Flucht schlagen. Er wartete einen Augenblick. Der Wolf begann ein wenig zu bellen und sich auf seinen Tatzen nach vorn zu neigen. Bohem wich einen Schritt zurück. Der Wolf duckte sich abrupt.

Man könnte meinen, dass er Lust hat, zu spielen, dachte Bohem.

Der junge Mann beschloss, etwas auszuprobieren. Er entfernte sich von dem Tier, zuerst langsam, dann immer schneller. Schließlich drehte er sich um und sah zurück. Er klatschte in die Hände, um es zu reizen. Der Wolf machte einen Sprung zur Seite. Bohem lächelte. Er begann, zum Gipfel des Hügels zu laufen, und warf einen flüchtigen Blick hinter sich. Er hatte sich nicht getäuscht: Auch der Wolf lief, ein Stück zurückversetzt. Bohem blieb schlagartig stehen. Der Wolf ebenfalls. Er spielte.

Der junge Mann beschloss zu gehen – mit dem Wolf zu gehen, ganz einfach. Er sagte sich, dass es vielleicht das war, was das Tier suchte, Gesellschaft, wenn auch keine zu nahe. *Keine zu vereinnahmende.* Nur jemanden, der da war.

Also gingen sie. Als sie auf dem Hügelkamm ankamen, lief der Wolf vor Bohem. Er verschwand dann und wann hinter den Büschen, aber der junge Mann sah regelmäßig die gelben Augen des Tiers, das sich umdrehte, als wolle es sicherstellen, dass er immer noch da war. Der Sohn des Wolfsjägers erkannte plötzlich, dass er all sein Leid vergessen hatte. Er war im Moment so gut gelaunt! Und fast ungläubig erstaunt. Was für ein Glück er hatte, einen Nebel aus solcher Nähe zu sehen und mit ihm zu spielen!

Als er begann, die Auswirkungen der Müdigkeit zu spüren, entschloss er sich, anzuhalten, und setzte sich auf einen toten Baumstamm mitten in der Heide. Er sah, wie der Wolf sich umdrehte und den Kopf schief legte, bevor er hinter einem Gebüsch verschwand.

Bohem glitt vom Baumstamm herab und lehnte sich gegen einen Ast. Er legte die Füße auf den Stumpf, ließ seinen Kopf zurücksinken, verschränkte die Arme vor der Brust und stieß ein wohliges Seufzen aus. Es ging ihm gut. Die Nacht war wunderschön. Der Juni quoll vor Gerüchen und Milde über. Vor allem aber wusste er nun, dass er recht gehabt hatte, was die Nebel betraf. Sie waren nicht der Geist des Bösen; das war nicht möglich.

Er lächelte, wandte den Kopf nach rechts und sah, wie der Wolf sich entfernte, sich noch einmal im Kreis drehte und sich dann seinerseits hinlegte, weiter entfernt, ausreichend weit.

Bohem schloss die Augen und schlief ein, vom eintönigen Zirpen der Grillen in den Schlaf gesungen.

Helena von Quitenien hob den Blick zum prächtigen Gewölbe des außergewöhnlich hohen Kirchenschiffs empor und ließ ihn über all die Statuen und Gemälde schweifen, die über die gesamte Gemeinde der Abteikirche von Thorney zu wachen schienen. Das bunte Licht, das durch die Kirchenfenster drang, gab Helenas Gesicht die Sanftheit von einst zurück. Ihre langen, roten Locken schienen beinahe in Flammen zu stehen. Sie war so schön wie an ihrem fünfzehnten Geburtstag.

Sie lächelte, aber es war jetzt das Lächeln einer Frau ohne Illusionen. Sie hatte so vieles durchlebt, so viel gehofft und so viel geweint, so sehr geliebt und so sehr gehasst... Das Leben war wie eine alte Gefährtin, deren Bosheiten und Listen sie kannte.

Sie senkte den Blick wieder und wandte die Augen zum Eingang der Abteikirche. Ihr Ehemann würde bald hereinkommen und zum König gemacht werden, wie schon ihr erster Mann vor über zwanzig Jahren zum König gemacht worden war, derjenige, der sie verstoßen hatte und immer noch über Gallica herrschte. Sie wusste heute, dass alles nichts als ein Machtspiel war, ein großes Kartenspiel, in dem sie ein Trumpf war, der zwischen den Spielern hin- und herwechselte und erst im letzten Augenblick aufgedeckt wurde. Aber diesmal würde sie nicht mit sich spielen lassen. Von nun an gehörte sie selbst zu den Spielern. Ihr neuer Mann würde sich ihrer nicht so bedienen können, wie der letzte es getan hatte. Sie war zuallererst die Herzogin von Quitenien, die Mutter der Troubadoure, und das würde sie bis zu ihrem Todestag bleiben. Das war ihr Glück, ihre Kraft, ihre Entschuldigung.

Sie war also über das Meer hierhergekommen, um der Krönung Emmers beizuwohnen, der sie zwei Jahre zuvor geheiratet hatte und bereits die Herrschaft über das Königreich Brittia ausübte. Aber schon am nächsten Tag würde sie nach Gallica zurückkehren, allein und als Herrin über ihre Entscheidungen. Sie würde nach Hohenstein aufbrechen, wo ihr Hof aus Spielleuten und Dichtern sie erwartete, würde ins Land ihrer Vorfahren zurückkehren und die einfache Süße des Lebens unter Künstlern und geistreichen Menschen genießen, fern von der Kriegslust und den Eroberungsträumen, die ihre beiden Ehemänner beschäftigten, den früheren ebenso wie den jetzigen.

Am Vortag war Emmer in seinen vornehmsten und glanzvollsten Gewändern vom Sankt-Petri-Turm bis zur Abtei von Thorney, die nur einige Schritte vom Fluss entfernt lag, durch die Stadt gezogen. Umgeben von den größten Herren seines Landes und zahlreichen Bischöfen hatte er sich in der ganzen Stadt vor einer jubelnden Menge gezeigt, die immer bereit war, derart außergewöhnliche Anlässe zu feiern. Helena hatte ihn natürlich den ganzen Tag lang begleitet und war erstaunt gewesen, das Lächeln und die wohlwollenden Blicke des Volks von Brittia zu sehen. Nahm man es ihr also nicht übel, dass sie Gallicerin war? Jedes Mal, wenn die Kutsche in der Nähe der Zuschauer angehalten hatte, und an jeder Straßenecke hatte man ihr zugerufen, dass sie schön sei, und hatte ihr den Segen Gottes gewünscht. Am Abend waren sie in den Palast zurückgekehrt, wo der Abt von Thorney eine sehr förmliche und ausgesprochen langweilige Predigt zur Vorbereitung auf die Krönung gehalten hatte. Sie hatten bis spät in die Nacht über die Zeremonie gesprochen. Schließlich hatte sich Helena zum Schlafen zurückgezogen, um in der Einsamkeit ihrer Gemächer ein wenig Frieden zu finden.

Heute Morgen hatte Emmer das Bad der Könige genommen und danach ein Hemd und einen Mantel aus weißer Seide anlegen müssen, die an Brust und Schultern sowie in der Mitte der Ärmel offen waren. Von zwei Bischöfen begleitet würde er nun gleich das Kirchenschiff der Abtei von Thorney im Takt der Choräle, die die ganze steinerne Kathedrale erfüllten, hinaufschreiten.

Helena strich eine Haarsträhne zurück, die ihr in die hohe Stirn fiel. Sie konnte sich nicht davon abhalten, an die Vergangenheit zu denken, an ihre Jugend, die man ihr gestohlen hatte, indem man sie mit fünfzehn Jahren an den König von Gallica verheiratet hatte. Eines Tages hatte sie zu Abt Segur, dem treuesten Ratgeber des Königs, einen Satz gesagt, der sich daraufhin im ganzen Königreich herumgesprochen und sicher ihren Bruch mit Livain mitverursacht hatte: »*Ich habe gelegentlich den Eindruck, einen Mönch geheiratet zu haben.*« Nun wurde ihr zweiter Ehemann seinerseits König. Würde er sie so vernachlässigen, wie es Livain getan hatte?

In diesem Moment erschien Emmer Ginsterhaupt am unteren Ende des gewaltigen Kirchenschiffs, umgeben von den Strahlen der Sommersonne, auf dem langen Teppich aus rotem Samt, der bis zum Krönungsthron führte. Mit seinem strahlenden Gesicht war er noch anmutiger als je zuvor. Sein kurzes blondes Haar glänzte im hellen Licht, in seinen blauen Augen leuchteten tausend Feuer, und seine rosige Hautfarbe ließ sein Gesicht wie das eines Kindes wirken. Die Choräle stiegen zwischen den steinernen Säulen empor, als erklängen sie aus den Kehlen der Heiligenstatuen, die die Pfeiler schmückten. Die Gemeinde erhob sich und wandte sich dem Licht zu.

Wenigstens ist der hier schön!, dachte Helena lächelnd. Sie stand ihrerseits auf.

Die langsame Prozession bewegte sich auf den Hochaltar zu. Rechts von Emmer trug ein Mönch das geschnitzte Holzkreuz, und zu seiner Linken zeigte der Abt von Thorney das Szepter, das der König als Zeichen seiner Herrschergewalt empfangen würde. Rings um ihn trugen vier Barone silberne Lanzen vor sich her, an denen das Banner des Hauses Ginsterhaupt befestigt war, ein Banner, das man zur Verhöhnung König Livains im Boden Gallicas aufpflanzen würde. Helena konnte nicht umhin, angesichts dieses Gedankens zu lächeln. Dann besann sie sich. So einfach würden die Dinge sicher nicht sein ...

Gebell schreckte Bohem aus dem Schlaf auf. Er fiel auf der anderen Seite des abgestorbenen Baums auf den Rücken. Seine erste Reaktion bestand darin, sich schützen zu wollen; er glaubte, angegriffen zu werden. Doch dem war nicht so. Er besann sich auf den Ort, an dem er sich befand, auf die Heide. Dann kehrten die Bilder des Vorabends zu ihm zurück, der Streit mit seinem Vater, Catrionas Augen hinter der Tür, sein Aufbruch, der Wolf ... Er kam zu sich und stützte sich auf den Baumstamm, um zu sehen, was geschah. Die Nacht war noch nicht ganz vorüber. Am rötlichen Leuchten des Himmels konnte man den nahenden Sonnenaufgang erahnen, ohne ihn schon zu sehen. Einige Schritte von ihm entfernt bellte der große graue Wolf aufgeregt und sah ihn an. Er drehte sich um sich selbst, duckte sich auf seine Vorderpfoten, winselte und bellte dann von Neuem, näherte sich dem jungen Mann und wich dann wieder zurück.

»Was ist los mit dir?«, fragte Bohem, als ob der Nebel ihn verstehen könnte.

Das Tier hielt inne und bellte dann noch lauter. Bohem zuckte zusammen. Der Nebel verhielt sich überhaupt nicht mehr wie am Vorabend. Er wollte nicht spielen; das hier war etwas anderes.

Bohem klopfte seine Kleider aus, um den Sand und die kleinen Zweige daraus zu entfernen, und ging dann auf die andere Seite des Baumstamms hinüber, um sich dem Tier zu nähern.

Der Wolf drehte sich sofort um und begann, nach Westen zu laufen. Erstaunt sah Bohem ihm nach und runzelte die Stirn. Nach einigen Schritten blieb der Wolf stehen und wandte sich zu ihm um. Er bellte noch einmal.

Er ruft mich. Bohem ging auf das Tier zu; dieses machte sich wieder auf den Weg.

Ja. Das ist es. Er will, dass ich ihm folge.

Der Sohn des Wolfsjägers beschleunigte seinen Schritt und sah sich bald gezwungen, zu rennen, um den Wolf nicht aus den Augen zu verlieren. Mehrfach fiel er fast hin, so schnell lief das Tier. Hier gab es keine Pfade mehr, nur noch wild wachsende Kräuter und die Sträucher der Heide. Das Gelände wurde abschüssig. Bohem ließ sich von der Schnelligkeit mitreißen. Seine Füße schrammten an Gestrüpp entlang und glitten auf der trockenen Erde aus. Er wurde ein wenig langsamer und versuchte, die Richtung zu halten. Am Fuß des Abhangs angekommen konnte er den Wolf nicht mehr sehen.

Außer Atem blieb er stehen, beugte sich vor, um wieder Luft zu bekommen, und hielt dann nach dem Tier Ausschau. Nichts. Er sah nach unten und suchte nach Spuren, die ihn hätten führen können, aber der Boden war zu ausgetrocknet. Er ging einige Schritte nach vorn, drehte sich um sich selbst und entdeckte ihn dann endlich, ein wenig weiter oben, an der Flanke eines anderen Hügels noch weiter westlich.

»Da bist du ja!«, rief er lächelnd. Aber der Wolf gönnte ihm keine Verschnaufpause. Er lief auf die Hügelkuppe zu, die von den ersten Sonnenstrahlen beschienen wurde. Bohem stieß einen Seufzer aus, zögerte einen Augenblick und entschloss sich dann, zu rennen. Das Verhalten des Wolfs begann ihn zu beunruhigen. Oben auf der Anhöhe angekommen erkannte er, dass sie sich Passhausen näherten. Der Wolf vor ihm lief auf das Dorf zu. Bohem sagte sich, dass das sicher nur ein Zufall war; dennoch lief er schneller.

Der Wolf setzte seinen Weg fort, immer noch in derselben Richtung. Er sah sich immer seltener um und wirkte immer aufgeregter. Als sie auf dem Hügel von Prade eintrafen, begriff Bohem sofort, dass dies kein Zufall war, sondern dass der Wolf ihn absichtlich dorthin geführt hatte. Sein Herz begann zu hämmern. Dichter Rauch stieg jenseits der Baumwipfel auf, von dort, wo sich das *castrum* Passhausen befand.

Der Festzug näherte sich endlich dem Thron. Der Mönch, der neben Helena stand, nahm ihren Arm und führte sie an Emmers Seite, damit sie ebenfalls vor dem Hochaltar Platz nehmen konnte. Die Herzogin von Quitenien setzte sich an die rechte Seite ihres Mannes. Sie legte ihre Hand auf die Armlehne und strich sanft über das fein geschnitzte Holz. Man hatte ihr viel über diesen Thron erzählt. Vor über einem Jahrhundert war er gleichzeitig mit der Abtei geweiht worden und umschloss in seinem Inneren – so sagte man zumindest – die Dornenkrone Christi. Auf diesem Thron aus dunklem Eichenholz waren alle Könige Brittias geweiht worden, in dieser Kathedrale. Die gesamte obere Hälfte des Throns war von einem galatischen Meister bemalt worden, während der Sockel aus einer unvergleichlichen Schnitzerei bestand, in der man Vögel, Blattwerk und Tiere vor einem vergoldeten Hintergrund erkennen konnte. Der Umriss eines Ritters – sicher stellte er einen der ersten Könige von Brittia dar –, dessen Füße auf einem Löwen ruhten, war auf die breite Rückenlehne gemalt.

Als die Choräle verstummt waren, erhob sich der König und kniete zwischen zwei Bischöfen nieder, die ihn vor dem Altar erwarteten. Sie legten ihm eine golddurchwirkte Schärpe um den Hals, die Inschriften trug, die Helena nicht entziffern konnte. Der Erzbischof von Kanteburg trat vor Emmer, der sich nicht rührte. Das rechte Knie auf ein mit Goldfäden besticktes Seidenkissen gesetzt, verharrte er das ganze Gebet des Erzbischofs hindurch in einer tiefen Verneigung und hielt seinen Kopf respektvoll gesenkt. Erst als das Gebet vorüber war, durfte er sich erheben. Eine spürbare Stille senkte sich über die Kathedrale. Ein Schauer durchlief Helena. Sie konnte das Gesicht ihres Mannes nicht sehen, ahnte aber, was er fühlen musste. Seit seiner frühesten Kindheit hatte Emmer gelernt, auf diesen Augenblick zu warten und zugleich zu fürchten, dass er nie eintreten würde, da die Erbfolge so umstritten war...

Man nahm ihm alle Gewänder bis auf sein Seidenhemd ab. Dann salbte der Erzbischof den Körper des neuen Königs an fünf Stellen. Er strich das heilige Öl auf Emmers Hände, seine Brust, zwischen seine Schultern, in seine Armbeugen und schließlich auf seine Stirn, indem er ein Kreuz zeichnete. Einer der beiden Bischöfe trat heran und rieb Emmers Gesicht mit einem weißen Leintuch ab. Nun forderte man ihn auf, sein Schwert hochzuhalten. Emmer ergriff die schwere Klinge, die an seiner Seite lag, und hielt sie dem Erzbischof hin, der sie segnete.

Dann war der Augenblick gekommen, die Krone zu weihen. Die beiden Bischöfe trugen sie vor den Erzbischof von Kanteburg, der ein Segensgebet sprach, das Prunkstück in beide Hände nahm und es auf Emmers Kopf setzte. Es war eine herrliche goldene Krone, die von drei Bögen überspannt und mit kostbaren Steinen besetzt war. Ihr unterer Rand zeigte drei goldene Leoparden in rotem Feld.

Man reichte Emmer sodann ein Paar weißer Handschuhe, die er sofort überstreifte, und der Erzbischof vertraute ihm das königliche Szepter an. Ginsterhaupt richtete sich auf und wandte sich der Gemeinde zu. Seine Augen leuchteten wie zwei zur Mittagssonne hin geöffnete Fenster. Jeder Zug seines noch jungen Gesichts ließ seinen Stolz erkennen. Er warf Helena einen Blick zu, unterdrückte ein Lächeln, stieg dann vorsichtig die zwei Stufen herunter und setzte sich neben sie auf den Thron.

Die Chöre begannen zu singen, diesmal noch lauter als zuvor. Helena erkannte das Gebet. *Te deum laudamus*. Die Gemeinde erhob sich. Alle stimmten in den Gesang ein. Die Herzogin spürte, wie sich die Hand ihres Mannes um ihre eigene schloss und sie kräftig drückte. Sie wandte langsam den Kopf und zwinkerte ihm einfach zu.

Als der Gesang vorüber war, zogen alle in der Kathedrale versammelten Herren Brittias einer nach dem anderen an ihnen vorbei, um ihren Treueid zu schwören und dem neuen König ihre Ehrerbietung zu bezeugen. Als der letzte von ihnen sich entfernt hatte, erkannte Helena, dass nun sie an der Reihe war, die Krone zu empfangen. Auf das Zeichen des Erzbischofs hin stand sie auf, stieg die Stufen empor, die zum Altar führten, und kniete nieder wie ihr Ehemann vor ihr. Der Erzbischof tauchte seinen Zeigefinger in das geweihte Öl und zeichnete ein Kreuz auf die Stirn der Königin. Dann setzte er eine Krone, die der des Königs beinahe glich, auf ihr rotes Haar. Helena erhob sich, küsste die Hand des Erzbischofs und nahm ihren Platz neben Emmer wieder ein.

So. Nun war sie zum zweiten Mal Königin, die Königin eines

anderen Landes, die Ehefrau eines anderen Königs. Aber sie würde immer dieselbe bleiben, mit den gleichen Träumen von Freiheit – das Versprechen gab sie sich selbst. Keine Krone der Welt konnte ihr nehmen, was sie im Herzen trug.

Der Erzbischof trat nun vor den Thron und forderte den neuen König auf, sich zu erheben. Emmer tat es und zog Helena mit sich empor. Seine Hand hielt ihre immer stärker umklammert.

»Emmer, versprecht Ihr, den Frieden und den Glauben an Gott für die Kirche, das Volk und den Klerus zu bewahren?«

»Ich verspreche es«, antwortete der König feierlich.

»Versprecht Ihr, in jedem dieser Bereiche das Gesetz herrschen zu lassen, mit Rücksicht, Wahrheitsliebe und Barmherzigkeit?«

»Ich verspreche es.«

»Versprecht Ihr, unsere Gesetze und Bräuche zu schützen, ihnen zu folgen und sie zu stärken, in der Anbetung des Herrn, unseres Gottes?«

»Ich verspreche es.«

»Sei gesegnet, Emmer.«

Nun näherten sich die Bischöfe und sprachen wie mit einer Stimme die rituellen Sätze: »Eure Majestät, wir bitten Euch, dem Klerus und jedem seiner Mitglieder das Privileg der heiligen Kirche zu verleihen und die Rechte der Bischöfe und Äbte bei Eurem königlichen Wort zu verteidigen.«

»Mit Freuden und in der Ergebenheit meiner Seele verspreche ich, dem kanonischen Recht der heiligen Kirche zur Durchsetzung zu verhelfen und mit Gottes Hilfe die Bischöfe und Äbte meines Königreichs zu beschützen.«

»Majestät, werdet Ihr Euer Gelübde halten, die Rechte und Bräuche des Volks von Brittia zu beschützen?«

»Ich werde es halten.«

»Möge Gott Euch hören und das Volk Zeuge dessen sein. Amen.«

»Amen.«

Emmer wandte sich Helena zu und küsste sie. Die Gemeinde jubelte ihnen zu, und die Chöre begannen aufs Neue zu singen. Da lehnte die Königin sich an die Schulter ihres Mannes und flüsterte ihm ins Ohr: »Möge Gott Euch segnen!«

»Danke, meine Königin«, antwortete Emmer lächelnd. Er wollte sich den Versammelten hinter ihnen zuwenden, aber sie packte ihn sanft im Nacken und näherte noch einmal ihren Mund seinem Ohr. »Vergesst niemals, Majestät, dass ich zuerst Herzogin, dann erst Königin bin – und zuerst Frau, dann erst Gemahlin.« Sie drückte einen Kuss auf seine Wange, wandte sich anschließend der Versammlung zu und überließ es ihm, verblüfft über das, was sie ihm damit hatte sagen wollen, nachzudenken. Aber es war nicht der rechte Zeitpunkt dafür. Er grüßte ebenfalls das in der Kathedrale versammelte Volk und versuchte, nicht daran zu denken. Bald würde er alle Zeit dafür haben.

Bohem geriet in Panik. Er sah nach rechts. Der Wolf war stehen geblieben. Er sah ihn an, bewegungslos und mit hängender Zunge. Er hatte ihn dorthin geführt, wo er ihn haben wollte, in die Nähe des Dorfs. Wie hatte er das wissen können? Vielleicht durch den Rauchgeruch ... Und warum? Bohem hatte keine Zeit mehr, sich Fragen zu stellen. Er rannte los, so schnell er konnte, und ließ das Tier hinter sich zurück.

Der Rauch wurde immer dichter und bedrohlicher. Er kam von verschiedenen Stellen und bildete schwarze Säulen, die den rosafarbenen Morgenhorizont in Streifen teilten; die schädlichen Dämpfe verdunkelten den Himmel. Bald war Bohem in Sichtweite des Dorfs. Er blieb abrupt stehen, entsetzt von diesem Bild der Zerstörung. Die meisten Häuser des *castrum* Passhausen standen in Flammen. Die roten Feuerzungen stiegen von überall her auf und schienen sich schon zwischen den einzelnen Wohnhäusern fortzupflanzen. Ein ganzes Stück der Befestigungsmauer auf der Südseite war eingestürzt. Auf dem Boden lagen Haufen von Steintrümmern und Holz, Staub und einige unkenntliche Körper. Und in den Straßen – das Grauen...

Er sah Reiter, undeutliche Schemen, die die Dorfbewohner verfolgten und mit Axt- und Schwerthieben niederstreckten. Bohem traute seinen Augen nicht. Wie war das möglich? Wer hatte ein solches Massaker anordnen können? Herr Malgard hatte keinen einzigen Feind! Passhausen war ein friedliches Dorf! Nein.

Bohem zuckte zusammen, als habe die helle Panik ihn auch körperlich getroffen. Er hatte fliehen wollen, aber das war nicht möglich. Nein. Bohem schluckte seinen eigenen Speichel. Er dachte nur an eines. Catriona. Seine kleine Schwester. Er konnte sie nicht dort lassen!

Der junge Mann lief wieder los. Er stürmte den Hang mit vollem Schwung hinunter. Seine Kehle und seine Augen brannten, sicher aufgrund des Rauchs. Die Angst kroch ihm in die Adern und verkrampfte seine Kiefer. Er ballte die Hände zu Fäusten, fluchte und versuchte, noch schneller zu laufen. Als er am Dorfrand ankam, entdeckte er einen der Reiter einige Schritte von sich entfernt. Er duckte sich hinter einen Felsbrocken, um nicht bemerkt zu werden, und beobachtete dann wieder den Dorfeingang. Der Reiter saß auf einem kräftigen Vollblüter. Er umkreiste langsam einen Mann, der mühsam atmend auf dem Boden kniete. Einen solchen Krieger wie den Reiter hatte Bohem noch nie gesehen. Es war kein Soldat des Grafen von Tolosa und auch kein Gardist des Königs. Dieser Reiter glich keinem Kämpfer, den Bohem je gesehen hatte oder von dem er auch nur in den vielen Geschichten, die man sich im Dorf erzählte, gehört hatte. Mit nacktem Oberkörper und Beinkleidern aus Pelz und Leinen war er eine eindrucksvolle Gestalt, und die Muskeln seiner Arme und Schultern traten bei jeder Bewegung hervor. Seinen Kopf bedeckte eine Mütze aus schwarzem Pelz, und er hatte einen langen Schnurrbart, der bis unter sein Kinn reichte. Zahlreiche Waffen hingen an seinem Gürtel, eine Peitsche, ein Bogen, ein Dolch und ein Köcher; an seinem Sattel war ein Strick befestigt. In der rechten Hand hielt er ein gewaltiges Schwert, das breit und kräftig war. Die vielen Scharten in der Klinge ließen darauf schließen, dass sie schon häufig zum Einsatz gekommen war. In seinem Blick konnte man den Blutdurst und die Freude am Töten erkennen.

Bohem spürte, wie sein Herzschlag sich noch weiter beschleunigte. Er hatte noch nie einen Kampf oder gar eine Schlacht gesehen. Die einzigen Menschen, die er hatte sterben sehen, waren hohem Alter oder einem Unfall erlegen. In Passhausen war solche Gewalt nichts weiter als eine alte Erinnerung, eine Sage, eine überwundene Vergangenheit. Aber heute würde sich all das ändern, daran ließ das, was sich vor seinen Augen abspielte, keinen Zweifel. Der Tod war schon in das Dorf eingedrungen und hatte sein Wüten noch nicht beendet. Bohem wollte das ganz bestimmt nicht mit ansehen. Dennoch war er wie gelähmt und unfähig, die Augen zu schließen.

Der Reiter kreiste noch immer wie ein Raubvogel um seine Beute. Er kam an Bohem vorbei. Der junge Mann wich weiter zurück, um sich zu verbergen. Als er sich wieder aufrichtete, konnte er das Gesicht des Mannes sehen, der außer Atem auf der Erde kniete. Seine Kleider waren zerrissen, seine Stirn blutete, und seine Hände zitterten. Seine Schultern waren resigniert herabgesunken; er war bereit, zu sterben. Es war Pater Grimoald.

Plötzlich sah Bohem Metall glänzend aufblitzen. Der Reiter ließ sein Schwert mit einem kräftigen Hieb niedersausen. Der Priester schloss die Augen. Die Klinge sirrte und durchschnitt den Hals, als ob sie auf keinen Widerstand getroffen sei. Bohem verbarg entsetzt sein Gesicht in den Händen, um nichts zu sehen. Aber er hörte das dumpfe Geräusch, als der Kopf auf den Boden schlug. Dann fiel der Rest des Leichnams, schwer wie ein Sandsack. Bohem biss die Zähne zusammen, bis es schmerzte. All seine Muskeln waren angespannt. Er konnte sich nicht entspannen oder auch nur seine Hände von den Augen nehmen. Der Reiter war noch immer da. Er konnte ihn hören. Vielleicht hatte er seine Anwesenheit bemerkt. Der junge Mann bemühte sich, sich nicht zu bewegen und nicht zu atmen. Sie waren einander so nah.

Plötzlich hörte er das Geräusch der Pferdehufe, das sich entfernte. Er wartete einen Moment; dann senkte er die Hände und öffnete die Augen.

Der Reiter war ins Dorf zurückgekehrt. Auf dem Boden lag der leblose Körper des Priesters ohne Kopf in einer Blutlache.

Bohem durfte keine Zeit verlieren. Übelkeit ergriff ihn. Er stand auf und rannte auf die Befestigungsmauern zu.

Das war Wahnsinn! Er lief Gefahr, gesehen zu werden, und er würde nicht verschont werden. Aber er konnte Catriona nicht im Stich lassen. Er musste wissen, wie es um sie stand, und versuchen, sie zu retten.

Je näher er kam, desto lauter wurden die Schreie der Dorfbewohner, genau wie das Prasseln der Flammen, die immer höher emporschlugen. Bohem hatte den Eindruck, in einen Albtraum hineinzulaufen, in die Hölle oder eine ganz unwirkliche Welt zu stolpern, sich blind in eine Falle zu stürzen... Aber er hatte keine Wahl. Am Fuß der Wälle angekommen, lief er nach Norden an ihnen entlang. Er entsann sich, dass es weiter oben eine Öffnung gab, ein Loch in der Mauer, das dort seit Jahren war, durch das die Kinder heimlich schlüpften und das die Erwachsenen zu übersehen vorgaben. Auf dem Boden entlang der Ringmauer lagen viele Steine. Bohem versuchte, so nah wie möglich an der Wand zu bleiben, in der Hoffnung, dass der Schatten ihn vor Blicken schützen würde. Als er am Durchgang durch den Stein ankam, ließ er sich auf die Knie nieder und warf einen raschen Blick ins Innere. Sein Herz klopfte zum Zerspringen. Er sammelte all seinen Mut, dachte an seine Schwester und warf sich auf die andere Seite. Er kam in einer schmalen, düsteren Straße heraus. Zwei Häuser brannten auf dieser Seite des Dorfs bereits, und auf dem Boden lagen Leichen. Jetzt schon. Blut lief über die ockerfarbene Erde. Bohem hustete. Der Rauch brannte ihm in der Kehle. Er stand auf und rannte auf das Ende der Gasse zu, wobei er die Mauern streifte. Seine Hände waren feucht, und der Schweiß lief ihm die Schläfen hinab. Die Schreie und der Lärm des Mordens vermischten sich in seinem Kopf. Er hörte noch das Echo des Geräuschs, das der Schädel des Priesters beim Auftreffen auf den Boden verursacht hatte.

Er kam an einem brennenden Haus vorbei und wich zur Seite, weil die Hitze so stark war. Er musste an die Johannisnacht denken, in der er ins Feuer gegangen war. Noch heute fragte er sich, wie er überlebt hatte. Nun war es sein ganzes Dorf, das in den Flammen sterben würde.

Er lief in der Mitte der Gasse vorwärts, aber er begriff schnell, dass er sich so zu sehr der Gefahr aussetzte. Er hastete auf die andere Seite und presste sich rasch gegen die Mauer. Jetzt sah er am anderen Ende des Gässchens einen Reiter vorbeikommen, schnell, dunkel, wie den Schatten eines Vogels. Das hier wurde zu gefährlich. Er würde bald gestellt werden und selbst den Kopf abgeschlagen bekommen. Aber er konnte nicht umkehren. Er machte sich wieder auf den Weg. Ein Schritt. Noch einer. Er schaffte es nicht mehr, zu laufen, dazu hatte er zu große Angst. Dennoch kam er schließlich am Ende der Gasse an und machte sich bereit, auf die Straße hinauszustürzen und sie zu überqueren, um in den Durchgang zu gelangen, der zum Haus seines Vaters führte, als plötzlich eine Gestalt vor ihm auftauchte. Bohem zuckte zusammen, stieß einen Schreckensschrei aus und machte zwei Schritte nach hinten. Dann erst erkannte er den Mann, der eben an der Straßenecke erschienen war, Arembert, den Kürschner von Passhausen. Er hatte die Hände vor der Brust gekreuzt, und zwischen seinen Fingern strömte reichlich Blut hervor, ein purpurnes, klebriges Blut, das sich auf dem Leinenstoff seiner Tunika ausbreitete.

»Bohem!«, spuckte er atemlos aus.

Der junge Mann packte den Kürschner am Arm, bevor er noch fallen konnte. Aber der Mann hatte keine Kraft mehr, und Bohem musste zulassen, dass er sich mit dem Rücken zur Mauer auf den Boden setzte.

»Wir können nicht hierbleiben!«, sagte der junge Mann, von neuerlicher Panik ergriffen. »Kommt, versucht aufzustehen, ich bringe Euch hier heraus.«

Aber der Kürschner konnte sich nicht mehr bewegen. Er hob den Blick zu dem jungen Mann und zog die Stirn kraus. Dann schloss er die Augen und ließ sein Kinn auf die Brust sinken.

»Es ist deine Schuld, Bohem!«, stammelte Arembert.

»Was? Wie das?«

»Es ist deine Schuld!«, fuhr er mühsam fort. »Du bist derjenige, den sie suchen!«

»Ich?«, rief Bohem ungläubig aus. Der junge Mann schloss die Augen. Wie war das möglich? Warum *er*? Er fragte sich einen Augenblick lang, ob Arembert nicht vielleicht log oder ob er nicht träumte. Und dennoch... Konnte das alles mit der Johannisnacht zu tun haben? Nein. Daran konnte er nicht glauben. Ein solches Massaker? Arembert musste sich täuschen.

»Verschwinde, solange noch Zeit ist!«, murmelte der Kürschner und wandte den Kopf zu Bohem.

»Ich kann nicht. Catriona...«

»Sie ist tot! Dein Vater ist tot! Sie sind alle tot, Bohem! Sieh doch!« Arembert hob angestrengt die Hand, um mit dem Finger ins Dorfinnere zu zeigen.

»Sieh!«, wiederholte er. »Ich habe dein Haus brennen sehen. Sie sind alle... tot.«

Dann schloss er die Augen.

Bohem sank auf die Knie. Er konnte das nicht hinnehmen. Nein. Nicht Catriona!

Die Tränen stiegen ihm in die Augen, dann erreichten der Zorn und der Hass sie. Er stand abrupt auf und stieß einen Wutschrei aus, einen Schrei, der sich in ein Schluchzen verwandelte, weil er wusste, dass er nichts tun konnte. Dass er niemals etwas tun konnte.

Im gleichen Augenblick hörte er das Geräusch von Hufen, das näher kam, auf der linken Seite, an der Straßenecke, immer näher und näher... Und er begriff. Diesmal war er an der Reihe. Nein! Er musste fliehen, sofort.

Er wirbelte herum und hastete in die entgegengesetzte Richtung, auf die Mauern zu, dorthin, woher er gekommen war. Er rannte so schnell er konnte, schneller, als er je zuvor gerannt war. Das Loch in der Mauer... Er musste es erreichen, bevor der Reiter kam, bevor er ihn sah. Er glaubte, den Atem des Pferdes zu hören, seinen Hufschlag, schon genau hinter ihm. Er rannte noch schneller. Es waren nur noch einige Schritte. Gleich würde er in die Öffnung eintauchen und fliehen können, weit vom Dorf weglaufen... Doch auf einmal sah er, wie sich der Schatten des Reiters auf der Mauer abzeichnete. Zu spät. Er wandte sich um. Sein Blick kreuzte den des Kriegers auf seinem Pferd. Bohem fühlte sich, als geriete sein Rücken in eine eisige Umklammerung. Der Reiter rückte gegen ihn vor, musterte ihn und hob sein Schwert über den Kopf. Der junge Mann ging rückwärts, fiel auf den Rücken und wich auf den Ellenbogen robbend weiter zurück. Das Pferd war da, über ihm. Der Reiter ließ seinen Arm mit beeindruckender Kraft niedersausen und schleuderte sein Schwert auf Bohem.

Es war wie ein Traum, wie ein Riss in der Zeit. Ein weißer Blitz, vielleicht das Aufblitzen der Klinge. Bohem sah sich tausendmal sterben. Er sah das Schwert auf tausend verschiedene Arten in seinen Körper eindringen, seine Lunge durchstoßen. Ein Bersten. Der letzte Schlag seines Herzens, der an seine Ohren drang. Dann noch einmal. Immer das gleiche Bild. Dieses Schwert. Dies kalte Metall. Die fürchterliche Spitze, die das Fleisch durchstieß. Wieder und wieder. Die ausgestreckte Hand des Kriegers. Die Klinge, die die Luft durchschnitt. Immer dieselbe Flugbahn. Nein. Natürlich nicht. Er musste ihr entkommen. Er konnte ihr entkommen. Sich drehen. Sich mit aller Kraft umdrehen. Das Leben gleich neben sich suchen. Überleben. Für Catriona. Ausweichen.

Das Schwert stieß zwei Finger von seiner Seite entfernt krachend in den Boden. Bohem hatte sich weggerollt, noch schneller, als das Schwert geflogen war. Sicher ein guter Reflex, keine Zeit, das zu verstehen ... Bohem richtete sich auf und eilte zur Bresche am Fuß der Mauer. Er rollte auf die andere Seite hinüber, stand auf und rannte, rannte, ohne sich umzudrehen, ohne wieder zu Atem zu kommen, vielleicht ohne überhaupt zu atmen. Er dachte nur noch an eines. Fliehen. Dem Tod davonlaufen, den Schatten der Bäume hinter dem Kreuser Berg erreichen, einfach darauf hoffen, dass der Reiter ihn nicht würde einholen können ...

Als er auf der Bergkuppe ankam, ließ er sich atemlos und mit aufgewühltem Herzen zu Boden fallen und sah hinter sich. Der Reiter war ihm nicht gefolgt. Seine Kehle brannte. Die Haut seiner Wangen, auf denen die Tränen getrocknet waren, spannte. Seine Beine bestanden nur noch aus Schmerz. Er war erschöpft. Aber er lebte. Dort vorn schien der Lärm des Schlachtens leiser zu werden, wie ein Schrei, der sich auf dem Ozean entfernt. Der schwarze Rauch bedeckte inzwischen den gesamten Himmel. Man hätte meinen können, dass die Sonne sich geweigert hatte, aufzugehen.

In der Ferne, auf dem Hügel von Prade, zeichnete sich im Licht der Sonne eine Silhouette ab, der Umriss eines in Tierfelle gekleideten Reiters, der wie eine fleischgewordene Statue über das Tal wachte.

KAPITEL 2
DER APFELBAUM

Pieter der Ehrwürdige betrat selbstsicher das Arbeitszimmer Livains VII. Mit seiner Dalmatik aus Seide, die mit Gold und Silber bestickt war, seiner Mitra und seinen Handschuhen war er höchst eindrucksvoll und trotz seines hohen Alters noch charismatisch. Die heimliche Hoffnung, die Gunst des Königs gewinnen zu können, hatte seinem Gesicht das Leuchten einer gewissen Jugendlichkeit zurückgegeben.

Es war das zweite Mal in weniger als einer Woche, dass der König von Gallica ihn zu sich rief. Der Abt wusste, was das zu bedeuten hatte. Der Herrscher begann, ihn zu brauchen, wie er früher Muth von Clartal gebraucht hatte. Von nichts anderem hatte Pieter je geträumt. Es war auch höchste Zeit! Er wusste, dass er diesen Platz an der Seite des Königs verdiente, und er wusste, dass er so in die Geschichte von Cerly eingehen würde, denn durch ihn würde der Orden seinen einstigen Glanz wiedergewinnen.

»Mein lieber Abt, vielen Dank, dass Ihr so schnell gekommen seid.«

»Ich bin Euer Diener«, entgegnete Pieter und verneigte sich mühsam vor dem König. Er litt seit mehreren Jahren an einer unheilbaren Rückenkrankheit, die ihn daran hinderte, sich nach vorn zu beugen. Ein ganzes Leben voller Machtkämpfe gegen Muth von Clartal und den Orden von Cistel hatte ihn ausgelaugt, und die Belohnung dafür kam erst jetzt, im Jahr seines zweiundsechzigsten Geburtstags! Nach all dieser Zeit! Der Rachedurst hatte ihn seit 1132 umgetrieben, als der Papst beschlossen hatte, den Orden von Cistel vom Zehnten auszunehmen, woraufhin sich der Orden so bereichert hatte, dass er den ersten Platz im Königreich noch vor Cerly hatte einnehmen können. Muth von Clartal war der wichtigste Vertreter der Christenheit im ganzen Land geworden, und der Orden von Cistel hatte ein vorbildloses Wachstum erlebt. Aber Pieter hatte nie die Hände in den Schoß gelegt und jetzt, da das Glück sich wendete und Muth nicht mehr auf dieser Welt weilte, gedachte er, das seinem Alter zum Trotz auszunutzen.

»Nehmt Platz. Ich habe lange über unsere letzte Unterhaltung nachgedacht, Pieter, und ich denke, dass Ihr recht habt.«

»Eure Majestät, das ist zu viel der Ehre...«

»Nein, nein, Pieter, ich habe alles erwogen, was Ihr mir gesagt habt, und ich glaube, dass Ihr recht habt. Das, was mein Königreich am ehesten braucht, ist eine Stärkung seiner Bündnisse gegen Ginsterhaupt. So einfach ist das, und so war es schon immer. Mein Vater hatte das erkannt und hat sein Leben damit hingebracht, all seine Vasallen miteinander zu versöhnen.«

»Die Krone Gallicas verdankt Eurem Vater viel, das steht fest. Vor ihm war das Königreich noch nie so einig. Aber ich denke, dass Ihr es noch viel weiter bringen werdet...«

»Das hoffe ich. Und deshalb, mein lieber Abt, will ich, dass Ihr morgen nach Toledo im Königreich Kastel aufbrecht.«

Pieter der Ehrwürdige bemühte sich, sein Erstaunen nicht zu zeigen. Gewiss, das war ein Sieg. Sein Vorschlag, die Tochter des Königs von Kastel zu heiraten, hatte Früchte getragen. Aber er hatte nicht damit gerechnet, selbst auf die andere Seite der Grenze reisen zu müssen.

Warum ich? Er weiß, dass ich alt bin und dass diese Reise mir viel Mühe bereiten wird. Hat er wirklich Vertrauen zu mir oder versucht er, mich aus dem Königreich zu drängen?

»Bin ich wahrhaftig derjenige, der am besten geeignet ist, in Eurem Namen um die Hand einer Prinzessin zu bitten?«

»Ich glaube es«, erwiderte der König geschickt.

Pieter neigte dankend den Kopf.

Er weiß, dass ich dem nicht widersprechen kann und dass der Anstand mir gebietet, die Ehre anzunehmen, die er mir anträgt. Ich denke, dass er mich auf die Probe stellen will. Er hat vielleicht erwartet, dass ich ablehnen würde!

»Es wird mir eine Ehre sein, Majestät, und ich bin sehr glücklich zu erfahren, dass meine Idee Euch gefallen hat.«

»Ja. Diese Idee hat mir gefallen, und sie ist nicht die einzige. Constanze wird nächste Woche in die Grafschaft Tolosa aufbrechen.«

Er ist also all meinen Ratschlägen gefolgt! Gott gebe, dass ich mich nicht getäuscht habe! Wenn die beiden Heiraten ein Erfolg sind, ist mir mein Platz an seiner Seite sicher.

»Da stehen ja viele Feste bevor!«, rief Pieter lächelnd aus.

»Wenn Ihr Erfolg habt.«

»Daran zweifle ich keinen Augenblick, Majestät. Der König von Kastel wird Euch die Hand seiner Tochter nicht verwehren können.«

»Möge Gott Euch erhören!«

Der Abt von Cerly nickte, schlug ein Kreuzzeichen und stand dann auf. Die Unterhaltung war beendet. Er wusste, was er jetzt tun musste, und er hatte keine Zeit zu verlieren. Pieter verneigte sich und verließ langsam das Arbeitszimmer.

Ja. Gott möge mich erhören! Möge er mich endlich erhören!

Bohem wurde von den ersten Sonnenstrahlen geweckt. Er brauchte einen Moment, um zu begreifen, wo er sich befand: unterhalb eines Felsens in der Heide, nordwestlich von Passhausen. Und um sich zu erinnern: an das Massaker, an Arembert, an den Tod der Dorfbewohner, an den Reiter, an den Lauf über die Hügel ...

Er richtete sich mit einem Ruck auf und betrachtete seine Hände. Sie zeigten noch Spuren von getrocknetem Blut, dem Blut des Kürschners. Es war also kein Albtraum gewesen. Er spürte Tränen bis an den Rand seiner Augenlider steigen. Catriona. Seine kleine Schwester. Wie hatte er sie nur sterben lassen können? So nahe bei ihm ... Er hätte das Haus nie verlassen sollen. Wie sie gelitten haben musste! Er bereute es so sehr, die Nacht so fern von ihr verbracht zu haben und nicht rechtzeitig zurückgekehrt zu sein! Er hätte sie retten können, davon war er überzeugt. Ihm selbst war es schließlich gelungen, zu fliehen! Das würde er sich nie verzeihen können.

Bohem stand auf und wischte sich die Tränen ab. Er seufzte tief und schüttelte dann den Kopf. Er hatte überlebt. Das war der Gedanke, an dem er sich festhalten musste. Eines Tages würde er seine Schwester rächen. Er würde diejenigen finden, die für ihren Tod verantwortlich waren, und würde Catriona rächen. Nichts konnte ihre Mörder retten; sie mussten bezahlen. Man tötete kein Kind. Sie *würden* bezahlen.

Aber noch war es zu früh. Bohem musste der Vernunft gehorchen. Er war noch in Gefahr. Wenn Arembert die Wahrheit gesagt hatte, waren die Reiter, die sein Dorf niedergemetzelt hatten, ihm sicher auf den Fersen. Für den Augenblick musste er fliehen. Die Rache würde später kommen.

Dennoch hätte er gern besser verstanden und gewusst, was dieses Massaker ausgelöst hatte und warum er selbst der Grund dafür zu sein schien.

Es musste mit der Johannisnacht zu tun haben, er sah keinen einzigen anderen Grund. Er hatte keinen Feind. Er hatte nie jemandem etwas Böses getan. Außer in jener denkwürdigen Nacht natürlich...

Aber konnte man ihm das in solchem Maße übel nehmen? War es die Kirche, die schließlich die Entscheidung getroffen hatte, Bohem dafür zu bestrafen, dass er einen Nebel gerettet hatte? Aber warum ein solches Morden? Wollte man ein Exempel statuieren und das ganze Dorf bestrafen? Nein, das war nicht möglich... Doch nicht mit solcher Brutalität! Aber was dann? Wer?

Tief in ihm stieg eine noch wichtigere Frage auf, etwas, das ihn mehr und mehr beschäftigte und vielleicht in Verbindung zu all dem stand... Ganz sicher sogar. Der Nebel. Der Wolf, der ihn zu dem Massaker geführt hatte. Wie hatte er das wissen können? Warum hatte er ihn dorthin gebracht? Und wo war dieser Wolf jetzt?

Bohems Magen knurrte. Er begann hungrig zu werden. Er hatte am Vorabend nichts gegessen und hatte an diesem Morgen nichts, um seinen Hunger zu stillen.

Er holte tief Atem und brach nach Westen auf, in der Hoffnung, dass ihn das Laufen seinen leeren Magen vergessen lassen würde. Er musste ohnehin fliehen und sich von Passhausen entfernen, daran konnte kein Zweifel bestehen. Er warf einen letzten Blick zurück, zum Gipfel des Kreuser Bergs. Schwarze Rauchsäulen stiegen jenseits der Kuppe noch immer in den Himmel. Irgendwo darunter lag sicher der verbrannte Leichnam seiner Schwester. Er schloss die Augen. Diesen Gedanken konnte er nicht länger ertragen. Er wollte weder dieses Tal noch diesen Himmel je wiedersehen. Weit weg... Er würde weit weg gehen.

Von Furcht, Wut und Kummer getrieben, wanderte er so den ganzen Morgen forschen Schritts, bahnte sich einen Weg durch die Weinstöcke und durchquerte Felsformationen. Bald spürte er seine Müdigkeit, und die Füße begannen ihm wehzutun. Als die Sonne am höchsten stand, entdeckte er unterhalb seines Standorts eine kleine Landstraße. Er blieb stehen, setzte sich auf einen großen Stein und dachte nach. Auf der Straße war niemand in Sicht, und er hörte keinen Laut. Es war nur ein kleiner Weg, der sich zwischen den Reben entlangschlängelte und im Norden hinter den runden Kuppen der Weinberge verschwand. Das war sicher nicht die große Straße nach Tolosa. Aber etwas Verkehr würde es auch hier geben, sodass es zu riskant wäre, die Straße zu nehmen. Allerdings knickte er hier oben immer wieder um und wäre auf der Straße sicher nicht so schnell müde geworden. Er wusste nicht, was er machen sollte. Schließlich entschied er sich. Er stand auf, stieg den kleinen Abhang hinunter und näherte sich dem Weg, um zu sehen, wohin er führte. In diesem Augenblick sah er im Osten zwei Gestalten, die näher kamen. Er trat einige Schritte zurück und kauerte sich hin, um sich hinter den Weinstöcken zu verbergen. Er durfte kein Risiko eingehen. Durch die Blätter konnte er die Reisenden in aller Ruhe beobachten, ohne fürchten zu müssen, selbst gesehen zu werden.

Bald waren sie in der Nähe, gerade vor ihm. Es waren zwei junge Männer, seiner Einschätzung nach kaum älter als er, die beide ganz ähnlich gekleidet waren. Sie trugen blaue Kniebundhosen und Hemden. Ihre Haare waren lang, noch länger als seine, aber im Nacken zusammengebunden, und sie trugen um den Hals eine Art Tuch aus bunten Bändern, das in goldenen Fransen endete. Auf dem Rücken schleppten sie große und sicher ziemlich schwere Säcke. Sie hatten beide einen Hartholzstab mit Elfenbeinknauf, den sie in der rechten Hand hielten und als Stütze beim Gehen benutzten. Als Bohem den Goldschmuck sah, den sie im rechten Ohr trugen, hatte er keinerlei Zweifel mehr. Es waren Handwerksgesellen, Salomonskinder, wie man sie manchmal nannte. Er hatte schon welche in Passhausen gesehen, aber diese sonderbaren Reisenden machten nie im Dorf halt, es sei denn, um zu essen, sodass er nicht sehr viel über sie wusste. Eines Tages hatte er einen von ihnen gefragt, warum sie so regelmäßig dort vorbeikamen. Der Wandergeselle hatte ihm erklärt, dass sie die Gegend durchquerten, um nach Tolosa zu gelangen, das eine wichtige Etappe ihrer Ausbildung darstellte... Man machte immer ein großes Geheimnis um diese fleißigen Wanderer. Es hieß, dass sie die besten Handwerker des Landes seien und dass ihr Wissen im Geheimen weitergegeben werde, von Generation zu Generation.

Das war ungefähr alles, was Bohem wusste. Es reichte jedenfalls aus, ihn zu beruhigen – und neugierig zu machen. Trotzdem zog er es vor, vorsichtig zu bleiben, und wartete, bis sie sich entfernt hatten, bevor er sich aus seinem Versteck wagte. Auf den Boden gekauert, während die Sonne im Zenit stand, fiel ihm das Atmen schwer, und Schweißtropfen liefen ihm über den Rücken. Aber er rührte sich nicht.

Als sie weit genug entfernt waren, stand er auf und trat vorsichtig auf den Weg. Er wischte sich die Stirn ab und atmete tief ein. Er zögerte. Während er sie fortgehen sah, fragte er sich, wie lange er wohl noch auf der Hut sein und die kleinste Begegnung fürchten musste – und wie er das anstellen sollte. Wo würde er Unterschlupf finden? Wie lange würde es dauern, bis die Einsamkeit unerträglich wurde? Und der Hunger? Er verzog das Gesicht. Diese Fragen quälten ihn. Er fühlte sich verloren. Zwar war er es gewohnt, allein zu sein, aber er hatte sich noch nie so verlassen gefühlt. Er versuchte, sich zusammenzunehmen und sich zu sagen, dass er stark und unabhängig genug war, um zurechtzukommen, wie er es schon viele Male in den letzten Jahren getan hatte. Aber was er gerade erlebt hatte, war zu schwer, selbst für ihn. Er hätte gern mit jemandem gesprochen und Rat gesucht. Was sollte er tun? Sollte er sich beeilen, die nächste Stadt zu erreichen und die Obrigkeit von dem in Kenntnis zu setzen, was in Passhausen geschehen war? Aber wenn diejenigen, die die Seinen umgebracht hatten, wirklich hinter ihm her waren, lief er dann nicht Gefahr, ihnen in die Hände zu fallen? Vielleicht wurde in allen Städten der Grafschaft nach ihm gesucht...

Er wusste nicht, was er tun sollte. Wieder einmal würde er sich selbst helfen und seiner Eingebung vertrauen müssen. Also stieß er plötzlich, wie von einem Instinkt getrieben, einen Ruf in Richtung der beiden Gesellen aus. Die Wanderer drehten sich um und sahen ihn ein wenig verwundert an. Er rührte sich nicht, gelähmt von dem Gedanken, einen Fehler begangen zu haben

»Und?«, rief ihm einer der Gesellen entgegen und zog die Augenbrauen hoch. »Was willst du?«

Bohem biss sich auf die Lippen. Er bereute mittlerweile,

nach ihnen gerufen zu haben, und er wusste beim besten Willen nicht, was er sagen sollte. »Ihr... Ich... Wo geht ihr hin?«

Die beiden Unbekannten sahen sich verdutzt an und brachen dann in Gelächter aus.

Jetzt, da Bohem sie besser und von vorn sehen konnte, sagte er sich, dass sie wirklich so alt sein mussten wie er. Der eine war sehr groß und ziemlich mager, mit einem schmalen Gesicht und blitzenden Augen. Der andere war kleiner und kräftiger und hatte auch einen misstrauischeren Blick; er trug am Gürtel einen recht großen Hammer.

»Also wirklich!«, antwortete am Ende der Größere. »Was geht dich das an?«

Bohem verzog das Gesicht. Er wusste nicht, was er erwidern sollte. Die beiden Gesellen mussten ihn für einen Schwachsinnigen halten.

»Ich weiß nicht, ich... Ich gehe in die gleiche Richtung wie ihr und...«

»Du willst mit uns reisen, ist es das?«

Bohem zögerte, aber er sagte sich, dass er sich diese Gelegenheit nicht entgehen lassen durfte. Schließlich würde er, wenn er sich ihnen anschloss, vielleicht weniger in Gefahr sein, erkannt zu werden. Und vor allem hatten die beiden Reisenden sicher etwas zu essen dabei!

»Ich möchte gern...«

»Na dann komm!«, rief der Große. »Gehen wir, beeil dich, wir sind in Eile.«

Bohem schloss sofort zu ihnen auf. Er drückte ihnen die Hand, dankte ihnen, und sie brachen in der Sommerhitze nach Nordwesten auf.

Pieter der Ehrwürdige traf nach zweiundzwanzig anstrengenden Reisetagen im Palast des Königs von Kastel ein. Er hatte ganz Gallica mit einer Eskorte von fünfzehn Soldaten der königlichen Garde durchquert und war erschöpft. Sein Rücken tat ihm stärker weh als gewöhnlich, und er hatte sich in den Herbergen, in denen er jeden Abend haltgemacht hatte, nicht ausreichend erholen können. Die Räder seines kleinen Wagens waren mühsam über die Landstraßen geholpert, die zu eng, trocken, uneben und noch von den Frühjahrsunwettern gezeichnet waren. Jeder Tag hatte ein neues Hindernis gebracht, einen Hügel, eine steile Böschung oder einen Fluss, sodass die Reise jeden Augenblick einem Kampf geglichen hatte. Die Räder waren mehrfach gebrochen, ein Pferd war gestorben, und die Begleitmannschaft hatte mehr als eine Nacht im Freien verbringen müssen.

Natürlich wusste der Abt von Cerly, dass diese Reise sehr wichtig war. Er würde sich auf diese Weise einen Platz an Livains Seite erkaufen. Außerdem war es für einen Mann der Kirche immer gut, so durchs Land zu fahren und sich sehen zu lassen. Das würde das Ansehen des Abts in ganz Gallica steigern, und er hatte es nicht versäumt, sich in jeder Stadt bemerkbar zu machen, wobei er überall die frohe Botschaft verkündet hatte. Das Gerücht über seine Reise hatte sich schnell herumgesprochen, und nach einigen Tagen war er überrascht gewesen, dass er in den Dörfern, die er durchquerte, immer häufiger schon erwartet wurde. Man behandelte ihn wie einen hohen Herrn. Zwar war er noch weit von der Berühmtheit eines Muth von Clartal entfernt, aber wenigstens wurde sein Name langsam bekannt – und er lebte noch.

Außerdem musste er zugeben, dass es ihn entzückt hatte, durchs Land zu reisen. Sein Leben hatte ihm nicht oft genug die Muße gelassen, Gallica mit seinen einsamen Burgen, hoch gelegenen befestigten Dörfern, ausgedehnten Wäldern und erstaunlichen Zeugnissen der Vergangenheit zu erkunden. Er war überwältigt von der Vielfalt der Landschaften, die das alte Königreich zu bieten hatte. Er hatte die Krondomäne durchquert und in Orlian, der früheren Hauptstadt, haltgemacht, wo sich eine der angesehensten Universitäten Gallicas befand. Dann war er in die Grafschaft Bleisen gelangt, ein wahres Meer aus Wald, in dem Festungen inmitten wildreicher Forste aufragten. Er war danach durch das gesamte Herzogtum Quitenien gereist, Feindesland, aber dennoch so lieblich und von einer immer treuen Sonne gefärbt, vor allem durch die Heckenlandschaften, aber auch durch die Weinberge und schließlich durch die Heide im Süden. Am Ende hatte er die Grenze überschritten und zum ersten Mal das Königreich von Kastel kennengelernt. Die roten Bilder dieses brennend heißen Landes würden noch lange in seiner Erinnerung herumspuken.

Toledo war eine purpurfarbene, großartige Stadt. Auf dem Gipfel eines Felshügels errichtet und von imposanten, kantigen Mauern umgeben, erhob sie sich oberhalb eines breiten Flusses. Ihre abschüssigen Straßen bildeten ein geheimnisvolles Labyrinth, in dem man Menschen aus allen Gegenden des Morgen- und Abendlandes begegnete. Selbst die Architektur war eine kosmopolitische Mischung, in der sich die Gotik ein wahres Versteckspiel mit dem Mudejar-Stil lieferte. Pieter der Ehrwürdige hatte noch nie zuvor etwas Vergleichbares gesehen.

Der Palast Al-Ksar, wo man ihn herzlich empfangen hatte, war ein zugleich majestätisches und strenges Gebäude, ein großes Viereck aus Stein, das von einer Kette kleiner Türme umgeben war und die Stadt eindrucksvoll überragte.

Pieter wartete jetzt in einem kleinen Gemach und war zum

ersten Mal seit Beginn seiner Reise allein – allein und beunruhigt. Er hoffte, dass er sich nicht getäuscht hatte und dass der König von Kastel Livain gern die Hand seiner Tochter anbieten würde. Diese Mission durfte kein Fehlschlag werden. Er hatte dem König von Gallica versprochen, dass er Erfolg haben würde, und man log einen König nicht an. Als man ihn in das große Zimmer bat, in dem ihn Raimund VII., Kaiser und König von Kastel, erwartete, richtete der Abt von Cerly sich auf und bemühte sich, seine Schmerzen und seine Müdigkeit zu vergessen. Er wusste, dass für ihn alles von diesem einen Augenblick abhing.

»Warum siehst du dich die ganze Zeit so um?«, fragte einer der beiden Jungen und versuchte zu erkennen, was es dort hinter ihnen geben mochte.

Bohem war verlegen. Er hatte keine Lust, über das, was er erlebt hatte, zu sprechen. Die Erinnerung war zu schmerzlich, und er war sich noch immer nicht sicher, ob er den beiden Wandergesellen völlig vertrauen konnte. Aber er konnte sich nicht davon abhalten, beim kleinsten Geräusch zusammenzuzucken und sich regelmäßig zu vergewissern, dass sie nicht verfolgt wurden. Dann und wann hatte er den Eindruck, den Reiter hinter sich zu hören, seinen Schatten auf dem Weg größer werden zu sehen... Dieses Bild ließ ihn nicht los, ebenso wenig wie all die anderen. Das Blut auf Aremberts Brust. Der Rauch, die Flammen über dem Dorf. Und Catrionas Augen, ihr letzter Blick.

»Das hat keinen Grund«, log er und zuckte mit den Schultern. »Ich schaue mir nur die Gegend an, das ist alles...«

Sie wanderten alle drei Seite an Seite. Bohem war von der Zähigkeit der beiden Gesellen beeindruckt. Trotz der gewaltigen Säcke, die sie auf den Schultern trugen, gingen sie genauso schnell wie er und wirkten nicht müde. Er fragte sich auch, wie sie noch genug Luft bekamen, um sich unterhalten zu können.

»Du hast uns deinen Namen noch nicht verraten...«

»Ihr mir eure auch nicht!«, gab Bohem etwas heftig zurück.

Die beiden Gesellen begannen wieder zu lachen.

»Aber was hast du denn nur?«, fragte der größere der beiden. »Es wird noch damit enden, dass wir dich für einen Räuber halten, wenn du dich weiterhin so geheimnisvoll gibst!«

Der Sohn des Wolfsjägers machte ein verlegenes Gesicht. Er fühlte sich unbehaglich. Er war es nicht gewohnt, so auf Fremde zuzugehen, und hielt sich seit gestern verteidigungsbereit. Dennoch sagte er sich, dass er sich etwas entspannen und mit ihnen reden musste, um den Bezug zur Wirklichkeit nicht zu verlieren und in einer Welt, die ihm auf einmal sinnlos erschienen war, wieder zu einer gewissen Normalität zu finden.

»Tut mir leid, ich... Ich heiße Bohem.«

»Sehr erfreut, Bohem«, erwiderte der Geselle lächelnd und legte ihm die Hand auf die Schulter. »Ich bin Trinitas Rivener, und er da ist Walter Burgonner. Diese Nachnamen haben wir, weil wir Wandergesellen immer nach der Gegend benannt werden, in der wir geboren sind.«

»Ich verstehe. Dann habt ihr aber schon einen ganz schönen Weg zurückgelegt!«, sagte Bohem bewundernd.

Der junge Mann nickte. »Wir ziehen durch ganz Gallica«, erwiderte er und zeigte ihm sein buntes Halstuch. »Das ist bei uns so Tradition.«

»Was heißt das?«

»Wir reisen von Gesellenherberge zu Gesellenherberge, quer durchs ganze Land, und müssen in sieben Handwerksstädten haltmachen.«

»Was nützt euch das?«, fragte Bohem neugierig.

»Na, wir lernen so unseren Beruf! Weißt du denn nichts über die Wandergesellen?«

»Nein. Ich habe Leute wie euch durch mein Dorf kommen sehen, aber das ist auch schon alles.«

»Da siehst du's! Wenn du erst ein bisschen gereist bist, wirst du vieles wissen!«

»Man kann auch sehr viele Dinge lernen, wenn man zu Hause bleibt«, entgegnete Bohem.

»Wenn du meinst... Aber wir müssen reisen, um Fortschritte zu machen.«

»Und danach könnt ihr arbeiten?«

»Wenn unsere Reise beendet ist, müssen wir unser Meisterstück anfertigen, um zu beweisen, dass unsere Ausbildung beendet ist und wir unsere Kunst beherrschen. Aber davon sind wir noch weit entfernt...«

»Ich verstehe«, sagte Bohem, der gern mehr darüber erfahren wollte. »Ihr sucht also Orte auf, an denen man euch das alles beibringt?«

»In gewisser Weise«, antwortete Trinitas. »In jeder Handwerksstadt werden wir für einige Zeit einem Meister zugewiesen, bei dem wir sozusagen als Lehrlinge arbeiten. Das gestattet uns, verschiedene Arbeitsweisen kennenzulernen, denn die Handwerker arbeiten nicht in jeder Gegend auf dieselbe Art, verstehst du? Man lernt die kleinen Geheimnisse der Herstellungsmethoden...«

»Natürlich. Und welchen Beruf erlernt ihr?«

»Wir sind Steinmetze«, antwortete Walter, der andere Geselle, und wies auf den Hammer an seinem Gürtel.

Bohem nickte. Die Erklärungen der jungen Männer faszinierten ihn, weil sie von unbekannten Dingen sprachen, von einer fremden Welt, die den Einwohnern von Passhausen nichts bedeutete und von der er dennoch oft geträumt hatte. In seinen langen Augenblicken der Einsamkeit hatte er sich häufig gefragt, ob das Leben außerhalb des Dorfs wohl anders war, und jetzt wurde ihm vor Augen geführt, dass es in dieser Welt tausend Dinge zu entdecken und ein ganzes Land zu bereisen gab. Darüber vergaß er fast seine Furcht und seinen Hunger.

»Das muss aufregend sein...«

»Ja«, erwiderte Trinitas.

»Und ihr werdet ein Meisterstück anfertigen müssen?«

»Auf jeden Fall. Wir hoffen, dass wir beide eines Tages am Bau einer Kathedrale mitwirken können... Dabei wird es sicher Gelegenheit geben, etwas Besonderes zu schaffen, unser Meisterstück eben.«

»Eine Kathedrale?«

»Ja. Es gibt nichts Schöneres. Hast du jemals eine gesehen?«

»Nein«, gestand Bohem.

»Das sind Bücher aus Stein, verstehst du, Wälder von Symbolen, in die jeder von uns etwas schreiben wird... Indem man an ihrem Bau mitwirkt, wirkt man zugleich an der Geschichte mit, an der Weitergabe einer Tradition, und erschafft doch auch ganz frei etwas. Stell dir nur vor, wie viele Köpfe sich bei der Errichtung eines solchen Bauwerks zusammentun! Das Wissen aller Länder vermischt sich! Das ist ganz außergewöhnlich!«

»Daran zweifle ich nicht«, antwortete Bohem lächelnd.

Trinitas' Begeisterung amüsierte ihn und beruhigte ihn zugleich. Er begann, sich zu entspannen. Das tat gut.

»Aber du, was machst du?«, fragte Walter.

»Ich? Mein Vater wollte, dass ich Wolfsjäger werde wie er. Aber das liegt mir überhaupt nicht. Also weiß ich es nicht so recht...«

»Es wird aber Zeit, dass du dich entscheidest!«, scherzte Trinitas und schlug ihm auf den Rücken.

»Ja. Es wird Zeit«, sagte Bohem in ernsterem Tonfall. Er dachte nach und zuckte dann die Achseln. »Vielleicht finde ich es unterwegs heraus...«

»Aha? Weil du nicht wirklich weißt, wo du hingehst, nicht wahr?«

»Und ihr? Wisst ihr, wohin ihr geht?«

»Die nächste Handwerksstadt, in die wir uns begeben müssen, ist Burdigala im Herzogtum Quitenien. Das ist noch weit. Wir werden also jeden Abend in einer der Gesellenherbergen übernachten, die uns noch von Burdigala trennen. Willst du mitkommen?«

Bohem wirkte erstaunt. »Ich weiß nicht... Ich war noch nie im Herzogtum Quitenien! Um die Wahrheit zu sagen, bin ich noch nie aus der Umgebung meines Dorfs hinausgekommen. Und ich weiß nicht, wohin ich mich wenden will...«

»Na also! Du musst einfach mit uns mitkommen«, schlug Trinitas vor. »Schau mal! Siehst du das Zeichen, das in den kleinen Felsen dort gemeißelt ist?«

Bohem sah tatsächlich auf dem Felsen das Symbol, das ihm der Geselle zeigte, eine Kelle und einen Hammer.

»Das Zeichen zeigt die Richtung und die Entfernung zur nächsten Gesellenherberge an«, erklärte Trinitas. »Heute Abend machen wir am Apfelbaum halt; das ist die Gesellenherberge des kleinen Dorfs Horne. Sie ist sehr bekannt!«

Bohem lächelte. Es wäre schön gewesen, wenn alles so einfach gewesen wäre. Aber er hatte ihnen noch nicht erklärt, warum er sich in Wirklichkeit auf der Straße befand.

»Warum halten wir jetzt nicht an und essen?«, fragte Walter und deutete auf den Wegesrand.

Trinitas warf Bohem einen Blick zu. Er runzelte die Stirn. »Irgendetwas sagt mir, dass unser Freund nicht gern möchte, dass wir uns hier zu lange aufhalten ... Dass er es eilig hat, die Gegend zu verlassen. Nicht wahr, Bohem?«

»Ich will euch nicht daran hindern, zu essen ...«

»Und du? Seit wann hast du nichts mehr gegessen?«

Bohem riss die Augen auf. Der Geselle schien seine Gedanken lesen zu können, als ob er verstünde oder zumindest ahnte, was Bohem gerade durchlebte. Vielleicht hatte auch er sein Dorf unter schwierigen Umständen verlassen. Bohem konnte sich vorstellen, dass es vielen jungen Gesellen so ging.

Jedenfalls war Trinitas' Freundlichkeit rührend. Bohem war nicht mehr daran gewöhnt, im Blick anderer reine Güte zu sehen, aber er erinnerte sich, wie gern sich die Leute früher mit ihm unterhalten hatten und wie sehr sie bereit gewesen waren, liebenswürdig zu ihm zu sein ... Vor der Johannisnacht. Damals hatte er auf die Bewohner von Passhausen, besonders auf seine Altersgenossen, eine gewisse Anziehungskraft ausgeübt, vielleicht durch seine Augen oder seinen ruhigen, beherrschten Charakter. Nach der Johannisnacht war noch eine andere Art von Faszination von ihm ausgegangen, die aber die Leute vor ihm hatte zurückweichen lassen ...

»Also gut, ich habe seit gestern Mittag nichts mehr gegessen. Aber ich ...«

»Na dann!«, schnitt Trinitas ihm das Wort ab. »Wir müssen doch nur ein bisschen von der Straße weggehen, um einen ruhigen Ort zu finden. Dort kannst du unsere Mahlzeit in Frieden mit uns teilen.«

Bohem lächelte und nickte. Ja. Die Freundlichkeit und der Scharfsinn des Gesellen waren wirklich herzerwärmend. Die drei Jungen schlugen sich in die Heide. Sie fanden einen hervorragenden Platz etwas vom Weg entfernt, wo sie ihr einfaches, aber hochwillkommenes Mahl im Schatten der Olivenbäume einnehmen konnten. In diesem ruhigen Augenblick erzählte Bohem den Gesellen von der Johannisnacht.

Sehr fern von dort traf ungefähr zum selben Zeitpunkt ein Schiff, das mit einer geheimnisvollen Mannschaft an Bord übers Meer gekommen war, im Norden des Landes ein, genauer gesagt an einem ausgedehnten, goldenen Sandstrand im Schatten grüner Tonklippen an der Küste des Herzogtums Northia. Einige weiße Wolken filterten das Licht des Mittagsgestirns und verliehen den Menschen eine leicht graublaue Hautfarbe. Das trübe Meer war ungewöhnlich ruhig, und man hörte nur die Brandung der Wellen, die auf den Sand aufliefen und kleine graue Kieselsteine umherrollen ließen. Die Schreie der Möwen schienen vom Firmament herabzuschallen und verschmolzen mit dem unaufhörlichen Rauschen des Meeres. Der Strand und die Klippen erstreckten sich bis an den Rand des Gesichtsfelds. Jenseits der Lehmsporne zeichneten sich die grünen Hecken von Northia ab, zwischen denen Wälder und hügelige Wiesen aneinandergrenzten.

Das Schiff glitt zur Hälfte auf den Strand und wurde dann vom Sand gebremst. Es war ein großes Boot mit weißen Segeln, das an Bug und Heck mit Aufbauten aus schwarzem Holz versehen war. Als es völlig zum Stillstand gekommen war und man den Anker fallen gelassen hatte, gingen nacheinander sechs Krieger von Bord und bildeten eine Kette, um große Leinensäcke auszuladen. Die Krieger trugen Plattenharnische aus poliertem Eisen, die in der Sonne glänzten. Auf ihren Waffenröcken waren unterschiedliche Wappen zu erkennen. Es handelte sich nicht um einfache Soldaten, sondern sicherlich um Ritter von

Rang und Namen, vielleicht um Adlige ihres Landes – eines fernen Landes jenseits des Meers und des Windes. Als sie alle Säcke gelöscht hatten, führten sie ein Dutzend herrlicher Pferde vom Schiff, mächtige Streitrösser, überwiegend Rappen, die kräftig, gedrungen und für den Krieg gerüstet waren. Sie sattelten sie und luden ihnen die Säcke auf den Rücken. All das geschah ohne einen Befehl oder auch nur ein Wort, als ob sie diese Bewegungen schon x-mal wiederholt hätten. Sie besaßen die Entschlossenheit, das Geschick und die Disziplin einer echten Elitetruppe – einer Truppe aus sechs Kämpfern. Als schließlich alles bereit war, erschienen weitere Gestalten auf dem Deck, abermals sechs Männer. Doch diese waren in weiße Umhänge gekleidet und verbargen ihre Köpfe unter hohen Kapuzen. Auf der Vorderseite ihrer Gewänder war jeweils ein und dasselbe Symbol eingestickt, ein roter, spitziger Drache, der von einer Zierleiste umgeben war. Langsam und majestätisch verließen sie das Schiff und stützten sich beim Gehen auf hohe, geschnitzte Holzstäbe. Die Krieger, die bei den Pferden auf sie warteten, halfen ihnen in den Sattel. Dann brachen sie alle, ohne zu zögern oder auch nur ein Wort zu wechseln, nach Süden auf.

Die Pferde galoppierten über die ausgedehnte Sandfläche und ließen das Schiff und seine Mannschaft hinter sich zurück. An der Spitze der Gruppe ritt der älteste der zwölf Männer voraus. Man konnte sein Gesicht nicht erkennen, aber man konnte erahnen, wie bedeutend er war, vielleicht an seiner Haltung oder an der Art, wie die anderen ihm folgten. Er war einer der letzten Vertreter einer heute verschwundenen Gesellschaftsschicht, der Häuptling eines Klans, der aus einem anderen Zeitalter zu stammen schien. Er drängte voran, geradewegs nach Süden, bereit, das gesamte Land zu durchqueren, und blickte nicht einmal zurück, um festzustellen, ob seine Gefährten ihm folgten. Das wäre unnötig gewesen; er wusste, dass sie da waren und genauso schnell und weit wie er reiten würden. Er wusste auch, dass der Weg lang sein würde, die Gefahren zahlreich. Aber diese Reise war ihre letzte Hoffnung, ihre letzte Möglichkeit. Sie warteten schon seit fast zwanzig Jahren auf diesen Augenblick, die Gelegenheit, ihren Orden neu zu beleben, ihre Gesellschaft, die zu einem Geheimbund geworden war. Zwanzig Jahre lang hatten sie verhandelt, sich gestritten, gehofft und den Mut verloren. Denn die Welt hatte sich unter ihren Augen geändert, geradezu verwandelt. Alle Werte, die sie früher hochgehalten hatten, waren auf den Kopf gestellt worden, alles, was ihre Kraft, ihre Macht und ihre Autorität ausgemacht hatte! Heute mussten sie im Schatten warten. Auf eine neue Gelegenheit… Und nun, nach zwanzig Jahren, ergab sie sich endlich, hier, in Gallica. Sie durften sie sich nicht entgehen lassen.

Der alte Mann hieb seinem Pferd noch einmal die Fersen in die Flanken. Er wollte schneller reiten, sehr viel schneller. Er hatte nicht einen Augenblick zu verlieren. Viele Reisetage erwarteten sie.

Auf diese Weise betraten an jenem Junitag die Druiden, die aus dem fernen Gaelia gekommen waren, zum ersten Mal den Boden Gallicas.

Die drei jungen Wanderer trafen bei Einbruch der Nacht am Gesellenhaus von Horne ein. Es handelte sich um eine Art kleiner Herberge, versteckt und unauffällig. Auf ihrem Schild, das an zwei schwarzen Ketten über der Tür hing, war ein Apfelbaum abgebildet.

Sie hatten auf ihrem langen Marsch durch die Grafschaft Tolosa so viel geredet, dass sie nicht bemerkt hatten, wie die

Zeit vergangen war. Bohem hatte darüber fast sein Leid vergessen. Der Riss tief in seinem Herzen schloss sich wenigstens zeitweise und ließ ihn ein wenig Heiterkeit zurückgewinnen, die einfache Freude am Reden. Für kurze Augenblicke fragte er sich sogar, ob er sich seit der Johannisnacht jemals so gut oder zumindest so frei gefühlt hatte. Die beiden Wanderburschen boten ihm einen neuen Blickwinkel, einen, der kein Urteil fällte, und es war mindestens vier Jahre her, dass man ihn zuletzt so angesehen hatte. Vier Jahre, in denen er inmitten der anderen allein gelebt hatte, ohne einen Freund, nur mit seiner kleinen Schwester zur Gesellschaft, die ihm dennoch nicht mehr als verzweifelte Blicke zu schenken vermochte. Freunde. Nach all dieser Zeit hatte er den Geschmack der Freundschaft schon fast vergessen. Heute nahm er ihn endlich wieder wahr, so frisch, so neu... Die zwei Gesellen redeten mit ihm, als wären sie schon tagelang mit ihm unterwegs. Sie neckten ihn, er neckte sie, sie regten sich gemeinsam auf und amüsierten sich zusammen wie echte Kumpane. Innerhalb weniger Stunden hatten sie ihm einen Großteil ihrer Rituale erklärt. Sie hatten ihm die Schönheit der Walz und die Gründe für ihre Reise geschildert. Tatsächlich hatten sie ihm ganz einfach Lust gemacht, ihre Lebensweise kennenzulernen, in der sich ihm zum ersten Mal ein anderer Horizont als der eines Wolfsjägersohns aus Passhausen eröffnete. Das war angenehm, sogar fast schmeichelhaft.

Horne war ein kleines, abgelegenes Dorf inmitten von Weinbergen. Es gab keinen Burgherrn und keine Befestigungsanlagen, nur einige Häuser. Die Gesellenherberge erhob sich in einiger Entfernung vom Dorfkern: der Apfelbaum. Es handelte sich um ein Gehöft von geringer Größe, doch aus schönem Stein. Man sah ihm schon von außen an, dass es gut geführt und hervorragend instand gehalten wurde.

»Wir werden sehen, ob die Hausmutter dich mit einlässt, Bohem.«

Daraus durften keine Schwierigkeiten entstehen. »Bemüht euch nicht meinetwegen, ich kann sehr gut draußen schlafen...«

»Wir werden sehen«, wiederholte Trinitas.

Er streckte Walter die Hand hin, der ihm etwas reichte, was Bohem nicht sehen konnte. Dann ging er auf die Herberge zu. Bohem sah ihm nach. Er fragte sich, ob er schon jemals einen so hochgewachsenen Menschen gesehen hatte. Trinitas war ein wahrer Riese. Es war lustig, ihn vor der Tür des Gehöfts stehen zu sehen, den Kopf zwischen die Schultern gezogen, sicher in der Furcht, sonst nicht durchzupassen.

Walter seinerseits war bei Bohem geblieben. Er lächelte ihm beruhigend zu. Es wurde schon dunkel, und sie waren lange gewandert. Ein guter Nachtschlaf in einem richtigen Bett war eine verlockende Vorstellung. Bohem hoffte, dass die Hausherrin einverstanden sein würde, ihn zu beherbergen, besonders da er in Wirklichkeit wenig Lust hatte, eine Nacht ganz allein zu verbringen und sich all die Fragen zu stellen, die er sich nicht mehr stellen wollte. Nicht jetzt.

Einige Schritte entfernt räusperte sich Trinitas, klopfte den Staub aus seinen Kleidern, zog das Tuch um seinen Hals zurecht und klopfte dann dreimal an die Tür. Nach einem kurzen Augenblick öffnete ein junger Mann.

»Das ist der Ladegeselle«, flüsterte Walter Bohem ins Ohr. »Er wird Trinitas per Handschlag begrüßen, bevor er uns einlässt.«

»Was soll das heißen?«

»Das wirst du sehen.«

Trinitas hielt dem Ladegesellen hin, was Walter ihm kurz zuvor gegeben hatte, und Bohem sah, dass es sich nur um ein sorgfältig gefaltetes Papier handelte. Trinitas zog ein zweites aus seinem eigenen Sack hervor und zeigte auch das vor. Der Ladegeselle legte die beiden Papiere beiseite, in eine kleine Lade gleich hinter der Tür. Dann kehrte er zu Trinitas zurück. Die beiden reichten einander die rechte Hand, legten die linke auf die Schulter ihres Gegenübers und küssten einander dreimal.

Bohem hob die Augenbrauen. Mit einem solchen Auftritt hatte er nicht gerechnet...

Die beiden Männer wechselten einige Worte. Bohem spitzte die Ohren und hörte einiges mit. Trinitas antwortete demütig auf die knappen Fragen des Ladegesellen.

»Was macht ihr?«

»Die Walz durch Gallica.«

»Wer seid ihr?«

»Die Kinder der Witwe.«

Er antwortete so schnell, dass es sich sicher um eine auswendig gelernte Lektion handeln musste, dachte Bohem, eine Art Geheimsprache, um die Identität der beiden Gesellen zu überprüfen. Er passte noch einmal auf.

»Wen sucht ihr?«

»Hiram.«

»Wo werdet ihr ihn finden?«

»Unter dem Schutt, von einem Akazienzweig bedeckt.«

Der Ladegeselle klopfte Trinitas auf die Schulter und schenkte ihm ein breites Lächeln. »Ihr seid im Apfelbaum willkommen! Aber wer ist der Dritte, der euch begleitet?«

»Das... Das ist ein Wolfsjäger. Er heißt Bohem und ist ein Reisegefährte. Wenn die Mutter einverstanden ist, würden wir ihn gern heute Abend hier mit unterbringen. Wir werden für seinen Aufenthalt bezahlen.«

»Ich verstehe«, antwortete der Ladegeselle mit einem Nicken. »Ich werde sie fragen. Wartet hier.«

Trinitas drehte sich um und zwinkerte ihnen zu. Bohem blieb stumm. Er war sehr beeindruckt. Er begann zu verstehen, warum man um die Wandergesellen solch ein großes Geheimnis machte, aber er hätte gern den Sinn ihrer Worte verstanden. Er fragte sich auch, warum Trinitas gesagt hatte, dass er Wolfsjäger sei. Das gefiel ihm eigentlich nicht. Vielleicht war das ein Versuch, seine Anwesenheit ein wenig zu rechtfertigen... Konnte ein Wolfsjäger auf die Walz durch Gallica gehen?

Der Ladegeselle erschien rasch wieder an der Tür. »Ihr könnt hereinkommen«, sagte er und presste sich gegen die Mauer, um sie durchzulassen. Trinitas bedeutete Bohem, ihm zu folgen, und Walter ging als Letzter.

Lächelnd betraten sie das kleine Bauernhaus. Ein köstlicher Duft nach Fleisch zog bereits durch die Luft des Vorraums. Der Ladegeselle führte sie ins Esszimmer, wo bereits fünf andere Gesellen und eine Frau, die am Kopfende des Tisches saß, zu Abend aßen.

»Meine Mutter, meine Brüder, hier kommen Trinitas Rivener und Walter Burgonner. Sie sind in Begleitung von Bohem, dem Wolfsjäger.«

Die Frau erhob sich und ging den Neuankömmlingen entgegen. Bohem sagte sich, dass sie in etwa so alt wie sein Vater sein musste. Sie war klein und füllig; ihre hellblonden Haare waren in ihrem Nacken zu einem dicken Zopf geflochten. Sie hatte eine Stupsnase und große braune Augen. Um die Hüften trug sie eine kleine weiße Schürze und am Handgelenk ein massiges Armband aus Eisen.

»Na! Bei Meister Jakob! Das sieht mir nach drei müden Kindern aus!«, rief sie und umarmte sie einen nach dem anderen.

»Kommt, stellt euer Gepäck und eure Stöcke ab, und esst mit uns!«

Sie ließen sich an dem großen Tisch nieder, um den eine sehr herzliche Atmosphäre herrschte, und nahmen am Mahl ihrer Gastgeber teil. Bohem fügte sich leicht in diese seltsame Familie ein. Er verstand zwar nicht immer, was seine Tischgenossen sagten, die manchmal in Rätseln sprachen und sich auf Dinge bezogen, die er nicht kannte, aber er unterhielt sich gut, und vor allem war das Essen hervorragend. Die Mutter hatte ein Gericht zubereitet, das Bohem zuvor noch nie probiert hatte und das wirklich sehr lecker war. Auf große, in Öl eingelegte Auberginenscheiben hatte sie geröstete Zwiebeln, Lammhack, in Milch getauchtes und dann ausgewrungenes Brot, gehackte Oliven, Eier und Petersilie gegeben. Das alles wurde gegrillt mit einer Tomatensauce serviert... Nicht der kleinste Bissen blieb übrig.

Gegen Ende der Mahlzeit wandte sich die Mutter Bohem zu und fragte ihn: »Du bist also Wolfsjäger?«

Bohem hob die Augenbrauen. »Nicht ganz...«, stammelte er.

»Bohem ist eine neue Art von Wolfsjäger«, warf Trinitas ein und legte dem jungen Mann seine Hand auf die Schulter. »Ein Wolfsjäger, der einen Nebel gerettet hat!«

»Das ist ja interessant«, erwiderte die Mutter lächelnd. »Ein Wolfsjäger, der einen Nebel gerettet hat! Das kann hier in der Gegend nicht sehr gut aufgenommen worden sein!«

»Nein, in der Tat nicht«, antwortete Bohem.

»Das ist der Grund, warum unser Freund auf Wanderschaft ist, Mutter.«

»Sehr gut! Das gefällt mir! Trinken wir auf die Gesundheit des Wolfsjägers, der einen Nebel gerettet hat!«

»Trinken wir!«, antworteten alle Gesellen im Chor und leerten ihre Weinbecher bis zur Neige.

Bohem tat es ihnen nach. Er wusste nicht, was er denken sollte. Seine Gastgeber waren jedenfalls zuvorkommend, und er wollte sich gern entspannen. Außerdem schienen sie über eine erstaunliche Freigeistigkeit zu verfügen, wenn sie keinen Anstoß an dem Gedanken nahmen, dass man einen Nebel lieber retten als opfern wollte ...

»Also«, sagte die Mutter, »dann erkläre uns, warum du diesen Nebel gerettet hast.«

»Ich weiß nicht«, gestand Bohem. »Das ist in meinem Innersten begründet. Mein Leben lang habe ich meinen Vater die Nebel jagen sehen, und ich habe nie verstanden, warum ...«

»Hast du ihn nicht danach gefragt?«, spottete Trinitas neben ihm.

»Doch, aber seine Gründe waren mir nicht genug. Ich glaube, dass er es in Wirklichkeit nur tut, weil sein Vater es getan hat und die Tradition es ihm auferlegt. Außerdem leben wir von den Prämien ...«

»Aber du, du hast keine Lust darauf?«, hakte die Mutter nach.

»Nein. Ist irgendjemand hier schon einmal einem Nebel in freier Wildbahn begegnet?«

Alle Tischgenossen schüttelten verneinend den Kopf.

»Also seid ihr, obwohl ihr durchs ganze Land zieht und eine Rundreise durch Gallica macht, noch nie einem einzigen Nebel begegnet?«

»Nein, Bohem, noch nie.«

»Und das findet ihr nicht merkwürdig? Ihr findet es nicht seltsam, dass man uns immer wieder erzählt, dass die Nebel gefährliche Kreaturen sind und dass wir sie vernichten müssen, obwohl sie uns nie begegnen? Man erzählt uns, dass sie unsere Herden angreifen, aber essen wir denn nicht selbst Fleisch? Sollen wir etwa mehr Rechte als die Nebel haben, nur weil wir Menschen sind? Nein ... Das genügt mir nicht.«

Die Mutter lächelte. Sie gab Bohem mit dem Kopf ein Zeichen, als wolle sie ihn einladen, seine Erklärung fortzusetzen.

»Ich glaube, dass man uns über die Nebel belügt, und ich glaube, dass es, wenn niemand sich für sie einsetzt, bald keinen einzigen mehr im ganzen Land geben wird. Ich bin vor einigen Tagen einem Nebel begegnet, einem gewaltigen Wolf, und er hat mich nicht angegriffen. Im Gegenteil, ich glaube sogar sagen zu können, dass er mir in gewisser Weise geholfen hat. Und all diese Wesen werden verschwinden. Die Wölfe, die Chimären, die Zauberpferde, die Greifen ... Bald wird es keine mehr geben. Ich habe einmal einen Greifen gesehen, den mein Vater erlegt hatte. Das ist solch ein schönes Geschöpf! Habt ihr schon einmal einen gesehen?«

»Ja, ich«, antwortete einer der Gesellen.

»Wie könnte solch ein schönes Geschöpf ein Dämon sein? Und wenn es denn wirklich ein Dämon wäre, wie hätte mein Vater ihn so leicht erlegen können? Nein, daran glaube ich keinen Augenblick! Und das Einhorn ... Hat schon einmal jemand das Einhorn gesehen?«

Niemand antwortete.

»Ich auch nicht. Und ich träume davon, es zu sehen, lebendig, frei! Ich möchte mich ihm gar nicht nähern, sondern es nur ansehen, wissen, dass es wirklich lebt und auch seinen Platz in der Welt hat.«

Alle Gäste waren plötzlich sehr still geworden. Sie schienen von Bohems Rede angerührt zu sein, und er selbst sprach nicht mit besonders sicherer Stimme. Er hatte all dies noch nie laut ausgesprochen, all die Dinge, die schon immer in seinem Innersten gebrodelt hatten.

»Wissen, dass es auch seinen Platz in der Welt hat«, wiederholte er ganz leise und nickte.

Die Mutter sah ihn lange an und warf ihm dann einen Blick voll großer Wärme zu. Sie hob erneut ihr Glas und lud die Gesellen ein, noch einmal anzustoßen.

»Trinken wir!«

Sie folgten der Aufforderung; danach setzten die Gespräche langsam wieder ein. Bohem bemerkte, dass die Übrigen ihn nun anders ansahen, so, als ob er jetzt wirklich zu ihrer Familie gehörte. Er beteiligte sich lebhaft an den immer ungezügelteren Wortwechseln, die folgten.

Als die Mahlzeit vorüber war und alle viel gesungen und gelacht hatten, befahl ihnen die Mutter, hinaufzugehen und sich hinzulegen. Den drei jungen Männern – Trinitas, Walter und Bohem – wurde dasselbe Zimmer im ersten Stock angewiesen, wo jeder von ihnen ein eigenes Bett bekam, was sie entzückte. Es war ein kleines Zimmer, einfach, aber gemütlich, gemütlicher als die meisten Häuser von Passhausen, dachte Bohem. Die drei hölzernen Betten standen etwas erhöht, und jeder Gast hatte seine eigene kleine Truhe, ein Luxus, den Bohem noch nie kennengelernt hatte. An den Wänden hingen Werkzeuge, von denen er annahm, dass sie die unterschiedlichen Berufe der Gesellen repräsentierten… Er hatte auch in den anderen Räumen schon welche bemerkt, ebenso wie andere Verzierungen. Langsam gewöhnte er sich an all diese Symbole, die den Gesellen so wichtig zu sein schienen.

Sie richteten sich ein; dann löschte Trinitas die beiden Kerzen, die nahe bei der Tür aufgesteckt waren. Nun wurde das Zimmer nur noch von den goldenen Strahlen des Mondlichts erhellt. Bohem wollte seinen Gefährten gerade eine gute Nacht wünschen, als er sie zum Fenster ihres Zimmers hinübergehen sah. Die Jungen setzten sich auf die Fensterbank, den Rücken gegen den hölzernen Fensterstock gelehnt. Draußen half das Funkeln der Sterne dem des Mondes, der Nacht einen friedlichen Lichtschein zu verleihen. Der leichte Wind trug das Zirpen der Grillen heran.

Bohem sah Trinitas eine kleine Samttasche aus seinem Sack nehmen, aus der er eine lange Pfeife aus geschnitztem Holz hervorzog. Er nahm eine kleine Prise Kräuter aus dem Täschchen, die er auf den Grund des Pfeifenkopfes fallen ließ; so fuhr er fort, bis der Rand erreicht war. Er stampfte das Kraut vorsichtig mit seinem kleinen Finger fest. Dann zog er ein Feuerzeug aus Feuerstein und ein Stückchen Zunder aus der Tasche und entzündete das Kraut, indem er an der Pfeife zog. Der Geselle nahm mehrere tiefe Züge und blies den Rauch friedlich über seinen Kopf, bevor er die Pfeife an Walter weiterreichte. Bohem setzte sich auf seinem Bett auf und lehnte sich gegen die Wand. Der Rauch der Pfeife drang bis zu ihm herüber und erfüllte den ganzen Raum mit einem Geruch wie dem eines verbrannten Seils.

»Oh, entschuldige, willst du vielleicht auch rauchen?«, fragte Trinitas, als er sah, dass Bohem nicht im Bett lag.

»Was ist das?«, fragte der junge Mann mit gerunzelter Stirn.

»Ein Kraut, das einen schlafen lässt.«

Bohem zuckte mit den Schultern. Er hatte noch nie geraucht, und bis auf einige durchreisende Händler rauchte auch niemand sonst in Passhausen. Er war so übermüdet, dass er sicher kein Kraut benötigte, das einen einschlafen ließ, aber er hatte trotzdem Lust, es auszuprobieren.

Er stand auf und setzte sich zu den beiden Gesellen. Walter

reichte ihm die Pfeife. Bohem steckte sie in den Mund und atmete ein.

»Sachte!« Trinitas hielt ihn lachend auf.

Bohem begann lautstark zu husten. Der Rauch hatte ihm den Atem genommen, und der Hals brannte ihm. Er verzog das Gesicht und gab Walter die Pfeife zurück.

»Bäh!«, murrte er. »Das ist ja fürchterlich!«

Auf einmal spürte er eine Welle von Schwere, die ihm in den Kopf stieg, als ob sein Schädel sich mit Wasser füllte. Das Zimmer begann sich zu drehen, und ihn ergriff ein übermächtiges Bedürfnis, sich hinzulegen. Er hatte den Eindruck, sich nicht mehr auf den Beinen halten zu können.

Er stand mühsam auf und ging mit unsicheren Schritten bis zu seinem Bett. Ihm war, als ob sich seine Füße in schwere Bleigewichte verwandelt hätten, als ob jeder Schritt ihn beträchtliche Anstrengung kostete... Er hörte hinter sich das Lachen der beiden Gesellen. Er hatte das Gefühl, betrunken zu sein, und lachte selbst. Dann ließ er sich auf sein Bett fallen und sank in einen tiefen Schlaf.

Ich bin allein. Die Zeit ist stehen geblieben. Um mich sind eine weite Ebene und ein schöner, azurblauer Himmel. Die Wolken stehen still. Der Wind bläst nicht mehr. Ich sehe meine Hände nicht. Ich sehe meinen Körper nicht. Da ist etwas hinter mir. Ich drehe mich um. Langsam. Und ich sehe ihn, den grauen Wolf. Ich erkenne sein Fell. Ich glaube sogar, seine Augen wiederzuerkennen. Er ist prachtvoll. Er steht aufrecht auf einem Felsen, mir zugeneigt, als wolle er in meiner Seele lesen. Etwas ist in den Stein geritzt, unter seinen Tatzen, zwei Zeilen. Ich kann sie nicht lesen. Ich verstehe mich nicht darauf.

Der Wolf wendet sich um. Auf einmal verstehe ich. Er will, dass ich ihm folge. Er läuft voran. Ich treibe dahin. Ich durchquere den Raum, vielleicht die Zeit. Ich weiß nicht, wie schnell wir uns voranbewegen. Die Ebene, der Himmel, alles verschwimmt. Die Entfernungen scheinen sich auszudehnen. Es gelingt mir, dem Wolf zu folgen.

Meinem Wolf. Ohne nachzudenken. Als ob ich seinen Weg schon kenne. Er führt mich. Ich muss nur dem Weg folgen, den mir der Nebel zeigt.

Plötzlich verschwindet er. Die Welt um mich erlischt und flammt wieder auf, mehrfach, als ob ich langsam mit den Augen zwinkern würde.

Noch immer gibt es kein Geräusch, kaum das Schlagen meines Herzens. Schlägt es denn wirklich?

Ich bin an einem Waldrand. Der lange Grasteppich hört einige Schritte vor mir auf, an einer dichten Wand aus Bäumen. Ich warte. Ich weiß, dass ich nicht zufällig hier bin. Mein Wolf hat mich hergeführt, und er weiß, wohin ich gehen muss.

Ein Umriss zeichnet sich am Waldrand ab, eine Gestalt, die am Waldessaum erscheint. Ein Mann. Klein. Nur so groß wie ein Kind. Kräftig. Er tritt aus dem Schatten der Bäume hervor. Jetzt erkenne ich ihn besser. Er trägt einen langen, weißen Bart, der bis auf seinen runden Bauch hinabhängt. Auf dem Rücken trägt er ein Musikinstrument, das ich nicht kenne. Er hat ein Kettenhemd und eine Lederrüstung an. Am Gürtel trägt er ein kurzes, glänzendes Schwert und auf dem Kopf einen braunen Hut, den eine lange, weiße Gänsefeder schmückt.

Er kommt heran, lächelt. Man könnte annehmen, dass er mich erkennt. Aber ich habe ihn noch nie gesehen. Trotzdem habe ich den Eindruck, ihn zu kennen, ihn immer gekannt zu haben, wie einen Bruder.

Er spricht, aber ich höre nicht. Ich sehe, wie sich seine Lippen bewegen, aber kein Laut dringt zwischen ihnen hervor. Er ist nun ganz nahe. Er streckt seinen Arm nach mir aus, die Hand zur Faust geschlossen. Er hält etwas darin, etwas, das er mir geben will. Langsam öffnet er die Finger.

KAPITEL 3
AISHANER

»Euer Orden hat sich in vielen Ländern ausgebreitet, lieber Abt.«

Raimund VII. war ein kleiner, dicker Mann mit stumpfer Haut, schwarzen Haaren und glitzerndem Blick. Krähenfüße in seinen Augenwinkeln ließen es scheinen, als lächle er, aber man spürte, dass er nicht von umgänglicher Wesensart war. Seine geringe Körpergröße hinderte ihn nicht daran, eine natürliche Autorität zu verströmen, ein beeindruckendes Charisma. Es schien, als erfülle seine Anwesenheit den ganzen großen Saal des Al-Ksar-Palastes.

»Das stimmt«, antwortete Pieter der Ehrwürdige und verneigte sich. »Ihr habt in Eurem Land einige unserer Klöster.«

Er ist misstrauisch. Mein Besuch beunruhigt ihn, das merke ich. Vielleicht behagt ihm der Aufstieg Cerlys in seinem Land nicht. Wie auch immer, er weiß, warum ich hier bin, und er muss schon ahnen, dass ich auch selbst ein Interesse daran habe, dass seine Tochter Livain heiratet. Er weiß nicht, welches, und, ja, deshalb ist er misstrauisch.

»Einige? Mehr und mehr, wollt Ihr sagen! Unser dahingeschiedener Papst schien Cerly sehr zu schätzen... Aber habt Ihr auch seinen Nachfolger, diesen berühmten Nikolaus IV., der aus Brittia stammt, auf Eurer Seite?«

Ich muss das Thema wechseln. Cerly darf nichts mit unserem Gespräch zu tun haben. Er darf nicht mich hinter Livains Plänen erblicken.

»Cerly ist kein politischer Orden, Majestät. Wir sind einfache Mönche, die der Regel des heiligen Benedikt folgen, den Armen Barmherzigkeit erweisen und...«

»Ach was!«, schnitt ihm der König von Kastel das Wort ab. »Reden wir ernsthaft miteinander! Ihr verfügt über die *libertas romana*. Eure Klöster sind autonom, und Ihr untersteht nur dem Papst; die Anzahl von Pfründen, die Ihr von wohlwollenden Herren ererbt habt, ist bedeutend, und wir wollen nicht erst von den Oblaten sprechen, die Euch ihren Besitz zum Geschenk machen... Erzählt mir doch nicht, dass Ihr keine Politik betreibt!«

Es hat keinen Sinn, zu versuchen, ihn in Sicherheit zu wiegen. Er ist kein Dummkopf. Ich kann mich dennoch bemühen, ihn zu überzeugen, dass Cerly nichts mit dem Auftrag zu tun hat, den mir der König erteilt hat.

»Ich bin im Namen des Königs von Gallica hier«, erklärte der alte Abt, »nicht im Namen meines Ordens. Livain kümmert sich nicht um die Belange Cerlys, und wenn er gerade mich geschickt hat, so nur, weil er mir als zuverlässigem Boten vertraut, und nicht aufgrund meines Amtes.«

»Meinetwegen«, antwortete Raimund VII. lächelnd. »Was will der gute Livain also von mir?«

Das weiß er ganz genau. Mein Besuch im Namen des Königs von Gallica kann nur einen einzigen Grund haben.

»Euch ist nicht unbekannt, dass er seine Gemahlin, Helena von Quitenien, verstoßen hat.«

»Natürlich weiß ich das! Man spricht ja von nichts anderem mehr!«

»Livain sucht eine neue Frau, die ihm einen Sohn schenken kann.«

»Und da schickt er Euch – Euch! – um mich – mich! – aufzusuchen?«

»Eure Majestät, Livain VII. bittet Euch um die Hand Eurer Tochter.«

Der König von Kastel blieb einen Augenblick lang still. Er hatte sicher den Grund für den Besuch des Abts schon lange geahnt, doch etwas zu ahnen war eine Sache, es zu hören eine ganz andere.

»Und warum ist er nicht selbst gekommen?« fragte er schließlich. »Wenn der König von Gallica meine Tochter derart begehrt, könnte er sich ja zumindest herbequemen, nicht wahr?«

Das wäre mir persönlich ganz gut zupassgekommen.

»Livain hätte es sicher bevorzugt, selbst hierherzukommen, und sei es nur, um das Vergnügen zu haben, sich mit Euch zu unterhalten. Unglücklicherweise kann er sein Königreich jetzt schlecht verlassen. Die Krönung Emmer Ginsterhaupts im Königreich Brittia beschäftigt uns sehr.«

»Aha! Und Ihr wollt, dass ich meine Tochter mit einem König verheirate, der um die Sicherheit seines Königreichs bangt?«

»Ich habe nicht gesagt, dass er um die Sicherheit Gallicas bangt, Majestät. Ich habe gesagt, dass ihn diese Krönung *beschäftigt.* Denn wie vielen Fürsten in Gallica und Brittia erscheint sie ihm nicht rechtmäßig...«

»Es ist nicht das erste Mal, dass ein unrechtmäßiger König auf einem Thron sitzt.«

»Nein, aber es zeigt, dass dieser König keine Skrupel kennt, und wir haben nicht gern eine gemeinsame Grenze mit einem skrupellosen König...«

»Eine gemeinsame Grenze?« spottete Raimund. »Da untertreibt Ihr aber! Der König von Brittia besitzt fast die Hälfte aller Lehen in Eurem Land!«

Das wird schwieriger, als ich angenommen habe. Aber wenn er so reagiert, fürchtet vielleicht auch er Emmer Ginsterhaupt. Das muss ich ausnutzen...

»Ihr habt recht. Die Macht, die Ginsterhaupt durch seine Heirat mit Helena von Quitenien errungen hat, ist eine wahre Bedrohung für Gallica. Doch auch für Euch. Wenn Ihr Eure Familie mit der Livains vereinigt, könntet Ihr eine so starke Allianz schaffen, dass kein Feind es wagen würde, sich ihr entgegenzustellen. Nicht einmal Emmer Ginsterhaupt.«

»Ich fühle mich nicht von Emmer bedroht.«

»Seit er Helena geheiratet hat, habt Ihr aber eine gemeinsame Grenze: die zu Quitenien.«

»Ich habe auch eine mit Livain, die zur Grafschaft Tolosa. Warum sollte ich mich vor dem einen mehr in Acht nehmen als vor dem anderen?«

»Wenn Eure Tochter Livain heiratet, müsst Ihr Euch nicht mehr vor ihm in Acht nehmen.«

»Ist das eine Drohung?«

»Majestät, ich glaube, dass...«

In diesem Augenblick wurde Pieter der Ehrwürdige von einer Frauenstimme unterbrochen.

»Und was, wenn Ihr die am unmittelbarsten betroffene Person entscheiden lassen würdet?«

Der Abt wandte sich langsam in seinem Sessel um. Er sah in das junge, strahlende Gesicht Camillas von Kastel. Obwohl sie erst achtzehn Jahre alt war, hatte sie schon den entschlossenen Blick einer Dame von Welt. Sie war eine bildschöne junge Frau mit kastanienbraunen, leicht gewellten Haaren, die ihr über die Schultern fielen. Ihre Züge verrieten Tatkraft und einen entschlossenen Willen, das stolze Kinn ebenso wie ihre schlauen, kleinen grünen Augen. Aus der Art, wie sie sprach, zog Pieter sofort den Schluss, dass sie keine fügsame junge Frau war, und er fragte sich, ob er wirklich eine gute Wahl für den König von Gallica getroffen hatte. Nach Helena von Quitenien brauchte Livain nicht noch eine unverschämte Frau!

»Meine Tochter«, entgegnete Raimund VII. verärgert, »Ihr habt hier nichts zu suchen. Kehrt bitte in Eure Gemächer zurück.«

»Hier nichts zu suchen? Mir scheint, dass man von meiner Heirat spricht...«

»Nein, eigentlich nicht, da ich Eure Hand nicht diesem Gallicer schenken werde...«

»Und wenn ich ihn heiraten will?«, gab die junge Frau dreist zurück.

Raimund VII. stand zornig auf. »Camilla! Ich habe Euch aufgefordert, in Eure Gemächer zurückzukehren!«

Aber die junge Frau ließ sich nicht beeindrucken. Sie trat auf Pieter den Ehrwürdigen zu.

»Lasst uns diesem Abt zumindest die Gelegenheit geben, uns zu erläutern, in welcher Hinsicht diese Heirat vorteilhaft für uns sein könnte... Ihr sagt, dass es sich um ein freiwilliges Bündnis handelt?«

Verlegen nickte der alte Mann. Sie brachte ihn in eine heikle Position zwischen ihrem Vater und ihr selbst.

»Herrin, ich glaube, dass diese Heirat für Euch, für Euren Vater und für das ganze Land Kastel eine sehr vernünftige Entscheidung wäre. Livain VII. ist ein schöner, stolzer Mann, ein aufmerksamer Gatte, dazu klug und fromm. Er ist sicher der mächtigste König, dessen Land an das Eures Vaters stößt ...«

»Das habt Ihr schon gesagt.«

Ich muss ein letztes Argument bringen. Ein gewichtiges Argument.

»Darüber hinaus«, setzte Pieter mit lauterer Stimme hinzu, »wird der Papst Eure Verbindung segnen.«

Möge mir Gott meine Lüge vergeben! Aber es ist ja sicher nur eine vorweggenommene Wahrheit. Ich werde Nikolaus IV. schon überreden können. Und es ist das beste Argument, um sowohl Raimund VII. als auch seine Tochter zu überzeugen. Außerdem müssen sie mir glauben. Ich bin der Abt von Cerly. Raimund weiß, dass mein Orden ein privilegiertes Verhältnis zu den Päpsten unterhält, das hat er mir ja gerade erst ins Gedächtnis gerufen. Das ist die beste Karte, die ich ausspielen kann.

Camilla von Kastel wandte den Blick zu ihrem Vater. Sie lächelte. Dann sah sie wieder den Abt von Cerly an. »Ich habe eine letzte Frage, lieber Abt. Wie ist es um das Verhältnis zwischen der Krone Gallicas und der Grafschaft Tolosa bestellt?«

Pieter der Ehrwürdige hob die Brauen.

In welcher Hinsicht mag sie das interessieren? Natürlich hat dieses Lehen eine gemeinsame Grenze mit dem Königreich ihres Vaters, ich verstehe, dass sie sich deswegen Sorgen macht, aber wenn sie mir diese Frage zuletzt stellt, nach dem, was ich gerade gesagt habe, dann ist sie wohl noch wichtiger. Eigenartig ...

»Es ist hervorragend«, log Pieter. »Um Euch ins Vertrauen zu ziehen... Es ist sehr wahrscheinlich, dass der Graf Livains Schwester heiraten wird.«

»Perfekt«, antwortete Camilla von Kastel. »Perfekt.«

Sie wandte sich noch einmal ihrem Vater zu. »Vater, ich werde diesen Heiratsantrag mit Freuden annehmen. Ich bin mir sicher, dass das auch in Eurem Interesse ist.«

Zu Pieters großem Erstaunen nickte der König von Kastel langsam, ganz so, als ob er die Gründe seiner Tochter jetzt verstanden hätte. Aber Pieter seinerseits verstand sie nicht, und das gefiel ihm überhaupt nicht. Was in Zusammenhang mit der Grafschaft Tolosa konnte die junge Frau dazu bringen, den König von Gallica heiraten zu wollen?

Gewiss, er hatte nach außen hin das erreicht, wofür er hergekommen war, aber er fragte sich plötzlich, ob das tatsächlich gut war. Diese Camilla war ganz und gar nicht die Person, die er sich vorgestellt hatte. Sie war erst achtzehn Jahre alt, schien aber schon ganz auf die Politik ausgerichtet zu sein, und das war nicht wirklich ein gutes Zeichen. Doch es war zu spät. Er würde sich damit arrangieren müssen. Der König hatte eine neue Frau gefunden, die ihm ein bedeutendes Bündnis einbrachte. Für den Augenblick war dies das Wichtigste. Doch wenn diese neue Frau nun eines Tages die Durchführung bestimmter Pläne Pieters zu verhindern drohte...

Aber alles in allem war so nun einmal die Politik. Man musste kämpfen, immer kämpfen, um sich einen kleinen Platz zu erobern, ein kleines Stückchen Macht. Koste es, was es wolle.

Bohem fuhr aus dem Schlaf hoch. Es war schon ganz hell im Zimmer; er wurde von einem Sonnenstrahl geblendet, der durchs Fenster drang. Er wandte den Kopf zur Seite. Die beiden anderen Betten waren leer. Trinitas und Walter waren nicht mehr da.

Der junge Mann richtete sich auf. Wie lange hatte er geschlafen? Er war ausgeruht und fühlte sich gut in Form. Um ehrlich zu sein, hatte er den Eindruck, als habe er zwei ganze Nächte durchgeschlafen. Hatte seine Übermüdung ihn so gut schlafen lassen oder doch das fürchterliche Kraut, das die beiden Jungen ihn gestern Abend hatten rauchen lassen? Er wusste es nicht. Sie hatten offensichtlich nicht so lange geschlafen... Wo waren sie überhaupt? Er spitzte die Ohren. Unten auf der Terrasse vor dem Haus waren Leute, die sich unterhielten.

Bohem sprang auf, rieb sich die Augen und zog sich schnell an. Er würde Aufmerksamkeit auf sich ziehen, und davor hatte er Angst. Als er fertig war, verließ er das Zimmer und stürmte die Treppe hinunter.

»Oha! Langsam, Wolfsjäger!«, rief die Hausmutter, die gerade ins Esszimmer kam.

Er stieg die letzten Stufen ruhiger hinab. Sie kam auf ihn zu und umarmte ihn herzlich. »Alle anderen sind schon auf. Ich bin froh, dass du in deiner ersten Nacht im Apfelbaum so gut geschlafen hast! Aber beeil dich, ihr habt heute noch einen weiten Weg vor euch! Die Jungen warten auf der Terrasse auf dich...«

Bohem dankte ihr und wollte sich rasch zu den anderen draußen gesellen, doch die Mutter hielt ihn am Arm zurück. »Sag mir, Bohem... Aus welchem Dorf kommst du?«

Der junge Mann wurde blass. Warum diese Frage? Wusste sie etwa Bescheid? Ein Schauer rieselte ihm die Wirbelsäule entlang. Er wusste nicht, was er sagen sollte.

Konnte er ihr vertrauen? Und was, wenn sie die Information an diejenigen weitergab, die ihm auf den Fersen waren? Er zögerte, aber er konnte sie nicht anlügen. Sie hatte sich so zuvorkommend gezeigt, und die Atmosphäre in ihrer Herberge war einzigartig, ein tiefes, geheimes Einverständnis zwischen allen Leuten, die diese Türschwelle überschritten... So etwas hatte er nie zuvor erlebt, und es gefiel ihm so gut! Er entschloss sich zu sprechen.

»Aus Passhausen.«

Die Mutter nickte langsam. Sie wusste es, das begriff Bohem sofort. Auf die ein oder andere Weise hatte sie erfahren, was sich dort unten abgespielt hatte. Er sah es ihren Augen an – und sah dort auch ein wenig Mitleid. Dennoch kam er nicht umhin, Furcht zu empfinden. Die Erinnerung an das Massaker kam wie ein Albtraum in wachem Zustand über ihn.

»Was wisst Ihr? Und wie? Ich...«

»Ich weiß, was in deinem Dorf geschehen ist, Bohem«, murmelte die Mutter und runzelte die Stirn. »Und wenn du der Wolfsjäger bist, für den du dich ausgibst, dann weiß ich auch, wer du bist und warum du hier bist.«

»Aber wie?«, beharrte der junge Mann.

»Wir Wandergesellen haben unsere eigenen Mittel, etwas in Erfahrung zu bringen. Man spricht in den Gesellenherbergen viel über deine Geschichte...«

Bohem wankte. Die Mutter packte ihn am Arm.

»Komm, Bohem, du hast getan, was du tun musstest. Und im Augenblick bist du in guten Händen. Du musst fliehen. Geh mit Trinitas und Walter.«

»Aber... Ich verstehe nicht! Erklärt es mir!«

»Ich kann dir nicht mehr darüber sagen, als ich weiß, Bohem. Ich weiß, dass die Leute, die hinter dir her sind, böse und gefährlich sind und dass du deshalb ganz sicher einen Grund hast, zu fliehen. Sie suchen dich noch immer, und es heißt, dass sie jetzt in unsere Richtung kommen. Das ist alles, was ich weiß. Was du gestern Abend über die Nebel gesagt hast, hat mich tief berührt. Ich weiß, dass du ein guter Junge bist. Wir werden alles tun, was in unserer Macht steht, um dir zu helfen.«

Bohem riss die Augen auf. Er hatte große Angst. Der vergangene Abend und die lange, durchschlafene Nacht hatten ihn alles fast vergessen lassen, doch jetzt kehrte es ihm ins Gedächtnis zurück. Die Dinge schienen noch schlimmer als zuvor zu stehen. Dringlicher.

»Aber wer sind diejenigen, die mich verfolgen?«

»Das weißt du nicht?«, staunte die Mutter.

»Nein!«

»Es heißt, dass es Aishaner sind.«

»Und was ist das?«, fragte Bohem mit einem ratlosen Kopfschütteln.

»Barbaren, die von weither kommen. Sie stammen nicht aus Gallica, nicht einmal aus einem Nachbarland ...«

»Aber was können sie von mir wollen?«

»Ich habe keine Ahnung, Bohem. Aber du musst fliehen.«

Bohem zitterte und war sich nicht sicher, ob er recht verstanden hatte. Er konnte einfach nicht daran glauben. Es wurde alles immer absurder.

»Geh nun zu den anderen nach draußen. Iss schnell etwas, und dann brecht auf.«

Bohem nickte wie betäubt. Er wandte sich langsam um und ging zum Eingang. Er öffnete die Tür und blieb für einen Moment reglos stehen, den Blick ins Leere gerichtet.

»Na, wirst du auch schon wach?«

Bohem wandte den Kopf. Walter und Trinitas saßen an einem großen Holztisch, ihre Säcke und Wanderstäbe zu ihren Füßen. Sie schenkten ihm ein breites Lächeln.

»Also wirklich!«, sagte Trinitas und stand auf. »Das wird aber auch Zeit! Du schnarchst verdammt laut! Ich muss gar nicht erst fragen, ob du gut geschlafen hast, hm?«

»Ich... Es tut mir sehr leid, ich halte euch auf...«

Der große Geselle zog ihn zum Tisch hinüber und nötigte ihn, sich hinzusetzen. »Das macht nichts, Wolfsjäger, aber jetzt iss schnell! Schau dir das gute Gebäck an! Die anderen haben nicht alles aufgegessen, denn wir waren ja zum Glück da, um sie daran zu hindern, nicht wahr?«

»Wo sind denn die anderen?«

»Zur Arbeit gegangen, stell dir mal vor! Glaubst du, dass alle Welt so wie du die Zeit damit verbringt, zu schlafen? Sie arbeiten am Dachstuhl der Kirche von Horne mit.«

Bohem nickte. Er aß, so schnell er konnte, um seine beiden Freunde nicht aufzuhalten. Die ganze Mahlzeit hindurch konnte er nur an eines denken: die Barbaren, die ihn suchten. Die Aishaner.

Er hatte dieses Wort noch nie gehört und konnte nicht glauben, dass Leute ihn jagten, die er noch nicht einmal kannte.

Als er aufgegessen hatte, teilte er den beiden Gesellen mit, dass er bereit zum Aufbruch sei. Er wusste nicht, ob sie, was ihn betraf, auf dem Laufenden waren. Bestimmt nicht. Die Mutter hatte es ihnen noch nicht sagen können. Sie hatte ja erst durch die Fragen, die sie ihm gestellt hatte, die Bestätigung erhalten, dass er der junge Mann war, von dem sie gehört hatte.

Trinitas ging, um dem Ladegesellen mitzuteilen, dass sie die Herberge verlassen würden. Dieser bat sie, sich noch etwas zu gedulden. Die drei Jungen warteten einen Augenblick vor der Tür; dann kehrte der Ladegeselle mit der Mutter und Burkhard, einem anderen Gesellen, der in der Herberge mithalf, zurück. Sogleich fielen Trinitas und Walter auf die Knie und legten ihre

Säcke vor sich. Bohem tat es ihnen nach, ohne zu wissen, ob man es von ihm erwartete oder nicht.

»Die Arbeit unserer Brüder hier ist beendet«, begann der Ladegeselle feierlich, »gibt es jemanden hier, der den Abreisenden etwas vorzuwerfen hat?«

»Nein, nein«, antworteten Burkhard und die Mutter im Chor.

Der Ladegeselle hob die Säcke vom Boden auf und lud sie Trinitas und Walter auf die Schultern. Dann reichte er ihnen die kleinen Papierblätter, die sie ihm am Vortag überreicht hatten.

Die Mutter trat vor und legte Trinitas, dem Größten der drei, eine Hand auf die Schulter. »Lobpreis gebührt Gott, Ehre Meister Jakob und Achtung allen wackeren Gesellen! Seid vorsichtig, meine Kinder. Die Neuigkeiten sind in diesen Tagen nicht gut und die Straßen nicht sicher. Bleibt zusammen. Verstanden?«

»Ja, Mutter«, antworteten die drei. Bohem ertappte sich dabei, dass er gleichzeitig mit den beiden anderen antwortete, als ob er einer der Ihren wäre.

Die Mutter nickte und wandte sich dann Bohem zu. »Bohem, du Wolfsjäger, sei besonders vorsichtig. Und nimm dies hier.« Sie drehte sich um und nahm Burkhard einen Sack aus Ziegenhaut aus den Armen, in den sie einige nützliche Dinge gesteckt hatte: Kleider, Fackeln, Fladen… Sie hob den Sack auf Bohems Schultern und drückte ihm dann einen Ohrring in die Hand, den gleichen, wie ihn die beiden Gesellen trugen; daran hing ein kleines, vergoldetes Winkelmaß.

»Trag ihn immer«, sagte sie und zwinkerte ihm zu. »Zur Erinnerung an den Apfelbaum. Du bist zwar kein Wandergeselle, Bohem, aber du gehörst zu unserer Familie. Die Handwerksgesellen werden dich als Familienmitglied erkennen, wo du auch sein magst.«

Bohem war sehr gerührt. Es war zwar töricht, doch er musste in diesem Augenblick, als er die tröstenden Worte der Frau hörte, an seine eigene Mutter denken, die er vor so langer Zeit verloren hatte.

»Ich weiß nicht, wie ich Euch danken soll!«

»Indem du auf dich aufpasst«, antwortete die Mutter mit einem breiten Lächeln.

Er nickte; dann fragte er sie mit gesenkter Stimme: »Ich bin Euch unendlich dankbar. Sagt mir also, ich muss es wissen... Wie heißt Ihr?«

Sie lächelte, neigte sich zu ihm und antwortete: »Mutter. Ich heiße Mutter.«

Dann küsste sie ihn und kehrte ins Innere der Gesellenherberge zurück, ohne noch etwas hinzuzufügen. Bohem spürte, dass sein Herz schneller schlug. Er schloss kurz verwirrt die Augen, doch dann klopfte ihm Trinitas auf die Schulter und bedeutete ihm aufzustehen.

Die drei Jungen brachen unverzüglich auf. Ein langer Tagesmarsch erwartete sie.

Der Hof der Dichter und Troubadoure von Hohenstein hatte – in Abstimmung mit dem Rat der Stadt und dem Bürgermeister – ein großes Fest vorbereitet, um die Rückkehr Helenas von Quitenien zu feiern. Die Herzogin, die wie ihr Vater immer im Herzen der Grafschaft Steinlanden gelebt hatte, war einige Wochen lang abwesend gewesen, um ihren Gemahl zu seiner Krönung nach Brittia zu begleiten. Die Nachricht von ihrer Rückkehr hatte die ganze Stadt entzückt, und alle Einwohner von Hohenstein hatten sich bereit erklärt, an den Feierlichkeiten, die von den Troubadouren ausgerichtet wurden, teilzunehmen. Helena war zugleich ihre Muse, ihre Schwester und ihre Mutter – und wieder ihre Königin! Ihr Liebreiz und der Adel ihrer Seele hatten tausend Gedichte inspiriert. Die Maler schworen bei ihrer unsterblichen Schönheit und bildeten sie liebevoll ab. Sie hatte diese unverstandenen Schöpfer vor dem Ruin oder vor der Schande bewahrt, und die Künstler des Landes wussten, dass sie an Helenas Hof immer willkommen waren, wie schon am Hof ihres Vaters und davor an dem ihres Großvaters, denn eine lange Liebesgeschichte verband das Haus von Quitenien mit der Kunst. Hohenstein war das ganze Jahr über eine Stadt der Feste und der Dichtkunst, doch dieser Tag war etwas Besonderes. Die Troubadoure, der Rat und die Einwohner der Stadt wollten ihre Freude zum Ausdruck bringen und der Herzogin vielleicht auch zu verstehen geben, dass sie hofften, sie würde die Grafschaft Steinlanden nie endgültig verlassen. Nun, da ihr Ehemann König von Brittia war, fürchteten sie, dass sie einen Großteil ihrer Zeit jenseits des Meeres verbringen würde. Aber sie konnten sich kein Leben ohne sie vorstellen.

Der Bürgermeister hatte die gesamte Stadt schmücken lassen. Spruchbänder schwebten über den kleinen Straßen, Fahnen waren an den Wänden aufgehängt und Stoffbahnen von Fenster zu Fenster gespannt. Man hatte auf dem Pflaster der Hauptverkehrsadern Fackeln aufgereiht, sodass die Stadt noch lange nach Sonnenuntergang hell erleuchtet war. Die Gaukler und Seiltänzer machten die Gassen unsicher. Auf den Plätzen trug man Ringkämpfe aus und spielte Barlaufen, Langes Pferd oder Blindekuh. Hier und da tanzte man zum Klang der Drehleier und des Psalteriums. Es wurde gesungen, gelacht – und vor allem getrunken. Viel getrunken.

Als Helena von Quitenien die Stadt mit ihrer Eskorte durchquerte, jubelte man und warf ihr Blumen zu. Erst, als sie endlich am Herzogspalast ankam, konnte sie die gewaltige Größe der Menge abschätzen, die ihre Rückkehr feierte. Der ganze Vorplatz war schwarz vor Menschen, und die Zurufe schienen nicht enden zu wollen. Die Herzogin erschauerte. Solange sie zurückdenken konnte, war selbst Livain VII. niemals so gut in irgendeiner Stadt empfangen worden, noch nicht einmal in der Hauptstadt. Einen Augenblick blieb sie auf der breiten Freitreppe stehen, um die Liebe auszukosten, die ihr die Einwohner von Hohenstein entgegenbrachten. Ihr Herz schlug zum Zerspringen. Sie schwor sich, diesen Moment niemals zu vergessen. Die Freude dieser Leute hatte etwas so Reines, eine Aufrichtigkeit, die sie sicher nirgendwo sonst erleben würde, denn die Welt, in der sie sich heute bewegte, bestand nur aus Politik, Macht und Intrigen. Sie warf einen letzten Blick auf die Menge und betrat dann den Herzogspalast. Seit sie zum ersten Mal dort gelebt hatte, kannte sie jeden Raum und jeden Winkel des prächtigen Gebäudes. Doch heute hatte es das Gepränge seiner besten Tage zurückgewonnen. Die Troubadoure hatten alle Zimmer des Palasts geschmückt, und sie war vom Funkeln der Farben, die Wände und Decken zierten, entzückt. Als sie den großen Audienzsaal betrat, bekundete sie ihre Dankbarkeit, indem sie den Versammelten ihr schönstes Lächeln schenkte. Das Fest begann alsbald. Helena war von der langen Reise, die sie hinter sich hatte, erschöpft, aber sie zeigte es nicht, sondern ließ sich von der festlichen Stimmung mitreißen, die alle empfanden. Nachdem die Herzogin einen Großteil der Gäste begrüßt hatte, gingen sie zu Tisch. Helena nahm auf dem Thron vor der Mitte des Haupttisches Platz. An ihrer Seite saßen ihre Vertrauten und die bedeutendsten Persönlichkeiten der Grafschaft. Philipp Vonhof, den man den »einäugigen Maler« nannte, saß zu ihrer Rechten, zu ihrer Linken der Burggraf von Steinlanden. Auch der Bischof von Hohenstein war anwesend, ebenso der Bürgermeister und ein gewisser Christian von Trecae, ein junger Geistlicher von zwanzig Jahren, den Helena schon kennengelernt hatte und der hier seine Liebe zur Literatur weiter vertiefte, daneben einige bedeutende Troubadoure und, wie immer, viele Frauen. Es gab kein anderes Lehen im ganzen Land, in dem die Frauen eine solch bedeutende Stellung innehatten. Dank Helena hatten sie hier Zugang zu den höchsten Verwaltungspositionen, und im vergangenen Jahr wäre es beinahe dazu gekommen, dass der Burggraf durch eine Burggräfin ersetzt worden wäre. Denn es war nicht einfach. Den Frauen die Achtung, die sie verdienten, in dieser Männerwelt zuzugestehen, war jeden Augenblick ein Kampf, ein Krieg ohne Pause, den Helena mit Überzeugung und Entschlossenheit führte. Sie hatte von ihrem Vater eine beachtliche Machtvollkommenheit geerbt, die Herrschaft über einige der wichtigsten Lehen des Königreichs, und sie verstand sich gut darauf, diese Macht in den Dienst des weiblichen Geschlechts zu stellen. Das brachte ihr natürlich nicht nur Freunde ein. Dieser Freiheitsdrang war sicher auch das gewesen, was Livain VII. genug geärgert hatte, um sie zu verstoßen. Sie war darauf in gewisser Weise stolz. Sie hatte nicht nachgegeben, selbst dem König von Gallica gegenüber nicht. Bis in den Tod würde sie für diese Sache einstehen, so, wie sie auch für die Liebe und die Lebensfreude eintrat – und die Dichtkunst.

Bevor sie zu essen begann, beugte Helena sich etwas vor, um die Gesichter derjenigen erkennen zu können, die am anderen Ende des Tisches saßen.

Da erblickte sie ihn. Seine lockigen blonden Haare, sein Engelsgesicht. Seine zierlichen Augenbrauen, seine zarten Lippen. Seinen schlanken Körper, seine Künstlerfinger, die schmal, anmutig und beweglich waren. Seine feinen Bewegungen. Seinen erstaunten Kinderblick. Zurückhaltend und wohlwollend lauschte er den Geschichten der anderen Gäste. Dann sah er langsam zu ihr herüber – so langsam! Sie fing endlich seinen Blick auf. Bernhard von Ventadorn.

Er war einer der jüngsten Troubadoure an ihrem Hof und vielleicht der begabteste. Seine Gedichte handelten nur von der Liebe, seine Lieder waren voll Inbrunst, Leidenschaft und Rauschhaftigkeit. Helena wurde es nie müde, ihm zuzuhören; sie empfand weit mehr für ihn als die einfache Zuneigung einer Herzogin zu einem ihrer Untertanen. Man scherzte oft über die zärtlichen Gefühle, die Helena von Quitenien ihren Troubadouren entgegenbrachte, und es waren zahlreiche Gerüchte über die Freizügigkeit ihres Hofs in Umlauf. Doch das, was sie für Bernhard empfand, war mehr als ein bloßes Spiel. Im Augenblick machte ihr das beinahe Angst.

Sie lächelte ihm zu und wandte dann rasch den Kopf, um ihn nicht mehr sehen zu müssen und an etwas anderes denken zu können. Sie begann zu essen.

Musik, Tanz, Gedichte und vielerlei Festfreuden begleiteten das großartige Mahl, das die besten Köche der Grafschaft Steinlanden bereitet hatten. Kleine Weinbergschnecken, in Butter mit einigen Knoblauchzehen gewendet, Fischragout aus Sumpfaal, Zicklein mit grünem Knoblauch und trockenen weißen Bohnen – alle Spezialitäten der Gegend waren aufgefahren worden, um die Herzogin willkommen zu heißen, und zum Nachtisch servierte man Dickmilch und Käsekuchen.

Gegen Ende des Banketts wurde es plötzlich sehr still. Helena wandte den Kopf. Ihr Herz stolperte. Sie hatte sich das ganze Essen hindurch vor diesem Augenblick gefürchtet und doch geahnt, dass er kommen würde, denn das hatte nun beinahe schon Tradition.

Bernhard von Ventadorn stand vom Tisch auf, um vor ihr ein Gedicht zu rezitieren, das er für diesen Anlass verfasst hatte. Unter den respektvollen Blicken der Gäste durchquerte er langsam den großen Raum. Helena bemühte sich, ihre Gefühlsaufwallung zu verbergen. Doch sie konnte die Augen nicht abwenden; sie hätte dadurch nur ihre Verwirrung verraten. So sah sie ihn an.

Der junge Mann hatte sich gerade vor der Herzogin aufgebaut. Das Licht der Kerzen umgab sein lockiges Haar mit einem golden und silbern schimmernden Heiligenschein. Er setzte ein Knie auf den Boden und schloss die Augen. Helena neigte lächelnd den Kopf. Dann ließ sie den Troubadour durch eine sachte Berührung wissen, dass sie ihm lauschte – dass er beginnen konnte.

Er trug sein Gedicht mit sanfter, warmer Stimme in der Sprache des quitenischen Landes vor.

> *»Freude schwillt mir so im Herzen,*
> *dass ich alles anders seh:*
> *Blumen rot, weiß wie im Märzen*
> *sprießen in der Kälte Weh!*
> *Wind und Regen ohne Schmerzen*
> *ich ins Abenteuer dreh,*
> *lob's in Liedern, die – kein Scherzen! –*
> *klingen besser nun denn je.*
> *Da im Herzen außer Lieb'*
> *nichts als süße Freude blieb*
> *gleicht das Eis dem Blütentrieb;*
> *grün scheint mir der Schnee.«*

Eine lange Stille folgte. Die letzte Silbe des Gedichts hallte lange zwischen den Mauern nach, bevor sie im aufmerksamen Schweigen der Gäste verklang.

Helena von Quitenien war aufgewühlt. Bernhards Gedicht war von großer Reinheit, ganz wie er selbst. Sie hätte ihrerseits diese Verse aufsagen können, denn sie waren so richtig, so treffend, dass sie sich in ihr Gedächtnis gegraben hatten, für immer eingraviert wie ein Name in einen Grabstein.

Sie stand langsam auf und neigte achtungsvoll den Kopf, um dem Troubadour zu danken. Alle Anwesenden jubelten ihm sofort zu und spendeten Beifall. Denn selbst wenn manche ihn beneiden mochten und gern seinen Platz im Herzen der Herzogin eingenommen hätten, bestritt niemand, dass er einer der größten Dichter des Landes war, vielleicht sogar einer der größten Dichter aller Zeiten. An Helenas Hof verstand man sich darauf, große Kunst zu erkennen.

Gegen Ende des Abends, bevor sie sich in ihre Gemächer begab, ging Helena auf Bernhard von Ventadorn zu, nachdem sie sich bei allen Gästen bedankt hatte. Die beiden Troubadoure, die neben ihm standen, zogen sich höflich zurück.

»Bernhard«, flüsterte sie ihm ins Ohr, »es ist eine große Ehre, dass ein Dichter wie Ihr an meinem Hof lebt, und ich danke Euch für die großartigen Verse, die Ihr uns heute Abend geboten habt.«

»Die Ehre ist ganz auf meiner Seite, Herzogin«, antwortete der junge Dichter und verbeugte sich.

»Es ist ein Vergnügen, nach Hohenstein zurückzukehren und diesen Zauber wiederzufinden, den es nirgendwo sonst gibt. Ich habe Euch vermisst, Bernhard.«

»Ihr seid hier auch sehr vermisst worden.«

Die Herzogin nickte. Das war nicht ganz die Antwort, die sie hatte hören wollen, aber sie lächelte dennoch; dann zog sie sich in ihre Gemächer zurück.

In dieser Nacht versuchte sie zu vergessen, dass sie Königin war, um sich sanft in den einfachen Träumen einer ungebundenen jungen Frau zu wiegen.

Bohem und die beiden Handwerksgesellen wanderten mehrere Tage gemeinsam und näherten sich schnell der Grenze zum Herzogtum Quitenien. Jeden Abend machten sie in einer anderen Gesellenherberge halt, und jeden Abend fragte Bohem den Ladegesellen oder die Mutter, ob sie etwas über die Aishaner gehört hatten. Die Antwort war immer dieselbe: Ja. Den Gerüchten nach durchstreiften sie die Gegend und drangen sogar nach Norden vor.

Bohem schlief immer schlechter. Nachts wachte er oft schweißgebadet auf, in panischer Angst und überzeugt, dass die Aishaner da wären, dass sie ihn gefunden hätten. Dann versuchte er, wieder einzuschlafen, und jedes Mal erschien ein Bild vor seinem inneren Auge, der graue Wolf, der über ihn wachte. Der Nebel, der versuchte, ihn zu beschützen, ihm half, Schlaf zu finden, und ihm einige Stunden Ruhe schenkte.

Morgens brachen die drei Jungen immer früher auf; tagsüber wanderten sie immer schneller. Sie sprachen nie über das, was Bohem in die Flucht trieb, aber die Bedrohung begleitete sie stets. Je mehr Zeit verging, desto größer wurde sie. Bohem fragte sich, ob es vernünftig war, bei den beiden Gesellen zu bleiben, oder ob er nicht vielmehr schneller und abseits der Straßen hätte fliehen müssen. Aber er konnte sich nicht entschließen, allein aufzubrechen und seine beiden Freunde zurückzulassen, mit denen er sich immer besser verstand. Und wohin hätte er gehen sollen? Im Grunde gab ihm die Gegenwart der beiden anderen Jungen ein Gefühl annähernder Sicherheit.

Außerdem versuchten sie während ihrer langen Tagesmärsche zumindest, von anderen Dingen zu sprechen. Die beiden Gesellen erkannten durchaus, dass Bohem Ablenkung nötig hatte. Die drei jungen Männer hatten sich besser kennengelernt, und die täglichen Belastungen der Reise stärkten die Freundschaft, die zwischen ihnen zu entstehen begann.

Bohem verstand sich besonders gut mit Trinitas, dem großen, lächelnden Burschen, der gern scherzte und offener und herzlicher war. Walter, der zurückhaltender war, schien dennoch nicht die geringste Eifersucht zu empfinden. Anscheinend war das ein Gefühl, das die Gesellen von Beginn ihrer Ausbildung an zu bekämpfen gelernt hatten. Zudem wirkte die Anhänglichkeit, die schon zwischen Trinitas und Walter bestand, stark genug, um keinen der beiden annehmen zu lassen, das irgendetwas ihr Verhältnis bedrohen könnte. Sie hatten gemeinsam schon viel mehr erlebt, als sie je mit Bohem erleben konnten, und ihre Freundschaft kam ohne Zuspruch und Beweise aus. Sie bestand einfach, stark, fest, unverwüstlich. Bohem fand das bezeichnend; es sagte viel über ihre Großherzigkeit aus.

Und das war noch nicht alles. Die beiden Gesellen spendeten ihm nicht nur Trost. Sie ließen ihn auch an ihrer Leidenschaft teilhaben.

So, wie er vom ersten Abend an über seine Liebe zu den Nebeln hatte sprechen können, vermittelten ihm die Gesellen ihre Liebe zu den Steinen.

Am zweiten Abend, als zufällig ein Steinmetzmeister in der Gesellenherberge war, wo sie übernachteten, hatten Trinitas und Walter sogar unter Bohems staunenden Augen gearbeitet. In nur wenigen Augenblicken hatte jeder von ihnen eine komplexe geometrische Form geschaffen, indem er einen Stein nach einer Skizze des Meisters behauen hatte. Ihre Kunstfertigkeit war bereits beeindruckend. Ohne Schablone gelang es ihnen, die Form im Innern des Steinbrockens zu erkennen, bevor sie ihn bearbeiteten, und sie dann mit genauen Meißelhieben zum Vorschein zu bringen. Da Bohem an jenem Abend ihrer Arbeit ein besonderes Interesse entgegengebracht hatte, hatten die beiden Jungen ihm vom folgenden Tag an Genaueres über ihren Beruf erzählt. Die nächsten drei Tage über sprachen sie mehrfach von den verschiedenen Techniken der Steinmetze. Unter anderem erklärten sie ihm, dass die Bearbeitung der Steine schon beginne, wenn sie im Steinbruch abgebaut wurden, und dass das Verhältnis zwischen dem Steinmetz und dem Steinbrecher daher sehr wichtig sei. Denn es war nicht dasselbe, ob der rohe Stein einmal als Schmuck verwendet werden sollte oder nur zu zweckdienlichem Gebrauch bestimmt war; vieles war von Anfang an wichtig, so etwa die gewünschte Größe, die Härte des Materials und die Bearbeitung, der man den Stein später zu unterziehen gedachte. Sie zeigten und erläuterten ihm die unterschiedlichen Verwendungsweisen ihrer Werkzeuge wie des Steinmetzhammers, den Walter immer am Gürtel trug, des Meißels oder des Bohrers.

Aber da Bohem sehr neugierig war und sie ihm vertrauten, äußerten sie sich auch über die Symbolsprache ihrer Bruderschaft. Die zahlreichen Zeichen, die Bohem immer wieder in den Gesellenherbergen oder auf den Habseligkeiten seiner Freunde sah, stellten ihren Worten nach eine gewisse geistige Gemeinschaft zwischen den verschiedenen Gesellen sicher. Sie erklärten ihm auch, warum.

Beispielsweise stand – so erläuterten sie ihm – das Winkelmaß, das er nun als Ohrring trug, für die Erde und die Materie und deutete an, dass der Geselle vor allem diese zu beherrschen lernen musste. Er musste sie ins rechte Gleichgewicht bringen, wie den Grundstein, von dem die Standfestigkeit des ganzen Gebäudes abhing. Sie erklärten, dass ihrer Lehre nach das Winkelmaß die Materie ordnete und daher auch die Rechtschaffenheit symbolisierte, die ein Geselle an den Tag legen musste. Bohem hatte schon feststellen können, dass die Salomonskinder in jeder Hinsicht redlich waren. Er verstand deshalb die Kraft und den Sinn dieses Symbols und aller anderen, die die beiden Jungen vor ihm heraufzubeschwören bereit waren.

Der junge Mann war fasziniert von dem Wissen und der Leidenschaft seiner beiden Freunde. Er erkannte, wie vielschichtig ihre Ausbildung war, und begriff überrascht, dass sie sich nicht allein auf das Handwerk, sondern auch auf die Philosophie erstreckte – eine Philosophie, die ihm gefiel. Den beiden Gesellen gelang es ganz einfach, ihm ihre Liebe zu ihrem Beruf zu vermitteln, worauf sich sein Vater nie verstanden hatte.

Am vierten Tag, als sie rasteten, um zu essen, reichte Trinitas Bohem einen Meißel und einen Holzhammer und forderte ihn auf, einen Stein zu glätten, den er vor ihm abgelegt hatte.

»Aber das kann ich nicht!«, wehrte Bohem ab.

»Versuch's!«, beharrte Trinitas.

Der Sohn des Wolfsjägers nahm die Werkzeuge, die sein Freund ihm hinhielt, und wog sie zögernd in der Hand. »Was muss ich tun?«

»Du musst auf den Stein hören. Er wird dir sagen, wie du ihn zuhauen musst.«

Bohem verzog das Gesicht, aber er hatte Lust, es zu versuchen. Seit drei Tagen sprachen sie von nichts anderem mehr, von den einfachen Bewegungen, die das Material verwandelten. Trinitas hatte wohl gespürt, dass ihr Freund Lust hatte, das auch praktisch auszuprobieren.

Er holte tief Atem, setzte dann den Meißel auf dem Stein an und begann, wobei er sich auf seinen Instinkt verließ – oder vielmehr versuchte, auf den Stein zu hören, wie Trinitas es ausgedrückt hatte. Sehr schnell spürte er, dass etwas nicht ging, zumindest nicht so, wie er wollte. Der Hammer schlug gegen den Meißel, brutal, ohne Sinn und Zweck. Sie waren zwei einander fremde Gegenstände, die zusammentrafen und sich abstießen wie zwei Feinde. Und das ging nicht. Er spürte, dass beide eine Einheit bilden mussten und diese wiederum eine Einheit mit seiner Hand. Seine Hand, sein Hammer und sein Meißel mussten sich vereinigen und ein Ganzes bilden. Er versuchte es noch einmal und bemühte sich, die drei zu vergessen und nur noch an ein einziges Werkzeug zu denken – seinen Willen. Er schlug zu, dann noch einmal, und ließ sich von seiner eigenen Hand führen, vom Stein... Ja. Es schien ihm, als ob der Stein antwortete und bei jedem Meißelhieb mit ihm spräche. Das war befreiend.

Plötzlich hielt er inne und hob den Kopf. Trinitas starrte ihn mit aufgerissenen Augen an. Auch Walter war herangekommen.

»Was ist? Habe ich etwas Dummes gemacht?«

Die beiden Gesellen sahen sich ungläubig an.

»Hast du früher schon einmal einen Stein behauen?«

Bohem hob die Schultern. »Nein. Ich habe in meinem ganzen Leben nur diesen einen Meißel in der Hand gehalten!«

Trinitas hob den Stein auf und hielt ihn schräg vor sich. Die Seite, die Bohem geglättet hatte, war vollkommen glatt und eben, ohne den geringsten Splitter oder die kleinste Schramme.

»Du bist begabt, Bohem. Sehr begabt. Ich... So etwas habe ich noch nie gesehen!«

Walter wirkte geradezu verlegen. Er war nicht nur über die Sicherheit von Bohems Instinkt erstaunt, sondern verwirrt und ungläubig. »Normalerweise«, mischte er sich ein, »muss man wochenlang üben, um das tun zu können, was du da gerade getan hast. Bist du sicher, dass du vorher noch nie einen Stein behauen hast?«

»Nein! Niemals! Ich schwöre es!«

»Na, dann ist das hier ein Wunder, Bohem!«, rief Trinitas, der sich bemühte, sein Lächeln wiederzufinden. »Es muss dir wohl im Blut liegen...«

Bohem nickte etwas verständnislos. Er hatte nicht den Eindruck gehabt, etwas Wundersames zustande gebracht zu haben. Gewiss, der Stein schien glatt zu sein, aber er war nur seinem Instinkt gefolgt. Alles war ihm ganz natürlich erschienen.

»Gehen wir«, sagte Walter, »brechen wir wieder auf. Die Gesellenherberge, in der wir heute übernachten wollen, ist noch ziemlich weit weg.«

So nahmen sie ihre lange Wanderung durch die Heide wieder auf. Am Abend erreichten sie ihr Ziel. Sie begaben sich zur Herberge – leider ohne zu wissen, was sie dort erwartete.

Die Hochzeit zwischen Livain VII. und Camilla von Kastel fand einige Tage vor Ende des Monats Juli in Orlian statt. Die junge Frau war auf geradem Weg aus dem Königreich Kastel angereist, und der König von Gallica reiste ihr seinerseits entgegen, indem er Lutesia verließ.

Orlian lag beinahe in der Mitte des Königreichs und war eine prächtige Stadt, die der König schätzte. Beiderseits des Ligers zwischen großen Getreidefeldern, Seen und ausgedehnten Wäldern gelegen, bildete Orlian einen Knotenpunkt des Handels und ein glänzendes kulturelles Zentrum. Seine Kathedrale war eine der größten von Gallica, und der Papst konnte darin in würdigem Rahmen die Trauung vornehmen.

Camilla erschien, begleitet von so vielen Würdenträgern aus Kastel, dass Livain mit seinen neuen Verbündeten schon zahlreiche politische Verhandlungen führen konnte, bevor die Zeremonie überhaupt stattgefunden hatte.

Pieter der Ehrwürdige hatte sein Spiel gewonnen und wusste, dass er jetzt seinen Platz als Berater des Königs von Gallica sicher hatte.

Die junge Frau war schön, und außerdem begann die Hoffnung auf ein wichtiges Bündnis mit dem Königreich Kastel endlich Gestalt anzunehmen. Vor allem hatte Papst Nikolaus IV., wie Pieter gehofft hatte, zugestimmt, diese Verbindung zu segnen, sodass sich für den König von Gallica die Gelegenheit bot, sich dem Kirchenoberhaupt anzunähern.

Am Tag nach der Trauung sah der Abt von Cerly seine Unternehmungen belohnt, als Livain VII. ihn zu sich ins Kastell von Orlian bestellte.

»Pieter«, begann der König, der den alten Mann in einem kleinen Studierzimmer im Nordflügel empfing, »ich möchte Euch beglückwünschen. Ihr habt mir versprochen, dass Ihr mit Eurer Mission Erfolg haben würdet, und habt dieses Versprechen gehalten. Außerdem halte ich die politische Entscheidung, die zu treffen Ihr mir geraten habt, für richtig, weil wir so mittelfristig unser Bündnis mit dem Königreich Kastel stärken können. Ich blicke hoffnungsvoll in die Zukunft.«

»Majestät«, antwortete Pieter, während er sich vorsichtig in dem Sessel niederließ, den der König ihm zurechtrückte, »ich bin Euer Diener.«

»Diese Reise hat Euch sicher beträchtlich erschöpft, und ich bin sehr dankbar, dass Ihr bereit wart, sie zu unternehmen.

Aber ich habe mich nicht getäuscht. Ich war sicher, dass Ihr der richtige Mann für die Aufgabe sein würdet.«

Das sagt sich heute so leicht, dachte Pieter spöttisch. *Er wollte vor allem sehen, wie weit meine Ergebenheit sich erstreckt. Ich bin überzeugt, dass er glaubte, ich würde scheitern.*

»Es war mir eine Ehre und ein Vergnügen, Euch zu Diensten zu sein, Majestät.«

»Trotzdem hoffe ich, dass Ihr wieder zu Kräften gekommen seid, denn ich werde Eure Ratschläge noch brauchen, lieber Abt.«

Jetzt meint er es ehrlich. Ich glaube, er vertraut mir endlich und braucht mich wirklich. Endlich bin ich am Zug!

»Natürlich, Majestät.«

»Denn obwohl mich die Aussicht auf dies neue Bündnis froh macht, ist mein Königreich noch immer brüchig, und ich weiß nicht, wie ich es festigen soll.«

Livain sprach wieder im ernsten Ton seiner schlechten Tage. Die Hochzeitsfeier war kaum vorüber, doch er versank schon wieder in dem Kummer, den ihm die Politik bereitete. Die Atempause war kurz gewesen. Aber das störte Pieter überhaupt nicht, im Gegenteil.

»Ist Eure Schwester Constanze in der Grafschaft Tolosa zu irgendeinem Ergebnis gelangt?«

»Ja«, antwortete der König stolz. »Sie wird Redhan im nächsten Monat heiraten. Sie ist zwar zehn Jahre älter als er, aber das scheint den Grafen nicht zu stören...«

»Er muss doch auch sehr zufrieden damit sein, sich auf diesem Wege näher an das Königshaus binden zu können.«

»Ja. Auch in dem Fall hattet Ihr recht, Pieter.«

»Jedenfalls sollte das Eure Macht im Süden des Landes stärken, dort, wo wir es wirklich brauchen.«

»Gewiss. Aber wird das ausreichen? Wenn Emmer Ginsterhaupt mein Königreich morgen angriffe, könnten wir ihm widerstehen? Wäre das Land bereit, unter mir in den Krieg zu ziehen? Seit dem Misserfolg meines Kreuzzugs befürchte ich, dass das Volk von Gallica einen großen Teil seines Vertrauens in meine militärischen Fähigkeiten verloren hat.«

Mit gutem Grund! Livain ist weit davon entfernt, die Durchsetzungskraft und Weitsicht seines Vaters zu haben. Er ist zu feige und zögerlich. Auf die Art und Weise regiert man kein Königreich! Aber ich werde das sicherlich zu meinem Vorteil nutzen können.

»Das Volk von Gallica weiß aber von nun an, dass Ihr den König von Kastel zum Verbündeten habt, und das sollte ausreichen, einem Angriff Emmers auf das Königreich vorzubeugen.«

»Davon bin ich nicht überzeugt, Pieter. Jedenfalls reicht es *mir* nicht aus. Ich weiß, dass ich noch immer verwundbar bin, und das Volk ist nicht so dumm, wie Ihr zu glauben scheint... Ich muss ihm ein Zeichen meiner Stärke geben und zeigen, dass Gott mit mir ist!«

»Er ist mit Euch, Majestät! Ihr habt viele Male Eure Frömmigkeit unter Beweis gestellt und Euch jetzt gerade mit unserem geliebten Papst angefreundet...«

»Vielleicht. Aber das macht aus mir noch keinen überzeugenden Feldherrn. Ich muss meinen Feinden Angst einjagen und zugleich meine Untertanen beruhigen. Es wäre mir lieb, wenn Ihr darüber nachdächtet, Pieter. Lasst Euch Zeit. Vielleicht würde ein Handstreich genügen, eine Demonstration von Stärke... Oder vielleicht muss ich irgendeine Reise unternehmen, um den Gallicern zu zeigen, dass es mich gibt und dass ich Wache halte. Mein Vater hat das mehrfach getan, als ich klein war, daran erinnere ich mich. Kurz und gut, ich möchte, dass Ihr meine Möglichkeiten auslotet, mein lieber Abt.«

Damit gesteht er mir großen Einfluss zu! Die Gelegenheit darf ich mir nicht entgehen lassen. Es scheint, als ob ich jetzt der Mann wäre, dem der König das größte Vertrauen schenkt. Das muss ich ausnutzen und mich dieser Macht bedienen, um mir selbst das zu schenken, was sein Vater mir nie hat schenken können.

»Ich stehe Euch zu Diensten, Majestät.«

»Sucht mich in ein paar Tagen wieder auf, und teilt mir Eure Einschätzung mit.«

»Das werde ich tun.«

»Ihr dürft Euch zurückziehen, Pieter. Und versucht, Euch ein wenig auszuruhen. Wir werden einige Tage in dieser schönen Stadt bleiben. Nutzt das ebenfalls aus!«

»Man erwartet mich in Cerly!«, wehrte der alte Abt ab.

»Nein, nein. Ihr seid erschöpft, und ich möchte, dass Ihr Euch hier ausruht, um über das nachzudenken, was ich Euch eben gesagt habe. Schickt eine Nachricht in Euer Kloster, um zu erklären, dass der König Euch an seiner Seite haben will.«

Pieter der Ehrwürdige nickte. Er grüßte den König und verließ das Studierzimmer.

Als er die Tür schloss, fand er sich Auge in Auge mit der neuen Königin wieder. Camilla von Kastel stand reglos genau vor ihm. Der Schalk blitzte in ihrem Blick. Sie lächelte ihn an.

»Eure Majestät«, murmelte der Abt respektvoll und verneigte sich ein wenig erstaunt.

Er entfernte sich und fragte sich, ob die Königin ihr Gespräch mit angehört hatte. Er konnte den seltsamen Eindruck nicht vergessen, den die junge Frau in Toledo auf ihn gemacht hatte.

Mein Name ist Bohem. So hat man mich genannt.

Ich bin der Wolfsjäger. So hat man mich bezeichnet.

Aber ich bin nicht nur, was mein Name und diese Bezeichnung verraten. Ich möchte etwas anderes sein.

Ich schließe die Augen. Jetzt sitze ich in einem großen, leeren Zimmer auf einem kleinen Holzschemel, zwischen vier mit Kiefernbrettern getäfelten Wänden. An diesen Wänden gibt es nichts bis auf einen hohen Kamin, in dem ein stummes Feuer brennt, und ein Fenster neben mir. Kein Geräusch, kein Flüstern, kein Wind, der gegen das Fensterglas drückt, kein Knistern in der Feuerstelle… Die Stille lastet schwer und bedrückend. Wenn ich zu schreien versuche, weiß ich, dass kein Laut aus meinem Mund dringen wird. Deshalb versuche ich es gar nicht erst.

Mein Name ist Bohem. So hat man mich genannt.

Es gibt auch keinen Geruch mehr, keinen Rauch rings ums Feuer. Es gibt nichts als diese Vision und mich.

Nein. Ich will nicht so allein sein. Daran glaube ich nicht. Es muss Dinge geben, die ich nicht sehe, Dinge hinter den Dingen. Ich schließe die Augen und öffne sie wieder. Jetzt gibt es ein Gemälde vor mir. Ich kann es nicht gut erkennen. Es zeigt einen Wald und eine junge Frau in einem langen weißen Mantel, die läuft.

Ich schließe die Augen wieder. Dann öffne ich sie erneut. Da! Es steht ein kleiner Kasten auf dem Kaminsims, ein ganz kleines, geöffnetes Schmuckkästchen. Darin liegt ein Gegenstand. Ich müsste näher herangehen, um ihn sehen zu können. Aber ich kann nicht aufstehen. Ich bin wie auf meinem Schemel festgekeilt. Es könnte ein Ring sein.

Auf einmal sehe ich aus dem Augenwinkel eine Bewegung zu meiner Rechten, vor dem Fenster.

Ich wende den Kopf. Es ist der Wolf. Der große graue Wolf. Er ist da draußen, genau vor dem Haus, in dem ich auf ich weiß nicht was warte. Und er sieht mich an. Er ist aufgeregt und dreht sich um sich selbst. Ich weiß, was das heißt. Das habe ich ihn schon einmal tun sehen. Er möchte, dass ich aufstehe und ihm folge, und das schnell, denn er ist unruhig.

Aber ich kann nicht aufstehen. Meine Beine sind schwer. Selbst meine Arme sind verkeilt. Ich kann mich nicht bewegen. Ich sehe, dass der Wolf mich ruft, aber ich kann nichts tun.

Ich kann mich nicht bewegen.

Ich bin nicht hier. Ich bin in der Gesellenherberge. Ich muss wach werden.

Ein dumpfes Krachen ließ Bohem mitten in der Nacht aus dem Schlaf hochfahren. Er saß sofort mit weit aufgerissenen Augen im Bett.

Er war allein in einem kleinen Zimmer unter dem Dach der Gesellenherberge. Die Mutter, die etwas strenger wirkte als die Hausmütter, denen er an den vergangenen Abenden begegnet war, hatte nicht erlaubt, dass er die Nacht im gleichen Zimmer verbrachte wie die Gesellen. Trinitas und Walter schliefen unten im großen Schlafsaal bei den anderen Gästen.

Auf einmal wurden Bohems Befürchtungen bestätigt. Er hörte Schreie und weitere dumpfe Schläge genau unter sich, unter den Bodendielen, dann auch den Lärm zerbrechender Möbel, das Geräusch von Schritten, spürte Stöße und andere gedämpfte Erschütterungen.

Er sprang aus dem Bett, streifte rasch seine Kleider über und eilte zur Tür. Er wollte schon hinausgehen, hielt aber unmittelbar bevor er die Türklinke herunterdrücken konnte inne. Er konnte nicht einfach so hinuntergehen. Kein Zweifel, das waren die Aishaner. Er erkannte das Geräusch der mächtigen Schwerthiebe wieder.

Er hatte große Angst. Trinitas. Walter. Wie konnten sie überleben?

Er musste ihnen helfen, aber er konnte nicht hinuntergehen. Unten wartete nur der Tod auf ihn. Wie gelähmt stand er vor der Tür und versuchte, seine Panik niederzukämpfen. Schon wieder fliehen. Er konnte nichts anderes tun. Er würde jedenfalls nicht kämpfen können. Er war kein ernstzunehmender Gegner.

Und wenn die Aishaner sahen, dass er nicht mehr da war, würden sie vielleicht die Überlebenden entkommen lassen. Vielleicht ...

Nun denn. Er musste fliehen. Aber wie?

Er drehte sich um und ging zum Fenster, presste sich gegen die Wand und beugte sich vorsichtig vor, um ins Freie zu sehen. Sobald er *sie* sah, zog er rasch den Kopf zurück, um nicht bemerkt zu werden.

Sie waren tatsächlich da, Dutzende, zu Fuß und zu Pferde, mit Pelzen an den Beinen, nackten Oberkörpern und hervortretenden Muskeln. Sie waren es – die Aishaner.

Sie waren überall, vor der Herberge ebenso wie weiter entfernt, auf der Straße, die ins Dorf führte. Auf diesem Wege konnte er nicht fliehen.

Unten wurden die Schreie immer lauter. Die Aishaner würden bald am Fuß der Treppe sein und dann schnell heraufkommen. Er musste einen Weg finden, aus der Herberge zu entkommen, ohne gesehen zu werden.

Bohem kehrte zur Tür zurück und öffnete sie vorsichtig. Er spähte auf den Gang hinaus. Im Augenblick war niemand dort. Er trat nach draußen. Ein Fenster lag auf der Rückseite des Hauses. Er tastete sich lautlos voran, schlüpfte in die Fensternische und warf einen verstohlenen Blick durch die Glasscheibe. Auch auf dieser Seite befanden sich mehrere Krieger. Sie mussten das ganze Haus umstellt haben.

Bohem fluchte. Seine Hände zitterten. Wie sollte er es nur anstellen? Es gab keinen Fluchtweg. Er wich zurück und betrat wieder sein kleines Zimmer, schloss die Tür hinter sich und klemmte einen Stuhl unter die Klinke. Im selben Augenblick hörte er Schritte auf der Treppe.

Er spürte, dass seine Beine schwach wurden. Nein. Er durfte nicht aufgeben. Er sah sich um. Irgendeinen Weg musste es geben. Es konnte doch nicht so enden. Nicht *so*!

Er atmete kräftig aus, um sich Mut zu machen. Es gab nur eine Lösung: den Kamin dort, gleich neben ihm. Ohne noch länger zu zögern, warf er sich in die Feuerstelle. Zum Glück hatte dort schon lange Zeit kein Feuer mehr gebrannt. Der Kamin war sauber und kalt.

Bohem hob den Kopf. Der Schornstein war eng, aber er würde schon durchpassen. Er verlor keine Zeit und begann zu klettern. Indem er sich in kleinen Lücken zwischen den Ziegeln festklammerte und seine Füße gegen die Wände stemmte, konnte er den dunklen Schacht hinaufsteigen.

Plötzlich hörte er ein lautes Geräusch im Zimmer, dann ein zweites. Sie waren dabei, die Tür einzuschlagen. Er reckte die Arme noch höher, um schneller voranzukommen.

Unten gab die Tür nach. Bohem stemmte sich mit aller Kraft hoch und konnte mit den Fingern den äußeren Rand des Schornsteins erreichen. Er zog sich noch etwas empor, schob eine Hand, dann einen Arm und schließlich seinen ganzen Körper ins Freie und ließ sich nach draußen fallen, aufs Dach der Herberge.

Einen Moment lang blieb er reglos auf dem Rücken liegen und atmete schwer. Es war eine klare Nacht, und der Himmel war sternenübersät.

Wenn Bohem aufstand, lief er Gefahr, entdeckt zu werden. Aber er konnte nicht bleiben, wo er war. Die Aishaner würden ihn finden. Sie würden den Kamin bemerken und dann ihrerseits aufs Dach steigen.

Er musste sich beeilen und durfte nicht an Ruhe denken – oder an seine beiden Freunde. Nein. Er war nicht feige. Er hätte nichts tun können. Er musste fliehen, eine andere Lösung gab es nicht.

Er rollte sich auf den Bauch und robbte auf den Holzschindeln entlang zur Rückseite des Hauses. Dort warf er einen raschen Blick nach unten. Zwei Aishaner waren noch dort.

Bohem zog sich zurück und wandte sich dann zur Nordseite des Hauses. Als er am Rand des Dachs war, richtete er sich auf die Ellenbogen auf, um nach unten sehen zu können. Auf dieser Seite war niemand, zumindest im Augenblick nicht.

Dafür gab es zahlreiche Olivenbäume. Wenn er sich fallen ließ, riskierte er, auf den Ästen eines Baums aufgespießt zu werden. Doch hatte er eine Wahl? Es war die einzige Möglichkeit, und er durfte keine Zeit mehr verlieren. Der Weg würde sicher nicht mehr sehr lange frei sein.

Bohem ging in die Hocke, biss die Zähne zusammen und warf sich dann ins Leere. Er hatte das Glück, genau zwischen zwei Olivenbäume zu fallen. Von der Wucht seines Falls mitgerissen, rollte er sich auf dem Boden zwischen den Bäumen ab. Ohne sich umzusehen, um festzustellen, ob man ihn bemerkt hatte, lief er nach Norden, geduckt, um im Schatten der Olivenbäume zu bleiben. Mit klopfendem Herzen rannte er so schnell, wie er es zuletzt auf dem Kreuser Berg getan hatte. Die gleichen Feinde, die gleiche Todesangst... Wieder fliehen.

Er flog zwischen den Bäumen nur so dahin und zerkratzte sich das Gesicht an Zweigen. Er lief lange, so lange, wie sein Herz es ihm nur irgend gestattete. Als er glaubte, ohnmächtig zu werden, hielt er an und warf sich auf den Boden.

Sie waren ihm nicht gefolgt. Wieder war es ihm geglückt, wie durch ein Wunder zu fliehen. Wirklich? Wie durch ein Wunder? Oder war es dieser Traum, den er gehabt hatte? Das Bild des Wolfs, der aufgeregt vor dem Fenster umhersprang, kehrte ihm ins Gedächtnis zurück. Er verjagte die Erinnerung daran.

Ja, es war ihm gelungen, zu fliehen. Aber es war knapp gewesen, und es konnte nicht ewig so weitergehen.

Bohem wimmerte und vergrub sein Gesicht zwischen seinen Knien. Er würde sich wieder verstecken und diesmal noch schneller in Sicherheit bringen müssen, weiter weg...

Er wusste auch, dass er Trinitas und Walter sicher niemals wiedersehen würde. Es war noch schlimmer: Sehr wahrscheinlich waren die beiden Gesellen nicht mehr am Leben. Seinetwegen. Wie seine Schwester. Wie sein Vater. Wie viel zu viele Leute. Und er wusste noch immer nicht, warum. Er begann zu schluchzen.

Die sechs Druiden und ihre Magistel erreichten das Herz des Waldes von Norsudland kurz vor Einbruch der Nacht. Sie stammten von jenseits des Meeres und waren nun weit von ihrer Heimat entfernt. Hier kannte sie niemand. Niemand hatte je von ihrem Orden und dem Ansehen gehört, das er einst auch in diesem fernen Land besessen hatte.

Sie waren einst die mächtigsten Menschen dieser gewandelten Welt gewesen, geachtet und gefürchtet; man hatte sie angehört und ihnen gehorcht. Als Herrscher, Richter, Ärzte und Lehrmeister zugleich hatten sie, in ihre großen weißen Mäntel gehüllt, ihrer Insel ihre Macht und ihre Gesetze aufgezwungen, auch ihren Glauben an die Moira, die Herrin der Schicksale, ein bedrohliches Fatum, das jahrhundertelang das Volk in Furcht versetzt und so diesen heimlichen Politikern genützt hatte. Sie hatten die Schrift verboten und Schulen eröffnet, an denen sie die Druiden von morgen herangezogen hatten. Sie hatten den Frauen den Zugang zu jeglicher Form von Macht verweigert. Sie durften weder lernen noch herrschen. Als ausschließliche Herren über eine jetzt verschwundene Zauberkraft hatten die Druiden sich mit Geheimnissen umgeben und sich in ein unzugängliches Schloss zurückgezogen, von wo aus ihre zwölf Großdruiden und ihr Erzdruide die Welt regiert und Einfluss auf die Burgherren und Könige genommen hatten. Jedem Druiden stand ein Ritter von sagenhafter Kampfkraft zur Seite – ein Magistel. Sie waren kriegserfahrene Kämpfer, die die Druiden durch Magie an sich banden, um in ihrem Geist lesen zu können und ihnen im Gegenzug einen Teil ihrer Macht zu verleihen. Die Magistel widmeten ihnen ihr Leben und verteidigten sie bis in den Tod.

Doch heute waren die Druiden nur noch ein Schatten dieser vergessenen Priester, Unbekannte, die auf die Rückkehr ihres einstigen Ruhms warteten.

Die Pferde waren fünf Tage und fünf Nächte lang galoppiert, um das Land von Norden nach Süden zu durchqueren. Die Druiden und Magistel hatten kein einziges Mal haltgemacht, um zu schlafen, und waren nun erschöpft. Aber sie hatten etwas Besseres zu tun, als sich der Müdigkeit zu ergeben.

Da der Wald zu dicht geworden war, hatten sie am Vortag die Pferde zurückgelassen und waren zu Fuß durch immer undurchdringlicheren Pflanzenwuchs vorgestoßen. Die Magistel hatten ihnen den Weg freigemacht, Bäume mit Schwerthieben durchgehauen und Ranken und andere Pflanzen, die den Durchgang versperrten, beiseitegefegt. Sie waren an gewaltigen Bäumen mit weit auseinanderstehenden Wurzeln vorübergekommen, zwischen denen man der Sage nach ein Kind von seiner Krankheit heilen konnte, wenn man es eine ganze Nacht lang dort ließ...

Schließlich hatten sie das Ziel ihrer langen Reise erreicht. Das Gesicht unter ihren hohen, weißen Kapuzen verborgen, standen die sechs Druiden aufrecht inmitten des Waldes. Vor ihnen erhob sich eine gewaltige Esche: die Armensul.

Sie war der größte Baum, den sie je gesehen hatten. Der Stamm war so breit wie ein Haus, und eine Öffnung in seiner Mitte ließ eine Wendeltreppe erkennen, die in seinem Inneren emporstieg. Die Äste der Esche ragten sich kreuzend in unsichtbare Höhen des Waldes empor. Dicke Ranken hingen ringsum wie die Zöpfe eines gewaltigen Haarschopfs herab.

So tief im Herzen des Walds von Norsudland, an diesem geheimen Ort, der von den Menschen und der Zeit vergessen war, gab es kein Geräusch. Der Wald war auf keiner Karte verzeichnet. Selbst sein Name war seit Hunderten von Jahren nicht mehr ausgesprochen worden. Der Gesang der Vögel war längst verstummt, und die Sonne hatte hier nie das Recht, zu scheinen. Der Boden war schwarz und feucht. Es war hier selbst im Hochsommer kalt. Ein leichter Verwesungsgeruch erfüllte die Luft.

Der älteste der sechs Druiden, der Henon hieß, trat vor und wandte sich um, um seine Brüder und die Magistel anzusehen. Der Drache, der auf seinen weißen Mantel gestickt war, wirkte im Dunkel des Waldes wie ein schwarzer Schatten. Hinter dem

Druiden ragte die Esche wie ein kühner hölzerner Bergfried auf.

»Wir sind da.«

Die Druiden nickten. Einer nach dem anderen nahmen sie ihre weiße Kapuze ab und tauschten besorgte Blicke aus.

»Meine Brüder«, begann Henon erneut und pflanzte seinen Druidenstab vor sich auf. »Ich werde allein hinaufsteigen. Ihr müsst hierbleiben. Wie Ihr wisst, habt Ihr nicht das Recht, mir zu folgen. Aber wenn der Tag anbricht und ich nicht zurückgekommen bin, sucht mich!«

»Möge die Moira dich beschützen!«, rief einer der Druiden und neigte den Kopf.

Die anderen taten es ihm nach. Henon verbeugte sich seinerseits demütig.

Er spürte die Unruhe seiner Brüder und wusste, dass sie mehr denn je auf ihn zählten. Er nahm seinen Stab wieder an sich und wandte sich dem Baum zu.

Hinter ihm schwärmten die von ihren gewaltigen Plattenharnischen fast erdrückten Magistel aus, um ein Lager aufzuschlagen. Die Nacht würde lang werden.

Henon ging mit ernstem Gesicht langsam auf den Baum zu. Trotz der bedrohlichen Düsternis und der bedrückenden Stimmung, die ringsum herrschte, drängte es ihn, das, wofür sie hergekommen waren, zu Ende zu bringen.

Er trat auf die Öffnung am Fuße des gigantischen Baumstamms zu, hielt vor der ersten Stufe kurz inne und entschloss sich dann, hinaufzusteigen. Er konnte die besorgten Blicke seiner Brüder im Nacken spüren.

Endlich ging er die Treppe hinauf und setzte seine Füße vorsichtig auf die unregelmäßigen Stufen, die im Innern der riesigen Esche emporführten. Nach einigen Schritten tauchte er in vollkommene Dunkelheit ein. Kein einziger Lichtstrahl konnte bis hierher vordringen. Doch er ging weiter und stieg mit angespannten Muskeln leise ins Herz der Armensul hinauf.

Ja, möge die Moira mich beschützen. Um nicht in Panik zu geraten und seine Gedanken zu konzentrieren, rezitierte er ganz leise die druidischen Triaden. »*Es gibt drei wesentliche Einheiten, und es kann von jeder von ihnen nur eine geben: ein Schicksal, eine Wahrheit, einen Ort der Freiheit, einen Ort also, wo alle Gegensätze ausgeglichen werden.*« Die Worte fielen ihm ein, als spräche eine Stimme sie in seinem Kopf. Es war, als durchlebte er noch einmal den Tag seiner Initiation. Seine Hände zitterten.

Bald verlor er die Orientierung. Da er immer wieder im Kreis herumging, gelang es ihm nicht mehr, sich zurechtzufinden. Dann verlor er das Zeitgefühl. Es schien ihm, dass er schon seit Tagen die Treppe hinaufstieg und dass sie nie enden würde. Der Baum spielte mit seinen Sinnen und täuschte seinen Verstand. Aber er musste sich dagegen wehren und weiter vordringen, tiefer hinein in die erdrückende Lichtlosigkeit. Er durfte die Hoffnung nicht aufgeben.

Am Ende erreichte er die letzte Stufe und sah wieder einige Lichtstrahlen. Er schüttelte den Kopf und fing sich wieder. Da! Ein Lichtstreifen zu seinen Füßen! Das Licht schimmerte unter einer Tür hindurch. Er streckte die Hand aus und fand eine Klinke. Er drückte sie sanft hinunter. Die Tür öffnete sich in ein großes Zimmer, in dem seltsame Lichter funkelten, kleine, zerbrechliche Kugeln, die in der Luft schwebten wie ein Schwarm von Leuchtkäfern. Der Raum war hoch und rund aus dem Bauch der Esche herausgehauen. Runen und bildliche Darstellungen waren direkt in die Wände geschnitzt. Der Boden bestand aus einem großen Kreis aufeinandergeschichteter Absätze, die in einer großen, ebenen Fläche endeten, auf der sich einige seltsame Möbel und Gegenstände befanden. Henon glaubte einen Athanor – einen Alchemistenofen – zu erkennen, daneben noch andere Instrumente. Inmitten dieses hölzernen Mausoleums erwartete ihn sitzend ein in Tierfelle gekleideter Mann – der Mann, den zu sehen er gekommen war. Er, der tausend Namen hatte, Lailoken, Suileone-gelt oder Merlin, der Wilde Mann, der beides zugleich war, Kind und Greis. Der Seher.

»Seid gegrüßt, Druide«, sagte der Mann mit hohler Stimme. »Setzt Euch vor mich, sodass ich Euer Gesicht sehen kann.«

Henon erschauerte, doch er durfte sich keine Schwäche gestatten. Dieser Mann war ihre letzte Hoffnung. Seine Begleiter und er hatten drei Länder durchquert, um ihn zu sehen, und sie würden keine zweite Gelegenheit erhalten.

Der alte Druide machte einige Schritte und setzte sich gegenüber von Lailoken hin. Er versuchte, ihm geradewegs in die Augen zu blicken.

Man konnte die Züge des Sehers nur schwer erkennen. Er trug auf dem Kopf einen Wolfsschädel, dessen Kiefer einen Schatten über seine Stirn warf. Seine Haut war so braun, dass man sich anstrengen musste, um Einzelheiten seines Gesichts zu erkennen, und er trug einen Bart, der sein Kinn und seinen Hals verbarg.

Man sah nur seine Augen – Adleraugen, stechend und tiefgründig.

»Ihr seid Henon, nicht wahr?«

Der Druide nickte. Er wagte noch nicht, zu sprechen.

»Und Ihr seid hierhergekommen, weil die Macht, über die Ihr früher verfügtet, Euch verlassen hat, nicht wahr? Ihr tragt keine Kraft mehr in Euch, das sehe ich.«

Die Macht, über die sie einst verfügt hatten, der Saiman. Ja.

Die geheimnisvolle Energie, die die Druiden zu zähmen gelernt hatten, war vor langer Zeit verschwunden. Alle Magie hatte diese Welt vor über zwanzig Jahren verlassen. Mit der Magie hatten die Druiden auch all ihren Einfluss verloren. Sie waren Menschen wie alle anderen auch geworden, ohne echte Macht. Niemand fürchtete sie mehr. Die Welt war in ein neues Zeitalter eingetreten. Die Magie hatte vor der Wissenschaft und der Politik kapituliert. Und das war eine Welt, in der die Druiden keinen Platz mehr hatten.

Henon erinnerte sich noch gut an die letzten Augenblicke, als diese tiefe Kraft, die von Anbeginn der Zeiten an in ihren Körpern gebrannt hatte, sie verlassen hatte. Der Saiman war von einem Tag auf den anderen erloschen wie die Flamme einer verbrauchten Kerze.

»So ist es«, gestand der Druide, und seine Stimme verriet unendliche Trauer. »Der Saiman hat uns verlassen.«

»Ich weiß, was Ihr empfindet, Druide. Der Saiman ist auch hier verschwunden. Die Nebel sterben jetzt einer nach dem anderen. Bald wird keiner von ihnen mehr da sein, weder in Gallica noch anderswo.«

Der Druide nickte. »Man erzählt sich, dass noch Hoffnung besteht. Dass Ihr...«

»Dass ich *was*?« fragte Lailoken mit schief gelegtem Kopf.

Henon zögerte. Er wollte nichts sagen, was etwas verderben konnte, aber er hatte nicht diesen ganzen Weg für nichts und wieder nichts auf sich genommen.

»Wir sind gekommen, um Euch Treue zu schwören, Lailoken.«

»Wahrhaftig?«, rief der Seher und lächelte. »Was erhofft Ihr Euch von mir?«

»Man erzählt sich...«

»Man erzählt sich viel Unsinn, Henon. Ein Druide kann nicht auf jedes Gerücht vertrauen, das er hört.«

Henon seufzte. Er wusste, dass der Wilde Mann mit ihm spielte, ihn vielleicht prüfte. Er war es nicht gewohnt, dass man so mit ihm sprach, denn er erinnerte sich noch gut an die Zeit, als man die Druiden gefürchtet hatte. Aber er durfte sich nicht aufregen. Er war sich des Kräfteverhältnisses, das hier bestand, vollkommen bewusst. Seine Chancen, den Sieg davonzutragen, waren gering. Er musste den Seher beeindrucken, ohne ihn abzuschrecken, oder doch zumindest sein Interesse wecken. Das war ein schwieriges Unterfangen.

»Spielen wir nicht länger miteinander, Lailoken. Meine Brüder und ich sind nicht nur im Vertrauen auf einige Gerüchte durch drei Länder gereist. Wir wissen, was Ihr vorhabt, und wir wissen zugleich, dass Ihr unsere letzte Hoffnung seid.«

»Das freut mich zu hören!«, spottete Lailoken.

»Wir wollen Euch einen Pakt vorschlagen.« Henon kniff die Augen zusammen, um im Halbdunkel besser sehen zu können. Er wollte im Blick des Sehers lesen.

»Und worin soll dieser großartige Pakt bestehen?«

»Wir unterwerfen uns Euch, Lailoken, und helfen Euch bei Eurer Suche. Im Gegenzug bitten wir darum, an dem Gewinn, den Ihr daraus ziehen werdet, teilhaben zu dürfen ...«

»Und in welcher Hinsicht könntet Ihr mir nützlich sein?«

»Wir verfügen vielleicht nicht mehr über den Saiman, Lailoken, aber wir wissen, was Ihr sucht, und unsere Magistel sind die furchterregendsten Krieger, die Ihr nur anwerben könntet.«

»Wer sagt, dass ich Krieger brauche?«, fragte Lailoken spöttisch.

»Habt Ihr den jungen Mann gefunden, nach dem Ihr sucht?«, gab Henon ohne Zögern zurück.

»Ich sehe, dass Ihr gut unterrichtet seid.«

»Ja. Das sollte Euch überzeugen, dass wir Euch nützlich sein können, Lailoken. Doch Ihr habt meine Frage nicht beantwortet. Habt Ihr Bohem gefunden?«

»Nein.«

Henon wusste, dass er einen wunden Punkt getroffen hatte. Das war seine einzige Angriffsfläche, seine einzige Möglichkeit, den Seher zu überzeugen.

»Unsere Magistel sind hervorragende Fährtenleser. Sie lassen nie eine Beute entkommen.«

»Davon habe ich gehört, ja.«

»Unsere Hilfe wäre wertvoll für Euch«, fügte der Druide hinzu, der spürte, dass er ihn würde überreden können.

»Vielleicht.«

»Vereinen wir unsere Kräfte! Wir suchen dasselbe.«

Der Seher machte eine abwehrende Bewegung und hob gleichzeitig die Augenbrauen. »Ich dachte, Ihr wolltet mir Treue schwören? Nun redet Ihr davon, dass wir nur unsere Kräfte vereinen sollen...«

»Nein, nicht nur. Wie ich Euch gesagt habe, sind wir bereit, in Eure Dienste zu treten, Lailoken.«

Der Seher nickte langsam. Henon glaubte, in seinen Mundwinkeln die Andeutung eines Lächelns zu erkennen. »Mmmh... Druiden in meinen Diensten... Ihr, die Ihr nie in irgendjemandes Diensten gestanden habt. Wie hat sich doch die Welt geändert!«

»Es ist nicht nötig, darauf herumzureiten, Lailoken. Ich weiß, was wir verloren haben, und wir wären heute nicht hier, wenn wir Euch nicht bräuchten... Aber ich glaube, dass Ihr Eurerseits unsere Hilfe braucht. Eure Aishaner scheinen mir nicht in der Lage zu sein, den jungen Mann zu ergreifen.

Ich bitte Euch zum letzten Mal: Lasst Euch auf unserem Pakt ein!«

Der Seher seufzte und strich sich mehrfach mit der Hand über den Bart. Er musterte den Druiden lange und verzog das Gesicht, bevor er nickte. »Einverstanden, Henon. Ihr könnt Euren Brüdern ausrichten, dass ich auf den Handel eingehe.«

»Ihr werdet es nicht bereuen, Lailoken.«

»Das werden wir bald sehen.«

»Wir stehen Euch zu Diensten«, erwiderte Henon.

»Dann verliert keine Zeit! Schließt Euch den Aishanern an und findet mir diesen Bohem!«

Henon erhob sich lächelnd. Er grüßte den Seher und sagte: »Wir werden ihn Euch vor Ende des Sommers bringen, Lailoken.«

»Lebend«, entgegnete der Seher. »Ich brauche ihn lebend.«

KAPITEL 4
DER
TROUBADOUR

Livain VII. lag ausgestreckt auf dem Rücken. Er hatte schon vor einiger Zeit die Augen geschlossen, doch es gelang ihm nicht, einzuschlafen. Sein Verstand wurde von Gedanken in Anspruch genommen, die ihn verstörten und daran hinderten, Schlaf zu finden. Er hatte gerade in den Armen seiner neuen Frau, Camilla, gelegen und konnte sich nicht davon abhalten, an die ehemalige zu denken, an Helena von Quitenien.

Warum? Welcher Wahn hatte ihn ergriffen, dass er an die Frau dachte, die er verstoßen hatte, während er zugleich seine neue Gattin an sein Herz zog? Camilla war doch so schön, so jung, so feurig! Sie hatte sich ihm, so schien es, mit Leidenschaft hingegeben ... Mit so viel Leidenschaft wie Helena in ihren ersten gemeinsamen Tagen? Nein, sicher nicht. Helena war die leidenschaftlichste Frau des Königreichs, die freieste und abenteuerlustigste ... Und sicher auch die erfindungsreichste, was Liebesdinge betraf. Aber er durfte nicht länger an sie denken! Er musste das Bild der Herzogin, die er verstoßen hatte, verscheuchen und nur noch an Camilla denken. Sie war so schön ... Außerdem war sie intelligent und interessierte sich bereits für Politik. Etwas Besseres konnte Livain sich in seinen kühnsten Träumen nicht vorstellen! Dennoch erschien ihm jedes Mal, wenn er die Augen schloss, das Gesicht Helenas. Dieses tiefsinnige, fremdartige Gesicht. Dieser Blick, der durch die Dinge und Menschen hindurchsah. Der Blick eines Weisen in einem Körper, der für die Liebe geschaffen war. Der Blick eines Richters im Fleisch einer Sünderin.

Sie hatte ihn verrückt gemacht, jeden Tag ein wenig mehr, war seinen Händen entglitten, hatte sich geweigert, ihm zu gehören, und war zu ihren Dichtern und Troubadouren geflüchtet ... Sie hatte ihn sicher viele Male betrogen. Ja, ganz sicher.

Aber jetzt fehlte sie ihm.

Nein. Daran durfte er nicht denken. Nein! Die Verräterin hatte Emmer Ginsterhaupt geheiratet. Sie war seine ärgste Feindin, und mit ihr verbanden sich seine schlimmsten Erinnerungen! Aber auch die besten.

»Könnt Ihr nicht schlafen, mein Liebster?«

Camillas Stimme überraschte Livain. Er war überzeugt gewesen, dass sie schon lange eingeschlafen war. Sie war so still, so friedlich. Sie hatten sich lange dem Liebesspiel hingegeben, und er hatte viel Vergnügen daran gefunden.

Das war ihm seit langer Zeit nicht mehr so gegangen. Seit Helena ...

»Nein«, sagte er und legte seiner jungen Gemahlin eine Hand auf die Schulter.

Camilla ergriff die Hand des Königs. »Ich weiß, was Euch beschäftigt, Livain.«

Der König erstarrte. Hatte Camilla erraten, dass er an Helena von Quitenien dachte, dass die Frau, die er verstoßen hatte, immer noch durch seinen Geist spukte? Wie konnte sie das wissen?

»Es ist das, worüber Ihr mit dem Abt von Cerly gesprochen habt, nicht wahr?«

Livain war erleichtert. Nein. Sie hatte es nicht erraten. »Natürlich«, log er und wandte sich seiner jungen Frau zu.

»Wenn ich so kühn sein darf, mein König, habe ich vielleicht eine Lösung für das Problem, das Ihr mit Pieter dem Ehrwürdigen besprochen habt...«

»Ihr habt uns belauscht?«, fragte Livain erstaunt.

Camilla küsste den König auf die Stirn. »Ja. Ich wartete hinter der Tür auf das Ende Eures Gesprächs, um Euch zu besuchen, und ich gestehe, dass ich einiges von Eurem letzten Wortwechsel mitbekommen habe.«

Livain lächelte. Camilla war sogar noch listiger, als er sie sich vorgestellt hatte. Aber das beunruhigte ihn nicht. Helena hatte ihre Zeit damit vertan, von Festen und Dichtkunst zu träumen, und hatte sich geweigert, Interesse für die Politik des Königreichs aufzubringen. Sie hatte ihm nie bei den schwierigen Entscheidungen helfen können, vor die sein Amt ihn stellte. Camilla hingegen schien das alles anders machen zu können. Und er benötigte diese Unterstützung, diese Teilnahme.

»Nun«, setzte der König neu an, »worin besteht diese Lösung, von der Ihr spracht?«

Camilla schmiegte sich an ihren Gatten. »Ich habe von einer Geschichte gehört, die für uns interessant sein könnte.«

»Ich bin ganz Ohr.«

Camilla von Kastel schluckte ihren Speichel herunter, nahm das Gesicht ihres Mannes zwischen ihre Hände und sah ihn im

Halbdunkel eindringlich an. »Es gibt in der Grafschaft Tolosa einen jungen Mann, der Wunder wirkt.«

»Wunder?«, staunte Livain.

»Ja. Ich habe schon mehrfach von diesem jungen Mann gehört, sogar schon im Königreich Kastel! Da ich eine eher misstrauische Frau bin, habe ich daran nicht wirklich geglaubt, aber als die Gerüchte nicht verstummten, habe ich meinen Leuten befohlen, mehr über diese Geschichte in Erfahrung zu bringen…«

»Und was habt Ihr herausgefunden?«

»Es scheint, als ob es sich nicht um ein bloßes Gerücht handelte, Majestät. Der Bischof von Nabomar und mehrere Wandergesellen haben zwei recht konkrete Geschichten bestätigt, die ich über ihn gehört hatte.«

»Das sind in der Tat ziemlich glaubwürdige Quellen. Aber was für Geschichten sind das?«, erkundigte sich der König.

»Es scheint, als ob dieser junge Mann besondere Begabungen hätte, Majestät. Er soll durchs Feuer gehen können und Handwerkskünste beherrschen, ohne sie je gelernt zu haben.«

»Er geht durchs Feuer?«

»Ja. Er ist durch einen brennenden Scheiterhaufen der Johannisnacht gegangen, ohne sich zu verbrennen. Der Bischof von Nabomar hat diese Darstellung bestätigt. Was nun seine Kunstfertigkeit betrifft, so ist das eine Geschichte, die unter den Salomonskindern umläuft. Man erzählt, dass der junge Mann vor Wandergesellen eine angeborene Begabung für das Handwerk unter Beweis gestellt hat – eine übernatürliche Begabung. Ich habe das nachprüfen lassen; es handelt sich um denselben Jungen. Und dieser junge Mann ist höchstens siebzehn Jahre alt!«

»Das ist in der Tat erstaunlich. Aber warum erzählt Ihr mir das? In welcher Hinsicht hängt das mit dem zusammen, worüber ich mit dem Abt von Cerly gesprochen habe? Das ist nichts Politisches und wird ganz gewiss nicht dazu beitragen, meine militärische Schlagkraft zu stärken!«

»Seid Ihr Euch da so sicher? Stellt Euch die Aura vor, die Eure Krone umgeben würde, wenn Ihr einen solchen Jungen an Eurem Hof hättet, Majestät!«

»An meinem Hof?«

»Ja! Wenn dieser Junge wirklich Wunder tut, müssen wir ihn sehr schnell auf unsere Seite ziehen, bevor er noch in die Hände des Feindes fällt. In die Emmer Ginsterhaupts etwa...«

»Aber wir wissen nichts über ihn...«

»Wir kennen seinen Namen: Bohem. Und wir wissen, dass er über seltsame Kräfte verfügt.«

»Ihr zeichnet mir da das Bild eines Dämons!«, scherzte Livain.

»Oder das eines Heiligen!«, erwiderte die junge Frau. »Wenn Gott diesem jungen Mann all diese Begabungen und Talente verliehen hat, dann doch sicher, damit sie zum Einsatz kommen – und es wäre mir lieber, wenn das nicht gegen uns geschehen würde.«

Livain blieb einige Augenblicke stumm. Er dachte nach. Vielleicht hatte Camilla recht. Wenn der junge Mann tatsächlich ein Abgesandter Gottes war, war es besser, ihn auf seiner Seite zu haben, gar keine Frage! In jedem Fall wollte er Gewissheit darüber haben.

»Das ist wirklich sehr interessant«, räumte er am Ende ein. »Er heißt Bohem, sagt Ihr?«

»Ja. Bohem der Wolfsjäger. Und er soll in der Grafschaft Tolosa leben.«

»Gut. Ich bin froh, dass Ihr mir von dieser Geschichte erzählt habt, Camilla. Lasst uns jetzt schlafen. Ich werde morgen alle Zeit der Welt haben, mit meinen Ratgebern darüber zu sprechen.«

»Daran zweifle ich nicht, Majestät. Gute Nacht.«

Livain drückte einen Kuss auf die Stirn seiner jungen Ehefrau und drehte sich dann um. Die kleine Camilla von Kastel erstaunte ihn immer wieder. Und dieses Gespräch hatte endlich auch das Bild Helenas von Quitenien vertrieben.

Bohem hatte nicht haltmachen wollen, um zu schlafen. Nachdem er wie ein Kind geweint hatte, hatte er sich wieder auf den Weg gemacht, hatte die Heide im Dunkel der Nacht durchquert und wanderte noch am Morgen schnellen Schrittes nach Norden. Er war wütend, hasserfüllt und erschöpft. Die Atempause, die ihm die Wandergesellen verschafft hatten, war nur kurz gewesen, und es war ihm, als ob er aufs Neue in einen Albtraum versank. Gaben die Aishaner denn nie auf? Wie lange würde er noch fliehen müssen? Wenn er bei den Handwerksgesellen keine Zuflucht mehr fand, an wen würde er sich nun wenden können? Gewiss an niemanden.

Er war allein. Schutzlos. Und er wusste nicht, wie er daran etwas ändern konnte. Aber gerade das musste er zu seinem Vorteil nutzen und in seine Stärke verwandeln. Er musste sich von seiner Einsamkeit und seinem Zorn nähren, um die Kraft zu finden, sich zu ändern, wie er es schon so oft hatte tun wollen, seinen Weg zu finden und zu reisen, das Land zu durchstreifen und das zu sehen, was die Kinder von Passhausen niemals sehen konnten, die Welt auf eigene Faust zu entdecken ... Frei, ohne Bindungen.

Gegen Ende des Vormittags hing er noch immer seinen Gedanken nach, als er von Weitem einen sehr eigenartigen Vorfall beobachtete. Mitten auf dem Weg waren zwei Männer – ihrem

Aufzug und dem Geschehen nach zu urteilen Räuber – damit befasst, einen Reisenden mit ihren Knüppeln zu bedrohen.

Bohem trat einige Schritte näher, um besser sehen zu können. Er riss die Augen auf. Jetzt konnte er das Gesicht der Angegriffenen erkennen. Es war eine junge Frau, der das Blut über die Stirn lief. Die beiden Räuber hatten sie bereits geschlagen. Sie lachten und umkreisten sie, während sie sie weiter bedrohten. Bohem fürchtete, dass es ihnen nicht nur um ihr Geld zu tun war.

Er blieb stehen. Die Vernunft gebot ihm wegzulaufen; das hier ging ihn nichts an. Doch er konnte sich nicht dazu entschließen. Er konnte diesem erbärmlichen, abstoßenden Schauspiel nicht einfach den Rücken zukehren. Das war nicht seine Art, und außerdem war er verdammt schlecht gelaunt. Er war ohnehin schon zornerfüllt, und dieser Anblick machte ihn noch wütender.

Ohne weiter nachzudenken, rannte er auf die Räuber zu. Als er sich ihnen näherte, hörte einer der Männer ihn und drehte sich um.

Bohem hielt dennoch nicht an. Er wusste nicht, was er gegen einen mit einem Knüppel bewaffneten Mann unternehmen sollte, da er selbst keine Waffe hatte und eigentlich nicht kämpfen konnte, aber das war ihm gleichgültig.

Sollte der Räuber ihn doch töten, wenn es sein musste! Bohem war so zornig und hoffnungslos, dass er vor nichts mehr Angst hatte und auch keine Lust mehr verspürte, zu fliehen oder aufzugeben. Er warf sich auf seinen Gegner wie ein wutschnaubender Widder.

Er hatte gerade noch die Zeit, zu sehen, wie der Mann zu einem mächtigen Schlag ausholte. Zu spät – Bohem war schon gesprungen. Er konnte dem Aufprall nicht ausweichen. Mit einem dumpfen Krachen traf der Knüppel auf seine Schulter, und Bohem stieß einen Schmerzensschrei aus. Aber er wurde nicht aus der Bahn geworfen, sondern stürzte mit seinem ganzen Gewicht auf den Räuber und warf ihn um. Als er sich mit ihm auf dem Boden wälzte, begann er zu brüllen – vor Wut, in wahnsinniger Raserei und vor Schmerzen. Dieser Schrei setzte ungeahnte Kräfte in ihm frei, sodass er die Oberhand über seinen Gegner gewann und ihn mit seinem Körpergewicht niederdrücken konnte. Außer sich packte er einen Stein, der auf der Straße lag, und schlug ihn dem Räuber ins Gesicht. Das Geräusch des Steins, der auf den Schädelknochen seines Opfers traf, entsetzte ihn und ließ ihn wieder zu sich kommen. Er hatte zu einem zweiten Schlag angesetzt, doch nun hielt er in der Bewegung inne und hob den Kopf.

Der zweite Räuber war geflohen. Bohems Brutalität hatte ihm sicher Angst eingejagt. Die junge Frau ihrerseits drückte sich gegen einen Erdhügel am Wegesrand und starrte Bohem zitternd an.

Bohem senkte den Blick. Der Bandit zwischen seinen Knien rührte sich nicht mehr. Der Hieb mit dem Stein hatte ihn niedergestreckt. Ein Rinnsal von Blut lief ihm die Schläfe entlang.

Der junge Mann stand auf. Er ließ den Stein zu Boden fallen. Er war außer Atem und fast wie betäubt. Er hatte nicht den Eindruck, dass er es gewesen war, der all das getan hatte. Er musste für einen Augenblick die Kontrolle über sich verloren haben. Seltsamerweise fühlte er sich schuldig, obwohl er überzeugt war, das Richtige getan zu haben. Es war das erste Mal, dass er einem Menschen so brutal ins Gesicht geschlagen hatte, und das ließ ihm beinahe das Blut in den Adern gefrieren.

Er bekam wieder Luft, rieb sich die Schulter und wandte sich dann der jungen Frau zu. Sie rührte sich noch immer nicht und musterte ihn weiter mit aufgerissenen Augen. Er ging langsam auf sie zu.

»Geht es dir gut?«, fragte er und streckte ihr die Hand hin.

Sie bewegte sich noch einen Moment lang nicht, schüttelte dann aber den Kopf, als käme sie zu sich, und richtete sich auf. »Ja... Es geht mir gut. Ich... Danke!«, stammelte sie und klopfte sich die Kleider ab.

Bohem zuckte mit den Schultern. »Schon gut... Deine Stirn ist verletzt, du blutest.«

»Das ist nicht schlimm«, sagte sie.

Sie warf einen Blick auf den Räuber am Boden. Er bewegte sich noch immer nicht. Dann kniete sie sich hin, öffnete den Stoffbeutel, der zu ihren Füßen lag, und nahm einen Lappen heraus, um sich die Stirn zu säubern.

Bohem kauerte sich neben sie. Er besah sich die Stirn der jungen Frau und verzog das Gesicht. Er nahm eine kleine Kalebasse, die aus ihrer Tasche ragte. »Warte, wir müssen etwas Wasser darauf tun.«

Er nahm ihr den Lappen aus den Händen und tränkte ihn mit Wasser; dann wischte er ihr vorsichtig die Stirn ab. Die Blutstropfen liefen ihr bis in die Augenbrauen.

Während er sich um sie kümmerte, fiel Bohem auf, wie schön sie war. Sie hatte blonde, halblange Haare, die ganz leicht gelockt waren. Ihre Augen waren klar und haselnussbraun, und sie hatte eine hübsche kleine Katzennase. Sie war hochgewachsen, beinahe so groß wie er, schlank und anmutig, ohne dabei zerbrechlich zu wirken. Sie musste in seinem Alter sein.

Doch vor allem hatte ihre Stimme Bohem sofort berührt – eine Stimme, die süß und lieblich, warm und zart war.

»Du bist genau zur rechten Zeit gekommen«, sagte sie. »Ich

glaube nicht, dass ich mich ganz allein hätte verteidigen können... Wie heißt du?«

Bohem senkte den Blick. Er zögerte. Durfte er fortfahren, seinen Namen den Leuten, denen er begegnete, einfach zu nennen, oder war das zu gefährlich geworden?

Die junge Frau wirkte überrascht, dass er nicht schneller antwortete. Er fühlte sich unter Druck gesetzt. »Ich heiße Bohem. Und du?«

Sie zog die Augenbrauen zusammen. »Warum hast du gezögert, mir deinen Namen zu verraten? Ist das wenigstens dein richtiger Name?«

»Natürlich.«

»Das ist ein seltsamer Name, Bohem.«

»Es ist so, dass... Ich...« Der junge Mann fuhr fort, die Stirn der jungen Frau zu waschen. Er sprach nicht gern darüber. Er war gewohnt, nie über seinen Namen und dessen Ursprung zu sprechen. Er wechselte das Thema. »Siehst du«, sagte er, »es blutet nicht mehr. Der Riss ist nicht sehr tief.«

»Danke, Bohem.«

»Majestät«, sagte Pieter und rückte auf seinem Sessel nach vorn, »wenn ich so frei sein darf... Diese Geschichte klingt etwas grotesk, und ich fürchte, Ihr würdet Eure Zeit und Eure Kraft für nichts und wieder nichts verschwenden. Wie wir neulich besprochen haben, habt Ihr viel wichtigere Angelegenheiten zu regeln...«

Livain VII. hatte eine außerordentliche Ratsversammlung einberufen, um seine neuen Sorgen darzulegen. Das, was Camilla am Vorabend im Bett gesagt hatte, hatte ihn den ganzen Morgen über beschäftigt. Er war von der Geschichte dieses sonderbaren jungen Mannes besessen. Er sagte sich, dass das vielleicht ein Zeichen Gottes war, das er nicht ignorieren durfte. Jedenfalls musste er mehr erfahren.

Pieter der Ehrwürdige, Abt von Cerly, war also zu dieser Versammlung eingeladen worden, ebenso wie Alice, die Mutter des Königs, Domitian Lager, der Marschall, und mehrere andere Ratgeber. Am Kopf des Tisches, neben Livain, trat Camilla von Kastel zum ersten Mal bei einer politischen Unterredung am Hof von Gallica in Erscheinung. Sie schien völlig entspannt zu sein.

»Grotesk? Da bin ich mir nicht so sicher«, erwiderte Livain VII.

»Ich befinde mich in der Lage, ganz gut beurteilen zu können, dass die Gallicer es lieben, alle Tage Geschichten von übernatürlichen Dingen zu erzählen«, entgegnete Pieter, »glaubt mir. Warum also dieser Geschichte so viel Aufmerksamkeit schenken?«

Ich habe von diesem jungen Mann schon vor sehr langer Zeit gehört. Ich meine mich zu erinnern, dass die Geschichte sich vor ein paar Jahren im Süden der Grafschaft Tolosa zugetragen hat, in der Ketzergegend. Ich frage mich, was der König auf diesem gefährlichen Boden zu finden hofft…

»Weil es nicht bloß eine Geschichte ist, die sich die Gallicer erzählen. Sie ist uns vom Bischof von Nabomar persönlich bestätigt worden«, erklärte Camilla von Kastel.

Aha! Sie steckt also dahinter. Davon war ich gleich überzeugt! Sie hat dem König diesen absonderlichen Gedanken eingegeben! Aber warum? Dieses Mädchen kommt mir sehr merkwürdig vor! Ich hätte in Toledo misstrauisch werden müssen, als sie dieses seltsame Interesse an der Grafschaft Tolosa bekundete… Das ist die Grafschaft der Ketzer. Das wird Unannehmlichkeiten geben. Ich weiß nicht, wonach sie sucht, aber wenn ich sie weitermachen lasse, wird diese junge Verrückte den König in das finsterste Heidentum stürzen lassen!

»Aber ist sie auch vom Papst bestätigt worden? Denn wenn etwas Übernatürliches sich in Eurem Königreich zugetragen hat, handelt es sich um ein Wunder, das Wirken Gottes oder aber das eines Dämons. Es stünde, so scheint mir, dem Papst zu, darüber zu befinden, nicht dem Bischof von Nabomar. Seine Heiligkeit war gestern Abend noch hier. Warum haben wir ihn nicht gefragt?«

Livains Mutter ergriff nun ihrerseits das Wort. Sie hatte schon lange die Gewohnheit, sich in die politischen Angelegenheiten des Königreichs einzumischen, und Livain hörte ihr immer sehr aufmerksam zu. »Mein Sohn, ich muss Euch gestehen, dass ich mehr oder weniger einer Meinung mit dem Abt von Cerly bin. Diese Geschichte von einem Jungen, der das Feuer durchquert, kommt mir sehr abenteuerlich vor. Außerdem ist sie sicher umgeformt und übertrieben worden – und trotz allem verstehe ich nicht, inwieweit sie die Krone betrifft...«

»Wie?«, erregte sich der König. »Ein junger Mann wirkt in meinem Königreich Wunder, und ich soll mich nicht dafür interessieren?«

»Aber Majestät! Es ist ein wenig zu früh, um von einem Wunder zu sprechen!«, erwiderte Pieter. »Dieser junge Mann soll durch die Flammen gegangen sein, sagt man. Und was weiter? Ist ihm Christus erschienen? Ist er als Märtyrer gestorben, um eine edle Sache zu verteidigen? Nein. Man erzählt nur – daran erinnere ich mich jetzt –, dass er einen Nebel vom Scheiterhaufen der Johannisnacht befreit hat. Das ist kein Wunder – das ist ein Akt der Blasphemie wie all diese Geschichten, die man im Süden des Königreichs erzählt... In jener Gegend fehlt es nicht an heidnischen Legenden. So warten zum Beispiel in der Johannisnacht die Dörfler der Grafschaft Tolosa immer noch furchtsam auf die Ankunft des Wilden Mannes! Vergesst nicht, dass diese Geschichte sich in dem Gebiet zugetragen hat, wo die Ketzer mit einer dämonischen Liturgie und heidnischen Riten in unsere Kirchen eindringen, und dass der Bischof, der sie bestätigt hat, der Bischof von Nabomar ist – ausgerechnet derjenige der Stadt der Ketzer!«

Camilla schüttelte den Kopf. »Ich denke, dass dieser junge Mann nichts mit den Ketzern, von denen Ihr sprecht, zu tun hat, Pieter. Das ist ein Einzelfall, in einem kleinen Dorf...«

Sie lässt Livain nicht zu Wort kommen. Sie versucht, das Gespräch zu lenken. Diese Königin weiß, wie sie ihre Ziele erreichen kann. Livain ist schwächer als sie. Ich muss ihn wieder in die Debatte mit einbinden.

»Aber das ist schon vor mehreren Jahren geschehen, Majestät. Weshalb sollte man also heute diese alte, bedeutungslose Geschichte wieder ausgraben wollen? Es hat seitdem zahlreiche Zeugnisse tatsächlicher Wunder gegeben, und über die habt Ihr Euch nie Gedanken gemacht...«

»Ich interessiere mich dafür, weil dieser junge Mann heute wieder von sich reden macht«, erklärte Livain.

»Mein Sohn«, schaltete sich Alice ein, »ich verstehe Euer Interesse, aber ein junger Mann, der Wunder tut – wenn das denn wirklich der Fall ist –, ist keine Staatsangelegenheit, sondern eine Angelegenheit der Kirche. Weshalb bittet Ihr nicht den päpstlichen Legaten, sich mit dieser Sache zu befassen?«

Hervorragend. Alice ist auf meiner Seite, und sie hat recht. Wenn wir nicht wollen, dass Livain sich in diese düsteren heidnischen Geschichten mit hineinziehen lässt, müssen wir die Angelegenheit dem Papst anvertrauen.

»Gerade weil mich dieser Junge interessiert«, antwortete der König. »Und offensichtlich bin ich da nicht der Einzige...«

Pieter runzelte die Stirn. Der König hatte also noch nicht alles gesagt. Es gab noch etwas. Natürlich...

»Marschall«, begann Livain erneut, »wollt Ihr bitte hier wiederholen, was Ihr mir gerade eben gesagt habt?«

»Ja, Majestät«, antwortete Domitian und räusperte sich. »Wir haben Nachrichten aus dem Süden Gallicas erhalten, über ein Massaker, das im Dorf Passhausen stattgefunden haben soll. Anscheinend sind alle Einwohner dieses *castrum* von einer Horde Aishaner getötet worden, die immer noch in der Gegend umherstreift.«

»Was hat das mit unserer Geschichte zu tun?«, erkundigte sich Alice.

»Das ist das Dorf, in dem dieser Junge lebte«, erklärte Camilla von Kastel. »Er konnte anscheinend entkommen und hat bei einer Gruppe Wandergesellen Schutz gefunden.«

Der Marschall nickte.

»Das ist wirklich interessant«, gestand die Mutter des Königs.

Nun gibt also auch Alice nach! Das war es! Camilla hat alle Welt auf ihre Seite gebracht! Nicht genug damit, dass sie eine Ketzergeschichte umdeutet, was mir gar nicht gefällt – sie stiehlt mir auch noch meinen Platz als Ratgeber des Königs! Ich darf sie damit nicht durchkommen lassen...

»Majestät«, mischte Pieter sich ein. »Ich glaube, dass es klüger wäre, diese Angelegenheit dem päpstlichen Legaten anzuvertrauen. Es handelt sich um eine Kirchensache, und wir könnten Nikolaus IV. brüskieren, wenn wir uns in einer Angelegenheit, die mir theologisch erscheint, nicht an ihn wenden.«

»Nein, Pieter. Ich will, dass wir diesen jungen Mann finden«, sagte darauf Livain mit ruhiger, gebieterischer Stimme. »Diese Angelegenheit spielt sich in meinem Königreich ab. Ich möchte mich selbst darum kümmern. Marschall, befasst Euch mit dieser Frage!«

Der König erhob sich. »Diese Versammlung ist beendet«, sagte er schlicht.

Alle Teilnehmer standen höflich auf und verließen den Raum, bis auf Camilla, die an der Seite des Königs blieb.

Pieter ging als Letzter hinaus. Er war verärgert. Er selbst hatte eine Frau an den Hof gebracht, die auf dem besten Weg war, seine größte Feindin zu werden. Sie übte schon mehr Einfluss als er auf diesen König aus, den sie doch erst seit einigen Tagen kannte …

Bohem beugte sich über den reglosen Körper des Räubers. Er atmete noch, aber er war bewusstlos. Der junge Mann zerrte ihn an den Straßenrand. Dann wandte er sich zu der jungen Frau um.

»Was machst du hier ganz allein auf der Landstraße?«

Viviane runzelte die Stirn und schob den blutbefleckten Lappen tief in ihren Beutel. »Was geht dich das an? Und du, was machst du?«

Bohem lächelte. Die junge Frau war offensichtlich nicht von zugänglicher Wesensart. Sie wirkte noch misstrauischer als er selbst.

»Ich?«, antwortete er. »Ich bin auf der Flucht.«

Viviane wirkte erstaunt. Solch eine Antwort hatte sie wohl nicht erwartet …

»Wirklich?«, sagte sie. »Dann sind wir schon zwei! Wovor fliehst du?«

Bohem zögerte. Sie gab nur widerwillig etwas von sich preis und stellte ihm doch einen ganzen Haufen Fragen. Was, wenn sie wusste, wer er war? Wenn sie ihm diese Fragen nur stellte, um noch mehr über ihn zu erfahren? Wie auch immer, er hatte ihr schon seinen Namen genannt. Es würde nicht mehr viel nützen zu lügen.

»Ich fliehe vor Männern, die die Einwohner meines Dorfs niedergemetzelt haben und auf der Suche nach mir sind.«

»Ah! Das tut mir sehr leid«, sagte sie und klang ehrlich. »Ich glaube, ich habe von dem Vorfall schon gehört. Es sind die Aishaner, die diese Gegend durchstreifen, nicht wahr?«

Bohem nickte. Alle Welt schien auf dem Laufenden zu sein!

»Aber warum suchen sie dich?«

»Wenn ich das nur wüsste!«

»Und warum fliehst du? Warum hast du dich nicht an den Burgherrn des nächsten Orts gewandt oder an die königliche Garde? Du musst erklären, was geschehen ist, und wirst Schutz finden!«

»Ich weiß nicht, an wen ich mich wenden soll! Ich weiß noch weniger, wem ich vertrauen kann! Aber mir wäre es lieber, darüber gar nicht zu reden...«

»Na, du kannst doch wohl der Garde des Königs vertrauen! Was hast du Böses getan, dass du die Macht des Königs fürchten müsstest?«

»Etwas, worüber ich nicht reden mag.«

»Gut«, sagte Viviane. »Das kann ich verstehen.«

Bohem lächelte. Er hatte Angst gehabt, dass der jungen Frau sein Wunsch, zu schweigen, unangenehm sein und sie ihn für einen entsetzlichen Verbrecher halten würde, aber sie schien seine Entscheidung zu respektieren.

»Und du? Woher kommst du?«, fragte er seinerseits.

»Aus Tolosa.«

»Du hast Glück! Das soll doch eine außergewöhnliche Stadt sein!«

»Das stimmt...«

»Aber sag schon, warum fliehst du?«

Viviane legte den Kopf schief. Sie schien ihrerseits zu zögern, sich ihm anzuvertrauen. »Wegen meiner Eltern«, sagte sie schließlich.

»Wirklich? Weshalb?«

»Ich will Troubadour werden.«

Bohem riss die Augen auf. »Du? Troubadour? Aber Frauen sind keine Troubadoure!«

»Genau das sagen meine Eltern auch«, erregte sie sich. »Und darum bin ich weggegangen!«

»Aber...«, verteidigte sich Bohem. »Ich will dich ja nicht beleidigen, Viviane, doch ich glaube trotzdem, dass sie recht haben, nicht wahr? Ich glaube nicht, dass es Frauen gibt, die Troubadoure sind...«

»Dort, wo ich hingehe, schon!«

»Ach ja? Und wohin gehst du?«

»Nach Hohenstein, an den Hof der Herzogin Helena von Quitenien.«

»Da oben gibt es weibliche Troubadoure?«

»Natürlich! Das ganze Haus von Quitenien ist eine Familie von Troubadouren!«

»Sieh an! Das muss ja eine lustige Herzogin sein!«

»Hast du noch nie von ihr gehört?«

»Nein«, gestand Bohem.

»Sie ist die Gemahlin Emmer Ginsterhaupts, der gerade zum König von Brittia gekrönt worden ist. Hast du wenigstens schon von Brittia gehört?«

»Nein«, wiederholte Bohem, der sich ein bisschen zu ärgern begann.

»Das ist der hauptsächliche Feind der Krone!«, rief Viviane aus. »Du musst doch zumindest schon von Emmer Ginsterhaupt gehört haben!«

»Nein«, wiederholte Bohem noch einmal, doch jetzt lächelte er. »Aber wenn er wirklich unser schlimmster Feind ist, warum willst du dann diese Herzogin aufsuchen, die ihn geheiratet hat?«

Viviane verdrehte die Augen. »So einfach liegen die Dinge nicht, Bohem! Sie ist nicht dadurch zu unserer Feindin geworden, dass sie einen Feind des Königreichs geheiratet hat… Die Politik ist glücklicherweise komplizierter.«

»Wenn du es sagst… Aber du musst trotzdem nicht mit mir reden, als ob ich schwachsinnig wäre…«

Viviane brach in bedauerndes Lachen aus. »Du hast recht, entschuldige bitte! Es ist mir gleichgültig, ob du Ginsterhaupt und das Land Brittia kennst, Bohem! Und ich bin dir sehr dankbar, dass du mir zu Hilfe gekommen bist.«

Bohem antwortete nicht. Die junge Frau hatte ihn etwas aufgebracht. Sie war ihm zunächst liebenswürdig erschienen, aber er begann sich zu fragen, ob sie nicht ein wenig eingebildet war…

»Na, wo willst du jetzt hin?«, fragte sie mit ihrer sanftesten Stimme.

»Ich weiß nicht«, gestand Bohem. »Weg von den Aishanern.«

»Warum kommst du nicht mit mir? Wir könnten einander gegenseitig helfen, und Helena von Quitenien weiß vielleicht einen Ausweg für dich.«

»Eine Herzogin sollte mir helfen? Du machst dich über mich lustig!«

»Ich habe dir doch gesagt, dass sie keine Herzogin wie alle anderen ist! Ich versichere es dir! Wenn es irgendjemanden in diesem Land gibt, der dir helfen kann, dann ist sie es!«

Bohem seufzte. Er kannte die Dame nicht, von der Viviane sprach, und Hohenstein war weit entfernt. Aber er wusste ohnehin nicht mehr, wo er hingehen sollte, und die junge Frau hatte, obwohl sie ihn ärgerte, etwas Besonderes an sich, das ihn anzog. Es lag an ihrer Stimme, ihren Bewegungen und vor allem an der Freiheit, die sie zu besitzen schien. Ein Troubadour! Das als Frau! Und noch dazu so jung!

»Viviane«, sagte er schließlich, »ich hätte gern angenommen, aber ich kann dich nicht begleiten...«

»Warum?«

»Weil... du mich aufhalten wirst. Die Männer, die mich verfolgen, sind sehr schnell, und sie sind mir auf den Fersen. Ich muss so schnell wie möglich fliehen.«

»Ich habe es auch eilig, und ich gehe viel schneller, als du zu glauben scheinst. Ich habe nicht vor, auf diesen wenig begangenen Straßen lange zu säumen...«

»Ich will dich nicht in Gefahr bringen. Ich riskiere mein Leben. Ich will deines nicht auch noch riskieren.«

»Zu zweit wären wir weniger in Gefahr, Bohem. Und du brauchst mich sowieso. Sieh dich doch an! Du hast kein Gepäck und wahrscheinlich auch kein Geld. Wie willst du essen? Wie willst du das bezahlen, was du benötigst? Komm. Wandern wir gemeinsam weiter. Ich brauche dich, damit du mich beschützt, und du hast mir gerade bewiesen, dass du dazu in der Lage bist. Und du brauchst mich, weil du nichts mehr hast. Außerdem ist es weniger langweilig, zusammen zu reisen.«

»Die Langeweile ist es nicht, die mir Angst macht, Viviane.«

Die junge Frau seufzte. »Also gut«, sagte sie. »Ich bestehe nicht darauf. Dann leb wohl!«

Sie hob den Beutel auf ihren Rücken. Bohem half ihr verlegen. Er hatte den Eindruck, dass er sich nicht sehr höflich verhielt. Aber hatte er eine Wahl? Er hätte natürlich gern mehr Zeit mit ihr verbracht, aber er wollte nicht mehr für diejenigen, die seinen Weg kreuzten, zur Gefahr werden. Die letzten Personen, deren Hilfe er in Anspruch genommen hatte, waren heute sicherlich durch seine Schuld ums Leben gekommen…

»Danke noch einmal«, sagte sie und drückte ihm die Hand. »Ich gehe nach Norden. Heute Abend möchte ich Sarlac erreichen, also darf ich keine Zeit verlieren. Wenn du deine Meinung noch änderst, kannst du dich mir dort oben immer noch anschließen.«

Bohem nickte. Dann sah er sie mit Bedauern davongehen.

Die Sonne würde bald im Zenit stehen. Es war schon Mittag, und er hatte noch immer nicht gegessen. Sein Magen begann zu knurren. Er verzog das Gesicht und sah die Sonne an, danach den Weg, bevor er noch eine Grimasse schnitt.

Dann fragte er sich, ob er das Richtige getan hatte. Warum verhielt er sich so abweisend?

Viviane hatte ihm gesagt, dass sie ihn begleiten wollte. Dass sie bereit war, sich zu beeilen, um ihn auf seiner Flucht nicht zu behindern. Was verlangte er mehr?

Ihre Stimme fehlte ihm schon. Ihr Blick auch. Er konnte sich nicht vorstellen, sie niemals wiederzusehen. *Solch ein Mädchen trifft man kein zweites Mal auf den Straßen von Tolosa*, dachte er. Was war er nur für ein Dummkopf!

Er begann, hinter der jungen Frau herzurennen, und ließ den besinnungslosen Körper des Räubers hinter sich zurück. »Viviane!«, rief er. »Warte auf mich! Ich komme mit!«

Pieter der Ehrwürdige ließ Savinian zu sich rufen, den jungen Mönch, der ihm seit seiner Abreise aus Cerly behilflich war. Der alte Abt saß in einem Sessel in den Gemächern, in denen ihn der König im Herzen der Stadt beherbergte, und dachte nach, während er ein Glas Orlian-Wein trank. Die Regel des heiligen Benedikt untersagte den Genuss von Alkohol nicht, unter der Bedingung, dass man ihm maßvoll zusprach. Damit konnte Pieter hervorragend leben. Der Wein der Gegend, der meist aus Cabernet-Franc-Trauben gekeltert wurde, war gerbsäurehaltig, stark und würzig. Dieser hier, den der Kellermeister des Königs ihm hatte bringen lassen, hatte einige Jahre im Keller verbracht und dadurch ein wenig an Volumen gewonnen. Pieter fand ihn ganz anständig, obwohl er die Weine aus dem Süden Gallicas viel lieber mochte, da sie schwerer waren und mehr Fülle hatten. Und in seinem Alter misstraute er den Ausdünstungen dieses boshaften Roten!

Der alte Abt nahm einen neuen Schluck Wein und seufzte tief. Savinian brauchte aber lange! Er hatte jetzt keine Lust, zu warten. Nach der Beratung, zu der der König eingeladen hatte, war er noch immer verärgert. Livains neue Sorgen erschienen ihm sehr heidnisch!

Aber das war es nicht, was ihn am meisten störte. Nein! Was Pieter wirklich beunruhigte, war der Platz, den Camilla von Kastel am Hof einzunehmen begann. Die Königin schien vorzuhaben, eine herausragende politische Rolle zu spielen, und das genau in dem Augenblick, in dem Pieter geglaubt hatte, freie Bahn zu haben! Sein Leben lang hatte er im Schatten Muths von Clartal gestanden, und nun, da dieser tot war, raubte ihm die Königin, die er selbst für Livain ausgesucht hatte, den Platz, der auf ihn wartete!

Er war deshalb außer sich. Es war für ihn unerträglich, dass er in seinem Alter noch von einer achtzehnjährigen Frau bedroht werden konnte! Er musste eine Lösung finden.

Zunächst musste er den König davon abhalten, den seltsamen jungen Mann in die Hand zu bekommen. Denn darin, dachte Pieter, lag eine wirkliche Gefahr. Dieser Bohem war sicher ein Ketzer, und wenn man ihn an den Hof rief, würde das der Sache der infamen Abweichler dienen! Gallica hatte keine zusätzlichen Schwierigkeiten nötig. Es fehlte gerade noch, dass der König dieser neuen Kirche, die sich im Süden der Grafschaft Tolosa so rasch ausbreitete, Glaubwürdigkeit verlieh! Nein. Das musste er verhindern. Und er hatte schon eine Idee, wie er würde vorgehen können.

Danach musste er sich mit Camilla befassen und durfte nicht zulassen, dass sie den Platz einnahm, den er selbst nach so vielen Jahren der Begehrlichkeit zu erringen hoffte – den zur Rechten Livains VII. Das konnte sich als schwierig erweisen. Es gab sicher Mittel, der jungen Frau Einhalt zu gebieten und sie zu diskreditieren, aber man musste sich in Acht nehmen, denn sie war gerissen. Aber er, der Abt von Cerly, hatte mehr Erfahrung und verfügte über ein Netzwerk in diesem Land, das sie, die gerade aus dem Königreich Kastel eingetroffen war, noch nicht geknüpft haben konnte. Er hatte eine Hoffnung ...

Plötzlich klopfte es dreimal an der Tür.

»Herein!«, befahl der alte Mann.

Savinian erschien am anderen Ende des Zimmers.

»Also doch noch!«, beschwerte sich der Abt. »Ich habe Euch viel früher erwartet!«

»Es tut mir sehr leid, Herr Abt! Die Gassen von Orlian sind ein Labyrinth, in dem ich mich ganz und gar nicht auskenne ... Ich habe mich ein bisschen verlaufen.«

»Schon gut, schon gut ... Nehmt Platz.«

Der junge Mönch setzte sich dem Abt gegenüber.

»Hört mir gut zu, Savinian. Ich will, dass Ihr etwas für mich tut.«

»Ja, Herr?«

»Ich will, dass Ihr nach Lutesia geht, den päpstlichen Legaten aufsucht und ihn wissen lasst, dass ich mich dringend mit ihm unterhalten möchte.«

»Dass ich nach Lutesia gehe? Aber wann?«

»Noch heute, Savinian, noch heute. Ich weiß nicht, wie lange der König uns hier noch zurückhalten wird. Sagt dem Legaten, dass ich ihn heimlich treffen muss.«

»Heimlich? Hier?«

»Ja. Er soll mir so schnell wie möglich in die Umgebung von Orlian entgegenreisen. Verstanden?«

Der Mönch nickte, aber er war ratlos. Er war es nicht gewohnt, in geheimer Mission für den Abt von Cerly unterwegs zu sein, und die Vorstellung gefiel ihm überhaupt nicht, besonders da das Risiko bestand, dass der Legat das Ansinnen übel aufnehmen würde. Aber er hatte kaum eine Wahl. Er wollte sich bei Pieter dem Ehrwürdigen beliebt machen, denn er wusste, dass der Abt über alle Macht innerhalb Cerlys verfügte.

»Ich stehe Euch zu Diensten, Herr Abt.«

»Gut. Es ist sehr wichtig, versteht Ihr? Ich zähle auf Euch!«

»Das könnt Ihr«, antwortete Savinian, als wolle er sich selbst überzeugen.

»Dann verliert keine weitere Zeit. Brecht noch zur Stunde auf.«

Der junge Mönch erhob sich und verließ das Zimmer ein wenig verwirrt.

Pieter der Ehrwürdige trank das Glas Wein aus, das er noch immer in der Hand hielt.

Er verzog das Gesicht. Als er aus Toledo zurückgekehrt war, nachdem er den Auftrag des Königs ausgeführt hatte, hatte er angenommen, nun das Schwierigste hinter sich gebracht zu haben. Aber nun würde sicher alles viel komplizierter werden, als er vorhergesehen hatte ...

Viviane hatte nicht gelogen. Sie war in der Lage, schnell zu reisen. Sie hatte Verständnis für die Angst und Verzweiflung Bohems und wusste, dass sie nicht trödeln durften. Darüber hinaus hatte sie es eilig, nach Hohenstein zu gelangen, und sei es auch nur, um Bohem zu beweisen, dass sie gut daran getan hatte, ihn zu überzeugen, mit ihr zu kommen, und dass Helena von Quitenien ihm sicher helfen konnte. Doch noch war der Hof der Herzogin weit entfernt. Viviane wusste, dass die Reise lang und beschwerlich sein würde.

Bohem seinerseits versuchte aus Stolz, sich seine Übermüdung nicht anmerken zu lassen. Er war erschöpft. Die Aishaner hatten die Gesellenherberge mitten in der Nacht angegriffen, und seitdem war er auf der Flucht. Die Beine taten ihm weh, auch der Rücken und der Nacken. Seine Schulter ließ ihn nach dem Schlag, den ihm der Räuber versetzt hatte, scheußlich leiden, aber er lehnte es ab, zu jammern. Er sah ja, wie Viviane sich anstrengte, schnell zu gehen, und hatte ihr sogar angeboten, ihren Beutel zu tragen.

Regelmäßig sah er hinter sich, um festzustellen, ob sie verfolgt wurden und ob man in der Ferne schon die dunklen Umrisse der Aishaner erkennen konnte. Er wusste, dass sie früher oder später da sein würden. Zu Pferde kamen sie bestimmt schneller voran als Viviane und er. Aber er bemühte sich, nicht zu viel daran zu denken.

Sie erhielten ihre schnelle Reisegeschwindigkeit den ganzen

Tag über aufrecht und wechselten wenige Worte miteinander. Sie tauschten nur gelegentlich ein Lächeln, dankbare Blicke oder etwas gegenseitiges Mitleid angesichts ihrer Müdigkeit aus.

Gegen Ende des Tages machten sie eine kurze Pause. Bohem konnte sich nicht davon abhalten, die junge Frau zu betrachten. Er fand sie immer schöner – und immer rätselhafter. So etwas hatte er nie einem Mädchen aus Passhausen gegenüber empfunden.

»Wie hast du herausgefunden, dass du Troubadour werden willst?«, fragte er sie, als sie gerade aufstehen wollte, um wieder aufzubrechen.

Viviane hob die Augenbrauen. »Was willst du damit sagen?«

»Was hat dir darauf Lust gemacht? Ich weiß immer noch nicht, was ich machen will, aber du...«

»Die Dichtkunst«, unterbrach sie ihn. »Die Poesie!«

»Was heißt das?«

»Wie jetzt? Du weißt doch wohl, was ein Gedicht ist?«

»Trotzdem!«, antwortete Bohem und hob den Blick zum Himmel. »Da gleich Troubadour werden zu wollen...«

Viviane lächelte. Sie war es wohl gewohnt, von solchen Blicken getroffen zu werden und Verwirrung in den Augen der Leute stehen zu sehen. Denn sie wussten nichts. Sie verstanden nicht.

»Willst du das wirklich wissen?«

»Ja«, erwiderte Bohem, »natürlich!«

Die junge Frau schloss die Augen. Sie beugte sich vor und flüsterte Bohem dann mit ihrer süßesten Stimme ein Gedicht ins Ohr.

»Ich muss nun singen mit ergriff'nem Sinn,
und brächte auch die Liebe nichts mir ein...
Das bringt mir weder Schaden noch Gewinn
und scheint mir weder gut noch schlecht zu sein:
Denn singe ich, ist das Vergnügen mein,
auch ohne Liebe, da gewohnt ich's bin.
Und dennoch reißt die Liebe allgemein
zu Narreteien auch den Weisen hin.«

Der junge Mann staunte mit offenem Mund. Er war verstört. Das Gedicht war wunderschön und Vivianes Stimme so feinfühlig... Sie rezitierte sehr gut. Er schluckte, hob den Blick zu der jungen, blonden Frau und spürte, wie ihm die Röte in die Wangen stieg.

Viviane begann zu lachen. »Na komm, mein Freund! Verlieren wir keine Zeit!«

Sie wanderten weiter. Bohem bekam bis zum Abend den Mund nicht mehr auf. Er fühlte sich wie ein Narr... Wie konnte eine derart feinsinnige junge Frau sich darauf einlassen, mit ihm zu reisen, der er nur der Sohn eines Wolfsjägers war? Wie lange würde sie bereit sein, in seiner Gesellschaft weiterzuwandern? Sie verdiente einen besseren Reisegefährten... Und dennoch hoffte er, dass sie ihn nie mehr verlassen würde.

Am Abend schließlich, als die Sonne gerade hinter den Weinbergen verschwunden war, erreichten sie Sarlac.

Es war eine schöne goldene Stadt, die sich am Ufer eines kleinen Flusses aus einer dicht bewachsenen, abwechslungsreichen Landschaft erhob. Die hohen, schmalen Häuser aus Kalkstein waren mit Dachschindeln gedeckt und schienen einander längs der kleinen kreisförmigen Gassen gegenseitig zu stützen.

Sobald sie die Stadt betreten hatten, bekam Bohem das Gefühl, dass man sie beobachtete. Er fragte sich, ob die Furcht und Besorgnis, die er verspürte, ihm einen Streich spielten. Dennoch konnte er sich des Gedankens nicht erwehren, dass jemand sie ausspionierte. Er runzelte die Stirn und trat näher an Viviane heran.

»Weißt du, wohin wir gehen?«, fragte er leise.

»Ungefähr. Es gibt auf der anderen Seite der Stadt eine kleine Herberge, von der mein Vater mir oft erzählt hat. Sie ist nicht zu teuer. Sie ist unauffällig, und ich glaube, dass wir dort in Sicherheit sein werden.«

Bohem nickte. Er war ihr dankbar. Die junge Frau hatte seine Geschichte sehr ernst genommen und schien ihm um jeden Preis helfen zu wollen. Das war sicher ihre Art, ihm dafür zu danken, dass er sie gegen die Räuber verteidigt hatte. Aber sie musste sich bewusst sein, dass sie dadurch, dass sie ihm half, ihr eigenes Leben in Gefahr brachte, und Bohem war sehr gerührt.

Je tiefer sie in die kleinen Gassen der Stadt vordrangen, desto häufiger schien es Bohem, dass bestimmte Leute sich nach ihnen umdrehten, wenn sie vorbeigingen, und dass die Krämer, die ihre Läden verschlossen, sie angafften. War Vivianes große Schönheit der Grund dafür?

Nein. Die Sorte Blick war es nicht... Sehr schnell sah Bohem instinktiv nach unten. Irgendetwas war nicht in Ordnung, da war er sich sicher. Er fragte sich, ob Viviane es auch bemerkte. Sie ging jedenfalls schnell.

Sie kamen bald in der Stadtmitte an, wo trotz der späten Stunde noch viel Betrieb herrschte. Bohem fühlte sich immer unbehaglicher. Sie kamen am Turm des heiligen Muth vorbei, der sich oberhalb der Einfriedung des Klosters erhob und in einen eleganten Steinkegel auslief. Dann gingen sie um die Abtei des heiligen Sacerdos mit ihren geheimnisvollen Statuen herum. Obwohl er noch immer bemüht war, nicht aufzufallen, konnte Bohem sich nicht abhalten, den Blick zu den großartigen Gebäuden zu heben, die die gewundenen Gassen von Sarlac säumten. Jede neue Straße war ein weiterer Quell des Staunens – aber auch der Unruhe.

In der Biegung eines Gässchens packte Viviane Bohem plötzlich am Arm und zerrte ihn unter den Vorbau eines kleinen Hauses. »Bohem! Verstecken wir uns!«

Sie presste sich gegen die Wand und zog den jungen Mann mit. Er tat es ihr nach.

»Was ist los?«, flüsterte er.

»Ich habe gerade an dieser Wand ein Schild gesehen! Darauf war ein Bild von dir, und dein Name stand darunter.«

»Bist du dir sicher?«, fragte der junge Mann erstaunt; da er selbst nicht lesen konnte, hätte er es nicht nachprüfen können. Doch es bestätigte den Eindruck, den er gewonnen hatte, seit sie die Stadt betreten hatten.

»Ja, ich bin mir sicher! Ich glaube kaum, dass es viele Jungen gibt, die Bohem heißen und hier in der Gegend gesucht werden – und das Porträt war dir ziemlich ähnlich!«

Bohem schnitt ein Gesicht. »Deshalb starren die Leute uns so an... Hast du das auch bemerkt?«

»Ja!«

Sie warf einen Blick auf die Gasse. Dann wandte sie sich mit ernster Miene dem jungen Mann zu. »Das Schild trägt unten das königliche Siegel, Bohem! Der König sucht dich!«

»Der König? Aber das ist nicht möglich! Die Männer, die mein Dorf angegriffen haben, waren keine Soldaten der königlichen Garde, Viviane! Das waren Aishaner! Barbaren!«

Die junge Frau zuckte die Achseln. »Vielleicht hat der König sie als Söldner angeworben...«

»Um mich zu finden? Mich? Aber das ist doch unmöglich!«

»Bohem... Ich weiß nicht, was du angestellt hast, aber anscheinend wirst du dringend gesucht! Wenn der König so weit geht, deinen Namen hier, jenseits der Grenze, aushängen zu lassen, will er dich unbedingt finden!«

»Viviane, ich versichere dir, dass ich das nicht verdient habe! Ehrlich, ich verstehe das nicht... Ich...«

Sie legte einen Finger auf die Lippen des jungen Mannes und bedeutete ihm zu schweigen. Jemand kam die Gasse entlang. Als die Schritte sich entfernt hatten, nahm Bohem die junge Frau bei der Schulter und sah ihr geradewegs in die Augen. Er musterte sie lange, seufzte dann und erzählte ihr auf einen Schlag seine ganze Geschichte. Von der Johannisnacht über den Angriff auf das Dorf und den Nebel bis hin zu den Träumen, die er hatte. Er hatte das starke Bedürfnis, sich jemandem anzuvertrauen. All das erschien ihm so ungerecht! Viviane hörte ihm mit weit aufgerissenen Augen zu, ohne ihn zu unterbrechen.

Als er fertig war, lehnte Bohem sich mit dem Rücken gegen die Mauer und schloss die Augen. »So!«, schloss er leise. »Jetzt weißt du alles. Glaubst du, dass man mich deshalb sucht, Viviane?«

Die junge Frau musterte ihn lange. »Ich weiß es nicht«, sagte sie schließlich. Sie warf noch einmal einen Blick auf die Gasse hinaus. Der Weg war frei.

»Ich weiß es nicht«, wiederholte sie. »Du musst wirklich mit mir nach Hohenstein kommen, Bohem. Ich bin sicher, dass Helena von Quitenien etwas für dich unternehmen kann.«

Bohem lehnte den Kopf gegen die Wand. Er hoffte, dass

die junge Frau recht hatte, und fragte sich, ob er ihr vertrauen konnte. Wie konnte sie sich so sicher sein? Der Schraubstock schloss sich um ihn, ohne dass er wusste, was man von ihm wollte. War sich die junge Frau wirklich bewusst, was mit ihm geschah? Musste er nicht selbst entscheiden, wohin er gehen sollte? Aber er wusste nicht, wohin.

Er wäre lieber Herr seines eigenen Schicksals gewesen, statt sein Wohl und Wehe einer jungen Frau anzuvertrauen, die er erst seit einigen Stunden kannte. Aber hatte er eine Wahl?

»Bohem!«, sagte Viviane und packte ihn an der Schulter. »Was machen wir denn nun?«

»Ich weiß es nicht«, antwortete der junge Mann. »Aber wir müssen auf jeden Fall von hier weg. Ich will nicht in dieser Stadt bleiben, das ist zu gefährlich. Du hast nichts zu befürchten. Wenn du die Nacht hier verbringen willst, verstehe ich das sehr gut. Du bist nicht verpflichtet, mich zu begleiten. Ich möchte dich nicht noch mehr in Gefahr bringen...«

»Ich komme mit dir, Bohem. Du wirst mich brauchen, um bis an den Hof Helenas von Quitenien zu gelangen.«

Bohem nickte. Er zog den Kopf zwischen die Schultern, nahm Viviane beim Arm und zog sie rasch auf die Gasse hinaus.

Die Druiden hatten alte Ruinen im Norden der Grafschaft Tolosa in Besitz genommen. Es handelte sich um ein altes, vergessenes Gutshaus, das im Laufe der Zeit von Sand bedeckt und von Pflanzen überwuchert worden war. Der Wind fegte durch die geborstenen Mauern und ließ dann und wann das ganze Gebäude pfeifen. Ringsum gab es niemanden, kein Dorf, kein Haus. Sogar die Nebel wagten sich nicht auf diese verlassenen Ländereien vor.

Henon saß seit dem Morgen wartend auf einem alten Thron aus rissigem Stein in dem Raum, der einmal der schönste des alten Schlosses gewesen war. Er hatte den Kopf in seinen großen weißen Mantel gehüllt und kniff hinter seinem grauen Bart ungeduldig die Lippen zusammen.

Er hoffte, dass er sich nicht getäuscht hatte, sondern dass es richtig gewesen war, seine Brüder bis hierher zu führen. Die letzten Druiden von Gaelia... Es gab nur noch sie. Die übrigen waren entweder tot oder hatten den Orden verlassen, als das Ende des Saimans gekommen war... Das Ende von allem.

Lailoken musste einfach Erfolg haben. Der Seher war ihre letzte Hoffnung, und sie mussten alles unternehmen, um ihm zu helfen. Sie verloren jetzt schon gegen ihren Willen Zeit.

Warten... Immer noch. Aber er wollte nicht länger warten! Er hatte schon zwanzig Jahre lang gewartet und dabei zugesehen, wie die Welt sich gewandelt hatte und Leute dahingegangen waren. Wo war die bessere Welt, die diese verdammte Alea verkündet hatte? Bestand sie in der Wissenschaft? Den Kenntnissen? In all den Schulen und Universitäten, die überall im Land eröffnet wurden und die Menschen befreien sollten? Männer wie Frauen. War all das einen solchen Umsturz wert?

Wenn er es nur hätte aufhalten können... Aber jetzt war es zu spät, und nachträgliches Bedauern nützte nichts. Die Hoffnung war es, die zählte, der Glaube an Lailokens Werk... Und es war nicht einfältig, darauf zu setzen. Denn Lailoken war allein. Er würde nicht die Fehler machen, die die untereinander zerstrittenen Druiden begangen hatten. Er war auch viel mächtiger.

Auf einmal erblickte Henon einen Schatten am anderen Ende des Raums hinter den zerfallenen Säulen. Er hob die Augen. Das war er – derjenige, den er erwartete.

Es war Addham, der Sohn der roten Erde, der Herr der Aishaner. Runen wie die, die Henon im Innern der Armensul gesehen hatte, waren blutrot auf seinen Oberkörper und seine Arme gemalt. Am Gürtel trug er Felle und Leintücher, die ihm über die Beine fielen, eine Peitsche und eine große Axt.

Henon wusste, dass die Aishaner furchteinflößende Krieger waren. Sie verfügten gewiss nicht über die Beherrschung und Disziplin der Magistel, aber ihnen wohnte eine immer zum Ausbruch bereite Wut inne, die sie wohl ebenso gefährlich machte. Schon Addhams Gesicht war bedrohlich: Eckig und stolz wirkte es wie in Stein gemeißelt. Er trug den langen Schnurrbart der Männer seines Klans. Seine schmalen blauen Augen musterten Henon, ohne zu blinzeln.

»Sei gegrüßt, Addham«, sagte der Druide und nickte ihm zu.

Der Krieger durchquerte das große Zimmer und blieb vor dem alten Druiden stehen. Er verschränkte zum Zeichen des Respekts die Hände vor seinem Körper. Wie alle Aishaner war er stumm. In ihrer Jugend schnitt man denjenigen Männern des Klans, die Krieger werden sollten, zum Zeichen ihrer Ergebenheit an ihren Häuptling die Zunge heraus. Die Aishaner waren Tötungswerkzeuge, gehorsam, wirksam und still.

»Ihr habt den jungen Mann nicht gefunden«, sagte Henon. Es war keine Frage, eher ein Vorwurf. Doch der Druide besann sich. Er wusste, dass er achtgeben musste. Er durfte den Aishaner nicht wie einen einfachen Soldaten unter seinem Befehl behandeln. Addham gehorchte Lailoken und nur Lailoken allein. Man durfte nicht die geringste Feindseligkeit in ihm wecken.

»Wir wären dankbar für die Hilfe Eures Klans, Herr der Aishaner. Wir dienen demselben Herrn.«

Addham lächelte, als ob er die Gedankengänge des Druiden erriete.

»Lailoken hat uns aufgefordert, uns Eurer Suche anzuschließen. Unsere Magistel könnten Euch eine wertvolle Unterstützung sein.«

Der Aishaner nickte. Er kannte gewiss den Ruf der Krieger, die seit Anbeginn der Zeiten die Druiden begleiteten.

»Ich bin überzeugt, dass wir gemeinsam Erfolg haben werden«, fügte Henon hinzu. »Aber wir dürfen keine Zeit verlieren. Jetzt, da wir einander getroffen haben, müssen wir die Suche fortsetzen. Addham, Sohn der roten Erde, möge die Moira Euren Klan beschützen! Die Druiden sind an Eurer Seite! Sie werden immer für dieselbe Sache kämpfen wie Ihr. Sie werden immer demselben Feind gegenüberstehen. Das schwöre ich.«

Der Krieger neigte den Kopf und verschränkte noch einmal die Hände vor sich. Er richtete sich wieder auf, warf dem Druiden einen letzten Blick zu und vollführte dann eine halbe Drehung, um zu den Seinen zurückzukehren. Er ging schnell, und aus jedem seiner Schritte sprach die Kraft seines Körpers.

Henon erhob sich von dem Thron. Er griff nach seinem Druidenstab, der neben ihm lehnte. Die Treibjagd konnte beginnen. Sie rief alte Erinnerungen in ihm wach, Erinnerungen an eine vergangene Zeit, einen anderen Kampf... Aber dieses Mal musste er als Sieger daraus hervorgehen.

KAPITEL 5
MILIZEN

Als sie die Innenstadt gerade durchquert hatten, blieb Bohem plötzlich stehen und hielt Viviane am Arm zurück. Am Ende der Straße gingen zwei Soldaten in ihre Richtung. Auf ihren Waffenröcken trugen sie ein Wappen, das zu erkennen Bohem nicht schwer fiel: goldene Lilien auf nachtblauem Grund.

»Gardisten des Königs!«, flüsterte er.

Die beiden jungen Leute wechselten die Richtung. Hatten die Soldaten sie erspäht? Bohem war sich nicht sicher. Er beschleunigte seinen Schritt und hielt dabei Vivianes Ellenbogen gut fest, aber er wagte nicht zu laufen. Das wäre das beste Mittel gewesen, die Aufmerksamkeit der Gardisten auf sich zu ziehen.

»Haben sie uns gesehen?«, fragte die junge Frau aufgeregt.

»Ich weiß es nicht.«

Aber als sie an der Straßenecke ankamen, hörten sie hinter sich einen Schrei: »Nehmt sie fest!«

Bohem musste sich nicht umdrehen, um zu wissen, was

vorging. Ja, die Gardisten hatten ihn erkannt, daran konnte kein Zweifel bestehen. Er fluchte. Dann gab er Viviane ein Zeichen. Gleichzeitig begannen sie zu laufen. Sie bogen in die erste Gasse zu ihrer Linken ab, einen kleinen, engen, düsteren Gang, der nicht sehr vertrauenerweckend wirkte. Zumindest war aber niemand hier, jedenfalls im Augenblick nicht. Es war Nacht, und sie kannten die Stadt nicht. Die Wahrscheinlichkeit, dass sie entkommen konnten, war sehr gering. Bohem war sich dessen voll und ganz bewusst, aber er war den Aishanern nicht zweimal entschlüpft, um sich jetzt so leicht von der königlichen Garde festnehmen zu lassen.

Der junge Mann rannte schneller als Viviane, aber er ließ ihre Hand nicht los. Sie lief so schnell sie konnte, und es war ihr anzusehen, dass es ihr sehr leidtat, ihn so aufzuhalten. Bohem versuchte, ihr einen tröstenden Blick zuzuwerfen.

»Los!«, feuerte er sie an. »Da, eine andere Straße! Wenn wir schnell genug sind, werden sie uns nicht abbiegen sehen!«

Sie beschleunigte hinter ihm ihre Schritte, aber das war nicht genug. Sie kamen zu spät an. Hinter sich hörten sie das metallische Geräusch der Kettenhemden, bevor sie abbogen. Die beiden Soldaten hatten sie in die Gasse schlüpfen sehen.

»Stehenbleiben!«, brüllte einer von ihnen.

Bohem rannte noch schneller und zog Viviane am Arm hinter sich her. Die junge Frau bekam kaum Luft. Sie war erschöpft. Aber sie durften nicht aufgeben. Noch hatten sie eine Chance! Da! Ein Gässchen, links von ihnen! Sie hasteten hinein, dann in ein anderes, schließlich in einen Durchgang, der unter den alten Häusern hindurchführte. Ihre Schritte hallten zwischen den hohen Wohngebäuden wider. Sie schlängelten sich auf die andere Seite, in die Schatten, aber sie waren noch immer nicht schnell genug. Die Soldaten kamen näher.

Die Flüchtigen fanden sich plötzlich auf einer breiteren, hell erleuchteten Straße wieder. Die Leute machten ihnen erstaunt Platz. Eine Frau, die sie angerempelt hatten, rief ihnen Beleidigungen nach, doch sie hörten sie kaum, so sehr nahm sie das Laufen in Anspruch. Bohem warf einen raschen Blick nach beiden Seiten. Nach rechts. Ja. Dort schien es mehr Kreuzungen zu geben. Keine Zeit zu zögern! Er zog Viviane hinter sich her. »Komm!«

Die junge Frau wurde immer langsamer. Bohem spürte, dass er stärker an ihrer Hand ziehen musste, damit sie ihm weiter folgte. Es tat ihm sehr leid, sie in eine solche Lage gebracht zu haben. Aber sie mussten die Gardisten abhängen!

Die Fliehenden bogen abrupt in eine kleine Straße zu ihrer Rechten ab. Unglücklicherweise bemerkten sie zu spät, dass sie anstieg – sehr steil sogar. Bohem fluchte. Eine Treppe! Er warf einen Blick hinauf zu ihrem Ende. Sie führte zu einer anderen Straße, die auf einer höheren Ebene der Stadt verlief. Sie hatten keine Wahl: Sie mussten die Stufen hinaufsteigen. Das würde noch ermüdender sein, aber sie konnten nicht umkehren.

Bohem lief die Treppe hinauf und bedeutete Viviane, sich zu beeilen. Die junge Frau schüttelte den Kopf. Sie konnte nicht mehr.

»Viviane! Streng dich noch einmal an! Wenn wir oben sind, werden sie nicht sehen, in welche Richtung wir laufen! Das ist unsere letzte Chance! Komm!«

Sie nickte. Bohem kam nicht umhin, ihren Mut zu bewundern. Sie hatte doch nichts mit all dem hier zu tun!

Sie folgte ihm die Treppe hinauf und nahm zwei Stufen auf einmal. Als sie die Hälfte des Aufstiegs hinter sich gebracht hatten, sahen sie unten die Soldaten. Sie waren wirklich nicht mehr weit entfernt. Bohem drückte Vivianes Hand, um sie zu beruhigen – oder um sich selbst zu beruhigen. Er glaubte nicht mehr, dass sie es schaffen würden. Sie würden gefangen genommen werden. Und dann ... Er wollte nicht darüber nachdenken.

Sie erreichten endlich das obere Ende der Treppe und damit eine düstere, leere Straße. Bohem wandte den Kopf nach links und blieb stehen. Viviane runzelte die Stirn und folgte seinem Blick. Da verstand sie.

Ein junger Mann mit kahl geschorenem Schädel winkte ihnen von einer ins Pflaster eingelassenen Falltür aus zu, die sicher den Eingang zu einem direkt in den Boden gegrabenen Keller bildete.

»Kommt!«, zischte er.

Bohem zögerte. Er war sich sicher, den jungen Mann schon mal gesehen zu haben, gerade eben, in der Stadt. Ihre Blicke hatten sich gekreuzt.

Er wusste nicht, was er tun sollte. Das war vielleicht eine Falle – vielleicht aber auch ihre einzige Möglichkeit, zu entkommen. Er sah Viviane an und warf ihr einen fragenden Blick zu. Sie zuckte mit den Schultern. In ihren haselnussbraunen Augen standen Tränen, und sie hielt sich den Bauch vor Schmerz.

Bohem hörte das Getrappel der Soldaten, die gleich am oberen Ende der Treppe ankommen würden. Er packte Viviane wieder an der Hand und zog sie zu der Falltür.

»Pieter, es ist nicht meine Gewohnheit, mich zu heimlichen Treffen zu begeben. Wenn ich dennoch gekommen bin, so nur, weil ich viel Hochachtung vor Eurem Werk und Eurer Stellung habe, mein lieber Abt, aber Ihr sollt wissen, dass ich die Art und Weise dieser Verabredung überhaupt nicht zu schätzen weiß. Ihr könnt mich nicht einfach so insgeheim auf dem Umweg über Euren Lakaien herbeizitieren!«

Der päpstliche Legat hatte den Abt von Cerly in einer kleinen Kirche am Rande von Orlian aufgesucht. Pieter der Ehrwürdige hatte die Krypta mit Beschlag belegt, um sicher zu sein, in Ruhe reden zu können.

Trotz allem hat er sicher schon in der Vergangenheit an vielen heimlichen Treffen teilgenommen. Zur Zeit unseres dahingeschiedenen Papstes wollten die Ränke ja kein Ende nehmen! Will er mir vielleicht zu verstehen geben, dass der neue Papst weniger intrigant ist? Nein. Das glaube ich keinen Augenblick lang.

»Ich hätte es mir nicht herausgenommen, Euch eigens kommen zu lassen und dieses Treffen im Geheimen abzuhalten, wenn ich keinen guten Grund dafür hätte, Eure Exzellenz.«

»Das hoffe ich, Pieter, das hoffe ich.«

»Ich habe Euch etwas mitzuteilen, wovon Ihr, wie ich denke, Seine Heiligkeit Papst Nikolaus IV. in Kenntnis setzen werden wollt.«

»Scherzt Ihr?«, erregte sich der Legat. »Er war erst vor wenigen Tagen hier! Hättet Ihr seine Gegenwart nicht nutzen können, um ihm selbst Eure wichtige Nachricht mitzuteilen? Wenn ich mich nicht irre, dann hat sich der Papst doch durch Eure Vermittlung bereit erklärt, hierherzukommen, um die Ehe Livains VII. zu schließen...«

»Eure Exzellenz, das, was ich Euch zu sagen habe, habe ich erst nach der Abreise Seiner Heiligkeit erfahren.«

Der Legat runzelte die Stirn. »Das ist ärgerlich. Nun gut. Aber macht schnell. Ich will nicht die Nacht in Orlian verbringen. Man erwartet mich in der Hauptstadt.«

Das wird nicht einfach werden. Er wirkt nicht so, als ob er mich besonders schätzte. Aber er ist gekommen. Er weiß sicher, dass ich nun, da Muth von Clartal tot ist, derjenige Kirchenmann bin, dem sich Livain am nächsten fühlt...

»Unser guter König Livain VII. ist dabei, etwas zu tun, worüber der Papst meiner Ansicht nach unterrichtet werden sollte.«

»Nun macht nicht länger ein Geheimnis daraus, sondern sagt mir endlich, worum es geht!«

»Habt Ihr von dem jungen Mann namens Bohem gehört?«

Der Legat seufzte. Er war ungeduldig. »Nein.«

»Vor vier oder fünf Jahren hat der Bischof von Nabomar in Erwägung gezogen, diesen jungen Mann zu exkommunizieren.«

»Weshalb?«

»Wegen Häresie. Er hatte sich in die Flammen eines Scheiterhaufens der Johannisnacht geworfen, um das Leben eines Nebels zu retten, den der Priester seines Dorfs hatte opfern wollen.«

»Die Gegend um Nabomar quillt vor Ketzern nur so über... Was ist daran so neu, dass es den Papst interessieren könnte?«

Sein Mangel an Geduld beginnt mich aufzuregen. Er darf sich nicht zu einem Mangel an Respekt auswachsen. Er mag ja der Legat des Papstes sein, aber ich bin der Abt von Cerly und unterstehe nicht seiner Autorität, sondern ausschließlich der des Papstes. Ich muss ihm seine Grenzen aufzeigen.

»Eure Exzellenz, lasst mich ausreden! Geduld ist eine Tugend, die Männer unseres Rangs meiner Meinung nach besitzen sollten. Wenn Ihr nicht hören wollt, was ich zu sagen habe, seid Ihr umsonst hierhergekommen. Ich glaube, dass diese Angelegenheit den Papst interessieren wird, und wenn es sein muss und Ihr Euch weigert, mich anzuhören, werde ich persönlich mit ihm sprechen.«

Der Legat wirkte entsetzt, aber er antwortete nicht.

Ich glaube, er hat verstanden, was ich ihm sagen wollte. Jetzt wird er mir zuhören. Aber bevor ich den Rest erzähle, muss ich ihn beruhigen. Ich werde ihn schließlich noch brauchen.

»Wenn ich mich an Euch gewandt habe«, fuhr der Abt fort, »dann aus dem Grund, dass ich Euch achte und es nicht für richtig hielt, Euch zu übergehen. Wollt Ihr mich nun anhören?«

»Ich höre, Abt«, sagte der Legat mit viel ruhigerer Stimme.

»Gut. Ich sagte schon, dass dieser junge Mann nahe daran war, exkommuniziert zu werden, nachdem er sich in seinem Dorf wie ein Ketzer aufgeführt hatte. Schließlich hat der Bischof aber den Bitten des Vaters dieses jungen Mannes nachgegeben, der einer der bekanntesten Wolfsjäger der Grafschaft Tolosa ist, und beschlossen, die Exkommunikation nicht durchzuführen.«

»Ihr wollt, dass der Papst diese Entscheidung rückgängig macht?«

»Nein. Ihr täuscht Euch. Denn das ist noch nicht alles. Heute macht nämlich dieser junge Ketzer wieder von sich reden. Alle Einwohner seines Dorfes wurden von einer Horde Aishaner massakriert. Der junge Mann ist nicht gefunden worden.«

»Worauf wollt Ihr hinaus?«

»Livain VII. ist von diesem jungen Mann besessen und will ihn an seinen Hof holen. Camilla von Kastel ist es gelungen, dem König einzureden, dass die angeblichen Kräfte dieses Jungen seine königliche Macht stärken könnten, irgendein Irrglaube dieser Art... Könnt Ihr Euch das vorstellen, Exzellenz? Ein Ketzer an Livains Seite?«

»Das ist absurd! Livain wird schnell erkennen, dass dieser junge Mann entweder ein Scharlatan oder ein Ketzer ist, und wird sich seiner entledigen...«

»Dessen bin ich mir nicht so sicher. Livain ist von dieser Geschichte völlig gefangen genommen, seine Gemahlin noch viel mehr ... Eure Exzellenz, ich glaube, dass wir etwas unternehmen müssen, um das zu verhindern.«

»Kommt Ihr nicht alleine zurecht? Es tut mir ja sehr leid, lieber Abt, aber nichts an der Sache rechtfertigt, dass ich Seine Heiligkeit damit belästige ...«

»Ich finde allein keinen Ausweg. Ich kann mich nicht allein gegen Livains Willen stellen.«

»Dann lasst ihn machen. Dieser junge Mann kommt mir nicht besonders wichtig vor.«

Jetzt ist der Zeitpunkt gekommen, ihn zu überzeugen, mein letztes Argument auszuspielen. Er ist reif. Danach wird er nicht länger ablehnen können.

»Im Gegenteil, ich glaube, dass er es ist. Ich habe Euch noch nicht alles über ihn gesagt, Eure Exzellenz.«

»Und das heißt?«

»Nachdem ich einige Nachforschungen angestellt hatte, habe ich etwas Unglaubliches über diesen jungen Mann herausgefunden, etwas, das Eure Meinung ändern sollte und das – da bin ich mir sicher – den Papst im höchsten Maße interessieren wird.«

»Ich höre ...«

Der junge Mann zog die Falltür über ihren Köpfen zu und bedeutete ihnen im Halbdunkel, keinen Lärm zu machen. Bohem schloss die Augen und biss die Zähne zusammen. Sie waren im letzten Augenblick in dieses Versteck gesprungen und damit ein großes Risiko eingegangen. Hatten die Soldaten sie dabei gesehen? Es war im Moment unmöglich, das festzustellen. Bohems Herz klopfte zum Zerspringen. Schweißtropfen liefen ihm über die Stirn und den Nacken hinab. Es fiel ihm schwer, wieder Luft zu bekommen. Er öffnete die Augen und sah Viviane neben sich an. Ihr Gesicht wurde kaum von einem schwachen Lichtstrahl erhellt, der durch einen Spalt in der Falltür drang. Die junge Frau war noch mehr außer Atem als er. Sie presste sich die Hände auf den Mund, um keinen Laut von sich zu geben.

Plötzlich hörten sie die Schritte der Soldaten näher kommen. Sie liefen. Zu ihnen hin. Zur Falltür. Bohem erkannte das Geräusch ihrer Kettenhemden und ihrer Schwerter unschwer wieder. Sie waren nur noch einige Schritte entfernt, und sie blieben nicht stehen. Sie mussten sie gesehen haben. Sie würden die Falltür aufreißen. Ihre Schuhe trafen laut auf die Holzbohlen. Bohem schloss erneut die Augen und spürte, wie sein Herz aussetzte. Aber das Geräusch der Schritte entfernte sich so rasch, wie es gekommen war. Die Soldaten waren über sie hinweggelaufen. Sie hatten die Falltür überquert, ohne stehen zu bleiben.

Bohem stieß einen Seufzer der Erleichterung aus.

Der junge Mann, der sie gerettet hatte, zündete hinter ihnen zwei Kerzen in einem Leuchter an. Ein sanftes Licht erfüllte nun den Raum, in den sie sich geflüchtet hatten. Es war ein kleines, steinernes Gewölbe, sehr feucht und kaum höher, als sie groß waren. Bohem entdeckte eine Tür in der Wand vor ihm. Er sah den jungen Mann an und lächelte. Der Junge musste etwa in ihrem Alter sein. Mit seinem völlig kahl geschorenen Schädel und seinen leuchtenden Augen wirkte er recht untersetzt und nicht besonders groß. Seine rundlichen Wangen wiesen zwei Grübchen auf. Im Ohr trug er einen Goldring, an dem ein kleiner Amboss baumelte. An seinem Gürtel hing ein schöner Dolch. Bohem nickte. Ein Wandergeselle, sicher einer, der das Schmiedehandwerk erlernte.

Er streckte ihm die Hand hin.

»Danke. Wie heißt du?«, fragte Bohem mit dankbarem Blick.
»Meine Brüder nennen mich Fidelis La Rochelle. Und du?«
»Bohem. Der Wolfsjäger. Und das hier ist Viviane.«

Der junge Mann ließ Bohems Hand los. »Du bist gar kein Wandergeselle?«, fragte er mit gerunzelter Stirn. »Warum trägst du dann diesen Anhänger?«

»Ich bin gemeinsam mit Steinmetzen gereist«, erklärte Bohem ein wenig verlegen, »und ich bin in mehreren Gesellenherbergen aufgenommen worden. Eine Mutter hat ihn mir geschenkt und mich angewiesen, ihn niemals abzunehmen.«

Der Geselle nickte. Offenbar genügte ihm das.

»Ich habe euch vorhin gesehen, als ihr nach Sarlac gekommen seid, und ich hatte den Eindruck, dein Gesicht zu erkennen. Der Ohrring, deine Augen, die Narbe über den Augenbrauen... Überall in der Stadt hängen Steckbriefe. Ihr seid nicht besonders unauffällig!«

»Ich wusste nicht, dass man mich sucht«, erklärte Bohem. »Jedenfalls nicht, dass der König es tut.«

»Als ich euch die Treppe habe herauflaufen sehen, habe ich mir gesagt, dass ihr Hilfe brauchen würdet. Ihr hattet Glück, dass ich hier war.«

»Ja. Viel Glück. Danke noch einmal! Wo genau sind wir?«

»In einem Keller. Früher haben die Händler von Sarlac ihre Waren in solchen Gewölben gelagert. Es gibt ein ganzes Netz unterirdischer Gänge, das die wichtigsten Keller der Stadt verbindet.«

»Sehr gut! Wir sollten also fliehen können.«

»Vielleicht... Aber das wird nicht so einfach sein. Die Gänge sind schon lange nicht mehr in Gebrauch, einige sind eingestürzt, und es ist sehr gefährlich in ihnen geworden...«

»Wir werden schon zurechtkommen! Abgesehen davon gibt

es kaum eine andere Lösung. Wir müssen die Stadt verlassen, ohne von den Soldaten gesehen zu werden. Vielen Dank für deine Hilfe, Fidelis!«

»Wie jetzt?«, fragte der Geselle erstaunt. »Ihr glaubt doch nicht wirklich, dass ihr alleine hier herauskommt! Ihr werdet euch verlaufen und wisst doch noch nicht einmal, in welche Richtung ihr müsst! Nein, ich glaube, es ist besser, wenn ich euch begleite.«

»Nein, nein«, gab Bohem zurück, »das ist zu gefährlich!«

»Es wird weniger gefährlich sein, wenn ich bei euch bin!«

»Wir wollen dich nicht in Schwierigkeiten bringen. Du musst dich nicht verpflichtet fühlen ...«

»Wenn du diesen Ohrring trägst, dann hat jemand geglaubt, dass du es verdienst, dass ich dich wie einen Bruder behandle. Also begleite ich dich. Keine unnützen Diskussionen!«

»Einverstanden«, sagte Bohem gerührt.

Er kam nicht umhin, an Trinitas und Walter zu denken. Letztendlich hatte er es ihnen zu verdanken, dass er diesen Ohrring heute trug. Sicher waren sie nun seinetwegen tot ... Er schluckte und versuchte, diesen Gedanken aus seinem Kopf zu verscheuchen.

»Danke«, sagte er noch einmal.

»Du kannst mir danken, wenn wir hier heil und gesund herausgekommen sind. Gut. In welche Richtung müsst ihr?«

»Nach Norden.«

Der junge Schmied nickte. Er nahm den Kerzenleuchter und ging auf die Tür am Ende des Raums zu.

Bohem sah Viviane an. Sie hatte sich noch nicht erholt. Sie atmete mühsam und wirkte sehr beunruhigt. Die junge Frau war es sicher nicht gewohnt, von Soldaten des Königs gejagt zu werden. Bohem allerdings auch nicht.

»Wie geht es dir?«, fragte er sanft und nahm ihre Hand.

Sie bedeutete ihm zwar, dass es ihr gut ginge, aber sie schien selbst nicht ganz daran zu glauben.

»Viviane«, setzte Bohem hinzu, »sie suchen nicht dich. Du hast dir nichts vorzuwerfen. Nichts verpflichtet dich, mit mir zu kommen. Du hast schon sehr viel für mich getan. Setz deinen Weg ruhig fort und…«

»Nein, nein!«, wehrte sie ab. »Fang nicht schon wieder davon an! Ich habe dir doch gesagt, dass ich mit dir kommen will!«

Bohem lächelte. Er fand, dass er viel Glück hatte. Erst Trinitas und Walter, dann Viviane und nun dieser Fidelis La Rochelle. So viele Leute waren blind bereit, ihm zu helfen! Das war sehr tröstlich, aber zugleich beunruhigend. Er hatte sich noch nie in solch einer Lage befunden…

»Also?«, unterbrach sie La Rochelle, der eben die kleine Tür geöffnet hatte. »Beeilt euch, ihr Turteltäubchen! Es ist spät! Wir sind noch lange nicht aus diesen Gängen heraus, das könnt ihr mir glauben!«

Bohem wandte sich ein wenig verärgert um. *Turteltäubchen!*

Aber der Wandergeselle hatte recht. Sie durften keine Zeit verlieren. Bohem hatte schon viel Glück gehabt, dass Fidelis überhaupt bereit war, ihnen so zu helfen. Also brachen sie ohne weitere Verzögerung auf.

»Ich wollte Euch noch einmal sehen, Pieter, da Eure Reaktion während unseres letzten Treffens mich ein wenig erstaunt hat«, sagte der König und sah starr geradeaus.

Die beiden Männer gingen langsam in den Gärten der Festung spazieren, genossen die Farben, in die der Sommer Bäume und Blumen tauchte, und ließen sich vom himmlischen Gesang der Vögel leiten. Im Schatten einer langen, dichten Hecke litten sie weniger unter der unerträglichen Hitze als im Innern des Gebäudes.

»Was wollt Ihr damit sagen, Majestät?« Pieter heuchelte Erstaunen.

Aber er wusste ganz genau, worüber der König sprechen wollte.

»Ich habe den Eindruck, dass es Euch stört, dass ich diesen jungen Mann finden möchte.«

Er hat also bemerkt, dass mir die Sache wichtig ist. Er ist noch aufmerksamer, als ich dachte. Aber er kann nicht wissen, weshalb. Er muss sich fragen, ob ich etwas zu verbergen habe. Ich weiß nicht, ob er sich bewusst ist, was seine neue Gemahlin vorhat.

»Majestät, keine Eurer Entscheidungen stört mich! Ich möchte Euch nur so gut beraten, wie ich kann, und ich habe den Eindruck, dass diese Angelegenheit nicht sonderlich dringend ist...«

»Es steht mir zu, darüber zu befinden, Pieter.«

»Natürlich, Majestät.«

Jedenfalls kann ich es ihm nicht ausreden. Je mehr ich ihm über diesen Bohem sage, desto stärker wecke ich in ihm den Wunsch, ihn zu treffen. Ich muss ein Mittel finden, ihm etwas anderes zum Nachdenken zu geben. Er muss sich diese Besessenheit aus dem Kopf schlagen!

»Ihr habt mich gestern gebeten, darüber nachzudenken, was Eure Macht im Innern Eures Königreichs stärken könnte, Majestät...«

»Und? Habt Ihr darüber nachgedacht? Hat das etwas mit Eurem Zögern zu tun?«

»Sagen wir es so: Ich glaube, dass Euch einfachere und zugleich rascher wirkende Mittel zur Verfügung stehen, Eure Autorität zu festigen.«

»Welche?«, fragte der König und blieb stehen, um dem Abt zu zeigen, dass er ihm aufmerksam zuhörte.

Ich muss seine Neugier wecken. Das ist das beste Mittel, ihn Bohem vergessen zu lassen.

»Ich glaube, ich bin auf etwas gekommen, das Eure Macht stärkt und Euch zugleich von gewissen Dingen befreit, die Euren Staat schon zu lange schädigen.«

»Ich höre«, sagte Livain ungeduldig.

»Ihr müsst einen Kampf ausfechten, dem das Volk zustimmend gegenübersteht und den Ihr sicher gewinnen werdet.«

»Und weiter?«

»Ihr wollt doch Eure Macht und Eure Stärke beweisen, nicht wahr?«

»Gewiss.«

»Dennoch wäre es gefährlich, einen Krieg gegen einen Eurer offenen Feinde anzuzetteln. Im Augenblick könnt Ihr Euch des Sieges nicht sicher sein.«

»Zweifelt also auch Ihr an meiner Schlagkraft?«, fragte Livain und heuchelte Empörung.

Er prüft mich. Er will sehen, wie weit meine Offenheit geht und ob ich ihm schmeicheln werde, nur um ihn zu überzeugen...

»Seien wir realistisch, Majestät. Euer Bündnis mit dem Königreich Kastel hat gerade erst begonnen und ist noch nicht besiegelt. Wenn Ihr heute Emmer Ginsterhaupt angreift, wisst Ihr so gut wie ich, dass Ihr nicht die Oberhand behalten werdet.«

»Vor kaum einigen Wochen habt Ihr mir noch das Gegenteil geschworen, als Ihr mir zugeredet habt, Camilla zu heiraten...«

»Nein, Majestät. Ich habe Euch gesagt, dass dieses Bündnis

ausreichen würde, Euch vor dem König von Brittia zu schützen, nicht, dass es Euch ein Mittel an die Hand geben würde, einen Krieg gegen ihn zu gewinnen. Wir sollten politische Stärke nicht mit militärischer verwechseln ...«

Der König lächelte. »Ich mag es, wenn Ihr mir politische Lehrstunden erteilt, mein lieber Abt ...«

»Alles, was ich weiß, habe ich von Eurem Vater gelernt«, erwiderte Pieter schmunzelnd.

Der König von Gallica klopfte ihm mit verschwörerischer Miene auf die Schulter und ging weiter. »Was ratet Ihr mir also?«

»Ihr müsst gegen einen anderen Feind kämpfen«, erklärte der Abt von Cerly feierlich.

»Aber gegen wen?«

Na bitte. Ich glaube, dass ich seine Neugier entfacht habe. Er hört mir aufmerksam zu und vertraut mir noch immer. Er hat den Erfolg meiner letzten Ratschläge noch nicht vergessen. Camilla von Kastel hat mich noch nicht völlig beiseitegedrängt ...

»Gegen einen Feind, der Eure Macht im Innern bedroht«, fuhr Pieter geschickt fort.

»Aber wer denn nur?«

»Das Heidentum. Die Häresie.«

Der König blieb abermals stehen und runzelte die Stirn. Er wirkte enttäuscht. »Die Häresie? Ihr führt nichts als dieses Wort im Munde, mein armer Abt!«

»Hat Euch nicht Muth von Clartal selbst angetrieben, die Häresie in Eurem Königreich zu bekämpfen? Dieser Feind schädigt Eure Autorität mehr, als Ihr es zu erkennen scheint, Majestät!«

»Das hat Muth tatsächlich gesagt, aber ich glaube eher, dass die Ketzer doch vor allem Euch Kirchenmännern Schaden zufügen ...«

»Täuscht Euch nicht, Livain. In den Städten des Südens übernehmen die abweichlerischen Kirchen Stück für Stück auch die politische Macht. Die Ketzer haben immer stärkere Unabhängigkeitsbestrebungen.«

Der König nickte. Er wusste, dass Pieter teilweise recht hatte. Er war bereit, weiter zuzuhören.

»Dennoch ist das kein Feind, der sonderlich schwer zu besiegen ist«, fuhr der Abt fort. »Jedenfalls ist er leichter zu bezwingen als der König von Brittia. Das wäre ein Weg, Euren Untertanen zu zeigen, dass Ihr Herr im eigenen Haus seid.«

»Was möchtet Ihr, dass ich tue?«

»Ihr müsst an zwei Fronten zugleich angreifen, Majestät. Zunächst sind da die Häretiker selbst. Verlangt vom Grafen von Tolosa, hart gegen die Ketzer durchzugreifen! Er müsste Euch nun eigentlich gehorchen, da Ihr Eure Bereitschaft, Euch mit ihm zu versöhnen, gezeigt habt, indem Ihr ihm die Hand Eurer Schwester gewährt habt. Die ketzerischen Kirchen betätigen sich auf seinem Lehen. Er muss ein Exempel statuieren und die Häresie überall dort ausrotten, wo sie Wurzeln zu schlagen droht!«

»Das sollte möglich sein«, gab der König zu. »Und weiter?«

»Des Weiteren müsst Ihr gegen die letzten Spuren des Heidentums vorgehen. Majestät, die Gallicer sind noch nicht von ihrem alten Aberglauben befreit! Ihr müsst die Stärke Eures Glaubens beweisen, indem Ihr die letzten Überreste des alten Glaubens beseitigt!«

»Wie?«

»Lasst die Hexen, Zauberer und Alchemisten hinrichten. Lasst die hermetischen Werke verbrennen ... Ihr könnt zudem die Ausrottung der Nebel zu Ende bringen, Majestät. Sicher, es gibt jedes Jahr ein paar weniger von ihnen, und es scheint, als ob diese dämonischen Kreaturen sich nicht länger vermehren können ... Aber ihr Verschwinden nimmt noch zu viel Zeit in Anspruch.«

»Ist das so wichtig?«

»Ja, Majestät. Die Gegenwart der Nebel in Eurem Königreich ist eine Beleidigung für das Christentum. Ihr könnt die Gallicer beeindrucken, indem Ihr Eure Entschlossenheit demonstriert. Erhöht die Prämien der Wolfsjäger und lasst sie wissen, dass Ihr wollt, dass alle Nebel ein für alle Mal in Eurem Königreich ausgerottet werden.«

»Glaubt Ihr wirklich, dass das meine Autorität stärken würde?«

»Ich glaube, dass das zeigen würde, dass Ihr fähig seid, das, was Ihr Euch vorgenommen habt, auch zu Ende zu führen, und dass dies zugleich die Kraft Eures christlichen Glaubens beweisen würde. Die Gallicer stehen unter dem Eindruck Eures Misserfolgs im letzten Kreuzzug. Zeigt ihnen, dass Ihr imstande seid, einen Kampf im Namen Christi zu gewinnen – den Kampf gegen die Nebel, gegen diese Dämonen, die immer noch ungestraft die Lande Eures Königreichs durchstreifen!«

Der König nickte langsam. Der Gedanke schien ihm zu gefallen. Pieter hoffte zumindest, dass er ihn für eine Weile von seinen anderen Sorgen würde ablenken können, von Bohem, und dass er selbst die nötige Zeit haben würde, diese Angelegenheit schneller als der König zu regeln.

Der König sprach den ganzen Rest ihres Spaziergangs hindurch kein Wort. Er schien über alles nachzudenken, was der Abt ihm gesagt hatte. Pieter hoffte, dass dieses Schweigen ein günstiges Zeichen war. Er hatte sein Bestes gegeben. Nun war es an Gott, über die Zukunft zu entscheiden.

Als sie die kleine Tür passiert hatten, gelangten sie in einen dunklen Gang, den die zwei Kerzen in La Rochelles Leuchter kaum erhellten. Bohem ließ Viviane vorgehen, um selbst die Nachhut zu bilden. Er wollte sie nicht allein hinter sich lassen.

Sie trat mit einem dankbaren Lächeln an ihm vorbei. Als sie ihn passierte, sah Bohem, dass sie zitterte. Die Vorstellung, durch unterirdische Gänge zu müssen, schien ihr überhaupt nicht zu gefallen, aber sie beklagte sich nicht. Sie mussten vorankommen.

Ohne zu sprechen, tauchten sie in die Dunkelheit ein. Bohem berührte mit den Händen die Wände beiderseits des Gangs. Auf der rechten Seite befand sich eine Mauer aus bearbeitetem Stein, links war der Gang direkt in den Fels gehauen. Hier schien die Sonne niemals. Alles war feucht. Auf dem Boden standen sogar einige kleine Wasserlachen, und die Luft war von einem leichten Schimmelgeruch erfüllt.

»Hier entlang«, erklärte La Rochelle und drehte sich zu ihnen um. Die Kerzen erleuchteten nur sein Gesicht und malten Schatten auf seine Stirn und unter seine Augen. Mit seinem kahlen Schädel und seinem schelmischen Blick wirkte er wie ein kleiner Teufel.

»Hier ist noch nichts eingestürzt«, setzte er hinzu, »aber wir sind auch in der Oberstadt.«

»Und das heißt?«

»Ihr werdet schon sehen. Im unteren Teil sieht es ganz anders aus...«

Bohem erriet die Grimasse, die Viviane schnitt.

Der Geselle ging weiter, und seine Schützlinge folgten

ihm dichtauf. Sie kamen an einigen Türen vorbei, die durch die linke Wand gebrochen waren und in andere Keller führen mussten. Dann begann der Gang abzufallen. Sie gingen stumm weiter, tasteten sich an der Wand entlang und hoben die Füße nicht zu weit hoch, um nicht zu stolpern. Das Gefälle wurde immer steiler, und der Gang krümmte sich leicht nach links.

Die Biegung schien niemals enden zu wollen. Bohem fragte sich, wie lange sie schon darin vorangingen. Seit sie diesen Gang betreten hatten, mussten sie schon einen Großteil der Stadt durchquert haben! Er hatte nicht erwartet, dass das unterirdische Gangsystem derart ausgedehnt sein würde.

Schließlich erreichten sie eine Treppe, die wahrscheinlich in den besagten unteren Teil von Sarlac hinabführte.

In diesem Moment blies ein Luftzug eine von La Rochelles Kerzen aus. Der Wandergeselle blieb stehen.

»Was ist das denn?«, schimpfte er. Er knurrte und entzündete die Kerze neu.

»Kommt«, fuhr er fort. »Seid ihr bereit? Wir steigen hinunter.«

Er hatte eben den Fuß auf die erste Stufe der Treppe gesetzt, als sie das Zuschlagen einer Tür weit oben im Gang hörten. Bohem zuckte zusammen. Viviane geriet vor ihm aus dem Gleichgewicht. Er packte sie am Arm.

Das Echo des Lärms hallte einige Zeit auf ganzer Länge des Gangs wider. Dann hörten sie undeutliche Stimmen.

»Ich dachte, niemand benutzt diese Keller mehr?«, flüsterte Bohem.

»Gewöhnlich ist das auch so ... Vielleicht sind das die Soldaten, die wieder auf unserer Spur sind!«

»Verdammt!«, fluchte Viviane.

»Beeilen wir uns!«, riet der Geselle und hastete die Treppe hinab.

Bohem führte die junge Frau vor sich, indem er ihre Schulter festhielt, um sie zu beruhigen. Sie beeilte sich, La Rochelle einzuholen, und versuchte, auf den Stufen nicht zu stolpern. Es war eine kleine Wendeltreppe, die sich ins Gedärm der Stadt wand und sich drehte und drehte ... Die drei jungen Leute stiegen sie so schnell hinab, wie sie nur konnten. Bohem, der noch weniger Licht als die beiden anderen zur Verfügung hatte, glitt mehrfach aus und stürzte beinahe. Er konnte sich gerade noch an den feuchten Wänden festhalten und schürfte sich dabei die Hände auf.

Die dumpfen Stimmen näherten sich ihnen, und sie konnten mittlerweile sogar das Geräusch laufender Schritte hören.

»Schnell!«, rief Bohem.

Sie erreichten endlich das untere Ende der Treppe. Bohem, der noch auf der letzten Stufe stand, hörte das schmatzende Geräusch der Schritte Vivianes und La Rochelles, die in den Boden einsanken. Die junge Frau gab ein angeekeltes Knurren von sich.

»Ich habe euch ja gewarnt«, zischte der Geselle und wandte sich um. »Versucht, auf den Brettern zu gehen, und passt auf eure Köpfe auf. Es gibt hier fast überall vorspringende Steine.«

»Hervorragend!«, sagte Viviane ironisch.

Sie drangen in den matschigen Gang vor. Ihre Schuhe wurden jedes Mal vom Schlamm zurückgehalten, wenn sie einen Fuß hoben. Hier und da stießen sie sich an einem in den Boden eingesunkenen Stein. Sie mussten bei jedem Schritt aufpassen.

Plötzlich stieß Viviane einen Schreckensschrei aus.

»Ah!«, rief sie und beruhigte sich wieder etwas. »Das hat gerade noch gefehlt!«

Bohem hörte das Quieken einer Ratte ... Nein, mehrerer Ratten, die die Wand entlangliefen und sich an ihren Beinen rieben. Viviane versetzte dem Schlick einen kräftigen Fußtritt. Dann liefen sie alle weiter.

So drangen sie vorsichtig weiter in den Gang vor, der immer wieder die Richtung wechselte. Der Schlamm stand ihnen mittlerweile bis zu den Knöcheln, und sie kamen nur mühsam voran.

Als sie weit genug von der Treppe entfernt waren, drehte Bohem sich um und lauschte. Die Stimmen hinter ihnen waren verstummt, aber er hörte bald das Geräusch von Schritten. Sie schienen ihm jetzt viel näher zu sein! Die Soldaten mussten sich schon im Gang hinter ihnen befinden. Jedenfalls waren sie nicht mehr sehr weit weg. Der Gang war so gewunden, dass Bohem nicht genau einschätzen konnte, in welcher Entfernung sie sich befanden. Vielleicht waren sie schon zu nah ... Plötzlich sah er hinter ihnen an der Wand einen Lichtschein.

»Sie kommen!«, rief er. »Lauft!«

La Rochelle gehorchte sofort, und sie folgten ihm so schnell sie konnten. Es war fast unmöglich, in diesem schmutzigen Schlamm schnell zu laufen, und es lagen immer mehr Trümmer auf der Erde. Sie liefen Gefahr, sich jeden Augenblick die Knöchel zu verstauchen, aber das war vielleicht besser, als den Soldaten in die Hände zu fallen. Deshalb flohen sie inmitten von Schlammspritzern so schnell wie möglich.

Plötzlich erloschen La Rochelles beide Kerzen. Sie befanden sich in völliger Dunkelheit.

»So ein Pech!«, rief der Geselle. »Ich habe den Leuchter fallen lassen!«

Einen Augenblick war alles still, während Viviane und Bohem zu begreifen begannen, was das bedeutete – und in Panik gerieten. Bohem spürte Vivianes Hand, die seinen Arm umklammerte. Sie hatte Angst. Sie waren von tiefstem Schwarz umgeben, das undurchdringlicher als selbst die finsterste Nacht war.

»Wir müssen weiter«, flüsterte Bohem. »Geradeaus. Halten wir uns alle an den Händen! La Rochelle, wir folgen dir.«

»Gehen wir«, stimmte der Geselle zu.

Hand in Hand drangen sie in die Dunkelheit vor. Angesichts der Erkenntnis, dass sie nicht weiter rennen konnten, glaubte Bohem, dass sie verloren waren und den Soldaten nicht entkommen würden. Doch als er sich umdrehte, sah er kein Licht mehr hinter ihnen, sei es, dass die Soldaten ein wenig zurückgefallen waren, sei es, dass auch sie ihre Leuchte verloren hatten. Es spielte keine Rolle. Sie mussten weiter.

Sie gingen noch immer aneinandergeklammert, als sie weit vor sich eine Stimme hörten, die vom äußersten Ende des Gangs zu kommen schien.

Livain VII. gab endlich den Befehl, nach Lutesia zurückzukehren. Der König und sein Hof hatten genug Zeit in Orlian verbracht, und zahlreiche Angelegenheiten warteten in der Hauptstadt auf diesen oder jenen. Außerdem hatte Camilla von Kastel, die Königin, noch immer nicht den Königspalast gesehen, in dem sie bis an das Ende ihrer Tage leben sollte, und sie wartete ungeduldig darauf, ihn zu erkunden und ihre Gemächer in Besitz zu nehmen.

Pieter der Ehrwürdige erhielt vom König die Erlaubnis, sich vom Hof zurückzuziehen. Der alte Abt reiste also in die Abtei von Cerly ab.

Er war nicht unzufrieden damit, in die Ruhe seines Zuhauses zurückzukehren, da die letzten Wochen ausgesprochen bewegt gewesen waren, viel zu bewegt für einen Mann seines Alters.

Alles war zu spät in seinem Leben geschehen, er war alt, müde und fragte sich, ob er seinen politischen Ehrgeiz noch würde befriedigen können. Würde er die Kraft dazu finden? Er zog es vor, nicht zu viel darüber nachzudenken. Er hoffte nur, dass einige Tage in der Geruhsamkeit und Stille des Klosters von Cerly ihm helfen würden, klarer zu sehen und sich vor allem ausreichend zu erholen.

Er war einfach glücklich, die großartige Abteikirche wiederzusehen, die die Wiege seines Ordens war. Der dritte Wiederaufbau des Gebäudes, der fast ein Jahrhundert zuvor begonnen worden war, war gerade in der Amtszeit Pieters fertig gestellt worden, und darauf war er besonders stolz. Ohne Zweifel war dies die größte Abteikirche der gesamten Christenheit. Sie war vor hundert Jahren einem Mönch des Ordens im Traum offenbart worden, und die Baumeister und Wandergesellen, die mehrere Generationen lang daran gearbeitet hatten, hatten darauf geachtet, diese göttliche Eingebung zu respektieren.

Das gewaltige Langhaus hatte elf Joche und verbreitete sich in doppelte, endlos lange Seitenschiffe. In drei Ebenen gebaut, wurde die Kirche von einem Kreuzrippengewölbe bekrönt, das von außen durch eine lange Reihe offener Strebepfeiler gestützt wurde, die dem Gebäude eine für eine Abteikirche ungewöhnliche Majestät verliehen. Die große Transept wurde innen in einer glanzvollen Kuppel und außen von einem hohen Turm abgeschlossen.

Jeder Teil des Bauwerks schien von der Macht und Strahlkraft des Ordens in der Welt zu zeugen. Die Türme und Glockentürmchen, der Chor mit seinem Chorumgang… Unendliche Mühe war auf jede Einzelheit dieses unvergleichlichen

Schmuckstücks verwendet worden. Die Säulen, Wände und Kapitelle waren von symbolträchtigen Skulpturen bedeckt, eine zierlicher als die andere. Die an den Kapitellen am Chor gefielen Pieter eindeutig am besten: Sie standen für die acht Tonarten der gregorianischen Gesänge. Vor ihnen stand er oft, um sich innerlich zu sammeln.

Pieter blieb einen Moment vor der Kirche stehen und erfreute sich an diesem Anblick, der ihm gefehlt hatte; dann ging er los. Er durchquerte den Kreuzgang und hielt auf sein Arbeitszimmer zu, das gleich neben dem Kapitelsaal lag, in dem ihn die Mönche vor so langer Zeit zum Abt gewählt hatten.

Als er ins Zimmer trat, erblickte er sofort die Nachricht, die auf seinem Schreibtisch lag. Sie war dort sicher von Savinian abgelegt worden, dem Mönch, der ihm als Gehilfe diente. Er ging näher heran, beugte sich darüber und erkannte das Siegel, das in den braunen Wachstropfen gedrückt worden war. Es war ein Brief des päpstlichen Legaten, sicher die Antwort, auf die er so ungeduldig wartete.

Er beeilte sich, das Siegel zu lösen, setzte sich an seinen Schreibtisch und breitete das Papier vor sich aus. Der lateinische Text war kurz. Pieter hoffte, dass das ein gutes Zeichen war. Er holte tief Atem und las den Brief in einem Zug.

Lieber Abt,

hiermit möchte ich Euch mitteilen, dass der Papst Euch sehr dankbar dafür ist, uns die Information – Ihr wisst, welche – zur Kenntnis gebracht zu haben. Ich hoffe, Ihr werdet mir die Ungeduld vergeben, die ich während unseres Treffens in Orlian an den Tag gelegt habe. Hätte ich nur die Bedeutung dessen erahnt, was Ihr mir zu sagen hattet, hätte ich mich selbstverständlich sehr viel beherrschter gezeigt. Aber Ihr wisst zweifelsohne, dass meine Aufgabe sehr mühevoll ist, und ich bin sicher, dass Ihr mir verzeihen könnt.

Da Seine Heiligkeit der Ansicht ist, dass wir in der Tat unter allen Umständen verhindern müssen, dass dieser junge Mann in schlechte Hände fällt, und Ihr uns bezeugt, dass es unmöglich ist, Livain umzustimmen, haben wir beschlossen, Euch diese Angelegenheit anzuvertrauen.

Auf Befehl Seiner Heiligkeit müsst Ihr deshalb um jeden Preis, bevor der König es tun kann, Bohem gefangen nehmen, damit er uns in kürzester Frist vorgeführt werden kann. Ich habe Andreas von Berg-Barden, den Großmeister der Milizen Christi, der uns treu ergeben ist, aufgefordert, Euch in dieser schwierigen Aufgabe zur Seite zu stehen. Ihr werdet unter diesen Umständen sicher verstehen, dass allergrößte Diskretion angebracht ist und Ihr nur dem Papst selbst oder mir vertrauen dürft.

Haltet uns so gut wie möglich auf dem Laufenden, und verliert keinen einzigen Augenblick, da Seine Majestät Livain VII. schon einen viel zu großen Vorsprung vor uns hat.

Möge Gott Euch segnen.

Der Brief schloss mit der majestätischen, unnachahmlichen Unterschrift des Legaten.

Pieter der Ehrwürdige rollte das Schreiben zusammen und schob es in seinen Schreibtisch. Dann lehnte er sich in seinem breiten Sessel zurück und seufzte erleichtert. Das Glück war wieder einmal auf seiner Seite.

Geselle! Mein Bruder!

Bohem konnte mittlerweile die Worte verstehen, die er im Dunkeln vernahm. Sie schwebten ihnen entgegen wie das unregelmäßige Rauschen des Windes zwischen den Zweigen eines Baums.

»Was ist das?«, fragte Viviane besorgt.

»La Rochelle«, mischte sich Bohem ein, »man könnte ja meinen, dass jemand dich sucht!«

»Und wenn es eine Falle ist?«, setzte Viviane hinzu.

»Das werde ich gleich sehen ... Versuchen wir, uns noch ein wenig der Stelle zu nähern, von der diese Stimme kommt!«

Sie setzten ihren Marsch im Herzen der Dunkelheit fort. Fidelis tastete sich voran, schwankte und verlor fast das Gleichgewicht. Alle drei hielten einander immer fester an den Händen, ohne sich dessen wirklich bewusst zu sein. Sie hatten zu viel Zeit in diesen unterirdischen Gängen verbracht. Alles begann sich ihnen im Kopf zu drehen, und der Wunsch, ins Freie zu gelangen, wurde immer gebieterischer.

Bohem hörte plötzlich ein Geräusch sehr nahe hinter sich und drehte sich sofort um, aber er konnte nichts sehen. Waren das die Soldaten? Sie waren vielleicht gleich hinter ihnen. Oder war das vielleicht nur das Echo ihrer eigenen Schritte? Mit zusammengebissenen Zähnen ging er weiter und stellte sich darauf ein, jeden Augenblick unter den Schlägen ihrer Verfolger zusammenzubrechen. Er war von Kopf bis Fuß verkrampft und rechnete bei jedem Schritt damit, gleich die gestrenge Hand der Garden des Königs auf seiner Schulter zu spüren.

Mein Bruder! Bist du da?

Die Stimme klang immer näher und hallte von den Wänden des Gangs wider.

»Da vorn muss es einen Ausstieg geben«, sagte La Rochelle, »seht doch!«

Bohem neigte sich zur Seite. Er entdeckte tatsächlich einen Lichtschein in einiger Entfernung. Endlich! Es war das Licht einer Flamme, viel kräftiger als das der Kerzen, die La Rochelle verloren hatte.

»Seien wir vorsichtig!«, sagte er dennoch. »Vielleicht sind das Soldaten ...«

»Es gibt einen einfachen Weg, das herauszufinden«, antwortete La Rochelle. »Gehen wir noch etwas näher heran.«

Sie gingen genau auf das Licht zu und liefen jetzt viel schneller. Die Wände waren nun schon etwas besser beleuchtet, und bald konnten sie wieder sehen, wohin sie ihre Füße setzten.

Als sie nicht mehr sehr weit von der Lichtquelle entfernt waren, die sich in einer Öffnung in der Decke des Gangs befand, gab La Rochelle ihnen ein Zeichen, stehen zu bleiben.

»Wer seid Ihr?«, flüsterte er und legte beide Hände um seinen Mund, um seine Stimme weiter tragen zu lassen.

»Ein ehrlicher Wandergeselle, ein Kind Meister Jakobs!«, antwortete jemand von der anderen Seite des Gangs her.

»Euer Kennwort?«, fragte La Rochelle in feierlichem Tonfall.

»Sagt mir Eures, dann sage ich Euch meines.«

»Jockel«, erwiderte La Rochelle sogleich.

»Boas!«

La Rochelle wandte sie mit einem Lächeln auf den Lippen zu Viviane und Bohem um. »Das ist tatsächlich ein Wandergeselle. Ich kenne seine Stimme nicht, aber wenigstens können wir uns sicher sein, dass er ein Bruder ist. Beeilen wir uns!«

»Hier entlang!«

Sie eilten auf das Licht zu. In der Decke in der Mitte des Gangs befand sich eine Falltür, die auf eine Straße hinausging. Ein Wandergeselle, viel älter als sie, erwartete sie mit einer Fackel in der Hand vor der Öffnung. Er streckte La Rochelle eine Hand hin und half ihm, ins Freie zu steigen.

Dann hob Bohem Viviane hoch, damit sie nach draußen klettern konnte. Die junge Frau reckte die Hände zu La Rochelle, der sie auf die Straße zog. Bohem warf einen letzten Blick hinter sich. Er sah nichts, aber er war sich sicher, wieder Stimmen zu hören, die aus dem Gang kamen. Er packte die Arme des Gesellen über ihm und stieg seinerseits ins Freie.

Der Mann, der ihnen geholfen hatte, bedeutete ihnen, keinen Lärm zu machen und ihm zu folgen. Sie liefen auf die andere Straßenseite, überquerten ein dunkles Gässchen und hasteten dann durch eine große Tür, die in verlassene Stallungen führte.

Der Geselle schloss die Tür hinter ihnen. Bohem fragte sich einen Moment lang, ob das nicht doch eine Falle war, aber der Mann ergriff endlich das Wort.

»Eine Einwohnerin von Sarlac hat euch drei durch die Falltür steigen sehen und hat euch an die Soldaten der Garde verraten. Sie suchen euch bestimmt in den unterirdischen Gängen.«

»So ist es«, bestätigte La Rochelle. »Sie waren genau hinter uns. Aber wie konntet Ihr wissen, dass …«

»Es ist das Gerücht umgegangen, dass ein Geselle dabei wäre, zwei jungen Leuten bei der Flucht durch die unterirdischen Gänge zu helfen. Wir haben uns gesagt, dass Ihr sicher Hilfe brauchen würdet. Wir suchen Euch schon eine ganze Weile. Wir sind fünfzehn Leute und haben uns in der ganzen Stadt verteilt. Wir haben in so gut wie allen Kellern nachgesehen, die wir kennen. Ich habe mir gesagt, dass ich bei dieser Falltür hier vielleicht noch Glück haben könnte …«

»Das Glück haben wir gehabt!«, antwortete Bohem lächelnd.

Er warf Viviane einen Blick zu, um festzustellen, wie es ihr ging. Wie er war sie von Schlamm bedeckt und sehr erschöpft, aber sie schien zufrieden zu sein, dass sie endlich aus den unterirdischen Gängen heraus war.

»Du bist Fidelis La Rochelle, nicht wahr?«

»So nennen mich meine Brüder«, bestätigte La Rochelle.

»Sehr erfreut, La Rochelle. Ehre sei Meister Jakob!«

»Ehre sei Meister Jakob!«, erwiderte La Rochelle.

»Es war mutig und klug von dir, diesem jungen Mann zu Hilfe zu eilen. Die Mutter hat uns gesagt, dass Bohem ... das ist doch dein Name?«, fragte er und wandte sich Bohem zu.

»Ja.«

»... dass Bohem, der Wolfsjäger, um jeden Preis beschützt werden muss«, fuhr der Wandergeselle fort. »Also hast du deine Sache gut gemacht. Aber ich habe eine schlechte Neuigkeit für dich, La Rochelle.«

»Ich höre.«

»Ich fürchte, dass auch du jetzt wirst fliehen müssen.«

»Und warum?«

»Du bist den Soldaten beschrieben worden. Du hast Bohem geholfen, obwohl er vom König gesucht wurde. Du wirst als Verräter verfolgt werden ...«

»Hier? Aber wir befinden uns noch nicht einmal auf einem Lehen Livains!«, protestierte der angehende Schmied.

»Auch wenn dieses Lehen Helena von Quitenien und damit theoretisch dem König von Brittia gehört, sind wir trotz allem in Gallica ... Jedenfalls haben die Soldaten der königlichen Garde keine Schwierigkeiten damit, sich so zu benehmen, als wären sie hier zu Hause!«

»Könnt Ihr ihn nicht in Eurer Gesellenherberge verstecken, bis Gras über die Sache gewachsen ist?«, fragte Bohem verlegen.

»Nein, nein«, mischte sich La Rochelle ein. »Er hat recht. Ich muss fliehen. Ich möchte der Herberge von Sarlac keine Scherereien bereiten.«

Der Geselle warf ihm einen anerkennenden Blick zu.

»Wie auch immer, ihr seid noch nicht aus der Stadt heraus«, fuhr La Rochelle fort, indem er sich zu Bohem und Viviane umdrehte. »Ihr werdet einen Führer benötigen. Was mich betrifft, so habe ich keine Arbeit hier und war ohnehin schon im Aufbruch begriffen. Das trifft sich also alles ganz gut. Wohin reist ihr?«

Bohem sah die junge Frau an. Es war ihm peinlich, dass sie den jungen Gesellen in ihr Unglück mit hineingezogen hatten. *Noch einer! Ich weiß nicht, ob ich all diese Fremden mit in diesen Albtraum lassen darf!* Aber im Grunde störte es ihn nicht, einen zusätzlichen Mitreisenden zu haben... Sie würden jedenfalls Hilfe brauchen, um aus Sarlac hinauszukommen. Er machte Viviane ein Zeichen.

»Nach Hohenstein«, antworteten sie im Chor.

»Hohenstein?«, rief La Rochelle. »Das ist aber weit!«

»Du bist ja nicht verpflichtet, mit uns dorthin zu kommen«, erwiderte Bohem. »Es ist schon sehr großzügig von dir, uns helfen zu wollen, aus Sarlac hinauszukommen...«

»Aber wenn du Arbeit als Schmied suchst«, setzte Viviane hinzu, »dann wirst du dort sicher etwas finden. Wir gehen an den Hof Helenas von Quitenien...«

La Rochelle lächelte. Er schien der jungen Frau nicht zu glauben, aber er zuckte die Achseln. »Gut. Wir werden sehen. Für den Augenblick müssen wir versuchen, aus Sarlac hinauszukommen, ohne uns gefangen nehmen zu lassen.«

»Ich kann euch helfen«, bot der Geselle an, der sie aus den unterirdischen Gängen gerettet hatte. »Ich glaube, ich weiß auch schon wie!«

Andreas von Berg-Barden, der Großmeister der Miliz Christi, war ein Mann, den die Kreuzzüge hart gemacht hatten. Er lächelte nie, arbeitete viel und nahm seine Stellung in seinem Orden sehr ernst. Er war vollkommen seiner Bruderschaft ergeben und sehr anspruchsvoll. Etwa fünfzig Jahre alt, mit strengen Zügen und einem sauber gestutzten schwarzen Bart, war er ein echter Soldat, der nie einen Kampf gefürchtet hatte und nie einem ausgewichen war.

Deshalb hatte er auch beschlossen, die Mission, mit der ihn Pieter der Ehrwürdige im Namen des Papstes beauftragt hatte, selbst durchzuführen.

Einen jungen Mann auf der Flucht im Königreich Gallica aufzuspüren schien ihm keine allzu schwierige Aufgabe zu sein. Er, der schon mehrfach mit den Ungläubigen die Klinge gekreuzt hatte, um das Grab Christi im Orient zu verteidigen, war überzeugt, dass diese Angelegenheit nicht mehr als ein paar Tage dauern würde und dass er den jungen Mann schnell dem Abt von Cerly würde ausliefern können.

Er hatte eine Brigade Ritter der Miliz Christi mitgenommen, fünfzehn Kriegermönche unter seinem Befehl, angemessen bewaffnet und in die eindrucksvolle Uniform der Bruderschaft gekleidet, den weißen Umhang mit dem roten Tatzenkreuz auf der linken Schulter oberhalb des Herzens, vollständige Kettenrüstungen mit Beinschutz, Handschuhen, spitz zulaufenden Schilden und schweren Schwertern, die die Form des Kreuzes nachzeichneten, das ihr Emblem war. Sie waren die liebsten Kinder Muths von Clartal gewesen, die Verteidiger des heiligen Landes und furchteinflößende Kämpfer.

Obwohl sie ihre Komturei erst vor zwei Tagen verlassen hatten, hatten sie schon herausgefunden, wo der junge Mann zum letzten Mal gesehen worden war, in Sarlac, und dass er den Soldaten der königlichen Garde gerade noch entkommen war.

Berg-Barden hatte gewünscht, die Brigade der Milizen selbst zu kommandieren, weil er annahm, dass der Auftrag trotz seiner scheinbaren Einfachheit sehr wichtig war. Es war offensichtlich, dass der Papst sich in dieser Angelegenheit gegen den König von Gallica stellte, was weder unwichtig war noch sehr häufig vorkam. Es musste dafür also einen gewichtigen Grund geben, und den wollte der Großmeister selbst herausfinden. Wenn die Gefangennahme dieses Jungen für den König und für den Papst derart von Belang war, hatte es sicher eine besondere Bewandtnis damit. Wer war dieser junge Mann? War er eine Bedrohung oder ein Trumpf für diejenigen, die ihn um jeden Preis lebend fangen wollten? Vielleicht konnte er das erfahren, während er seine Mission durchführte ...

Aber Berg-Barden besann sich. Er war nicht hier, um sich diese Fragen zu stellten. Vor allem musste er Pieter dem Ehrwürdigen gehorchen und dem Papst dienen. Er musste sich damit zufriedengeben, den jungen Mann in aller Unauffälligkeit gefangen zu nehmen, bevor die Soldaten des Königs es tun konnten.

Er blickte an der Reihe von Milizen unter seinem Befehl entlang. Sie saßen kerzengerade auf ihren orientalischen Pferden, während sie in Formation quer durch die Landschaft Gallicas vorrückten. Die meisten von ihnen hatten Berg-Barden auf dem letzten Kreuzzug zum Grab Christi begleitet. Sie mussten ihren Wert nicht erst noch beweisen. Sie waren außergewöhnliche Soldaten, kriegserfahren und von ihrem Glauben an Jesus ebenso getragen wie von ihrer Treue zu ihrem Orden. Sie waren ihrem Wahlspruch treu, der auf ihrer schwarz-silbernen Standarte zu lesen stand: *Non nobis domine sed no-*

mini tuo da gloriam – Nicht uns, Herr, sondern Deinem Namen gib Ehre.

Sie waren noch weit von Sarlac entfernt, und ohne Zweifel würde der junge Mann, wenn sie dort unten eintrafen, schon längst verschwunden sein. Aber das war nicht weiter schlimm. Sie würden ihn wiederfinden. Sie hatten Informanten in fast allen Städten Gallicas, besonders hier im Süden, wo sich ihre wichtigsten Komtureien befanden. Was ihre Pferde betraf, so gehörten sie zu den schnellsten des Königreichs. Der junge Mann würde ihnen nicht entkommen können – doch nur, wenn sie ihn vor der königlichen Garde erreichten. Denn es handelte sich um ein Wettrennen, ein Rennen gegen die Soldaten des Königs, die natürlich keine würdigen Gegner waren, aber einen Vorsprung hatten.

Und Andreas wusste nicht, was der, der dieses Wettrennen gewann, finden würde...

KAPITEL 6
DER ERSTE STEIN

Der Geselle aus Sarlac brachte die drei jungen Leute bis zum Fluss und forderte sie auf, sich in einem langen Kahn zu verstecken, über den er sodann eine Lederplane zog.

»Haltet euch darunter versteckt, und lasst euch von der Strömung treiben. Die Soldaten des Königs sind im Augenblick nicht sehr zahlreich in der Stadt vertreten, und es ist nicht sehr wahrscheinlich, dass sie daran denken, den Fluss von dieser Seite aus zu beobachten. Wir sind hier schon fast aus Sarlac hinaus. Viel Glück!«

Sie dankten ihm und bemühten sich, ihre Besorgnis zu verbergen. Nach ihrem Abenteuer in den unterirdischen Gängen war es ihnen nicht sehr lieb, einen derart unerhörten neuerlichen Fluchtversuch unternehmen zu müssen... Aber einen besseren Plan hatten sie auch nicht. Der junge Mann schob das Boot mit aller Kraft an, damit es sich vom Ufer entfernen konnte.

Bohem schloss die Augen. Er lauschte eine Weile dem Plätschern der Wellen an der hölzernen Bootswand. Das war beruhigend, genau wie das sanfte Schaukeln des Kahns in der Mitte des Flusses. Er hörte Viviane neben sich ruhig atmen. Sehr ruhig... Er fragte sich, ob die junge Frau schon schlief. Der Gedanke brachte ihn zum Lächeln. Doch auch er war am Ende seiner Kräfte. Er ließ sich vom Rhythmus seiner Gedanken einwiegen.

Er hätte gern verstanden, was wirklich mit ihm geschah, und er versuchte, Bilanz zu ziehen. Denn jetzt hatte er zwei Feinde, zwei Streitmächte, die ihn verfolgten, ohne dass er begreifen konnte, warum: die Aishaner und die Soldaten des Königs. Irgendetwas sagte ihm, dass sie nicht miteinander verbündet waren, aber dass sie ihn wahrscheinlich dennoch aus demselben Grund fangen wollten. Er konnte einfach nicht glauben, dass dieser Grund ausschließlich in dem bestand, was sich in der Johannisnacht zugetragen hatte. Das war nicht möglich. Es gab noch etwas anderes – und tief in seinem Innern musste er wissen, was. Los! Es konnte doch nicht sein, dass er es *nicht* wusste!

Die Antwort lag in ihm, gezwungenermaßen. Er holte tief Atem und ließ sich darauf ein, in seinem Gedächtnis zu graben, in seinem Gewissen, in all den schattigen Winkeln, die er sonst nur widerwillig aufsuchte. Ja. Er wusste es. Es musste dieser seltsame Eindruck sein, den er im Grunde immer von sich selbst gehabt hatte, diese kleine, unbewusste Stimme, die ihm immer gesagt hatte, dass er nicht wie alle anderen war – dass er etwas in sich trug, das nicht alltäglich war. *Welcher Hochmut!* Mit welchem Recht konnte er sich für etwas Besonderes halten? Und dennoch...

Dennoch waren da diese Träume, diese seltsamen Träume,

die er immer häufiger hatte. Außerdem gab es da noch die Nebel und die angeborene Zuneigung, die er zu ihnen empfand, die Kraft, die ihn am Vorabend des Johannistags angetrieben hatte. Da war auch der Blick der Leute, derer, die ihn fürchteten, und derer, die ihm – ausgerechnet ihm! – unbedingt helfen wollten. Außerdem war da noch etwas ...

Diese andere Erinnerung, an die er nicht gern dachte, die älteste von allen, die er immer aus seinem Gedächtnis zu verdrängen oder zumindest in dessen dunkelste Ecken zu schieben versucht hatte. Nein! Er wollte nicht daran denken.

Nicht daran denken ...

All die Dinge, die ihn von den anderen abgegrenzt hatten, konnten kein Zufall sein, kein grundloses Zusammentreffen ... Sie mussten irgendwo herkommen – und sie kamen nicht von Martial. Nein. Es war einfach so. Er musste es jetzt in Erwägung ziehen. Er musste darüber nachdenken. Es war ein Teil seines Lebens.

Martial war nicht sein Vater, und die Mutter, die er einige Jahre zuvor verloren hatte, war auch nicht seine leibliche Mutter gewesen. Genauso wenig, wie Catriona seine Schwester war.

Er hatte es immer gewusst und doch immer geleugnet.

Bohem. Das Findelkind.

Mein Name ist Bohem. So hat man mich genannt.

Natürlich. Alles musste damit zusammenhängen.

Vielleicht waren es seine richtigen Eltern, die ihn nun suchten! Vielleicht. Wie sollte er das wissen? Alles, was er wusste, war, dass er dies alles nicht länger ertrug. Er hielt es nicht aus, dass sich hinter seinem Rücken eine Intrige zusammenbraute, ohne dass er die Gründe dafür verstehen konnte!

Es war nun an ihm, zu verstehen und zu suchen. Er wollte

nicht länger die Beute sein, nicht länger der Gejagte, sondern der Jäger. Er war der Wolfsjäger. *So hat man mich bezeichnet.* Er musste seine Antworten selbst suchen.

Langsam legte er eine Hand auf die Vivianes. Sie wandte sacht den Kopf. Sie schlief nicht.

»Ich habe seltsame Träume«, sagte er zu der jungen Frau, als sie ihn fragend ansah. »Und ich bin sicher, dass sie etwas bedeuten.«

»Sicher«, flüsterte sie. »Warum erzählst du mir das?«

»Weil du ein Troubadour bist, Viviane. Vielleicht verstehst du die Träume.«

Die junge Frau lächelte. »Nein, Bohem. Ich kenne einige Gedichte – das ist alles. Ich bin noch kein Troubadour. Aber in Hohenstein wirst du vielleicht eine Antwort finden, wenn es das ist, was du suchst. Es gibt dort sicher jemanden...«

»Ja. In Hohenstein. Ich werde eine Antwort finden müssen, eine Erklärung...«

»Unsere Schicksale sind vereint, Bohem. Diese Stadt ist die Antwort, die wir uns beide auf die Fragen, die uns beschäftigen, erhoffen.«

»Du suchst also auch eine Antwort?«

»Natürlich«, erwiderte Viviane. »Ich will wissen, ob ich wirklich ein Troubadour bin. Ich trage das in meinem Innern, seit ich ganz klein war, Bohem. Ich kann es dir nicht erklären. Ich habe immer gewusst, dass es das war, was ich tun wollte. Ich habe immer gewusst, dass ich diesem Ruf im Grunde meiner Seele folgen musste. Aber ich habe Angst. Man hat mir so oft gesagt, dass es nicht möglich ist, dass Frauen das nicht tun können... Meine Eltern haben von mir erwartet, mich wie all die anderen kleinen Mädchen in Tolosa zu verhalten. Wie meine Mutter und ihre Mutter vor ihr...«

»Ja. Ich verstehe *ganz genau*, was du sagen willst«, murmelte Bohem.

»Sie haben erwartet, dass ich heirate, dass ich Kinder haben werde, dass ich sie großziehe und mich um sie und ihren Vater kümmere... Aber darauf habe ich keine Lust, Bohem. Ich möchte schreiben, den Dingen, die mich umgeben, einen neuen Sinn verleihen, den Leuten die Augen öffnen, ihre Seele berühren, ihr Herz erfreuen... Ich möchte Dichterin sein. Es würde mir nichts bedeuten, Mutter zu werden.«

»Das verstehe ich, Viviane«, sagte Bohem und betrachtete sie. »Und wenn es das ist, was du tun möchtest, dann wirst du Dichterin sein.«

Viviane nickte leicht. Sie nahm Bohems Hand ein wenig fester in ihre und schloss wieder die Augen.

Bohem sah ihr beim Einschlafen zu. Sie war so schön, und er fühlte sich ihr so nahe!

Er hob lautlos den Kopf, um den Gesellen anzusehen. La Rochelle hatte die Hände auf seinen runden Bauch gelegt und schlief ebenfalls tief und fest. Der Fluss wiegte sie still wie eine liebevolle Mutter.

Bohem schloss nun selbst die Augen, und es dauerte nicht lange, bis er einschlief.

Domitian Lager, der Marschall des Königreichs von Gallica, wurde in ein Schreibzimmer des Palasts auf der Stadtinsel geführt, wo Livain VII. ihn erwartete.

»Majestät!« Domitian verneigte sich respektvoll.

»Setzt Euch.«

Der Marschall nahm in einem der sechs großen Sessel Platz.

Der König stand am anderen Ende des Schreibzimmers. Die Hände hinter dem Rücken verschränkt, ging er langsam um ein kleines Möbelstück herum, auf dem mehrere Dokumente lagen, die der Marschall nicht genau sehen konnte.

»Domitian, ich danke Euch für Eure legendäre Pünktlichkeit.«

»Ich stehe Euch zu Diensten, Majestät.«

Der König blieb stehen und sah seinen Gesprächspartner direkt an. Der Marschall war kaum älter als Livain selbst, aber er hatte schon für seinen Vater gearbeitet. Er war ein ehrlicher, zurückhaltender und treuer Mann, kein Ratgeber, da er sich weigerte, auf die Entscheidungen des Königs Einfluss zu nehmen, aber ein ergebener Vertrauter, vielleicht der einzige, von dem Livain wusste, dass er ihn niemals verraten würde. Er hatte kurze braune Haare, einen ordentlich gestutzten Spitzbart und einen ziemlich runden Bauch. Aus seinen Zügen sprachen Aufrichtigkeit und Güte.

»Wie weit sind Eure Nachforschungen gediehen, Marschall?«

»Majestät, ich bedaure, Euch mitteilen zu müssen, dass der junge Mann vor kurzer Zeit unseren Soldaten entkommen ist, als er durch Sarlac kam.«

»Wie hat er entkommen können?«, fragte der König verärgert. »Was ist ein einziger junger Mann gegen die Soldaten der Garde?«

»Handwerksgesellen aus Sarlac haben ihm geholfen, Majestät.«

»Handwerksgesellen? Schon wieder! Ich hatte eigentlich angenommen, dass die Zünfte ihre Treue zur Krone Gallicas sicherstellen und sie es für eine Frage der Ehre halten, das Gesetz zu achten!«

»Es scheint, dass einige von ihnen in diesem Fall beschlossen haben, eine Ausnahme zu machen...«

»Hm«, murmelte der König. »Das ist sehr seltsam. In Sarlac, sagt Ihr?«

»Ja.«

»Und dieser junge Mann stammt aus Passhausen, nicht wahr?«

»Genauso ist es, Majestät.«

»Das heißt, er begibt sich im Augenblick in die Lehensgebiete …«

»… Helenas von Quitenien, Majestät. Das ist mir auch aufgefallen.«

Der König hieb mit der Faust auf das Tischchen, das neben ihm stand. »Das ist nicht möglich! Wir dürfen ihn nicht durchkommen lassen! Er ist dabei, aus Gallica zu fliehen, und wird sicher bald unter dem Schutz der Herzogin stehen.«

»Gewiss, der junge Mann ist ins Herzogtum Quitenien gelangt, aber nichts deutet klar darauf hin, dass er nach Hohenstein, an den Hof der Herzogin, fliehen wird.«

»Mein Instinkt sagt es mir, Marschall. Mein Instinkt. Helena liebt es, die Beschützerin für solche Leute zu spielen. Sie zieht sie unwiderstehlich an.«

Der König hob ein Dokument von dem kleinen Tisch auf und brachte es dem Befehlshaber des Heeres. Es handelte sich um eine Karte von Gallica.

»Seht her«, sagte er und zeichnete mit dem Finger eine Linie zwischen Passhausen und Sarlac. »Ich bin überzeugt, dass er auf dem Weg nach Hohenstein ist. Glaubt mir, Domitian, diese Frau wird nie aufhören, mich zu peinigen!«

Der Marschall nickte.

»Ihr werdet Eure Bemühungen verdoppeln, mein Tapferer! Ihr müsst den Flüchtigen aufhalten, bevor er den Hof der Herzogin erreicht.«

»Ich werde noch mehr Männer hinschicken, Majestät. Aber wir werden bald noch auf eine andere Schwierigkeit stoßen, die wir nicht vorhergesehen haben...«

»Die Miliz Christi?«, entgegnete der König mit dem Anflug eines Lächelns in den Mundwinkeln.

»Ihr seid also auf dem Laufenden?«, fragte Domitian Lager erstaunt.

»Selbstverständlich. Pieter der Ehrwürdige hält mich für einen Dummkopf, aber ich weiß sehr gut, dass er den Papst über unsere kleine Angelegenheit hier unterrichtet hat.«

»In der Tat, Majestät, das wollte ich Euch eben mitteilen. Außerdem scheint der Großmeister selbst die Unternehmung anzuführen.«

»Berg-Barden? Ja. Das hätte ich ahnen sollen. Aber das ist nicht schlimm, Domitian. Sie kommen zu spät, und wir sind im Augenblick im Vorteil. Sie wissen nicht, dass wir über ihr Vorgehen auf dem Laufenden sind. So ist es auch besser. Ich muss Pieter weiterhin glauben machen, dass er mich überlistet hat.«

»Das scheint mir eine gute Strategie zu sein, Majestät.«

Der Marschall sprach nicht häufig so offen seine Meinung aus. Der König wusste die Geste zu schätzen. Er wusste, was dies aus dem Munde Domitian Lagers bedeutete. Er war von Pieters Verhalten entsetzt und wollte Livain seine Unterstützung zusichern.

»Um seinen Verdacht nicht zu erregen, werde ich den lächerlichen Ratschlägen folgen, die er mir gegeben hat.«

»Und welche sind das?«

»Er möchte meine Aufmerksamkeit von dem jungen Bohem ablenken und hat mir deshalb nahegelegt, mich mit den Ketzern und Heiden zu befassen. Er denkt, dass mich das dazu bringen wird, die Geschichte des jungen Mannes zu vergessen. Ich weiß nicht, warum ihn die Sache derart stört... Jedenfalls täuscht er sich. Aber ich will, dass er glaubt, ich ließe mich beeinflussen. Lasst also zum Beispiel ein paar Alchemisten verhaften, schlagt ein oder zwei Mal in den ketzerischen Kirchen der Grafschaft Tolosa zu und lasst verkünden, dass der König die Prämien der Wolfsjäger für jeden erlegten Nebel verdoppelt.«

»Ihr wollt sie *verdoppeln*?«, staunte der Marschall.

»Ja«, antwortete der König lächelnd. »Macht Euch keine Sorgen. Das wird mich schon nicht zu viel kosten. Es gibt ja kaum noch einen Nebel im ganzen Königreich...«

»Hervorragend.«

Der König legte die Karte auf dem Tischchen ab, bevor er sich an seinen Schreibtisch setzte und den Kopf hob, um den Marschall anzusehen.

»Ihr könnt Euch zurückziehen, Domitian. Ihr wisst, was Ihr zu tun habt.«

Das Plätschern des Wassers weckte Bohem. Er drehte sich langsam im Kahn um und öffnete die Augen. Von der hell scheinenden Sonne geblendet, blinzelte er, um sich an das strahlende Licht zu gewöhnen.

Er stützte sich mühsam auf die Ellenbogen und sah die beiden anderen am Ufer. Viviane und La Rochelle hatten das Boot an einen Pfosten gebunden, der zwischen den Pflanzen eingeschlagen war, und waren nun lachend damit beschäftigt, ein Feuer in Gang zu bringen.

»Guten Morgen!«, rief Viviane Bohem zu, als sie sah, wie er sich im Boot aufrichtete.

Er runzelte die Stirn. Er fühlte sich noch etwas betäubt, und die Sonnenstrahlen brannten ihm in den Augen.

»Wo sind wir?«, fragte er und stand mit einiger Anstrengung auf.

»Nördlich von Sarlac«, antwortete der Geselle. »Weiter entfernt, als ich gedacht hätte. Der Kahn ist wohl ziemlich schnell getrieben, und wir haben alle drei gut geschlafen. Umso besser!«

Bohem kletterte vorsichtig aus dem Kahn, um auf festen Boden zu gelangen. »Und die Soldaten?«, erkundigte er sich.

La Rochelle zuckte mit den Schultern.

»Wir können uns hier nicht lange aufhalten«, sagte Bohem und ordnete seine Kleider. »Und ich bin mir nicht sicher, ob es eine gute Idee ist, ein Feuer anzuzünden...«

»Hör zu, Bohem«, gab La Rochelle zurück, »wenn ihr nach Hohenstein wollt, wird das eine verdammt lange Reise. Ich muss gut essen, um bei Kräften zu bleiben...«

»Das verstehe ich, aber du scheinst nicht zu begreifen! Die Leute, die mich verfolgen...«

»Beruhig dich!«, schnitt ihm der Geselle das Wort ab. »Vor kaum einem Augenblick hast du noch selig in deinem Kahn geschlafen...«

»Genau, auf die Weise haben wir genug Zeit verloren... Es tut mir sehr leid, Fidelis, ich weiß, wie tief wir in deiner Schuld stehen, aber was mich betrifft, so kann ich hier nicht lange herumtrödeln, und das Feuer, das ihr angezündet habt, droht den Leuten, die mich suchen, die Arbeit sehr zu erleichtern!«

Der Geselle seufzte. »Wir werden doch wohl die Zeit haben, zu frühstücken!«

»Ich nicht. Ich weiß, wozu die Aishaner fähig sind, und ich denke beinahe, dass die Soldaten der königlichen Garde nicht viel zartfühlender sind. Mein Vater und meine Schwester sind meinetwegen gestorben, ebenso andere Leute, die mir helfen wollten. Ich möchte nicht, dass das noch einmal geschieht. Meine Verfolger haben mich schon mehrfach eingeholt, als ich meine Flucht nicht ernst genug genommen habe. Ich werde es ihnen nicht noch einmal so leicht machen.«

Bohem sah Viviane an. »Ich verstehe gut, dass es für euch nicht so dringend ist, und ich werde es euch nicht übel nehmen, wenn ihr euch lieber Zeit lassen wollt. Aber ich muss jetzt sofort aufbrechen, mich vom Fluss entfernen und so schnell wie möglich nach Norden fliehen.«

Viviane legte den Kopf schief und verzog das Gesicht. Sie warf dem Gesellen, der vor dem Feuer stand, das er gerade angezündet hatte, einen verlegenen Blick zu. »Ich glaube, er hat recht. Und ich habe versprochen, ihn bis nach Hohenstein zu begleiten ...«

»Na gut, dann geht eben! Ich bleibe aber hier und frühstücke in Ruhe! Ich habe Hunger und habe entsetzliche Angst davor, unterwegs sein zu müssen, ohne gut gegessen zu haben.«

Bohem nickte. »Mach, was du willst, La Rochelle. Ich habe keine Wahl.«

Er hob Vivianes Beutel auf, um ihn selbst zu tragen. Als sie auch fertig war, verabschiedeten sie sich von dem Gesellen.

»Noch einmal vielen Dank für deine Hilfe«, sagte Bohem. »Pass auf dich auf.«

Viviane blieb stumm. Es schien ihr sehr unangenehm zu sein, La Rochelle so zurückzulassen. Aber sie hatte versprochen, bei Bohem zu bleiben.

»Mach dir keine Gedanken um mich, Wolfsjäger!«, entgegnete der Schmied, indem er sich ans Feuer setzte. »Gute Reise!«

Bohem sah Viviane an. Er merkte, dass sie sich unbehaglich fühlte, aber er trat auf sie zu und sagte: »Gehen wir!«

Die beiden jungen Leute brachen nach Norden auf. Sie wanderten den ganzen Morgen, ohne ein einziges Wort zu wechseln.

In der Morgendämmerung, als die Stadt noch schlief, erschütterten drei schwere Schläge die kleine Holztür der Gesellenherberge von Sarlac.

Frau Barteli, die Hausmutter, fuhr aus dem Schlaf hoch. Sie warf einen Blick zum Fenster, doch draußen war es noch dunkel. Der Tag brach gerade an. Wer mochte so früh an die Tür der Herberge klopfen?

Sie stand schnell auf, streifte ein langes Hemd über und ging zum Eingang. Der Ladegeselle war schon da und wirkte verwirrt. Es klopfte noch einmal sehr kräftig an der Tür.

»Was soll ich tun?«, fragte der Ladegeselle unschlüssig.

»Na, öffnen!«, rief die Mutter und hob die Hände zur Decke.

Der junge Mann tat wie geheißen. Er hatte die Tür kaum geöffnet, als zwei Milizen Christi ins Innere drängten und ihn zur Seite drängten. Der Ladegeselle drückte sich fassungslos an die Wand. Die Mutter ihrerseits wich mit aufgerissenen Augen ins Esszimmer zurück.

»Was... was wollt Ihr?«, stammelte sie und stützte sich auf den Tisch hinter ihr.

Ein dritter Mann erschien hinter den zwei Milizen. Nach seiner Kleidung zu urteilen, war er ihr Anführer. Dieser Verdacht wurde Frau Barteli rasch bestätigt.

»Gute Frau, ich bin Andreas von Berg-Barden, Großmeister der Miliz Christi.«

»Was wollt Ihr?«, wiederholte die Mutter in strengerem Tonfall.

»Wir wissen, dass Ihr einem jungen Mann geholfen habt, aus der Stadt zu fliehen. Es handelte sich um einen Ketzer, den Seine Heiligkeit Nikolaus IV. sucht. Ihr habt Euch also eines schweren Vergehens schuldig gemacht und schuldet der Kirche Rechenschaft. Dennoch möchte ich Euch gern die Gelegenheit geben, Euch zu erklären... Euch freizukaufen, indem Ihr uns sagt, wohin dieser Junge geflohen ist.«

Die Mutter ließ sich auf einen Stuhl fallen. Sie wandte den Blick zu dem Ladegesellen und bedeutete ihm, sie allein zu lassen. Der junge Mann schlich sofort davon und stieg ins Obergeschoss, um die Gesellen zu warnen, die in der Herberge übernachteten, damit sie nicht hinuntergingen. Frau Barteli wollte die Angelegenheit sicher allein erledigen.

»Ich habe nicht die geringste Vorstellung, mein Herr«, sagte sie und sah dem Großmeister fest in die Augen.

Der Milize verzog das Gesicht.

»O nein«, sagte er. »Das ist nicht die Antwort, die ich von Euch erwarte, gute Frau. Kommt, zwingt mich nicht zu tun, was ich nicht gern tun möchte. Im Namen Christi und um der Liebe zu Gott willen – redet! Ich weiß, dass Ihr ihn gesehen habt. Einen jungen Mann, sehr schön, schön wie ein Teufel, könnte man sagen, mit türkisblauen Augen und Narben im Gesicht...«

Die Mutter wusste sehr genau, von wem er sprach, aber sie wusste nicht, wohin Bohem und diejenigen, die ihn begleitet hatten, geflohen waren. Sicher irgendwohin nach Norden, aber sie wusste nicht genau wohin, und auch wenn sie es gewusst hätte, hätte sie diese jungen Leute nicht an die Milizen ausgeliefert, unter keinen Umständen und sicher nicht im Namen Christi! Diese Kriegermönche gaben vor, die Christenheit zu verteidigen, und bedrohten doch eine Frau hier, in einer Gesellenherberge! Sie konnte es einfach nicht glauben. Der Hochmut und der Stolz der Milizen Christi waren kein Geheimnis. Die Privilegien, die Muth von Clartal für sie beim Papst erwirkt hatte, hatten sie rasch arrogant werden lassen. Sie waren weitaus eher Krieger als Mönche, weit eher gewalttätig als fromm.

Frau Barteli war klug. Sie wusste, dass sie nichts sagen konnte, um den Zorn des Milizen zu besänftigen und das unbedachte Wüten zu verhindern, das sicher gleich ausbrechen würde. Was auch immer sie sagte, würde er ihr nicht glauben, denn für ihn zählte nur eine einzige Antwort, und die würde sie ihm niemals geben. Alles in allem wusste sie sehr gut, wie dieses Gespräch enden würde. Also entschloss sie sich, das zu sagen, was sie dachte, da sie nichts mehr zu verlieren hatte und die Offenheit ohnehin eine Pflicht der Salomonskinder war.

»Ich spreche weder im Namen Christi, mein Herr, noch um der Liebe zu Gott willen. Ich spreche in meinem Namen und um der Liebe zu meinen Kindern willen und wiederhole Euch, dass ich nicht weiß, wo der junge Mann ist, von dem Ihr sprecht. Ihr unterstellt, dass ich Euch belüge – aber wisst, dass eine Mutter in ihrer Herberge niemals lügt!«

»Ihr sprecht nicht um der Liebe zu Gott willen?«, erregte sich der Großmeister. »Habt Ihr also keinerlei Respekt vor der Kirche?«

»Ich empfinde keinen Respekt für Menschen, die auf diese Weise in mein Haus eindringen und mit mir reden, wie Ihr es tut.«

»Ihr zieht es also vor, einen Ketzer zu schützen ...«

»Ich kenne keinen Ketzer. Allerdings beginne ich mich zu fragen, ob ich nicht jetzt einen vor mir habe.«

Der Großmeister begann zu lachen, ein seltsames Lachen, das der Mutter nicht gefiel – und plötzlich ergriff er sein Schwert, zog es und schlug mit aller Kraft zu. Die Klinge grub sich in einen Spalt des Eichentisches, gleich neben Frau Bartelis Hand.

Die Mutter öffnete die Augen wieder. Für einen Augenblick hatte sie geglaubt, sie sei schon tot. Schweißperlen standen auf ihrer Stirn.

»Gute Frau, ich glaube, wir haben einander noch nicht recht verstanden...«

Die Mutter antwortete nicht. Sie war wie gelähmt.

»Ich befinde mich auf Befehl Seiner Heiligkeit des Papstes hier und habe den Auftrag, alles in meiner Macht Stehende zu unternehmen, um diesen jungen Mann zu finden. Und das, was in meiner Macht steht, umfasst auch, einer Verräterin den Kopf abzuschlagen und ihre erbärmliche Herberge in Brand zu stecken, wenn es sein muss. Begreift Ihr, was ich sagen will?«

Frau Barteli nickte.

»Zum letzten Mal also: Sagt mir, wohin dieser verfluchte junge Mann gereist ist! Ich verlange es!«

In diesem Augenblick begriff die Mutter, dass sie sterben würde – von der Hand eines Mannes, der sich als Mönch bezeichnete, als Diener Gottes... Sie wusste, dass sie nichts tun konnte, und akzeptierte es. Tränen stiegen ihr in die Augen. Sie hoffte nur, dass die Kinder verschont werden würden und dass alles dies wert war.

»Herr Milize, warum zögert Ihr, das, was zu tun Ihr gekommen seid, auszuführen? Ihr seid hergekommen, um eine Frau zu töten. Tut es also, da Ihr doch so mutig seid! Kommt, tötet mich, denn ich werde unter keinen Umständen reden.«

Der Großmeister begann wieder zu lachen. »Ihr wollt als Märtyrerin sterben? Um ihn zu retten, ist es so? Wie tapfer!«

»Ich kann niemanden retten«, erwiderte die Mutter. »Aber

ich bin bereit, mein Leben gegen Eure Würde einzutauschen ... Zumindest gegen das, was Euch davon noch bleibt.«

Der Großmeister zog mit einem Ruck sein Schwert aus dem Tisch. Er blieb einige Augenblicke bewegungslos vor der Mutter stehen und musterte sie. Dann drehte er sich um und ging zu einem seiner Milizen hinüber. »Schlagt sie. Sie wird schon noch reden!«

Mitten am Nachmittag, als sie noch immer kein Wort miteinander gesprochen hatten, machten Viviane und Bohem einen Augenblick Rast, um sich auszuruhen. Es war vollkommen windstill und drückend heiß. Sie blieben eine Weile stumm sitzen; die Hitze lastete schwer auf ihnen. Die Landschaft ringsum war wunderschön, doch auch das konnte die Last, die auf ihren Herzen lag, nicht heben.

Schließlich entschloss sich die junge Frau zu sprechen. »Du bist mit La Rochelle etwas sehr hart gewesen. Immerhin hat er uns das Leben gerettet ...«

Bohem stieß einen langen Seufzer aus. Sie waren ohne Unterbrechung seit dem Morgen gewandert und hatten darauf geachtet, sich so weit wie möglich von Straßen und Dörfern fernzuhalten, was ihre Reise noch anstrengender gemacht hatte. Er war erschöpft. Aber er seufzte vielleicht nicht vor Übermüdung, sondern eher vor Erleichterung. Er hatte den ganzen Tag darauf gewartet, dass Viviane ihn ansprechen würde. Er hatte nicht gewusst, was er sagen sollte. Also hatte er darauf gewartet, dass Viviane reden und die Stille durchbrechen würde.

»Ich glaube nicht, dass er sich völlig bewusst ist, in welcher Gefahr wir schweben«, rechtfertigte er sich. »Ich möchte keine weiteren Risiken eingehen. Es hat schon zu viele Tote gegeben ...«

Aber er wusste, dass sie recht hatte. Und dennoch war sie hier, an seiner Seite...

Er hatte sich dem Gesellen gegenüber nicht sehr höflich und auch nicht dankbar genug verhalten. Er fragte sich, warum. Weil er wirklich Angst hatte, dass die Soldaten oder die Aishaner ihn wieder einholen würden? Ja. Vielleicht. Aber nicht ausschließlich deshalb. Er konnte nicht leugnen, dass es noch einen anderen Grund gab...

Als er an diesem Morgen Viviane und La Rochelle zusammen gesehen hatte, wie sie lachend das Feuer anzündeten, hatte er das Gefühl gehabt, etwas zu verlieren, die behutsame Verbindung, die er mit der jungen Frau gerade einging. Er hatte niemals für irgendein anderes Mädchen empfunden, was er für Viviane empfand und schon empfunden hatte, als er sie zum ersten Mal gesehen hatte. Natürlich hatte er in der Vergangenheit schon die auffordernden Blicke mancher Mädchen von Passhausen bemerkt. Einige hatten sogar Vergnügen daran gefunden, ihn zum Erröten zu bringen, indem sie ihm gesagt hatten, er sei ein hübscher Junge. Aber er hatte im Gegenzug nie etwas außer Verlegenheit empfunden. Dieses Mal war es anders.

Viviane war wie er. Sie hatte ein Geheimnis, etwas Besonderes, eine unsichtbare Kraft in ihrem Innern, ein magisches Leuchten in ihrem Blick... Sie war einfach schön mit ihren goldenen Haaren, die ihr über die Schultern fielen, und ihrem ernsten und zugleich sanften Blick. Und ihre Stimme verzauberte ihn. Er wollte sie nicht verlieren. Noch schlimmer! Er wollte sie nicht teilen!

Wie dumm! Und vor allem – wie selbstsüchtig! Viviane empfand sicher nicht das Gleiche für ihn, er hatte kein Anrecht auf sie, und es war vollkommen lächerlich, dass er La Rochelle außer Reichweite hatte bringen wollen... Das hatte Viviane wahrscheinlich sogar enttäuscht, obwohl er ihr doch so gern gefallen wollte!

»Ich... Es tut mir sehr leid«, sagte er am Ende. »Du hast recht. Ich bin im Augenblick etwas verwirrt. Mir ist in so kurzer Zeit derart viel zugestoßen! Und all die Leute, die mir geholfen haben, Trinitas, Walter, die Hausmütter der Herbergen, du, La Rochelle... Selbst das hat mich etwas aus der Bahn geworfen. Ich bin das nicht gewohnt.«

»Du bist es nicht gewohnt, dass man dir hilft?«

»Sagen wir lieber, ich bin es *nicht mehr* gewohnt.«

»Aber du flößt doch Vertrauen ein, Bohem. Mich erstaunt es zumindest nicht, dass es so viele Leute gibt, die dir helfen. Das bewirken wohl deine Augen.«

Bohem gab ein schnaubendes Geräusch von sich, aber innerlich war er entzückt.

»Ich versichere es dir!« Viviane überbot sich selbst: »Deine blauen Augen sind so... tiefgründig, dass sie die Leute einfach beeindrucken müssen!«

Diesmal spürte Bohem, wie ihm die Röte in die Wangen stieg. Er hätte das Kompliment der jungen Frau gern erwidert und ihr gesagt, dass sie der schönste Mensch sei, den er je gesehen habe, aber er wagte es nicht. Es war nicht der richtige Zeitpunkt.

»Komm, brechen wir wieder auf«, schlug Viviane vor, als ob sie die Verlegenheit des jungen Mannes bemerkt hätte.

Bohem nickte, und sie wanderten weiter nach Norden. Sie gingen bis zum Einbruch der Nacht, und wenn sie auch diesmal kein Wort miteinander sprachen, so hatte das andere Gründe als zuvor.

Henon hatte sein Pferd neben das Kalans, des jüngsten der sechs Druiden, gelenkt. Sie waren den ganzen Morgen galoppiert, um wieder nach Norden zu gelangen, und nun waren ihre Pferde zu müde, um eine derart hohe Geschwindigkeit weiter durchzuhalten. Seit dem Mittag ließen sie sie Schritt gehen und durchquerten die Heide in einer langen, gewundenen Reihe. Die Magistel ritten voran und folgten unablässig Bohems Spur. Dann folgte verstreut die Horde der Aishaner, während die Druiden die Nachhut der Reiterkolonne bildeten.

»Henon«, sagte der junge Druide und beugte sich zu dem älteren hinüber. »Ich glaube, dass unsere Brüder langsam das Vertrauen verlieren.«

Ich habe mich schon gefragt, wie lange es dauern würde, bis sie sich beschweren, dachte der alte Druide. *Ich weiß, was sie beunruhigt. Die Aishaner. Aber ich muss um jeden Preis verhindern, dass es zu einem Streit kommt.*

»Ich danke Euch, Kalan, aber ich bin selbst in der Lage, solche Dinge zu beurteilen. Ich weiß, was meine Brüder denken.«

»Wirklich? Und was denke ich, zum Beispiel?«

Welche Unverschämtheit! So hätte er früher nicht mit mir zu reden gewagt. Aber die Dinge haben sich geändert. Ich kann meine Autorität nicht mehr auf die alten Werte des Ordens stützen. Ich muss selbst die Kraft finden, ihn zu beeindrucken, ihn zu verpflichten, mir zuzuhören und mir zu vertrauen... Ihn zu beeindrucken, ja. Das muss ich doch noch hinbekommen.

»Ihr denkt, dass nun, da wir so viele Gegenden und dieses ganze Land durchquert haben, da wir Lailoken gefunden und unseren Eid geleistet haben, unsere einzige Belohnung darin besteht, nichts als gemeine Soldaten zu sein, die im Gefolge der Aishaner einen jungen Mann jagen.«

»So ist es«, gestand der junge Druide.

Wir haben vielleicht unseren Saiman verloren, junger Mann, aber ich habe meine Scharfsichtigkeit nicht verloren. Ich lese noch so gut wie zuvor in euren Herzen, du armer Narr!

»Aber Ihr vergesst das Wichtigste, Kalan.«

»Unsere Belohnung?«

Solch ein Narr ist er doch nicht... Vielleicht hat er mich nur gereizt, um ein wenig Trost zu finden. Er hat es nötig, dass ich ihn beruhige und ihm ins Gedächtnis rufe, was uns erwartet. Natürlich. Das alles scheint noch so weit entfernt. So unwirklich. Wir träumen schon so lange davon!

»Natürlich, Kalan. Unsere Belohnung. Der Saiman. Ihr habt es vielleicht vergessen, mein Lieber, aber ich weiß noch, was er bedeutet. Ich habe ihm so lange gekostet, dass ich den Geschmack des Saimans immer im Innersten meiner Seele behalten werde. Ich weiß auch, was es für uns bedeutet hat, ihn zu verlieren. Ihr wart dabei, Kalan. Ihr wart vielleicht der Jüngste unter uns, aber Ihr wart dabei. Der Preis, den wir heute bezahlen, um den Saiman wiederzufinden, ist nichts gegen den Preis, den wir bezahlt haben, als wir ihn verloren...«

»Ja, Henon. Aber was, wenn wir ihn nicht wiederfinden?«

»Darüber denke ich jetzt noch nicht nach, Kalan. Ich konzentriere mich auf unsere Mission.«

»Muss ein Druide nicht alle möglichen Entwicklungen vorhersehen?«

Er macht sich über mich lustig, weil ihm nichts Besseres einfällt. Er weiß dennoch, dass ich recht habe und dass wir keine Wahl haben als die, Bohem zu suchen, wie undankbar diese Aufgabe auch sein mag!

»Wir sind keine Druiden mehr, Kalan, wir sind nur noch die Schatten dessen, was wir einmal waren. Marionetten ohne Faden, die der Moira aus der Hand gefallen sind. Wenn wir unsere Würde und unsere Macht zurückgewinnen wollen, mein Bruder, dann dürfen wir nur noch an eines denken: daran, Lailoken zu helfen, das zu erreichen, was er erreichen muss, selbst, wenn wir dafür ganz Gallica durchkämmen müssen.«

»Gewiss. Ich bin mir dessen bewusst, Henon, aber ich komme nicht umhin, darüber nachzudenken, was geschehen wird, wenn wir versagen. Denn das hier ist unsere letzte Hoffnung, Henon! Wenn wir keinen Erfolg haben, bleibt uns nichts mehr, woran wir uns halten können, nicht einmal dieser Traum.«

»Gerade deshalb haben wir keine andere Wahl. Wir müssen Erfolg haben und diesen Bohem finden. Und wir werden diesmal Erfolg haben! Wir haben daraus gelernt, dass wir beim ersten Mal versagt haben. Jetzt sind wir bereit. Wir werden uns die Gelegenheit nicht entgehen lassen!«

»Möge die Moira uns helfen!«, seufzte der junge Druide.

»Verlasst Euch nicht auf die Moira, Kalan. Wir können nur auf uns selbst zählen.«

Wie zynisch ich geworden bin! Früher hätte ich das nie zu sagen gewagt. Und dennoch ... dennoch ist es die Wahrheit!

»Wenn Ihr nicht mehr an unsere Mission glaubt«, fuhr Henon fort, »dann verlasst uns! Glaubt mir, wir können wirklich nur auf uns selbst zählen. Kommt jetzt, wir haben genug Zeit verplaudert, Kalan. Kümmern wir uns wieder um unsere Suche.«

Der junge Druide nickte. Er war nicht beruhigt, aber er hatte Henons Ehrlichkeit zu schätzen gewusst und war nun überzeugt, dass sie, auch wenn ihre Erfolgsaussichten gering waren, alles versuchen mussten und nicht aufgeben durften.

Im gleichen Moment näherte sich ihnen ein Magistel im Galopp. »Henon«, sagte er und grüßte den Druiden respektvoll. »Wir haben ihre Spur gefunden!«

»Ihre Spur? Bohem ist also nicht allein?«

»Nein«, antwortete der Magistel. »Sie sind jetzt zu dritt. Sie haben hier vor einiger Zeit ein Feuer gemacht.«

»Sehr gut«, erwiderte der Druide. »Sehr gut.«

Er warf Kalan einen befriedigten Blick zu.

»Ich habe nichts mehr in meinem Beutel, was wir essen könnten«, verkündete Viviane mit verzweifelter Miene. »Mein letzter Zwieback ist im Boot nass geworden, und nun ist fast nichts mehr davon übrig.«

Die Sonne stand tief am Horizont und hüllte die Bäume rund um sie in feuriges Licht. Am Ende ihrer Kräfte, erschöpft von ihrer Wanderung und der Sommerhitze, hatten die beiden endlich beschlossen, haltzumachen. Sie hatten das weite Heideland Quiteniens mit seinen Mooren und Sanddünen hinter sich gelassen und befanden sich inzwischen mitten in einem Kiefernwald, der nach Farn, Harz und Heidekraut duftete.

Bohem hatte etwas Eigenartiges gespürt, als sie den Wald betreten hatten, etwas, das er nicht erklären konnte. Es war nur ein vager Eindruck, wie eine Erinnerung, ein Gefühl oder eine flüchtige Laune, so zart, dass er es nicht zu erfassen vermochte. Jedenfalls hatte er keinen Namen dafür. Dennoch war es ein tiefgehendes Gefühl.

Genau… Er fühlte sich zu Hause.

Ja, das war es. Er hatte das Gefühl, hier seinen Platz zu haben, sich harmonisch einzufügen, als ob der Wald ihn wiedererkannte oder ihn willkommen hieße… Das verunsicherte ihn, aber es war zu undeutlich, als dass er darüber mit Viviane hätte sprechen können. Sie hätte ihn für verrückt gehalten.

»Wir werden mit dem auskommen müssen, was wir um uns herum finden«, sagte er nur.

Die junge Frau nickte mit beunruhigter Miene. Sie hatten gestern Abend nichts gegessen und hatten sich den Tag über mit dem letzten Zwieback begnügt. Sie brauchten etwas anderes zu essen.

»Ich würde alles darum geben, jetzt Fleisch essen zu können!«, sagte Viviane und setzte sich auf die Erde.

»Ich auch«, gestand Bohem und machte es sich neben ihr bequem.

Die junge Frau wandte ihm den Kopf zu. »Sag mal, du bist doch Wolfsjäger, nicht wahr? Ein Wolfsjäger muss doch wissen, wie man jagt ...«

Bohem hob die Augenbrauen. »Ich bin das genaue Gegenteil eines Wolfsjägers, Viviane. Außerdem jagen die Wolfsjäger kein gewöhnliches Wild, sondern Nebel!«

»Das muss doch in etwa das Gleiche sein, und du hast sicher gesehen, wie dein Vater es gemacht hat!«

»Ja, aber ...«

»Ich habe solchen Hunger!«, unterbrach ihn Viviane bittend.

»Das habe ich schon verstanden, Viviane, ich habe ja auch welchen, aber ich kann nicht jagen ...«

»Kannst du nicht, oder willst du nicht?«

Bohem verzog das Gesicht. »Sagen wir es so: Ich kann es nicht und habe es nie vermisst.«

»Ja, abgesehen davon, dass wir nun großen Hunger haben!«

Bohem musste lachen. Viviane war ganz schön beharrlich! Aber er musste zugeben, dass er selbst auch gern etwas Fleisch gegessen hätte.

»Wie auch immer ... Wenn du Fleisch essen willst, musst du

es erst kochen, und um zu kochen, muss man ein Feuer machen, und ich würde lieber vermeiden ...«

»Ach, Bohem! Wir sind mitten im Wald, unser Feuer wird von Weitem gar nicht zu sehen sein! Und wir werden krank werden, wenn wir nicht eine richtige Mahlzeit zu uns nehmen ...«

»Es ist gefährlich, in einem Kiefernwald Feuer zu machen, besonders im Hochsommer!«

»Hast du nun Hunger oder nicht? Versuch nicht, tausend Ausflüchte zu machen, Bohem! Ich kümmere mich darum, hier ein ungefährliches Feuer zu machen, wenn du willst, aber du *geh jetzt, und such uns etwas zu essen*!«

Viviane hatte geschrien, als sei sie am Rande der Verzweiflung. Nun lächelte sie Bohem flehend an.

»Gut«, lenkte er ein, »ich werde sehen, was ich tun kann. Aber ganz ehrlich: Versprechen kann ich nichts! Ich habe noch nicht einmal eine Waffe.«

»Du musst dir doch nur einen Bogen bauen ...«

»Ach ja? Jetzt soll ich mich nicht nur als Jäger versuchen, sondern du willst auch noch, dass ich plötzlich Bogner werde?«, fragte er und stemmte die Hände in die Hüften.

»Ich dachte, die Handwerksgesellen waren von deiner unglaublichen Geschicklichkeit beeindruckt?«

»Wie soll ich denn eine Bogensehne einfach so herstellen, aus nichts?«

»Aus dem Leintuch, das ich in meinem Beutel habe. Ich kümmere mich darum.«

Bohem schüttelte den Kopf. Sie hatte auf alles eine Antwort. »Ich werde sehen, was ich tun kann.«

»Sehr gut. Währenddessen mache ich dir deine Bogensehne. Danach brenne ich ein Feuer an. Mach dir keine Sorgen, ich werde einen guten Platz dafür aussuchen, damit ich nicht Gefahr laufe, den ganzen Wald in Brand zu setzen, während du jagst.«

Bohem stand auf, nahm das kleine Messer aus Vivianes Beutel und brach unter dem amüsierten Blick der jungen Frau auf, etwas zu suchen, woraus er einen Bogen schnitzen konnte.

Er lief lange zwischen den Bäumen im Kreis, um das am besten geeignete Holzstück zu finden. Er brauchte eine Esche oder einen Haselstrauch, leicht auszubalancieren und von guter Länge, in der richtigen Breite, einfach zurechtzuschneiden und stabil genug. Als er durch Zufall fand, was er suchte, begann er das Holz zurechtzuschneiden, um ihm die passende Form zu geben. Viviane hatte recht. Er hatte seinen Vater schon lange beobachtet und wusste sehr gut, wie ein Bogen hergestellt werden musste.

Der Rücken des Bogens, der die ganze Kraft des Zugs aushalten musste, musste so zugeschnitten werden, dass er nur einem Jahresring folgte. Wenn man ihn zurechtschnitzte, musste man der Wuchsrichtung des Holzes folgen, um zu verhindern, dass es sich spaltete. Der Griff musste so liegen, dass der Bogen völlig im Gleichgewicht war, und die Arme mussten mit äußerster Sorgfalt geformt werden. Sie mussten so schmal und leicht wie möglich sein, um den Rückstoß beim Abschuss des Pfeils gering zu halten, aber sie durften auch nicht umknicken... Bohem ließ sich wieder von seinem Instinkt leiten, wie er es mit Hammer und Meißel getan hatte, als er den Stein behauen hatte, den Trinitas ihm gegeben hatte. Langsam und darum bemüht, das Holz zu spüren, ja, ihm zu lauschen, schnitzte er sich seinen Bogen mit großer Genauigkeit zurecht. Dann fertigte er einige Pfeile aus demselben Holz an, gerade und angespitzt.

Als er fertig war, kehrte er zu Viviane zurück, die ihm die

schmale Sehne aus Leinen reichte, die sie hergestellt hatte. Er schnitt die dünne Schnur auf die richtige Länge zurecht, kürzer als der Bogen, damit dieser gut gespannt sein würde, und nahm noch mehrere Änderungen vor, um alles besser ins Gleichgewicht zu bringen. Dann sah er Viviane an und stieß einen langen Seufzer aus.

»Gut, das wäre geschafft«, sagte er. »Ich habe einen Bogen.«

Die junge Frau, die gerade einen Kreis aus Steinen auslegte, um ihr Feuer machen zu können, lächelte ihm verschwörerisch zu.

»Bravo!«, sagte sie spöttisch. »Er ist großartig! Und nun hol uns ein Reh!«

Bohem begann zu lachen. »Natürlich! Wenn ich überhaupt etwas zur Strecke bringe, und sei es auch nur eine Ratte, dann haben wir schon großes Glück gehabt!«

Noch immer sehr skeptisch, machte er sich auf den Weg durch den Wald.

Bohem streifte nun schon eine ganze Weile durch den Nadelwald und hatte noch immer nichts erlegt. Er hatte bisher nur einen einzigen Pfeil verschossen, da er geglaubt hatte, einen Hasen hinter einem Gebüsch vorbeihuschen zu sehen, aber der Pfeil war leider an einem Baum zerbrochen, und Bohem war sich nicht sicher, ob dieser Hase überhaupt existiert hatte.

Nein, er war eindeutig nicht für die Jagd geschaffen. Aber das seltsame Gefühl, das er zuvor schon gehabt hatte, wurde immer deutlicher. Er hatte den Eindruck … den Eindruck, dass der Wald lebte und ihn ansah … Ihn mit wohlwollendem Blick betrachtete. Er fragte sich, ob er nicht vielleicht dabei war, verrückt zu werden. All diese Geschichten hatten ihn beunruhigt, und er war vielleicht auf dem besten Wege, den Verstand zu verlieren. Von Zeit zu Zeit sah er sich abrupt um, um festzustellen, ob er nicht verfolgt oder beobachtet wurde, doch da war natürlich niemand. Nur die Bäume. Der Wald.

Immer verstörter sagte er sich, dass es vielleicht an der Zeit war, zu Viviane zurückzukehren, wenn auch mit leeren Händen, und zu hoffen, dass sie ihm würde verzeihen können. Er war lange genug im Kreis gelaufen!

Er wollte gerade umkehren, als er etwas weiter nördlich einen Ast zerbrechen hörte, ein kurzes Knacken, das im Herzen des Waldes widerhallte. Diesmal bildete er sich nichts ein; er hatte wirklich etwas gehört, da war er sich sicher.

Bohem kauerte sich hin und rührte sich einige Augenblicke nicht. Er runzelte die Stirn. Vielleicht war das endlich Wild! Würde er doch noch Glück haben? Er versuchte festzustellen, woher das Geräusch gekommen war. Er reckte sich ein wenig, stützte sich auf und warf einen Blick rings um sich in den Wald. Nichts. Aber es wurde langsam dunkel, und die Schatten wuchsen. Er wagte sich ein wenig weiter vor, so vorsichtig wie möglich, um keinen Lärm zu machen, und setzte seine Füße nur behutsam auf den von trockenen Nadeln bedeckten Boden. Er hielt seinen Bogen fest in der linken Hand, die Finger über einen angelegten Pfeil gekreuzt, wie er es seinen Vater Dutzende von Malen hatte tun sehen. Er trat einige Schritte zur Seite, um sich dem Ort zu nähern, von dem das Geräusch anscheinend ausgegangen war.

Plötzlich sah er die Bewegung eines Schattens hinter einer hohen, dunklen Kiefer. Noch ein Geräusch. Er hob den Kopf und sah eine Form vorüberhuschen, ein Fell... Ein großes Tier. Wenn das nur kein Nebel war... Ein Wolf? Nein, es schien ihm, als ob das Tier, das eben zwischen den Bäumen vorbeigekommen war, viel größer wäre als ein Wolf... Aber was war es nur?

Er spürte seinen Herzschlag. Er hatte einen Hasen oder ein anderes kleines Wild erlegen wollen. Damit, einem so großen Tier zu begegnen, hatte er nicht gerechnet. Um die Wahrheit zu sagen fühlte er sich mit seinem lächerlichen Bogen nicht besonders sicher... Aber er war auch neugierig. Er wollte wissen, was das war. Er hatte eine Vorahnung. Also schritt er weiter voran, diesmal schneller als zuvor, aber noch immer in dem Bemühen, hinter das Tier zu gelangen und sich ihm nicht von vorn zu nähern.

Er rannte von Baum zu Baum und blieb dann und wann im Schatten einer Kiefer versteckt stehen, um besser sehen zu können. Das Tier war da. Er konnte es immer noch erahnen. Es lief weiter. Zögerte. Er wusste nicht, ob es ihn gesehen hatte. Mit gesenktem Kopf setzte er sich wieder in Bewegung. All seine Sinne waren erwacht. Aber jedes Mal, wenn er näher herankam, entzog sich das Tier ihm, als ob es einen gewissen Abstand einhalten wollte. Es musste ihn gesehen haben oder spürte ihn vielleicht nur. Plötzlich sah er es ganz, nur für einen Augenblick in einem kurzen Lichtstrahl, wie eine Erscheinung.

Solch ein Geschöpf hatte er noch nie gesehen, doch er wusste sofort, worum es sich handelte. Es war kein Irrtum möglich. Diese Mähne um ein großes Maul herum, dieser Katzenkörper, muskulös, eckig, mit kurzem weißem Pelz... Dieser Rückenkamm, gespickt mit scharfen Spitzen, der in einen Reptilienschwanz auslief...

Eine Chimäre.

Bohem riss die Augen auf. Er konnte es nicht glauben. Aufs Neue ein Nebel auf seinem Weg, hier, obwohl er nicht nach einem gesucht hatte! Nein. Das konnte kein Zufall sein! Man sah im Wald niemals Nebel. *Niemals.* Nur den größten Wolfsjäger gelang es, sie nach tagelanger Jagd zu stellen. Und er war in wenigen Tagen auf seinem Weg schon zweien begegnet. Erst einem Wolf und nun einer Chimäre. Das war nicht möglich!

Er riss sich zusammen und versuchte noch einmal, näher heranzukommen. Sein Herz schlug immer stärker, denn die Chimären waren weitaus fürchterlicher als die Wölfe. Sein Vater hatte ihm das oft erklärt. Er hatte wirklich Angst. Der Wolf mochte sich ja neulich freundlich gezeigt haben, aber nichts bewies, dass die Chimäre es genauso machen würde.

Sie hatte jedes Recht, ihn anzugreifen.

Sie konnte sich von einem Augenblick auf den anderen auf ihn stürzen und ihn mit einem Prankenhieb töten oder ihm mit einem Biss die Kehle aufreißen. Er musste vorsichtig sein – aber er konnte nicht umkehren. Er wollte es nicht.

Langsam wagte er sich weiter vor. Wieder wich die Chimäre zurück. Jetzt konnte kein Zweifel mehr bestehen: Sie hatte ihn gesehen. Er blieb stehen und dachte nach. Wenn sie ihn gesehen hatte und ihn trotzdem nicht angriff, dann war sie vielleicht genau wie der Wolf. Bohem lächelte. Er hoffte, dass seine Träume nicht völlig sinnlos waren und dass das instinktive Mitgefühl, das er für diese Tiere empfand, nicht absurd war. Aber warum wich sie so zurück? Warum blieb sie im Schatten? Er hätte sie gern gesehen, sie einfach bewundert… Er wollte ihr doch nichts Böses!

Da begriff er, warum sie zurückwich. Natürlich, sein Bogen! Sein Bogen schlug das Tier in die Flucht! Vorsichtig, ohne zu abrupte Bewegungen zu machen und ohne den Schatten des Nebels aus den Augen zu lassen, den er zwischen den Bäumen erkennen konnte, legte er seine Waffe auf den Boden.

Er richtete sich auf und machte einen Schritt nach vorn. Die Chimäre trat ins Licht, und er konnte sie endlich bewundern.

Es war schon spät, als Bohem dort wieder auftauchte, wo er Viviane zurückgelassen hatte. Die junge Frau hatte ein kleines Kochfeuer angezündet und wartete offensichtlich mit wachsender Ungeduld auf ihn.

Als sie ihn ankommen sah, lief sie ihm entgegen. »Und?«

Bohem verzog das Gesicht. »Äh... Nein. Ich habe nichts gefunden.«

»O nein!« Die junge Frau schien schrecklich enttäuscht. »Ich werde sterben! Mir tut schon der Bauch weh, solchen Hunger habe ich!«

Bohem zuckte die Achseln. Es tat ihm wirklich leid, und auch er war ausgehungert. Aber er war mit den Gedanken bei etwas anderem. Er war noch immer ganz mitgenommen.

»Ich weiß nicht, ob dich das trösten wird«, sagte er etwas ängstlich, »aber ich kann dir zum Ausgleich eine Geschichte erzählen. Mir ist etwas Unglaubliches passiert!«

»Was denn?«, murmelte Viviane zweifelnd.

»Ich habe einen Nebel gesehen!«

»Im Wald?«

»Ja. Eine Chimäre.«

»Aber das ist ja furchtbar!«, rief Viviane. »Wir können nicht hierbleiben!«

»Wieso ist das furchtbar?«, fragte Bohem erstaunt. »Im Gegenteil, das ist großartig!«

»Großartig? Bist du verrückt? Es besteht doch die Gefahr, dass sie uns heute Nacht hier angreift! Wir müssen sofort aus diesem Wald hinaus!«

»Beruhige dich, Viviane!« Bohem löste sich aus seiner Benommenheit. »Sie wird uns nicht angreifen. Ich habe eine ganze Weile damit zugebracht, sie zu beobachten, und sie hat mich ihrerseits gemustert. Sie hat mich nicht angegriffen. Sieh doch!

Ich bin hier! Die Nebel greifen niemals Menschen an, Viviane, das ist nur ein Ammenmärchen!«

»Du hast einfach vor einem Nebel gestanden, ohne irgendetwas zu tun?«

»Ja, und das ist nicht das erste Mal, Viviane. Vor ein paar Tagen habe ich sogar mit einem Wolf gespielt.«

»Jetzt nimmst du mich aber auf den Arm, oder?«

»Nein, ich versichere es dir! Die Nebel sind außergewöhnliche Geschöpfe und ...«

»Ja, es wäre mir aber doch lieber gewesen, wenn du uns etwas zu essen gebracht hättest, statt deine Zeit damit zu verbringen, einen Nebel anzuschauen...«

»Es tut mir sehr leid...«

»Ach, macht ja nichts«, sagte die junge Frau schließlich. »Ich hätte es sicher auch nicht besser gemacht. Aber deine Geschichte, Bohem...«

»Vertrau mir, Viviane. Alles, was man uns schon immer über die Nebel erzählt hat, ist falsch.«

»Na, du bist wirklich ein seltsamer Wolfsjäger!«

»Ohne Zweifel. Aber du bist ja auch ein seltsamer Troubadour, nicht wahr?«

Die junge Frau nickte lächelnd. »Wir sind schon zwei! – Gut, komm, ich sammele einige Pflanzen, deren Wurzeln man kochen kann, dann haben wir wenigstens etwas...«

Bohem schnitt eine Grimasse. »Wunderbar!«, sagte er ironisch.

Plötzlich ließ eine Stimme hinter ihnen sie zusammenfahren. »Hättet ihr nicht vielleicht lieber ein Stück Schaffleisch?«

Sie drehten sich gleichzeitig verblüfft um und erkannten den, der eben gesprochen hatte: Fidelis La Rochelle. Er stand leibhaftig vor ihnen, mit seinem runden Bauch, seinem schelmischen

Blick und seinem kahl geschorenen Schädel. In einer Hand trug er seinen Gesellenstab, in der anderen, gegen seine Schulter gestützt, den reglosen Leib eines fetten Schafs. Von dem Dolch an seinem Gürtel tropfte noch Blut.

»La Rochelle!« Viviane streckte die Arme nach ihm aus. »Wir freuen uns ja so, dich zu sehen!«

»Mich zu sehen oder mein fettes Schaf hier?«

»Natürlich vor allem das Schaf!«, gab die junge Frau lächelnd zurück.

»Das mit heute Morgen tut mir sehr leid«, mischte sich Bohem verlegen ein.

»Ja«, erwiderte La Rochelle, »vor allem, weil du, wenn ich recht verstanden habe, einen miserablen Jäger abgibst!«

Bohem hob betrübt die Hände.

»Nun, macht euch keine Gedanken, nun, da *Herr* Bohem damit einverstanden ist, dass wir ein Feuer anzünden, will ich gern dieses Schaf mit euch teilen...«

»Fabelhaft!«, rief Viviane. »Ich verhungere!«

Sie versammelten sich rund um das kleine Feuer. Der Geselle weidete stolz das Tier aus, dann bereiteten sie es zu, während sie miteinander redeten. Bohem schämte sich noch immer.

»Wie hast du uns wiederfinden können?«

»Also wirklich!«, mokierte sich La Rochelle. »Ich bin euch den ganzen Tag lang gefolgt! Weißt du, ich bin gar nicht so lange nach euch aufgebrochen... Nur lange genug, um anständig zu frühstücken.«

»Es tut mir wirklich aufrichtig leid«, wiederholte Bohem, »dass ich mich heute Morgen so angestellt habe. Ich muss zugeben, dass es mich erstaunt, dass du dennoch beschlossen hast, dich uns wieder anzuschließen, trotz meiner mangelnden Höflichkeit...«

»Hör mal, ich habe dich beim ersten Mal gut verstanden, du wirst dich also gefälligst nicht den ganzen Abend lang entschuldigen! Ich kann gut verstehen, dass du angespannt bist, und wenn ich heute Abend hier bin, so auch, weil ich es dir nicht übel nehme... Aber auch, weil ich keine Lust habe, ganz allein zu reisen!«

»Umso besser! Du bist uns sehr willkommen! Du wirst mir nur noch erklären müssen, wie du dieses Schaf aufgetrieben hast...«

»Das tue ich lieber nicht«, scherzte La Rochelle. »Ich bin auf diese Begebenheit nicht sonderlich stolz!«

»Ich verstehe!«

Sie sprachen lange in der entspannten Atmosphäre einer beginnenden Freundschaft miteinander, und Bohem vergaß für die Dauer eines Abends beinahe seine Sorgen. Als das Schaffleisch endlich gar war, aßen sie hungrig und gut gelaunt und schliefen danach alle drei ein, erschöpft von ihrer langen Reise.

Ich befinde mich wieder in meinem Traum. Aber ist das wirklich ein Traum, da ich doch weiß, dass ich es bin, da ich doch weiß, dass es ein Traum ist? Nein.

Ich glaube nicht, dass es nur ein Traum ist. Ich glaube, es ist etwas anderes, denn ich kenne mich an diesem Ort immer besser aus. Ich verstehe die Gesetze, die hier herrschen, immer besser. Es gelingt mir, mich zu rühren, umherzugehen, meine Bewegungen durch meine Gedanken zu bestimmen. Ich beginne, mir meiner selbst bewusst zu werden und auch der Dinge, die mich umgeben. Ich erwache in meinem eigenen Traum, und ich bin sicher, dass ich sprechen könnte. Ich spüre es. Im Augenblick ist es noch nicht möglich, aber es wird noch kommen. Dessen bin ich mir sicher.

Ich bin da, wo ich beim ersten Mal war, inmitten dieser stillen Ebene. Die Heide. Der Sand. Die Stille. Und ich weiß, dass er da sein wird, wenn ich mich umdrehe, er, der Wolf.

Ich drehe mich um.

Er ist da. Ja. Aber er ist nicht allein. Neben ihm, der sich immer wieder im Kreis dreht wie ein eingesperrtes wildes Tier, steht die Chimäre, weiß und eindrucksvoll. Sie ist jetzt also auch hier. Warum? Weil ich sie heute gesehen habe?

Weil wir einander begegnet sind?

Die zwei Nebel sehen mich an, starr, als wollten sie meine Aufmerksamkeit auf sich ziehen. Sie drehen sich um. Ich muss ihnen aufs Neue folgen. Natürlich. Sie werden mich dahin führen, wohin der Wolf mich schon geführt hat. Zum Wald.

Der Wald. Mein Zuhause.

Ich durchquere den Raum, vielleicht auch die Zeit. Die Ebene, der Himmel, alles verschwimmt. Die Entfernungen scheinen sich auszudehnen. Es gelingt mir, den Nebeln zu folgen, dem Wolf, der Chimäre. Ich muss nur den Weg gehen, den die Nebel mir zeigen.

Plötzlich verschwinden sie, und ich erkenne den Ort ohne Schwierigkeiten wieder. Ich bin am Wald, an demselben Wald. Ich warte. Ich weiß, dass ich nicht zufällig hier bin. Seine Gestalt zeichnet sich am Waldrand ab. Es ist der kleine Mann mit seinem langen weißen Bart, seinem runden Bauch, dem Instrument auf seinem Rücken, seinem Kettenhemd, seinem Schwert, der Feder an seinem Hut. Er kommt näher. Er lächelt. Er erkennt mich wieder. Natürlich. Er spricht, aber ich höre noch immer nichts.

Er streckt mir den Arm mit einer zur Faust geschlossenen Hand entgegen. Er hält etwas in der Hand, etwas, das er mir geben will, noch immer denselben Gegenstand, den ich beim letzten Mal nicht gesehen habe.

Langsam dreht er seine Hand um und öffnet die Finger.
Endlich sehe ich ihn – einen Ring. Einen goldenen Ring, in den ein Symbol eingraviert ist. Ich sehe den Ring.
Der Mann verschwindet. Er verschwindet im Wald.
Und ich bin wieder allein. Nein. Ich bin nicht allein. Irgendjemand ist da, irgendetwas, das mich beobachtet, schon seit langer Zeit... Etwas, das mich bedroht.

»Bohem! Wach auf! Schnell!«

Der junge Mann öffnete mühsam die Augen; er war noch ganz in seinen Träumen gefangen.

»Was ist los?«, stammelte er.

»La Rochelle hat jenseits des Waldes einen Trupp Reiter gesehen, der in unsere Richtung kommt.«

Bohem richtete sich abrupt auf. »Die Soldaten des Königs?«, fragte er. In seiner Stimme schwang Panik mit.

»Wir wissen es nicht. Wahrscheinlich ja. Komm, wir können nicht hierbleiben. Steh auf!«

Bohem erhob sich augenblicklich. Er schüttelte den Kopf, um wach zu werden, und sah sich um. Er bemerkte La Rochelle, der dabei war, die Spuren ihrer Anwesenheit so gut wie möglich zu verwischen – die Steine, das Feuer, die Reisighaufen, die ihnen als Schlafplatz gedient hatten... Er beeilte sich, ihm dabei zu helfen.

»Diesmal bin ich einverstanden – kein Frühstück!«, flüsterte der Geselle ihm zu und lächelte.

Bohem nickte und erwiderte das Lächeln, aber im Grunde hatte er keine Lust, Scherze zu machen. Würde es denn niemals aufhören? Mochten sie auch immer weiter fliehen, man würde sie am Ende doch einholen! Er war verzweifelt, aber er bemühte sich, es sich nicht anmerken zu lassen. Schließlich war es an ihm, mit gutem Beispiel voranzugehen. Er war es, der sie hierhergeführt hatte, also musste er den anderen auch etwas Hoffnung einflößen. Er versuchte, genug Kraft dafür zu finden.

Er betrachtete den Wald ringsum und dachte an das Gefühl, das er am Vorabend gehabt hatte und auch heute noch verspürte, sogar noch klarer. Ganz einfach... Er war hier zu Hause. In diesem Wald. Sicher in allen Wäldern. Also musste er sie führen, wie La Rochelle sie in Sarlac geführt hatte. Jetzt war er an der Reihe.

»Gehen wir«, sagte er. »Es ist gleichgültig, ob Spuren zurückbleiben. Das Wichtigste ist, dass wir weit weg sind, wenn sie hier eintreffen.«

Er drehte sich zu der jungen Frau um. »Viviane, gib mir deinen Beutel.«

»Nein. Ich kann ihn selbst tragen. Nimm du lieber deinen Bogen. Vielleicht kann er dir doch noch etwas nützen. Der Beutel würde dich nur behindern.«

Es hatte keinen Sinn, zu widersprechen. Die junge Frau hatte recht. Sie würden sich vielleicht bald verteidigen müssen. La Rochelle hatte seinen Wanderstab und den Dolch an seinem Gürtel, Bohem seinen Bogen. Das war alles nicht wirklich das Richtige, um gegen ein Heer von Reitern anzutreten, aber immer noch besser als nichts.

Die drei brachen schnell auf, und zum ersten Mal ging Bohem voran. Er wollte die Richtung wählen, den Weg bahnen, dem Wald lauschen... Vielleicht würde der ihm sagen, wohin sie sich wenden konnten... Wohin sie fliehen konnten. Aber was dachte er da? Er war wirklich dabei, verrückt zu werden! Wie konnte er nur etwas derart Unsinniges denken?

Er begann zu laufen und blickte zurück, um zu sehen, ob die

beiden anderen ihm folgten. Sie ließen sich nicht lange bitten und rannten ihrerseits los. In ihren Augen war Furcht zu erkennen. Sicher hatten sie gerade erst begriffen, wie unmittelbar ihnen Gefahr drohte. Ihre Verfolger waren weniger weit entfernt, als sie zunächst geglaubt hatten, und waren ihnen sicher schon auf der Spur.

Mit klopfendem Herzen liefen sie lange Zeit, immer hinter Bohem her, schlüpften zwischen den Kiefern hindurch und glitten auf dem wilden Teppich des Waldes aus, immer die Angst im Nacken. Als Bohem schließlich sah, dass Viviane und La Rochelle weiter zurückfielen, beschloss er, einen Augenblick haltzumachen, damit sie wieder zu Atem kommen konnten.

Aber sie hatten kaum begonnen, wieder ruhiger zu atmen, als sie hinter sich schon das dumpfe Geräusch der Hufe hörten, die auf den Boden trommelten. Die Reiter kamen immer näher. Sie würden sie bald einholen und sich auf sie stürzen.

»Sie sind zu Pferde und wir zu Fuß«, flüsterte Viviane. »Wir haben nicht die geringste Chance!«

»Wir müssen ein Versteck finden!«, schlug La Rochelle vor.

»Nein«, antwortete Bohem. »Sie sind uns auf der Spur und würden uns sofort finden. Das geht nicht!«

»Was dann? Wir werden doch nicht einfach hier auf sie warten, ohne etwas zu unternehmen!«

Bohem schüttelte den Kopf. Es gab sicher eine Lösung. Er musste einen Ausweg finden. Viviane und La Rochelle sahen ihn an. Sie verließen sich jetzt auf ihn. Irgendetwas in ihrem Blick hatte sich verändert, als ob sie nun all ihre Hoffnung ausschließlich auf ihn setzten. Warum? Weil sie ihm zum ersten Mal gefolgt waren? Nein. Es konnte nicht nur deshalb sein. Vielleicht hatten sie bemerkt, dass er sich seltsam verhielt, seit sie in den Wald gelangt waren. Vielleicht hatten sie verstanden, dass er hier, zwischen den Bäumen, etwas Besonderes fühlte. Aber er hatte nicht die Zeit, es selbst zu verstehen, auch nicht die Zeit, sich überhaupt die Frage zu stellen. Die beiden anderen zählten auf ihn, und er musste etwas unternehmen, das war alles.

Irgendetwas, um sie zu retten, zum ersten Mal die anderen zu retten, nicht mehr sich selbst...

Aber wie?

Das Echo der Pferde, die über trockene Erde galoppierten, kam näher wie eine Welle, die sie mitreißen würde. Die Soldaten würden von einem Augenblick auf den anderen da sein. Die drei hätten diesen ganzen Weg für nichts und wieder nichts auf sich genommen. Alle, die ihm geholfen hatten, hätten es vergeblich getan... Nein! Das konnte nicht sein! Bohem konnte nicht hinnehmen, dass alles so zu Ende gehen sollte.

Er ließ sich auf die Knie fallen und grub, ohne zu wissen, warum, geleitet von dem Instinkt, der ihn auch Trinitas' Stein hatte behauen lassen, seine Hände in den Boden. Es war, als sei es eine angeborene Geste, von seinen Vorfahren ererbt... Und er rief. In seinem Kopf. Er rief den Wald. Sein Zuhause. Mit aller Kraft.

Er musste sie retten. Der Wald musste sie retten. Der Wald, der ihn so freundlich ansah und ihn aufgenommen hatte...

Bohem schloss die Augen. Seine Finger sanken in den Teppich aus Nadeln. Seine gekrümmten Finger rissen die Erde auf. Tränen liefen ihm über die Wangen.

»Bohem!«, ertönte eine Stimme, die aus einer anderen Welt zu kommen schien.

Es war Viviane hinter ihm. Aber er öffnete nicht die Augen. Er musste sich konzentrieren. Verstehen. Der Wald. Die Nebel. Sie waren miteinander verbunden. Alles war verbunden. Mit ihm. Es war gar nicht anders möglich. Diese beiden Nebel. Der Wolf. Die Chimäre. Und das seltsame Gefühl, dass ihn bei seiner Ankunft im Wald ergriffen hatte. Es musste eine Erklärung geben. Einen Sinn. Eine Antwort.

Plötzlich hörte er das Geräusch von Hufen. Nahe. Zu nahe. Er öffnete die Augen und sprang mit einem Satz auf, bereit, sich zu verteidigen, und in der Erwartung, endlich die Gesichter derjenigen zu sehen, die ihn bis hierher verfolgt hatten. Er warf sich herum, um sie zu sehen, ihnen gegenüberzutreten...

Aber sie waren es nicht.

Noch nicht. Nein. Das sah er am verwirrten Blick seiner beiden Gefährten, die etwas über seine Schulter hinweg betrachteten.

Er drehte sich langsam noch einmal um – und da sah er sie, nur einige Schritte entfernt. Zwei Pferde. Weiß. So weiß, dass sie fast leuchteten! Und so groß!

Er lächelte. Es waren Zauberpferde. Der Wald... War das möglich? Der Wald hatte ihn angehört! Er hatte seinen Hilferuf beantwortet!

Er näherte sich vorsichtig den Nebeln. Er wollte sie nicht erschrecken. Einer von ihnen wieherte, aber sie ließen es zu, dass er nahe an sie herankam. Langsam legte Bohem seine Hand auf den Hals des ersten Zauberpferds und wusste sofort, dass das Tier auf ihn wartete. Es war für ihn da. Für sie.

Er stieg auf. Der Nebel rührte sich nicht. Er war bereit. Bereit zum Aufbruch. Er musste ihn nur bitten...

Bohem bedeutete seinen beiden Freunden, zu ihm zu kommen. Ungläubig zögerten sie. Sie hatten noch nie so große und prächtige Pferde mit derart glänzendem Fell gesehen, und genau wie er wussten sie, was diese Pferde waren. Nebel. Zauberpferde. Fabelwesen, die man selten, fast niemals, sah. Aber sie waren wirklich hier, wie durch ein Wunder vor ihnen erschienen.

Viviane und La Rochelle hatten Bohems Bewegungen gesehen, seine Tränen, seine Hände, die in den Boden gruben. Aber sie konnte nicht daran glauben. Hatte wirklich *er* die beiden Geschöpfe herbeigerufen? Konnte er den Nebeln Befehle erteilen? Er, der Wolfsjäger?

»Beeilt euch!«, rief Bohem, als er sah, dass sie sich nicht rührten. »Sie sind da!«

Viviane drehte sich um und sah *sie*, wie sie ihrerseits die drei Flüchtigen sehen mussten. Es waren etwa zehn, vielleicht mehr, die zwischen den Bäumen hindurch auf sie zugaloppierten, Reiter mit weißen Waffenröcken. Ihre Topfhelme funkelten zwischen dem Grün der Zweige. Ihre Pferde wirbelten Staubwolken im sanften Morgenlicht auf. Sie hielten direkt auf Bohem und seine Freunde zu.

Ohne noch länger nachzudenken, lief Viviane auf die Nebel zu und kletterte hinter Bohem. Auch La Rochelle fasste seinen Entschluss und stieg auf das zweite Zauberpferd.

Die zwei Nebel galoppierten sofort los. Ihre Hufe rissen den Boden auf. Ihre kräftigen Beine trugen sie rasch durch den Wald, von einer unsichtbaren Kraft angetrieben, von einem göttlichen Wind getragen. Sie waren viel schneller, als irgendein gewöhnliches Pferd auf der Welt galoppieren konnte.

KAPITEL 7
DAS BESTIARIUM VON THAON

Sie wanderten nun schon seit fast einer Woche durch die Heckenlandschaft von Quitenien. Die Zauberpferde hatten sie auf die andere Seite des Waldes getragen und waren am ersten Abend bei Einbruch der Nacht geflohen, als ob sie den Schutz der Bäume nicht hätten verlassen wollen – oder als ob sie alles getan hätten, was sie hatten tun können, indem sie Bohem und seine Gefährten so weit wie möglich getragen hatten.

Sie waren jetzt schon sehr weit gekommen. Dank der Nebel hatten sie sogar ihre Verfolger ganz gut abgehängt.

Dennoch beeilten sie sich, weil sie wussten, dass sie nun, da sie wieder zu Fuß unterwegs waren, Gefahr liefen, ihren Vorsprung sehr schnell zu verlieren. Also machten sie wenige Pausen und schliefen nicht viel; dazu hatten sie keine Zeit.

Abends gingen Bohem und La Rochelle gemeinsam auf die Jagd. Sie wurden zunehmend geschickter darin und fanden immer häufiger Wild. La Rochelle hatte sich eine Schleuder gebastelt, die bestens für die Jagd auf kleine Tiere geeignet war. Sie hatten gelernt, auf den richtigen Zeitpunkt in der Abenddämmerung zu warten, um die Tiere aufzustöbern, indem sie nach Wildwechseln, niedergedrücktem Gras oder anderen Spuren suchten. Sie wussten mittlerweile auch, wie sie zum Wind stehen mussten, damit ihre Beute ihre Anwesenheit nicht wittern konnte, und wie sie bewegungslos warten mussten, bis das Tier in Reichweite ihrer Waffen kam. Sie hatten sich sogar daran gewöhnt, Nester und Höhlen aufzuspüren, indem sie das Kommen und Gehen der Tiere beobachteten, die sich im Frühsommer nicht zu weit von ihren Bauen entfernten.

Viviane wurde jeden Tag besser darin, das Fleisch zuzubereiten. Mit immer mehr Selbstsicherheit zog sie den Tieren unter den staunenden Blicken der beiden Jungen die Haut ab. Sie ließ das Tier an einem kalten Ort ruhen, damit Ungeziefer und Insekten es verließen. Dann hängte sie es kopfüber an einen Baum, schnitt ihm die Kehle durch und ließ das Blut in ein kleines Gefäß laufen, bevor sie es als Beilage zum Fleisch kochte. Danach schnitt sie rund um die Gelenke des Wilds und brachte einen weiteren Schnitt in Form eines »Y« vom Hinterteil bis zum Hals an, worauf sie darauf achtete, nicht ins Fleisch zu schneiden. Nachdem sie die Genitalien abgeschnitten hatte, entfernte sie die Haut wie einen Handschuh und schlitzte dann dem Tier den Bauch auf, um es von unten nach oben auszuweiden, wobei sie nur die Nieren, die Leber, das Herz und das Fett der Innereien aufbewahrte. Sodann kochte sie das Fleisch, um es zuletzt zu frittieren oder zu braten. Sie hatte schnell gelernt, wie das ging. Sehr bald hatten sie jeden Abend etwas zu essen.

Als sie immer mehr Wild fanden, ging Viviane sogar dazu über, das Fleisch zu räuchern, um es haltbar zu machen, sodass sie auch mittags etwas zu sich nehmen konnten.

Dass sie sich satt essen konnten, machte die Reise viel einfacher, aber sie waren trotz allem erschöpft, weil sie eine hohe Geschwindigkeit beibehielten. Außerdem gab es, obwohl sich ihre Freundschaft mit den neuen Hindernissen, denen sie sich gegenübersahen, vertiefte, immer mehr Spannungen zwischen ihnen. Bohem hatte das Gefühl, dass zwischen ihm und den beiden anderen ein gewisses Unbehagen eingetreten war.

Es gab wirklich niemals Uneinigkeit zwischen Viviane und La Rochelle, nur zwischen Bohem und den beiden anderen. Es waren nur Kleinigkeiten, sinnlose und dumme Streitereien, aber dennoch ... Er hatte den Eindruck, dass seine innige Vertrautheit mit Viviane sich jeden Tag ein wenig weiter auflöste.

Sie hatten nicht wieder von dem gesprochen, was im Wald geschehen war, und Bohem spürte, dass Viviane und La Rochelle ihn nun mit anderen Augen sahen, dass sie noch immer betreten und verwirrt waren. Er hätte ihnen gern alles erklärt und sie beruhigt, aber er war sich nicht sicher, ob er selbst alles verstand. Die Sache hatte ihn sicher genauso sehr mitgenommen wie die beiden. Wie konnte er ihnen Trost spenden, wenn ihm alles selbst Angst machte?

Am Abend des siebten Tages gelangten sie in Sichtweite von Hohenstein.

Auf einem Felsvorsprung gelegen, der ein grünendes Tal beherrschte, erhob sich die große Stadt hinter steinernen Mauern, die zwischen zwei gewundenen Flussbetten emporragten. Hinter der grauen Umfassungsmauer waren zahlreiche Glockentürme zu erkennen, die wie ein Gruß an Gott in den Himmel wuchsen. Inmitten dieses steinernen Waldes thronte zwischen den roten und blauen Dächern der Herzogspalast glanzvoll wie ein Herrscher über der Stadt.

»Seht!«, sagte Viviane mit einem breiten Lächeln. »Hohenstein, die Stadt der Troubadoure!«

Ihre Augen glänzten, und ihr ganzes Gesicht leuchtete förmlich. Sie war am Ziel einer Reise angekommen, die für sie sehr wichtig war. Nur hierfür hatte sie alles zurückgelassen, ihre Familie, ihre Freunde und die schöne Stadt Tolosa, nur um in diese legendäre Stadt zu gelangen, die all ihre Hoffnungen nährte.

»Das ist großartig«, sagte Bohem voll ehrlicher Bewunderung.

Er hatte in seinem ganzen Leben noch keine so große Stadt gesehen, noch keinen solchen Anblick genossen. Von dem Hügel aus, auf dem sie haltgemacht hatten, konnten sie die ganze Stadt betrachten. Es war ein einzigartiges Bild. Sogar La Rochelle, der doch schon weit herumgekommen war, wirkte beeindruckt.

»Beeilen wir uns!«, forderte Viviane sie auf. »Wir können noch rechtzeitig ankommen!«

Rechtzeitig? Wofür? Bohem wusste es nicht. Aber sie stiegen schnell den langen Abhang hinab, der zur ersten Brücke der Stadt führte. So betraten sie vor Einbruch der Nacht das Königreich der Dichter.

Bastian war an seinem sechzehnten Geburtstag in die Wolfsjägerei von Roazhon eingetreten, nachdem sein Vater gestorben war. Zwei Jahre später war er immer noch einer der jüngsten Wolfsjäger im Herzogtum Breizh, aber zugleich einer der besten. Sie waren insgesamt sechs in der Stadt, und innerhalb von zwei Jahren hatte er mehr Prämien kassiert als die anderen fünf zusammen. Er machte seine Sache so gut, dass er nicht unbedingt das beliebteste Mitglied der Mannschaft war. Man machte ihm seine Aufgabe nicht leicht, weil man ihn um seinen Erfolg beneidete. Aber er machte sich darum kaum Gedanken.

Er verbrachte die meiste Zeit fern der Stadt in den Wäldern des Herzogtums und lebte allein, ohne jemandem Rechenschaft zu schulden. Er unterhielt sich nie und antwortete nicht auf die Provokationen der anderen Wolfsjäger. Man sah ihn noch nicht einmal in den Wirtshäusern der Stadt. Er lebte in der Erinnerung an seinen Vater und sorgte sich nur um eines, nämlich darum, seinen Beruf so gut auszuüben, dass er seinem Vater ein ehrendes Angedenken bewahren konnte.

Er saß allein am Ende der Wolfsjägerei und hatte wie die anderen die Rede gehört, die der Bürgermeister ihnen an diesem Morgen dort gehalten hatte. Die Wolfsjäger hatten die Ankündigung freudig aufgenommen, dass der König von Gallica eine Verdoppelung der Prämien verfügt hatte, die im ganzen Land galt, die Lehen des Königs von Brittia mit eingeschlossen. Aber Bastian war sich nicht sicher, ob das wirklich so eine gute Neuigkeit war.

Denn er glaubte zu wissen, was sich hinter dieser Maßnahme verbarg. Man musste kein Hellseher sein, um zu durchschauen, was geschehen würde. Das Ende der Nebel war nah. Der König ermutigte die Wolfsjäger zu einer letzten Anstrengung, weil er wusste, dass so gut wie kein Nebel mehr in Gallica lebte, und er hoffte, ihnen ein für alle Mal den Garaus zu machen. Livain VII. verdoppelte die Prämien und wusste dabei ganz genau, dass er keine einzige mehr würde zahlen müssen, wenn diese Geschöpfe erst ganz verschwunden waren.

Was aber würden dann all die Wolfsjäger tun, die seit Generationen nur von der Jagd auf die Nebel gelebt hatten? Sie würden nicht nur ihre Einkommensquelle verlieren, sondern auch ihr Ansehen, den Platz, den sie sich in der Gesellschaft erobert hatten, und wahrscheinlich zugleich ihre Würde.

Durch die Jagd auf die Nebel hatten die Wolfsjäger Stück für

Stück ihren eigenen Lebenszweck zerstört. Bastian kam nicht umhin, an die Ironie ihres Schicksals zu denken.

Aber es war nicht der rechte Zeitpunkt, Ausflüchte zu machen. Die Zeit lief jetzt ab. Die Jagd auf die letzten Nebel war eröffnet. Den Wolfsjägern blieben nur noch einige Wochen, vielleicht weniger, um sich die letzten Prämien zu sichern.

Bastian stand auf und verließ die Wolfsjägerei, ohne sich von seinen Genossen oder vom Bürgermeister zu verabschieden. Diese Dummköpfe begriffen doch nichts! Nur eines zählte jetzt – die letzten Geschöpfe zu töten und der Erste im Jagdgebiet zu sein, um als Erster schießen zu können und so viele Nebel wie möglich zu erlegen, bevor es zu spät war.

Bastian machte sich auf den Weg zu seinem Haus, um seinen Ausflug vorzubereiten, vielleicht seine letzte Jagd ... *Gebe Gott, dass es auch die schönste ist!*

Es wurde schon dunkel. Überall in der Stadt wurden Kerzen und Fackeln entzündet, Kreise aus gelbem Licht, die, einer nach dem anderen, hinter den zahlreichen Fenstern aufleuchteten. Die jungen Leute überquerten vorsichtig, aber dennoch schnellen Schritts die Neue Brücke. Sie hatten alle drei ihre Abenteuer in Sarlac in unangenehmer Erinnerung und erwarteten, jeden Moment wieder fliehen zu müssen. Der König hatte es zwar vielleicht nicht gewagt, seine Steckbriefe auch in der Stadt der Herzogin auszuhängen, die er verstoßen hatte, aber es war besser, auf der Hut zu bleiben. Einige Leute konnten ja anderswo die Schilder, auf denen Bohem beschrieben war, gesehen haben ...

Sie erreichten das große Tor am Ende der Brücke, wo man die Kaufleute aufhielt, um sie Pfundzoll zahlen zu lassen. Sie gelangten unauffällig auf die andere Seite der Stadtmauer und bemühten sich mit gesenktem Blick, nicht die Aufmerksamkeit der Soldaten auf sich zu ziehen, die diesen Eingang in die Stadt bewachten.

Sie wussten genau, wohin sie gehen mussten. Sie hatten den Herzogspalast, der auf dem höchsten Punkt der Stadt lag, von Weitem gesehen und durchquerten die Stadt zielstrebig. Bohem und La Rochelle fragten sich, wie sie wohl in den Wohnsitz der Herzogin von Quitenien gelangen sollten, aber Viviane schien sich diese Frage nicht zu stellen, und sie folgten ihr ohne Widerspruch.

Je näher sie der Innenstadt kamen, desto überzeugter war Bohem, dass sie am Palasttor abgewiesen werden würden, aber er wagte es nicht, Viviane aufzuhalten, die so selbstsicher wirkte – und so hoffnungsvoll. Wie konnte sie nur so naiv sein? Oder war er selbst mittlerweile schon zu argwöhnisch und abgeklärt?

Er beschränkte sich darauf, den Glanz der hunderttürmigen Stadt zu bewundern. Die Ausdehnung der Straßen und Gebäude hatte nichts mit Passhausen oder sogar mit Sarlac gemein. Alles war noch größer, als er es sich vorgestellt hatte, und obwohl es Nacht war, waren die Straßen voller Leute und von vielen Fackeln und dem Licht, das aus den Fenstern drang, erhellt. Sie gingen zwischen Türmen und Basteien hindurch, zwischen Häusern mit Erkern, die so eingezwängt lagen, dass man an ihnen vorbei nur ein kleines Stück des schwarzen Himmels erkennen konnte.

Die Festlichkeiten anlässlich der Rückkehr Helenas waren vorüber, aber die Handelsmesse, die im Juni stattfand, dauerte noch an, und die Stadt blieb bis spät in die Nacht lebendig. Es gab sogar einige Läden, die zu dieser Stunde noch geöffnet hatten, und die kleinen Straßen wurden von Auslagen verengt, auf denen Händler allerlei Tand feilboten. Die Wärme trieb die Leute ins Freie. Die Frauen und Kinder trafen sich vor den Häusern, um zu tratschen oder zu spielen. Die Wirte belästigten die Passanten, um sie zu überreden, mit den Scholaren und Schwindlern zu trinken, die ihre dunklen Schankstuben bevölkerten. An düsteren Straßenecken umgarnten angetrunkene Huren ihre potenziellen Freier und versprachen ihnen den siebten Himmel für wenig Geld. Mit großen Leinwandsäcken beladene Maultiere überquerten langsam die breiten Prachtstraßen und liefen Kutschen und Wagen, Adligen zu Pferde und Spaziergängern in den Weg. Es war, als ob die Stadt keinen Schlaf kannte und als ob die Menschen fern der Felder vergessen hätten, nach der Sonne zu leben.

Sie kamen am Sankt-Johannis-Baptisterium vorüber, einem alten, runden und wuchtigen Klostergebäude; ein wenig oberhalb sahen sie zu ihrer Rechten eine riesige Baustelle, die leer und still im Schatten lag, aber von der Errichtung eines gewaltigen Gebäudes zu zeugen schien.

»Das muss die Kathedrale sein, die Helena bauen zu lassen beschlossen hat«, erklärte Viviane auf Bohems neugierigen Blick hin.

Der junge Mann musste an Trinitas und Walter denken. Wie froh wäre er gewesen, wenn sie heute hätten hier sein können. Sie hatten doch immer davon geträumt, einmal an solch einem Bauvorhaben mitzuwirken!

Sie bogen schließlich in die Marktstraße ein, die bis zum Herzogspalast hinaufführte. Das gigantische Bauwerk zeichnete sich Stück für Stück vor ihnen ab, vom Fackellicht in einen gelben Schleier gehüllt. Sie blieben einen Augenblick lang stehen, um es zu bewundern: die steinernen Kamine, den rechteckigen Bergfried, der an jedem Winkel von einem vieleckigen Turm geschmückt war, die Glasfenster, die Türmchen, die Gärten ...

Bohem fragte sich, ob sie endlich alle drei finden würden, was sie suchten, Viviane einen Platz unter den Dichtern, der Schmied eine Arbeit und Bohem Antworten und vielleicht den Schutz der Herzogin. Er hoffte, dass sie so gütig sein würde, wie Viviane versprochen hatte. Aber wie konnte Viviane das wissen?

Sie setzten ihren Weg zum Palast fort. Es war tiefste Nacht, als sie vor dem Haupttor ankamen.

»Was wollt Ihr?«, fragte eine der vier Wachen und musterte sie überrascht.

Bohem wandte den Blick zu Viviane. Er wagte es nicht, selbst zu antworten. All das kam ihm derart hanebüchen vor ... Wie konnten sie hoffen, auf diese Weise in den Palast zu gelangen?

»Wir möchten gern eine Unterredung mit Helena von Quitenien führen«, antwortete die junge Frau ohne Scheu.

Der Wachsoldat begann zu lachen. »Ist das ein Witz?«, fragte er und sah amüsiert die übrigen Soldaten an.

»Keineswegs«, erwiderte Viviane. »Wir möchten sie bitte noch heute Abend sehen.«

Der Wachsoldat hörte sofort zu lachen auf. »Hört einmal zu, mein Fräulein. Bravo, das ist sehr lustig, ich bin sicher, dass Eure Freunde auch gut etwas zu lachen hatten – aber nun wäre ich Euch dankbar, wenn Ihr gütigst den Palastvorplatz verlassen wolltet!«

Bohem seufzte. Er warf Viviane einen bedauernden Blick zu. Wie hatte sie auch nur für einen Augenblick glauben können, dass sie einfach so in den Palast einer der bedeutendsten Frauen des Königreichs gelangen konnten? Er war schon dabei, sich umzudrehen, um einen Platz in der Stadt zu suchen, wo sie die Nacht verbringen konnten, als Viviane erneut das Wort ergriff. »Herr Wachsoldat, ich bitte Euch, die Herzogin von Quitenien aufzusuchen und ihr zu sagen, dass Viviane von Raudenburg darum bittet, sie sofort sehen zu dürfen. Ich bin ihre Nichte.«

Die drei jungen Leute wurden sehr schnell zum Arbeitszimmer Helenas von Quitenien geführt, dass oberhalb der großen Bibliothek des Palasts lag.

Bohem und La Rochelle warfen einander den ganzen Weg über ungläubige Blicke zu. Keiner von beiden hatte geahnt, dass ihre Freundin aus einer adligen Familie stammen mochte, und es war ihnen unangenehm, nicht nur so in den Palast einer Herzogin einzudringen, sondern auch und vor allem ohne es zu wissen über eine Woche lang eine junge Frau von hohem Rang einfach geduzt zu haben.

Der junge Wolfsjäger war völlig überrascht. Er wusste nicht, ob er sich verraten oder geschmeichelt fühlen sollte – verraten, weil Viviane ihm nie eingestanden hatte, wer sie wirklich war, geschmeichelt, weil die Nichte einer Königin bereit gewesen war, mit ihm zu reisen und ihm sogar zu helfen. Er sagte sich, dass er sie nie wieder mit den gleichen Augen sehen würde, und war sich der Ironie der Situation durchaus bewusst. Hatte die junge Frau nicht vielleicht das Gleiche über ihn gedacht, als sie ihn die Zauberpferde im Herzen des Kiefernwalds hatte rufen sehen? Waren sie einander fremd geworden? Er hätte gern sofort mit ihr gesprochen, doch das konnte er natürlich nicht. Ein Kammerdiener der Herzogin führte sie durch die Gänge des Palasts, und Bohem wagte es nicht, auch nur ein einziges Wort zu sagen. Er schämte sich sehr. Sie stanken, sie waren schmutzig, ihre Kleider waren zerlumpt – und doch empfing man sie in einem Gebäude, das prächtiger war als alles, was Bohem bisher in seinem ganzen Leben gesehen hatte.

Sie trafen schließlich in einem luxuriös ausgestatteten kleinen Arbeitszimmer ein, wo man sie bat, zu warten. Die drei jungen Leute sahen sich unbehaglich an, und keiner brachte es über sich, zuerst zu sprechen.

»Viviane! Du bist es!«

Bohem zuckte zusammen. Er wandte sich um und war von der Schönheit der Herzogin von Quitenien sogleich überwältigt, als sie das Zimmer betrat, um selbst die fremden Besucher in Augenschein zu nehmen.

Der junge Mann schätzte, dass sie über dreißig Jahre alt sein musste, aber in ihren Augen funkelte eine solche Jugendfrische, wie Bohem sie noch nie im Blick irgendeiner Frau gesehen hatte. Ihre schönen roten Haare umrahmten lockig ihre breite Stirn. Sie hatte wunderbare grüne Augen, denen man ihr Selbstbewusstsein und ihr Temperament anmerkte. Sie trug ein schönes gefälteltes Kleid aus orientalischer Seide, das an der Taille und an den Ärmeln gerafft war.

»Ja, meine Tante«, antwortete Viviane und verneigte sich.

Bohem und La Rochelle tauschten einen Blick und verneigten sich dann ihrerseits unbeholfen.

»Wie du dich verändert hast!«, rief die Herzogin bewundernd. »Wie alt warst du nur, als ich dich zuletzt gesehen habe?«

»Sechs Jahre alt, Herrin.«

»Na!«, gab die Herzogin lächelnd zurück. »Nenn mich nicht so! Und wer sind diese beiden Jungen?«

»Bohem der Wolfsjäger und Fidelis La Rochelle, sehr gute Freunde. Sie haben mich von der Grafschaft Tolosa aus hierherbegleitet.«

»Ihr seid Handwerksgesellen?«

»Mein Freund ist tatsächlich einer«, antwortete Bohem, als er sah, dass La Rochelle nicht zu antworten wagte, »aber ich nicht. Diesen Ohrring hat mir eine Herbergsmutter geschenkt ...«

»Ich verstehe. Ich danke Euch, dass Ihr Viviane hierherbegleitet habt, und heiße Euch im Palast von Hohenstein willkommen!«

»Tante«, griff Viviane ein, »sie sind nicht nur hier, um mich zu begleiten, auch wenn ich sicher niemals hier angekommen wäre, wäre Bohem mir nicht zur Hilfe geeilt. Der eine wie der andere möchte von Euch eine Gunst erbitten, genau wie ich.«

»Natürlich. Ich habe schon geahnt, dass du diese Reise fort von deinen Eltern – und ohne sie! – nicht unternommen hättest, wenn du keinen guten Grund dafür hättest, Viviane! Ich hoffe, dir und deinen Eltern ist nichts zugestoßen? – Aber vor allem sehe ich Euch an, dass Ihr großen Hunger haben müsst, und – wenn ich das sagen darf! – Ihr habt auch alle drei ein Bad und frische Kleider nötig! Sagt dem Kammerherrn, dass er jedem von Euch ein Zimmer zuweisen soll, und macht Euch ein wenig frisch, dann treffen wir uns im kleinen Esszimmer. Ich habe auch noch nicht zu Abend gegessen, und Ihr könnt mir dann alles während einer guten Mahlzeit erzählen.«

Die drei jungen Leute verbeugten sich dankbar und verwirrt; dann folgten sie dem Kammerherrn durch den Palast.

Gegen Abend, als die Milizen ihr Nachtlager am Waldrand aufgeschlagen hatten, bat Sergeant Fredric den Großmeister, ihn zu empfangen.

Andreas von Berg-Barden ahnte, welche Gründe sein Untergebener hatte, um dieses Gespräch zu ersuchen, und war nicht angetan von der Vorstellung, mit ihm reden zu müssen.

Er hatte auch so schon genug zu tun und das Bedürfnis, allein zu sein, um nachdenken zu können. Er hatte keine Lust, auf die offensichtliche Unruhe seiner Männer einzugehen. Aber es musste sein. Der Zusammenhalt der Brigade hing gewiss davon ab.

Er stieß einen langen Seufzer aus und ließ den Sergeanten hereinrufen.

»Großmeister«, sagte Fredric, als er das Zelt betrat, »ich danke Euch, dass Ihr mir diese Unterredung gewährt.«

Berg-Barden kannte diesen Sergeanten seit fast zehn Jahren. Es hatte nie die geringste Auseinandersetzung oder auch nur die geringste Missstimmung zwischen ihnen gegeben, und sie hatten gelernt, einander zu respektieren. Aber diese Mission im eigenen Heimatland des Ordens, fern des Orients, nahm eine seltsame Wendung.

»Was wollt Ihr, Fredric?«, drängte Berg-Barden, der die Sache so schnell wie möglich hinter sich bringen wollte.

»Herr, ich denke, Ihr habt den Grund für meine Anwesenheit hier schon erraten...«

Höre ich da Arroganz in seiner Stimme? Es ist also schlimmer, als ich dachte. Er hat noch nie so mit mir gesprochen! Ich muss ihn in seine Schranken weisen und ihm ins Gedächtnis rufen, dass ich trotz der Achtung, die ich ihm entgegenbringe, immer noch sein Vorgesetzter bin!

»Ich habe in der Tat eine gewisse Ahnung, Sergeant, aber ich hoffte, mich zu täuschen, da ich im Augenblick keine Störungen brauchen kann!«

»Die Ritter fragen sich, was im Wald geschehen ist.«

Er spricht im Namen seiner Männer, aber ich weiß, dass er vor allem selbst beunruhigt ist. Genau wie ich. Warum redet er nicht offen mit mir? Hat er sein Vertrauen in mich verloren?

»Was im Wald geschehen ist? Wir haben die Spur der drei jungen Leute verloren, das ist alles, was geschehen ist.«

»Wie ist das möglich, Herr? Wir hatten ihre Spur seit dem Morgen verfolgt, wir kamen ihnen immer näher, wir standen in Begriff, sie einzuholen – und plötzlich waren sie verschwunden! Wie durch ein... Wunder.«

»Das ist es also? Ihr fragt Euch, ob wir ein Wunder miterlebt haben, mein Lieber?«, rief der Großmeister in spöttischem Tonfall aus, doch im Stillen musste er eingestehen, dass er sich selbst die gleiche Frage gestellt hatte.

Denn, ja, es stimmte... Wie hatten sie verschwinden können? Wie waren sie auf einmal so schnell geflohen?

»Herr, fragt Ihr Euch nicht dasselbe?«

Er liest meine Gedanken. Er kennt mich gut. Aber ich kann ihn noch überraschen – ihn täuschen...

»Nein, Fredric. Seine Heiligkeit der Papst hat uns im Namen Gottes befohlen, diesen jungen Mann aufzuspüren. Wenn etwas Seltsames in diesem Wald geschehen ist, dann war es sicher nicht das Werk Gottes! Gott ist mit uns, Sergeant, nicht gegen uns!«

»Möchtet Ihr etwa sagen, dass es das Werk des Teufels war?«

»Vielleicht ist es diesen jungen Leuten auch ganz einfach nur gelungen, sich zu verstecken, indem sie ihre Spuren verwischt und wir sie aus den Augen verloren haben...«

»Bei allem Respekt, Herr, Ihr wisst gut genug, dass das unmöglich ist.«

Diesmal geht er zu weit. Ich muss mich nicht vor ihm rechtfertigen!

»Ihr zieht nun schon zum zweiten Mal an diesem Abend mein Wort in Zweifel!«, erregte sich Berg-Barden und erhob sich. »Was ist los, Sergeant? Habt Ihr etwa das Vertrauen verloren, dass Ihr mir früher, auf der Fahrt in den Orient, geschenkt habt?«

Der Sergeant antwortete nicht. Der Großmeister runzelte die Stirn.

Er bleibt stumm, dachte er staunend. *Ist es wirklich so, dass er meinem Urteilsvermögen nicht mehr vertraut?*

»Sergeant! Ich habe Euch eine Frage gestellt!«

»Ihr sagt, dass Gott mit uns ist, Herr, aber...«

»Aber was?«

Der Sergeant biss sich auf die Lippen.

»Sprecht!«, brüllte der Großmeister wutschnaubend.

»Ihr sagt, dass Gott mit uns ist, aber ich bin nicht sicher, ob das, was wir in Sarlac getan haben, unseren Verhaltensmaßregeln entspricht...«

Berg-Barden starrte ihn mit offenem Mund an. In den zehn Jahren der Zusammenarbeit war dies das erste Mal, dass der Sergeant ihm einen Vorwurf machte, zwar nur einen indirekten, aber doch einen Vorwurf. Was der Sergeant eben gesagt hatte, wog schwer, und er hatte mit einer solchen Brüskierung nicht gerechnet.

»Sergeant, seid Ihr etwa gerade dabei, mir, dem Großmeister der Miliz Christi, vorzuwerfen, mich nicht an die Regel des heiligen Muth gehalten zu haben?«

»Herr, wir haben eine Herbergsmutter umgebracht, um sie zum Reden zu bringen. Eine Mutter! Eine Christin! Ist es gemäß dieser Ordensregel nicht ein schweres Vergehen, einen Christenmenschen zu töten?«, gab Fredric zurück.

»Dadurch, dass sie sich geweigert hat, zu antworten, und lieber den jungen Mann, den wir suchen, geschützt hat, hat diese Frau sich selbst zur Feindin des Papstes erklärt! Und wer ein Feind des Papstes ist, ist ein Feind Christi – und unsere Rolle, Sergeant, besteht darin, die Feinde Christi zu bekämpfen!«

»Aber...«

»Es reicht!«, schrie Berg-Barden außer sich. »Ihr sprecht von unserer Regel? Muss ich Euch an einen ihrer wichtigsten Artikel erinnern? ›*Es ist nötig – denn nichts ist Christus lieber –, dass die Ritter, die ihren Eid geschworen haben, um ihren Dienst zu versehen, die Ehre der Seligkeit zu erlangen oder dem Höllenfeuer zu entgehen, ihrem Großmeister bedingungslosen Gehorsam leisten!*‹«

Der Sergeant nickte langsam.

»Dann legt gefälligst auch etwas mehr Gehorsam an den Tag, Sergeant! Jetzt geht – und schätzt Euch glücklich, dass ich Euch nicht Euren Rang aberkenne! Wir werden diesen jungen Mann finden, koste es, was es wolle, und ich will von nun an weder den kleinsten Seitenhieb noch den geringsten Zweifel hören, weder von Euch noch von irgendeinem anderen der Milizen, die sich vor diesem Zelt befinden. Der Erste, der diesem Befehl nicht nachkommt, Sergeant, wird an Ort und Stelle hingerichtet – von meiner eigenen Hand! Geht!«

»Tante, ich muss Euch gestehen, dass ich von zu Hause weggelaufen bin. Meine Mutter, Eure Cousine, weiß nicht, dass ich hier bin, auch wenn sie es vielleicht ahnt...«

Die vier – Viviane, die zwei jungen Männer und die Herzogin – befanden sich im kleinen Esszimmer des Palasts.

Bohem fragte sich noch immer, ob er nicht träumte. Der Kammerherr hatte jedem von ihnen ein großes, luxuriöses Zimmer zugewiesen, sie hatten ein Bad nehmen können und trugen nun Kleider, die sich wohl kein Einwohner von Passhausen jemals hätte leisten können. Die Augen auf das Festmahl vor ihm gerichtet, fragte er sich, ob er hier nicht fehl am Platze war. Er hatte noch nie so kostbares Geschirr gesehen oder so köstlichen Wein getrunken, und die Diener wollten nicht aufhören, eine schier unglaubliche Menge an Speisen aufzutragen. Sogar der Gedanke, von Lakaien bedient zu werden, kam ihm etwas unwahrscheinlich vor.

»Du bist weggelaufen? Was für ein Einfall!«

»Tante, ich bin weggelaufen, weil meine Eltern mir verboten haben, Euch zu besuchen, und ich dennoch mit Euch sprechen wollte.«

»Meine Cousine hat verboten, dass du dich mit mir triffst? Aber warum denn?«

»Sie dachte, Ihr würdet einen schlechten Einfluss auf mich haben.«

Die Herzogin konnte ihr Lachen nicht unterdrücken. »Na ja, da hat sie vielleicht nicht unrecht! Aber warum wolltest du mit mir sprechen?«

»Ich möchte Troubadour werden.«

Die Herzogin riss die Augen auf. »Tatsächlich? Es fließt also doch das Blut der Quitenier in deinen Adern! Jetzt verstehe ich auch, warum deine Mutter dich unbedingt davon abhalten wollte, hierherzukommen.«

»Hatte ich denn nicht recht, zu Euch zu kommen, da ich doch Troubadour werden will?«, fragte die junge Frau beunruhigt.

Bohem ballte die Hände zu Fäusten. Er hoffte, dass die Herzogin Viviane eine billigende Antwort geben würde, denn er wusste, wie viel ihr die Sache bedeutete. Er wusste, dass sie nur dafür lebte und dass eine Abweisung sie unglücklicher als jemals zuvor machen würde.

»Wie alt bist du, Viviane?«, fragte die Herzogin mit ernsterer Stimme.

»Siebzehn Jahre, Tante.«

»Mit siebzehn Jahren, junge Frau, ist man, glaube ich, groß genug, selbst über seine Handlungen zu befinden. Es steht mir nicht zu, dir zu sagen, ob du gut daran getan hast, herzukommen.«

»Aber was denkt Ihr darüber?«, beharrte Viviane.

Helena von Quitenien legte den Kopf schief. »Du willst Troubadour werden?«, wiederholte sie.

»Das habe ich schon immer gewollt. Ich träume nur davon, Tante! Ich will die Dichtkunst erlernen, das Komponieren, das Singen, das Rezitieren, ich will auch ein Instrument oder gar mehrere spielen!«

»Nun, eines ist sicher, mein Mädchen, du bist an den richtigen Ort gekommen.«

Viviane stieß einen Seufzer der Erleichterung aus. Das war es, was sie hatte hören wollen und worauf sie schon so lange gehofft hatte! Bohem lächelte ihr verschwörerisch zu.

»Aber du sprichst nur von der äußeren Form, Viviane«, fuhr die Herzogin fort. »Weißt du, die Dichtkunst ist nicht nur schöner Schein. Sie ist auch Denken, Sinnhaftigkeit ... Sie muss tiefgründige Dinge aussagen, Dinge, die man glaubt und an denen man teilhaben möchte. Wenn du nur um der Schönheit der Reime willen Gedichte verfasst, hat es keinen Zweck, sie aufzusagen. Du bist eine Frau, Viviane, und wenn du in einem Land, in dem Frauen keinerlei Rechte haben, Troubadour sein möchtest, musst du dem, was du sagen willst, einen Sinn verleihen. Du musst die Leute berühren.«

Die junge Frau nickte langsam mit aufmerksamem Blick, als hätte sie gerade ihre erste Lehrstunde erhalten.

»Ja, Tante«, sagte sie mit ihrer sanften Stimme. »Ich verstehe. Aber ich trage so viele Dinge im Herzen ... Ich werde etwas finden.«

»Sehr gut. Nun weiß ich, warum du hier bist, und ich bin glücklich, Viviane. Ich werde dir morgen die besten Troubadoure, die sich an meinem Hof aufhalten, vorstellen. Ich bin sicher, dass du in ihnen gute Lehrmeister finden wirst. Aber sprechen wir nun von deinen Freunden. Du sagst, dass auch sie eine Gunst von mir zu erbitten haben... La Rochelle? Was kann ich für Euch tun, der Ihr meine Nichte hierher begleitet habt?«

»Herrin, ich... Es ist mir sehr unangenehm...«

»Nun seid doch unbefangen, junger Mann!«

»Ich versuche es«, sagte der Geselle ängstlich.

»Ich verstehe, dass Ihr Euch unbehaglich fühlt, und ich habe den Eindruck, dass meine Nichte Euch hinters Licht geführt hat... Ist es nicht so, Viviane? Irgendetwas verrät mir, dass du ihnen nicht gesagt hast, dass du meine Nichte bist, als ihr auf dem Weg hierher wart...«

»Nein«, gestand die junge Frau. »Bohem, La Rochelle... Es tut mir sehr leid. Ich wollte in euren Augen etwas anderes sein als die Nichte einer Herzogin... Ich hoffe, ihr nehmt es mir nicht übel.«

Die beiden Jungen antworteten nicht. Sie waren in jedem Fall zu befangen, um zu sagen, was sie wirklich dachten, und darüber hinaus wussten sie auch nicht recht, was sie denken sollten...

»Mach dir keine Gedanken, Viviane«, fuhr die Herzogin fort, »ich bin sicher, dass sie dich verstehen. Ich denke jedenfalls, dass es sehr mutig von dir war, es nicht zu sagen, und ich verstehe, warum du es getan hast. Aber ich spüre auch, dass diese jungen Leute im Augenblick wie gelähmt sind! Ihr habt sicher nicht erwartet, heute Abend hier zu sein! Aber beruhigt Euch. Ohne mir selbst schmeicheln zu wollen – ich bin keine Herzogin wie alle anderen. Wenn mein Ehemann hier wäre, hättet Ihr allen Grund, verlegen zu sein, und um ganz ehrlich zu sein ... Ich glaube auch, dass es ihm lieber wäre, Ihr würdet nicht an seinem Tisch essen. Aber mit mir könnt Ihr Euch ganz unbefangen fühlen. Betrachtet mich als das, was ich im Grunde genommen bin: die Tante Eurer Freundin.«

La Rochelle musste lächeln. »Ja, ja. Wir werden es versuchen«, versprach er ohne große Überzeugung.

»Gut, ich höre, La Rochelle. Ihr wolltet mich, glaube ich, um etwas bitten ...«

»Na ja, das heißt ... Eigentlich wollte ich nicht Euch direkt um etwas bitten!«, stammelte er. »Sagen wir es so: Ich bin mit Eurer Nichte herkommen, und da ich nun einmal hier bin, muss ich hier eine Arbeit finden, denn ich muss arbeiten, und Viviane sagte mir, dass ich in Hohenstein sicher Arbeit finden würde. Aber ich ...«

»Ihr tragt einen Amboss als Ohrring, Geselle«, unterbrach ihn die Herzogin. »Darf ich daraus schließen, dass Ihr dem Schmiedehandwerk angehört?«

»So ist es«, antwortete der junge Mann.

»Sehr gut. Ich werde den Haushofmeister morgen bitten, festzustellen, ob wir Euch im Palast unterbringen können. Wäre Euch das recht?«

»Im Palast?«, rief La Rochelle ungläubig aus.

»Aber ja doch! Unser Schmied braucht sicher jemanden, dem er etwas beibringen kann.«

»Herrin, das wäre zu viel der Ehre, ich weiß nicht, wie ich Euch danken soll ...«

»Schon gut, das ist nichts. Und so werdet Ihr auch nahe bei Viviane bleiben, die, da bin ich mir sicher, nicht böse sein wird, einen Freund im Palast zu haben. Und Ihr, Bohem?«

»Ich, Herrin?«

»Ja, Ihr wolltet mich auch um etwas bitten ...«

»Nein, Herrin, ich habe Eure Nichte begleitet, das ist alles, ich ...«

»Also wirklich!«, schnitt Viviane ihm fassungslos das Wort ab. »Bohem! Meine Tante kann dir sicher helfen ...«

»Nein, Viviane, das glaube ich nicht. Ich möchte es nicht. Ich ... Ich möchte lieber allein zurechtkommen. Ich ...«

Er zögerte. Die drei anderen sahen ihn an.

»Ich glaube, dass ich hier nicht wirklich hingehöre«, sagte er schließlich.

Er war ehrlich. In Wahrheit verspürte er das genaue Gegenteil des Gefühls, das er im Wald der Zauberpferde empfunden hatte. Dort hatte er sich zu Hause gefühlt, in Harmonie mit den Bäumen und der Erde ... Hier war es das genaue Gegenteil. Er fühlte sich unglaublich unbehaglich.

Sicher, die Herzogin war von einer Zuvorkommenheit, die ihr zur Ehre gereichte und die Bohem nicht erwartet hatte, aber das änderte nichts. Er fühlte sich verlegen inmitten dieses Luxus, in diesen Kleidern, an diesem Tisch. Nichts hier entsprach ihm, und sogar in Vivianes Blick lag etwas, das er nicht wiedererkannte.

»Entschuldigt mich«, sagte er und stand auf, »ich muss Euch sehr unhöflich erscheinen, und du, Viviane, kannst das nicht verstehen ... Ich bin Euch sehr dankbar für diesen Empfang, aber ich kann nicht hierbleiben. Es tut mir sehr leid ...«

Viviane starrte ihn verblüfft an. Bohem war gerührt, aber er meinte es ernst: Er wollte nicht lügen, und er fühlte sich wirklich schlecht.

»Ich verstehe, junger Mann«, antwortete schließlich die Herzogin lächelnd. »Ihr müsst Eurem Weg folgen, Bohem. Folgt

Eurem Instinkt, wie Viviane dem ihren gefolgt ist. Geht, wohin Euer Herz Euch führt.«

Bohem nickte. Die Herzogin sprach mit Wärme. Sie log nicht und sagte das nicht nur, um ihm eine Freude zu machen. Nein. Man sah ihren Augen an, dass es ihr gefiel, ihn so aufstehen und eine Gastfreundschaft, die ihn unbehaglich machte, zurückweisen zu sehen.

Diese Frau ist außergewöhnlich. Man hat mir noch nie so viel Respekt entgegengebracht.

»Bohem«, setzte Helena von Quitenien hinzu, »tut mir nur einen Gefallen.«

»Jeden, den Ihr wollt, Herrin.«

»Ich verstehe, dass Ihr abreisen müsst, und ich bin froh, dass Ihr den Mut habt, mir das zu sagen, trotz des Kummers, den Ihr, wie Ihr wisst, Viviane damit bereitet. Aber bleibt zumindest für diese Nacht. Nur diese eine Nacht. Ich wäre unglücklich, Euch so gehen zu lassen. Ihr seht schrecklich aus und habt es nötig, mindestens eine Nacht in Ruhe und Behaglichkeit zu schlafen. Ich bitte Euch, Bohem. Bleibt heute Abend hier. Morgen könnt Ihr uns schon in der Morgendämmerung verlassen, und ich werde Euch ein Pferd geben.«

Bohem zögerte. Zuzugeben, dass er fortwollte, weil er sich zwischen diesen Mauern allzu unwohl fühlte, hatte ihm einigen Mut abverlangt, und er zitterte noch immer. Er konnte der Herzogin nicht die Kränkung antun, abzulehnen. Außerdem hatte sie vielleicht recht. Vielleicht brauchte er wirklich den Schlaf einer guten Nacht.

»Wie es Euch gefällt, Herrin, und ich danke Euch für Eure Gastfreundschaft. Ich werde diese Nacht bleiben. Darf ich mich nun zurückziehen?«

Er wollte Vivianes Blick entkommen und nicht länger das

Unverständnis in den Augen der jungen Frau sehen, die ihn unverwandt gemustert hatte, seit er mit der Herzogin zu sprechen begonnen hatte.

Wie böse musste sie ihm sein! Und wie böse er sich selbst war! Aber er konnte sich nicht belügen. Sein Platz war nicht hier und würde es nie sein.

»Bitte, Bohem. Kehrt in Euer Zimmer zurück. Gute Nacht, und noch einmal vielen Dank in Vivianes Namen!«

Bohem grüßte sie, warf Viviane einen verwirrten Blick zu und zog sich zurück, ohne noch etwas hinzuzufügen.

»Majestät, ich habe Euch schlechte Neuigkeiten mitzuteilen.«

Livain blieb auf seinem Betstuhl vor dem Altar der kleinen Kapelle des Stadtinselpalasts knien. Er hatte den Marschall hereinkommen hören oder zumindest erraten, dass er es war. Niemand sonst hätte es gewagt, ihn in der Palastkapelle mitten im Gebet zu stören. Außerdem kannte Livain den Grund für seinen Besuch.

»Ich weiß, Domitian«, sagte schließlich der König, als er sein Gebet beendet hatte.

»Ihr wisst es?«, staunte der Marschall.

»Ja. Der junge Mann ist in Hohenstein eingetroffen.«

»In der Tat, Majestät«, erwiderte der Offizier verdutzt, »aber woher wisst Ihr das?«

»Camilla, die Königin, hat mich schon davon unterrichtet.«

»Aber wie konnte sie es wissen, wo ich doch gerade erst davon erfahren habe?«

Der König richtete sich auf und wandte den Kopf zu seinem Marschall. »Man muss wohl annehmen, dass meine Frau schon ein Netz von Informanten zu knüpfen verstanden hat, das effektiver als das Eure ist, mein Freund.«

Der Offizier wusste nicht, was er antworten sollte. Es fiel ihm schwer, das zu glauben. Camilla von Kastel war erst einige Wochen da und schon ...

»Ich war dabei, Gott um Rat zu fragen, mein lieber Domitian. Er scheint der Letzte zu sein, an den ich mich wenden kann, da Pieter gegen mich spielt und Ihr noch nicht einmal in der Lage seid, mir diese Informationen schneller zukommen zu lassen als meine Gemahlin, obwohl Ihr die höchste Verantwortung für das Militär tragt ...«

»Mein Fehler ist unverzeihlich, Majestät. Ich werde eine Erklärung für all dies finden. Diese Verzögerung ist unentschuldbar. Ich werde die Konsequenzen daraus ziehen und ...«

»Kommt, Domitian, wir haben im Augenblick Besseres zu tun. Aber ich gestehe Euch, dass Camillas Eifer und Schnelligkeit mich ein wenig zu beunruhigen beginnen.«

»Was wollt Ihr damit sagen?«

»Ich weiß es nicht. Sicher hat das nichts zu bedeuten. Wir werden sehen. Aber wir werden eine Entscheidung treffen müssen, was diesen jungen Mann betrifft. Ich kann nicht zulassen, dass Helena sich seiner bemächtigt.«

»Genau das wollten wir ja auch verhindern, Majestät.«

Livain nickte. Er wirkte außergewöhnlich besorgt. »Das ganze Land läuft diesem Jungen nach!«, rief er. »Da sind einmal die Milizen, die der Papst losgeschickt hat, dann die Aishaner, die was weiß ich woher gekommen sind, meine eigenen inkompetenten Soldaten – und jetzt Helena! Und Pieter wollte mir einreden, dass dieser junge Mann nicht von Bedeutung sei! Ich bin der König dieses Landes, Domitian. Es steht mir zu, diesen jungen Mann zu verhören. Ich will, dass man ihn an meinen Hof kommen lässt. Er hat bei der Herzogin von Quitenien, der Königin von Brittia, nichts zu suchen!«

»Das droht schwierig zu werden, Majestät.«
»Schwierig heißt nicht unmöglich, Marschall. Nichts darf für den König von Gallica unmöglich sein! Ruft einen neuen Rat zusammen. Ich möchte Eure beiden Generäle sehen, den Vogt, Euch selbst und Pieter den Ehrwürdigen, diesen Verräter!«
»Ihr wollt, dass er an der Ratssitzung teilnimmt?«
»Natürlich. Wir wissen doch offiziell nicht, dass er uns verraten hat, Domitian. Im Gegenteil ... Ich bin neugierig, was er während dieser Zusammenkunft sagen wird und wie weit sein Verrat geht! Los, verliert keine Zeit, organisiert so schnell wie möglich diese Ratsversammlung.«
»Zu Befehl, Majestät.«
Der Marschall zog sich zurück, ohne länger zu warten, und ließ den König in der Stille der kleinen Kapelle allein.

Bohem wälzte sich in seinem Bett hin und her. Auf den Bauch, auf den Rücken, auf die Seite. Nichts zu machen! Er konnte auf dieser riesigen Matratze einfach keinen Schlaf finden. Es war warm, viel zu warm, und er hörte zu viele Stimmen in seinem Kopf, dachte an zu viele Dinge. Zu viele Fragen! Er richtete sich brüsk auf und stöhnte. Dann sah er sich in dem großen Zimmer um, das ihm der Kammerherr angewiesen hatte, und betrachtete die Wände, die Decke und ihre prächtig verzierten Balken, die Gemälde, die großartig geschnitzten, blattgoldüberzogenen Möbel, den bestickten Teppich, die Kristallvasen, die Nippsachen ... Wo er auch hinsah, entdeckte er einen Luxus, von dem er früher noch nicht einmal geahnt hatte, dass es ihn gab. Er hätte sich niemals eine solche Zurschaustellung von Pracht ausmalen können. Und er konnte sie nicht ertragen. Er wandte den Kopf und sah sein Bild in einem hohen, prächtig gerahmten Spiegel. Er schnitt seinem eigenen Spiegelbild eine angeekelte Grimasse und hatte den Eindruck, einen Fremden anzublicken.

Er stand mit einem Ruck auf, streifte seine Kleider und Schuhe über und verließ das Zimmer. Er versuchte, sich an den Weg zu erinnern, den er genommen hatte, um herzukommen. Nach zwei Versuchen fand er schließlich die große Treppe wieder, die in die Gärten hinabführte. Er lief rasch die großen Stufen aus weißem Stein hinunter und eilte nach draußen.

Außerhalb des Palasts war die Luft viel frischer, und der Mond tauchte den Park in ein schönes, bläuliches Licht. Bohem atmete tief ein. Die Stimmen in seinem Kopf schwiegen. Er hatte das Gefühl, ein großes, lärmendes Vorzimmer verlassen zu haben, obwohl es kein einziges Geräusch gegeben hatte. Er fühlte sich frei.

Er lief langsam die kleinen Wege entlang, die zwischen den Blumenbeeten und Bosketten, die den Palastgarten zierten, hindurchführten. Die Stadt war still geworden. Ihre Einwohner hatten wohl endlich beschlossen, dass es Zeit war, zu schlafen. Hier, hinter der Umfassungsmauer des Palasts, hörte man nur einige Geräusche aus den Stallungen, das Schnauben der Pferde oder dann und wann einen Hufschlag gegen die hölzernen Trennwände.

Bohem durchquerte den Park und streckte sich unter einem Baum auf einem kleinen Grashügel unterhalb des großen, viereckigen Turms aus. Er wollte nicht weggehen. Er hatte der Herzogin versprochen, die Nacht über hierzubleiben. Aber er hatte das Bedürfnis, im Freien zu sein. Er machte es sich auf dem Boden bequem, ließ seine Arme ins frische Gras sinken und betrachtete die Sterne über die steinernen Gewölbe des Palasts hinweg.

Der Himmel war großartig. Bohem sagte sich, dass es derselbe war, den er auch von Passhausen aus gesehen hatte, ein schwarzer Ozean voller Sterne, eine schützende Kuppel. *Der Himmel ist überall gleich...*

»Bohem!«

Der junge Mann zuckte zusammen, aber er hatte Vivianes Stimme erkannt. Er richtete sich auf und sah die junge Frau einige Schritte entfernt vor sich stehen.

»Was tust du hier?«, flüsterte er verblüfft.

Sie lächelte. »Na, du bist vielleicht unverschämt! Es steht ja wohl eher mir zu, dir diese Frage zu stellen. Ich habe dich die Treppe hinuntersteigen hören und bin dir gefolgt, das ist alles. Aber du... Was machst du hier in den Gärten?«

»Du bist mir gefolgt?«

»Ja«, bestätigte die junge Frau mit einem Schulterzucken. »Ich konnte nicht schlafen, habe Schritte auf dem Gang gehört und geahnt, dass du es sein könntest...«

»Ich verstehe. Ich konnte auch nicht schlafen.«

»Ja, aber ich konnte *deinetwegen* nicht schlafen!«

Bohem hob die Augenbrauen. »Meinetwegen?«

»Ja! Was ist los mit dir, Bohem? Helena bietet dir ihre Gastfreundschaft an, sagt, dass sie bereit ist, dir zu helfen – und du stehst einfach vom Tisch auf, ohne richtige Erklärung! Und ich stehe wie ein Dummkopf da! Die ganze Zeit begleite ich dich, um dich hierherzuführen...«

»Es tut mir sehr leid, Viviane. Ich... Ich weiß nicht, wie ich es dir erklären kann...«

»Versuch's! Denn ich werde nicht schlafen können, wenn du es mir nicht erklärst. Ich habe trotz allem das Recht auf eine Erklärung!«

Sie sah ihn lange mit strenger Miene an, aber er blieb stumm. Schließlich seufzte sie und setzte sich neben ihn. Sie sprachen eine Weile nicht, dann raffte sich Bohem doch noch auf, ohne recht zu wissen, was er sagen solle. In seinem Kopf war alles so verschwommen!

»Viviane, es gibt etwas, was ich tun muss. Ich weiß nicht was, aber ich muss etwas tun, und hier kann ich es nicht tun.«

»Ich verstehe nichts von dem, was du da sagst, Bohem.«

»Ja, ich weiß, es klingt merkwürdig. Aber deine Tante scheint mich zu verstehen…«

»Vielleicht. Aber sie ist es auch gewohnt, mit Schwärmern von deiner Art umzugehen. Ich nicht! Also erkläre es mir deutlicher! Es macht mich nämlich verrückt!«

»Ich habe diese seltsamen Träume. Und dann, im Wald, die Nebel… Das hast du doch gesehen…«

»Ja, das habe ich gesehen! Und ich wäre froh, wenn du mir auch das erklären würdest!«

»Wie soll ich dir erklären, was ich selbst nicht verstehe? Alles, was ich dir sagen kann, ist, dass es eine Stimme in meinem Inneren gibt, die mir sagt, dass ich nicht hierbleiben darf. Diese Stimme oder dieser Instinkt – ich weiß es nicht – lässt mich nicht in Ruhe und treibt mich dazu, Dinge zu tun, die ich nicht wirklich beherrsche. Wie diese Sache im Wald. Ich habe die Nebel gerufen, Viviane. Ich habe sie in meinem Kopf gerufen. Und du hast doch gesehen: Sie sind gekommen…«

»Das… Das ist nicht möglich!«, sagte Viviane. Doch in ihrem Innersten wusste sie, dass er nicht log. Sie hatte es mit eigenen Augen gesehen, und es konnte keine andere Erklärung dafür geben. Aber das überstieg ihr Verständnis.

»All die Leute, die mich suchen, Viviane, haben sicher einen Grund dafür. Der König, die Aishaner, die weißen Reiter im Wald. Noch mehr Feinde! Warum jagen sie mich? Ich will es verstehen – und hier kann ich es nicht verstehen!«

»Du weißt doch nichts darüber!«, hielt Viviane dagegen. »Ich habe dir gesagt, dass vielleicht die Troubadoure eine Antwort haben...«

»Nein, Viviane. Das glaube ich nicht. Und überhaupt fühle ich mich hier nicht wohl. Ich weiß, dass es dir Kummer bereitet, aber ich fühle mich nicht gut zwischen diesen Mauern, in all diesem Luxus.«

»Aber warum? Helena bietet dir ihre Gastfreundschaft an! Es gibt viele Leute, die gern an deiner Stelle wären, Bohem!«

»Genau. Das ist es ja, was mich stört.«

Er fügte kein einziges Wort mehr hinzu. Viviane betrachtete ihn, als ob sie Stück für Stück zu verstehen begänne, was er sagen wollte. Sie blieben eine Weile Seite an Seite im fahlen Licht der Juninacht sitzen, ohne sich zu rühren oder zu sprechen.

»Ich werde hier schlafen«, erklärte Bohem schließlich.

Er wollte sich gerade wieder ausstrecken, als Viviane seinen Arm ergriff. Sie blickte ihm geradewegs in die Augen, aber auf ihrem Gesicht zeichnete sich eine neue Ruhe ab. Sie beugte sich langsam näher zu ihm, ohne seinen Blick loszulassen. Sie brachte ihren Mund nahe an den Bohems heran und küsste ihn dann. Zärtlich. Lange.

Bohem spürte den salzigen Geschmack einer Träne auf seinen Lippen. Die junge Frau weinte. Er wollte ihre Wange streicheln, ihr die Tränen abwischen, aber sie stand auf und schenkte ihm ein liebevolles Lächeln.

»Schlaf gut, Bohem. Leb wohl.«

Dann wandte sie sich um und kehrte in den Herzogspalast zurück.

»Du darfst nicht weggehen.«
Diesmal höre ich seine Stimme. Rings um mich, als würde

ich darin schwimmen. Der Klang dringt zu mir. Ich sehe ihn, er spricht mit mir, ich höre ihn.

Der Wolf und die Chimäre haben mich zum selben Ort geführt wie jeden Abend. Ich bin ihnen gefolgt. Und der kleine Mann ist erschienen, wieder einmal, am Rand des Waldes.

Aber er trägt den Ring nicht in den Händen. Er ist nicht gekommen, um mir etwas zu zeigen. Er ist gekommen, um mit mir zu sprechen. Nur, um mit mir zu sprechen. Und ich höre ihn.

Ich habe ihn noch nie zuvor gehört, genau wie ich noch nie zuvor sprechen konnte. Aber da ich ihn nun höre, kann ich vielleicht auch einige Worte sagen und mir meinerseits Gehör verschaffen. Ich muss es versuchen. Ich muss mich konzentrieren. Sprechen. Das scheint so einfach. Aber das hier ist nicht dieselbe Welt. Ich beherrsche hier nichts. Wie soll ich es machen? Ich weiß! Ich muss mich sprechen sehen. Ich muss mir meine Stimme vorstellen.

Ich muss es versuchen.

»Warum?«

War das meine Stimme? Bin ich es, der das gerade gesagt hat? Der Mann lächelt mich an. Ja. Er hat mich gehört.

»Du musst warten, noch ein wenig warten.«

»Warten, wo?«

»Da, wo du bist, da, wo du bist.«

»Bei der Herzogin von Quitenien?«

Er nickt. Man könnte annehmen, dass er den Namen nicht aussprechen kann. Er kann nicht »Herzogin von Quitenien« *sagen. Das ist ein Name aus einer anderen Welt. Aus meiner Welt. Das ist seltsam. Er spricht auf eine sehr merkwürdige Art und Weise.*

»Warum?«

»Du musst auf mich warten, ja.«

»Aber wer seid Ihr?«

»Der, der dich besuchen kommt. Genau das, ja.«
»Ich verstehe nicht.«
»Ich komme dich besuchen. Da, wo du bist. Du darfst nicht weggehen.«

Warum redet er so mit mir? Es wirkt, als ob seine Worte genau berechnet wären, so, als ob er nicht frei sprechen könnte. Aber er hat mir noch nicht genug gesagt. Ich weiß nicht, wer er ist, und auch nicht, warum er sagt, dass er mich besuchen kommt. Sein Bild verschwimmt. Seine Gestalt entfernt sich. Ich habe nicht verstanden. Nein! Ich habe genug davon, zu warten und nichts zu verstehen! Genug davon, dass man mit mir spielt! Dass man sich meiner wie eines Spielsteins bedient! Ich will, dass man mir alles erklärt!

»Wartet! Ich habe nicht verstanden! Warum kommt Ihr mich besuchen? Ihr kommt nach Hohenstein, ja? Aber wer seid Ihr? So wartet doch! Geht nicht weg!«

Es ist zu spät. Sein Bild ist nicht mehr da. Er ist nur noch eine Erinnerung. Und ich bin wieder allein. Allein wie immer. In der Stille. Nein. Ich bin nicht allein. Das kann ich nicht sagen. Ich weiß, dass sie hinter mir sind. Die Nebel. Immer.

Und auch diese andere Gegenwart, die ich beim letzten Mal gespürt habe. Wie ein Blick aus der Ferne, der auf meinen Rücken gerichtet ist und nicht so wohlwollend ist wie die Nebel. Alles andere als das! Diese andere Gegenwart, die mir Angst macht...

Der Rat, den der König einberufen hatte, wurde im großen Wappensaal des Palasts auf der Stadtinsel abgehalten. Es war ein langgestreckter Saal, dessen Wände ganz von Tonkacheln bedeckt waren. Der Boden bestand aus Eichenbrettern, die in einem großartigen Flechtmuster verlegt waren. Oberhalb des mächtigen Kamins waren die Wappen aller Lehen Gallicas aufgemalt.

Diejenigen, die zu dieser Versammlung eingeladen worden waren, saßen um einen großen Tisch, der ebenfalls aus Eichenholz bestand und an dessen Kopfende der König mit sorgfältig frisiertem langem Haar majestätisch in seiner glänzenden Rüstung thronte.

Domitian Lager, der Marschall, war mit seinen Generälen anwesend, ebenso wie der Vogt, Alice, die Mutter Livains, und natürlich Camilla, die Gattin des Königs.

Pieter der Ehrwürdige saß am anderen Ende des Tisches, gegenüber von Livain. Warum hatte man ihm diesen Platz angewiesen? Er wäre lieber anstelle des Marschalls zur Rechten des Königs gewesen. Aber irgendetwas war geschehen. Der König war, als er hereingekommen war, seinem Blick ausgewichen.

Pieter war gerade erst aus Cerly gekommen und sehr erschöpft. Vielleicht bildete er sich nur etwas ein. Seine Müdigkeit mochte ihm etwas vorgaukeln. Er fragte sich, ob er in letzter Zeit nicht immer häufiger übermüdet war. Sein Alter begann ihn zu plagen, und das beunruhigte ihn. Würde er die Kraft haben, die Gelegenheit, die ihm die neue Konstellation im Königreich bot, zu seinem Vorteil zu nutzen? Er war sich dessen nicht mehr sicher, besonders seit Camilla von Kastel ihren Ehrgeiz verraten hatte. Sie war jeden Tag in der Nähe des Königs. Es konnte keinen Zweifel geben, dass sie einmal den Platz einnehmen würde, den Pieter sich selbst so sehr erhofft hatte. Aber er durfte nicht aufgeben. Er hatte noch einige Karten auszuspielen, und der Papst war auf seiner Seite.

»Der junge Bohem ist von der Herzogin von Quitenien empfangen worden«, verkündete der König mit ernster, strenger Stimme. »Unsere Soldaten konnten ihn nicht rechzeitig aufhalten.«

Mein Gott! Deshalb hat er uns also zusammengerufen. Das er-

klärt vielleicht seinen Blick. Er ist zornig. Das ist aber auch eine entsetzliche Nachricht! Warum hat mich der Großmeister von Berg-Barden nicht auf dem Laufenden gehalten? Vielleicht weiß er es selbst noch nicht, aber das kann ich mir eigentlich kaum vorstellen. Er ist sicher besser unterrichtet als die Soldaten der königlichen Garde!

»Wir haben zu viel Zeit in Sarlac verloren, wo er uns entkommen ist«, erklärte der Marschall. »Die Handwerksgesellen scheinen ihm geholfen zu haben. Danach war es uns unmöglich, ihn einzuholen. Die Schnelligkeit, mit der er nach Hohenstein gelangt ist, ist ziemlich beunruhigend. Wir glauben, dass er Unterstützung von Dritten gehabt haben muss.«

Der König seufzte und warf einen Blick ringsum auf die Versammelten.

Er hat nicht erwartet, dass es so schwer sein würde. Ich aber auch nicht. Ich dachte, die Milizen würden Bohem leicht in die Hand bekommen, noch vor der königlichen Garde. Aber weder die einen noch die anderen scheinen dazu in der Lage zu sein. Dieser Junge ist ein wahrer Aal! Wir haben ihn alle unterschätzt. Aber was kann er nur bei Helena von Quitenien wollen? Der Papst wird diese Neuigkeit nicht zu schätzen wissen...

»Bis jetzt«, erklärte Livain, »habe ich das hier nur für eine interessante Angelegenheit gehalten, doch nicht für mehr. Ich wollte diesen jungen Mann treffen, das war alles. Aber diese Sache ist auf dem besten Weg, ungeahnte Formen anzunehmen. Ich habe unter anderem etwas erfahren, das mich in völliges Erstaunen versetzt hat.«

Er machte eine Kunstpause. Die Ratsteilnehmer lauschten ihm aufmerksam.

»Es sind nicht mehr allein die Aishaner, die diesen jungen Mann verfolgen. Die Ritter der Miliz Christi haben sich auch auf die Suche nach ihm gemacht – und das, ohne mich zu unterrichten!«

Er ist also auf dem Laufenden! Weiß er, dass ich in die Sache verwickelt bin? Das wäre eine Katastrophe für mich ... Ein Akt des Verrats. Er sieht mich nicht an. Das hätte er doch sicher getan, wenn er mich verdächtigen würde, um meine Reaktion zu sehen. Vielleicht weiß er nicht, dass ich etwas damit zu tun habe. Aber ich muss auf der Hut bleiben – oder seinen Stoß ins Leere gehen lassen! Die Sache entschärfen ... Eine halbe Lüge kann mich wenigstens teilweise reinwaschen. Ja. Das ist ein Risiko, das ich eingehen kann. Denn wenn er mich doch verdächtigt, ist es besser, wenn ich den ersten Schritt tue.

»Majestät«, warf Pieter ein und räusperte sich, »es mag sein, dass das meine Schuld ist.«

»Wie das?«, fragte der König entrüstet.

Er weiß es. Er weiß, dass ich damit zu tun habe. Er wirkt nicht erstaunt. Er tut so, als wäre er es, aber ich kann in seinen Augen lesen. Er ist nicht wirklich überrascht. Er muss mich schon verdächtigt haben. Das ist kein Wunder. Die Milizen unterstehen dem Papst und dem Papst allein, ganz wie Cerly. Er hat die Verbindung sicher gezogen. Ich muss mich von jeder Schuld reinwaschen, Offenheit heucheln, damit er glaubt, dass ich ihn nicht wissentlich verraten habe.

»Als ich nach Cerly zurückgekehrt bin, habe ich es für richtig gehalten, den Papst zu unterrichten, damit er weiß, was mit diesem jungen Mann vorgeht. Er hat gewiss den Milizen Christi den Befehl gegeben, Nachforschungen über diese Angelegenheit anzustellen, um etwas mehr zu erfahren ...«

»Obwohl er wusste, dass ich den jungen Mann selbst suche? Er hätte mich vorwarnen sollen!«

»Vielleicht wollte er Euch nicht unnötig in Sorge versetzen.

Seine Milizen haben sicher Befehl, Euren Plänen nicht im Wege zu stehen, Majestät.«

»Und Ihr?«, beharrte der König. »Ihr hättet mich auf dem Laufenden halten sollen! Mit welchem Recht habt Ihr ohne meine Erlaubnis dem Papst etwas davon erzählt? Ich dachte, Ihr wäret mein Ratgeber – kein Spion Seiner Heiligkeit!«

»Majestät, Ihr hattet mir nicht gesagt, dass die Sache ein Geheimnis ist. Ich dachte sogar, Ihr hättet die Informationen, die es Euch überhaupt erst erlaubten, Euch für diesen Bohem zu interessieren, ursprünglich von der Kirche erhalten. Hat Euch nicht der Bischof von Nabomar seine Existenz bestätigt?«

»Gewiss, doch die politische Entscheidung, diesen jungen Mann zu finden, die ich danach getroffen hatte, ging nur mich etwas an, und es stand Euch nicht zu, dem Papst davon Mitteilung zu machen! In wessen Dienst steht Ihr, Abt?«

»Ich stehe im Dienste Gallicas und Gottes, Majestät, genau wie Ihr! Ich habe mit dem Legaten über diese Sache gesprochen, weil ich glaubte, Euch dadurch bei Euren Nachforschungen behilflich zu sein. Ich wollte wissen, ob er auf dem Laufenden war, insbesondere, ob er etwas über diese zurückgezogene Exkommunikation wusste. Ich habe nicht geahnt, dass alles solche Formen annehmen würde...«

Der König runzelte die Stirn.

Er glaubt mir nicht oder hat jedenfalls seine Zweifel. Ich muss einen Ausweg aus dieser Lage finden. Ich könnte ein doppeltes Spiel treiben...

»Wollt Ihr, dass ich den Papst frage, was es wirklich damit auf sich hat?«, schlug der Abt von Cerly vor. »Wenn seine Milizen tatsächlich auch auf diese Sache angesetzt worden sind, könnten wir vielleicht Informationen mit ihm austauschen. Ihr könntet Euch mit dem Papst verbünden, um Bohem zu finden... Ich könnte Euch als Vermittler dienen.«

Der König wandte den Kopf zu dem Marschall.

Er hat also schon mit Domitian darüber gesprochen. Sie haben mich zu dieser Ratsversammlung eingeladen, um mir eine Falle zu stellen. Aber ich denke, dass ich mich gut aus der Affäre gezogen habe. Sie haben nicht erwartet, dass ich zugeben würde, mit dem Papst gesprochen zu haben, bevor sie mich auch nur danach gefragt haben. Ich habe gut daran getan, zu reden. Ich habe vielleicht ihr Vertrauen nicht zurückgewonnen, aber wenigstens habe ich sie zum Zweifeln gebracht. Ich muss es doch fertigbringen, den König den Papst in diese Angelegenheit einbeziehen zu lassen.

»Herr Abt«, warf auf einmal Camilla ein, der die Richtung, die das Gespräch nahm, Sorgen zu machen schien. »Alles hat in der Grafschaft Tolosa begonnen. Dies ist eine Angelegenheit, die den König betrifft, nicht den Papst. Es scheint mir, dass der König sich deutlich genug ausgedrückt hat...«

Livain wirkte erstaunt über die Einmischung seiner Frau. Er warf ihr einen tadelnden Blick zu. »Meine Liebe, bitte! Ich spreche mit dem Abt von Cerly!«

Die junge Frau hob die Augenbrauen. Sie hatte sicher nicht damit gerechnet, dass der König sie so vor allen Ratsteilnehmern zurechtweisen würde. Es war sicher das erste Mal, dass er es tat. Aber sie war zu weit gegangen. Sie musste lernen, zu schweigen, zuzuhören und nicht vor dem König zu sprechen...

Pieter der Ehrwürdige jubelte innerlich.

»Majestät«, begann er in einem Tonfall, der beruhigend klingen sollte, »ich werde dem Papst mitteilen lassen, dass Ihr wünscht, dass er Euch über seine Nachforschungen unterrichtet und dass seine Milizen auf keinen Fall die Mission Eurer Soldaten behindern dürfen...«

Der König nickte, aber sein Blick war noch immer misstrauisch. »Tut das, Herr Abt, tut das. Ich will keinen Streit mit Seiner Heiligkeit, denn eine andere Auseinandersetzung, die mir genug Sorgen bereiten wird, bahnt sich an. Ich brauche das nicht.«

»Eine Auseinandersetzung?«, mischte sich Alice verwundert ein.

Der König sah sie an. »Ja, Mutter.«

Dann wandte er sich an die ganze Versammlung und erklärte in emphatischem Ton, was er gemeint hatte: »Ich sende heute Abend mein Heeresaufgebot nach Hohenstein.«

Bis auf den Marschall, der offenbar als Einziger vorgewarnt worden war, ließen alle Anwesenden großes Erstaunen erkennen.

»Wie bitte?«

»Ich werde es nicht zulassen, dass Helena von Quitenien diesen jungen Mann in ihre Gewalt bekommt. Ich habe den Entschluss gefasst, diesen Jungen zu treffen, und es steht außer Frage, dass er mittlerweile der Sache meiner Feinde dient. Ich werde von der Herzogin von Quitenien verlangen, ihn mir auszuliefern, und wenn sie sich weigert, hat mein Heer Befehl, den Herzogspalast anzugreifen. Schlicht und einfach.«

»Aber Ihr scherzt ja wohl, mein Sohn?«, rief Alice.

»Majestät«, ging Pieter noch darüber hinaus, »das ist schierer Wahnsinn! Helena ist Königin von Brittia! Wenn Ihr das tut, greift Ihr Emmer an...«

»Ich greife niemanden an. Ich befreie ein Kind meines Königreichs aus dem Palast.«

»Das könnt Ihr nicht ernst meinen, Majestät!«

»O doch, sehr ernst. Jetzt, da mir seine Wichtigkeit bestätigt worden ist, will ich diesen Jungen haben, koste es, was es wolle! Aber beruhigt Euch, ich glaube nicht, dass wir so weit werden gehen müssen. Helena wird es nicht auf einen Zusammenstoß ankommen lassen.«

Er wandte den Kopf zu Camilla. Es gefiel ihm nicht, vor der jungen Frau von seiner ehemaligen Gattin zu sprechen. »Ich kenne sie gut«, fuhr er fort und wandte den Blick ab. »Sie wird es vorziehen, mir diesen Bohem auszuliefern, statt ihren Hof der Troubadoure in Gefahr zu bringen. Und sie wird wissen, dass ich mein Versprechen halten werde. Ich will diesen jungen Mann und nichts anderes. Sobald sie ihn mir ausgeliefert hat, wird mein Heer sich aus der Grafschaft Steinlanden zurückziehen.«

»Majestät, Ihr seid Euch doch bewusst, dass das einen beispiellosen Krieg auslösen könnte?«

»Das ist ein Risiko, das ich einzugehen bereit bin.«

»Nur für dieses Kind?«

Der König erhob sich langsam. Mit erhobenem Kopf und stolzem Blick betrachtete er die Mitglieder des Rats. Er hatte noch nie so entschlossen gewirkt. »Das ist kein einfaches Kind«, erklärte er in feierlichstem Ton. »Bohem ist viel mehr als das.«

»Mein Herr, Fräulein von Raudenburg hat mich gebeten, Euch auszurichten, dass sie Hohenstein verlassen hat.«

Der Haushofmeister war gerade auf den Hof gekommen, gefolgt von einem Stallburschen, der ein prächtiges Pferd führte – das Pferd, das die Herzogin von Quitenien Bohem versprochen hatte.

»Wie bitte?«

»Eure Freundin hat Hohenstein heute Morgen verlassen und wird erst in einigen Tagen zurückkehren.«

»Wohin ist sie gegangen?«, fragte Bohem erstaunt.

»Sie ist im Gefolge Romans von Sankt-Hilarien, der in die Grafschaft Andesien reist. Sie wird von ihm Unterricht in der Dichtkunst erhalten und das Leben der Troubadoure kennenlernen. Ihre Tante hat sie dorthin geschickt. Aber sie wird bald zurückkehren und hat mich gebeten, Euch das auszurichten.«

Wie hatte sie so schnell abreisen können, ohne ihm auch nur auf Wiedersehen zu sagen? Bohem konnte den Kuss vom Vorabend nicht vergessen, die Zärtlichkeit in Vivianes Blick... Vielleicht nahm sie es ihm zu übel, dass er sich entschlossen hatte, Hohenstein zu verlassen? Oder war das vielleicht ihre Art, zu vermeiden, ihn gehen zu sehen?

»Aber...«, stammelte er dümmlich. »Aber warum hat sie sich nicht von mir verabschiedet?«

Natürlich sagte der Haushofmeister nichts. Er hätte dem jungen Mann keine befriedigende Antwort geben können. Bohem seufzte. Dann fragte er sich, ob Viviane ihm nicht vielmehr einen Streich spielte. Wollte sie ihn zwingen, hierzubleiben und auf ihn zu warten? War dieser Kuss am vergangenen Abend nur eine List gewesen, damit Bohem im Herzogspalast blieb?

»Was Euren Freund, den Gesellen, betrifft«, fuhr der Haushofmeister lächelnd fort, »so arbeitet er schon bei unserem Meisterschmied. Und er würde sich, glaube ich, freuen, wenn Ihr, bevor Ihr abreist, bei ihm vorbeischaut, um Euch zu verabschieden.«

»Natürlich«, antwortete Bohem, noch immer gedankenverloren, »natürlich.«

»Wollt Ihr, dass wir Euer Pferd bereitmachen, während Ihr Euch von Herrn La Rochelle verabschiedet?«

Bohem zögerte. Er hatte die Frage des Haushofmeisters noch nicht einmal richtig gehört. Er konnte das Bild Vivianes, wie sie ihn küsste, nicht loswerden.

»Nun ... Ja«, antwortete er schließlich. »Ja, bitte.«
»Wollt Ihr, dass ich Euch zur Schmiede begleite?«
»Nein, nein«, entgegnete Bohem. »Ich weiß ja, wo sie sich befindet, hinter den Ställen.«

Der junge Mann verabschiedete sich von dem Haushofmeister und eilte davon. Er durchquerte die Palastgärten und ging dann über den großen gepflasterten Hof.

Er konnte natürlich nicht abreisen, ohne La Rochelle auf Wiedersehen gesagt zu haben. Dennoch war er unruhig. Er hoffte, dass der Geselle nicht seinerseits versuchen würde, ihn zum Bleiben zu überreden, und er wusste nicht recht, was er ihm sagen sollte. Wie sollte er seine Abreise begründen? Er hatte am Vorabend versucht, sie Viviane zu erklären, aber er war sich nicht sicher, ob sie ihn verstanden hatte.

Er wusste noch nicht einmal genau, wohin er gehen würde. Zunächst wollte er in einen Wald zurückkehren, um die Nebel zu sehen und zu versuchen, zu verstehen ... La Rochelle würde sicher mehr Verständnis dafür haben. Und vielleicht war es ihm alles in allem auch gleichgültig, ihn gehen zu sehen. Ihr Verhältnis hatte sich in den letzten Tagen etwas verschlechtert. Bohems Eifersucht war wieder an die Oberfläche getreten, und die Witzeleien des Wandergesellen hatten alles nur noch verschlimmert. Aber er mochte ihn trotz allem sehr. Er verdankte ihm zweifelsohne sein Leben ... Wie auch immer, er musste sich wenigstens von ihm verabschieden.

Plötzlich, als er nicht mehr weit von der Schmiede entfernt war und La Rochelle gerade bei der Arbeit entdeckt hatte, ließ eine Stimme hinter ihm ihn innehalten.

»Bohem?«

Es war die Herzogin, Helena von Quitenien. Er erkannte die Klangfarbe ihrer Stimme, die fast so süß war wie die ihrer Nichte. Er wandte sich um.

»Herrin?«

»Also reist Ihr wirklich ab?«

Bohem sah ihr fest in die Augen. Er fand, dass sie Viviane ein wenig ähnelte. Sie hatten in jedem Fall viel miteinander gemein: die Stimme, die Tiefgründigkeit des Blicks und den gewissen schelmischen Ausdruck, der darin lag ...

»Ja, Herrin. Ich danke Euch für Eure Gastfreundschaft, aber ich muss jetzt abreisen.«

»Meine Gastfreundschaft? Der Kammerherr hat mir gesagt, dass Ihr im Freien geschlafen habt!«, spottete die Herzogin.

»Eure Gärten sind sehr bequem«, scherzte Bohem zurück.

»Ich schäme mich, dass ich Euch nicht besser zu empfangen wusste, Bohem. Ich möchte Euch ein Geschenk machen.«

»Aber ...«

»Nein«, unterbrach sie ihn, »sagt nichts. Das hier ist für Euch.«

Sie hielt ihm ein Paket hin, das in braunes Leder eingeschlagen war. Bohem nahm es verlegen an und öffnete es sehr vorsichtig. Es war eine Handschrift – eine prächtige Handschrift mit Ledereinband, einer Schließe aus Riemen und Bronzebeschlägen in der Form von Tierköpfen.

Der junge Mann wusste nicht, was er sagen sollte. Das war ihm so unangenehm! Die Herzogin wusste vielleicht nicht, dass er nicht lesen konnte ... Aber er wagte nicht, es ihr zu sagen. Und er freute sich dennoch. Er blätterte unbeholfen die ersten Seiten um und bewunderte die Schönheit der Schrift, welche die zu vernähten Lagen zusammengefassten Pergamente bedeckte. Dann sah er die ersten Miniaturen. Sie waren von großer Klarheit; einige waren sogar mit Blattgold verziert.

»Das ... das ist großartig, aber warum schenkt Ihr mir dieses Buch? Ich ...«

Die Herzogin lächelte. »Das ist das *Bestiarium von Thaon*, Bohem, ein Einzelstück, dass Philipp von Thaon selbst der Familie meines Ehemanns geschenkt hat.«

»Es ist wirklich sehr schön. Ich werde Euch sehr töricht erscheinen... Aber was genau ist das?«

»Ein sehr langes Gedicht über die Nebel, das mit vielen Abbildungen illustriert ist, die zur Zierde oder zur Erklärung dienen. Und ich denke, dass die Aussagen, die Philipp von Thaon trifft, Euch interessieren werden, junger Mann, denn durch diese wunderbaren Tiere nimmt er meiner Ansicht nach eine schöne Erforschung der menschlichen Seele vor ...«

»Diese *wunderbaren Tiere*?«, fragte Bohem erstaunt. »Ihr denkt nicht, dass die Nebel Dämonen sind?«

Die Herzogin brach in Gelächter aus. »Natürlich nicht! Sie sind die schönsten Geschöpfe, die die Erde je getragen hat ...«

»Das glaube ich auch, Herrin«, sagte Bohem, der sich von seiner Überraschung kaum erholen konnte.

Er hatte geglaubt, der einzige Narr auf der Welt zu sein, der so über diese Geschöpfe dachte, die von den Menschen verflucht wurden. Aber natürlich war dem nicht so. Die Herzogin dachte sicher anders als andere Menschen. Sie war doch so freigeistig! Er hätte es ahnen sollen.

»Das habe ich zu erkennen geglaubt«, antwortete sie. »Es ist sehr großmütig von dir – und auch vorausschauend –, die Nebel retten zu wollen.«

Die Nebel retten? Bohem hatte die Zusammenhänge noch nie so benannt. Er hatte einen Nebel gerettet, ja. Nun erinnerte er sich an die Worte der Mutter in der ersten Herberge, in die die Gesellen ihn mitgenommen hatten. Es war erst einige Tage her, aber es erschien ihm so fern! Am Morgen seiner Abreise hatte sie ihm etwas gesagt, was ihm besonders aufgefallen war:

»*Was du gestern Abend über die Nebel gesagt hast, hat mich tief berührt. Ich weiß, dass du ein guter Junge bist. Wir werden alles tun, was in unserer Macht steht, um dir zu helfen.*« Nein, er war tatsächlich nicht der einzige Narr, der so dachte, das wurde ihm immer stärker bewusst.

»Deshalb also wollte ich dir dieses Buch schenken«, fuhr Helena fort. »Denn ich glaube, dass du darin vielleicht Antworten auf die Fragen finden wirst, die du dir zu stellen scheinst. Diese Bücher werden immer seltener, Bohem. Vor zwanzig Jahren haben Muth von Clartal und das Generalkapitel des Ordens von Cistel den Kopisten verboten, Abbildungen von Menschen und Tieren herzustellen, schöne bunte Buchstaben oder Schließen zu verwenden! Vor allem haben sie verboten, dass man Nebel malt... Was für Schwachköpfe! Dieses Buch ist also noch viel kostbarer.«

»Aber...«

»Aber du kannst nicht lesen«, unterbrach ihn die Herzogin mit sanfter Stimme. »Das weiß ich auch, Bohem. Dennoch...«

Sie hielt inne und schenkte ihm ein schelmisches Lächeln. »Dennoch gibt es hier ja Leute, die dir sicher helfen könnten, es zu lesen und zu verstehen.«

Bohem verstand nun, weshalb die Herzogin lächelte. Sie machte ihm natürlich ein Geschenk von unschätzbarem Wert, aber sie nutzte das aus, um einen geschickten Schachzug auszuführen, den sie mit ihrer Nichte vorbereitet haben musste, um ihn zu überreden, zu bleiben. Er musste seinerseits lächeln.

»Herrin, ich weiß, dass es Viviane lieb wäre, wenn ich hierbliebe, und ich würde dieses Buch sehr gern lesen, aber ich habe meine Entscheidung schon gefällt...«

»Ich weiß«, antwortete die Herzogin. »Ich musste aber dennoch mein Glück versuchen. Ich habe meiner Nichte versprochen, es zu probieren!«

»Ich verstehe. Aber ich kann nicht hierbleiben. Allerdings hoffe ich, dass ich sie bald wiedersehen kann«, gestand er und senkte den Blick.

»Sie wird in einigen Tagen wieder hier sein. Ich habe ihr gesagt, dass sie den Besuch meines nächsten Gasts nicht versäumen darf...«

»Warum?«

»Er ist ein außergewöhnlicher Musiker und Dichter, von dem man mir schon seit Langem erzählt hat... Er stammt nicht aus unserem Land, aber ich habe letzten Monat gehört, dass er sich in Gallica aufhält. Ich habe ihn wissen lassen, dass ich ihn gern für einige Tage an meinem Hof empfangen würde, und er hat zugesagt. Ich bin entzückt und ungeduldig; ich habe Viviane gesagt, dass sie rechtzeitig zurück sein muss, um diesen besonderen Mann kennenzulernen. Er ist wirklich ungewöhnlich. Er ist ein Zwerg.«

»Wie bitte?«

»Ein Zwerg. Ein Mann von geringer Körpergröße.«

Bohem riss die Augen auf. War das ein Zufall, oder konnte es sich tatsächlich um den Mann handeln, an den er dachte?

»Welches Instrument spielt er?«, fragte er die Herzogin eilig.

»Den Dudelsack, warum?«

»Wie sieht ein Dudelsack aus?«

»Nun ja, da bin ich mir nicht sicher, ich habe noch nie einen gesehen. Aber ich glaube, dass es sich um ein Blasinstrument handelt, eine Art kleinen Ledersack, in den man durch...«

»...in den man durch Röhrchen hineinbläst?«

»Ja, genau. Es gibt eine Röhre, in die man bläst, und andere Pfeifen, die mit Löchern versehen sind und aus denen der Ton herauskommt... Ich warte ungeduldig darauf, dieses Instrument kennenzulernen. Du scheinst es ja zu kennen?«

Aber Bohem hörte ihr nicht mehr zu. Das konnte nur *er* sein – der kleine Mann mit seinem Instrument auf dem Rücken! Er hatte keinen Zweifel. Es war derjenige, den er fast jede Nacht im Traum sah, derjenige, der ihm den Ring gezeigt hatte... Und der ihm gesagt hatte, er solle auf ihn warten. *Hier* auf ihn warten.

Bohem zitterte. Die Herzogin runzelte die Stirn.

»Geht es dir nicht gut?«, fragte sie besorgt.

»Herrin, ich... Doch, es geht mir gut. Ich... Wie heißt dieser Musiker?«

»Nun, er heißt Mjolln Abbac. Aber die Troubadoure nennen ihn den ›Sackpfeifer‹.«

KAPITEL 8
DIE PFORTE
DES SCHMIEDS

Als Bastian die Abdrücke im feuchten Boden am Fuße der bewaldeten Anhöhe sah, wusste er sofort, dass er auf der Fährte eines Lindwurms war. Als schlangenartiges Lebewesen, das diamantene Augen, Vogelfüße und Drachenflügel besaß, hinterließ der Lindwurm eine einzigartige Spur auf dem Boden. Man konnte sie nicht mit der irgendeines anderen Tieres verwechseln. Aber der Lindwurm war auch einer derjenigen Nebel, die am schwierigsten zur Strecke zu bringen waren, und Bastian fragte sich, ob er nicht lieber eine andere Spur suchen sollte.

In seinem ganzen Leben hatte er nur einen einzigen Lindwurm erlegt, und er trug auf der Wange eine unauslöschliche Erinnerung an diesen Kampf. Lief er nicht Gefahr, zu viel Zeit zu verlieren, wenn er nun diesen hier jagte? Schlimmer noch, er konnte versagen – und dann gar nichts erlegen.

Aber er durchstreifte schon seit drei Tagen den Wald südlich von Roazhon, und dies war die erste Fährte, auf die er stieß.

Er konnte sich glücklich schätzen. Vielleicht war der Lindwurm sogar der letzte Nebel überhaupt, den es in der Gegend noch gab! Nein, er konnte es sich nicht leisten, diese Spur aufzugeben. Er hatte keinerlei Sicherheit, dass er eine andere finden würde. Er musste diesen Lindwurm erlegen.

Er setzte seinen Wolfsjägerhelm wieder auf, senkte das Visier über seine Augen, spannte seine Armbrust und brach auf. Er musste wachsam sein. Bald würde es Nacht werden, und die Lindwürmer waren wie alle Nebel vor allem nachtaktiv. Das war der beste Augenblick, um sie zu überraschen – oder es zumindest zu versuchen.

Bastian wusste, dass er der Spur sicher nicht bis zum Nest des Lindwurms würde folgen können, denn diese kleinen Drachen lebten zwischen Felsen und durchquerten deshalb auch steiniges Gelände, auf dem sie keine Abdrücke hinterließen. Er würde gut hinhören müssen. Ihre kleinen Flügel machten ein ganz besonderes Geräusch, und auf diese Weise konnte man sie, wenn man geübt darin war, häufig aufspüren.

Er ging langsam und blieb regelmäßig stehen, um den Boden prüfend zu mustern und die im Schatten liegenden Felsen ringsum zu betrachten. Er suchte den düsteren Horizont ab, lauschte aufmerksam den Geräuschen des Abends und hielt seine Waffe fest in beiden Händen.

Wenn der Lindwurm erschien, durfte man ihn vor allem nicht verfehlen. Gewöhnlich hatte man nur diese eine Chance. Einen einzigen Schuss. Danach floh der Nebel oder griff einen eben an. Bastian verzog das Gesicht.

Um die Wahrheit zu sagen, griffen die Nebel selten an. Man musste es geradezu herausfordern. Aber so etwas durfte ein Wolfsjäger nicht sagen, zunächst einmal, weil das dem Beruf ein wenig von seinem Glanz genommen hätte, dann aber auch, weil das ganz und gar nicht dem Bild entsprach, das man sich von den Nebeln machte. Dem Bild, das *die Kirche* sich von den Nebeln machte. Damit wollte Bastian nichts zu tun haben. Das war nicht seine Aufgabe. Es stand ihm nicht an, zu richten.

Deshalb war das auch nicht die Art von Frage, die er sich gern stellen wollte. Er übte seinen Beruf aus, wie sein Vater es getan hatte, und er versuchte, nicht zu viel nachzudenken. Denn das konnte gefährlich sein.

»Livain VII. hat sein Heer zusammengezogen, Herrin. Seine Männer sind auf dem Marsch nach Hohenstein und werden bald vor unseren Toren stehen.«

Die Herzogin von Quitenien, die vor der Tür ihres Arbeitszimmers stand, schwieg einen ganzen Augenblick lang verblüfft. Das konnte sie nicht glauben! Machte der Geschützmeister sich über sie lustig? Nein, natürlich nicht... Und er hatte den Wahrheitsgehalt dieser Nachricht sicher mehrmals überprüfen lassen. Sie war zu ernst, um auf die leichte Schulter genommen zu werden. Also musste es wahr sein, so unglaublich es auch scheinen mochte.

»Nach Hohenstein... Seid Ihr Euch sicher?«

»Ja, Herrin.«

Wie konnte der König es wagen? Gut, Livain und sie hatten sich im Zorn getrennt, aber immerhin war er es, der sie verstoßen hatte! Er hatte die Nachricht von der Krönung Emmers – und damit auch ihrer – sicher sehr schlecht aufgenommen, aber es war doch undenkbar, dass er deswegen so weit ging, sie hier anzugreifen! Sie konnte es einfach nicht nachvollziehen.

»Ist bekannt, warum?«

Der Geschützmeister nickte. Er war sichtlich verlegen. »Livain VII. möchte, dass Ihr ihm jemanden, der sich an Eurem Hof aufhält, ausliefert. Einen jungen Mann, einen Wolfsjäger.«

»W… wie bitte?«, stotterte die Herzogin vollkommen verwirrt.

»Herrin, ich glaube, dass es dem König um den jungen Bohem zu tun ist.«

Die Herzogin öffnete die Tür hinter sich und bedeutete dem Geschützmeister, ihr ins Arbeitszimmer zu folgen. Hinter ihm schloss sie die Tür wieder. Sie wollte unter keinen Umständen, dass man sie belauschte. Sie ging quer durch das kleine Zimmer und ließ sich in ihren Sessel fallen. Eine Weile saß sie stumm da, den Blick ins Leere gerichtet.

»Was denkt Ihr, Valerian?«

Der Geschützmeister hob die Augenbrauen. »Was wollt Ihr damit sagen, Herrin?«

»Ihr denkt, dass der König von Gallica bereit wäre, mich auf meinem eigenen Lehensgebiet anzugreifen, um Bohem gefangen zu nehmen?«

»Alles hängt ganz davon ab, welchen Wert dieser junge Mann in seinen Augen hat, Herrin.«

Die Herzogin nickte langsam. Sie sah noch immer ins Leere, völlig von ihren Gedanken vereinnahmt. »Das ist offensichtlich die Frage. Ihr habt recht. Welchen *Wert*… Dieser Bohem steckt ganz entschieden voller Geheimnisse! Was hat er zu verbergen, das dem König so viel bedeuten könnte?«

»Wie dem auch sei, Herrin, Ihr müsst Euch eigentlich keine Sorgen machen… Hat der junge Mann nicht angekündigt, nicht hierbleiben zu wollen?«

Die Herzogin schien aus ihren Gedanken aufzuschrecken, wandte den Kopf dem Geschützmeister zu und lächelte ihn bitter an. »Nein, das nun gerade nicht! Er hat seine Meinung geändert, Valerian. Bohem hat beschlossen, bis zur Ankunft Mjolln Abbacs hierzubleiben... Aber selbst, wenn er sich entschieden hätte, abzureisen, würde ich mir Sorgen machen! Um ihn. Vielleicht hat dieser junge Mann irgendein unaussprechliches Geheimnis, aber er ist dennoch ein anständiger Junge. Er hat ein gutes Herz. Ich möchte nicht, dass ihm irgendetwas zustößt...«

»Ihr wollt ihn also beschützen?«

»Wie meint Ihr das, Valerian? Ihr glaubt doch wohl nicht, dass ich ihn an Livain ausliefern werde?«

»Nein, selbstverständlich nicht. Aber Ihr könntet ihm auch raten, zu fliehen, und Euch so aus der ganzen Sache heraushalten.«

»So seht Ihr mich also, Valerian? Ist das wirklich die Reaktion, die Ihr von mir erwartet?«

Der Geschützmeister lächelte. »Nein. Natürlich nicht.«

»Dann redet auch nicht solchen Unsinn!«

Die Herzogin fuhr sich mit der Hand über ihre hohe Stirn; sie wirkte besorgt. »Besteht trotz allem die Möglichkeit, dass Mjolln Abbac vor dem Heer Livains hier eintrifft?«, fragte sie.

»Ich habe nicht die leiseste Ahnung, Herrin. Wir wissen nicht, wo sich der Musiker aufhält, den Ihr erwartet. Aber wir können uns nicht auf den Zufall verlassen. Wir müssen überlegen, welche Taktik wir verfolgen wollen, wenn Bohem an dem Tag, an dem Livains Heer eintrifft, noch hier ist.«

»In der Tat. Welche Taktik? Ich will kein Blutvergießen, Valerian. Keines! Und wir müssen uns auch entscheiden, ob wir Bohem etwas davon sagen wollen oder nicht.«

Der Geschützmeister nickte.

»Das sind schwierige Entscheidungen, nicht wahr?«, fuhr die Herzogin fort, als die den beunruhigten Blick ihres Ratgebers sah.

Dann schloss Helena die Augen, um besser nachdenken zu können. Dies alles hatte sie wirklich nicht erwartet, obwohl sie von Anfang an gewusst hatte, dass mit diesem Jungen etwas Seltsames vorging. Wie hatte ihre Nichte sich nur in all das hineinziehen lassen können?

Die Herzogin sagte sich aber, dass es alles in allem vielleicht ein Glück für Viviane war. Sie schien sich in Bohem verliebt zu haben ... Und er war kein gewöhnlicher Junge. Viele junge Frauen hätten sicher davon geträumt, eine so einzigartige Liebe zu erleben. Aber die schönsten Liebesgeschichten waren oft auch die gefährlichsten. Das wusste Helena.

In jedem Fall wollte sie nicht, dass diesem jungen Mann irgendetwas zustieß. Sie musste ihn beschützen.

»Wollt Ihr, dass wir eine Nachricht an Emmer senden?«, schlug der Geschützmeister vor, als er sah, dass die Herzogin unentschlossen war. »Vielleicht hat er ja eine Meinung darüber, was wir unternehmen sollten ...«

»Valerian«, gab die Herzogin in trockenem Tonfall zurück, »ich bin nicht die Art Frau, die jedes Mal, wenn sie eine schwerwiegende Entscheidung treffen muss, die erleuchteten Ratschläge ihres Ehemanns benötigt ...«

»Es tut mir leid, Herrin, und das ist es auch nicht, was ich damit sagen wollte ... Aber wenn er sein Heer auf Eure Ländereien schickt, muss der König von Gallica ahnen, dass er damit zugleich auch den König von Brittia brüskiert ...«

»Emmer ist noch immer dort, Valerian, jenseits des Meeres. Nein. Wir brauchen ihn nicht. Zumindest nicht im Augenblick.«

Der Geschützmeister nickte. Er war sich bewusst, dass er ungeschickt gewesen war. Helena war keine gewöhnliche Frau. Auch wenn sie ihn manchmal entsetzte, war er voller Verehrung für diese Herzogin, die zugleich über mehr Ausstrahlung, mehr Kraft und mehr Güte verfügte als viele Männer, die an der Spitze anderer Lehen standen. Sie hatte zahlreiche und vielfältig zusammengesetzte Ländereien geerbt, doch sie hatte in ihrer Art, sie zu regieren, nie die geringste Schwäche gezeigt. Außerdem hatte sie die große Tradition des Hauses Quitenien weitergeführt, indem sie in Hohenstein ihren berühmten Hof der Dichter und Troubadoure unterhielt. Sie war eine großartige Herzogin und eine außergewöhnliche Frau.

»Herrin, was Bohem betrifft... Ich glaube, dass Ihr es gewohnt seid, offen mit den Leuten zu sprechen. Wenn Ihr gestattet... Ich denke, Ihr solltet ihm sagen, was vorgeht.«

»Ihr hofft, dass er daraufhin den Entschluss fassen wird, Hohenstein zu verlassen«, antwortete die Herzogin etwas misstrauisch.

»Nein, Herrin, aber dieser junge Mann ist Euch gegenüber nach allem, was Ihr uns erzählt habt, vom ersten Abend an sehr offen gewesen, und Ihr bringt ihm viel Hochachtung entgegen. Ihr könnt ihm eine so wichtige Information, die ihn betrifft, nicht vorenthalten.«

»Ihr habt recht, Valerian, Ihr habt recht. Überdies glaube ich, dass er sehr geschickte Entscheidungen trifft und wissen wird, was zu tun ist. Ich glaube auch, dass er bleiben wird.«

»Warum?«

»Weil er nicht wirklich weiß, was mit ihm geschieht, und deshalb völlig hilflos ist. Ich habe den Eindruck, dass er überzeugt ist, dass Mjolln Abbac ihm Antworten geben könnte. Und das ist nicht der einzige Grund. Er ist in meine Nichte verliebt. Er muss Lust haben, sie wiederzusehen.«

»Ich verstehe. Wir müssen uns also etwas ausdenken, was wir Livains Soldaten sagen können, wenn sie vor den Stadttoren stehen.«

»Ja, Valerian. Ich hoffe einfach, dass wir Zeit gewinnen werden. Denn wenn sie hier eindringen wollen, werden sie es tun. Ich habe hier kein Heer. Unser Heer steht in Brittia, bei Emmer. Ich kann mich gegen das Heer des Königs nur mit List verteidigen.«

Bohem war allein in der Mitte der Bibliothek des Herzogspalasts. Vor einem kleinen Tisch stehend, hatte er viel Zeit damit zugebracht, diesen unglaublichen Saal, der ganz mit dunklem Holz getäfelt war und ständig von zwei Soldaten bewacht wurde, zu bewundern.

Unter dieser hohen, geschnitzten Decke lagerten Tausende, vielleicht sogar Zehntausende von Büchern Seite an Seite längs der Wand des Bergfrieds. Es war eine der schönsten Bibliotheken Gallicas, die das Haus Quitenien hier mit Liebe über Generationen hinweg aufgebaut hatte. Die Werke waren nach Themengebieten geordnet: Bibeln, Psalter, Stundenbücher, Heiligenleben, Chroniken, Kräuterbücher, Werke über die Antike, Studienbücher, Bestiarien und natürlich auch Romane und Gedichtsammlungen, die Helena oder ihren Vorfahren überreicht worden waren. Die Dichtungen Marcabrus, Jaufré Rudels und Waces waren ebenso vertreten wie das Rolandslied oder Gedichte der Hohen Minne... Die schönsten Werke in quitenischer und in gallicischer Sprache waren hier versammelt.

Aber was Bohem heute interessierte, war das Buch, das die Herzogin ihm geschenkt hatte. Das *Bestiarium von Thaon*, das er an sich gedrückt hielt, war von den religiösen Autoritäten verboten worden, weil es von den Nebeln handelte. Welche Ironie! Er hatte ja selbst die Exkommunikation riskiert, als er eines dieser Wesen hatte retten wollen... Was mochte also in diesem Buch stehen?

Er setzte sich bequem auf einen niedrigen Stuhl und legte den Band vor sich hin. Er fuhr mit den Fingern über das Leder des Einbands. Dann öffnete er das Buch und ließ sich von seiner einzigartigen Schönheit gefangen nehmen. Er blätterte die Seiten eine nach der anderen um und hielt bei jedem Bild inne, um es lange zu betrachten.

Die Malereien waren wunderschön: detailliert, elegant und farbenfroh. Die Striche waren so fein! Ein ganzes Kapitel schien jeweils einem bestimmten Nebel gewidmet zu sein. Ein Kapitel über Wölfe, eines über Zauberpferde ... Wie gern hätte er lesen können, um die kalligraphischen Bildunterschriften und die langen Absätze zu verstehen, die sicher altes Wissen über diese wunderbaren Geschöpfe mitteilten ...

Er geriet sogar über das Geräusch in Verzückung, das die Seiten beim Umblättern machten. Er roch an dem Pergament und der Tinte, die darauf verteilt war. Er hatte das Gefühl, den kostbarsten Gegenstand der Welt in seinen Händen zu halten.

Bald erreichte er das Kapitel, das sich mit dem Einhorn beschäftigte. Es begann mit einer prächtigen Illustration, vielleicht der zauberhaftesten des ganzen Werks. Das Einhorn war liegend und mit erhobenem Horn dargestellt, weiß, rein und doch zugleich kraftvoll! Bohem fuhr sacht mit den Fingern über das Pergament, als könne er das Einhorn streicheln. Die Textur der Tinte streifte seine Haut. Er erschauerte. Noch nie hatte er ein so anmutiges Tier gesehen! Wie konnte die Kirche in einem solchen Wesen das Werk eines Dämons erblicken? Er seufzte.

Dann richteten sich seine Augen auf den Text, der an die Illustration anschloss, und er hatte plötzlich einen sehr seltsamen Eindruck ...

Er runzelte die Stirn. Wie konnte er sich da sicher sein? Es schien ihm, als ob er diesen Text schon einmal gesehen hätte! Aber er konnte nicht lesen. Dennoch war er sich fast sicher, die ersten Worte wiederzuerkennen... Nein, mehr als das. Die ersten Zeilen. Ja. Mittlerweile war er sich sicher. Er hatte diese Verse schon gesehen, und er erinnerte sich auch, wo.

Auf dem Felsen. Eingemeißelt in den Felsen. Unter den Pfoten des Wolfs. Ja, er hatte diese beiden Zeilen im Traum gesehen. Er konnte sich nicht täuschen.

Er stand abrupt auf. Das waren zu viele Zufälle! Wie war das möglich? Wie hatte er von diesen Sätzen träumen können, bevor er sie überhaupt in diesem Buch gesehen hatte? Was hatte das zu bedeuten? Er musste Helena suchen und ihr den Text zeigen, damit sie ihn ihm vorlesen und erklären konnte!

Er schloss rasch das Buch und war nahe daran, zu gehen, doch im selben Augenblick betrat ein junger Mann mit kahl geschorenem Schädel die Bibliothek.

Bohem musterte ihn, seine Kleider und seinen geschorenen Kopf... Das war ein Geistlicher, daran bestand kein Zweifel. Was tat er hier? Er nickte ihm höflich zu, aber der junge Mann schritt geradewegs auf ihn zu. Er war gekommen, um ihn zu treffen.

»Guten Tag«, sagte der Unbekannte lächelnd.
»Guten Tag«, antwortete Bohem misstrauisch.
»Ihr seid Bohem, nicht wahr?«
»Ja.«
»Die Herzogin hat mich gebeten, Euch hier aufzusuchen.«
»Wirklich?«
»Ja. Sie hat mir gesagt, Ihr bräuchtet vielleicht Hilfe, um eine Handschrift zu entziffern...«

Bohem konnte nicht verhindern, dass er ein ungläubiges Gesicht schnitt. Helena hatte ihm in der Tat versprochen, dass bestimmte Leute an ihrem Hof ihm das *Bestiarium* vorlesen könnten, wenn er wollte. Aber er hatte gedacht, dass sie von den vielen Troubadouren sprach, die sie im Palast umgaben – nicht von einem Kleriker, und einem so jungen noch dazu! Er konnte nicht viel älter als Bohem sein... Würde er überhaupt das nötige Wissen haben, ihm zu helfen?

»Wie heißt Ihr?«, fragte der Wolfsjäger.

»Christian.«

Ein Geistlicher, der auch noch Christian hieß! Das entbehrte nicht einer gewissen Ironie. Bohem hatte Angst, dass ein solcher Kirchenmann das *Bestiarium von Thaon* nicht zu schätzen wissen würde! Aber er besann sich. Helena hatte den Mann schließlich hergeschickt, und er konnte der Herzogin vertrauen. Er musste dem jungen Mann wenigstens eine Chance geben.

»Hat die Herzogin Euch gesagt, um welche Handschrift es sich handelt?«

»Natürlich. Deshalb hat sie mich doch hergeschickt, Bohem! Ich kenne Philipp von Thaon. Ich habe bei ihm studiert. Ich kenne das *Bestiarium* schon, das Ihr da an Euch gedrückt haltet.«

»Wirklich?«, staunte Bohem. »Ihr, ein Geistlicher?«

Christian lächelte breit. »Ja, warum?«

»Ich hätte gedacht, dass der Inhalt dieser Handschrift dem, was die Kirche predigt, nicht gerade entspricht...«

»Ah! Ich verstehe! Aber ich bin nicht die Kirche, Bohem. Ich bin ein Student. Und wenn man eine Bestandsaufnahme dessen machen würde, was die Geistlichen, Mönche, Äbte, Priester und Bischöfe an Dingen, die der Kirche nicht gefallen, so treiben, wäre für die Liste in dieser ganzen Bibliothek nicht genug Platz!«

Bohem lächelte seinerseits. Wenigstens fehlte es diesem Geistlichen nicht an Schlagfertigkeit! Das gefiel ihm.

»Was studiert Ihr?«, fragte er, setzte sich endlich wieder hin und lud Christian ein, vor ihm Platz zu nehmen.

»Na, die Literatur!«

»Die Literatur?«

»Ja! Es gibt nichts Mitreißenderes!«

»Aber was werdet Ihr tun, wenn Ihr fertig studiert habt? Wollt Ihr Unterricht erteilen?«

»Nein. Ich will Gedichte und Romane schreiben!«

Bohem nickte. Er musste an Viviane denken. Irgendetwas an dem jungen Mann erinnerte ihn an sie. Er hatte den Eindruck gehabt, ein gewisses Licht tief in Christians Augen zu erkennen, als dieser davon gesprochen hatte, dass er schreiben wollte: Es war dasselbe Licht, das in Vivianes Blick brannte. Die Leidenschaft. Die Berufung.

»Wollt Ihr Troubadour werden?«, fragte Bohem neugierig.

»Nein, gar nicht. Ich bin weder Musiker noch Redner. Nein, ich möchte einfach schreiben, das ist alles!«

Der junge Geistliche schäumte vor Begeisterung nur so über. Die Augen weit aufgerissen und die Hände auf den Tisch gelegt, hielt er Bohem mit Blicken fest und sprach, als ob er ihm ein großes Geheimnis anvertraute.

»Ich habe vor, die Legenden und Mythen aus allen Weltgegenden zu sammeln, Bohem, von denen des Herzogtums Breizh bis hin zu denen aus den fernen Gefilden Gaelias... Ich möchte einen großen Stoff zusammenstellen, der aus unseren Erzählungen, unseren Chroniken, unseren Erinnerungen schöpft... Einen allgemeingültigen Stoff, der die Leser träumen lassen wird, heute wie morgen! Ich will über Menschen schreiben, über Helden, über Nebel. Und über Gott! Über die Liebe!

Ich will diesem Stoff einen Sinn und eine Form verleihen, etwas schaffen, was noch nie geschaffen worden ist. Ich will nicht in der Art der Troubadoure erzählen. Ich will eine gewisse Distanz wahren, das Wunderbare in Szene setzen und... Aber ich langweile Euch sicher. Wir sind nicht hier, um von meinen Träumen zu sprechen. Ihr habt das *Bestiarium* durchgeblättert?«

»Ja«, antwortete Bohem, der in Wirklichkeit ganz entzückt vom Redefluss seines Gegenübers war.

»Es ist wunderbar, nicht wahr? Philipp ist ein großer Künstler, ein Visionär!«

»Aber was weiß er über die Nebel?«, fragte Bohem, ohne es böse zu meinen.

»Die Wahrheit über die Nebel, Bohem, ist in Büchern verborgen – Büchern wie diesem hier. Und in diesen Büchern werden sie überleben.«

»Was wollt Ihr damit sagen?«

»Philipp von Thaon hat es gut verstanden. Das ist es doch, was er in seinem *Bestiarium* erklärt: Die Nebel werden bald nicht mehr da sein. Sie verschwinden, sterben, einer nach dem anderen. Denn sie haben die Fähigkeit verloren, sich fortzupflanzen. Die Weibchen werfen schon seit zwanzig Jahren keine Jungen mehr.«

»Warum?«

»Ich weiß es nicht«, gestand der Geistliche. »Ich kenne nur Philipps Einschätzung, dass in sehr kurzer Zeit kein einziger Nebel in Gallica oder anderswo mehr übrig sein wird. Sie werden nur noch in den Büchern leben, mein Freund, und in der Erinnerung von Menschen wie Euch.«

Bohem nickte langsam. Ja. Das erschien ihm einleuchtend. Seit er ganz klein gewesen war, hatte sein Vater ihm immer wieder gesagt, dass es immer weniger Nebel gäbe. Vielleicht kam alles daher – seine Zuneigung zu diesen Fabelwesen, sein Wunsch, die *Nebel zu retten*, wie die Herzogin es ausgedrückt hatte. Der Gedanke, all diese Geschöpfe zugrunde gehen zu sehen, erschien ihm unerträglich. Ja, das erklärte sicher, was er empfand... Aber so einfach war es nicht.

Er zögerte und betrachtete sein Buch, das auf dem Tisch lag.

»Christian«, sagte er in zögerlichem Tonfall, »könntet Ihr mir bitte einen Text vorlesen, den ich im Innern des Buches gesehen habe?«

»Aber natürlich, Bohem, deshalb bin ich doch hier!«

Der Wolfsjäger öffnete das *Bestiarium von Thaon*, indem er sanft die Lederschließen löste. Er blätterte die Seiten eine nach der anderen ganz vorsichtig um, bis er zu dem Kapitel über das Einhorn gelangte. Dann drehte er das Buch zu Christian.

Der junge Geistliche lächelte.

»Eine gute Wahl!«, sagte er. »Das ist die schönste Miniatur der Sammlung und auch der schönste Text Philipps. Das ist auch ganz natürlich.«

»Warum?«

»Das Einhorn, Bohem, ist die Königin der Nebel. Es gibt nur ein einziges, wisst Ihr? Ein einziges Einhorn. Es ist das Symbol für das Einzigartige, für die Reinheit. Ein einziges Horn – ein einziges Einhorn...«

Bohem nickte. Das erklärte sicher, dass sein Vater dieses wunderbare Tier nie gesehen hatte und dass auch sonst sehr wenige Leute es gesehen haben sollten.

»Hat Philipp von Thaon dieses Einhorn denn schon gesehen?«

»Nein, das glaube ich nicht. Wollt Ihr, dass ich Euch diesen

Text hier vorlese?«, fragte Christian und deutete auf den Text gegenüber von der Illustration.

»Ja.«

»Einverstanden. Das ist ein Gedicht von Philipp, ein sehr schönes. Es erzählt die Legende des Einhorns.«

Der junge Geistliche fuhr sich mit der Zunge über die Lippen, holte tief Luft und begann zu lesen.

> *»Monosceros, so ist bekannt*
> *ein Tier, nach seinem Horn benannt,*
> *das aus dem Kopf ihm wächst heraus;*
> *sonst sieht es wie ein Böcklein aus.*
> *Mit einer Jungfrau fängt man's ein,*
> *nun hört, wie es getan muss sein:*
> *Der Jäger, der es stellen kann,*
> *erlegen oder fangen dann,*
> *begibt sich mutig in den Wald*
> *– daselbst ist ja sein Aufenthalt –*
> *und, junge Frau, entblößen musst*
> *von jedem Kleid du deine Brust,*
> *denn deren Duft lockt sicher an*
> *das Tier Monosceros sodann.*
> *Kommt der zu dir, wie er es muss,*
> *und gibt den Brüsten einen Kuss,*
> *so schläft er selig ein vor dir:*
> *Der Jäger tötet dann das Tier.«*

»Das ist großartig!«, rief Bohem. »Aber woher stammt diese Legende? Wie kann Philipp von Thaon all dies über das Einhorn wissen, wenn er es noch nie gesehen hat?«

»Ich weiß es nicht. Das ist eine sehr alte Legende, Bohem.

Diese Vorstellung, dass nur eine Jungfrau sich dem Einhorn nähern kann, habe ich zum Beispiel schon in anderen Bestiarien gelesen... Vielleicht ist das nur ein Mythos, den Philipp wiedergegeben hat, um seinen Text auszuschmücken. Dieses Gedicht leitet das Kapitel über das Einhorn ein, die Texte, die darauf folgen, sind, glaube ich, wirklichkeitsnäher.«

»Könnt Ihr sie mir vorlesen?«

»Natürlich!«

Christian las mit ruhiger, beherrschter Stimme weiter. Der Geistliche und der Wolfsjäger blieben so den Rest des Tages über beisammen und vertieften sich mit Genuss in das Werk Philipps von Thaon.

Sergeant Fredric trat vorsichtig in das Zelt des Großmeisters von Berg-Barden.

Er strahlte nicht mehr die gleiche Leichtigkeit wie früher aus und war auch nicht mehr so freimütig, wenn er mit seinem Vorgesetzten sprach. Seit dem Vorfall in Sarlac hatte sich ihr Verhältnis zueinander verändert. Obwohl von dieser Sache nicht mehr gesprochen werden durfte und obwohl der Sergeant sich gezwungen hatte, seinen Männern wieder Zuversicht einzuflößen und ihnen zu versichern, dass der Großmeister wusste, was er tat, hatte er kein Vertrauen mehr zu Berg-Barden und nahm es sich selbst übel, dass er nicht den Mut hatte, einfach zu gehen.

Aber konnte er einfach so mit der Begründung, dass er sich nicht mehr mit seinem Großmeister verstand, die Miliz Christi verlassen? Wäre das nicht Feigheit gewesen? Nein. Er musste seinem Orden vertrauen. Und der Gnade Gottes!

Dennoch fiel es ihm schwer, die Mutter zu vergessen, die sie in der kleinen Stadt Sarlac am Ende getötet hatten, weil sie sich geweigert hatte, zu reden. Er sah noch immer ihr blutüberströmtes Gesicht und den letzten, anklagenden Blick, den sie ihnen zugeworfen hatte. Er würde diesen Blick niemals vergessen können, die Verzweiflung darin, den Zorn, beide tief und gerechtfertigt ... Er hatte genauso empfunden.

»Herr«, sagte er und grüßte seinen Vorgesetzten. »Leider haben sich unsere Befürchtungen gerade bestätigt. Bohem und seine beiden Gefährten befinden sich tatsächlich im Herzogspalast von Hohenstein.«

Berg-Barden stieß einen langen Seufzer aus. Er saß auf einem behelfsmäßigen Stuhl und hatte einen Plan von Hohenstein vor sich. Er hatte mit dieser Neuigkeit gerechnet und war schon damit befasst, sich eine Strategie auszudenken. Als sie die Spur der jungen Leute wiedergefunden hatten und ihnen bis zur Hauptstadt der Grafschaft Steinlanden gefolgt waren, hatte der Großmeister schon geahnt, dass sie Zuflucht bei Helena von Quitenien finden würden. Diese Heidin zog alle Besessenen des Königreichs an!

»Das ist noch nicht alles, Herr«, fuhr Sergeant Fredric fort.

»Was noch?«, fragte Berg-Barden sichtlich verärgert.

»Die Soldaten der königlichen Garde und das Heer Livains haben sich auf dieser Seite der Grenze vereinigt. Alles scheint darauf hinzudeuten, dass sie bereit sind, den Herzogspalast anzugreifen.«

Der Großmeister sah erstaunt drein. Das hatte er nicht vorhergesehen.

»Livain ist also bereit, so weit zu gehen?«, fragte er verwundert. »Bereit, die Königin von Brittia zu kränken? Dieser junge Mann muss ja eine gewaltige Bedeutung für ihn haben!«

»Vielleicht ist das die Art des Königs, sich an der Frau zu

rächen, die er verstoßen hat und die daraufhin seinen ärgsten Feind, den König von Brittia, geheiratet hat...«

»Vielleicht, Fredric. Aber das hieße, ein großes Risiko für eine einfache Rache einzugehen, nicht wahr? Ich glaube eher, dass dieser Bohem wichtig genug ist, um den König vor nichts zurückschrecken zu lassen. Und wenn wir hier sind, Sergeant, so nur weil auch der Papst die Gefangennahme dieses jungen Mannes für entscheidend hält. Deshalb müssen wir den Palast angreifen, bevor die Soldaten des Königs es tun können.«

»Wie bitte?«, fragte Sergeant Fredric ungläubig.

»Wir müssen uns darauf vorbereiten, Hohenstein anzugreifen.«

»Aber, Großmeister, wir sind nur eine kleine Brigade...«

»Es gibt genügend Komtureien in dieser Gegend. Wir sollten schnell ausreichend viele Männer zusammenbekommen können. Wir werden überraschend angreifen, Fredric, und ich bin mir sicher, dass wir nicht auf viel Widerstand stoßen werden. Der König von Brittia hält sich noch jenseits des Meeres auf. Jedenfalls will ich keine große Schlacht. Wir müssen den Feind nicht niedermachen, sondern nur in den Palast eindringen, um diesen Bohem gefangen zu nehmen.«

Sergeant Fredric traute seinen Ohren nicht. Jetzt war der Großmeister wirklich verrückt geworden, da war er sich sicher.

»Herr, wir können nicht angreifen, ohne wenigstens den Papst oder den Abt von Cerly unterrichtet zu haben, und ich gestatte mir anzunehmen, dass Seine Heiligkeit nicht einverstanden wäre...«

Berg-Barden verlor plötzlich die Fassung. Er stand abrupt auf und stürzte sich auf den Sergeanten, der sich nicht einmal zu verteidigen wagte. Der Großmeister packte ihn am Hals und stieß ihn zurück, aus dem Zelt hinaus, gegen einen Baum.

»Fredric! Ich habe Euch befohlen, mir nie mehr zu widersprechen!«, brüllte der Großmeister wutentbrannt.

Ringsum erstarrten die Milizen und verfolgten entsetzt das Geschehen. Der Großmeister war dabei, den Sergeanten vor ihren Augen zu erwürgen!

»Unsere Aufgabe hier ist von allerhöchster Bedeutung!«, knurrte Berg-Barden mit blutunterlaufenen Augen. »Ich kann diese Art von Benehmen nicht länger hinnehmen, Sergeant! Versteht Ihr?«

Fredric, dessen Gesicht purpurfarben angelaufen war, erstickte fast. Gegen den Baum gepresst, nickte er mühsam.

Berg-Barden ließ ihn plötzlich los. Der Sergeant fiel hustend auf die Knie und hielt sich den Hals.

»Sergeant, ich entbinde Euch von Euren Aufgaben!«

Der Großmeister wandte sich den Milizen zu. Er sah einen nach dem anderen an. Kein einziger rührte sich. Der Großmeister war kein laxer Befehlshaber, aber sie hatten ihn noch nie so aus der Haut fahren sehen.

»Judicael«, fuhr er in ruhigem Tonfall fort, als ob nichts geschehen wäre, »Ihr seid hiermit Sergeant.«

Der junge Milize verneigte sich verlegen vor dem Großmeister.

»Eskortiert Bruder Fredric zur Komturei Malleram, wo wegen seines Ungehorsams gegen die Regel des heiligen Muth über ihn gerichtet werden wird. Sodann will ich, dass Ihr unsere Brigade dort mit all den Rittern vereinigt, die kampfbereit sind, auch mit denen der benachbarten Komtureien. Spätestens morgen Abend greifen wir Hohenstein an.«

»Zu Befehl, Herr!«

»Und schickt einen Boten, um den Abt von Cerly und den Legaten des Papsts vorzuwarnen!«

»Wir werden sie nicht rechtzeitig benachrichtigen können, Herr.«
»Ich weiß, Sergeant. Ich weiß.«

»Ich kann Euch nicht länger in Gefahr bringen, Herrin. Deshalb habe ich beschlossen, unverzüglich abzureisen.«
Der Wolfsjäger hatte den Kammerherrn gebeten, für ihn eine Audienz bei Helena von Quitenien zu erwirken, und wie gewohnt, hatte die Herzogin ihn sofort empfangen, trotz der zahlreichen Angelegenheiten, um die sie sich in dieser Krisensituation noch kümmern musste. Sie war immer verfügbar; von Tag zu Tag entdeckte Bohem mehr innere Vorzüge an dieser ungewöhnlichen Frau. Er hatte fast das Unbehagen vergessen, das er in den ersten Tagen empfunden hatte. Zumindest hatte er sich damit abgefunden, hier zu sein. Nein, dies war zwar nicht der Platz, an den er gehörte, aber er hatte hier noch etwas zu erledigen. Darüber hinaus war die Gastfreundschaft der Herzogin aufrichtig und uneigennützig.

Er hatte die Zeit genutzt, um sich jeden Tag ein wenig mit Christian zu unterhalten und dann und wann La Rochelle zu besuchen, der in der Werkstatt des Meisterschmieds regelrecht aufblühte.

Doch jetzt war alles nicht mehr so einfach; die bevorstehende Ankunft des Heers des Königs von Gallica änderte alles. Es war nicht mehr nur, dass er sich inmitten des Luxus eines herzoglichen Palasts fehl am Platze fühlte. Er befand sich auch wieder in der fürchterlichen Lage, in der er in den vorangegangenen Wochen schon gewesen war. Er wurde zu einer Gefahr für andere, für Menschen, die ihn unterstützt, aufgenommen und beschützt hatten. Er war nicht bereit, das noch einmal hinzunehmen.

»Bohem«, erwiderte Helena mit ihrer sanften Stimme, »Viviane soll heute Nacht zurückkehren. Ihr solltet zumindest auf sie warten. Ich versichere Euch, dass Ihr uns nicht in Gefahr bringt. Ich glaube nicht, dass der König es wagt, meinen Palast einfach so anzugreifen, ohne mich zur Übergabe aufzufordern. Ich werde die Verhandlungen mit dem General, den er schickt, in die Länge ziehen können, sodass Ihr Zeit gewinnt, Viviane wiederzusehen und dann abzureisen.«

»Nein, Herrin, das ist zu gefährlich. Ich kann nicht Eure ganze Stadt in Gefahr bringen, nur um Eure Nichte wiederzusehen...«

»Ihr liebt sie doch, nicht wahr?«

Bohem senkte den Blick. Er war es nicht gewohnt, über solche Dinge zu sprechen, aber man log eine Frau wie Helena von Quitenien nicht an. Ja, er liebte Viviane, wie er noch nie eine Frau geliebt hatte, und der Gedanke, sie nicht wiederzusehen, erschien ihm unerträglich...

»Ich glaube schon, Herrin...«

»Dann wartet auch auf sie, Bohem! Wartet auf sie. Die Leidenschaft ist jedes Risiko wert, junger Mann.«

»Aber ich riskiere ja nicht nur mein Leben allein, sondern auch das Eurer Untertanen, das Eure und was weiß ich was...«

»Wenn der König mich angreifen muss, wird er angreifen. Das wird schwerwiegende Konsequenzen haben, die weit über Euer Schicksal hinausgehen, Bohem. Ihr dürft Euch nicht für diesen Konflikt verantwortlich fühlen. Es ist meine Aufgabe, ihn mit diesem Narren Livain beizulegen. Ihr habt damit nichts zu tun.«

»Ich bin es doch, den die Soldaten suchen.«

»Das ist nur ein Vorwand. Der König ist mir nicht wohlgesonnen.«

»Dennoch will ich ihm nicht als Vorwand dienen.«

»Bohem, werdet Ihr mich dazu zwingen, meiner eigenen Nichte zu sagen, dass Ihr, einige Stunden bevor sie zurück war, geflohen seid? Wollt Ihr, dass ich ihr diese Nachricht überbringe, die ihr – dessen bin ich mir sicher – das Herz brechen wird?«

Der junge Mann seufzte. Die Herzogin war so großmütig! Denn er wusste sehr gut, was sie vorhatte: Sie war dabei, eine Auseinandersetzung zu riskieren, nur um zwei jungen Leuten die Möglichkeit zu geben, sich ein letztes Mal wiederzusehen. Sie tat das aus Liebe zur Liebe. Und das fand er unglaublich. So schön, so ... frei!

»Herrin«, sagte er, »so soll es geschehen! Aber ich werde unverzüglich abreisen, sobald ich sie habe wiedersehen können. Ich werde nicht länger riskieren, Euch ins Unglück zu stürzen.«

»Sehr gut, Bohem. Ihr habt die richtige Entscheidung getroffen. Und wer weiß? Vielleicht wird Viviane sich entschließen, mit Euch zu kommen.«

»Ihr Platz ist hier, unter den Troubadouren. Meiner ist anderswo.«

Die Herzogin lächelte. Sie schien sich dessen nicht so sicher zu sein wie er. Sie nahm seine Hand.

»Junger Mann«, sagte sie, »lebt! Lebt jeden Augenblick! Und wenn Viviane Euch folgen will, dann stoßt sie nicht zurück! Mit keiner Ausrede! Es steht ihr zu, diese Entscheidung zu treffen, so wie es Euch zukam, die zu treffen, noch zu warten, bevor Ihr Hohenstein verlasst.«

»Ja, Herrin.«

Sie drückte seine Hand noch einmal voller Zuneigung und kehrte dann in ihr Arbeitszimmer zurück, wo ihre immer besorgteren Ratgeber sie erwarteten.

Bohem wurde mitten in der Nacht von großem Lärm und dem Geräusch von Hufschlägen geweckt, die im Hof des Herzogspalasts widerhallten.

Da er immer noch den Luxus der großen Gemächer ablehnte, hatte er sich angewöhnt, über den Ställen der Herzogin auf einem kleinen Heuboden zu schlafen, von wo aus er den Himmel sehen konnte. Er kroch schnell zum Rand des Heubodens hinüber und versteckte sich hinter einem breiten Balken, um von dort aus in den Hof zu blicken.

Er bemerkte sofort die Soldaten, die gerade gewaltsam in den Palast eingedrungen waren. Sie trugen auf ihren Waffenröcken und ihrem Banner die Lilien des Königs von Gallica.

Also hatten sie angegriffen! Ohne eine Übergabeaufforderung, im Gegensatz zu dem, was die Herzogin geglaubt hatte! Viel schneller, als jemand damit hatte rechnen können, in kleiner Zahl und überraschend. Ein Großteil des Heeres war sicher bei den Stadttoren zurückgeblieben, bereit, einzuschreiten, wenn diese Vorhut nicht mit dem zurückkehrte, was sie suchte: Bohem.

Er schlug mit der Faust gegen den Balken, wie um sich zu überzeugen, dass er nicht träumte. Das hier war schlimmer als ein Albtraum! Und dennoch war es wahr. Die Soldaten des Königs waren bei Helena von Quitenien eingedrungen. So einfach. Ohne auf anderen Widerstand als den am großen Eingangstor zu treffen.

Auf einmal erschienen die Gardisten der Herzogin ihrerseits im Mondlicht auf dem Hof, und die Schlacht begann. Der Lärm der Schwerter erhob sich in die Nacht. Die ersten Soldaten fielen unter Bohems ungläubigem Blick.

Er fluchte und stand abrupt auf. Er konnte diesem Kampf nicht zusehen, ohne einzugreifen! Er war es doch, den man suchte! Er musste sich nur stellen! Er würde diese Männer nicht seinetwegen sterben lassen. Nicht noch einmal... Und die Herzogin? Was würde mit der Herzogin geschehen? Und Viviane? Vielleicht war sie schon zurück! Vielleicht befand sie sich schon innerhalb des Palasts!

Bohem rannte zu der kleinen Leiter auf der anderen Seite des Heubodens und ließ sich in die Ställe hinabgleiten. Er suchte nach einer Waffe, nach irgendetwas, womit er sich würde verteidigen können, wenn die Soldaten nicht zuließen, dass er sich ergab, aber ein Geräusch hinter ihm unterbrach ihn. Die Stalltür! Jemand war gerade hereingekommen.

Er fuhr herum und ging kampfbereit in Stellung. Aber da war kein Soldat des Königs. Trotz der Dunkelheit erkannte er den Wandergesellen – es war La Rochelle.

»Bohem! Folge mir, es gibt einen Ausgang hinter der Schmiede!«

»Aber warum?«

»Du musst fliehen!«

»Nein!«, protestierte Bohem. »Ich kann sie doch nicht einfach machen lassen! Ich muss mich stellen! Oder kämpfen!«

»Nein! Wenn du hierbleibst, kompromittierst du die Herzogin, Bohem! Sie dürfen dich hier nicht finden!«

»Aber sie werden alle hier niedermetzeln!«

»Nein! Du bist es, den sie suchen! Die Herzogin wird ihnen beweisen, dass du nicht hier bist, und sie werden gezwungen sein, sich zurückzuziehen! Dann kann sie Wiedergutmachung verlangen. Aber wenn sie dich finden, behalten sie Recht, und du bringst die Herzogin in Schwierigkeiten!«

Bohem versetzte einem Eimer, der vor ihm stand, einen Fußtritt. Er war wütend, aber La Rochelle hatte recht. Er konnte jedenfalls nicht gegen die Soldaten des Königs kämpfen; sie waren zu zahlreich. Und wenn er sich stellte, würde er tatsächlich die Herzogin in die Sache hineinziehen. Er wollte sie nicht in Gefahr bringen.

Aber Viviane? Wo war sie? Er konnte nicht aufbrechen, ohne sie gesehen zu haben – ohne sie vielleicht mitzunehmen, weit weg von hier, weit weg vom Wahnsinn des Königs.

»Ich kann nicht weggehen!«, rief er. »Viviane! Sie soll heute Nacht zurückkommen! Wenn ich weggehe, wird ihr etwas zustoßen!«

»Nein, Bohem, ich werde sie beschützen! Ich bin schließlich auch ihr Freund. Du kannst dich auf mich verlassen.«

Bohem runzelte die Stirn. Er wollte Viviane so gern wiedersehen und da sein, um sicherzugehen, dass ihr nichts passierte. Aber er wusste, dass das nicht vernünftig war. Er musste dem Gesellen vertrauen, trotz aller Spannungen, die sich zwischen ihnen aufgebaut hatten. Er hatte jedenfalls keine Wahl. Selbst wenn er blieb, würde er Viviane sicher nicht beschützen können. Die Soldaten würden ihn bestimmt finden, bevor sie eintraf.

Aber der Gedanke, zu gehen, ohne mit ihr sprechen zu können, ohne ihr sagen zu können, dass er sie liebte, und es La Rochelle zu überlassen, sich um sie zu kümmern, machte ihn wahnsinnig!

»Da sind sie!«

Der Geselle eilte auf Bohem zu und stieß ihn zu der Leiter, die auf den Heuboden führte. Der junge Wolfsjäger sah durch die halb offene Stalltür die Soldaten des Königs, die sich ihnen näherten. Er kletterte die Leiter so schnell wie möglich empor, schwang sich auf die Bretter des Heubodens und streckte La Rochelle die Hand hin, um ihm zu helfen, nachzukommen.

»Und was machen wir jetzt?«, murmelte Bohem.

Die Stalltür wurde genau unter ihnen gewaltsam aufgerissen. Die beiden jungen Männer legten sich auf den Boden. Wenn sie nicht aufpassten, bestand die Gefahr, dass man sie von unten aus sehen würde. Sie hörten das Klirren der Rüstungen vor den Ständen der Pferde. Das Geräusch näherte sich der Leiter.

»Das Dach!«, flüsterte La Rochelle und deutete auf die Luke am anderen Ende des Heubodens.

Bohem nickte. Das war gefährlich, aber es gab keine andere Lösung. Er rollte sich auf die Seite und robbte zur gegenüberliegenden Wand des Heubodens an der Umfassungsmauer des Palasts.

Sie krochen so schnell wie möglich und bemühten sich, keinen Lärm zu machen. Als sie an der Luke ankamen, hörten sie, wie ein Soldat die Leiter hinaufzusteigen begann. Sie hatten keine Zeit mehr zu verlieren.

La Rochelle machte den Anfang. Er kletterte auf einen Strohballen und stieß die Luke auf, die aufs Dach des Heubodens führte. Er stemmte sich ins Freie, schob erst ein Bein, dann das andere heraus und ließ sich auf das Dach gleiten.

Bohem stieg seinerseits auf den Strohballen. Der Soldat erreichte das obere Ende der Leiter. Der Wolfsjäger sah, wie der Soldat in einem kleinen Lichtkegel seine Hand auf die Bretter des Heubodens legte. Er würde jeden Augenblick oben sein. Bohem hoffte, dass die Dunkelheit der Nacht ausreichen würde, ihn zu verbergen, wenn er nicht schnell genug durch die Luke gelangen konnte.

Ohne weiter zu zögern ergriff er La Rochelles Hand und stieg aufs Dach. Er schloss die Luke vorsichtig hinter sich, um kein Geräusch zu verursachen.

»Da entlang!«, flüsterte La Rochelle. »Wir werden auf der Seite, die zur Schmiede hin liegt, hinuntersteigen, und wenn wir durchkommen, kann ich dir die kleine geheime Pforte zeigen. Komm!«

Den Rücken an die Befestigungsmauer des Palasts gedrückt, schoben sie sich auf dem Dach voran. Unten im Hof trafen eben neue Reiter des Königs ein, doch die Kämpfe waren anscheinend beendet. Die Herzogin hatte wohl befohlen, die Waffen zu strecken. Sicher wollte sie mit den Soldaten verhandeln und verhindern, dass es unnötig Tote gab. Sie wollte bestimmt Zeit gewinnen. Und La Rochelle hatte recht: Sie hoffte ohne Zweifel, dass Bohem fliehen würde. Es musste ihm unbedingt gelingen, den Palast zu verlassen, ohne gefangen genommen zu werden – um frei zu sein und weiter flüchten zu können, aber auch, um die Herzogin zu entlasten. Das immerhin war er ihr schuldig!

Sie erreichten bald die Dachkante, beugten sich über die Regenrinne und erkannten mit Schrecken, dass vor der Werkstatt des Schmieds bereits Soldaten postiert waren.

»Wir werden niemals hier hinuntersteigen können!«

»Es gibt keinen anderen Ausweg, Bohem.«

Ein Soldat auf dem Hof hob plötzlich den Kopf, als ob er sie gehört hätte. Die beiden Jungen legten sich auf das Dach und warteten bewegungslos.

Viviane fuhr zusammen, als sie die Einmündung der Marktstraße erreichte. Ein Mann hatte sich auf sie geworfen und drückte sie am Beginn eines Gässchens gegen die Wand. Sie versuchte zu schreien, aber der Mann hatte seine Hand über ihren Mund gelegt, um sie daran zu hindern.

»Ich bin es, Herrin!«, flüsterte er.

Da erkannte sie ihn: Es war der Kammerherr Helenas von Quitenien. Aber er war nicht wie gewohnt gekleidet. Er trug die Gewänder eines Palastkochs!

Als er sah, dass sie ihn erkannt hatte, entfernte der Kammerherr seine Hand von Vivianes Mund.

»Was geht hier vor?«, fragte die junge Frau, die das Heer des Königs am Stadttor gesehen hatte und nun bemerkte, dass zahlreiche Soldaten der königlichen Garde vor dem Palast Aufstellung genommen hatten.

Die Einwohner von Hohenstein begannen mittlerweile, über den nächtlichen Lärm erstaunt, aus ihren Häusern hervorzukommen, aber sie kehrten rasch wieder um, als sie die bedrohlichen Soldaten sahen, die bereits durch das Palastviertel patrouillierten.

»Herrin, wo ist Eure Eskorte?«

»Sie kommen gleich, sie sind gleich hinter mir! Ich bin vorausgelaufen, als ich die Soldaten gesehen habe...«

»Was für Schwachköpfe! Sie hätten Euch nie allein lassen dürfen! – Wie auch immer«, fuhr der Kammerherr fort, »macht keinen Lärm und folgt mir.«

»Aber was geht hier vor?«

»Psst!«, murmelte der Kammerherr und packte Viviane am Arm. »Versucht, keine Aufmerksamkeit auf uns zu ziehen. Nehmt das hier.«

Er reichte ihr einen schwarzen Mantel, damit sie sich ebenfalls als Köchin verkleiden konnte. Völlig verwirrt zögerte sie, streifte aber dann langsam den Mantel über.

»Kommt mit mir in die Küchen, Herrin, ich werde Euch alles erklären, sobald wir dort sind.«

»Aber...«

»Bitte, Herrin!«, unterbrach sie der Kammerherr. »Vertraut mir! Eure Tante schickt mich.«

Viviane schüttelte den Kopf. Sie verstand nicht, was geschah – oder weigerte sich vielmehr, es zu verstehen. Denn es konnte sich nur um eines handeln: Die Soldaten der königlichen Garde konnten nur aus einem einzigen Grunde hier sein: Bohem.

Sie durfte nicht hier auf der Straße bleiben! Sie musste herausfinden, was vorging. Mit angsterfüllten Augen entschloss sie sich endlich, dem Kammerherrn zu folgen.

»Gehen wir.«

Der Gefolgsmann der Herzogin führte sie zum Dienereingang des großen Gebäudes. Sie hielten sich so fern wie möglich vom Haupteingang, um nicht die Aufmerksamkeit der Gardisten des Königs auf sich zu ziehen. In den Straßen, die den Palast umgaben, herrschte eine seltsame Atmosphäre. Kein einziger Soldat der Herzogin war dort, und die Gardisten des Königs, die stolz ihr Banner erhoben hielten, wirkten sehr angriffslustig, bereit, sich auf das geringste Zeichen hin zu schlagen. In den Augen der wenigen Stadtbewohner, die noch dort waren, konnte man große Verzweiflung lesen.

Viviane verbarg ihr Gesicht im schwarzen Kragen ihres Mantels. Der Kammerherr ging schnell, und sie versuchte, sich nicht abhängen zu lassen. Sie hätte sich nicht gern ganz allein mitten auf der Straße wiedergefunden. Schließlich betraten sie den Palast durch eine Seitentür, die von den Soldaten des Königs noch nicht überwacht wurde, und begaben sich in die Küchen, wo zahlreiche verängstigte Diener versammelt waren.

Diese Leute musterten Viviane und den Kammerherrn; sie erkannten die beiden sicher wieder.

»Was geht hier vor?«, fragte Viviane nun, da sie sich in Sicherheit befanden, noch einmal.

Der Kammerherr sah sich um, um sicherzustellen, dass sie nicht belauscht wurden. »Der König von Gallica hat seine Männer geschickt, um Euren Freund gefangen zu nehmen, Herrin.«

»Er ist in ihren Händen?«

»Ich weiß es nicht. Ich glaube, dass Eure Tante versucht, Zeit zu gewinnen... Sie hat ihren Soldaten befohlen, keinen Widerstand zu leisten, denn sie will ein Blutbad vermeiden und wünscht, mit dem vom König ausgesandten General zu sprechen.«

»Wo ist sie?«

»Sie... Sie muss mittlerweile im Vestibül eingetroffen sein. Sie wollte dem General entgegengehen und...«

Aber der Kammerherr kam nicht dazu, seinen Satz zu beenden. Viviane war herumgewirbelt und rannte schon durch die unterirdischen Dienergänge zum Vestibül des Palasts.

»General Goetta!«, rief die Herzogin. »Vor wenigen Jahren war ich noch Eure Königin, und heute greift Ihr meinen eigenen Wohnsitz an! Ich habe Euch für einen treuen Freund gehalten, General!«

Viviane hatte sich hinter der Tür versteckt, die in den Keller führte. Sie war direkt aus den Küchen hierhergekommen. Als sie gehört hatte, dass im Vestibül ein erregtes Gespräch geführt wurde, hatte sie sich gegen die Tür gepresst und belauschte nun das, was auf der anderen Seite geschah.

»Gerade, weil ich so treu bin, Herrin, gehorche ich dem König. Wir sind nicht hier, um Euch anzugreifen. Ihr habt gut daran getan, Eure Soldaten anzuweisen, die Waffen zu strecken. Wenn Ihr uns den jungen Mann ausliefert, den wir suchen, werden wir uns so rasch zurückziehen, wie wir gekommen sind.«

Sie wollen sie zwingen, ihnen Bohem auszuliefern. Was wird sie nur tun? Sie kann nicht den ganzen Palast in Gefahr bringen, um ihn zu retten... Aber er darf ihnen nicht in die Hände fallen!

»Welchen jungen Mann?«

»Kommt, Ihr wisst sehr gut, von wem ich spreche, Herzogin...«

»Für Euch bin ich keine Herzogin, General, sondern eine Königin – die Königin von Brittia. Und ich rate Euch, mich in der althergebrachten Weise anzureden.«

Sie versucht, ihn zu beeindrucken. Auf diese Art lässt sie ihn wissen, dass er sich auf den Ländereien Emmer Ginsterhaupts befindet...

»Majestät, wo ist Bohem der Wolfsjäger?«

»Ich habe nicht die leiseste Ahnung, und ich weiß nicht, wovon Ihr sprecht«, log die Herzogin von Quitenien mit sicherer Stimme.

Sie ist bereit, zu lügen, um Bohem zu beschützen! Wir haben Glück...

»Majestät, wir wissen, dass er vor mehreren Tagen hierhergekommen ist und dass Ihr ihn aufgenommen habt, leugnet also...«

»General Goetta, ich kenne keinen Bohem, und ich rate Euch, sofort umzukehren, solange dazu noch Zeit ist. Ihr befindet Euch auf den Ländereien des Königs von Brittia, und Eure ungebetene Anwesenheit in meinem Palast ist nichts anderes als eine Kriegserklärung, für die Ihr allein verantwortlich seid.«

»Ich bin auf Befehl des Königs hier, Majestät.«

»Des Königs von Gallica!«, gab die Herzogin zurück. »Aber die Grafschaft Steinlanden ist kein Lehen Gallicas mehr, seit Livain mich verstoßen hat. Ihr habt hier nichts zu suchen!«

»Wir sind nicht aus militärischen Gründen hier, Majestät, sondern nur, um diesen jungen Mann zu finden. Wenn Ihr ihn wirklich nicht kennt, habt Ihr Euch nichts vorzuwerfen, und es ist unnötig, Euch...«

»Acht meiner Gardisten sind heute Nacht gestorben, General. Getötet von Euren Männern!«

Mein Gott! Also hat es doch einen Kampf gegeben! Bohem wird sich das niemals verzeihen. Noch mehr Leute, die rings um ihn sterben, durch seine Schuld, ohne dass er etwas tun könnte und ohne dass er weiß, warum...

»Eure Soldaten sind tot, weil sie uns den Zugang zu Eurem Palast verweigert haben und...«

»Und sie hatten recht, weil Ihr nicht eingeladen wart!«

»Majestät, ich habe keine Zeit zu verlieren. Ich werde Befehl geben, dass Euer Palast durchsucht werden soll, genau wie die gesamte Stadt, und wenn Ihr die Wahrheit gesagt habt, habt Ihr nichts zu befürchten. Wir werden vor morgen Abend wieder fort sein.«

Der General grüßte die Herzogin von Quitenien und drehte sich um.

Auf der anderen Seite der Tür biss sich Viviane auf die Lippen. Das war ein fürchterlicher Albtraum!

Aber wo war Bohem? Hatte Helena die Zeit gehabt, ihm zur Flucht zu verhelfen?

Viviane blieb eine ganze Weile mit dem Rücken gegen die Tür gelehnt stehen. Ihr Herz schlug zum Zerspringen. Das Blut pochte ihr in den Schläfen. Sie hatte die Augen im Dunkeln weit aufgerissen, stellte sich tausend Fragen und versuchte das, was die Herzogin gesagt hatte, zu deuten, um herauszufinden, ob es in ihren Worten nicht einen Hinweis auf Bohem gegeben hatte. Viviane musste ihn finden und mit ihm fliehen!

Ihre Berufung, Troubadour zu werden, konnte warten. Nun, da sie wusste, dass Helena bereit war, sie an ihrem Hof aufzunehmen, hatte sie es nicht mehr so eilig, die Sanges- und Dichtkunst zu erlernen. Es gab Dringenderes: Bohem. Bohem zu helfen und ganz einfach bei ihm zu sein, weil sie ihn liebte, mit all seinen Fehlern, Ängsten, Sorgen und vorschnellen Entscheidungen. Und auch mit seinen guten Eigenschaften. Sie hatte niemals zuvor erlebt, dass sich ein solch großmütiges Herz hinter dem reinen Blick eines siebzehnjährigen Jungen verbarg. Solche Stärke und zugleich solche Schwäche! Er brauchte sie. Nein. Sie musste ehrlich sein. Sie war es, die ihn brauchte, ihn sehen und nahe bei sich wissen musste, ihm die Hand halten und ihn, wohin er auch gehen musste, begleiten wollte. Sie musste ihm helfen, der Stimme zu folgen, die ihn rief.

Ja. Sie musste Bohem wiederfinden.

Plötzlich öffnete sich die Tür hinter ihr. Viviane fiel beinahe hintenüber und wurde von dem Mann aufgefangen, der die Tür geöffnet hatte – einem Soldaten des Königs.

»Lasst mich los!«, wehrte sie sich.

»Komm, Mädchen, wir gehen nach oben, in den großen Saal, wie alle anderen!«

Er hielt sie fest am Arm gepackt und drückte so kräftig zu, dass er ihr wehtat. Viviane beklagte sich, aber er hörte nicht auf sie. Er schien es lustig zu finden, zuzusehen, wie sie um sich schlug, um sich seinem Griff zu entwinden. Er stieß sie etwas an und zwang sie, vor ihm herzugehen. »Geh, meine Schöne!«, knurrte er. »Mach keine Schwierigkeiten, oder das wird böse enden!« Er versetzte ihr einen kräftigen Klaps aufs Hinterteil.

Viviane fuhr ärgerlich herum. Sie konnte es nicht fassen! Dieser Narr wusste nicht, mit wem er es zu tun hatte!

»Sieh mich nicht so an, Mädchen! Dreh dich um und dann los!«, befahl er und stieß sie wieder vor sich her.

Viviane war außer sich, aber sie begriff, dass es keinen Sinn hatte, Widerstand zu leisten. Mit zusammengebissenen Zähnen und geballten Fäusten trabte sie langsam voran und ließ sich von den Schlägen leiten, die der Soldat ihr auf den Rücken versetzte. Er zwang sie, die Stufen hinaufzusteigen und sich einer Reihe von Dienern, Handwerkern und entwaffneten Soldaten anzuschließen, die wie sie auf dem Weg in den größten Raum des Palasts waren, den Audienzsaal, wo Helenas Leute vor einigen Wochen die Rückkehr der Herzogin in die Grafschaft Steinlanden gefeiert hatten.

Die junge Frau betrat den großen Raum, blickte um sich und entdeckte schließlich die Herzogin, die sich, umgeben von ihren wichtigsten Ratgebern, am anderen Ende des Saals aufhielt. Ohne zu zögern, lief Viviane auf sie zu.

Die Herzogin sah sie kommen, trat ihr entgegen und nahm sie in die Arme. »Viviane, meine Liebe! Du bist heil und gesund!«

»Wo ist Bohem, Tante?«, erwiderte die junge Frau atemlos.

Die Herzogin warf einen Blick ringsum. »Gehen wir ein wenig beiseite«, sagte sie und zog ihre Nichte mit.

Viviane zitterte. Ihr Hals war wie zugeschnürt, und sie malte sich das Schlimmste aus. Die Berater der Herzogin, die einsahen, dass sie allein sein wollten, bildeten rücksichtsvoll einen Halbkreis um die beiden Frauen, um sie von der Menge abzuschirmen und sie den Blicken der Soldaten am Eingang des großen Raums zu entziehen.

»Ich weiß es nicht, Viviane. Ich weiß nicht, wo er ist. Aber eines ist sicher: Sie haben ihn noch nicht gefunden, da sie ihn noch immer suchen. Er war heute Nacht aber noch da. Das war meine Schuld!«

»Warum Eure Schuld?«

»Ich habe ihn gebeten, zu warten. Ich glaubte nicht, dass die Soldaten es wagen würden, hier einzudringen. So schnell…«

»Das habt Ihr richtig gemacht, Tante. Ich danke Euch. Ich hätte ihn wirklich gern gesehen! Aber wo ist er nur?«

»Ich weiß es nicht«, wiederholte die Herzogin. »Es tut mir sehr leid, Viviane! Bevor ich den Kammerherrn losgeschickt habe, um dich zu suchen, habe ich ihn angewiesen, auf dem Heuboden nachzusehen... Bohem hatte sich nach deiner Abreise angewöhnt, dort zu schlafen. Aber er war nicht mehr dort.«

»Mein Gott!«, entfuhr es Viviane. Tränen liefen ihr über die Wangen.

Die Herzogin nahm sie wieder in die Arme und drückte sie an sich. Aber im selben Augenblick rief jemand in der Menge ihren Namen: »Viviane!«

Die junge Frau drehte sich um und wischte sich die Tränen ab. La Rochelle. Sie erkannte seine Stimme und schlüpfte zwischen den Ratgebern der Herzogin hindurch, um ihn zwischen all den Menschen zu suchen. Schließlich sah sie ihn. Er drängte sich durch den überfüllten Saal zu ihr durch.

»Fidelis!«, rief Viviane und streckte ihm die Hand hin. Das Gesicht des jungen Mannes war blutig. Er hielt sich den linken Arm. »Was ist dir zugestoßen?«

Der Geselle war völlig außer Atem; er setzte sich stöhnend auf den Stuhl, den ihm die Herzogin von Quitenien hinschob. »Sie haben mich wegen meines Ohrrings für Bohem gehalten! Diese Dummköpfe haben am Ende begriffen, dass ich nicht er bin, weil ich keine Narben im Gesicht habe... Aber bei all den Schlägen, die sie mir verpasst haben, werde ich jetzt wohl bald welche haben!«

»Warum haben sie Euch geschlagen?«, fragte die Herzogin und nahm die Hand des jungen Mannes.

Trotz seiner zahlreichen Verletzungen begann der Geselle

zu lachen. »Um mich dafür zu bestrafen, dass ich ihnen gesagt habe, ich sei Bohem...«

»Das hast du ihnen gesagt?«, rief Viviane verblüfft.

»Ja, natürlich! Damit Bohem Zeit gewinnen konnte!«

»Du hast ihn gesehen?«

»Das ist doch wohl offensichtlich! Ich habe ihm geholfen, zu fliehen, versteht sich das nicht von selbst?«

»Und wo ist er jetzt?«

»Na, sicher weit weg von hier! Ich habe ihre Aufmerksamkeit von ihm abgelenkt, während er durch die kleine Pforte des Schmieds geflohen ist... Er muss in der Stadt sein, oder jetzt vielleicht schon aus der Stadt hinaus.«

»Hoffen wir es!«, flüsterte die Herzogin. »Die Soldaten des Königs beginnen schon, Hohenstein zu durchsuchen!«

»Wir müssen ihm doch helfen!«, rief Viviane.

»Nein, Viviane! Er hat mich gebeten, auf dich aufzupassen, und er hat mir gesagt, dass wir hierbleiben sollen...«

»Das kommt gar nicht in Frage!«

Der Geselle verdrehte die Augen. »Ihr beiden seid wirklich unmöglich! Wollt ihr herausfordern, dass man euch umbringt, oder was? Wir bleiben hier, wie er es uns gesagt hat, fertig, aus!«

Viviane seufzte. Es hatte keinen Sinn, darum zu streiten. Sie zog ein Taschentuch hervor und versuchte, sich um den verletzten Gesellen zu kümmern. Im Augenblick konnte sie nicht mehr unternehmen.

KAPITEL 9
DER SACKPFEIFER

Am nächsten Tag hatten die Soldaten des Königs Bohem noch immer nicht gefunden, obwohl sie den Palast von oben bis unten durchsucht und die Stadt durchkämmt hatten, wobei sie rücksichtslos in die Häuser der Bewohner von Hohenstein eingedrungen waren. General Goetta hatte befohlen, die Suche einzustellen.

Die Einwohner von Hohenstein, die immer verärgerter waren, begannen, dies auf den Straßen deutlich zur Schau zu tragen, und der General wollte unter keinen Umständen einen Aufstand herausfordern. Es war an der Zeit, sich zurückzuziehen. Der Erfolg ihrer Mission war von ihrer Schnelligkeit abhängig gewesen – vom Überraschungseffekt. Sie hatten sich beeilt und waren überraschend erschienen, aber Bohem war nicht da oder jedenfalls nicht *mehr* da.

Selbstverständlich war der General sowohl zornig als auch gedemütigt. Er war sicher, dass Bohem durch die Stadt gekommen war, dass die Herzogin ihn beschützt hatte, dass sie nun log und dass der junge Mann nur knapp entkommen war. Er würde nun dem König von Gallica mitteilen müssen, dass seine Mission ein Fehlschlag gewesen war, und das war nicht sehr erfreulich.

Das Heer des Königs war dabei, den Herzogspalast unter den hasserfüllten Blicken der Untertanen der Herzogin zu verlassen, als diese auf den Hof hinausstürmte und sich zwischen den Rängen der Soldaten hindurchdrängte, um geradewegs auf den General zuzugehen.

»General Goetta!«, begann sie in abschätzigem Tonfall. »Ich sehe, dass Ihr abreist! Habt Ihr uns keine Entschuldigung vorzutragen?«

Der Soldat, der schon auf seinem Pferd saß, klappte das Visier seines Helms hoch. »Herrin, wie versprochen verlassen wir Euren Palast. Wir sind hierhergekommen, um Bohem zu suchen, haben ihn nicht gefunden und reisen wieder ab. Ich habe mein Wort gehalten.«

»Ihr habt acht meiner Männer getötet, General, und die Bewohner von Hohenstein grundlos in Angst und Schrecken versetzt!«

»Herrin...«

»Majestät!«, verbesserte die Königin von Brittia.

»Majestät«, setzte er neu an, »wir haben Bohem nicht gefunden, aber ich bin immer noch überzeugt, dass Ihr ihn versteckt und ihm geholfen habt, zu fliehen. Ich glaube nicht, dass diese Angelegenheit schon erledigt ist...«

»Dass Ihr davon überzeugt seid, stellt keinen Beweis dar, General! Ihr habt mich ohne Grund, ohne Beweis und ohne Erfolg angegriffen.«

»Ich bin nur den Befehlen des Königs von Gallica gefolgt.«

»Es ist erbärmlich, sich so hinter den Befehlen Höherstehender zu verschanzen! Ich habe Euch gekannt, als Ihr noch stolzer wart, General – und ruhmreicher! Na gut, kehrt zurück, und sucht Euren König auf! Und bringt ihm folgende Nachricht: Ich habe gerade einen Boten nach Brittia geschickt, um Emmer Ginsterhaupt, meinen Gatten, wissen zu lassen, dass das Heer Livains den Herzogspalast angegriffen hat. Ich denke, dass Ihr Eurem König raten könnt, sich auf den Krieg vorzubereiten!«

»Majestät ...«

»Hört auf, mir zu widersprechen, General! Ihr seid ein elendes Werkzeug dieses degenerierten Königs! Ihr habt getan, was zu tun Ihr gekommen wart, ohne jegliche Gewissensbisse! Geht jetzt! Verlasst meinen Palast! Macht eine Situation, die schon katastrophal ist, nicht noch schlimmer!«

Der General seufzte. Er schloss sein Visier und gab seinen Soldaten das Zeichen zum Aufbruch.

Die Herzogin wich zurück und sah zu, wie sie einer nach dem anderen unter dem hasserfüllten Geschrei der Menge, die sich vor den Toren versammelt hatte, den Palast verließen. Die Einwohner von Hohenstein schäumten vor Wut. Die Herzogin sagte sich lächelnd, dass die Soldaten des Königs wahrscheinlich keinen einzigen Tag länger hätten bleiben können. Das Volk hätte am Ende zu den Waffen gegriffen. In jedem Fall hatte sie jetzt die Bestätigung, auf die sie gehofft hatte. Sie hatten Bohem immer noch nicht gefunden. Das war sicher eine gute Neuigkeit, aber Helena war noch nicht völlig beruhigt.

Bohem war es gerade eben noch gelungen, durch den südlichen Teil der Stadt zu fliehen. Er hatte ungesehen auf die Stadtmauer von Hohenstein klettern, auf der anderen Seite wieder hinabsteigen und den Fluss schwimmend überqueren müssen. Dazu hatte er die letzten Nachtstunden genutzt, um nicht von den vielen Soldaten bemerkt zu werden, die die Gegend durchkämmt hatten. Sie waren überall gewesen: in der Stadt, entlang der Stadtmauern, manche sogar im gesamten Umland. Er hatte sich eine ganze Zeit lang am Flussufer verstecken müssen, bevor der Weg frei gewesen war.

Mittlerweile lag er erschöpft im Gras. Er war einfach geradeaus gerannt, ohne sich umzusehen oder über die Richtung nachzudenken, und hatte schließlich angenommen, dass er weit genug von der Stadt entfernt war, um sich ausruhen zu können. Er musste ständig an Viviane denken, die er nicht hatte wiedersehen können und vielleicht nie wiedersehen würde... Denn er musste wieder fliehen. Nach all den Tagen, die er am Hofe Helenas von Quitenien verbracht hatte, musste er sich jetzt wieder auf den Weg machen. Er hatte lange genug gewartet, das spürte er in seinem Innersten. Es war wie ein unerklärliches Bedürfnis, das ihm befahl, wieder auf Reisen zu gehen. Er musste dem entgegengehen, was ihn erwartete. Aber je weiter weg er floh, desto weiter entfernte er sich auch von Viviane.

Vor allem wusste er noch immer nicht, wohin er gehen sollte. Er hatte sich noch nicht wirklich entschieden. Er hatte nicht die Zeit gehabt, zusammen mit Christian das *Bestiarium von Thaon* vollständig zu lesen, und hatte die Antworten, nach denen er suchte, nicht gefunden. Aber brauchte er denn Antworten? Was suchte er überhaupt? Wollte er nur verstehen, warum man nach ihm fahndete? In welcher Hinsicht würde ihm das weiterhelfen? Oder... Oder wollte er wissen, wer seinen wahren Eltern waren? Das würde sein Schicksal doch sicher nicht ändern! Er trug die Antwort schon in sich. Es war nutzlos, sie anderswo zu suchen. Es gab nur eines, was er tun konnte.

Wie Viviane, wie die Handwerksgesellen musste er seiner Berufung nachgeben. Helena von Quitenien hatte es so gut ausgedrückt: Die Nebel retten. Das war es, was er tun musste. Und das stand in seiner Macht. Hatte er nicht schon einen gerettet? Konnte er sich nicht mit ihnen verständigen?

Aber womit sollte er jetzt anfangen? Er konnte nicht in alle Dörfer Gallicas gehen und die Wolfsjäger überzeugen, keine Nebel mehr zu erlegen! Das war selbstverständlich nicht möglich. Es wäre lächerlich gewesen! Aber wie sollte er es dann anstellen?

Das Einhorn! Ja. Natürlich. Er musste das Einhorn finden, die Königin der Nebel, die kein Wolfsjäger jemals aufgespürt hatte. Er würde sie finden, dessen war er sich sicher. Aber was sollte er dann tun? Er wusste es nicht so recht. Vielleicht konnte er, wenn er sie fand, in seinen Träumen mit ihr in Kontakt treten, wie er es mit dem Wolf und der Chimäre getan hatte. Sie würde ihn führen. Sie würde ihm zeigen, was er tun musste, um die Nebel zu retten. Vielleicht. Die Chancen standen schlecht, und er war sich nicht sicher, ob er Erfolg haben würde. Dennoch konnte er im Augenblick nichts anderes tun...

Es würde nicht so einfach werden, auf die Suche nach dem Einhorn zu gehen, während er sich zugleich denjenigen entzog, die ihn verfolgten... Er musste immer noch fliehen, sich verstecken! Und diesmal war er allein. Wirklich allein.

Plötzlich hörte Bohem das dumpfe Geräusch von Hufschlägen auf der Erde. Da er mit dem Kopf im Gras lag, spürte er, wie der Boden vibrierte. Er stand auf und begriff im gleichen Augenblick, dass das ein Fehler gewesen war. Ein schwerer Fehler! Er hätte im Gras liegen bleiben sollen.

So sahen ihn die Reiter sofort.

Bohem rührte sich nicht. Er wusste, dass es diesmal keinen

Sinn hatte, zu fliehen. Es war zu spät. Nichts konnte ihn mehr retten, und er hatte auch nicht einmal mehr den Mut, irgendetwas zu versuchen.

Er ließ sich auf die Knie fallen und wartete entschlossen.

Die Reiter kamen direkt auf ihn zu. Er konnte mittlerweile ihre Uniform erkennen. Bohem schüttelte den Kopf. Er verstand nicht recht. Das waren weder Soldaten des Königs noch Aishaner! Aber er glaubte dennoch, sie wiederzuerkennen – ihre geschlossenen Helme, ihre weißen Waffenröcke und das rote Tatzenkreuz auf ihrer Schulter...

Ritter der Miliz Christi! Kriegermönche, wie er sie schon in der Gegend um Passhausen gesehen hatte, Diener Gottes, die das Christentum überall auf der Welt verteidigten. Man erzählte so viel über sie, über die Kreuzzüge, den Ruhm ihres Ordens...

Die Miliz Christi. War sie auch auf der Suche nach ihm? Nein, das war vollkommen unsinnig! Diese Männer waren rechtschaffen, das hatte man ihm oft versichert. Sie konnten einem jungen Mann wie ihm nichts Böses wollen. Er musste ihnen Vertrauen schenken. Sie waren nicht hier, um ihn festzunehmen. Nicht sie. Er runzelte die Stirn und stand langsam wieder auf.

Als die Ritter auf seiner Höhe waren, hatte er nicht einmal mehr die Zeit, sie zu grüßen. Sie warfen ein großes Netz über ihn. Bohem versuchte überrascht sich zu wehren, aber er verhakte sich mit einem Fuß in einer der Maschen und stürzte mit dem Kopf voran vor die Hufe eines Pferdes. Als er aufstehen wollte, erhielt er einen kräftigen Hieb auf den Schädel und verlor das Bewusstsein.

Als er wieder zu sich kam, lag Bohem bäuchlings und geknebelt auf der Kruppe eines Pferdes. Man hatte ihm Handgelenke und Knöchel viel zu eng mit Stricken zusammengeschnürt. Er stöhnte vor Schmerz. Die unbequeme Lage, in der man ihn festgebunden hatte, sorgte dafür, dass ihm der Bauch aufgescheuert wurde, und er begann im Nacken die Folgen des Schlags zu spüren, den man ihm versetzt hatte. Er war nahe daran, sich zu übergeben.

Er hustete, aber das verstärkte nur seine Kopfschmerzen. Also versuchte er, auszuatmen und seine Atmung durch den Knebel, den er im Mund trug, hindurch wieder zu normalisieren. Unmöglich. Die Kruppe des Pferdes bewegte sich unablässig auf und ab und drückte ihm in die Seiten. Er fragte sich, wie lange er durchhalten konnte. Wohin wollten die Milizen ihn bringen? Und warum? Standen sie im Dienst des Königs von Gallica? War er den einen nur entkommen, um schließlich in die Hände der anderen zu fallen?

Unter sich sah er den Boden zwischen den Hufen des Pferdes vorbeiziehen. Wie viele waren sie? Über zwanzig? Er hatte nicht die Zeit gehabt, genau hinzusehen. Er hatte nicht damit gerechnet, so angegriffen zu werden. Was für ein Dummkopf er war! Er wusste es doch: Er musste jedem misstrauen. Er hatte niemanden auf seiner Seite, außer vielleicht Viviane und Helena. Er durfte niemandem vertrauen. Das hatte er sich doch schon so oft gesagt...

Plötzlich war ein anderes Pferd, das von weiter hinten kam, auf gleicher Höhe mit ihm. Er versuchte, den Kopf zu heben, um das Gesicht des Reiters zu sehen, aber das misslang.

»Nun macht Euch keine Sorgen, junger Mann! Wir kommen bald in der Komturei Malleram an. Dort könnt Ihr Euch ausruhen, und morgen haben wir dann einen Karren, um Euch zu eskortieren, das wird viel bequemer sein.«

Um ihn zu *eskortieren*? War das wirklich der passende Ausdruck? Er hätte dem Mann, der so mit ihm sprach, gern irgendeine Beleidigung zugeschrien, aber er konnte es nicht. Der Knebel hinderte ihn daran, auch nur ein einziges Wort hervorzubringen. Er hätte auch gern gefragt, warum man ihn weiterbefördern würde, wohin und auf wessen Befehl. Aber er musste abwarten, in Schmerz und Angst abwarten... Wieder einmal. Er tat ja nichts anderes!

Die Milizen transportierten ihn bis zum Abend auf diese Weise, und er glaubte, dass er sterben würde, so weh tat ihm der Bauch. Bei Einbruch der Nacht trafen sie an einem Gebäudekomplex ein, den Bohem nur vage ausmachen konnte. Es war eine Art riesiger Bauernhof mit einer großen Kapelle in der Mitte und mehreren Nebengebäuden. Man öffnete ihnen das Tor, das ins Innere der Komturei führte. Bohem hatte immer größere Schwierigkeiten, zu atmen, und war fast erstickt, als man ihn endlich vom Pferd holte.

Er brach auf dem Boden zusammen, schloss die Augen und krümmte sich vor Schmerz. Aber man ließ ihm nicht die Zeit, wieder zu Atem zu kommen. Zwei Milizen hoben ihn auf und schleppten ihn in eines der Nebengebäude, in dem es ein Verlies gab. Man warf ihn unsanft hinein. Das Gesicht im Staub, hörte er das Geräusch des Gitters, das im Dunkel hinter ihm geschlossen wurde.

Er stöhnte und schluchzte vor Schmerz. Man hatte sich noch nicht einmal die Mühe gemacht, ihn loszubinden oder ihm seinen Knebel abzunehmen. In seinem Kopf drehte sich alles. Er schloss die Augen und versuchte, sich zu beruhigen, seine Atmung wieder unter Kontrolle zu bekommen und stärker zu sein als sein Leid. Aber ihm war schwindelig. Er hatte den Eindruck, in einen düsteren Abgrund zu stürzen, umgerissen von einem immer stärker wehenden, lautlosen Wind. Er würde ohnmächtig werden...

Nein. Er durfte nicht aufgeben. Er musste sich zusammenreißen.

Er dachte an Viviane. An den Wolf. Er versuchte, der Vernunft zu gehorchen und sich auf einfache Erinnerungen zu konzentrieren. Viviane. Der Wolf. Die Wandergesellen. Gute Erinnerungen. Gründe, zu leben und sich nicht umbringen zu lassen. Die Bilder in seinem Kopf hörten Stück für Stück auf, sich zu drehen. Die Schwindelgefühle ließen langsam nach.

Als es ihm wieder etwas besser ging, öffnete er die Augen. Es gelang ihm, seinen Knebel los zu werden, indem er den Kopf mehrfach auf und ab bewegte. Luft! Er atmete tief ein, atmete aus, atmete wieder regelmäßig. Aber sein Bauch tat ihm noch immer fürchterlich weh.

Er hob den Kopf. Er glaubte, eine Strohschütte und Decken am hinteren Ende des Kerkers zu erkennen. Er stieß einen Seufzer aus. Dann kroch er langsam zu diesem behelfsmäßigen Lager und rollte sich darauf, indem er seine gefesselten Hände über seinen Kopf hob. Er streckte sich lang auf dem Rücken aus.

Sein Blick richtete sich auf das Labyrinth aus Steinen an der Decke. Seine Augen gewöhnten sich langsam an das Halbdunkel. Es gab einige hoch gelegene Fenster in den einzelnen Kerkerzellen, und mehrere Lichtkegel durchschnitten die Dunkelheit.

Wie lange würde man ihn hierlassen? Und wie konnte er jetzt entkommen? Wie hatte er sich nur so einfältig einfangen lassen können? Nach all den Anstrengungen! Nach all dem, was die, die ihm geholfen hatten, für ihn getan hatten! Er nahm sich das selbst sehr übel.

Auf einmal ließ eine Stimme, die von der anderen Seite des Raums kam, ihn zusammenschrecken.

»Ihr seid Bohem?«

Der junge Mann stützte sich auf einen Ellenbogen auf. Im Nachbarkerker befand sich ein Mann, den er vorher nicht gesehen hatte. Das Gesicht kaum vom Licht der Sterne, das zwischen den Gitterstäben ihres Gefängnisses hindurchdrang, erleuchtet, saß er bewegungslos gegen die Mauer gelehnt und musterte Bohem.

Bohem runzelte die Stirn. Der Mann war seiner Einschätzung nach etwa vierzig Jahre alt und trug die Kleidung der Milizen. Eine Falle? Wollte man ihn zum Reden bringen? Vielleicht war es besser, nicht auf die Frage zu antworten, nicht sofort zumindest, und misstrauisch zu bleiben.

»Wer seid Ihr?«, fragte Bohem mit rauer Stimme.

»Ein Verrückter.«

»Und was noch?«

»Ich bin Sergeant. Zumindest *war* ich das. Der Großmeister der Miliz hat mich von meinen Aufgaben entbunden ... Ich heiße Fredric. Und Ihr seid Bohem, nicht wahr? Dieser Ohrring, diese Narbe über Euren Augenbrauen ...«

»Warum hat man Euch von Euren Aufgaben entbunden?«, unterbrach Bohem.

»Weil ich verrückt bin und seit zwanzig Jahren blind immer unsinnigeren Befehlen gefolgt bin!«

»Was habt Ihr getan?«

»Ich hatte die dumme Idee, dem Großmeister zu sagen, dass ich nicht viel von seinen Plänen hielt, Hohenstein anzugreifen, das ist alles.«

»Ich verstehe nicht ganz ...«

»Wenn sie Euch gefunden haben, haben sie doch wohl angegriffen, oder?«

»Wer, *sie*? Die Milizen?«

»Ja.«

»Nein. Hohenstein ist von Soldaten des Königs angegriffen worden.«

»Tatsächlich? Dann waren sie also schneller! Das wäre das erste Mal... Aber was ist mit Euch? Wie haben sie Euch gefangen genommen?«

Bohem antwortete nicht. Er dachte nach. Also arbeiteten die Miliz und die königliche Garde nicht zusammen. Sie wollten ihn zwar beide gefangen nehmen, aber nicht gemeinsam. Er hatte mittlerweile also drei Feinde!

Er zuckte mit den Schultern. Das alles hatte jetzt, da er ein Gefangener war, keine Bedeutung mehr.

»Und warum habt Ihr nicht viel von den Plänen des Großmeisters gehalten, Hohenstein anzugreifen?«, fragte Bohem schließlich und lehnte sich ebenfalls gegen die Wand.

»Also sagt mal... Ich werde nicht einfach so auf all Eure Fragen antworten, ohne dass Ihr eine einzige der Fragen, die ich Euch gestellt habe, beantwortet!«

Bohem blieb stumm.

»Es ist auch gleichgültig, Ihr müsst mir gar nicht antworten!«, verkündete der Sergeant schließlich. »Ich weiß gut genug, dass Ihr es seid. Ihr entsprecht der Beschreibung vollkommen. Und Ihr wäret nicht hier, wenn...«

Der ehemalige Milize schwieg nun seinerseits. Er wandte den Blick von Bohem ab und betrachtete stattdessen das kleine Stück Himmel jenseits des Fensters seines Kerkers. Eine lange Stille trat ein. Man hörte draußen einige Geräusche: Leute, die zwischen den Gebäuden zu tun hatten, eine Eule – sonst nichts.

»Ich wollte nicht gehorchen«, fuhr Sergeant Fredric endlich fort, »weil ich nicht glaube, dass das, was wir hier tun, der

Regel des heiligen Muth entspricht. Weil ich denke, dass der Großmeister die wahren Ziele unseres Ordens nicht verfolgt. Ich glaube, dass er dabei ist, die Miliz zu entstellen.«

»Was heißt das?«

»Unser Orden besteht nicht zu dem Zweck, die Christen in Gallica in Angst und Schrecken zu versetzen. Doch genau das tut Berg-Barden...«

»Ich verstehe. Ihr habt ein schlechtes Gewissen bekommen...«

»So ist es, junger Mann. Aber nicht Euretwegen, nur keine Sorge! Ich habe kein Mitgefühl mit einem Häretiker...«

»Einem Häretiker? Dafür hält man mich?«

»Das seid Ihr.«

»Wirklich? Und weshalb?«

»Darüber möchte ich lieber nicht sprechen!«

»Möchtet Ihr darüber nicht sprechen, oder wisst Ihr es vielleicht gar nicht?«

»Warum fragt Ihr mich das? Wollt Ihr behaupten, kein Häretiker zu sein?«

»Mein Herr, ich will Euch keinen Vortrag halten, Ihr scheint älter als ich zu sein... Aber Ihr sagt selbst, dass Euer Großmeister Euch seit Jahren benutzt hat. Könnt Ihr Euch nicht auch nur für einen Augenblick vorstellen, dass er Euch auch über mich belogen hat?«

»Wenn das so ist, junger Mann, warum sucht Euch dann auch der König?«

»Das wüsste ich selbst gern! Wahrscheinlich aus dem gleichen Grund wie Euer Großmeister – aber ich kenne diesen Grund nicht. Jedenfalls kann ich Euch eines versichern, was Ihr mir glauben mögt oder auch nicht: Ich bin kein Häretiker! Ich bin mir nicht einmal sicher, ob ich weiß, was das Wort bedeutet!«

Im gleichen Moment kam ein Milize in das kleine Gebäude, das ihre Kerkerzellen beherbergte. Bohem zuckte zusammen.

»Genug geredet, Ihr beiden! Man hört Euch ja bis auf den Hof! Sergeant Fredric, Ihr seid nicht bei Verstand! Wir werden Euch in einen anderen Kerker stecken!«

Der ehemalige Milize ließ alles ruhig mit sich geschehen. Er wusste sicher, dass es keinen Sinn hatte, sich zu wehren. Er folgte dem Ritter durch eine Tür des Gebäudes. Bohem schloss die Augen und ließ sich verzweifelt auf sein Lager zurücksinken.

Der Wolf und die Chimäre müssen mich nicht mehr führen. Ich schreite nun allein an den Gestaden meines Traums voran. Die Nebel sind natürlich da, aber jetzt sind sie hinter mir, als wollten sie über mich wachen – oder mich vielleicht beobachten. Mich ausspionieren? Nein. Ich sehe mich nicht um. Das brauche ich nicht zu tun. Ich spüre ihre Gegenwart. Beruhigend. Ich fühle mich hier mehr als zuvor in Sicherheit. Unangreifbar.

Und hier bin ich frei, ganz gleich wann. Drüben können sie mich fesseln und einsperren. Das ändert nichts daran. Hier bin ich frei. Ich werde jederzeit frei sein.

Ich erkenne den Weg wieder. Ich gehe vielleicht langsamer, aber ich orientiere mich diesmal auch allein. Der Wald ist nicht mehr weit entfernt. Ich hoffe, dass der kleine Mann da sein wird. Er muss da sein. Damit ich mit ihm sprechen kann. Aber ist das möglich? Wird er mir zuhören?

Da ist der Wald, still und düsterer als sonst. Aber vielleicht bin ich es, der in düsterer Stimmung ist.

Er kommt. Er geht auf mich zu. Immer noch das gleiche Lächeln. Der lange weiße Bart, der auf seinen runden Bauch fällt. Sein Instrument auf dem Rücken. Er wirkt so sorglos. Er weiß es nicht. Ich muss ihn warnen.

Sprechen. Ich erinnere mich. Ich weiß, wie ich es machen muss. Sprechen. Das ist einfach. Eine ganz einfache Handlung. Aber so wichtig! Ich muss mit ihm sprechen, hier, und darauf hoffen, dass sein Doppelgänger drüben es hören wird. Verstehen wird. Hat er dasselbe Bewusstsein wie ich? Erinnert er sich an das, worüber wir gesprochen haben, wenn er aufwacht? Ja. Es muss so sein. Wenn es nicht so wäre, hätte er mich beim letzten Mal nicht gebeten, auf ihn zu warten. Ich muss ihm vertrauen.

Vertrauen. Ich habe mir vorgenommen, das nicht mehr zu tun. Aber ich habe keine Wahl. Was kann mir jetzt noch Schlimmeres zustoßen?

»Ihr seid Mjolln Abbac, nicht wahr?«

Er wirkt erstaunt. Aber er lächelt immer noch. Ja, er ist es. Ich sehe es an seinem Blick. Er ist der Dichter, von dem mir Helena von Quitenien erzählt hat. Der Musiker, der aus einem fernen Land stammt.

»Hm. Ich bin der Sackpfeifer.«

Na bitte. Er bestätigt es. Vielleicht kann er seinen eigenen Namen nicht sagen. Den Eindruck hatte ich schon beim letzten Mal. Er konnte mir weder den Namen Helenas von Quitenien noch seinen eigenen sagen. Nicht hier. Als ob diese Wörter ihm verboten wären. Aber jetzt weiß ich ja, wer er ist. Mjolln Abbac. Der Sackpfeifer.

»Ich konnte nicht in Hohenstein auf Euch warten. Wir sind angegriffen worden.«

Er runzelt die Stirn. So sehe ich ihn zum ersten Mal. Beunruhigt. Er hört zu. Er versteht.

»Ich bin geflohen und von der Miliz Christi gefangen genommen worden.«

»Und wo bist du?«

»Ich bin... ich bin gefangen in...«

Ich erinnere mich nicht an den Namen. Ich bin sicher, ihn gehört zu haben, den Namen dieses Ortes.

»In der Komturei in...«

Es gelingt mir nicht, mich an den Namen zu erinnern. Unmöglich! Das ist seltsam. Ich bin sicher, dass ich mich, wenn ich wach wäre, daran erinnern könnte. Aber hier? Unmöglich. Ich schaffe es nicht.

»Im Osten. Eine Komturei südöstlich von Hohenstein, glaube ich. Ich weiß es nicht. Ich bin mir nicht sicher. Ich bin ohnmächtig geworden. Es gelingt mir nicht, mich zu erinnern.«

»Das ist nicht schlimm, ich werde dich finden. Ja. Hm. Wo du auch sein magst. Ich muss dich finden. Ich werde dich finden.«

»Beeilt Euch, Herr Abbac! Ich weiß nicht, wie lange ich durchhalten kann. Und ich brauche Euch. Ich muss Euch fragen... Ich muss Euch etwas fragen. Ich...«

Ich erinnere mich nicht mehr. Auch daran nicht. Es gelingt mir nicht, mich zu erinnern. Was geschieht mit mir? Er lächelt. Er begreift, was mit mir geschieht. Das ist seltsam.

Ich verstehe es nicht. Ich hoffe, dass er sich erinnern wird.

Er verschwindet. Sein Bild verschwimmt wieder, verfliegt vor dem Wald, verschmilzt mit den Bäumen... Er entfernt sich auf die andere Seite meines Traums.

Ich bin wieder allein. Mit meinen Nebeln. Es ist niemand hier. Noch immer niemand. Diese Welt ist verlassen. Das ist nicht normal.

»Ich brauche Euch!«

Es hilft nichts, zu schreien. Er ist nicht mehr da.

Dennoch... Dennoch spüre ich jemandes Anwesenheit. Neu. Irgendwo. Nein, keine neue Anwesenheit. Ich habe sie schon gespürt, bin dieser Gegenwart schon begegnet. Ja. Natürlich.

Die zwei Gesichter. Der Greis und das Kind. Diese zwei fürchterlichen Blicke, die Dinge und Menschen durchdringen.

Sie zeichnen sich um mich ab. Rings um mich. Sie richten sich langsam auf, um den gesamten Himmel auszufüllen. Sie beobachten mich. Mustern mich. Schließen sich um mich wie ein bedrohliches Gewölbe. Furchterregend. Hasserfüllt. Die Nebel sind geflohen. Ich bin jetzt vollkommen allein.

Allein vor diesen zwei Gesichtern. Plötzlich lösen sie sich auf. Verschwinden im Himmel, und alles Licht zieht sich an einem Punkt zusammen, am Horizont vor mir. Wie eine ferne, blendende Sonne.

Inmitten dieses Lichts erscheint ein Mann. Er schreitet auf mich zu. Er trägt Felle und Tierhäute auf dem Rücken. Er kommt näher. Schnell. Ich darf nicht zulassen, dass er mich berührt. Ich muss aufwachen. Er starrt mich an. Er kommt immer näher. Zu nahe. Ich erkenne seine Augen. Das sind die Augen der beiden Gesichter. Die Augen des Greises und die des Kindes. Aber das ist nicht alles. Ich kenne auch diese Gestalt.

Ich habe sie noch nie gesehen. Nein.

Aber man hat sie mir schon so oft beschrieben.

Davon erzählt, als wäre es eine Geschichte, mit der man die Kinder erschreckt.

Ich weiß, wer du bist.

Ich kenne deinen Namen, Fremder.

Du bist der Wilde Mann.

Der, der Vergangenheit und Zukunft sieht.

Der Seher.

Was willst du von mir?

Nein. Ich muss fliehen. Ich darf nicht zulassen, dass er mich berührt.

Am Morgen setzte man Bohem und Sergeant Fredric in einen geschlossenen Karren. Der Milize, der am Vortag mit Bohem gesprochen hatte, hatte ihn nicht belogen. Die Reise würde zumindest etwas bequemer oder doch weniger unerträglich werden. Aber sie waren noch immer gefesselt, und man hatte sie geknebelt, um sie am Sprechen zu hindern.

Von einem Dutzend Ritter der Miliz Christi bewacht, setzte sich der Karren unverzüglich in Bewegung. Bohem konnte zwischen den beiden Bahnen der Lederplane, die die Rückseite des Karrens verschloss, nach draußen sehen. Er bekam mit, dass sie die Komturei verließen und schnell nach Osten fuhren. Er sah, wie sich die steinernen Gebäude entfernten, und fragte sich, was nun auf sie wartete.

Man hatte noch immer nicht mit ihm gesprochen. Er hatte auch kaum jemals den Blick eines seiner Peiniger auffangen können. Man hatte ihm, als man ihn geweckt hatte, ein Stück Brot und ein wenig Wasser gegeben, nichts weiter. Und er hatte Sergeant Fredric seit der Nacht nicht wiedergesehen.

Aber jetzt war er wieder da, gegenüber von Bohem angebunden. Bohem sah ihn an. Der Mann musterte ihn. Bohem wusste nicht, ob das, was in seinen Augen funkelte, Zorn, Mitleid oder Angst war. In jedem Fall war es ein durchdringender Blick. Bohem fragte sich, ob der Sergeant wohl wusste, wohin man sie brachte und was man mit ihnen vorhatte. In der Stimme des degradierten Milizen hatte etwas Aufrichtiges gelegen, eine tiefgehende Bitterkeit, die nicht gespielt gewesen war. Aber Bohem war nicht sicher, ob er ihn umgekehrt von seiner Unschuld hatte überzeugen können.

Er fragte sich, was man den Milizen wohl weisgemacht hatte, um sie dabei mitspielen zu lassen, ihn auf diese Weise gefangen zu nehmen. Man hatte ihn für einen Häretiker ausgegeben... Aber wie? Sicher mit der Geschichte über den Nebel... Aber reichte diese Geschichte allein denn aus, solche Männer zu überzeugen? Bestimmt nicht.

Bohem seufzte und schloss die Augen. Vom heftigen Rütteln des Wagens durchgeschüttelt, versuchte er, an nichts zu denken und seinen Geist zu leeren, um nicht von seiner Besorgnis überwältigt zu werden. Von der Angst. Aber es gelang ihm nicht.

So saßen sich die beiden Gefangenen lange auf ihren kleinen Holzpritschen gegenüber und tauschten von Zeit zu Zeit unruhige Blicke aus.

Auf einmal hielt der Karren an. Das war wie eine Befreiung für die beiden Männer. Sie waren benommen, betäubt von dem Lärm, der im Innern des Gefährts geherrscht hatte und nicht hatte enden wollen – dem Lärm der Räder, des knarrenden Holzes, der Unebenheiten der Straße... Und dem Lärm der Hufe draußen. Endlich hörten die ohrenbetäubenden Geräusche auf.

Bohem sah die Milizen, die abstiegen und sich in einiger Entfernung versammelten, sicher, um zu essen. Er hörte das Klappern des Kochgeschirrs, das Prasseln eines Feuers, das entzündet wurde, und das verschwommene Stimmengewirr der Gespräche.

Ein wenig später näherte sich eine Gestalt dem Karren. Ein Mann in Rüstung schlug die Plane zurück und kam ins Innere. Es handelte sich um einen Ritter, der etwas älter als der Sergeant war, eine beeindruckende Erscheinung mit ernstem Gesicht und sorgfältig gestutztem schwarzen Bart.

Bohem sah, wie Fredric die Augen aufriss. Er schloss daraus, dass dies der Großmeister sein musste, der Mann, den der Sergeant zu verabscheuen schien und der ihn seines Amtes enthoben hatte: Andreas von Berg-Barden.

Dieser nahm nun Bohem den Knebel ab und setzte sich gegenüber von ihm neben den Sergeanten, dem er noch nicht einmal einen Blick zuwarf.

»Guten Tag, Bohem.«

Der Wolfsjäger antwortete nicht.

»Ich bin Andreas von Berg-Barden.«

»Euer Name interessiert mich nicht. Lasst mich frei, ich habe hier nichts verloren«, antwortete der junge Mann voller Misstrauen.

Der Großmeister brach in Gelächter aus.

»Aber natürlich!«, rief er ironisch. »Ich habe das ganze Land durchquert, um Euch zu finden, und nun, da ich Euch habe, werde ich Euch freilassen, weil Ihr mich so lieb darum bittet!«

Bohem blieb unbewegt. Er fragte sich, was der Großmeister vorhatte. Sie befanden sich offenbar auf dem Weg zu einem anderen Ziel und waren dort noch nicht angekommen. Warum kam er also jetzt her, um mit ihm zu sprechen, während seine Männer zu Mittag aßen?

»Wohin bringt Ihr mich?«, fragte Bohem mit ruhiger Stimme.

»Wir sind auf dem Weg zur Abtei Cerly, junger Mann.«

Bohem zog die Stirn kraus. Er hatte natürlich schon von Cerly und dem Orden gehört, der von dort ausging. Sie reisten also zum größten Kloster von Gallica! Warum?

»Was hat Cerly mit mir zu tun?«

»Nicht viel, nehme ich an. Aber es gibt dort jemanden, der Euch sehr gern sehen möchte. Ihr wisst, warum...«

»Nein«, antwortete Bohem vollkommen ehrlich.

Jetzt begriff er. Der Großmeister wusste auch nicht mehr. Er führte nur Befehle aus, aber er wusste nicht, was man von Bohem wollte. Auch er war nichts als ein Werkzeug, und das musste ihn ärgern. Berg-Barden wollte mehr darüber wissen. Er wollte verstehen, was an Bohem so interessant war.

Der junge Mann musste lächeln. Welche Ironie! Sie saßen sich hier gegenüber, voll Argwohn voreinander, aber sie wussten beide nicht, warum.

Dem Großmeister schien dieses Lächeln nicht zu gefallen. Er stand abrupt auf und gab Bohem eine Ohrfeige.

Der Kopf des jungen Mannes wurde zur Seite geschleudert. Seine Wange brannte, aber er konnte nichts tun. Seine Hände waren ihm auf den Rücken gefesselt. Er richtete sich wieder auf und warf dem Milizen einen hasserfüllten Blick zu.

»Ich mag es nicht, wenn man sich über mich lustig macht, junger Mann. Ich sehe, dass Ihr intelligent seid. Ihr habt meine Frage sehr gut verstanden. Erklärt mir, was ich hier tue. Sagt mir, was man Euch vorwirft. Schließlich lasse ich Euch ja vielleicht frei, wenn ich Eure Gefangennahme für ungerechtfertigt halte...«

»Mein Herr, ich weiß nicht mehr als Ihr. Ich weiß nicht, was man von mir will, ich dachte aber, dass Ihr es mir sagen könntet, Ihr...«

»Das letzte Mal hat sich jemand in Sarlac so geweigert, mir Rede und Antwort zu stehen. Eine Mutter in einer Gesellenherberge, die mir nicht sagen wollte, wo Ihr wart. Sie ist heute tot, und ihr Schweigen hat nichts genützt, da ich Euch doch gefunden habe.«

Bohem erstarrte. Nein. Der Großmeister konnte das nicht ernst meinen. Er log. Er wollte ihn einschüchtern. Er konnte doch keine Mutter getötet haben!

Der junge Mann sah zu Sergeant Fredric hinüber. Dieser konnte seinem Blick nicht standhalten. Er senkte betrübt den Kopf. Bohem begriff, dass es also doch wahr sein musste. Eine weitere Frau war seinetwegen gestorben. Er legte den Kopf in den Nacken und schloss die Augen.

»Nun, Bohem, sagt mir, was man Euch vorwirft...«

Der junge Mann blieb einen Augenblick lang mit erhobenem Kopf und geschlossenen Augen sitzen; dann blickte er den Großmeister an, der erkannte, dass kein bisschen Furcht mehr in den Augen des jungen Mannes stand. Er war zornig. Entschlossen.

»Berg-Barden, ich habe Euch nichts zu sagen. Und Ihr könnt mich nicht töten, also geht, dieses Gespräch führt nirgendwohin.«

Der Großmeister rührte sich nicht. Dann stampfte er mit dem Fuß auf den Boden des Karrens. Der junge Mann legte eine unglaubliche Unverschämtheit an den Tag! Bohem wusste, dass der Großmeister ihm nichts antun konnte. Er musste Bohem lebend und bei guter Gesundheit zum Kloster Cerly bringen. Das hatte Bohem sicherlich erraten und würde es ausnutzen.

Berg-Barden stand auf, knebelte Bohem wieder und verließ ohne ein weiteres Wort den Karren. Dieser Bengel würde schon noch bekommen, was er verdiente!

Bei Anbruch der Dämmerung entdeckte Bastian endlich den Lindwurm auf einem großen Felsen.

Der Wolfsjäger blieb stehen und hielt still. Der Lindwurm hatte ihn nicht gesehen, vielleicht noch nicht einmal gehört. Das war seine Gelegenheit – sicher die einzige, die er bekommen würde! Er durfte das Tier nicht verfehlen.

Während er am Fuße des Felsens stand, betrachtete er den Lindwurm bewegungslos im bläulichen Licht dieser zu Ende gehenden Nacht.

Er musste warten, bis der Nebel den Kopf zur anderen Seite drehte. Er durfte sich vor allem nicht bewegen, solange das Tier in seine Richtung blickte. Lindwürmer nahmen keine Umrisse wahr, sondern Bewegungen. Die kleinste Veränderung würde die Aufmerksamkeit des Lindwurms erregen, und er würde davonfliegen.

Also wartete Bastian mit angespannten Muskeln und verkniffenem Gesicht, die Augen auf den Nebel gerichtet und bereit, jederzeit seine Armbrust zu heben; der Finger lag schon am Abzug.

Aber im Augenblick bewegte sich der Nebel nicht. Er war so starr wie eine steinerne Statue auf einem Felssockel. Vielleicht schlief er? Nein. Nicht hier. Lindwürmer schliefen fern von allen Blicken, unter Gestein oder in sehr großer Höhe, aber nicht einfach so auf einem Felsen. Nein, er schlief nicht... Aber was tat er sonst? Hatte er Bastian vielleicht doch schon gesehen und wartete, bereit, davonzufliegen, nur auf ein Zeichen?

Bastian fühlte, wie seine Gliedmaßen taub wurden, seine Arme ebenso wie seine Beine. Der Nacken tat ihm weh. Er musste sich bewegen... Aber nein! Er musste durchhalten. Weiter abwarten. Er war ein guter Wolfsjäger. Einer der besten. Ganz einfach, weil er geduldig war. Weil er viele Nächte so zugebracht hatte, reglos, auf der Lauer.

Plötzlich wandte der Lindwurm mit einer brüsken Bewegung den Kopf. Er sah nicht mehr in Bastians Richtung. Bastian verlor keinen einzigen Augenblick. Er wusste, dass es nicht lange so bleiben würde. Der Nebel konnte den Kopf wieder drehen, sofort, noch im selben Moment, und sehen, wie er sich bewegte.

Mit einer sicheren, genauen Bewegung, flink, aber beherrscht, hob er die Armbrust an seine Schulter und zielte. So oft hatte er die Bewegungen schon wiederholt – anheben, zielen, schießen. Ohne zu warten.

Er drückte auf den Abzug, sah den Bolzen davonfliegen, auf sein Ziel zu. Der Lindwurm hatte gerade noch Zeit, sich umzusehen, aber es war zu spät. Er konnte nicht einmal mehr den Blick des Wolfsjägers erkennen, in dessen Miene sich sein Tod spiegelte. Der Bolzen zerfetzte ihm das Herz.

Gegen Ende des Tages schlugen die Ritter der Miliz Christi an einem Waldrand ihr Lager auf.

Ringsum gab es kein einziges Dorf; es war ein ruhiger, stiller Platz, an dem sie nicht gestört werden würden. Sie waren noch immer in der Nähe von Hohenstein, und die Milizen fürchteten sicher, dass die Soldaten der königlichen Garde ihre Anwesenheit entdeckt hatten und nun ihre Nase in Dinge, die sie nichts angingen, stecken würden. Es war besser, ihnen gar nicht erst zu begegnen, sondern nach Cerly zu reisen, ohne jegliche Aufmerksamkeit auf sich zu ziehen. Das Wettrennen war noch nicht vorüber.

Man stellte ein Zelt für den Großmeister auf, der darin verschwand und sich den ganzen Abend über nicht mehr zeigte. Seit der Degradierung Sergeant Fredrics war die Stimmung in der Truppe angespannt. Die Gefangennahme Bohems hatte sicher nicht alle Gemüter beruhigt. Diese Art von Auftrag waren die Jäger der Ungläubigen nicht gewohnt. Ihnen war unbehaglich zumute, das merkte man ihren Blicken und ihren Bewegungen an.

Den beiden Gefangenen wurde gestattet, ein wenig Fleisch und etwas Brot zu essen; dann ließ man sie in der Nähe des Lagers eine Runde gehen, damit sie sich die Beine vertreten konnten, bevor man sie zurück zum Karren führte, in dem sie die Nacht verbringen sollten. Man fesselte sie wieder an Händen und Füßen, knebelte sie erneut und bedeutete ihnen, sich nebeneinander ins Innere des Karrens zu legen.

Bohem konnte nicht mehr; er war erschöpft und mutlos. Vor allem fragte er sich nun, da er nicht mehr Herr über sein eigenes Schicksal, sondern in die Hände des Feindes gefallen war, wozu seine lange Flucht quer durchs Land überhaupt gedient hatte. Mit geschlossenen Augen, den Kopf auf die Holzpritsche gestützt, musste er an seine kleine Schwester Catriona denken. Er sah sie noch immer vor sich, mit ihren blonden, lockigen Haaren und ihrem selbstverständlichen Lächeln. Welche Anstrengungen sie unternommen hatte, um in seiner Nähe zu bleiben, um noch mit ihm zu sprechen, als es außer ihr niemand mehr wagte, das Wort an ihn zu richten! Gespräche mit gesenkter Stimme mitten in der Nacht, um Martial nicht zu wecken… Auseinandersetzungen. Miteinander geteilte Augenblicke. Und ihr Blick, vor allem ihr Blick… Sie hatte ihn als einen Gott betrachtet und mehr geliebt als einen Bruder.

Sie war für nichts und wieder nichts gestorben.

Für nichts.

Es wäre besser gewesen, wenn er sich in Passhausen aufgehalten hätte, als die Aishaner dorthin gekommen waren, um ihn zu suchen. Er wäre heute in derselben Lage, aber wenigstens wären nicht all diese Leute durch seine Schuld gestorben. Und seine kleine Schwester hätte weitergelebt. Ohne ihn vielleicht, aber sie wäre doch am Leben gewesen, durch die Straßen von Passhausen gelaufen, herangewachsen und zu der Frau geworden, die sie zu sein verdient hatte.

Er bemühte sich, seine Tränen zurückzuhalten. So durfte er nicht denken. Er war nicht dafür verantwortlich. Die Verantwortlichen waren diejenigen, die ihn suchten und zu allem bereit waren, um ihn gefangen zu nehmen, ohne dass er verstand, warum ... O doch! Jetzt begann er zu verstehen. Er ahnte jedenfalls etwas. All das hatte bestimmt mit den Nebeln zu tun, mit der besonderen Verbindung, die zwischen ihm und ihnen bestand, seiner Berufung ... Alles hing natürlich miteinander zusammen.

Er war kein Junge wie alle anderen, das hatte er immer gewusst, und das war es, was diese Leute interessierte. Den König, die Aishaner, die Miliz Christi ... Es war nicht das, was er getan hatte, nein, sondern das, was er *war*. Das beschäftigte sie, das wollten sie verstehen ... Und ohne Zweifel hofften sie, zu verstehen, indem sie ihn gefangen nahmen. Noch schlimmer – sie hofften vielleicht, dass er in ihre Dienste treten würde! Er, der seltsame junge Mann! Nun, da würden sie wohl enttäuscht werden! Denn er würde niemals in irgendjemandes Dienste treten. Das hatte er nie getan, und er würde es niemals tun.

Nein! All diese Tode waren nicht vergeblich gewesen, weil er selbst fortfahren würde, bis zum Ende Widerstand zu leisten, gegen diejenigen zu kämpfen, die glaubten, so über ihn verfügen zu können ... So über Menschen verfügen zu können, über das Leben anderer.

Er stieß einen tiefen Seufzer aus und versuchte einzuschlafen. Er war so müde!

Langsam wandte er den Kopf zur Seite – und war nahe daran, einen Schreckensschrei auszustoßen. Aber der Knebel hinderte ihn daran. Er schreckte zurück und stieß sich den Kopf an der Schulter seines Nebenmanns, der aufwachte.

Gleich neben Bohem befanden sich zwei Augen, die ihn unter der Plane des Karrens hindurch musterten.

Bohem richtete sich auf, bereit, noch weiter zurückzuweichen, so große Angst flößten ihm diese Augen ein ... Dann glaubte er, ihren Blick wiederzuerkennen. Er runzelte die Stirn und hob ein wenig den Kopf.

Ein Lächeln erschien. Ein weißer Bart. Ein brauner Hut, den eine Gänsefeder schmückte.

Der Sackpfeifer stand neben dem Karren und sah Bohem unverwandt an.

Henon kniete mit geschlossenen Augen vor einer Eiche; sein Gesicht lag im Schatten seiner weißen Kapuze. In der Ferne schlugen die Aishaner und Magistel ihr Lager auf.

Henon rezitierte stumm die alten Triaden seines Standes. Er wollte sie nicht vergessen. Denn vielleicht würde der Tag kommen, an dem die Druiden den Saiman zurückgewinnen würden und an dem sie von Neuem die Welt beherrschen konnten. Ihre Welt.

Das, was die Alten ihnen beigebracht hatten, konnten sie nicht vergessen. All ihr Wissen wurde im Gedächtnis weitergegeben, durch das gesprochene Wort. Es gab nichts Schriftliches. Die Druiden untersagten es, ihr Wissen auf dem Papier festzuhalten. Also durften sie es nicht vergessen. Sie mussten es immer wieder aufsagen und ihr Wissen im Gedächtnis des Ordens lebendig halten.

Diese rituellen Formeln waren die Grundlage ihrer Philosophie, ihrer Art zu denken. Sie waren die Essenz ihrer politischen Macht und ihres ganzen Ordens.

»*Es gibt drei ursprüngliche Formen des Unglücks: die Notwendigkeit, das Vergessen, den Tod.*

Drei ursprüngliche Zeitgenossen: den Menschen, den freien Willen, das Licht.

Drei notwendige Zwänge für den Menschen: leiden, sich ändern, wählen.

Drei Gaben der Moira für alles Lebendige: die Fülle seiner Arten, die individuelle Verschiedenheit, die Unbeugsamkeit eines jeden gegenüber den anderen.«

Er machte eine lange Pause. Er hielt die Augen noch immer geschlossen, doch in seinem Kopf sah er die Eiche vor sich. Er spürte sie, stellte sie sich vor. Es war eine einfache Konzentrationsübung. Auf diese Weise hatten die Druiden früher den Saiman berührt und diese Kraft tief in ihrem Innern erweckt.

Er atmete langsam aus und rezitierte dann die Pflichten eines Druiden.

> *»Strenge dich an, dein Wissen zu mehren,*
> *denn Wissen ist Macht.*
> *Wenn du die Macht hast,*
> *bediene dich ihrer mit Weisheit,*
> *und denke daran, dass sie eines Tages enden kann.*
> *Ertrage mutig die Widrigkeiten des Lebens*
> *und wisse, dass die Mühen hier unten*
> *nicht ewig andauern werden.*
> *Übe dich in Tugend,*
> *denn das wird dir den Frieden bringen.«*

Er öffnete die Augen und stand auf. Diese Sätze, die er auswendig konnte, erinnerten ihn an die alten Zeiten, den Glanz seines Ordens, als die Druiden vom Palast von Sai-Mina aus ihre Macht über alle Lebewesen und Dinge ausgeübt hatten. Er schüttelte den Kopf. Hatten sie jene Ratschläge damals nicht gehört? *»Wenn du die Macht hast, bediene dich ihrer mit Weisheit, und denke daran, dass sie eines Tages enden kann.«* Dieser Satz entfaltete erst heute seine vollständige Bedeutung. Hatten sie sich ihrer Macht, dem Saiman, mit Weisheit bedient? Nein. Sicher nicht. Genauso wenig, wie sie geglaubt hatten, dass er eines Tages enden würde. Und jener Tag war gekommen. Sie durchlebten ihn seit zwanzig Jahren. Gedemütigt. Aber sie hatten jetzt eine letzte Chance.

Sie durften nicht Gefahr laufen, sie zu verlieren.

Henon hörte Schritte hinter sich, leichte, sichere, regelmäßige Schritte. Er wusste sofort, dass es sich um Addham, den Herrn der Aishaner, handelte, und dass er absichtlich nicht geräuschlos ging, um Henon nicht zu überraschen. Denn wenn er gewollt hätte, wäre Addham hinter ihm erschienen, ohne dass er ihn hätte kommen hören.

Der Druide wandte sich um. Er fing an, den Aishaner zu schätzen. Seine Männer waren grobe, entmenschlichte Rohlinge, aber er selbst war weitaus intelligenter, als sein barbarisches Äußeres es erkennen ließ.

Addham begann, seine Hände vor sich zu bewegen. Innerhalb weniger Tage hatte Henon gelernt, die Zeichen zu verstehen, derer sich die Aishaner bedienten, um sich zu verständigen – ihre Sprache.

Drei einfache Bewegungen. Der Druide übersetzte.

Was sollen wir jetzt tun?

»Wir haben zwei Möglichkeiten, Herr Addham. Entweder folgen wir ihnen, oder wir vertrauen auf das Schicksal des jungen Mannes.«

Warum?

»Sein Schicksal liegt nicht im Osten«, erläuterte der alte Druide. »Er muss beginnen, das zu verstehen. Ich weiß, wohin er gehen will. Wohin er gehen muss. Nicht nach Osten. Ich bin sicher, dass er auf die ein oder andere Weise entkommen wird. Die Milizen sind zu selbstsicher. Sie sind arrogant und untereinander zerstritten. Das ist ihre Schwäche. Und ich weiß, wovon ich spreche. Es wird ihm gelingen, zu fliehen.«

Wie könnt Ihr Euch dessen sicher sein?

»Weil er keine Wahl hat. Es ist stärker als er. Er muss tun, was er tun muss. Wir müssen auf seinen Instinkt vertrauen. Auf... die Moira. Auf seinen Wunsch, das, was in ihm angelegt ist, in die Tat umzusetzen.«

Das ist riskant.

»Ja, aber es ist eine Entscheidung, die wir treffen könnten und die mir vernünftig erscheint. Natürlich können wir ihm weiterhin folgen, wie wir es die ganze Zeit getan haben, aber wir werden dann immer noch hinter ihm sein. Oder wir können ihm zuvorkommen, wie ich es Euch vorschlage, Addham. Und auf ihn warten.«

Ihn überraschen.

»Genau. Wenn er am wenigsten damit rechnet.«

Der Herr der Aishaner nickte lächelnd. Er führte die Fäuste vor seinem Gesicht zusammen. Er war zufrieden und begann seinerseits, Achtung vor dem Druiden zu empfinden. Zwei so unterschiedliche Feldherren, die sich doch so nahe standen. Zwei ferne Welten, vom Schicksal vereint. Sie hatten die gleiche Rache zu vollziehen. Demselben Herrn zu dienen.

Der Zwerg legte langsam seinen Zeigefinger auf den Mund, um Bohem aufzufordern, kein Geräusch zu machen. Er hatte erst seinen Kopf ins Innere des Karrens gesteckt und war dann, nachdem er sich überzeugt hatte, dass Bohem nicht schreien würde, ganz hineingestiegen.

Er entfernte den Knebel des jungen Mannes.

»Guten Tag, Bohem!«, flüsterte er.

Der Wolfsjäger war wie gelähmt. Er traute seinen Augen

nicht. Natürlich hatte er gehofft. Gehofft, dass dieser sonderbare Mensch ihn in seinem Traum gehört und verstanden hatte, aber er war trotz allem erstaunt, ihn hier zu sehen. Vor sich. Den Mann, den er im Traum gesehen hatte! War das also wirklich der Sackpfeifer? Mjolln Abbac. Der Mann, von dem Helena von Quitenien gesprochen hatte.

»Ich ... ich habe Euch im Traum gesehen«, stammelte Bohem schließlich.

»Nicht im Traum, nein. Wir haben uns in der Welt von Djar gesehen, Bohem. Nicht in einem Traum ...«

Er hielt plötzlich inne und legte seine Hand auf Bohems Mund. Er runzelte die Stirn und lauschte. Draußen gab es ein Geräusch. Er wartete. Nein. Es war nichts. Sicher nur ein Pferd.

Er wandte sich wieder Bohem zu und bedeutete ihm, so leise wie möglich zu sprechen. Dann zeigte er mit dem Finger auf Sergeant Fredric neben Bohem. Der ehemalige Milize war ebenfalls erstarrt. Er verstand sicher nicht, was vor sich ging, und musste sich fragen, wer diese merkwürdige Gestalt war.

»Und er? Hm. Wer ist das?«, fragte Mjolln misstrauisch.

»Ein Sergeant der Miliz, den der Großmeister degradiert hat ...«

»Er steht auf unserer Seite?«

Bohem zuckte mit den Schultern. »Ich weiß nicht. Ich glaube schon.«

Das schien dem Sackpfeifer nicht zu genügen. »Steht Ihr auf unserer Seite?«

Der Sergeant nickte eifrig; in seinen Augen stand Entsetzen.

»Mmh. Er sagt es, ja. Aber wie sollen wir ihm glauben? Hm, woran glaubt ihr hier, Bohem?«

»Was wollt Ihr damit sagen?«

»An welchen Gott?«

»Wie, an welchen Gott?«

»An die Moira? Dagda? Den Gott der Christen?«

Bohem schüttelte den Kopf. Dieser Mensch war wirklich seltsam!

»Nun ja, an den Gott der Christen. An Gott!«

»Hm. Ich verstehe. An *jenen* Gott. Also gut. Sergeant? Versprecht Ihr bei Eurem *Gott der Christen*, nicht zu schreien, wenn ich Euch dieses Tuch abnehme?«

Der Sergeant bekundete mit einer Kopfbewegung seine Zustimmung.

»Und mit uns zu kommen, ja? Ohne Lärm zu schlagen?«

Fredric wiederholte sein Versprechen.

Der Zwerg verzog das Gesicht, zögerte und nahm ihm dann den Knebel ab.

»Danke«, flüsterte der ehemalige Milize und atmete auf.

Bohem betrachtete ihn. Er fragte sich, ob er das Richtige getan hatte. Würde der Sergeant sie verraten? Nein. Zumindest glaubte er das nicht. Er hatte den Hass in Fredrics Blick gesehen, als der Großmeister hereingekommen war. Seine Augen logen nicht. Und vielleicht würde es einfacher sein, mit ihm zu fliehen. Er war ein Krieger. Ein Ritter. Ein Mann, der zu kämpfen verstand. Er konnte ihnen nützlich sein.

Mjolln begann, sie mit Hilfe eines Dolchs loszuschneiden.

Als er endlich frei war, rieb Bohem sich die Handgelenke und Knöchel, um den Schmerz zu vertreiben. Die Milizen hatten ihre Fesseln so straff angezogen!

Der Zwerg warf einen Blick nach draußen.

»Der Weg ist frei«, sagte er und drehte sich zu ihnen um. »Hm. Zur Bewachung Eures Karrens war nur ein Soldat abgestellt, und den habe ich ins Reich der Träume geschickt. Er ist noch nicht wieder wach. Beeilen wir uns!«

Er ging voran. Bohem folgte ihm. Er schob die Beine ins Freie und ließ sich dann zu Boden gleiten, ohne ein Geräusch zu verursachen. Zuletzt kam Fredric ihnen nach.

Bohem entdeckte vor dem Karren den Körper des ohnmächtigen Milizen. Ringsum befand sich niemand sonst. Alle Übrigen schliefen jenseits des Zelts des Großmeisters. Wenn die Flüchtigen keinen Lärm machten, hatten sie gute Chancen, zu entkommen. Aber noch war es zu früh, sich zu freuen.

»Durch den Wald«, flüsterte Mjolln. »Durch den Wald.«

Die beiden anderen nickten.

»Wartet!«, warf Bohem plötzlich ein. »Wartet. Mein Beutel. Ich kann nicht ohne meinen Beutel aufbrechen!«

Sergeant Fredric drehte sich um und beugte sich mit dem Oberkörper in den Karren. Er fand Bohems Beutel und reichte ihn ihm.

»Danke.«

Bohem seufzte erleichtert. Das *Bestiarium von Thaon* war in seinem Beutel.

Dann hob der Milize den Finger, um ihnen zu bedeuten, dass ihm noch etwas eingefallen war. Unter dem beunruhigten Blick der beiden anderen sank er auf alle viere nieder und kroch langsam unter dem Karren hindurch. Er verschwand in den Schatten der Nacht. Bohem drehte sich mit gerunzelter Stirn zu dem Zwerg um. Hatten sie gut daran getan, Fredric zu befreien? Was, wenn er sie verriet, um die Gunst des Großmeisters zurückzugewinnen?

Doch bald darauf erschien der Sergeant wieder zu ihren Füßen und richtete sich stolz auf: Er hatte das Schwert des bewusstlosen Milizen gestohlen.

»Gut«, sagte er, »nun können wir gehen.«

Mjolln wartete keinen Augenblick länger. Er wirbelte herum und begann zu laufen. Die beiden anderen folgten ihm und eilten mit ihm ins Dunkel der Nacht. Mit gebeugtem Rücken und leichten Schritts durchquerten sie die kleine Ebene, die sie von den Bäumen trennte.

Je weiter sie sich vom Lager entfernten, desto schneller rannten sie. Schließlich erreichten sie den Wald und damit den Schutz der Bäume.

Bohem war völlig fassungslos. Er hatte nicht damit gerechnet, so rasch und so einfach befreit zu werden. Sie hatten dieses eine Mal Glück gehabt. War es denn wirklich nur zufälliges Glück?

Aber es war noch nicht vorüber. Das wusste er. Bestimmt fing es gerade erst an. Denn jetzt würde er vielleicht endlich Antworten erhalten.

»Majestät, der König von Gallica hat Hohenstein angegriffen.«

Der Bote der Herzogin von Quitenien war im Südwesten der Insel eingetroffen, in Kanteburg, in der Gegend, die man »die Gärten Brittias« nannte und wo Emmer Ginsterhaupt einen letzten Zwischenhalt eingelegt hatte, bevor er nach Gallica zurückkehrte.

Der junge Mann, der den Weg über das Meer und durch die Landgebiete Brittias äußerst schnell zurückgelegt hatte, war auf der Burg Hochhof, einem gewaltigen steinernen Gebäude, das sich inmitten der Stadt erhob und seit über einem Jahrhundert als Gefängnis diente, rasch vom König empfangen worden.

Ungläubig saß der König von Brittia einen Augenblick lang reglos da. »Das meint Ihr doch nicht ernst?«

»Leider doch, Majestät. Allerdings kann ich Euch sogleich beruhigen. Eure Gemahlin, die Königin, hat es vorgezogen, die Waffen zu strecken, statt sich auf eine richtige Schlacht einzulassen, die sie in jedem Fall verloren hätte. Sie ist heil und gesund, und es sind nur acht Soldaten in den ersten Augenblicken des Angriffs getötet worden.«

»Aber... Aber das...«

Emmer konnte es gar nicht glauben. Es kam ihm derart abwegig vor! Der König von Gallica konnte dieses Risiko nicht ohne guten Grund eingegangen sein. War das eine persönliche Rache an Helena von Quitenien? Dennoch... Ein militärischer Angriff, das war völlig absurd!

»Livain behauptet, es handle sich nicht um einen Angriff, Majestät – er habe weder Euch noch die Königin angegriffen...«

»Das verstehe ich nicht.«

»Der König wollte einen jungen Mann gefangen nehmen, der sich am Hof Eurer Gattin aufhielt.«

»Einen jungen Mann? Einen Troubadour?«

»Nein, Majestät. Einen Wolfsjäger. Einen Wolfsjäger, der ausgerechnet vom König von Gallica verfolgt wurde und den Eure Gemahlin zu beschützen bereit war. Der König hatte einen Steckbrief aushängen lassen, damit dieser junge Mann ihm ausgeliefert würde, und unter diesem Vorwand ist er gewaltsam in den Herzogspalast eingedrungen.«

»Diese Geschichte ist doch vollkommen ungereimt!«

»Da sie den jungen Mann, den sie suchten, nicht fanden, zogen sich die Soldaten des Königs wieder zurück. Der Palast ist wieder frei und in den Händen Helenas von Quitenien.«

»Dennoch ist dies ein Affront!«, rief der König von Brittia. »Livain hat einen großen Fehler begangen, wenn er angenommen hat, meine Frau ungestraft auf solche Weise angreifen zu können!«

Verärgert sprang Emmer Ginsterhaupt auf.

»Ihr könnt Euch zurückziehen«, sagte er zu dem Boten. Dann verließ er das Zimmer und machte sich auf die Suche nach dem Vogt, in dessen Begleitung er reiste.

Er würde sofort nach Gallica zurückkehren und Vergeltungsmaßnahmen einleiten müssen.

»Herr Abbac, ich glaube, dass Ihr mir einige Erklärungen schuldet!«

Der Zwerg hob amüsiert die Augenbrauen. »Ich? Nun ja, vielleicht. Aber ich glaube vor allem, dass du mir Dank schuldest!«

Bohem verzog das Gesicht. Der Zwerg hatte recht. Seinetwegen war er frei. Sie waren ins Herz des Waldes vorgedrungen. Der Milize hatte darauf geachtet, ihre Spuren zu verwischen, und sie saßen nun auf einer kleinen Lichtung unter dem immer noch schwarzen Himmel dieser Sommernacht.

Fredric döste, doch Bohem seinerseits konnte nicht schlafen. Er hatte zu viele Fragen an den Zwerg und hatte sich noch immer nicht von ihrer ersten Begegnung erholt.

»Ihr habt recht, Mjolln. Ich ... Ich schulde Euch Dank. Aber ich muss verstehen. Zunächst, wie ... Wie habt Ihr mich gefunden?«

»Nun, du hast mir doch in der Welt von Djar gesagt, dass du gefangen warst ...«

»Aber was ist denn diese Welt von Djar?«, rief Bohem und sprang auf.

»Pssst!«

»Ich verstehe überhaupt nichts!«

»Du... Bist du dir sicher, dass du es wissen möchtest?«
»Was wissen?«
»Alles.«
»Wie, alles?«, fragte Bohem und reckte unsicher den Kopf vor.

Der Zwerg stand nun ebenfalls auf. Er betrachtete den jungen Mann mit schief gelegtem Kopf. Dann lächelte er. Mit seinem schelmischen Blick, seinem langen weißen Bart und all seinen Falten wirkte er wirklich sehr seltsam. Wie alt mochte er sein? Er schien tausend Leben gelebt zu haben. Tausend Welten zu kennen. Das alles konnte man an seinem heiteren, belustigten Gesicht ebenso ablesen wie an seiner Stimme, seinen sicheren Bewegungen und seiner Kleidung aus einer anderen Welt...

»Ich weiß nicht, ob du bereit bist.«
»Bereit wofür?«, fragte Bohem gereizt.
»Hm. Dafür, dass ich es dir erkläre.«
»Aber was werdet Ihr mir denn nun endlich erklären?«

Der Zwerg hielt noch einmal inne. Er schien die Ungeduld des jungen Mannes belustigend zu finden, als ob sie ihn an irgendetwas erinnerte. Als ob er sie schon einmal gesehen hätte.

»Du weißt, wer deine Eltern sind, Bohem?«

Der junge Mann stand wie gelähmt. Das hatte er nicht erwartet. Er hatte gedacht, dass der Zwerg mit ihm über seine Träume sprechen würde, über diese Geschichte von der Welt von Djar... Nicht über... seine Eltern.

Er sah im Geiste Tausende von Bildern an sich vorbeiziehen, hörte Tausende von Stimmen. Nein. Das war nicht möglich. Der Zwerg konnte es nicht wissen. Warum? Wie? Doch wer war er? Was machte er hier? Bohems Herz klopfte zum Zerspringen, weil er spürte, dass der Mann, der vor ihm stand, alles ändern würde. Sein Leben mit einem Schlag auf den Kopf stellen... Er konnte es spüren, wie ein Bedürfnis oder eine Bedrohung. Und er hatte Angst. Wollte er es wissen? Das war in der Tat die Frage. War er bereit? Vielleicht nicht... O doch! Er hatte es schon immer wissen wollen. Das war die Antwort, nach der er schon immer gesucht hatte. Die verborgene Frage im hintersten Winkel seines Kopfes. Bohem, das Findelkind. Martial, Catriona und seine Mutter. Diese Leute waren nicht seine echte Familie. Er hatte es ihren Augen immer angesehen. Alles lief darauf hinaus, nicht wahr? Auf genau diesen Augenblick, auf das, was der Zwerg ihm endlich sagen wollte.

All seine Träume führten ihn hierher. Hierher. In diesen Wald. Sein ganzes Leben trug ihn hierher, auf diese Antwort zu.

»Nein«, sagte er mit zitternder Stimme, »ich weiß nicht, wer meine Eltern sind.«

Der Zwerg nickte langsam. Er lächelte nicht mehr. Er sah sogar traurig aus, verstört. Dann sagte er ihm mit sanfter, nachsichtiger Stimme: »Deine Mutter hieß Alea, dein Vater Erwan. Sie waren die beiden schönsten Menschen, denen zu begegnen mir in meinem Leben vergönnt war... In meinem sehr langen Leben.«

KAPITEL 10
DER WEG
DER NEBEL

»Erkennst du diesen Ring wieder?«

Sprachlos betrachtete Bohem das Schmuckstück, das der Sackpfeifer ihm hinhielt.

Er wusste noch immer nicht, was er von diesem seltsamen Menschen halten sollte, der zu klein für einen Mann und zu stämmig für ein Kind war. Ein Zwerg, wie Helena gesagt hatte, mit einem langen weißen Bart, der bis über seinen Bauch fiel. Er schien aus einer anderen Welt zu stammen, einer anderen Zeit, mit seiner ernsten, dumpfen Stimme und seiner Art zu sprechen... Über seinem Kettenhemd hatte er eine Lederrüstung an, die ihn von Kopf bis Fuß umhüllte. Zwei breite Waffengurte umspannten seinen dicken Bauch, über der Schulter trug er eine Kalebasse an einem Riemen und auf dem Rücken einen Sack aus altem Segeltuch, der sich an sein seltsames Musikinstrument schmiegte. Als Kopfbedeckung verwendete er einen merkwürdigen braunen Hut mit einer weißen Gänsefeder.

Mjolln musterte Bohem, und in seinen Augen funkelte ein schelmisches Licht. Er wartete mit ausgestreckter Hand darauf, dass der Wolfsjäger antwortete.

Natürlich erkannte er diesen Ring! Es war derselbe, den der Zwerg ihm im Traum gezeigt hatte – in dem, was er *die Welt von Djar* nannte... Ja, Bohem erkannte den Ring, aber er verstand noch immer nicht, warum es dem Zwerg so wichtig war, dass er das Schmuckstück zu sehen bekam. Zwei Hände, die ein gekröntes Herz umschlossen. Was für einen Bezug hatte das zu ihm?

»Ja, aber...«

»Er gehörte deiner Mutter. Er steht dir von Rechts wegen zu.«

Bohem zögerte, dann nahm er den Ring in die hohle Hand und betrachtete ihn.

»Das ist der Ring des Samildanach, Bohem.«

»Was ist das?« fragte der junge Mann mit gerunzelter Stirn.

»Deine Mutter war der Samildanach. Hm. Das heißt heute natürlich nicht mehr viel. Aber damals war es... Es war sehr wichtig. Hast du schon vom Saiman gehört?«

»Nein. Ich verstehe kaum etwas von dem, was Ihr sagt, und...«

»Der Saiman war eine magische Kraft, die bestimmten Menschen vorbehalten war. Hm. Den Druiden. Und derjenige, der die Macht des Samildanach erhielt, hatte eine noch weiter gehende Kontrolle über diese seltsame Kraft...«

»Meine Mutter war ein *Druide*?«

»Nein. Ganz und gar nicht. Deine Mutter war eine sehr bescheidene junge Frau, ein bisschen... ein bisschen wie du. Aber sie hat diesen Ring gefunden und seine Macht geerbt, so einfach war das.«

»Ihr erzählt mir da nur irgendetwas!«

»Nein, nein, nicht ›nur irgendetwas‹, Bohem. Deine Mutter, Alea, war sogar der letzte Samildanach. Denn nach ihr ist der Saiman verschwunden ...«

Bohem fragte sich, ob der Zwerg nicht vielleicht völlig verrückt war. Diese Geschichte klang immer verworrener. Machte sich Mjolln nicht über ihn lustig? Doch er hatte trotz allem den Zwerg im Traum gesehen und sah ihn auch jetzt vor sich. Er hatte durchaus etwas Besonderes an sich ... Aber das ergab alles keinen Sinn.

»Da Ihr sagt, dass Ihr meine Eltern gekannt habt ... Warum habe ich sie denn niemals gesehen?«

»Weil sie einige Tage nach deiner Geburt gestorben sind, Bohem.«

Der junge Mann umschloss den Ring mit seiner Hand und wandte sich brüsk ab. Das war zu viel. All das, all diese Dinge ... Der Zwerg musste den Verstand verloren haben, oder er hatte sich seine Geschichte eben nur ausgedacht. Was er sagte, war einfach eine Erfindung. Er konnte Bohems Eltern nicht kennen. Niemand kannte seine Eltern. Er war ein Findelkind, das war alles!

»Ich hatte dich ja vorgewarnt, hm, dass ich dachte, du seist noch nicht bereit, das alles zu hören ...«

Nein! Überhaupt nicht bereit! Nicht bereit, solche Geschichten zu hören! Das war doch Unsinn!

Und trotz allem ... Trotz allem wusste er in seinem Innersten, dass es wahr war. Natürlich. Er spürte es in seinem Herzen. Ganz offensichtlich war es die Wahrheit. Aber sie war zu hart, zu plötzlich ... Bohem fühlte sich völlig verloren. Er wusste nicht, ob er lieber weinen oder vor Wut brüllen wollte ... Vor Hass. Aber er musste zuhören. Er wollte verstehen. Der Zwerg hatte sicher noch nicht alles erzählt.

Er setzte sich wieder hin, bereit, weiter zuzuhören, aber auf seinem Gesicht zeichnete sich große Traurigkeit ab – und große Angst.

»Ich höre«, sagte er und bemühte sich, nicht zu zittern.

»Bohem. Du musst mir glauben. Hm. Ich weiß, dass das nicht leicht für dich ist, nicht wahr ... Man hat gewöhnlich ein ganzes Leben zur Verfügung, um zu verstehen, wer die eigenen Eltern sind. Du hingegen musst es an einem Abend verarbeiten. Einem Abend. Aber du musst mir glauben. Und dich darauf einlassen. Dich darauf einlassen, der zu sein, der du bist.«

»Ich höre«, wiederholte der junge Mann.

»Gut. Als der Saiman verschwunden war, ist dein Vater König des Landes geworden, aus dem ich stamme.«

»König? Ich bin der Sohn eines Königs? Nein! Das kann *wirklich* nicht sein!«, rief Bohem in spöttischem Tonfall.

»Doch, Bohem. Und er war ein außergewöhnlicher König. Erwan, der König von Gaelia. Ja. Des ganzen wiedervereinigten, befriedeten Landes. Deine Mutter und er haben versucht, die Insel mit Liebe zu regieren. Ja. Mit all ihrer Liebe. Aber das ist nicht gutgegangen. Nicht sofort. So etwas braucht Zeit. Man ändert nicht über Nacht die Welt, verstehst du? Es gab Widerstände, Leute, die den Fortschritt nicht wollten, von dem deine Eltern träumten ... Und von dem auch wir träumten.«

»Welchen Fortschritt?«

»In dem Land, in dem wir lebten, gab es eine sehr tiefgreifende Ungleichheit zwischen den Menschen. Das ist hier genauso, nehme ich an, nicht wahr? Die Druiden, die Bauern, die Könige, die Adligen und all die verschiedenen Volksgruppen, die unsere Insel bevölkerten ... Alle Welt kämpfte gegeneinander, Bohem. Alle Welt. Die einen gegen die anderen. Die Menschen gegen die Menschen. Die Menschen gegen die Wölfe ...«

»Die Wölfe?«, unterbrach der junge Mann neugierig.

»Ja. Deine Mutter ... Deine Mutter hat versucht, die Wölfe zu schützen ...«

Bohem nickte. Das konnte der Zwerg sich nicht ausgedacht haben. Aber es war so seltsam ... Seltsam, von Leuten reden zu hören, denen er gleichen musste und die er doch niemals getroffen hatte.

»Deine Eltern haben gegen all das gekämpft. Hm. Sie haben versucht, uns beizubringen, miteinander zu leben. Ja. Genau. Miteinander zu leben. Und es ist ihnen gelungen, die Dinge ein wenig zu ändern. Neue Wege zu öffnen. Ja, durchaus. Aber das ist noch nicht vorüber, verstehst du? Hm. Nein, nicht vorüber. Und es wird auch morgen nicht vorüber sein. Deine Eltern haben sich viele Feinde gemacht. Und es ist schiefgegangen, Bohem. Ja. Es tut mir sehr leid, mein lieber Bohem. Dein Vater ist ermordet worden. Deine Mutter ist geflohen. Sie hat unser Land durchquert, dann ein anderes, dann ist sie übers Meer gereist. Schließlich ist sie hier eingetroffen. Irgendwo hier. Sie ist gestorben und hat dir zugleich das Leben gerettet, Bohem. Sie hat dich im Herzen eines Waldes zurückgelassen. Die Nebel haben dich aufwachsen sehen. Dich aufgezogen. Bis schließlich ...«

Aber Bohem wusste, wie es weiterging. Er hörte nicht weiter zu. Er musste nichts weiter hören. Er wusste, was kam ... *Bis schließlich Martial dieses Kind im Herzen des Waldes gefunden hat.* Martial. Der Wolfsjäger, der ihn an Kindes statt angenommen hatte. Ja. Natürlich. Es war so klar, so offensichtlich ... Aber es war zu schwer, alles so rasch in sich aufzunehmen. Er hatte den Eindruck, zu ersticken.

Er schloss die Augen und ließ den Kopf zwischen seine Fäuste sinken. Er hielt noch immer den Ring in der Hand, fest gegen seine Handfläche gedrückt. Das Schmuckstück grub sich in seine Haut. Er drückte noch fester zu, als wolle er diese Gedanken weit von sich weisen. Die Wahrheit verjagen. Aber sie würde nun nicht mehr verschwinden. Sie war da, in seinem Kopf, in seinem Herzen, und sie würde nicht mehr verschwinden.

Er wusste es.

Das war seine Geschichte. Das war er. Bohem. Aleas Sohn. Er konnte sich nicht selbst belügen. Das war die Wahrheit. Nichts anderes. Aber es war zu schwer für ihn, zu schwer zu ertragen. Tief in seinem Innern war er immer allein gewesen. Immer schon. Aber die Einsamkeit hatte ihn noch nie so sehr erdrückt.

»Und Ihr... Ihr, Mjolln? Was habt Ihr damit zu tun?«

»Ich?«, fragte der Zwerg erstaunt. »Ich war der beste Freund deiner Eltern, Bohem! Deshalb habe ich nach dir gesucht. Ja, lange Zeit. Ich suche dich seit sehr, sehr langer Zeit. Seit über fünfzehn Jahren.«

»Seit fünfzehn Jahren! Aber warum?«

»Weil du es doch wissen musst! Du musst doch Bescheid wissen, nicht wahr?«

»Ich... Ich weiß nicht.«

Bohem runzelte die Stirn. Nach Bestürzung und Unverständnis regte sich nun Wut in ihm, eine instinktive Wut, die er sich nicht ganz erklären konnte. Ein plötzlicher Aufruhr, stärker als die Verwirrung, die ihn erfüllte.

»Warum sagt Ihr, dass ich Bescheid wissen muss?«, fragte er mit angespannter Stimme.

»Deine Mutter war eine sehr wichtige Frau, Bohem, sie hat etwas begonnen, was noch nicht beendet ist, und...«

»Habe ich es doch geahnt! Ihr erwartet irgendetwas von mir! Meine Mutter ist tot, ich habe sie nie gekannt, und es ist mir völlig gleichgültig, ob sie wichtig war! Es ist mir auch gleichgültig, über das Bescheid zu wissen, was sie begonnen hat! Ich hoffe, Ihr seid nicht nur gekommen, um mir zu sagen, dass ich etwas zu Ende bringen muss, was meine Eltern angefangen haben!«

Bohem sprang auf. Jetzt war er zornig. Seine Angst fand jedenfalls ihren Ausdruck in seiner Wut.

»Es ist ihretwegen, nicht wahr? Ihretwegen verfolgt man mich heute! Ihretwegen ist meine Schwester tot...«

»Aber du hattest nie eine Schwester, Bohem!«

»Was macht das schon! Ihretwegen ist Catriona tot! Und sie, sie hat mich mein ganzes Leben lang begleitet. Sie war für mich da! Nicht die beiden. Nicht meine Eltern! Deretwegen bin ich gefangen gehalten worden! Und Ihr glaubt, dass ich Lust habe, etwas für sie zu tun, nicht wahr? Aber was wollt Ihr nun wirklich von mir? Bringt den Mut auf, es mir zu sagen! Was wollt Ihr?«

»Nichts. Ich bin gekommen, um dich zu befreien.«

Bohem riss die Augen auf. Mit dieser Antwort hatte er nicht gerechnet. Eine so einfache Antwort... In gewisser Weise holte sie ihn auf den Boden der Tatsachen zurück. Ja. Der Zwerg war gekommen, um ihn zu befreien. Sicher. Das war die Wahrheit. Er hatte ihn befreit. Aber was sollte er nun mit seiner Freiheit anfangen?

Die Tatsache, dass er nun all dies wusste, würde ihn nicht retten. Zu wissen, wer seine Eltern waren, würde ihn nicht davor bewahren, verfolgt zu werden, wieder und wieder...

»Kommt, Mjolln! Seien wir ehrlich – Ihr habt nicht in fünfzehn Jahren diesen ganzen Weg zurückgelegt, nur um mich zu befreien! Ich war noch nicht gefangen, als Ihr aufgebrochen seid!«

»Das sagst du.«

»Was meint Ihr?«

Der Zwerg lächelte. Bohems Zorn schien ihn nicht zu beeindrucken. »Was willst du tun, Bohem?«

»Was soll das heißen?«

»Was willst du jetzt tun?«

»Ich habe doch keine echte Wahl! Ich muss fliehen! Immer noch fliehen! Was sonst soll ich denn Eurer Meinung nach tun? Ich bin gezwungen, zu fliehen. Gezwungen dazu, weil ich der Sohn von Leuten bin, die was weiß ich was getan haben, in einem Land, das ich noch nicht einmal kenne! Der Sohn eines Königs! Ich! Ich empfinde Abscheu vor Königen! Ich habe Könige schon immer verabscheut!«

»Hm. Du hast meine Frage nicht beantwortet. Was *willst du* tun?«

»Ich verstehe nicht ...«

»Doch, Bohem. Du verstehst sehr gut. Ich frage dich, was in deinem Innersten liegt, da – ja, ich sehe es deinen Augen an. Du bist von etwas erfüllt, Bohem. Wie ...«

»Wie meine Mutter, nicht wahr?«

»Gleichgültig. Du bist von etwas erfüllt. Das sieht man. Hm. Sag mir, sag mir, was du wirklich tun willst, in deinem Innersten.«

Bohem stieß einen langen Seufzer aus. Er hatte keine Lust, darauf zu antworten. Er wusste sehr gut, was der Zwerg ihn sagen hören wollte. Aber er mochte nicht daran denken, nicht mit ihm, gerade mit ihm, darüber sprechen. Er betrachtete noch einmal den Ring in seiner Hand und das darauf eingravierte Symbol. Er fragte sich, wofür es stand. Das Herz, die Hände, die Krone ... Es rief ihm etwas ins Gedächtnis, was der Zwerg gesagt hatte: *Deine Mutter und dein Vater haben versucht, dieses*

Land mit Liebe zu regieren. Mit Liebe herrschen! Wie lächerlich! Niemand herrschte mit Liebe! Weder die Kirche noch die Könige! Und wo war die Liebe in dem Schicksal, das man ihm und all denen, die versucht hatten, ihm zu helfen, zugedacht hatte?

»Er ist schön, nicht wahr?«

»Wie bitte?«

»Dieser Ring. Er ist schön. Er hat einen langen Weg zurückgelegt, durchaus...«

»Vielleicht«, antwortete Bohem mit ruhigerer Stimme. Dann schob er den Ring in seine Tasche.

»Ich habe auch ein Geschenk für dich, Bohem.«

Der Zwerg wühlte in seinem Sack. Er zog ein kleines, gefaltetes Stück Stoff daraus hervor und schlug es vor Bohem auseinander. In der Mitte befand sich eine weiße Blume, die nie getrocknet war. Sie musste sich schon sehr lange dort befunden haben, aber sie wirkte noch immer frisch.

Der junge Mann betrachtete sie voller Neugier.

»Das ist eine Muscaria, Bohem. Eine Blüte des Lebensbaums. Es ist die letzte. Die letzte Muscaria. Sie ist sehr, sehr kostbar. Es wird nie mehr eine weitere geben, nirgendwo. Diese Blüte hat große Kräfte. Du musst sie aufbewahren.«

»Ich will sie nicht haben«, antwortete Bohem. »Wenn sie so kostbar ist, behaltet sie!«

Der Zwerg schnitt eine Grimasse. »Hör zu, Bohem, dass du deinen Eltern böse bist, ist deine Sache! Das ist dein gutes Recht. Du hast ein Recht darauf, nicht zu verstehen. Aber ich – ich habe dir nichts getan, soweit ich weiß! Abgesehen davon, dass ich dich befreit habe! Das Geringste, was du tun kannst, ist doch wohl, dich etwas dankbar zu erweisen und dieses Geschenk anzunehmen.«

Bohem biss sich auf die Lippen. Ja, das stimmte... Mjolln hatte recht. Er hatte kein Recht, die Wut, die er empfand, an ihm auszulassen. So unangenehm seine Enthüllungen auch für ihn gewesen waren, musste er sich dem Zwerg gegenüber doch dankbar zeigen. Mjolln hatte ihn immerhin gerade gerettet.

»Entschuldigung«, sagte er und nahm vorsichtig das Geschenk, das Mjolln ihm darbot.

»Verliere sie niemals, Bohem. Sie ist wirklich sehr kostbar, ja, wirklich kostbar! Sie kann dir das Leben retten – oder das Leben eines Menschen, den du liebst. Hm. Verliere sie niemals, und vergeude sie nicht! Das ist die allerletzte Muscaria, verstehst du? Wenn du eines Tages beschließt, sie zu verwenden, musst du dir sicher sein, denn es wird kein zweites Mal geben.«

Bohem war nicht ganz sicher, verstanden zu haben. Aber er wollte den Zwerg nicht verletzen. Sanft faltete er den Stoff wieder zusammen und wollte die Muscaria in seine Tasche schieben, wo er auch schon den Ring verstaut hatte...

»Warte!«, unterbrach ihn der Zwerg. »Du kannst den Ring und die Muscaria nicht einfach so in deiner Tasche lassen! Hier! Nimm diesen kleinen Beutel. Du kannst ihn um den Hals tragen, unter deinem Hemd, auf der Brust. Lege den Ring und die Blüte des Lebensbaums hinein, und nimm den Beutel niemals ab.«

Der junge Mann nickte; er begann sich zu beruhigen. Der Zorn war verflogen. Er wusste zumindest, dass es nichts nützen würde, an seiner Wut festzuhalten. Er hatte keine Wahl. Es ging überhaupt nicht darum, eine Wahl zu treffen, sondern darum, sich auf etwas einzulassen – und zu leben.

Er betrachtete den Zwerg, Mjolln Abbac, diesen Mann, der seine Eltern gekannt hatte und ihm sicher viel zu erzählen hatte, der durch die Welt gereist war, um ihn zu finden. Um *ihn* zu finden, Bohem, und nicht, um ihn gefangen zu nehmen und in einen Kerker zu sperren. Nein. Einfach nur, um mit ihm zu sprechen. Er begann zu verstehen, was der Zwerg ihm hatte sagen wollen. »*Ich bin gekommen, um dich zu befreien.*« Ja, vielleicht.

»Wie, sagtet Ihr, hieß meine Mutter?«

»Alea. Ihr Vorname war Alea. Aber sie ließ sich auch Kaliana nennen, die Tochter der Erde.«

Bohem nickte. Mjollns Blick war so offen, so tiefgründig und so voller Freundschaft. Es war keine geheuchelte Freundschaft, auch keine neue, sondern etwas ganz anderes. Eine feste Freundschaft, verankert in alten Zeiten. Wie nahe musste er Bohems Eltern gestanden haben! Seine Zuneigung zu ihnen musste sehr groß gewesen sein, wenn sie jetzt, lange nach ihrem Tod, noch immer aus seinen Augen leuchtete. Bohem musste eingestehen, dass das schön war, einfach schön, und dass Mjolln großherzig sein musste.

Deshalb entschloss er sich, endlich auf seine Frage zu antworten. Ehrlich.

»Mjolln, ich will die Nebel retten.«

Livain befahl General Goetta verärgert, sich zurückzuziehen.

Mit einem Fausthieb zertrümmerte er ein hölzernes Lineal, das auf seinem Schreibtisch lag, in zwei Teile. Es war eine Katastrophe!

Er war ein gewaltiges Risiko eingegangen, als er sein Heer nach Hohenstein geschickt hatte, aber da die Mission zu einem Fehlschlag geworden war, begriff er nun, was für eine Dummheit er damit begangen hatte. Nun war es viel zu spät, alles ungeschehen zu machen.

Wie hatte er sich nur so hinreißen lassen können? Wieder einmal! So war es ihm schon zu Beginn seiner Herrschaft ergangen, als er die Bistümer besetzt hatte. Schon damals war er von Leidenschaft geblendet gewesen und in seiner Sturheit in die Irre gegangen! Nur das Eingreifen Muths von Clartal hatte ihn damals aus der Bedrängnis gerettet. Doch Muth war heute nicht mehr da, und Pieter der Ehrwürdige arbeitete gegen ihn.

Die Rache Emmer Ginsterhaupts drohte fürchterlich zu werden – und gefährlich. Würde Livain sich verteidigen können? Hatte er vielleicht einen Krieg herausgefordert, den er nicht bewältigen konnte? Würde es ihm, wenn Emmer ihn angriff, gelingen, sich mit dem Königreich Kastel zu verbünden und die Hilfe des Vaters seiner Frau zu erhalten? Würde es wirklich so weit kommen? Was für ein Narr er doch war!

Und diese Helena – was für ein widerliches Weibsbild! Er war sicher, dass sie den jungen Mann beschützt hatte; das war offensichtlich. Sie hatte ihn beschützt und ihm zur Flucht verholfen, darüber konnte kein Zweifel bestehen. Gott allein wusste, wo Bohem sich mittlerweile befand! Es war undenkbar, die Garde noch einmal in die Lehensgebiete des Königs von Brittia zu schicken; sie konnte nicht mehr auf dieselbe Gleichgültigkeit wie zuvor vertrauen.

Das war vielleicht das Schlimmste überhaupt. Ja. Die schlechteste Nachricht war sicher nicht, dass ein Krieg auszubrechen drohte, sondern dass es ihm nicht gelungen war, diesen verfluchten jungen Mann in die Hände zu bekommen. Bohem.

Welcher Teufel schützte ihn? Wie konnte er so einfach dem König von Gallica entkommen? Und welche Geheimnisse mochte er der Herzogin von Quitenien anvertraut haben? Die beiden hatten sich nun vielleicht gegen Livain verbündet! Bohem hatte sich vielleicht bereit erklärt, seine Macht in die Dienste Helenas zu stellen. Das hatte Livain von Anfang an befürchtet. Es war sein schlimmster Albtraum...

Plötzlich klopfte es an der Tür.

Livain zögerte. Er mochte eigentlich niemanden sehen.

Er senkte den Blick. Seine rechte Hand blutete. Er hatte sich verletzt, als er auf den Schreibtisch geschlagen hatte.

»Wer ist da?«, rief er ärgerlich.

»Ich bin es, Majestät, Camilla.«

Der König seufzte. Camilla von Kastel. Seine Frau. Ihretwegen hatte all das hier begonnen! Sie war es gewesen, die seine Aufmerksamkeit auf die Geschichten über Bohem gelenkt hatte! Ja. Aber sie war es auch, die ihn gewarnt hatte, die ihm deutlich gemacht hatte, dass dieser junge Mann in die Hände der Feinde zu fallen drohte. Und sie hatte recht gehabt. Vielleicht hätte er häufiger und rascher auf sie hören sollen.

»Kommt herein!«, lud er sie ein und bemühte sich, seine Stimme ruhiger klingen zu lassen.

Er zog ein Taschentuch heraus und wischte sich das Blut von der Hand.

»Was wünscht Ihr, Camilla?«, fragte er und beobachtete, wie seine Frau das lange, düstere Zimmer betrat.

Sie war so schön! So jung! Aber er wusste inzwischen, dass sie nicht nur großartig aussah. Hinter ihren Zügen verbarg sich eine wahre Frau – eine machtbewusste Frau, entschlossen, begeisterungsfähig und gefährlich.

»Ich bin gerade General Goetta über den Weg gelaufen, mein Liebster«, sagte Camilla, nachdem sie sich neben ihren Mann gekniet hatte.

»Ihr wisst also, dass er versagt hat?«

»Goetta ist ein Narr, Majestät. Aber das ist nicht schlimm.«

»Wie – das ist nicht schlimm?«

Die junge Frau schenkte ihm ein breites Lächeln. »Ich habe eine Lösung für unser Problem gefunden, mein lieber Livain. Ich weiß, wie wir Bohem finden können. Ich habe da etwas gefunden ... Eine Geheimwaffe, die unfehlbar ist. Und wenn Ihr mir vertraut, wird Bohem Euch gehören.«

Sie hatten die ganze Nacht geredet. Die Sonne würde bald aufgehen. Sergeant Fredric schlief neben ihnen noch immer. Bohem war erschöpft. Aber es war keine körperliche Müdigkeit, kein Schlafmangel, das spürte er. Nein, er fühlte sich wie erschlagen, weil er zu glauben begann, was der Zwerg ihm alles erzählt hatte. Er begann nachzugeben oder vielmehr zu verstehen, all diese Dinge in seine Erinnerungen einzufügen, sie machtvoll in sein Leben eindringen zu lassen ... Es gelang ihm nicht, die tiefe Traurigkeit zu bezähmen, die sie in ihm erweckt hatten. Er hatte seine Eltern nie gekannt, doch binnen einer einzigen Nacht hatte er gesehen, wie sie geboren wurden, lebten und starben. Es war, als ob man vor seinen Augen all die idyllischen Vorstellungen, die er sich über Jahre hinweg zurechtgelegt hatte, geopfert hätte. Sie waren verschwommen gewesen, vage genug, um nicht zu viel daran zu denken ... Nun waren die Bilder aber leider sehr deutlich geworden – und sehr traurig.

»Bohem, ich möchte dir helfen. Um der Nebel willen!«

»Wie bitte?«, murmelte Bohem, als ob er aus dem Schlaf hochschreckte.

»Hm. Ich will dir helfen, die Nebel zu retten.«

Der junge Mann runzelte die Stirn. »Das ist alles, was Ihr mir zu sagen habt? Ihr glaubt wirklich, dass es das ist, woran ich jetzt gerade denke?«

Der Zwerg musste lächeln. Er wollte freundlich sein, aber

der junge Mann machte es ihm nicht gerade einfach. »Hast du vielleicht etwas Besseres zu tun? Das glaube ich nicht. Ich glaube, dass du das tun musst, worauf du Lust hast. Du musst auf dieses Bedürfnis vertrauen, wenn es das ist, was du in deinem Innersten trägst. So gehe ich jedenfalls vor. Schon seit langer Zeit.«

Der Zwerg strich sich über den Bart. »Wenn du wüsstest, wie alt ich bin«, fuhr er fort und verzog dabei das Gesicht, »dann hättest du wohl etwas mehr Respekt vor mir...«

»Wirklich? Und wie alt seid Ihr?«

»Du würdest mir doch nicht glauben! Ich habe ohnehin schon vor langer Zeit aufgehört, die Jahre zu zählen. Komm. Sag mir, was ich tun kann, um dir zu helfen, die Nebel zu retten.«

Bohem schnaufte. Der Zwerg war wahrhaftig ein Narr. Aber ein Narr, den er zu schätzen begann. Er dachte nach; dann wandte er sich erneut Mjolln zu.

»Könnt Ihr lesen?«

»Bohem! Ich bin ein Barde! Hm. Ich kann lesen, ich kann schreiben, und ich kann natürlich auch Musik spielen!«

»Na, umso besser! Ihr wollt mir helfen? Los, dann lest dieses Buch, und sagt mir, wo sich das Einhorn aufhält«, sagte er und zog das *Bestiarium* aus seinem Beutel.

»Das Einhorn?«, erwiderte Mjolln und nahm Bohem das Buch aus der Hand. »Aber ich muss doch nicht dein Buch lesen, um dir zu sagen, wo es sich aufhält!«

»Ihr wisst, wo das Einhorn ist?«

»Natürlich«, antwortete der Sackpfeifer mit gespieltem Tadel.

»Wo?«

Der Zwerg zögerte.

»Los!«, drängte Bohem. »Ich dachte, Ihr wollt mir helfen?«

»Wenn ich dir sage, wo sich das Einhorn befindet, versprichst du mir dann, dass ich dich begleiten darf?«

Bohem zuckte mit den Schultern. »Wisst Ihr, ich habe keine Lust, ganz allein dorthin zu reisen!«

»Sehr gut! Und er?«

Bohem drehte sich um. Der Milize schlief noch immer.

»Er?«, wiederholte Bohem. »Ich weiß nicht. Glaubt Ihr, dass wir ihm trauen können?«

»Indem man den Leuten vertraut, verwandelt man sie manchmal. Man hilft ihnen, einen rechtschaffeneren Weg einzuschlagen.«

»Glaubt Ihr?«

»Ja. Wenigstens hat deine Mutter mich gezwungen, daran zu glauben ... Und abgesehen davon siehst du mir nicht nach einem furchteinflößenden Krieger aus! Ich möchte nicht gern der Einzige sein, der kämpfen muss, wenn wir angegriffen werden. Er könnte uns eine große Hilfe sein.«

»Ich kann lernen, mich zu verteidigen ...«

»In einer Nacht? Das glaube ich nicht! Und wenn du es lernen willst, benötigst du einen guten Lehrer. Hm, machen wir ihm den Vorschlag, mit uns zu kommen. Wir werden ja sehen! Ich möchte ihm gern vertrauen.«

»Einverstanden«, antwortete der junge Mann endlich. »Und wohin gehen wir?«

Der Zwerg lächelte. Er reichte Bohem das *Bestiarium* zurück. »In den Wald von Roazhon!«

»Ihr seid der Erste, der mit einem Nebel zurückkehrt, mein lieber Bastian! Herzlichen Glückwunsch! Ihr seid noch immer der beste Wolfsjäger der Gegend ...«

Der Bürgermeister von Roazhon war dabei, dem Wolfsjäger die Prämie vorzuzählen, die er ihm auszahlen musste: das Doppelte dessen, was ein Lindwurm gewöhnlich wert war. Es war eine Menge Geld.

»Hat kein anderer einen gefunden?«, fragte Bastian erstaunt.

»Nein, Ihr seid der Einzige! Aber alle sind ausgezogen, glaubt mir! Ihr seid im ganzen fünfzehn rings um Roazhon. Es sind wohl nicht mehr viele Nebel in der ganzen Gegend übrig...«

Bastian nickte langsam. Nein. Es waren nicht mehr viele, daran konnte kein Zweifel bestehen. Und das war eine fürchterliche Neuigkeit. Er hatte es schon lange begriffen.

Bald würde die Gegend endgültig frei von Nebeln sein – und frei von Wolfsjägern.

Dennoch war er sich sicher, dass es einen Ort gab, an dem noch ein Nebel übrig war... Und nicht irgendeiner! Die Königin der Nebel, das Einhorn. Sie war noch immer da. Niemand hatte sie je gefunden. Der Legende nach lebte sie versteckt im Herzen des Walds von Roazhon, nicht einzufangen, fast unsichtbar... Niemand war jemals in ihre Nähe gekommen, aber sie war da, davon war er überzeugt. Er hatte diesen dunklen Wald oft für lange Zeit durchstreift und war eines Tages, einige Jahre zuvor, auf Spuren gestoßen, die ihn nicht getäuscht hatten. Hufabdrücke, die nur von einem Tier stammen konnten: vom Einhorn. Er hatte nie jemandem etwas davon erzählt. Niemals. Vielleicht war er nicht der Einzige, der diese Spuren gesehen hatte, aber er hatte das Geheimnis für sich behalten. Er hatte sich damals schon gesagt, dass er eines Tages keine andere Wahl mehr haben würde, als genau diesen Nebel zu jagen.

Er dachte nach. Die Prämien waren verdoppelt worden. Alle Prämien. Und die Prämie, die der König auf das Einhorn ausgesetzt hatte, war an sich schon gewaltig, zehnmal so hoch wie jede andere Prämie. Wenn diese besondere Prämie auch verdoppelt wurde, würde sie eine bedeutende Summe darstellen. Eine Summe, die so hoch war, dass er nie mehr in Geldnöten sein würde. Genug, um ein ganzes Leben und vielleicht sogar mehrere davon zu leben, ohne jemals wieder auf die Jagd gehen zu müssen.

Ja. Aber er hatte es schon versucht. Und er hatte nie Erfolg gehabt. Alle Nebel waren schwierig zu erlegen, aber dieser besondere war der allerschlimmste. Das wusste er. Hatte er eine Wahl? Wie lange würde er noch andere Nebel jagen können? Und was, wenn es überhaupt nur noch einen einzigen gab? Vielleicht war es das Beste, wenn er von jetzt an nach dem Einhorn suchte. Er war immerhin der beste Wolfsjäger. Er würde sicher der Erste sein! Irgendwann musste ein Wolfsjäger schließlich das Einhorn stellen – und das würde er sein. Das *musste* er sein. Denn danach würde er sich keine Gedanken mehr über das Verschwinden der Nebel machen müssen. Er würde sich einfach in das Haus seines Vaters zurückziehen und ein friedliches Leben führen können, fern von allen Menschen, fernab der Heuchelei der Städte.

Ja. Er musste sich dazu entschließen. Er musste jetzt aufbrechen, um das Einhorn zu jagen. Das war die beste Lösung. Vielleicht sogar die einzige.

Er verabschiedete sich von dem Bürgermeister und brach unverzüglich wieder in den Wald von Roazhon auf.

»Berg-Bardens Männer kommen!« Sergeant Fredric kehrte im Laufschritt auf die kleine Lichtung zurück.

Mjolln und Bohem sprangen auf.

Sie hatten den Milizen nicht lange bitten müssen, sie zu begleiten, da er das selbst mit großer Überzeugung vorgeschlagen hatte. Er glaubte, in ihrer Schuld zu stehen. In der Mjollns, der sie befreit hatte, und in der Bohems, der Mjolln gesagt hatte, dass der Sergeant es ohne Zweifel verdiente, ebenfalls gerettet zu werden. Er wollte ihnen beweisen, dass sie das Richtige getan hatten. Denn er wollte am Rest der Welt Rache nehmen. Berg-Barden, die Milizen, sogar die königliche Garde... Alle widerten sie ihn an! Nach all den Jahren, die er im Ritterorden der Miliz verbracht hatte, war ihm, als hätte sich plötzlich ein Schleier gehoben – als sei die Wahrheit ihm über Nacht in den Schatten eines Kerkers erschienen.

Doch im Augenblick kam es nur darauf an, zu entkommen und nicht zuzulassen, dass die Milizen sie wieder gefangen nahmen. Das würde nicht so einfach sein, denn Bohem und seine Gefährten waren anders als die Milizen zu Fuß unterwegs.

Fredric sammelte all ihr Gepäck auf, streifte seinen Schwertgürtel über, den er am Vorabend abgelegt hatte, warf einen Blick nach Westen, um zu sehen, wo der Wald sich am besten für ihre Flucht anbot, und bedeutete dann den anderen, ihm zu folgen.

»Wartet!«, hielt Bohem ihn auf.

Die beiden anderen sahen den jungen Mann neugierig an. Er wirkte seltsam, beinahe abwesend, gedankenverloren...

Ich muss es wieder tun. Ja. Diesmal weiß ich, was ich tue. Es muss mir gelingen. Ich weiß, dass ich es kann. Ich muss nur daran glauben, mehr brauche ich nicht zu tun. An mich selbst glauben.

»Wartet«, wiederholte er, als erwache er aus einem Traum. »Ich werde Zauberpferde rufen.«

»Wie bitte?«, entgegnete Fredric verwirrt.

»Psst! Lasst mich machen, vertraut mir, bitte!«

Mjolln nickte und ergriff den Milizen am Arm, als wolle er ihn zurückhalten und beruhigen.

Unter dem verschwörerischen Blick des Sackpfeifers ließ Bohem sich auf die Knie fallen. Wie er es auch beim ersten Mal getan hatte, grub er seine Hände in den Waldboden. Er schloss die Augen, atmete tief ein und ließ Leere in seinen Geist einkehren. Er ließ sich von der Stille der Natur tragen, vom Lied des Waldes. Und er rief.

Mein Name ist Bohem. Ich bin... Ich bin der Sohn Aleas, der Tochter der Erde.

Ich bin derjenige, der zu euch kommt. Der auf euch hört. Der auf die Steine, die Bäume, die Nebel hört. Also hört eurerseits auch auf mich. Hört auf mich, Zauberpferde, wie ihr beim ersten Mal auf mich gehört habt. Ich rufe euch zu mir. Denn ich brauche euch. Ich brauche euch, hört auf mich.

Seine Hände krümmten sich unter dem Teppich aus Blättern ins Erdreich. Er versuchte, eins mit der Erde zu sein. Selbst Blatt zu werden. Baum.

Das Blut, das durch meine Adern fließt, ist der Saft des Waldes. Der Lebenssaft der Nebel. Ich spüre euch in meinem Innern. Ich bin wie ihr. Die Menschen jagen mich, ich bin immer auf der Flucht und bereit, zu sterben, um meine Freiheit zu verteidigen. Eure. Unsere. Also hört auf mich.

Langsam öffnete er wieder die Augen und hob den Kopf zu seinen beiden Gefährten. Sie sahen ihn reglos an.

Er stand auf und lächelte. »Sie kommen!«

»Ich danke Euch dafür, dass Ihr so rasch meinem Ruf gefolgt seid«, sagte Emmer Ginsterhaupt feierlich und erhob sich am Kopf des großen Tisches aus Kirschbaumholz.

Alle gallicischen Barone des Königs von Brittia waren im großen Saal von Hohenstein versammelt, am selben Ort, wo General Goetta Helena und ihre Untertanen einige Tage zuvor festgehalten hatte, als er in den Herzogspalast eingedrungen war.

Alle waren da: Helena und ihre Ratgeber, ihr Geschützmeister Valerian, der Vogt, Emmers Berater und Vertreter all seiner Lehen. Natürlich waren auch die beiden wichtigsten dem Ruf gefolgt, Willem VII. der Alte, Graf von Arvert, und Oso II., Herzog von Breizh. Ihre Unterstützung würde entscheidend sein.

Alle hatten den Blick auf den König gerichtet. Sie schwiegen und musterten sein blondes Engelsgesicht, hinter dem ein Zorn tobte, der alles andere als unschuldig war.

»Ihr wisst ohne Zweifel, was letzte Woche hier geschehen ist. Ihr seid sicher auch über die Lage unterrichtet, in die meine Frau Helena, Königin von Brittia und Herzogin von Quitenien, in diesem Palast hier gebracht worden ist. Ich denke, es ist unnötig, dass ich Euch die Tatsachen ins Gedächtnis rufe. Sie sind derart unwürdig und unerfreulich, dass – davon bin ich überzeugt – keiner von Euch auch nur die geringste Kleinigkeit vergessen hat. Ich habe Euch also zu mir gerufen, da ich beschlossen habe, Krieg gegen den König von Gallica zu führen.«

Es gab einiges erstauntes Gemurmel in der Versammlung. Alle wussten, dass die Lage ernst war, aber sie hatten wohl nicht damit gerechnet, dass Emmer sich so schnell zum Krieg entschließen würde.

Helena von Quitenien selbst fühlte sich unbehaglich. Sie war alles andere als kriegslüstern, aber sie konnte sich Emmer nicht entgegenstellen, jedenfalls nicht in aller Öffentlichkeit. Obwohl sie eine selbstständige und für ihre Freimütigkeit berühmte Frau war, glaubte sie, dass es ihr nicht zustand, so direkt in diese Sache einzugreifen. Die Kränkung, die Livain ihnen zugefügt hatte, war schwerwiegend, und er hatte – so hoffte sie zumindest – in vollem Bewusstsein der möglichen Folgen eines solchen Angriffs gehandelt. Was auch immer sie vom Krieg und seiner Sinnlosigkeit halten mochte, sie musste es Emmer überlassen, seine Herrschaft auszuüben.

Ich habe mich darauf eingelassen, zum zweiten Mal einen König zu heiraten. Ich muss die Konsequenzen hinnehmen. Es wird Kriege und Konflikte geben. Ich kann nicht gegen etwas Unvermeidliches aufbegehren. Ich hoffe nur, dass all das hier nicht ausarten wird. Emmer muss Livain auf eine Weise bestrafen, die nicht die Sicherheit dieses Landes gefährdet. Sein Gleichgewicht ist so zerbrechlich!

»Majestät«, wagte sich Willem VII. vor, nachdem in der Versammlung lange Schweigen geherrscht hatte, »können wir Livains Angriff, so verachtenswert er auch gewesen sein mag, nicht anders beantworten? Ist ein Krieg wirklich wünschenswert?«

»Ein Krieg ist niemals wünschenswert, Graf. Aber er ist manchmal nicht zu vermeiden.«

»Ist er jetzt nicht zu vermeiden?«, beharrte Willem.

Der Graf von Arvert ist derjenige hier, dessen Ländereien mehr als die jedes anderen von denen Livains umgeben sind. Sie liegen zwischen Tolosa, Burgon, Riven und der Krondomäne. Sie würden sich gleich im Mittelpunkt des Krieges befinden, wenn er denn ausbrechen sollte. Nach allen Seiten hin ungeschützt... Und Willems Untertanen fühlen sich Livain näher als die unseren. Willem ist sicher derjenige, der diesen Krieg am wenigsten wünscht. Deshalb will Emmer unter allen Umständen seine Unterstützung. Denn wenn Willem nachgibt, wird auch sonst niemand mehr wagen, zu widersprechen.

»Wie sonst könnten wir eine derart schamlose und brutale Aggression beantworten?«, fragte der König.

»Wir könnten andere Druckmittel ins Auge fassen... Der König von Gallica hat kein einziges Lehen, das an den Ozean grenzt. Die wichtigsten Handelswege führen durch Eure Gebiete, Majestät. Warum halten wir also nicht zum Beispiel alle Schiffe fest, die in unseren Häfen anlegen und mit Gallica Handel treiben?«

Emmer wird sich niemals auf solche Maßnahmen einlassen. Er will eine exemplarische, abschreckende Antwort erteilen. Er will Livain gewiss demütigen, denn es muss ihn gedemütigt haben, dass ich auf diese Weise bedrängt wurde. Von meinem früheren Ehemann. Das ist Männersache. Um ihre Streitigkeiten auszutragen, kämpfen Männer immer gern...

»Es ist nicht mein Ziel, die Bewohner von Gallica in Armut oder in eine Hungersnot zu stürzen, Willem. Ich will den König selbst treffen. Sein Heer, ihn selbst und seine Macht.«

Ihn selbst? Er will doch nicht etwa Livain töten? Nein. Emmer ist noch jung. Er lässt sich von seiner eigenen Rede hinreißen...

»Bei allem Respekt, Majestät... Ich denke, dass es selbstmörderisch wäre, einen Krieg mit einem so nahen Nachbarn zu beginnen! Bis auf das Herzogtum Breizh und die Grafschaft Steinlanden grenzt kein einziges Eurer Lehen in Gallica nicht direkt an Livains Lehensgebiete. Wir werden von allen Seiten angegriffen werden.«

Er will andeuten, dass Emmer selbst sich im schlimmsten Fall ins Königreich Brittia, fern der Front, zurückziehen kann. Aber das ist nicht Emmers Art. Dennoch hat Willem nicht völlig unrecht. Es ist wahr, dass er allem mehr ausgeliefert ist als die anderen. Und der Herzog von Breizh sagt nichts! Natürlich nicht. Er ist der Einzige im ganzen Land, dessen Lehen keine gemeinsame Grenze mit den Ländereien Livains hat.

»Ich erinnere daran, dass ich Herzog von Northia bin«, erwiderte der König, der auch verstanden hatte, zwischen den Zeilen zu lesen. »Und ich erinnere ferner daran, dass dieses Lehen an die Krondomäne grenzt. Ich fürchte mich nicht davor, diesen Frontalangriff selbst anzuführen. Die Ehre meiner Frau ist zum Gespött gemacht worden!«

Er bedient sich meiner, um seine Entscheidung zu rechtfertigen. Aber ich glaube, dass vor allem seine eigene Ehre auf dem Spiel steht. Meine ist unverletzt. Livain hat sich in dieser Angelegenheit selbst lächerlich gemacht.

»Können wir sicher sein, diesen Krieg zu gewinnen?«, mischte sich der Geschützmeister Helenas von Quitenien ein. »Das Heer des Königs von Gallica ist stark, und Livain hat gerade erst die Tochter des Königs von Kastel geheiratet. Wollen wir uns den wirklich zum Feind machen?«

Valerian weiß, dass ich diesen Krieg nicht möchte, aber dass ich nicht direkt ins Gespräch eingreifen will. Er mischt sich daher an meiner Stelle ein. Ich wusste, dass ich auf ihn würde zählen können! Er war schon immer ein treuer und umsichtiger Ratgeber.

»Wir können den König von Kastel wissen lassen, dass dies nur eine Vergeltungsmaßnahme für Livains Angriff ist und dass wir nicht das Königreich Gallica als solches angreifen, mit dem er jetzt in der Tat verbündet ist.«

»Majestät, seine Tochter ist die Gemahlin des Königs von Gallica. Wenn wir Livain angreifen, wird ihr Vater auch sie für gefährdet halten...«

»Er würde es dennoch nicht wagen, Quitenien zu durchqueren, um der Armee Livains zu Hilfe zu eilen!«

»Er könnte durch Tolosa ziehen.«

»Dann müssen wir Tolosa mit einbinden«, schlug Emmer vor.

»Aber Tolosa ist ein Lehen Livains! Der Graf von Tolosa

wird sich nie und nimmer darauf einlassen, gegen Livain Krieg zu führen. Außerdem wird er im kommenden Monat Livains Schwester heiraten!«

»Was macht das schon!«, gab Emmer zurück. »Er hat mit Livain noch eine alte Rechnung offen, und ich bin sicher, dass Redhan V. trotz dieser Verbindung mit seiner Schwester darauf brennt, sich am König von Gallica zu rächen.«

»Das ist wahr«, warf der Herzog von Breizh ein. »Außerdem hat sich die Grafschaft Tolosa der Krone gegenüber stets sehr zurückhaltend gezeigt.«

Na bitte. Wie ich es vorausgeahnt habe, stellt Oso sich auf Emmers Seite. Dieser Konflikt bedroht ihn nicht direkt, also unterstützt er meinen Mann. Für ihn ist das ja auch einfach…

»In der Tat!«, betonte Emmer. »Dort unten gibt es auch ein Nest von Widerständlern, die Unabhängigkeitsbestrebungen verfolgen und sicher entzückt wären, Livain loszuwerden!«

Niemand antwortete. Der König war ohnehin so entschlossen, dass sie alle wussten, wie sinnlos jeder Versuch sein würde, ihn umzustimmen. Aber er musste sich ihre Unterstützung sichern und verfügte noch nicht wirklich darüber. Allerdings bot die Grafschaft Tolosa wenn auch nicht das entscheidende, so doch ein wichtiges Argument.

»Hört, meine lieben Barone«, fuhr Emmer in beschwichtigendem Tonfall fort, »ich weiß, dass es zu früh ist, eine endgültige Entscheidung zu fällen. Ich will dennoch, dass Ihr wisst, dass ich in jedem Fall kraftvoll auf diesen Angriff Livains, der nicht ungestraft bleiben darf, antworten werde. Aber ich schlage Euch vor, dass wir uns nach einiger Zeit noch einmal treffen. In der Zwischenzeit werde ich die Unterstützung der Grafschaft Tolosa gewinnen, sodass wir in einer stärkeren Position sind.«

Er hat seine Entscheidung schon getroffen. Er macht sie glauben, dass sie von Redhans Unterstützung abhängt, aber in Wirklichkeit sind die Würfel schon gefallen. Mein neuer Mann wird den, der mich verstoßen hat, angreifen. Ich muss einen Weg finden, das zu verhindern.

Wie sie es auch beim ersten Mal getan hatten, trugen die Zauberpferde sie ohne Pause bis an den Waldrand. Sie legten die Strecke in wenigen lautlosen Galoppsprüngen zurück und vereinigten sich mit der Luft; ihre Mähnen flatterten im Wind. Die Flüchtigen hätten diese großartigen Pferde, die schnell und kräftig waren, gern bis ans Ziel ihrer Reise mitgenommen, doch die Nebel konnten sich nicht dem Licht der Welt aussetzen. Sie kehrten in den Schutz der großen Eichen zurück; ihre anmutigen weißen Gestalten verschwanden in den Schatten wie eine Erinnerung im Vergessen.

Bohem, Mjolln und Sergeant Fredric mussten ihren Weg zu Fuß fortsetzen. Sie liefen den ganzen Abend lang durch die Ebene und vergaßen dabei ihre Müdigkeit und ihren Hunger, so froh waren sie, die Freiheit wiedergewonnen zu haben – und so besorgt, dass sie sie wieder verlieren könnten. Sie hofften, dass ihr Vorsprung vor den Rittern der Miliz Christi groß genug war, um irgendein Dorf zu erreichen und die Pferde, die sie so dringend brauchten, aufzutreiben, bevor sie wieder gefangen genommen werden konnten.

Mjollns Kräfte erlahmten trotz seines hohen Alters und seiner geringen Körpergröße nicht. Er lief beinahe so schnell wie die beiden anderen und schien niemals müde zu werden.

Kurz vor der Abenddämmerung kamen sie in Sichtweite eines für die Grafschaft Steinlanden typischen kleinen Dorfs. Sie machten oberhalb davon halt, um ein wenig zu Atem zu kommen.

»Bohem, ich denke nicht, dass es klug wäre, wenn du das Dorf betreten würdest«, gab Sergeant Fredric zu bedenken. »Ich glaube zwar nicht, dass hier nach dir gesucht wird, aber es ist unnötig, das Risiko einzugehen. Einer von uns reicht aus, um Pferde kaufen zu gehen...«

»Pferde *kaufen*?«, gab Bohem zurück. »Mit welchem Geld?«

»Geld, nun ja, das habe ich!«, warf Mjolln ein. »Für Pferde und für eine gute Herberge!«

»Nein, Mjolln, wir dürfen nicht riskieren, dass Bohem erkannt wird...«

»Hm. Ich verstehe. Also nur die Pferde? Ich kann aber trotzdem eine gute Hammelkeule kaufen, nicht wahr?«

Der Milize lächelte. »Ja, natürlich. Was immer Ihr wollt! Bohem? Wartest du hier auf uns? Ich kann Herrn Abbac nicht ganz allein drei Pferde kaufen gehen lassen.«

»Natürlich«, antwortete der Wolfsjäger. »Ich werde in der Zwischenzeit unser Lager vorbereiten. Ein Feuer und drei Schlafstellen.«

Dank der Schnelligkeit der Zauberpferde waren die Milizen sicher noch so weit von ihnen entfernt, dass sie es sich gestatten konnten, ein Feuer anzuzünden. Bohem war auch mit der Aussicht auf eine gute Mahlzeit ganz einverstanden, nachdem sie von den Milizen Christi so erbärmlich behandelt worden waren.

Der Milize und der Sackpfeifer brachen also ins Dorf auf, während Bohem Holz sammeln ging.

Die Nacht war schon weit fortgeschritten, als Mjolln und Fredric mit zwei Pferden, einem Pony, einem Schwert für Bohem und genug Essen, um fünf oder sechs Leute zu verpflegen, zurückkehrten. Allerdings stellte der junge Mann schnell fest, dass Mjolln in dieser Hinsicht für drei zählte. Es war nichts mehr übrig, als das Feuer zu verlöschen begann.

»Sag mal, Bohem«, begann Sergeant Fredric gegen Ende der Mahlzeit, »eine Frage treibt mich um, seit wir den Wald verlassen haben...«

»Ja?«

Der ehemalige Milize wirkte verlegen. Er hatte nur Bruchstücke des langen Gesprächs zwischen Mjolln und Bohem gehört, und er war nicht sicher, dass er verstand, was vorging. Er war mittlerweile überzeugt, dass der junge Mann nicht der Ketzer war, für den Berg-Barden ihn ausgab, alles andere als das, aber es gab dennoch einige seltsame Dinge, die ihm nicht ganz klar waren. Er wollte nicht aufdringlich wirken und ahnte, dass es ihm auch nicht zustand, Rechenschaft von Bohem zu fordern, aber er musste diese Frage einfach stellen.

»Die... Die Zauberpferde...«

»Ja?«

»Seid ihr uns im Wald südlich von Hohenstein auch auf diese Weise entkommen?«

Der Wolfsjäger lächelte. »Ah! Natürlich, Ihr wart damals einer von unseren Verfolgern. Ja, Sergeant.«

»Nenn mich bitte nicht länger ›Sergeant‹.«

»Entschuldigung. Ja, Fredric. Auf die Weise sind wir beim ersten Mal entkommen, meine Freunde und ich.«

»Deine Freunde?«, staunte Mjolln. »Wer sind sie, und wo sind sie jetzt?«

Das Lächeln erstarb sofort auf Bohems Gesicht. Es war ihm bisher gelungen, nicht zu viel daran zu denken... Aber das konnte Mjolln ja nicht wissen.

»Ich bin Viviane, einige Tage nachdem ich aus meinem Dorf geflohen war, begegnet... Ich habe ihr geholfen, als sie auf einer Landstraße in Tolosa von Räubern überfallen worden war. Wir sind Freunde geworden.«

»Freunde?«, hakte Mjolln nach, der in den Herzen zu lesen verstand.

»Ja«, antwortete Bohem, doch diesmal lächelte er. »Sehr gute Freunde. Ich habe später erfahren, dass sie die Nichte der Herzogin von Quitenien ist! Ich muss zugeben, dass mich das etwas ... verwirrt hat.«

»Ach, wirklich?«, spottete Mjolln. »Hm. Na, dann möchte ich einmal ihr Gesicht sehen, wenn ich ihr sage, wer deine Eltern sind.«

Der Zwerg begann zu lachen, und Bohem beschränkte sich darauf, den Blick zum Himmel zu wenden. Fredric seinerseits war nicht ganz sicher, ob er richtig verstand ...

»Und dann ist da Fidelis La Rochelle. Er ist Handwerksgeselle, ein angehender Schmied. Die Gesellen haben mir mehrfach geholfen, seit ich mein Dorf verlassen habe. Sie haben uns bei unserer Flucht geholfen ...«

»... aus Sarlac«, ergänzte Fredric an Bohems Stelle mit ernster Stimme.

Der Name dieser Stadt war für beide mit einer traurigen Erinnerung verbunden. Damals waren sie noch Feinde gewesen, doch letztendlich waren es die Geschehnisse in Sarlac, die ihnen erlaubt hatten, einander zu begegnen. Der Mord an der Mutter war das Ereignis, das Fredric dazu getrieben hatte, sich gegen den Großmeister aufzulehnen, und dank dieser Auflehnung hatte er sich im Kerker neben Bohem wiedergefunden.

»Hm. Und wo sind die beiden jetzt?«

»In Hohenstein«, erklärte Bohem. »Wir werden sie besuchen, wenn wir das Einhorn erst gefunden haben.«

»Ah, gerne! Ich würde mich freuen, deine Freunde kennenzulernen, Bohem, und vor allem muss ich natürlich noch immer die Herzogin aufsuchen. Ich habe ihr ja versprochen, an ihren Hof zu kommen, und, hm, wie es scheint, gibt es dort die besten Dichter Gallicas...«

»Das ist wahr«, antwortete Bohem, und in seiner Stimme lag so etwas wie Stolz, als ob er sich Vivianes Leidenschaft zu eigen gemacht hätte. »Das ist wahr«, wiederholte er.

»Sehr gut. Lasst uns jetzt schlafen. Morgen müssen wir weiter, und der Weg nach Roazhon ist noch weit.«

Ich bin in der Welt von Djar.

Die Nebel sind nicht mehr hier. Mjolln ist auch nicht mehr hier. Ich bin allein. Und ich weiß warum. Ich weiß, warum die Nebel nicht bei mir sind, warum sie nicht auch hierhergekommen sind.

Weil er da ist, hinter mir. Er. Der Mann mit den zwei Gesichtern. Er ist hier. Der Wilde Mann.

Ich hätte nicht herkommen dürfen. Aber habe ich wirklich eine Wahl? Bin wirklich ich es, der beschlossen hat, herzukommen? Es gelingt mir nicht, mich dem zu verschließen. Man könnte fast sagen, dass er es ist, der mich herzieht, der mich zwingt, herzukommen. Wenn ich schlafe, nutzt er das aus, denn dann leistet mein Bewusstsein keinen Widerstand.

So zieht er mich dann hierher, in die Welt von Djar.

Ich darf mich nicht umdrehen. Ich darf ihn nicht ansehen. Nicht die beiden Gesichter ansehen, die in die Vergangenheit und die Zukunft blicken.

»Du bist gezwungen, mich anzusehen.«

Er spricht mit mir. Aber ich will ihn nicht anhören.

»Du bist gezwungen, mich anzuhören.«

Nein. Ich bin nicht gezwungen. Ich habe Mjolln die ersten Male, die er mit mir gesprochen hat, auch nicht gehört. Weil ich nicht wusste, wie. Ich muss diesen Zustand wiederfinden, diese

Unschuld. Den Zustand, in dem ich nicht hören kann. Ich muss lernen, ihn wissentlich herbeizuführen.

»Das kannst du nicht mehr, Bohem. Mittlerweile weißt du zu viel. Du musst mich beachten, denn ich bin hier. Ich war es von Anfang an. Und du fliehst immer noch vor mir. Ich war da, auf dem Hügel von Prade, als du erst dreizehn Jahre alt warst, in der Johannisnacht. Ich habe dich diesen Nebel retten sehen, Bohem. Ich war da. Hast du mich denn nicht gesehen? Du hast mich da schon nicht beachtet!

Ich war auch da, als meine Aishaner dein Dorf niedergebrannt haben, wieder an derselben Stelle. Und ich habe dich fliehen sehen, mein Lieber. Ich habe dich bei deiner Flucht beobachtet. Jedes Mal, wenn du hierhergekommen bist, war ich auch hier. Ich habe deine Rufe gehört. Ich habe dich mit dem alten Barden sprechen hören, dem Zwerg, der aus dem Norden kommt, dem, der deine Mutter Alea kannte. Auch ich habe sie gekannt. Aber sie hat es wie du gemacht, Bohem – sie hat mich nicht beachtet. Sie hat mich nicht angesehen. Jetzt kann ich nicht mehr im Schatten bleiben. Weil ich sterbe. Auch ich. Wie die Nebel. Ich sterbe jeden Tag ein bisschen mehr, ihretwegen. Wegen deiner Mutter! Also kann ich nicht länger im Schatten bleiben. Ich muss das zurückholen, was ihr uns gestohlen habt. Ihr. Samildanach. Ihr habt uns den Saiman gestohlen, und es ist der Saiman, der uns am Leben hielt. Der die Nebel am Leben hielt. Der auch mich am Leben hielt. Ich kann nicht sterben. Komm, dreh dich um. Sieh mir ins Gesicht. Ich bin derjenige, für den du sterben wirst, Bohem. Glaub mir. Ich sehe die Vergangenheit, und ich sehe die Zukunft. Ich bin der Seher. Man nennt mich Lailoken. Du hast sicher schon von mir gehört. In den Geschichten, die man sich bei dir zu Hause erzählt. Ich bin der Wilde Mann. Ich bin es, der dich töten wird, Bohem, und du bist es, der mir das Leben zu-

rückgeben wird. Also dreh dich um. Bring den Mut auf, deinem Tod ins Gesicht zu sehen!«

Nein. Ich drehe mich nicht um. Ich werde mich nicht umdrehen. Mein Tod interessiert mich nicht, Wilder Mann. Wie meine Mutter werde ich dich weiterhin nicht beachten. Der Tod interessiert mich nicht.

Was mich interessiert, ist das Leben.

Das Leben.

Sie waren schon vier Tage unterwegs und ritten jeweils den ganzen Tag lang durch die Ebene. Sie machten fern von den Städten halt, schliefen wenig und bemühten sich, ihre Spuren zu verwischen, so gut sie konnten. Aber die Ritter Christi holten auf.

Während Mjolln ein immer gleichermaßen reichliches Essen zubereitete, gab der ehemalige Sergeant Bohem jeden Abend Unterricht darin, zu kämpfen... oder sich zumindest zu verteidigen, mit dem Schwert, das sie für ihn gekauft hatten, aber auch mit einem einfachen Stock, einem Dolch oder seinen Fäusten. Fredric brachte ihm die Kunst des Ausweichens ebenso wie die des Angriffs bei. Als Bohem eines Abends in einem schwierigen Übungskampf siegte, war Fredric ziemlich erstaunt.

»Ich habe noch nie jemanden so schnell lernen sehen, Bohem.« Damit wiederholte er fast genau das, was die Wandergesellen zu dem jungen Mann gesagt hatten, als er unter ihren staunenden Augen den Stein behauen hatte. »Hast du so etwas schon einmal gemacht?«

»Nein«, antwortete Bohem, »wirklich nicht! Ich verabscheue es, zu kämpfen. Ich kämpfe niemals. Ich... Ich glaube nicht ans Kämpfen.«

Der ehemalige Milize musste lachen. »Was willst du damit sagen?«

»Ich weiß nicht. Ich glaube nicht ans Kämpfen, das ist alles. Ich glaube, dass es fast immer eine andere Lösung gibt.«

»Fast...«

»Bis heute hatte ich nie einen Grund, zu kämpfen. Die Leute kämpfen für ihr Land. Mein Land ist mir gleichgültig. Ich bin nicht auf irgendeinen Boden stolz! Ich glaube nicht, dass der Boden uns gehört. Es ist eher umgekehrt... Und wenn sie nicht für ihr kleines Stück Land kämpfen, dann kämpfen die Menschen für ihren Glauben... Wie diese Kreuzritter, die im Orient sterben oder töten. Es tut mir sehr leid, Fredric, ich weiß, dass Ihr Euer Leben Christus gewidmet habt, aber ich... Ich werde niemals für die Christen kämpfen, auch nicht für irgendeinen Gott. Ich glaube nicht, dass ich ihnen das schuldig bin... Nicht wahr?«

»Ah! Der Herr ist also ein großer Pazifist?«, spottete der ehemalige Milize sanft. »Aber wenn das so ist, wie kommt es, dass du so schnell zu kämpfen lernst?«

Mjolln, der am Feuer beschäftigt war, räusperte sich. »Bohems Vater war ein Magistel«, warf er ein.

»Was heißt das?«, fragte Fredric.

»Ein Ritter der Druiden. Sie sind die besten Ritter, die in meinem Heimatland zu finden sind.«

»Ich verstehe. Das erklärt also vielleicht, dass du zu kämpfen verstehst, ohne dass du jemals gekämpft hättest...«

»Das ist nicht ganz richtig«, gestand Bohem. »Einmal habe ich gekämpft. Gegen den Räuber, der Viviane überfallen hatte...«

»Aha«, antwortete Fredric lächelnd. »Das ist also ein Grund für dich, zu den Waffen zu greifen – die Liebe!«

Bohem nickte sehr ernst. »Ja, vielleicht.«

Am Abend des vierten Tages machten sie noch später als am Vorabend halt und schlugen ihr Lager im Schutze der Felsen südlich von Roazhon auf. Die Pferde und das Pony waren am Ende ihrer Kräfte, und Fredric versuchte wohl oder übel, sie etwas zu pflegen und ihre Hufeisen besser zu befestigen.

»Sie werden uns noch vor dem Wald von Roazhon einholen«, sagte Bohem zu dem alten Zwerg, während er ihm half, das Essen zuzubereiten. »Sie sind schon so nahe!«

»Wie kannst du dir dessen so sicher sein?«

»Ich spüre es, Mjolln. Ich weiß, dass sie uns folgen und dass sie uns nahe sind. Jeden Abend etwas näher. Wir werden nicht rechtzeitig in Roazhon eintreffen.«

»Hm. Das ist interessant. Du spürst solche Dinge, ja?«

Bohem verzog das Gesicht. Er wusste, woran der Zwerg dachte – ganz sicher an Bohems Mutter. Alea. Er dachte, dass Bohem über die gleichen Kräfte wie sie verfügte, oder etwas in der Art. Und Mjolln wirkte erstaunt. *Warum?*, fragte sich Bohem.

»Weshalb erstaunt es Euch, dass ich solche Dinge spüre? Ihr dachtet, die Kraft, die ich geerbt zu haben scheine, sei verschwunden, nicht wahr?«

»Hm. Kannst du auch noch Gedanken lesen?«, fragte der Sackpfeifer ironisch. »Ja. Ein bisschen ist es so. Aber ich glaube, dass diese Kraft nicht völlig verschwunden ist. Hm. Ein bisschen davon ist noch übrig, nicht wahr? In den Geschöpfen, die ihr ›die Nebel‹ nennt. Und in dir …«

Bohem nickte. So irrwitzig es auch klingen mochte, er wusste es. Ja. Er trug diese seltsame Kraft in seinem Innersten. Verschwommen, sterbend, aber doch vorhanden. Das war die Kraft, die es ihm erlaubt hatte, in den Flammen der Johannisnacht zu überleben, die Kraft, die ihn in die Welt von Djar trieb und die es ihm gestattet hatte, im Wald die Zauberpferde zu rufen. Und das war auch die Kraft, die sie alle so interessierte – den König, die Milizen, die, wie Fredric sagte, im Auftrag des Papstes handelten, und die Aishaner. Und auch den, der seine Träume heimsuchte. Den Wilden Mann.

Bohem schüttelte den Kopf. Er wollte nicht daran denken.

»Wie dem auch sei«, fuhr er fort, »wir werden nicht rechtzeitig im Wald von Roazhon eintreffen. Sie werden uns vorher abfangen.«

»Wir müssen sie ablenken«, warf Fredric ein, der ihnen von Weitem zugehört hatte.

»Ablenken?«

»Ja. Mjolln und du, ihr könnt euren Weg fortsetzen, geradewegs in den Wald, während ich hierbleibe, um sie in eine Falle zu locken.«

»Ganz allein?«, wandte Mjolln ein. »Hm. Gut, ich sehe ein, dass Ihr tapfer seid, mein Lieber, fast so tapfer wie ein Magistel, aber ich befürchte, dass Ihr allein gegen einen ganzen Trupp Milizen wenig ausrichten werdet.«

»Wir haben keine Wahl«, erklärte der ehemalige Sergeant. »Ich werde wohl gezwungen sein, allein zu kämpfen. Ihr müsst in diesen Wald gelangen. Ich weiß nicht, woher wir Verstärkung bekommen könnten ...«

»Ich schon«, entgegnete Bohem.

»Wie das?«

»Gerade eben habe ich ein Symbol gesehen, das hier in mehrere Steine eingeritzt ist – eine Maurerkelle und ein Hammer. Die Wandergesellen haben mir erklärt, was es damit auf sich hat. Es muss dort drüben, Richtung Nordosten, eine Gesellenherberge geben.«

»Und?«

»Und man könnte die Gesellen um Hilfe bitten! Es ist zwar nicht sicher, dass sie dazu bereit sein werden, aber es ist unsere einzige Chance!«

»Ich verstehe Euch nicht, Helena. Ihr seid von diesem widerlichen Kerl überfallen worden, und jetzt wollt Ihr mich daran hindern, seinen Angriff zu beantworten. Empfindet Ihr etwa noch etwas für diesen Mann, der Euch verstoßen hat?«

Helena von Quitenien schnaubte. Emmer wusste ganz genau, dass die Herzogin außer Verachtung und Geringschätzung nichts mehr für den König von Gallica empfand. Er wollte sie provozieren, da es ihn sicher verletzte, dass sie sich gegen den Krieg aussprach.

Die Diener hatten schon vor langer Zeit den Tisch abgeräumt, doch der Geruch von geräuchertem Fleisch lag noch in der Luft. Helena und Emmer waren nun im kleinen Esszimmer im linken Flügel des Palasts allein. Die Sonne ging gerade hinter der Stadtmauer von Hohenstein unter. Die Wände hinter dem Königspaar waren ins rosige Licht der Dämmerung getaucht. Bald würden sie Kerzen entzünden müssen.

»Emmer, Ihr wisst sehr gut, dass ich Kriege noch nie gemocht habe. Ich habe Livains Kreuzzug in sehr schlechter Erinnerung. Ich habe ihn in den Orient begleitet, und das, was ich dort gesehen habe, hätte mich für alle Zeiten Abscheu gegenüber diesen Dingen empfinden lassen, wenn ich das nicht schon zuvor getan hätte. Ich habe mehr Tote gesehen, als irgendein Mensch in seinem ganzen Leben sehen müssen sollte. Ich habe zu viele Todeskämpfe im Gedächtnis, Emmer. Ich habe mehr Kriegszeiten erlebt als Frieden. Ja, gewiss, ich glaube, dass dieser Dummkopf eine Lektion verdient. Er kann nicht ungestraft davonkommen, nachdem er mich – uns – so gekränkt hat … Aber Krieg? Nein.

Ihr wisst so gut wie ich, dass zu viele Leute sterben werden und dass sie unschuldig sind.«

»Ich bin kein in seiner Ehre gekränkter Mann, der sich an demjenigen, der seine Frau angetastet hat, rächen will, Helena. Ich bin ein König, der sein Land regieren muss und es nicht hinnehmen kann, dass ein anderer König in seiner Abwesenheit ungestraft seinen Hof angreift. Es geht nicht nur darum, ihm eine Lektion zu erteilen – es geht um eine Machtdemonstration. Ich kann weder meine Untertanen noch die seinen in dem Glauben lassen, dass Livain mein Königreich so bedrohen kann.«

»Macht... Seid Ihr denn gezwungen, zu töten, um die Macht Eures Königreichs zu demonstrieren?«

»Wenn Ihr so entschieden gegen den Krieg seid, Helena, warum habt Ihr das nicht eben im Rat ausgesprochen?«

»Gerade weil Ihr König seid und es mir nicht zusteht, Euch vor Euren Baronen zu widersprechen, Majestät. Aber jetzt spricht Eure Ehefrau mit Euch.«

»Meine Ehefrau, die von Livain angegriffen worden ist und die zu beschützen ich mir schuldig bin.«

»Ich kann mich selbst schützen, Emmer.«

»Das ist nicht der Eindruck, den Ihr vermittelt habt.«

»Glaubt Ihr, dass man unbedingt kämpfen muss, um sich zu schützen? Was ich an jenem Tag tun musste, habe ich getan. Der junge Mann, nach dem Livain suchen ließ, konnte unbeschadet entkommen, das ist alles, was zählt. Ich habe unnötiges Blutvergießen vermieden. Ich glaube, dass ich mich besser verteidigt habe, als Ihr es Euch vorstellen könnt, Emmer!«

»Nicht in den Augen meines Volkes und auch nicht in den Augen desjenigen, der Euch angegriffen hat.«

»Wollt Ihr also Blut sehen, ist es das, was Ihr wollt? Einfach ein bisschen Blut?«

»Was ich will? Den Schaden ausgleichen, der uns zugefügt worden ist, und zeigen, dass ich auf meinen Ländereien über echte Autorität verfüge.«

»Eine Autorität, die dennoch die Unterstützung des Grafen von Tolosa benötigt...«

»Ich brauche die Unterstützung Graf Redhans nur, um meine Barone zu überzeugen, Herzogin. Wenn ich sie nicht beschwichtigen und ihnen deshalb das Bündnis mit Tolosa versprechen müsste, wäre mein Heer längst auf dem Weg zu Livains Gütern. Ich treffe mich mit dem Grafen von Tolosa, um meine Barone zu besänftigen – und deshalb werdet Ihr mich auch begleiten.«

»O nein, mein Lieber, ich werde Euch nicht begleiten! Ich werde nicht hinter Euch stehen und diesen Krieg unterstützen, Emmer! Ihr beginnt ihn im Namen oder zumindest unter dem Vorwand meiner Ehre, und das ist schon viel mehr, als ich ertragen kann.«

»Ihr weigert Euch, mich nach Tolosa zu begleiten?«, fragte der König von Brittia aufgebracht.

»Ich weigere mich nicht nur – ich missbillige Eure Reise!«

»Dann werde ich allein gehen!«, rief Emmer und sprang auf.

Er verließ verärgert den Raum und brach am nächsten Morgen ohne ein Abschiedswort in die Grafschaft Tolosa auf.

Helena von Quitenien begriff, dass es nichts gab, was sie tun konnte, um den Krieg aufzuhalten. Menschen würden für sie sterben, ob es ihr nun gefiel oder nicht.

KAPITEL 11
MITEINANDER LEBEN

Bohem, der auf seinem Pferd über die Ebene flog, sah sich regelmäßig nach dem Zwerg um, der ihm auf seinem stämmigen Pony folgte. Er fragte sich, ob Mjolln *sie* wohl auch spürte. Sie waren ihnen auf der Spur. Wie der Schatten eines Raubtiers, der sich auf einem weiten, sommerlichen Feld ausbreitete. Die Milizen Christi hatten sie beinahe eingeholt. Ohne Zweifel hatte der Zorn des Großmeisters sie angetrieben.

Die Finger des Wolfsjägers krampften sich um die Zügel. Er hoffte, dass Fredric etwas würde tun können, um ihnen zu helfen und die Hetzjagd der Männer der Miliz zu unterbrechen. Der ehemalige Sergeant musste versuchen, die Unterstützung der Handwerksgesellen zu gewinnen und sie dazu zu bringen, für Bohem zu kämpfen. Es gab keinen anderen Ausweg. Aber Fredrics Chancen standen schlecht.

Zunächst einmal kannten die Gesellen ihn nicht. Es würde ihnen aber nicht schwerfallen, zu erkennen, dass er ein ehemaliger Milize war. Und die Ritter der Miliz waren seit dem Vorfall in Sarlac in den Gesellenherbergen bestimmt nicht mehr sonderlich beliebt. Der Mord an der unschuldigen Mutter hatte sich sicher in Gallica herumgesprochen, in allen Städten, die von Wandergesellen besucht wurden. Fredric würde ihnen also glaubhaft machen müssen, dass er tatsächlich auf Bohems Seite stand und dass sie ihn anhören mussten. Das drohte schwierig zu werden. Würde er überzeugend genug auftreten? Sodann musste er die Gesellen überreden, mitzukommen und einem jungen Mann zu helfen, den sie nicht richtig kannten. Sie hatten sicherlich von ihm gehört, denn auch Bohems Geschichte hatte ohne Zweifel die Runde durch alle Gesellenherbergen gemacht. Aber er war nicht sicher, dass die Gesellen hier oben genauso bereitwillig einem Fremden helfen würden wie die im Süden Gallicas. Außerdem war es sehr gefährlich geworden, Bohem zu helfen. Lohnte es sich also für sie, ihr Leben für einen jungen Mann aufs Spiel zu setzen, der eigentlich noch nicht einmal einer der ihren war?

Nein, Fredric hatte wirklich keine großen Chancen. Selbst wenn er sie wie durch ein Wunder für sich gewinnen konnte, mussten sie erst noch irgendetwas unternehmen. Würden sie die Zeit haben, den Milizen den Weg abzuschneiden? Das stand keineswegs fest, denn die Ritter waren schon sehr nahe.

Bohem bemühte sich, nicht zu viel darüber nachzudenken. Der ausgedehnte Wald von Roazhon lag vor ihnen. Wie ein fernes Meer mit grünen Wellen zeichnete er sich am Horizont ab und erstreckte sich nach Norden bis an den Rand ihres Blickfelds. Es war einer der schönsten Wälder Gallicas, groß, lebendig, abwechslungsreich, dicht und frei. Es war ein Wald der Legenden, in dem tausend Geschichten, die man sich im Volk von Gallica erzählte, spielten – und in dem sich auch die Legende verbarg, auf die sie nun zugaloppierten. Bohem hoffte, dass dies wirklich mehr als eine erfundene Geschichte war, dass das Einhorn tatsächlich da sein würde ...

Sie ritten bis zum Abend im Galopp. Als sie den Waldrand erreichten, erspähte Bohem hinter ihnen in der Ferne eine Staubwolke. Er wusste sofort, worum es sich handelte – oder vielmehr um wen. Die Ritter der Miliz. Jetzt schon ...

»Beeilen wir uns!«, rief er dem Zwerg beunruhigt zu. »Wir müssen den Schatten des Waldes ausnutzen, um sie abzuhängen. Ich glaube nicht, dass es Fredric gelungen ist, die Gesellen zu überzeugen.«

»Hm. Gehen wir ... Aber einfach wird das nicht werden. Und wir wissen nicht, wohin wir gehen müssen.«

»Wie bitte? Ich dachte, Ihr wüsstet, wo das Einhorn ist!«

»Ja, schon, im Wald von Roazhon. Aber sieh doch, mein lieber Wolfsjäger, dieser Wald ist groß, nicht wahr? Und mehr weiß ich nicht. Irgendwo darin ist es, das Einhorn.«

»Oh, gut! Das ist eindeutig!«

Der Zwerg zuckte die Achseln. »Hm, Bohem, ich bin sicher, dass du es finden wirst. Du kannst doch mit den Nebeln sprechen.«

»Das hoffe ich. Denn unsere Zeit wird knapp, Mjolln.«

»Dann lass uns auch keine weitere verlieren, Bohem! Los, gehen wir!«

Sie ritten in den Wald hinein und galoppierten nach Norden.

Von nur zehn Männern begleitet, durchquerte Emmer Ginsterhaupt in wenigen Tagen das Herzogtum Quitenien. Er hatte es vorgezogen, inkognito zu reisen, um weder die Aufmerksamkeit des Königs von Gallica auf sich zu ziehen noch den Mann, mit dem er sich verbünden wollte, zu kompromittieren: den Grafen von Tolosa, Livains künftigen Schwager.

Wie ein gewöhnlicher Offizier gekleidet, übernachtete Emmer jeden Abend mit seinen Soldaten in einer Herberge und nutzte diese Aufenthalte, um sich anzuhören, was im Land seiner Gemahlin so geredet wurde. Quitenien war zwar jetzt von seinem Königreich abhängig, doch er kannte dieses große Lehen noch sehr schlecht. Und jeden Abend hörte er Gespräche über dasselbe Thema: über den jungen Mann, den man Bohem nannte und um den jetzt schon tausend Legenden im Umlauf waren.

Helena hatte Emmer kurz von diesem etwas seltsamen Wolfsjäger erzählt, den sie beschützt hatte. Aber sie hatte ihm nur gesagt, dass Bohem ein tapferer, unschuldiger junger Mann sei und dass das Schicksal ihn mitten in Gallica in eine schwierige Lage gebracht habe. Offenbar war es nicht ganz so einfach.

Und das beunruhigte den König von Brittia. Es war unmöglich, Wahrheit und Erfundenes in den zahlreichen Geschichten, die man sich über Bohem erzählte, voneinander zu scheiden. Eines aber war sicher: Er war kein Junge wie alle anderen. Es hieß, dass er durchs Feuer ging und mit den Nebeln sprach. Einige sagten, dass er vielleicht Meister Jakob sei, der Schutzpatron der Wandergesellen, der »Kinder der Witwe«, während andere darauf beharrten, dass er der Wilde Mann sei ... Einige bewunderten ihn, viele fürchteten ihn. Alle schienen sich aber darüber zu freuen, dass er der Krone Gallicas trotzte.

Dadurch, dass er so viel über diesen jungen Mann hörte, begann Emmer sich zu fragen, ob er das Richtige getan hatte, als er Hohenstein verlassen hatte. Vielleicht hätte er zunächst einmal versuchen sollen, zu begreifen, was wirklich vorgefallen war. Und er begann auch, Livains Torheit ein wenig besser zu verstehen, ohne sie deshalb gutzuheißen.

Als Helena ihm gesagt hatte, Livain habe Hohenstein eines jungen Mannes wegen angegriffen, hatte Emmer das seltsam gefunden. Er hatte sich gefragt, ob die Herzogin sich nicht irrte, ob sie die eigentlichen Gründe für den Angriff des Königs von Gallica vielleicht nicht durchschaut hatte oder ob sie ihm gar nicht alle Einzelheiten der Geschichte offenlegen wollte. Immerhin war Helena von Quitenien für die vielen Intrigen bekannt, die sie gern um sich spann; vielleicht hatte sie ihm also nicht die ganze Wahrheit über Livains Angriff gesagt... Aber jetzt, nachdem er über Bohem Geschichten gehört hatte, von denen eine närrischer war als die andere, begriff er, dass es sich nicht um einen gewöhnlichen jungen Mann handelte und dass dieser Wolfsjäger vielleicht einen wichtigen Spielstein in Livains Plänen bildete. Der König von Gallica hoffte vielleicht, einen derart begabten Jungen in seine Gewalt bringen zu können... Emmer fragte sich, ob er nicht vielleicht besser daran getan hätte, umzukehren und Helena zu fragen, wo sich der junge Mann aufhielt.

Doch es war zu spät. Er hatte die Grenze der Grafschaft Tolosa erreicht, und es wäre lächerlich gewesen, jetzt eine Kehrtwendung zu machen. Er konnte genauso gut zu Ende bringen, was er angefangen hatte, zumal er seinen Baronen versprochen hatte, mit einem neu geschlossenen Bündnis – noch dazu nicht irgendeinem – zurückzukehren.

Am nächsten Morgen brach er nach Tolosa auf und nahm sich vor, so schnell wie möglich nach Hohenstein zurückzukehren, um diese ganze Angelegenheit zu klären.

Als sie weit genug vom Waldrand entfernt waren, stieg Bohem vom Pferd und fiel zwischen den Bäumen auf die Knie. Mit geschlossenen Augen versuchte er, Kontakt zum Wald aufzunehmen, wie er es schon zwei Mal getan hatte. Er grub die Hände in die Erde und ließ sich von seinem Instinkt leiten, von seinen Erinnerungen...

Es war vor allem eine Frage des Rhythmus. Er versuchte, seinen Herzschlag mit dem der Bäume zu verschmelzen, sich an sie anzupassen, wie zwei Töne, die miteinander harmonierten. Dem Wald zuzuhören, damit dieser auch ihm zuhörte. Denn das war das Geheimnis: eins zu werden. Wie seine Hand, sein Hammer und der Meißel, die den rohen Stein behauen hatten. Wie sein Blut und der Saft der Bäume. Wie sein Geist und der des Wolfs, der ihn angesehen hatte. Nur eins sein, ohne das andere zu erobern. Miteinander leben. Ja, *miteinander leben*, wie Mjolln so schön gesagt hatte.

Er kniete unter Mjollns besorgtem Blick lange reglos da. Der Zwerg wurde langsam ungeduldig, denn die Milizen kamen näher. Jetzt konnte man sie schon fast sehen, eine dunkle Welle, die in die ersten Baumreihen vordrang. Sie waren im Wald angekommen und galoppierten nun auf Mjolln und Bohem zu.

»Beeil dich, Bohem!«

Aber Bohem konnte sich nicht beeilen. Man kann sich nicht beeilen, zuzuhören. Man hört einfach zu. Also lauschte er. Doch die Stimme des Einhorns erschien nicht. Er hörte andere Stimmen, Chimären, Wölfe, Zauberpferde, sogar die Stimme der Bäume, aber nicht die des Einhorns. Dennoch war es da, davon war er überzeugt. Er konnte seine Gegenwart spüren. Aber es fühlte sich an, als ob es floh.

»*Beeil dich! Sie kommen!*«, erklang aus der Ferne, vom anderen Ende der Welt, Mjollns Stimme.

Das Einhorn gab nicht nach. Es entzog sich ihm. Verschwand jedes Mal, wenn er glaubte, endlich seine Stimme zu hören. Wie ein Kind, das Verstecken spielt und das man nie findet.

Auf einmal wurde er von Mjolln, der ihn kräftig schüttelte, aus seiner Meditation gerissen. »Steh auf, Bohem! Sie kommen! Es ist zu spät, wir müssen weg!«

»Ihr fordert mich auf, meinen eigenen König zu verraten, der darüber hinaus auch mein künftiger Schwager ist?«, rief Redhan V. ungläubig aus. »Das meint Ihr doch nicht ernst, Emmer?«

Die beiden Männer saßen sich im Arbeitszimmer des Grafen von Tolosa gegenüber und musterten einander verstohlen. Als ob man ihre Worte hätte belauschen und eine Verschwörung, die noch gar nicht begonnen hatte, hätte aufdecken können, sprachen sie mit gesenkten Stimmen, angespannt und bestrebt, die Sache rasch hinter sich zu bringen.

»Ich fordere Euch nicht auf, Livain zu verraten, Graf…«

»Schon allein dadurch, dass ich mit Euch spreche, habe ich das Gefühl, ihn zu verraten, Emmer! Wenn es nicht um einen Verrat geht, warum seid Ihr dann heimlich hierhergekommen?«

»Alles, worum ich Euch bitte«, erwiderte Ginsterhaupt, »ist das Versprechen, Euer Heer nicht gegen uns auszusenden, wenn wir uns entschließen, Livain anzugreifen.«

»Und das nennt Ihr nicht ›seinen König verraten‹?«, schimpfte der Graf.

»Kommt, Redhan, ich weiß doch, was Ihr von Livain haltet. Erinnert Euch! Ist es nicht erst etwas über zehn Jahre her, dass er versucht hat, Euch Eure Ländereien unter Berufung auf eine undurchsichtige Erbfolge zu stehlen? Der König von Gallica nimmt weder auf Euch noch auf die Tolosaner Rücksicht! Das Einzige, was ihn interessiert, ist die strategische Bedeutung Eurer Grafschaft…«

»Das Gleiche gilt auch für Euch, wie mir scheint, Emmer. Wenn es anders ist, was macht Ihr dann hier?«

»Das ist nicht miteinander zu vergleichen! Ich habe nie versucht, Euch Eurer Ländereien zu berauben!«

Der Graf von Tolosa schüttelte den Kopf. Er konnte kaum glauben, dass der König von Brittia die Tollkühnheit besaß, so weit zu gehen und ihn aufzufordern, sich gegen Livain zu stellen. Allerdings stimmte es auch, dass er den unsinnigen Angriff des Königs von Gallica auf Hohenstein ebenso wenig verstand. Er hatte den Eindruck, dass ihm irgendetwas entging, und er mochte es nicht, sich abseits vom Geschehen zu befinden.

»Wenn ich im nächsten Monat Livains Schwester heirate, Majestät, dann doch, um mich mit ihm zu versöhnen – sicher nicht, um ihn anzugreifen!«

»Aber wer redet denn von ›angreifen‹?«, beharrte Emmer. »Ich bitte Euch nur darum, neutral zu bleiben und meinen Baronen Eure Neutralität zu versichern!«

»Ich kann aber nicht neutral bleiben! Ihr sprecht von meinem König, meinem Herrscher! Ich habe keine Wahl, als mich auf Livains Seite zu schlagen, Emmer.«

»Ihr könnt vorgeben, Euch auf seine Seite zu stellen, gewiss – aber Ihr könnt uns zugleich insgeheim Eure Neutralität zusichern.«

»Und warum sollte ich das tun?«

»Weil Ihr Livain verabscheut, Redhan. Das weiß ich. Und weil wir Euch vielleicht von ihm befreien können. Wenn er die Schlacht verliert, die ich ihm zu liefern gedenke, wird seine Macht sehr geschwächt sein, und Ihr könnt die Unabhängigkeit ausrufen, von der die Grafschaft Tolosa schon immer geträumt hat. Stellt Euch das vor! Ihr hättet Euer eigenes Land! Im Königreich Gallica habt Ihr nichts zu sagen. Die Krondomäne erdrückt Euch und entstellt die Eigenart Eures schönes Landes. Was soll aus Eurer glänzenden Kultur werden? Seht doch – Eure Sprache ist schon fast verschwunden! Nur die Troubadoure sprechen sie noch! Und die geheime Religion, die Eure Priester beseelt, die als Ketzer abgestempelt werden, wird bald von Livain ausgelöscht werden, der so viel Wert darauf legt, den Papst bei Laune zu halten...«

Redhan schwieg. Emmer begriff sofort, dass er auf dem besten Wege war, ihn zu überzeugen. Er hatte am richtigen Punkt angesetzt. Seit Generationen träumte Tolosa von der Unabhängigkeit. Er musste beharrlich bleiben, den letzten Nagel auch noch einschlagen.

»Ich gebe Euch mein Wort, lieber Graf, dass diese Unterredung geheim bleibt und Livain nichts darüber erfahren wird, wie auch immer Eure Entscheidung aussieht. Ich bitte Euch nicht, an meiner Seite zu kämpfen, Redhan, ich bitte Euch nicht, Euch gegen Euren König zu stellen, nein – ich bitte Euch nur, neutral zu bleiben... und auch darum, mich zu unterrichten, wenn das Königreich Kastel sich entschließt, einzugreifen. Denn Kastel wäre gezwungen, durch Eure Ländereien zu ziehen.«

»Was habe ich in dieser Angelegenheit zu gewinnen?«

»Die Unabhängigkeit vielleicht. Und eine heimliche Rache an Livain.«

»Das genügt mir nicht, Emmer.«

Der König von Brittia lächelte. Er hatte gewonnen. Nun verhandelten sie über die Bedingungen, aber die Übereinkunft an sich war getroffen. Tolosa würde nicht in den Krieg eingreifen. Livain war verloren.

»Was wollt Ihr noch?«

»Einen Nichtangriffspakt mit der Grafschaft Arvert und dem Herzogtum Quitenien.«

»Arvert wird überglücklich sein, seine Grenze zu Euch zu befrieden, mein lieber Graf, und was das Herzogtum Quitenien betrifft ... Muss ich Euch erst daran erinnern, dass es meiner Frau gehört? Ich kann Euch selbst garantieren ...«

»Eure Garantien sind mir gleichgültig, Emmer. Was ich will, sind zwei unterschriebene Verträge. Euer Wort genügt nicht. Ihr könntet in diesem Krieg sterben. Welche Garantie bliebe mir dann?«

»Ich verstehe. Ihr braucht ein Stück Papier«, spottete Emmer. »Gut. In diesem Fall müsst Ihr auch ein Neutralitätsversprechen für den Krieg, auf den wir uns vorbereiten, unterzeichnen. Ich benötige schließlich auch Garantien.«

Der Graf von Tolosa nickte langsam. Er hoffte, dass er nicht dabei war, einen schweren Fehler zu begehen.

»Unter der Bedingung, dass Livain nie von diesem Vertrag erfährt«, erklärte er.

»Einverstanden, Redhan, einverstanden. Unsere Vögte werden sich um die Regelung all dieser Einzelheiten kümmern. Ich danke Euch für Euer Entgegenkommen. Ihr werdet es nicht bereuen, Graf.«

»Das hoffe ich, Majestät. Das hoffe ich ...«

Sobald er Bohem und den Zwerg in seiner Begleitung erblickte, riss Andreas von Berg-Barden seinen Arm mit erhobenem Schwert hoch über den Kopf, um die Ritter hinter ihm anzufeuern, und schrie den Wahlspruch des Ordens: »*Non nobis domine sed nomini tuo da gloriam!*«

Die Pferde trugen sie rasch auf ihre Beute zu. Der Mond und die Sterne ließen einen Regen von Licht zwischen die hohen Bäume von Roazhon fallen, wie leuchtende Säulen, welche die dunkle Nachtluft durchschnitten. Das Bild der Pferde, die zwischen den Zweigen hindurchgaloppierten, war an diesen Orten funkelnder Helligkeit kurz erleuchtet, bevor es wieder verlosch. Der Wind und die Blätter schlugen in die Gesichter der Milizen, und die trockene Erde, die um sie aufstob, wirkte wie ein Winternebel über einem grünen See.

Aber als sie gerade in der Überzeugung, sie nun endlich aufgreifen zu können, auf die beiden Flüchtigen zuhielten, wurde ihnen der Weg auf einmal von anderen Reitern abgeschnitten, die, aus dem Herzen des Waldes kommend, zwischen den Bäumen erschienen.

Berg-Barden fluchte, doch es war zu spät: Sie wurden angegriffen und waren auf diesen unerwarteten Hinterhalt nicht vorbereitet; es war, als ob ein Heer von Dämonen geradewegs aus der Hölle über sie hereinbräche.

Als er die Männer, die sich in den Kampf stürzten, deutlicher sah, traute er seinen Augen nicht. Gesellen! Keine richtigen Soldaten! Nein, gewöhnliche Handwerksgesellen, Gelegenheitskämpfer, die mit Schwertern, Lanzen oder einfachen Knüppeln bewaffnet waren. Und an ihrer Spitze – ja, natürlich, er hätte es ahnen sollen – Sergeant Fredric. Dieser verfluchte, niederträchtige Verräter als Anführer einer erbärmlichen Streitmacht!

Der Kampf verwandelte sich schnell in ein Durcheinander und ein regelrechtes Massaker. Die Pferde konnten sich inmitten des immer dichteren Waldes nur schlecht bewegen und tänzelten schnaubend. Die Gesellen, die nichts von der Kriegskunst verstanden, aber sichtlich verbissen kämpften, griffen von allen Seiten an und warfen sich wie eine Meute rasender Hunde auf ihre Feinde. Der Klang von Schwertern, die auf Schwerter trafen, übertönte das Wiehern und die Schreie. Das Krachen der Rüstungen, das Klirren der Kettenhemden, das

Aufeinanderprallen von Metall, die Schläge, das Aufreißen von Fleisch... Das misstönende Lied des Krieges erfüllte den Wald wie das Rauschen eines heftigen Regenschauers.

Berg-Barden wehrte den Angriff eines Gesellen ab, der vom Pferd gesprungen war und, eine Lanze in den Händen, auf ihn zulief. Er ließ sein Pferd zurückweichen, fing den Lanzenstoß mit seinem langgestreckten weißen Schild auf und führte mit einen mächtigen Schwerthieb gegen den Hals des Gesellen, der aus dem Gleichgewicht geraten war. Der Kopf des jungen Mannes schien förmlich durch die Luft zu fliegen und schlug mit einem entsetzlichen, dumpfen Geräusch an einem Baum auf, bevor er, fern von dem enthaupteten Körper, zu Boden fiel.

Der Großmeister knurrte verächtlich. Schwachköpfe! Sie waren allesamt lächerlich! Was für Chancen rechneten sie sich gegen Milizen aus?

Berg-Barden verlor keinen weiteren Augenblick. Er wusste, was die Gesellen vorhatten. Sie waren nicht hier, um einen Sieg zu erringen. Nein, Fredric musste wissen, dass darauf keine Hoffnung bestand. Sie waren hier, um Bohem die Flucht zu ermöglichen. So einfach war das. Aber er würde sie nicht damit durchkommen lassen! Ohne sich weiter um den Kampf zu kümmern, den seine Männer gegen diese jungen Narren ausfochten, packte er die Zügel seines großen Schimmels und hieb ihm die Fersen fest in die Flanken, damit das Tier den beiden Flüchtigen nachsetzte.

Aber es war zu spät. Sergeant Fredric hatte sein Manöver beobachtet und folgte ihm. Wenn der Großmeister nicht umkehrte, würde der Verräter ihn von hinten angreifen.

Berg-Barden stieß eine Verwünschung aus und zog dann an den Zügeln, um sein Streitross anzuhalten und sich dem Angreifer zu stellen. Fredric änderte seine Richtung nicht. Nur mit einem schweren Schwert bewaffnet hielt er mit hasserfüllten Augen auf den Großmeister zu.

Die beiden Pferde galoppierten nun aufeinander zu. Sie verfehlten die Bäume nur knapp, streiften Zweige und versetzten dem Boden so zornige Tritte, als wollten auch sie diese Sache hinter sich bringen. Vor Raserei schäumend begann der Großmeister zu brüllen, den Tod auf den Lippen. Er hob sein Schwert über den Kopf. Die Klinge blitzte im bläulichen Mondlicht auf. Im nächsten Augenblick trafen sie aufeinander.

Fredrics Schwert durchschnitt die Luft und traf mit aller Wucht auf die Seite des Großmeisters, prallte aber in einem Funkenregen vom kalten Metall seiner Rüstung ab. Bevor der Sergeant sein Gleichgewicht wiedergewinnen konnte, traf ihn das Schwert des Großmeisters mitten in die Schulter, brach ihm die Knochen und ließ ihn vom Pferd stürzen. Die beiden Tiere galoppierten noch ein Stück weiter, bevor sie anhielten. Berg-Barden blieb einen Moment lang auf seinem Streitross sitzen und betrachtete den Mann, der sein eigener Sergeant gewesen war und nun reglos am Boden lag. Er lächelte. Aber Fredric begann, sich zu bewegen, und kam mühsam auf die Füße. Der ehemalige Milize hob sein Schwert auf, sah den Großmeister zornig an und rannte, nun seinerseits schreiend, auf ihn zu.

Berg-Barden zog den rechten Fuß aus dem Steigbügel und sprang sofort ab. Fredric war kein einfacher Wandergeselle. Er war ein kriegserfahrener Ritter. Auf dem Pferd sitzen zu bleiben wäre zu gefährlich gewesen.

Der Großmeister landete auf dem Boden, hob sein Schwert und nahm Kampfhaltung ein, bereit, seinen Gegner zu empfangen. Er hatte Dutzende von Malen an der Seite dieses Mannes gekämpft, und nun musste er *gegen* ihn kämpfen. Er hätte nie gedacht, dass Fredric eines Tages sein Schwert gegen ihn richten würde. Er kannte ihn so gut, hatte ihn so oft kämpfen sehen... Er würde seinen Angriff vorausberechnen können.

Ja. Es genügte, ihn gut zu beobachten. In seinen Augen zu lesen. Jede Bewegung zählte, und die vorletzte war entscheidend. Er würde seine Schlüsse ziehen und schneller als jeder andere Gegner reagieren können. Sich verteidigen und einen pfeilschnellen Gegenangriff führen...

Der Großmeister rührte sich nicht. Mit angespannten Muskeln und starrem Blick konzentrierte er sich auf jede einzelne Bewegung seines Gegners. Er musste den letzten Augenblick abwarten, und dann den tödlichen Schlag führen. Den einzigen Hieb, der als Antwort auf diesen Angriff nicht fehlgehen konnte. Sein genaues Gegenstück.

Als er nur noch einen Schritt von seinem Gegner entfernt war, warf Fredric sich auf den Boden, um zur Seite zu rollen und Berg-Barden in den Unterleib zu treffen, indem er sich rasch aufrichtete. Er glitt mit erstaunlicher Beweglichkeit über den Boden und schoss mit vernichtender Kraft empor. Aber der Großmeister hatte seine Bewegungsrichtung erraten und sich im letzten Augenblick zur Seite gewandt. Fredrics Klinge schrammte noch einmal über die Rüstung seines Feindes. Diesmal zielte Berg-Barden nicht auf die Schulter. Er hieb sein Schwert mit aller Kraft in den Schädel seines Angreifers.

Die breite Klinge zermalmte den Knochen und drang ins Gehirn des Sergeanten, der sofort auf dem Teppich aus Reisig und Blättern zusammenbrach. Er rührte sich nicht mehr.

Berg-Barden machte sein Schwert mit einer majestätischen Gebärde los und betrachtete den leblosen Körper seines ehemaligen Sergeanten. Mit einem Fußtritt drehte er ihn auf den Rücken. Diesmal war er tot. Der geöffnete Schädel lag in einem rötlichen Brei aus Hirn und Blut.

»Möge Gott deine Seele empfangen!«, murmelte der Großmeister und wischte sein Schwert ab.

Als er den Kopf wieder hob, sah er, dass kein einziger Geselle mehr da war. Sie waren alle geflohen oder erschlagen worden. Und nur drei seiner eigenen Männer lagen am Boden. Eine armselige Schlacht. Ein trostloser Anblick.

Aber Bohem und der Zwerg waren schon längst verschwunden.

Am folgenden Tag hatten Bohem und Mjolln am späten Nachmittag noch immer nicht gefunden, was sie suchten: das Einhorn. Das Licht begann schon nachzulassen. Der junge Mann zog mit aller Kraft an den Zügeln seines Pferds. Von einem bestimmten Augenblick an hatte der Wald sein Gesicht geändert. Er war noch schöner, noch höher, noch majestätischer. Die Bäume waren dicker und älter. Über allem lag ein seltsamer Anflug von Harmonie.

»Wir müssen im Herzen des Waldes sein!«, rief Bohem und sprang rasch vom Pferd.

Mjolln richtete sich auf seinem Pony auf, sah lange hinter sich und stieg dann seinerseits ab. »Ich denke, wir haben sie gestern Abend abgehängt. Hm. Fredric und die Gesellen müssen es geschafft haben, sie aufzuhalten.«

Bohem nickte. Ja. Vielleicht. Zumindest für eine gewisse Zeit. Denn sie waren den Milizen, die echte Krieger waren, sicher nicht gewachsen gewesen. Die Ritter hatten sicher die Oberhand behalten. Sie würden bald die Verfolgung wieder aufnehmen. Bohem hoffte nur, dass es auf Seiten der Gesellen keine Verluste gegeben hatte und dass Fredric gut davongekommen war. Er hoffte, dass nicht schon wieder Menschen gestorben waren, weil sie ihn hatten beschützen wollen. Er hatte schon so viel Blut auf dem Gewissen ... Nein. Er durfte nicht daran denken. Nicht jetzt.

Denn er hatte keine Zeit zu verlieren. Nun, da sie im Herzen des Waldes waren, mussten sie alles unternehmen, um das Einhorn zu finden. Es konnte nicht weit sein. Die Umgebung strahlte eine eigenartige Atmosphäre aus, heiter, fast edel. Ja, das war es, eine Art Adel ... Bohem hoffte, dass sie sich im Streifgebiet des Einhorns befanden. Er wollte es jedenfalls gern glauben.

»Mjolln, ich muss es noch einmal versuchen.«

»Hm. Tu, was du tun musst.«

»Könnt Ihr mir denn nicht helfen?«

»Dir helfen, hm? Aber wie?«

»Kommt mit mir in die Welt von Djar.«

»Ich kann ja nicht dorthin gehen!«

»Ihr könnt nicht dorthin gehen? Aber ich habe Euch gesehen, jeden Abend, ich weiß nicht wie oft ...«

»Hm. Ja, aber nun gehe ich nicht mehr dorthin und, wie soll ich sagen ... Ich war es nicht wirklich. Schließlich, hm, war ich es nicht, der beschlossen hat, dorthin zu gehen.«

»Ich verstehe nicht ...«

»Du, Bohem, du hast die Kraft, allein dorthin zu gehen. Ich kann es nicht. Jemand, eine Kraft, hat mich dorthin gezogen.«

»Welche Kraft? Wer?«

Der Zwerg lächelte. Er wollte nicht antworten. Aber Bohem glaubte, die Antwort zu ahnen.

»Komm, Bohem. Tu, was du tun musst. Ganz allein.«

Der junge Mann nickte und ließ sich auf die Knie nieder. Er warf Mjolln einen letzten Blick zu, als suche er nach Ermutigung. Dann schloss er die Augen und gab sich wieder dem Ritual hin, das er von selbst gefunden hatte und das er immer besser zu verstehen begann. Die Hände in die Erde. Wache Sinne.

Er wartete. Geduldig. Wartete auf die Stimme des Waldes. Das Murmeln der Bäume. Das Geheimnis der Erde. Und bald antwortete die Natur ihm, noch schneller als beim letzten Mal. Viele Stimme stiegen in seinem Kopf auf, ungeordnet, laut, immer deutlicher; bald konnte er sie alle auseinanderhalten. Die Nebel des Waldes von Roazhon waren da, wie Gedanken in seinem Geist. Aber er begriff schnell, dass das Einhorn sich dem Ruf immer noch entzog. Es war dennoch nicht weit entfernt, davon war er überzeugt. Aber es weigerte sich noch immer zu antworten. Es wollte nicht gehört werden.

Vielleicht sollte ich mich von den anderen Nebeln leiten lassen. Vielleicht wären sie bereit, mich auf die Spur ihrer Königin zu führen... Aber wie kann ich sie das wissen lassen? Wie kann ich sicherstellen, dass sie verstehen? Ich muss einen von ihnen finden und ihm diesen einfachen Gedanken mitteilen. Ich will das Einhorn sehen.

Ich weiß nicht, ob ich das tun kann. Aber ich muss es versuchen. Welchen soll ich nehmen? Diese Chimäre? Nein. Einen Wolf. Ich muss einen Wolf finden. Weil ich mit einem Wolf die erste Begegnung hatte. Weil es ein Wolf war, den ich aus den Flammen gerettet habe. Und weil Wölfe diejenigen waren, die mich aufgezogen haben...

Ja. Nun bin ich mir sicher. Als meine Mutter mich im Wald zurückgelassen hat, hat sie mich den Wölfen anvertraut. Wie Mjolln gesagt hat: »Deine Mutter hat versucht, die Wölfe zu schützen.« Und die Wölfe haben mich beschützt. Martial hat mich in der Wurfhöhle eines Wolfs gefunden, als er auf Nebeljagd war. Er hat es mir nie gesagt, aber ich weiß es. Ich hätte es ohnehin schon immer wissen müssen... Sicher habe ich deshalb einen Wolf aus den Feuern der Johannisnacht gerettet ... Sicher, ja. So einfach ist das. So einfach?

Ich muss mich konzentrieren. Ich muss einen Wolf finden. Seine Stimme aus einem ohrenbetäubenden Lärm heraushören.

Aber wie? Es ist sicher möglich. Ich muss mich an die Gedanken meines Wolfs erinnern. Ein Raubtier. Unabhängig, sehr unabhängig, ja, aber zugleich gesellig. Geselliger als alle anderen Nebel. Ein wenig väterlich. Ängstlich. Ah ja! Ich glaube einen zu erkennen. Da. Ein Wolf. Ja, ich bin mir sicher. Ich muss mich jetzt auf ihn konzentrieren. Nur noch ihn hören und versuchen, mir Gehör zu verschaffen.

»Aber! Aber ... Das ist nicht möglich!«

Mich nur an ihn wenden. Eins mit ihm werden, sodass er spürt, was ich spüre. Den Drang und die Notwendigkeit, dem Einhorn zu begegnen.

Das ist es. Er erkennt mich. Er weiß, dass ich hier bin. Er hat Angst. Ich muss ihm zeigen, dass ich nicht über ihn herfallen will. Dass ich ihn nicht erobern will. Er muss sich frei fühlen. Mit mir.

Ich bin kein Jäger. Ich bin ein Überlebender wie du.

Da! Er beruhigt sich. Und jetzt höre ich ihn besser.

Er versucht, mir etwas zu verstehen zu geben. Etwas Dringendes. Aber es geht nicht um das Einhorn. Nein. Er will nicht, dass ich es sehe. Aber was dann?

»Bohem! Hm. Da kommen Leute!«

Er versucht mich zu warnen. Und ich habe gerade Mjolln gehört, glaube ich. Aber nein, ich muss dem Wolf lauschen. Ich darf die Verbindung nicht abreißen lassen. Streifen. Er sieht Längsstreifen. Was ist das? Was sind das für senkrechte Formen? Ich verstehe. Das sind Menschen, natürlich! Menschen, die aufrecht gehen, senkrecht.

»Bohem! Wach auf! Los, schnell! Es kommen Leute und ... Das sind keine Milizen! Nein! Das sind andere Leute ...«

Sie gehen aufrecht, kommen her. Erzählt er mir etwas über die gleiche Sache wie Mjolln? Ich verstehe nicht. Bin ich dabei, die beiden Stimmen miteinander zu verwechseln, Mjollns Stimme und die des Wolfs? Ich kann sie nicht mehr unterscheiden. Ich kann sie nicht mehr gleichzeitig hören ...

»Bohem! Das sind ... Das sind Aishaner! Und ... Hm! Aber was machen die denn da? Ah! Bohem! Da ... Da sind Druiden bei ihnen! Wach auf!«

Aishaner? Das sind Aishaner? Nein. Das ist es nicht. Die hat der Wolf nicht gesehen. Er hat etwas anderes gesehen. Er versucht, mir etwas anderes zu zeigen. Die Milizen? Auch nicht. Aber wen denn nur? Was? Er versucht, es mir verständlich zu machen. Er weiß, dass es dringend ist, dass ich bedroht werde. Er muss es spüren. Er muss mir helfen wollen, wie ich jenem Wolf in der Johannisnacht geholfen habe. Er versucht, mich sehen zu lassen, was er sieht, das Bild, das er vor Augen hat. Die Leute, die aufrecht gehen. Die Männer. Und eine Frau. Ja, er sieht eine Frau. Wie sieht sie aus? Sind das ihre Haare? Goldfarben und ein wenig gelockt? Groß, anmutig, lebhaft ... Ja, natürlich! Das ist sie!

»Bohem, sie werden uns umzingeln! Los! Wach auf! Wir müssen hier weg!«

Viviane! Sie ist hier im Wald! Mit La Rochelle! Aber sie sind nicht allein, nein, viele Leute sind bei ihnen ... So viele! Das sind die Soldaten Helenas von Quitenien! Wie haben sie erfahren, dass wir hier sind? Wie haben sie uns finden können? Vielleicht sind sie der Spur der Aishaner gefolgt. Und die Aishaner ihrerseits ... Wie haben die gewusst, dass wir hier sind? Das weiß ich nicht. Vielleicht ... Ja. Natürlich! Das war er! Das hat er ihnen gesagt, nicht wahr, mein Wolf? Der Wilde Mann. Er weiß, dass ich hier bin.

»Komm, steh endlich auf, wir müssen weg, sonst kommen wir nicht mehr davon!«

Führe mich, mein Wolf! Führe uns!

Bohem erwachte mit einem Schlag aus seiner langen Trance. Er sah, dass er aufrecht stand und dass Mjolln ihn vor sich herstieß, zu seinem Pferd.

»Was ist los?«, fragte der junge Mann ein wenig verwirrt.

»Die Aishaner kommen! Und es sind Druiden bei ihnen. Steig aufs Pferd! Sie sind hier!«

Der junge Mann gehorchte sofort. Er rannte zu seinem Pferd und sprang in den Sattel. Mjolln tat es ihm nach, und sie galoppierten beide los, ohne länger abzuwarten.

Sie konnten zahlreiche Reiter hinter sich hören. Die Aishaner waren nur noch einige Schritte von ihnen entfernt. Ihre Pferde waren mit Sicherheit viel schneller als die der Flüchtigen. Wie sollten sie diesmal entkommen? Gehetzt, immer nur gejagt, ohne dass man ihnen jemals eine Atempause gelassen hätte...

Bohem spürte, dass sein Herz schneller als je zuvor schlug. Er schrie laut, um sein Pferd anzutreiben, aber auch, um die Panik loszuwerden, die in ihm hochstieg. Er konnte die Bilder, die er mit diesen barbarischen Kriegern verband, nicht vergessen. Der Kopf Pater Grimoalds, der zu Boden fiel, und sein Körper, der enthauptet zusammenbrach... Die brennenden Häuser, der Kürschner von Passhausen, der mit blutüberströmtem Bauch in Bohems Armen starb... Und der Reiter, der sich auf ihn gestürzt hatte, das Schwert, das in den Sand gedrungen war, gleich neben seinem Kopf. Er konnte diese entsetzlichen Bilder nicht vergessen. Es war, als ob die Erinnerungen hinter ihm hergaloppierten und ihn suchten, um ihn ganz an den Anfang zurückzubefördern, in den entscheidenden Moment, in dem er sich tausendfach hatte sterben sehen. Als sei alles, was er seitdem durchlebt hatte, nur ein Traum gewesen, der Traum eines Augenblicks, der gewirkt hatte, als habe er Tage gedauert, ein Aufschub, den er sich nur eingebildet hatte, ein langer Weg durchs Fegefeuer... Aber jetzt würde dieses Schwert auf ihn niedersausen und ihn in zwei Teile hauen.

Und dennoch war er wirklich hier, auf seinem Pferd mitten im Wald von Roazhon. Er musste leben! Also hieb er die Fersen noch einmal in die Flanken des Tiers. Das arme Pferd lief aber schon so schnell, wie es konnte, schneller, als es je zuvor gelaufen war, sodass der Boden unter seinen Hufen glatt und eben zu werden schien. Die Bäume flogen vorüber, die Äste folgten aufeinander und trafen Bohem beinahe, der Atem des Pferdes ging immer schwerer... Es suchte in der Luft die Kraft, durchzuhalten und nicht langsamer zu werden. Galoppieren, weiter und weiter. Hinter Bohem begann Mjollns Pony etwas zurückzufallen. Nein! Das durfte nicht geschehen!

Plötzlich nahm Bohem aus dem Augenwinkel eine Bewegung zu seiner Linken wahr. Hatten die Aishaner sie etwa schon eingeholt? Er warf einen Blick hinüber. Sie bewegten sich so schnell, dass er Schwierigkeiten hatten, klar zu sehen, worum es sich handelte. Die Umgebung wirkte verschwommen. Die Bäume jagten einander und bildeten einen nebligen Schleier vor der übrigen Landschaft. Aber schließlich konnte er ihn sehen: den Wolf.

Ein großer weißer Wolf lief an ihrer Seite. So schnell! Das war sicher der Wolf, den er vor einem Augenblick noch in der Welt von Djar gehört hatte, der, der ihn gewarnt hatte. Hatte er seine letzte Bitte gehört? *»Führe mich, mein Wolf, führe uns!«* Ja.

Ganz bestimmt. Er war nur deshalb da, um sie durch den Wald von Roazhon zu führen, um sie zu Viviane und den Soldaten der Herzogin von Quitenien zu bringen – und um die Aishaner in eine Falle zu locken! Das musste einfach gelingen! Aber war noch genug Zeit?

Stück für Stück kam der Wolf näher an die beiden Pferde heran. Er rannte mit unglaublicher Geschwindigkeit, sprang über umgestürzte Baumstämme, schlüpfte unter Zweigen hindurch und schnellte mit gestrecktem Körper und eingezogenem Kopf wieder hoch. Nach kurzer Zeit war er vor ihnen. Die Pferde folgten ihm instinktiv, als ob sie ihm nachjagten wie Hunde einem Hasen. Bohem wandte den Kopf, um festzustellen, ob auch Mjolln den Wolf gesehen hatte. Aber der Zwerg wirkte viel zu beschäftigt damit, sich an den Zügeln festzuklammern.

Ihre Verfolger näherten sich unüberhörbar. Bohem war sicher, dass er sie würde sehen können, wenn er sich umdrehte, genau hinter ihnen. Er hörte das Klirren von Rüstungen und Schwertern, den Atem der Tiere und Menschen, dumpf, rau, als seien sie begierig auf den Kampf. Einen Kampf, den Bohem nicht wollte, dem er aber diesmal nicht ausweichen konnte. Er tat es dem Wolf nach und beugte sich vor, als ob ihn das hätte schützen können. Er legte sich auf sein Pferd und spürte sein Schwert gegen sein Bein schlagen. Ja, er würde die Waffe benutzen müssen, diesen Kampf konnte er nicht vermeiden... »*Man kann nicht alle Kämpfe vermeiden.*«

Plötzlich bog der Wolf scharf nach links ab. Bohem fragte sich, ob er ihm folgen sollte. Sein überraschtes Pferd hatte noch nicht die Richtung geändert, und als Bohem den Kopf hob, begriff er, dass das nicht weiter schlimm war.

Vor ihnen befanden sich etwa hundert Soldaten, eine ganze Armee, die in ihre Richtung vorrückte. Und diese Soldaten trugen auf ihren Waffenröcken das Wappen von Quitenien. Es waren die Männer der Herzogin, und diesmal würden sie die Waffen nicht strecken!

Mjolln und Bohem hatten keine Zeit, anzuhalten. Sie durchquerten die Reihe ihrer Verteidiger und wendeten dann etwas weiter weg, um an ihrer Seite zu kämpfen.

Bohem packte sein Schwert und stürzte sich brüllend auf den Feind. Zu seiner Rechten entdeckte er Viviane und La Rochelle, die ebenfalls entschlossen waren, zu kämpfen ...

Bastian kauerte zwischen den Bäumen und betrachtete eine ganze Weile lang den in den Boden vor ihm eingeprägten Abdruck, um sicher zu sein. Aber er wusste längst, dass er sich nicht täuschte. Nur ein einziges Tier konnte eine Spur in dieser einmaligen Form hinterlassen. Ein einziger Nebel. Das Einhorn.

Bisher hatte er einen solchen Hufabdruck zum ersten und letzten Mal vor sieben oder acht Jahren gesehen, wahrscheinlich am selben Ort, ganz in der Nähe des Mittelpunkts des Waldes von Roazhon. Dort, wohin Menschen nur sehr selten vordrangen, zu weit von den Städten entfernt, zu weit von allem.

Er ballte die Hände zu Fäusten. Würde er diesmal bis zum Einhorn selbst vorstoßen können? Würde er der Wolfsjäger sein, der die Königin der Nebel erlegte? Es würde sehr schwierig werden, das wusste er. Er freute sich besser nicht zu früh. Aber diese Spuren waren sehr frisch. Sie waren höchstens einen Tag alt! Das Einhorn war sicher nicht weit entfernt.

Er musste einfach daran glauben. Hoffen.

Er hob seine Armbrust hoch, setzte aber seinen Helm nicht wieder auf. Es war zu heiß, und es hatte keinen Sinn mehr, sich zu verteidigen. Das würde sein letzter Kampf sein – das Einhorn oder er. Keine Finten. Nichts Trennendes zwischen ihnen beiden. Er musste zuerst schießen und das Einhorn töten. Eine zweite Chance würde er nicht bekommen.

Schwitzend brach er wieder auf und kam im dichten Wald nur mühsam voran. Er hielt die Augen auf den Boden gerichtet, um der Fährte des Nebels zwischen den alten Blättern und dem Moos, das Steine und Baumstümpfe überwucherte, zu folgen. Er schlüpfte zwischen den gewaltigen Stämmen der Buchen, Eichen und Linden hindurch und stützte sich dann und wann an ihnen ab, wenn er glaubte, die Spur verloren zu haben.

Aber er verlor sie nicht. Er konnte es sich nicht leisten. Man stieß schließlich gewöhnlich nicht zweimal durch Zufall auf die Spuren des Einhorns. Er hatte ein unglaubliches Glück. Nun ging es darum, die Gelegenheit nicht zu vertun. Er erhöhte seine Aufmerksamkeit und hörte auf seinen Wolfsjägerinstinkt, einen Instinkt, den er von Generationen von Wolfsjägern geerbt und im Laufe der Jahre auf der Jagd geschult hatte. Da er der letzte sein sollte, würde er auch der beste sein. Auf diese Weise wollte er seinen Vorfahren Ehre erweisen, denen, die vor ihm im ganzen Land Jagd auf die Nebel gemacht hatten, in einer Zeit, in der sie bestimmt noch zahlreicher gewesen waren, es aber noch keine Armbrüste gegeben hatte. Diese Waffe war so gefährlich, so wirkungsvoll... Sie erleichterte das Zielen beträchtlich.

Nein. Er würde nicht versagen. Er konnte es spüren. Er hörte dieses Einhorn beinahe! Die Jagd würde bald vorüber sein. Der letzte Nebel konnte ihm nicht entkommen. Er spürte ihn, wie ein Raubtier spürt, dass seine Beute klein beigibt. Da war es! Einige Schritte entfernt. Nah bei ihm. Bereit zu sterben.

Er spannte seine Armbrust mithilfe seines Fußes, legte den Finger auf den Abzug und ging auf das Einhorn zu.

Das Herz des Waldes von Roazhon war viele Jahrhunderte alt. Bestimmte Bäume hier zählten weit über tausend Jahre. Sie hatten verschiedene Epochen durchlebt, die Torheiten der Menschen und die Fährnisse der Zeit überstanden. Aber in seiner ganzen Geschichte hatte dieser Wald noch keine vergleichbare Schlacht in seinem Herzen erlebt, dort, wohin nie ein Mensch vordrang, dort, wo die Zeit selbst mit rücksichtsvoller Langsamkeit zu vergehen schien.

Die erbitterte Schlacht, die zwischen den Bäumen ausgetragen wurde, war von äußerster Brutalität. Auf der einen Seite standen fast hundert berittene Soldaten, die das Banner Helenas von Quitenien führten und für den Krieg gerüstet waren: Sie trugen Plattenharnische und Kettenhemden, Panzerhandschuhe, Armschützer und Beinschienen, an einem Arm den Schild, und Lanze oder Schwert in der anderen Hand. Die Pferden waren mit Rossstirnen, entsprechendem Zaumzeug und Rossharnischen, die Brust und Kruppe bedeckten, ebenfalls für den harten Kampf gerüstet.

Auf der Gegenseite stand der Clan der Aishaner, Kriegsnarren mit nacktem Oberkörper, deren einziger Schutz in den Tierhäuten bestand, die sie um die Beine trugen; durch diese knappe Bekleidung waren sie aber auch beweglicher und geschickter. Zwischen ihnen befanden sich die sechs Magistel, majestätische und eindrucksvolle Ritter, die jeder mindestens drei oder vier gewöhnliche Männer aufwogen. Die Druiden ihrerseits blieben etwas zurück. Auch sie würden sicher kämpfen, doch nicht den ersten Angriff führen. Sie verfügten im Kampf zwar nicht mehr über die Hilfe des Saimans, aber wenn sie sich verteidigen mussten, wussten sie ihre Stäbe durchaus zu gebrauchen ...

Der Aufprall war frontal und heftig, Pferde gegen Pferde, Eisen gegen Eisen, Rüstungen gegen Fleisch. Die Schwerter trafen mit ohrenbetäubendem Lärm auf die Schilde. Schon drangen Lanzen in entblößte Oberkörper. Keulen sausten nieder, und Streitflegel wirbelten umher. Blut spritzte auf das funkelnde Metall der polierten Harnische, floss durchs Kettengeflecht der Rüstungen, über Gesichter und Handflächen. Waffen zerbrachen, Knochen ebenso. Körper stürzten nieder und standen nicht in jedem Fall wieder auf. Pferde brachen zusammen und rissen im Fallen enthauptete Krieger mit oder trampelten Verwundete nieder, die um Gnade flehten. Gliedmaßen wurden abgehackt, Schädel zerschmettert; man erschlug sich gegenseitig oder spießte einander auf. Viele fielen schon in diesem ersten Waffengang.

Die beiden Streitmächte formierten sich neu und griffen ein zweites Mal an, wieder von vorn, mit einem letzten Anschein einer Schlachtordnung. Von da an herrschten vollkommenes Durcheinander und namenloses Entsetzen. Bald saß kaum jemand mehr auf seinem Pferd. Auf dem Boden wurden die Kämpfe Mann gegen Mann noch erbarmungsloser und wirbelten Staubwolken auf. Sterbende Männer, denen bereits ein Arm abgeschlagen worden war, kämpften noch weiter. Die Klingen trafen lärmend aufeinander und häuften ganze Körper zu blutigen Garben. Gruppen lösten sich auf. Die Magistel trennten sich voneinander, stürzten sich auf den Feind, zogen sich zurück und griffen aufs Neue an... Aishaner fielen, auch Soldaten aus Quitenien, diese in noch größerer Zahl; die Leichen stapelten sich wie bloße Fleischstücke.

Bohem, der sich während des ersten Treffens noch im Hintergrund befunden hatte, stand nun mitten im Herzen des Kampfs – im Herzen des Massakers. Er schrie. Indem er mit seinem Schwert mit einer Wildheit, die er nicht mehr zu zügeln vermochte, um sich hieb, bahnte er sich einen Weg durch die Kadaver, um auf immer neue Feinde einzuhauen, und erinnerte sich an einige Ratschläge, die Sergeant Fredric ihm gegeben hatte. Mit hasserfüllten Augen warf er sich wie besessen auf die Aishaner. Die Erinnerung an Catriona suchte ihn heim, und nichts schien ihn aufhalten zu können. Jedes neue Aufspritzen von Blut, jeder Soldat, der fiel, machte ihn nur noch rasender. Bald hatte er den Eindruck, den Verstand verloren zu haben. Er war sich dessen bewusst, doch er konnte nichts dagegen tun und beobachtete nur seinen eigenen Wahnsinn wie ein entsetzter Zuschauer. Er wich noch nicht einmal mehr aus, sondern suchte beinahe die Schläge, drängte sich auf die Schwerter der Aishaner zu, als wolle er ihnen allen trotzen... Sein Körper war blutbedeckt. Von seinem Blut oder dem der anderen? Wie sollte er das wissen? Er spürte nichts. Keinen Schmerz, keine Angst, nur Rachedurst und eine fürchterliche Erleichterung, die ihn in ein Ungeheuer verwandelte. Er war wieder einmal eins mit anderen Dingen – mit seiner Klinge, mit der Kraft, die sein Schwert hob, mit dem Zorn, der es niederfahren ließ.

Plötzlich begann sich alles in seinem Kopf zu drehen. Er verstand nicht mehr ganz, was um ihn vorging. Männer flohen schreiend. Der Lärm der Schwerter verstummte nach und nach. Die Welt schien langsam zu verlöschen, die Klänge vermischten sich. Klagen, Wiehern, Schmerzensschreie, Röcheln, Schluchzen... Das Durcheinander glich einem Singspiel aus misstönendem Weinen. Aber er schritt dennoch weiter voran. Er stellte einen weiteren Feind, wich seiner Klinge kaum aus, führte einen Gegenangriff, stärker, ohne anzuhalten, ohne zurückzuweichen, ging immer weiter auf den Gegner zu... Und sein Schwert drang tief ins Fleisch ein, zerfetzte die Eingeweide.

Er trampelte über den Aishaner hinweg, ohne ihn auch nur anzusehen, und stürmte weiter voran.

Er spürte noch nicht einmal mehr, dass ihn die Kräfte verließen. Seine Beine gaben unter ihm nach, und er fiel auf die Knie, den Oberkörper erhoben, wie eine losgelassene Marionette. Blut oder vielleicht Schweiß floss über seine Stirn, in seine Augen und trübte ihm den Blick. Er stützte sich auf sein Schwert, um aufzustehen, trunken vor Kampfeslust. Er wandte den Kopf. Es war niemand neben ihm. Er fuhr herum. Auch hinter ihm war niemand. Und er brach wieder zusammen, schreiend, mit geschlossenen Augen. Seine Hände legten sich um den kleinen Beutel, den er um den Hals trug und in dem sich der Ring des Samildanach und die Muscaria-Blüte befanden. Sein Erbe. So blieb er lange mit über der Brust gekreuzten Armen liegen.

Wie habe ich das tun können? Wie? Wer bin ich nur? Wie viele von ihnen habe ich getötet? Das ist nicht möglich! Das bin nicht ich!

»Bohem!«

Der junge Mann hob langsam den Kopf. Er sah, wie sich vor dem grünen Hintergrund der uralten Bäume Vivianes Gesicht abzeichnete. Viviane, so hübsch, mit ihren schönen braunen Augen, ihrem hellen Haar und ihrem Erzengellächeln... Viviane, die gekommen war, um ihn ihrerseits zu retten.

Mühsam versuchte er aufzustehen. Sie eilte auf ihn zu, um ihm den Arm zu reichen. Da sah er, dass hinter der jungen Frau nur Mjolln und La Rochelle standen. Rings um sie lagen Leichen.

»Sind... sind alle tot?«, stammelte Bohem ungläubig.

»Nein!«, antwortete Viviane. »Nein. Die Druiden und Magistel sind geflohen. Helenas Soldaten sind ihnen auf den Fersen.«

Bohem schüttelte den Kopf und ging dann mit Viviane auf die beiden anderen zu. Er schluckte, sah seine Arme, seine Beine, seinen Oberkörper an und fuhr mit einer Hand über seinen Schädel. Er war nicht verletzt.

»Ich... Ich glaube, ich habe die Kontrolle über mich selbst verloren.«

»Nun, hm, ja, das ist wohl das Mindeste, was man dazu sagen kann.«

Bohem nickte. Ihm war übel. Er konnte nicht mehr nach unten sehen. Blutüberströmte Leichen lagen in Stücke gehauen in ekelerregenden Haufen übereinander.

»Und ihr... Euch ist nichts geschehen?«, fragte der Wolfsjäger seine drei Gefährten.

»La Rochelle hat sich am Arm verletzt, Mjolln scheint sich die Schulter verrenkt zu haben, und mit mir ist nichts.«

»Aber die Hauptsache«, warf La Rochelle ein, der sich seinen blutenden Unterarm hielt, »ist doch, dass ihr beiden, Mjolln und du, uns gefunden habt. Das ist ein wahres Wunder!«

»Ja«, murmelte Bohem. »Mehr oder weniger... Ein Wolf hat uns zu euch geführt.«

La Rochelle runzelte ungläubig die Stirn.

»Können wir etwas beiseitegehen?«, fragte Bohem, der immer blasser wurde.

»Sehr gern«, erwiderte Viviane lächelnd. »Das wäre mir auch lieber.«

Sie durchquerten alle vier das Leichenfeld und gingen so lange weiter, bis kein einziger Toter mehr unter den gewaltigen Bäumen lag.

Aber Bohem war noch immer verstört. Er hätte gern seine Dankbarkeit zum Ausdruck gebracht, Viviane geküsst und ihr gesagt, dass er sie liebte, aber er fühlte sich zu schlecht. Sein ganzer Körper bestand aus nichts als Schmerz, und er war blutbedeckt.

»Ich hätte nie geglaubt... Ich hätte mich nie für fähig gehalten, eine solche...«

Er konnte seinen Satz nicht beenden; sein Hals war zugeschnürt.

»Wir auch nicht, aber wir hatten keine Wahl, Bohem...«

»Pah!«, mischte sich der Zwerg ein. »Du wirst sehen, man gewöhnt sich daran, hm.«

Viviane warf ihm einen angeekelten Blick zu. Sie kannte ihn noch nicht – obwohl sie ahnte, dass es sich um Mjolln Abbac handelte, den berühmten Dichter, von dem ihre Tante gesprochen hatte – und fragte sich, ob er scherzte oder es ernst meinte. Jedenfalls war das wohl nicht das Zartfühlendste, was man in einem solchen Augenblick sagen konnte...

Aber als sie sich gerade zu Bohem umdrehen wollte, um ihm zu helfen, die Fassung wiederzugewinnen, erstarrte sie und sah mit aufgerissenen Augen über die Schulter des Zwergs hinweg.

»Se... seht doch!«, stammelte sie wie vom Donner gerührt.

Die drei anderen drehten sich langsam in die Richtung, in die die junge Frau deutete, und sahen ihrerseits, was sie mit solchem Staunen beobachtete.

»Mein Gott!«, murmelte La Rochelle verblüfft.

Es war da. Weiß glänzend, wie in Licht gebadet, stand es zwischen den Bäumen. Das Einhorn, schöner als auf den schönsten Bildern, prächtiger als im Traum. Es schien in der Luft zu schweben, getragen von majestätischem Stolz. Und es betrachtete sie mit erhobenem Horn und edlem Blick.

Bohem traute seinen Augen nicht. Weshalb war es da, gerade jetzt? War es von sich aus gekommen? Neugierig, was der

Kampflärm zu bedeuten hatte? Was musste es von ihnen denken, nachdem sie sich im Herzen dieses so friedlichen Waldes an dem Massaker beteiligt hatten? Wusste es, dass sie hergekommen waren, um es zu besuchen, und dass sie genau deshalb hatten kämpfen müssen? Konnte ein Nebel all das verstehen?

Aber nein. Er musste wohl träumen! Und dennoch – es war das Einhorn. Die anderen sahen es genauso wie er. Thaons Verse kehrten ihm ins Gedächtnis zurück: »*Monoceros, so ist bekannt ein Tier, nach seinem Horn benannt…*« Die Königin der Nebel. Ihr Fell war weiß und seidig, ihr Gesicht zart.

Es gab keinen Zweifel. Nein, sie konnte nicht zufällig da sein. Sie kam, um ihn anzuhören. Und vielleicht, um sich Gehör zu verschaffen. Sicherlich.

Aber als Bohem gerade langsam auf das Einhorn zugehen wollte, zuckte es plötzlich zusammen und galoppierte durch den Wald davon. In wenigen Sprüngen war es im Schatten der großen Bäume verschwunden.

»Wir müssen ihm folgen!«, rief Bohem. »Kommt.«

Wartet! Wartet auf mich! Ich muss verstehen. Ich muss es wissen!

Sie begannen alle vier in die gleiche Richtung wie das Einhorn zu rennen. Sie konnten sicher nicht darauf hoffen, es einzuholen, aber sie mussten es wenigstens versuchen. Bohem ließ ihnen auch keine Wahl. Er war nur deshalb hierhergekommen. Nur für diesen einen Moment hatte er überlebt. All die Toten, die lange Flucht, die Kämpfe! Er wusste es jetzt. Er hatte das alles nur getan, um es zu sehen. Es, das Einhorn. Er durfte es nicht verlieren.

Also lief er, lange und schnell, und vergaß die Müdigkeit, die Übelkeit und die Schmerzen, die ihm der Kampf beschert hatte.

Er vergaß die Toten, den Kummer. Denn jetzt zählte nur noch eines: das Einhorn zu hören. Er rannte zwischen den Bäumen hindurch in die Dunkelheit des Waldes hinein, folgte seinem Instinkt und lauschte nur seinem Herzen. Die anderen konnten ihm kaum folgen und fragten sich sicher, woher er noch die Kraft nahm, weiterzulaufen. Aber er würde trotz allem nicht aufgeben! Nicht jetzt! So kurz vor dem Ziel!

Sie waren im Zuhause des Einhorns, in der Seele Roazhons, im Königreich der Nebel. Und es konnte sich nicht weigern, sie zu treffen, nachdem sie sich so angestrengt und so gelitten hatten! Nein, es hatte nicht das Recht, ihnen so davonzulaufen!

Plötzlich sah er es wieder, einige Schritte von ihm entfernt, bewegungslos, erstaunt. Aber es sah ihn nicht an. Diesmal sah es sie alle nicht an. Seine Augen waren zur anderen Seite gerichtet. Gelähmt starrte es etwas anderes zwischen den Bäumen an, auch nur einige Schritte entfernt.

Bohem blieb stehen und wandte den Kopf, um zu sehen, was das Einhorn betrachtete. Sein Blick kreuzte den eines anderen. Dort hinten. Zwischen den Blättern. Bedrohliche Augen. Hinter dem Holz einer Armbrust.

»Nein!«, schrie Bohem. Er begriff sofort, aber er kam sicher zu spät.

Ohne nachzudenken, rannte er auf den Wolfsjäger zu. In einem einzigen Herzschlag. Es schien ihm, als überwinde er die Strecke, die ihn von dem Wolfsjäger trennte, in einem einzigen Satz, als sei er selbst ein Pfeil – und dieser Augenblick dauerte Stunden. Er sah den Bolzen aus der Armbrust hervorschießen und die Luft vor ihm mit einem endlosen Sirren durchschneiden.

»Nein!«, wiederholte er entsetzt.

Und wie ein Raubvogel auf seine Beute stürzte er sich mit

seinem ganzen Gewicht auf den Schützen. Sie wälzten sich zusammen auf dem Boden, und Bohem gewann rasch die Oberhand. Mit einer knappen Bewegung riss er dem Wolfsjäger die Armbrust aus den Händen und schleuderte sie weit weg. Er warf ihm einen angriffslustigen, fast mörderischen Blick zu, bevor er aufstand und sich umsah. Er war auf das Schlimmste gefasst.

Das Einhorn war nicht mehr da. Der Bolzen steckte in einem Baum, so starr wie der Blick eines Toten.

»Guter Mann, Ihr wart drauf und dran, das einzige Einhorn zu töten, das es in diesem Land oder jedem anderen überhaupt gibt...«

Bohem raste vor Wut. Der Kampf, den sie den Aishanern geliefert hatten, übte noch immer seine Wirkung auf ihn aus, und seine Vernunft war noch nicht ganz zurückgekehrt. Seine Augen waren blutunterlaufen; seine Hände zitterten.

»Ich gehe nur meinem Beruf nach, junger Mann«, antwortete Bastian, der sich nicht sehr behaglich fühlte. Der Wolfsjäger aus Roazhon fragte sich, wer diese vier seltsamen Gestalten waren, die sich mitten im Wald auf ihn gestürzt hatten. Bohem, der ihn mit wenig wohlwollendem Blick verhörte, war besonders eindrucksvoll: Er war von Kopf bis Fuß blutüberströmt.

»Ich bin Wolfsjäger«, fügte Bastian hinzu, indem er auf seine Ausrüstung wies.

»Danke«, sagte Bohem spöttisch, »ich weiß, welchen Beruf Ihr ausübt...«

Der junge Mann versuchte sich zu beruhigen. Er musste die Kontrolle über sich selbst zurückgewinnen.

»Wie heißt Ihr?«, fragte er.

»Bastian.«

»Sehr gut. Bastian, Ihr seid ein hervorragender Wolfsjäger. Der erste, glaube ich, der die Gelegenheit hatte, auf das Einhorn zu schießen. Unglücklicherweise für Euch oder, abgesehen davon, glücklicherweise war das aber das letzte Mal, dass Ihr auf einen Nebel geschossen habt.«

Der Wolfsjäger hob die Augenbrauen. »Tatsächlich? Und warum?«

»Weil Ihr mir das auf der Stelle versprechen werdet, wenn Ihr nicht wollt, dass ich Euch in Stücke haue.«

Mjolln konnte sich nicht davon abhalten, hinter ihrem Rücken zu lachen.

»Aber was soll das?«, rief der Wolfsjäger, der anzunehmen begann, dass er auf eine Bande tobsüchtiger Irrer getroffen war.

Bohem seufzte. Er war erschöpft, und er hatte keine Lust, sich zu streiten. Alles in allem wirkte dieser Wolfsjäger nicht wie ein schlechter Kerl. Ganz wie Martial hatte er wahrscheinlich die Nachfolge seines Vaters angetreten, ohne sich zu viele Fragen zu stellen. Aber das war ja gerade das Schlimme! Zu viele Leute lebten ihr Leben, ohne sich Fragen zu stellen...

»Komm, Bohem!«, mischte sich Viviane ein und nahm ihn beim Arm. »Lass diesen armen Mann in Ruhe, wir werden ihm das alles später erklären... Du musst dich ausruhen. Wir müssen uns alle ausruhen.«

Bohem wehrte sich nicht, sondern ließ sich von ihr mitziehen.

»Aber... aber...«, stammelte Bastian hinter ihnen. »Ich werde nicht hierbleiben, ich...«

Er schwieg sofort, als er den Blick Bohems sah, der sich umgedreht hatte. Das Funkeln in den Augen des jungen Manns verriet einiges über seinen übermüdeten Zustand und den Zorn, der sich dahinter verbarg, aber noch immer bereit war, hervorzubrechen.

»Herr Bastian«, sagte La Rochelle und trat auf den Wolfsjäger zu, »bleibt erst einmal bei uns. Morgen werden wir weitersehen. Ihr könnt Euch glücklich schätzen, dass wir Euch nicht getötet haben, als Ihr auf den Nebel geschossen habt.«

Der Wolfsjäger nickte langsam; diesmal war er endgültig überzeugt, dass seine Gegenüber nicht mehr ganz bei Verstand waren.

»Nun, hm«, sagte Mjolln, »ich werde ein Feuer anzünden, und ich schlage vor, dass wir, nun ja, alle zusammen essen, denn das haben wir wirklich nötig – und auch, gut zu schlafen! Aber erst, da werdet ihr mir zustimmen, nachdem wir gut gegessen haben. Ja.«

Und der Zwerg tat, was er angekündigt hatte.

Je weiter der Abend fortschritt, desto besser kamen sie alle ein wenig zur Ruhe. Lange herrschte Schweigen, ganz von selbst, wie um die Gemüter zu beruhigen. Während der Mahlzeit lösten sich dann die Zungen nach und nach. Alle vergaßen den Lärm und das Blut ein wenig.

Zunächst erläuterte La Rochelle, wie es Viviane gelungen war, ihre Tante zu überzeugen, ihr Heer zur Verfolgung der Aishaner auszusenden.

»Fräulein von Raudenburg kann sehr beharrlich sein, wenn sie sich einmal etwas in den Kopf gesetzt hat«, sagte er und betrachtete die junge Frau. »Sie hat es sogar fertiggebracht, mich meiner Schmiede zu entreißen!«

»Mach dir keine Sorgen, Geselle, du wirst deine Schmiede schon wiedersehen!«

»Ja... Aber ich versichere dir, dass ich vor allem glücklich bin, dich wiedergesehen zu haben, Bohem.«

Bohem dankte ihm mit einem Lächeln. Auch er war glücklich, die beiden wiederzusehen. Immerhin waren sie seine letzte Bindung an die Vergangenheit. Er hatte keine älteren Freunde... Er stellte ihnen Mjolln mit einem gewissen Stolz vor, als ob er ein Verwandter sei, und der Zwerg spielte ihnen, gestärkt von der Mahlzeit, ein Stück auf dem Dudelsack vor.

Sie lauschten alle staunend und ließen sich von der Musik des Barden einlullen. Sie hatten noch nie ein solches Instrument gehört, und die Melodien des Zwergs waren wie Balsam für ihre von den Schrecken des endlich überstandenen Tages verwundeten Seelen.

Bastian, der noch immer nicht zu sprechen wagte, aber an ihrem Mahl teilgenommen hatte, begann vage zu ahnen, um wen es sich bei diesen vier Unbekannten handeln mochte, und eine Verbindung zu den Geschichten herzustellen, die er in letzter Zeit über einen seltsamen jungen Mann gehört hatte, den der König von Gallica suchen ließ. Er versuchte, sich zu beruhigen, und verfiel wie die anderen dem Zauber von Mjollns Musik.

Der Zwerg seinerseits spielte lange und hütete sich davor, zu sagen, woran er dachte. Er hatte während des Kampfes mehrere Druiden wiedererkannt, Druiden, die er vor Jahren gesehen hatte, in dem Land, aus dem er stammte. Während er weiter auf seinem Dudelsack spielte, fragte er sich, warum die Druiden sich hier wiedergetroffen hatten und wie das möglich war, da doch jeder dachte, dass der Orden seit langer Zeit aufgelöst war... Er sagte sich, dass er mit Bohem darüber würde sprechen müssen, aber dass es noch nicht der rechte Zeitpunkt dafür war. Nicht an diesem Abend. Vielleicht noch nicht einmal am folgenden Tag...

Mjolln, der auf seinem Dudelsack die Tonarten des Schlummers zu spielen verstand, half seinen Gefährten, einzuschlafen. Sie schlossen einer nach dem anderen die Augen. Bohem fand endlich Frieden und schlief in der Hoffnung ein, dass die Soldaten Helenas die Druiden gestellt hatten.

Denn die Schlacht war noch nicht vorüber.

Ich bin es, der die Entscheidung getroffen hat hierherzukommen. Das glaube ich zumindest. Ich schlafe nicht wirklich. Es ist mir gelungen herzukommen, bevor ich eingeschlafen bin, die Töne des Dudelsacks waren noch nicht verklungen... Ich bin aus eigenem Willen in der Welt von Djar.

Und zum ersten Mal spüre ich seine Gegenwart nicht. Er ist nicht hier. Der Wilde Mann.

Nein. Ich darf seinen Namen nicht aussprechen, nicht seine Aufmerksamkeit auf mich ziehen. Ich muss seine Abwesenheit ausnutzen.

Aber da ist noch etwas anderes. Niemandes Gegenwart. Eine Erinnerung. Wie das Parfüm einer Frau. Ein altes, wohlwollendes Gespenst, das schon vor sehr langer Zeit hierhergekommen ist. Das diese Welt besser kennt als ich. Das Einhorn? Nein. Das ist es nicht. Das Einhorn ist hier, natürlich, aber es berührt meine Seele nicht. Es ist etwas anderes. Jemand anderes. Jemand, der gegangen ist. Für immer.

Ich weiß, was das vielleicht sein kann. Es ist offensichtlich. Es muss die Erinnerung an sie sein. Wie das Echo einer Melodie, die seit Langem nicht mehr gespielt wird. Ihr Geist ist hier. Oder wenigstens ist ein Gefühl davon geblieben, eine gastfreundliche, warme Stimmung. Alea. Meine Mutter. Diese junge Witwe, die mich bis hierher gebracht hat. Die gestorben ist, als sie mich gerettet hatte. Eine Witwe... Ich war das Kind einer Witwe. Nennen sich nicht die Wandergesellen so? Ist es das, was mich mit ihnen verbindet? Wenn ich nur meiner Mutter all diese Fragen stellen könnte. Aber sie ist nur noch eine Erinnerung.

Das ist seltsam. Es ist, als ob ich mich an ihr Vorübergehen erinnerte. Sie war hier, früher. Und sie hat hier… Sie hat hier ihre Liebe für mich zurückgelassen. Ich kann sie spüren. Eine ganz deutliche Spur, die niemals ausgelöscht werden wird. Ich bin jetzt allein, aber ich fühle mich gut. Zu Hause.

Plötzlich erscheint der Wolf vor mir. Ich erkenne diese Augen, dieses Fell. Mein großer grauer Wolf. Der, den ich aus den Feuern der Johannisnacht gerettet habe. Ich weiß, dass du es bist. Ja. Geh. Ich folge dir.

Er zieht mich mit, führt mich noch einmal, aber diesmal auf einem neuen Weg, denn Mjolln ist nicht mehr in der Welt von Djar. Er ist nicht mehr derjenige, zu dem der Wolf mich führt. Überhaupt befinden wir uns nicht in der großen Ebene. Wir sind schon in einem Wald. In diesem Wald. Man kann ihn nicht mit einem anderen verwechseln. Diese uralten Bäume, diese Stimmen, die rings um uns erklingen! Die Stimmen der Wölfe. Das ist der Wald von Roazhon. Und ich weiß, wohin er mich bringt.

Wir gelangen auf eine Lichtung, und der Wolf verschwindet. Ein schönes weißes Licht lässt die Welt rund um mich erstrahlen. Ein einzigartiger Schein. Die Bäume umgeben mich in einem großen, gleichmäßigen Kreis; man könnte fast sagen, dass sie mich zugleich beschützen und beobachten, dass sie sich über mich beugen. Aber ihre Zweige bewegen sich nicht. Alles ist ruhig. Still.

Und die Lichtung ist leer. Es gibt nur dieses lebendige, weiße Licht, die Stille und mich. Das Einhorn ist nicht hier. Ich sehe niemanden.

»Bohem.«

Ich drehe mich um. Nichts. Immer noch dieses Licht.

»Ich bin hier, Bohem, aber du kannst mich nicht sehen.«

Diese Stimme! Wie ein Orchester, das zu spielen beginnt. Wie ein ganzer Chor. So melodisch! Es ist hier, das Einhorn. Es ist das Licht, das mich umgibt, es ist die Bäume, es ist die Stimme.

»Dennoch habe ich Euch vorhin gesehen.«

»Ja. Zuweilen liegt etwas Wahrheit in den Legenden, Bohem.«

»Was wollt Ihr damit sagen?«

»Du warst vorhin nicht allein.«

Ich bin mir nicht sicher, ob ich das richtig verstehe. Es sagt, dass ich nicht allein war, als es mir erschienen ist. Als es uns erschienen ist.

»Viviane?«

»Ja. Die junge Frau.«

»Dank Viviane konnten wir Euch also sehen?«

»Und ihretwegen wäre ich auch beinahe gestorben.«

Das Ende des Gedichts! Jetzt erinnere ich mich. Die Legende.

»So schläft er selig ein vor dir: Der Jäger tötet dann das Tier.«

Ja, manchmal liegt etwas Wahrheit in den Legenden…

»Warum möchtest du mich so gern sehen, Wolfsjäger?«

»Wisst Ihr das noch nicht?«

»Vielleicht. Aber du, bist du dir sicher?«

»Ja.«

»Du willst die Nebel retten?«

»Spürt Ihr das nicht?«

Ich erahne sein Lächeln im Licht. Wie ein neues Aufblitzen.

»Wir warten schon lange auf dich, Bohem. Kailiana, deine Mutter, hatte deine Ankunft versprochen. Du bist das Kind der Witwe.«

»Ich tue es nicht für meine Mutter, Einhorn. Ich tue es für euch.«

»Für die Wölfe, die dich aufgezogen haben?«

»*Ja. Und für die anderen. Für euch alle, die Nebel.*«
»*Warum?*«
»*Weil das Schöne nicht verschwinden darf. Was schön ist, muss wachsen. Und weil ich glauben möchte, dass es in der Welt für jeden einen Platz gibt. Für Mädchen, die Troubadour werden wollen, für Frauen an der Spitze von Königreichen, für Gesellen, für Nebel ...*«
»*Und für Wolfsjäger? Für Aishaner? Für Krieger? Willst du auch sie in Schutz nehmen?*«
»*Ich glaube, dass sie sich ändern können. Ich bin selbst ein Wolfsjäger. Bohem, der Wolfsjäger. Und ich kann die Bedeutung dieses Worts ändern.*«
»*Du hast ein gutes Herz, Bohem. Zu gut vielleicht. Und ich weiß nicht, ob diese süßen Träume in Erfüllung gehen können. Ich weiß nicht, ob du uns retten kannst. Wir sterben so schnell! Weißt du, dass die Nebel keine Jungen mehr bekommen können?*«
»*Ja. Das weiß ich.*«
»*Unser Ende ist nah, Bohem. So nah!*«
»*Ich muss doch irgendetwas tun können, um euch zu retten! Meine Mutter hätte euch meine Ankunft nicht angekündigt, wenn es nichts gäbe, was wir tun können!*«
»*Ich dachte, dein Kommen hätte nichts mit ihr zu tun?*«
»*Ich bin aus freiem Willen gekommen, Einhorn. Ich habe in meinem Innersten immer herkommen wollen. Aber ich beginne die Stimme der Frau zu hören, die, wie man mir erzählt, meine Mutter war. Ich höre sie. Wir werden sehen.*«
»*Du folgst deinem eigenen Weg?*«
»*Ich versuche es jedenfalls. Was ich weiß, ist, dass ich euch helfen will, Einhorn. Das ist der einzige Sinn, den ich heute in meinem Leben sehe. Sagt mir, was ich tun kann ...*«

Es schweigt. Es scheint, als ob es mich musterte. Das Licht näherte sich mir. Dann kehrt seine Stimme zurück, sanft, heimlich, wie ein Flüstern hinter mir.

»Es gibt einen Ort...«

»Ja?«

»Einen Ort, wo die Zeit stehen bleibt. Wo nichts mehr geboren wird und nichts mehr stirbt.«

»Wo ist das?«

»Im Herzen der Erde. Eine vergessene Welt, die man das Sid nennt.«

»Das Sid? Ich kenne diesen Ort nicht. Aber ich werde ihn für Euch finden, wenn es sein muss.«

»Das wird nicht so einfach sein, Bohem. Ich weiß nicht, ob es noch offen steht. Alle Tore, die ich kannte, haben sich geschlossen.«

»Ich werde ein anderes Tor finden! Ich habe doch auch Euch gefunden!«

Ein neues Aufblitzen von Licht geht durch die Lichtung. Es lächelt.

»Ja, Bohem. Ich glaube, dass du dazu fähig bist.«

»Ich werde mein Möglichstes tun, Einhorn. Ich habe nun nichts anderes mehr zu tun. Das ist meine Berufung, mein Recht. Und ich weiß, dass Eure Zeit knapp ist.«

»Dann finde das Tor des Sid, Bohem, und führe uns dorthin.«

»Aber wenn ich es gefunden habe, wie soll ich euch dann dorthin führen?«

»Du musst unseren Stimmen folgen, Bohem. Unserer Stimme folgen. Der Stimme der Nebel.«

»Ich weiß nicht ganz, ob ich das verstehe...«

»Du wirst es verstehen. Du wirst es verstehen, Bohem. Aber

höre vor allem auf deinen Instinkt, höre auf deine Erinnerungen, vergiss niemals, dass du das Kind der Witwe bist, und finde das Tor des Sid!«

Es spricht in Rätseln! Was will es sagen? Ich muss ihm vertrauen. Und ich muss es beruhigen.

»*Ich verspreche es Euch, Einhorn!*«

Das weiße Licht lässt nach. Das Einhorn wird weggehen, das spüre ich. Ich möchte es zurückhalten. Noch ein wenig von seinem Licht empfangen. Aber es ist schon nicht mehr da. Verschwunden wie ein Windstoß. Die Bäume richten sich wieder auf, als ob sie mir nun den Rücken zuwendeten. Als ob sie mich auffordern wollten, mich zurückzuziehen. Ja. Ich muss gehen. Ich kann die Welt von Djar verlassen. Ich weiß jetzt, was ich zu tun habe.

Morgen werden wir nach Hohenstein aufbrechen. Bei Sonnenaufgang. Denn die Milizen sind nicht mehr fern. Sie sind mir wieder auf den Fersen.

Sie haben die Gesellen getötet. Fredric getötet. Ich spüre es. Ihre Stimmen hallen zwischen den Bäumen wider. Die Seelen der Toten haben sich denen der Nebel angeschlossen. Noch mehr Leben, die für mich verloren gegangen sind, noch mehr Opfer, um meinen Weg zu beschützen. Und es wird noch mehr geben, das weiß ich nun. Aber ich muss das auf mich nehmen. Das ist die Wahl, die ich treffen muss. Wir werden fallen, um andere Leben zu retten. Wir werden sterben, um die Welt von morgen zu retten. Das ist der Preis des Fortschritts: unsere Brüder unter Einsatz unserer Leben zu retten.

Morgen werden Mjolln, La Rochelle und Viviane mit mir gehen. Wir werden gemeinsam dort ankommen.

Und Bastian? Was sollen wir mit ihm anfangen? Er ist ein Wolfsjäger. Aber trotz allem ein anständiger Mann. Er könnte mir helfen. Mir helfen, unserem Beruf einen neuen Sinn zu verleihen, dem Wort »Wolfsjäger« eine neue Bedeutung zu schenken.

Das ist es. Ich habe sie gefunden, Trinitas! Ich habe meine Berufung gefunden.

Wir werden das Tor des Sid suchen.

EPILOG
EINSAMKEITEN

Die Sommerhitze lastete schwer auf Livain VII., der allein in seinem großen Arbeitszimmer im Halbdunkel saß. Reglos und stumm betrachtete er sein Spiegelbild in einem kleinen Spiegel, der auf seinem Schreibtisch stand. Seine langen Haare hüllten sein Gesicht in Dunkelheit. Der Palast war still. Es war schon spät, die Leute waren schlafen gegangen. Aber nicht er. Er konnte nicht schlafen. Wie jeden Abend seit General Goettas Rückkehr. Seit der Demütigung von Hohenstein.

Was hast du getan? Was hast du nur getan, du armer Irrer! Der Krieg ist nun unvermeidlich! Und Bohem läuft noch immer frei herum oder ist vielleicht sogar in den Händen des Feindes. Wie konnte ich nur so ungeschickt sein? So geblendet?

Gott, hast Du mich verlassen?

Ich bin jetzt so allein. Umgeben von so vielen Menschen und doch so allein! Vater, warum seid Ihr so früh gestorben? Ich hatte keine Zeit zu lernen. Ihr hättet mir alles zeigen müssen. Ich ver-

stehe mich nicht aufs Regieren, Vater. Ich werde nie so werden können wie Ihr, und was Ihr aufgebaut habt, zerstöre ich gerade. Und Ihr, Muth? Ihr, mein treuer Muth, seid nicht lange genug bei mir geblieben, um mich zu führen. Um mich zu lehren.

Ich bin so einsam! Von allen verraten. Von Pieter dem Ehrwürdigen, vom Papst, vom Grafen von Tolosa... Ja. Sogar von Euch, Redhan! Ich weiß, dass Ihr Euch gegen mich verschworen habt. Dass Emmer Euch besucht hat. Und dass Ihr bereit seid, ihn gegen Euren zukünftigen Schwager zu unterstützen! Gegen den Bruder Eurer zukünftigen Ehefrau! In was für einen Teufel habe ich mich verwandelt, dass ich so viel Hass auf mich ziehe?

Das bin ich also jetzt – so, wie ich aussehe. Erbärmlich. Ich beweine mein Schicksal. Verdiene ich es wirklich, König zu sein? Habe ich wirklich das Zeug dazu? Habe ich noch den Mut? Und hatte ich jemals Lust darauf?

Lieber Gott, gib mir ein Zeichen! Zeige mir den Weg. Ich habe Dir immer folgen wollen. Nein. Du, der Du in den Herzen liest, kennst das meine. Ich wollte nicht König sein, lieber Gott, ich wollte Mönch werden! Dir mein Leben widmen! Es hat Dir schon immer gehört!

Habe ich denn auf der Fahrt in den Orient nicht meine Frömmigkeit ausreichend bewiesen? Ich bin getäuscht worden, o Herr, aber Dich, Dich habe ich nie getäuscht.

Also zeige mir den Weg, lieber Gott... Ein Zeichen, eine einzige Hoffnung...

Es klopfte an der Tür. Livain fuhr zusammen. Der kleine Spiegel auf dem Tisch fiel um und zerbrach.

Wer mochte zu so später Stunde noch zu seinem Arbeitszimmer kommen? Wer wagte es, ihn so zu stören?

»Wer ist da?«, fragte Livain, indem er sich zur Tür wandte.

»Ich bin es, Camilla.«

Wieder einmal seine Frau. Natürlich. Sie war fast jeden Abend gekommen und hatte ohne Unterlass wiederholt, dass sie glaubte, dass er sich noch aus der Klemme retten könnte. In ihrem Blick hatte ein heimliches Leuchten gestanden wie bei einem schelmischen Kind, das einen Streich aussheckt. Und sie hatte ihm geraten, sich zu gedulden. Aber jetzt glaubte er ihr nicht mehr. Er erwartete nichts mehr. Er fühlte sich verlassen.

»Kommt herein, Camilla, kommt herein.«

Die Tür öffnete sich. Die junge Frau erschien, strahlend schön. Sie lächelte. Neben ihr stand eine seltsame Gestalt, eine Unbekannte. Genauso groß wie Camilla, schlank, zart, in einen langen schwarzen Mantel gekleidet, dessen Kapuze ihren Kopf verhüllte.

»Wer ist diese Person, die Euch begleitet?«, fragte Livain beunruhigt und stand auf.

»Das ist meine Geheimwaffe, Majestät. Die Person, von der ich Euch erzählt habe. Die Lösung unserer Probleme, Livain.«

Ihre Geheimwaffe! Sie meinte es also ernst. Aber was verbarg sie?

Camilla von Kastel durchquerte den Raum und führte die Fremde am Arm mit.

»Wer seid Ihr?«, fragte der König, dem diese Maskerade nicht besonders gefiel.

Als die Gestalt vor seinem Schreibtisch stand, schob sie ihre Kapuze nach hinten. Der König runzelte die Stirn. Es war tatsächlich eine Frau. Eine junge Frau. Aber sie trug eine Ledermaske, die ihr Gesicht zur Hälfte verdeckte.

»Wer seid Ihr?«, wiederholte der König, der langsam die Geduld verlor.

Camilla wandte den Kopf zu der Frau, die sie zu ihrem Gatten geführt hatte, und bedeutete ihr, zu antworten.

»Catriona, Majestät, Bohems Schwester.«

Der König sank mit weit aufgerissenen Augen zurück in seinen Sessel. Er fragte sich, was das bedeutete und was Camilla sich dabei gedacht hatte. Bohems Schwester? Das war sie also, ihre Geheimwaffe? Und warum nicht? Er begann zu verstehen.

Schließlich lächelte er. Zum ersten Mal seit langer Zeit.

Nein. Er war nicht allein. Camilla war bei ihm. Camilla von Kastel, seine Frau, die ihn vielleicht retten würde. Seine junge Frau. So jung und doch so kühn!

Die Zukunft sah vielleicht gar nicht so düster aus. Er richtete den kleinen, zerbrochenen Spiegel auf seinem Schreibtisch wieder auf und setzte die beiden Stücke zusammen.

DANKSAGUNG

Man sagt oft, der Beruf des Schriftstellers sei eine einsame Tätigkeit. Das ist nicht wahr.

Ich verdanke dieses Buch und noch viel mehr dem gesamten Team von Éditions Bragelonne. Danke für eure Unterstützung, euer seit dem ersten Tag ungebrochenes Vertrauen und eure zahlreichen Anstrengungen. Danke für eure Unabhängigkeit, die so kostbar ist – verliert sie niemals! Danke auch für euren Mut. Bravo zu eurem Erfolg! Stéphane, Alain, Barbara, David, Stéphanie, Pascal, Olivier, Emmanuel und all die anderen, die hinter den Kulissen arbeiten... Herr von Tréville wäre stolz auf euch!

Vielen Dank den treuen Internetnutzern und besonders Jérémy und allen von *La Moïra Interactive* (www.la-moira.fr.fm) und den Stammgästen meiner Website (www.loevenbruck.net), deren Vertrauen eine unerschöpfliche Motivationsquelle ist.

Vielen Dank Bernard Weber und seiner wohlwollenden Freundschaft, für seine unschätzbare Unterstützung, seine Einladungen und seine Sushi-Bar...

Den Buchhändlern für ihre Treue, wobei ich Dominique Richardeau ganz besonders hervorheben muss: Du bist eine Magierin!

Den Familien Loevenbruck, Wharmby, Pichon, Saint-Hilaire, Allegret und Duprez genauso wie den »Artisans du bonheur«.

Emmanuel Reynaud, meinem Freund, meinem Bruder.

Barnaby, schlicht und einfach meinem Bruder.

Ich konnte dieses Buch auch dank der Hilfe anderer treuer Gefährten schreiben: Howard Shore, Jerry Goldsmith, Dave Weckl, Vital Tech Tones, Tribal Tech, Marillion, Fish, Deep Purple, Dream Theater, Spock's Beard und Neal Morse.

Und natürlich gilt der allergrößte Dank meinen beiden Musen, Delphine und Zoé, sowie Elliott, unserem neuen kleinen Drachen!

PERSÖNLICHKEITEN
AUS DER
POLITIK GALLICAS

Livain VII. der Junge: König von Gallica, seit er elf Jahre alt war. Nachdem er seine Frau, Helena von Quitenien, verstoßen hat, heiratet er Camilla von Kastel.

Helena von Quitenien: Herzogin von Quitenien, von Livain VII. verstoßen. Sie heiratet Emmer Ginsterhaupt und bringt zahlreiche Ländereien (Quitenien, Steinlanden und Arvert) mit in die Ehe. Als Tochter des Troubadour-Herzogs Willem IX. unterhält sie in Hohenstein einen Musenhof.

Emmer Ginsterhaupt: Herzog von Northia und Graf von Andesien und Turan. Er heiratet 1152 Helena von Quitenien und wird 1154 zum König von Brittia gekrönt. Er wird bald zum ärgsten Feind des Königs von Gallica.

Camilla von Kastel: Die Tochter des Königs von Kastel. 1154 wird sie die zweite Ehefrau Livains VII.

Pieter der Ehrwürdige: Abt von Cerly. Nach dem Tode Muths von Clartal wird er einer der wichtigsten Berater König Livains VII.

Andreas von Berg-Barden: Großmeister der Miliz Christi.

Nikolaus IV: 1154 gewählt. Er ist der erste Papst, der aus Brittia stammt.

Muth von Clartal: 1153 gestorben. Er war der treueste Ratgeber Livains VII. Als Abt von Clartal war er für den Aufstieg des Ordens von Cistel verantwortlich.

Redhan V.: Graf von Tolosa. 1154 heiratet er Constanze, die Schwester König Livains VII.